KB161515

새로 쓰는 메시아 이야기

넘치는 매력의 사나이

예수

넘치는 매력의 사나이 예수

ⓒ박태식 2013

초판 1쇄 발행일 2013년 12월 23일
초판 2쇄 발행일 2014년　1월 22일

지 은 이　박태식
펴 낸 이　이정원

출판책임　박성규
편집책임　선우미정
디 자 인　김지연 · 김세린
편　　집　김상진 · 한진우 · 김재은
마 케 팅　석철호 · 나다연
경영지원　김은주 · 이순복
제　　작　송세언
관　　리　구법모 · 엄철용

펴 낸 곳　도서출판 들녘
등록일자　1987년 12월 12일
등록번호　10-156
주　　소　경기도 파주시 교하읍 문발리 출판문화정보산업단지 513-9
전　　화　마케팅 031-955-7374　편집 031-955-7381
팩시밀리　031-955-7393
홈페이지　www.ddd21.co.kr

ISBN　978-89-7527-653-8(03810)

「이 도서의 국립중앙도서관 출판시도서목록(CIP)은 서지정보유통지원시스템 홈페이지(http://seoji.nl.go.
kr)와 국가자료공동목록시스템(http://www.nl.go.kr/kolisnet)에서 이용하실 수 있습니다.(CIP제어번호:
CIP2013025524)」

새로 쓰는 메시아 이야기

넘치는 매력의 사나이

예수

박태식 지음

새로 쓰는 메시아 이야기

예수 공부를 본격적으로 시작한 지 어느덧 30년이 훌쩍 넘었다. 그래서 무엇인가 예수와 교회와 세상에 대한 생각을 정리하고픈 시점에 도달했는데 때마침 들녘출판사에서 반가운 제안이 들어왔다. 행운이라기보다는 축복이라고 해야 마땅한 제안이었다. 예수에 대해 현대인이 알아두어야 할 내용들을 가능한 한 쉽고 설득력 있게 써보라는 것이었다.

책의 목적에 맞게 이제까지 발표했던 글들을 추리고 보완하고 수준을 맞추어 다시금 정리했고 몇몇 글들은 새로 써보았다(2-4장). 그리고 예수 사건의 시작과 끝으로 앞뒤를 묶었다(1장, 5장). 말하자면, 예수님을 앞뒤에 모셔놓고 중간에서 그분과 신나게 한번 놀아본 셈이다. 이 시대에 맞게 새로 쓰는 예수 이야기가 될 성싶다. 재미있게 읽어주시길 바란다. 그리고 책을 읽다가 혹시라도 나의 생각과 맞아떨어지는 곳을 발견하는 독자분이 있다면 그렇게 고마울 데가 없을 것이다.

성서 본문은 우리나라 가톨릭과 개신교가 1977년에 합동으로 낸『공동번역』을 택했다. 이제는 우리나라에서도 거의 사용하지 않지만 세계 최초의 가톨릭·개신교 합동 번역본이라는 의미를 살려보고 싶어서였다. 그런 까닭에 성서 각 권의 표기법과 인명·지명의 표기법도 『공동번역』을 따랐다. 다만 성서 본문의 의역이 지나친 곳은 헬라어 원문에 맞춰 새로 번역했음을 알려둔다. 다시 한 번 들녘출판사에 머리 숙여 감사드린다.

박태식 합장

5

차례

1장
예수 사건의 시작

2장
예수 그리스도

3장
예수와 교회

4장

예수와 세상

5장
예수사건의 끝

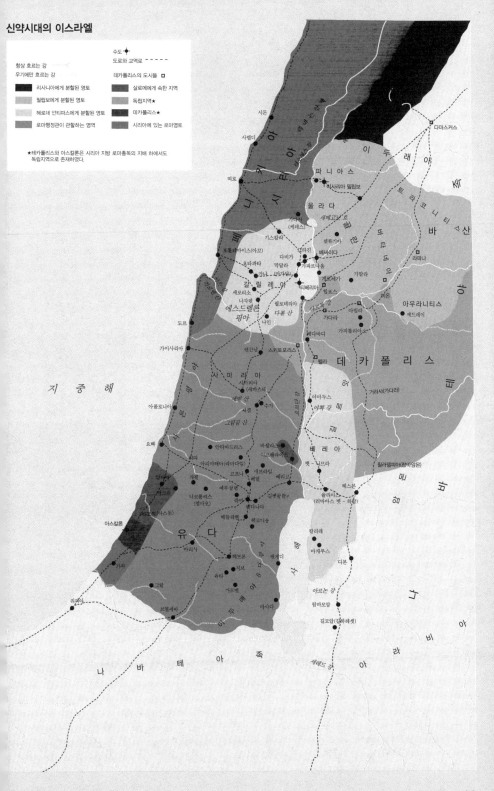

신약시대의 이스라엘

11

John baptized Jesus.

그 즈음에 예수께서 세례를 받으시려고 갈릴래아를 떠나 요르단 강으로 요한을 찾아오셨다.
그러나 요한은 "제가 선생님께 세례를 받아야 할 터인데 어떻게 선생님께서 제게 오십니까?" 하며 굳이 사양하였다.
예수께서 요한에게
"지금은 내가 하자는 대로 하여라. 우리가 이렇게 해야 하느님께서 원하시는 모든 일이 이루어진다" 하고 대답하셨다.
그제야 요한은 예수께서 하자 하시는 대로 하였다.
(마태 3:13-15)

1장

예수 사건의 시작

〈11세기 예수 얼굴 유채화〉,
스트라스부르 대성당 부속박물관,
Wissenbourg 수도원

역사적 존재 예수

예수는 역사적 인물이었을까?

"예수는 역사적 인물이었을까?"

그리스도인에게 이런 질문을 하면 곧장 입에서 다음과 같은 답이 나올 것이다.

"예수님은 서기 1년 12월 25일 새벽 베들레헴 마을 어느 여관의 마구간에서 태어나셨다. 그때 아기 예수님은 누워 계실 잠자리가 시원치 않아 급한 김에 말구유에 누였는데 놀라운 일이 벌어졌다. 들판에서 양을 치던 목자들이 하늘의 노랫소리를 듣고 달려와 예수님에게 경배했고, 동방에서 별을 보고 박사 세 사람이 찾아와 왕이 나셨다며 아기 예수님 앞에서 무릎을 꿇었다. 그러고는 헤로데가 쌍심지를 켜고 아기를 죽이려 하니 이집트로 피신 가라며 충고하는 바람에 다행히 예수님은 목숨을 건졌지만 또래의 아기들은 모두 학살 당하고 말았다."

아니, 이상하고 신기한 일은 사실 그 전부터 있었다. 나자렛 마을에서 요셉과 정혼한 처지에 있던 마리아가 처녀의 몸으로 아기를 가졌던 것이다.

과거의 교회에선 예수라는 존재와 관련해 앞 내용들의 진위여부를 조목조목 따지지 않았다. 오히려 따지려는 사람이 있으면 교회의 권위에 대한 도전으로 간주해 장작불에 태우는 벌로 응징했다. 그러니 타죽지 않으려면 아무리 궁금증이 생기더라도 입을 꼭 다물 수밖에! 하지만 요즘은 세상이 많이 달라졌다. 예수에 대해 수많은 도전적인 질문들이 제기되고 교권마저 떨어질 대로 떨어져, 교회 입장에서도 교리로 확정된 내용이니까 질문을 삼가라고 말하기 어려운 상황이다. 21세기 들어 정보와 통신이 최대한 개방된 마당에 과연 어느 누가 교보문고 입구에 막아서서 반反그리스도교 서적을 못 읽게 만들 수 있겠는가?

그리스도교의 창시자인 예수는 실존 인물이었다. 가끔씩 성서에서 예수가 지나치게 과대 포장되고 교회의 가르침에도 워낙 황당한 내용들이 많기에 아예 예수의 존재 자체를 부정하는 사람들이 있다. 이를테면, 물 위를 걸었다거나 삽시간에 돼지 2천 마리를 물에 빠뜨려 죽게 만들었다거나 심지어 죽은 사람까지 살려냈다는 보도들을 상식적으로 받아들이기 힘들다는 것이다. 지난 2천 년 동안 그리스도교 영향권 아래서 살아온 서구에서는 예수에 대한 갖가지 가르침이 이미 자연스런 내용으로 자리 잡았기에 큰 흔들림이 없을지 몰라도 그리스도교가 낯선 나라에선 예수라는 존재가 도전에 맞닥뜨리는 게 당연한 이치다. 도대체 죽었다가 다시 살아나 구름을 뚫고 하늘로 올라갔다는 게 될 법이나 한 소린가?(사도 1:9) 그와 같은 갖가지 구설수에도 불구하고 예수는 실존 인물이었음이 분명하다. 당시 비非그리스도교 문헌에서도 예수에 대한 이야기를 찾을 수 있기 때문이다. 모두 합쳐 일곱 가지로, 그리 많지 않으니 한 가지씩 문헌을 중심으로 살펴보겠다.

예수께서는 이 말씀을 하시고 사도들이 보는 앞에서 승천하셨는데 마침내 구름에 싸여 그 모습이 보이지 않게 되셨다.(사도 1:9)

『바빌론 탈무드』, 베라콧 28b

"나자렛 도당들과 이단자들을 즉각 사라지게 하소서. 살아 있는 이들의 책에서 그들을 지워버리시어 의인들과 함께 적혀 있지 않게 하소서. 무엄한 자들을 굴복시키시는 하느님, 찬양 받으소서."

이것은 기원 85년경, 랍비 작은 사무엘이 '18조 기도문'의 12조항에 첨가한 대목이다. 유대인들은 회당 집회 때마다 18개 항목으로 구성된 기도문[1]을 바쳤고 매 간구가 끝날 때마다 회중會衆은 '아멘'으로 응답한다. 그 중 12번째 이단배척 조항에 '나자렛 도당들'이라는 말을 첨가함으로써 유대교와 그리스도교는 공식적으로 결별하게 된다. 여기서 나자렛 도당이 '나자렛 (출신) 예수'를 따르던 그리스도인들이었음은 두말할 나위가 없다.

요세푸스, 『유대고사』, 18권 3장

"이즈음에 굳이 그를 사람으로 부른다면, 예수라고 하는 현자 한 사람이 살았다. 예수는 놀라운 일들을 행하며 그의 진리를 받아들이는 사람들의 선생이 되었다. 그는 많은 유대인들과 헬라인들 사이에서 명성이 높았다. 그는 바로 메시아였다. 빌라도는 우리 유대인들 중 고위층 사람들이 예수를 비난하는 소리를 듣고 그를 십자가에 처형시키도록 명령했으나, 처음부터 그를 따르던 사람들은 예수에 대한 애정을 버리지 않았다. 예수가 죽은 지 3일째 되는 날, 그는 다시 살아서 그들 앞에 나타났다. 이것은 하느님의 선지자들이 이미 예언했던 바, 예수에 대한 많은 불가사의한 일들 중의 하나였다. 오늘날까지도 그를 따르는 그리스도인들이 사라지지 않고 있다."

요세푸스(37?-100?)는 예수의 다음 세대에 활동했던 유대인 역사가다. 그는 제1차 유대전쟁(66-70년)이 끝난 후 로마에 끌려가 여생을 마쳤는데, 그때 이스라엘의 역사를 기술한 바 있다. 『유대고사*Antiquitates Judaicae*』라 부르는 역사서다. 여기에 예수에 대한 언급이 있는데 글자 그대로 보면 예수와 그리스도인에 호의적이었던 것으로 비쳐진다. 하지만 이는 후대 그리스도인 검열관이 개작한 것이고 실제로는 상당히 부정적인 내용이 담겨 있었다고 한다.

"이즈음에 굳이 그를 사람으로 부른다면, 예수라고 하는 마술쟁이 한 사람이 살았다. 예수는 이상한 가르침을 기쁨으로 받아들이는 그런 사람들에게 놀랄 만한 속임수에 능한 선생이 되었다. 그는 많은 유대인들과 헬라인들 사이에서 명성이 높았고 그들에 의해 메시아로 받들어졌다. 우리 유대인들 중 고위층 사람들이 예수를 고소하여 빌라도가 그를 십자가에 처형시키도록 명령했으나, 처음부터 그를 따르던 사람들은 여전히 예수에 대한 헛소리를 멈추지 않고 있다. 예수가 죽은 지 3일째 되는 날, 하느님의 예언자들이 이미 예언했던 대로 그는 다시 살아서 그들 앞에 나타났다는 예찬을 여전히 하고 있으니 말이다. 예수에 대한 많은 불가사의한 일들 중의 하나였다. 오늘날까지도 그를 따르는 메시아주의자들(그리스도인들)이 사라지지 않고 있다."

여기에 묘사된 바를 따르면 그리스도인들은 이상한 가르침을 듣고 기뻐한다고 몰아 세웠는데, 이를테면 오른뺨을 때리면 왼뺨을 돌려대라(마태 5:40)는 가르침 등이다. 아무튼 당시의 유대인들이 전반적으로 예수에게 부정적인 입장을 갖고 있었음은 분명하다.

누가 오른뺨을 치거든 왼뺨마저 돌려대고 또 재판에 걸어 속옷을 가지려고 하거든 겉옷까지도 내주어라.(마태 5:40)

수에톤, 『클라우디우스』, 25

"유대인들은 어떤 크레스토에 의해 선동되고 계속하여 소요를 야기했기 때문에 그는 유대인들을 로마에서 추방시켰다(49-50년경)"

로마의 황제 클라우디우스(41-54) 때 로마 시내에서 큰 싸움이 벌어졌다. 그들은 서로 싸움을 벌이면서 무어라고 소리를 쳤는데 이를 전한 로마 역사가 수에톤은 '크레스토'라 했고 이는 '크리스토스'(그리스도)를 얼치기로 알아들은 것이다. 역사적으로 매우 중대한 정보인데, 기원후 49-50년경, 즉 예수가 부활한 후 불과 20년 안에 복음이 제국의 수도 로마까지 전달되었음을 뜻하기 때문이다. 말하자면 예수 그리스도를 따르는 로마 거주 유대인들과 그리스도를 거부하는 유대인들 사이에 싸움이 벌어졌다는 것이다. 그 싸움이 얼마나 치열하고 위험했던지 클라우디우스는 모든 유대인에게 로마를 떠나도록 소개령疏開令을 내렸다. 이렇게 로마를 떠났던 유대인들은 네로 황제(54-68)의 명령으로 다시 로마로 들어온다.

타키투스, 『연대기』, 15장 44절

"이 소문을 종식시키기 위해 네로는 반종교적인 성향으로 미움 받던 이들을 기술적으로 고문할 것을 명령했다. 그들은 일반적으로 '그리스도인'이라 불리었다. 그 이름은 티베리우스 시대에 본티오 빌라도 총독(26-36)에 의해 처형된 그리스도로부터 온 것이다. 당시에 처벌되었던 그 사악한 미신은 다시 유대뿐 아니라 로마에까지 파고 들어와, 더럽고 사악한 것을 퍼뜨리며 자발적인 동료들을 얻어냈다."

제국의 수도 로마에서 서기 64년에 일어난 9일간의 대화재는 로마 시에 엄청난 타격을 입혔다. 14개 구역 중 10개 구역이 화재에 휩싸였으며 수십만 명의 이재민이 생겼다. 제국 정부는 이재민의 수용시설을 대폭 늘리고 식료품을 공급했지만 인간적인 어떤 노력도, 황제의 어떤 하사품도, 어떤 속죄의 제사도 화재가 (네로 황제의) 명령에 따른 것이라는 소문을 가라앉힐 수 없었다고 한다. 상황이 최악으로 치닫자 황제는 희생양을 찾기 시작했고, 곧이어 적당한 자들이 선택되었다. 그렇게 그리스도인들에 대한 박해가 시작되었는데 로마의 역사가 타키투스는 위와 같이 당시의 상황을 기록했다.

　로마인들은 종교의 목적을 사회적 안정을 보장하는 데 있는 것으로 간주했다. "'종교'라는 뜻을 가진 'Religion'은 키케로가 언급했다시피 라틴어 religio에서 온 것이며, religio의 이해가 바로 로마종교의 원 모습을 살펴보는 지름길이라 할 수 있다. 이 말은 본래 '일처리를 하다'라는 뜻을 가지는데 속뜻은, 어떤 일을 대충 해나가는 것이 아니라 꼼꼼하게 수행해가는 것으로, 철저한 순종의 질서를 내포한다. 따라서 로마 시대의 종교적인 문헌들에서 이 단어가 유난히 많이 발견된다는 사실은 전혀 놀라운 일이 아니다."[2] 따라서 '반종교적'이라고 할 때는 그리스도교가 로마 사회의 질서를 어지럽히는 것으로 간주되었다는 뜻이고, 그리스도인들이 (박해를 피해) 한밤중에 공동묘지에서 예배를 드리며 수상한 음식을 먹는다(예수 그리스도의 살과 피)는 것은 '사악한 미신'으로 오해받기에 충분했다. 네로 시대(54-68) 제국 내에서 그리스도교의 위상을 잘 보여주는 언급이다.

『플리니우스 편지』, 2장 7항

비티니아 속주의 총독 플리니우스 2세가 112년경 트라야누스 황제에게 그리스도인들의 실태를 보고한 서간을 읽어보자: "그들은 일정한 날 밝기 전에 모여 서로 번갈아가며 마치 신과 같은 그리스도를 위해 찬송가를 부른다는 것입니다…… 그런 일이 끝나면 그들은 관습에 따라 흩어졌다가 다시 모여 음식을 드는데 이는 *해롭지 않은 보통 음식*(원래 뜻은 '죄 없는 완전히 평범한 식사')입니다."

기원후 112년경 로마의 속주 비티니아의 신임 총독으로 부임한 플리니우스 2세(Gaius Plinius Caecilius Secundus, 기원후 61-112)는 트라야누스 황제(Traianus, 98-117)에게 편지를 보냈다. 비티니아에서 골머리를 앓게 만들던 자들을 처리하는 데 지침을 내려달라는 편지였다. 그는 문제를 유발시키는 자들을 거론하면서 한 가지 점을 강하게 부각시켰다. "나는 그들에게서 괴팍스럽고 극단적인 미신밖에는 아무 것도 발견하지 못했습니다. 그래서 나는 조사를 연기하고 당신의 조언을 요청하게 되었습니다." 말하자면 자신은 황제의 신임을 받는 충직한 총독으로서 최선을 다해 사안을 조사했으니 그 마지막 결정도 황제가 내려달라는 것이었다. 노련미 넘치는 관리의 모습이다. 그 편지 중에 그리스도인들의 예배에 관해 위와 같은 묘사가 나온다. 틀림없이 플리니우스는 상황을 정확히 파악하기 위해 예배에 정보원을 잠입시켰을 테고 그 정보에 의거 결론을 내렸다. '죄 없는 완전히 평범한 식사cibum, promiscuum tamen et innoxium!'이는 분명 성찬을 일컫는 말이다. 그렇다면 왜 죄 없음과 평범함을 강조했을까?

고대 지중해 권에는 수많은 종교가 있었고 나름대로의 종교의식을 갖고 있었다. 로마 세계에서 널리 행해지던 디오니소스 축제에서는 제물(동물, 간혹 인간)을 바치고 그것을 나누어 먹음으로써 신과 인간이 하나가 된다는 믿음이 발견된다. 그리고 로마 군인들 사이에 인기가 높았던 미트렌밀교密教에서는 통과의례로 선택된 사람들만 종교의식에 참여해, 이른바 '거룩한 식사'를 나누곤 했다. 로마 시대의 대표적인 종교의식 두 가지만 들어도 우리는 손쉽게 주변에서 성찬을 바라보던 시선을 짐작할 수 있다. '차별성을 가진 집단(세례 받은 이들)이 매주 따로 모여 식사를 한다.', '그리스도인이라고 불리는(사도 11:26, 1베드 4:16) 그들은 빵과 포도주를 먹으면서 교주의 피와 살이라고 한다더라.' 종교의 목적을 사회 안정에 두었던 로마인들에게 제사 중 사람을 제물로 바치고 인육을 취하는 행동은 용납되지 않았다. 도대체 어떤 종교이기에 감히 제국의 질서를 어지럽힌단 말인가? 그런 자들은 철저하게 색출해서 따끔하게 본을 보여주어야 한다!

그를 만나 안티오키아로 데리고 왔다. 거기에서 두 사람은 만 일 년 동안 그 곳 교회 신도들과 함께 지내면서 많은 사람들을 가르쳤다. 이때부터 안티오키아에 있는 신도들이 처음으로 그리스도인이라고 불리게 되었다.(사도 11:26)

그러나 여러분이 그리스도인기 때문에 고난을 당한다면 부끄러워하지 말고 오히려 그리스도인이 된 것을 하느님께 감사하십시오.(1베드 4:16)

요세푸스, 『유대고사』, 20권 200장

"이른바 그리스도라는 예수와 동기 간인 야고보가 62년 대제관 아난의 명으로 돌에 맞아 순교했다."

예수의 부활·승천 이후 최초의 그리스도교회가 예루살렘에 탄생했다(사도행전 2장 참조). 이 교회는 유대 회당의 직제를 본떠 베드로, 요한, 야고보 등 3인의 장로단이 교회를 이끌었다(갈라 2:9). 그중에 야고보는 예수와 형제지간으로 알려져 있는데 돌에 맞아 순교했다는 것이다. 그의 존

재는 마르코복음 6장 3절에서도 확인된다(마르
6:3). 이 사건을 계기로 예루살렘 모교회는 요르
단 강 건너편 펠라로 이주했다고 전해진다. 가톨
릭에서는 야고보를 예루살렘 교회의 첫 번째 주
교였다고 하는데 여기서 '주교'는 딱히 2세기 이
후 교구가 세워지고 교계제도가 확립된 상황에
서 붙여진 호칭이 아니라 위대한 신앙의 선배로
서 존경을 담아 붙이는 호칭이다. 야고보는 특히
사도 바울로와 친분이 있었던 것으로 보인다. 바
울로가 예루살렘을 방문했을 때 야고보만 만나
고 왔다고 전하기 때문이다(갈라 1:19). 추측컨대
야고보가 예수와 동기였으니 만큼 외모가 흡사
했기에 살아생전 예수를 만나지 못했던 바울로
는 마치 예수를 만난 듯 감동을 받았으리라.

6세기 말경, 『바빌론 탈무드』, 산헤드린편 43a

과월절 전날 예수를 매달았다. 그 40일 전에 전령이 이렇게 외쳤다. "예수는
성 밖으로 끌려가 돌에 맞아 죽을 것이다. 왜냐하면 그는 마술을 부리고 이스
라엘을 현혹하고 빗나가게 했기 때문이다. 그를 변호할 말이 있는 사람은 나
와서 말하라." 그를 변호하는 말이 없었으므로 과월절 전날 저녁 때 그를 매
달았다.

유대인의 최대 명절인 과월절/유월절은 기원전 13세기경 자신들의 조

상이 유배의 땅 이집트에서 빠져나왔던 출애굽사건에서 기인한다. 유대인들의 최고법정인 산헤드린의 사형절차에 따르면 사형으로 판결 받은 수인은 형을 집행하기 전 일정 시간 동안 고지 기간을 갖는다. 만일 그동안에 별다른 변호의 말이 없으면 형을 집행했다. 복음서에 따르면 예수는 산헤드린에서 사형선고를 받고 나서 하루를 넘기지 못하고 형이 집행되었으니 앞의 보도는 잘못된 것이다. 게다가 산헤드린의 결정으로 종교범으로 선고 받았던 예수는 로마 총독에게 넘겨져 정치범으로 죄목이 바뀌었고, 그에 따라 십자가형을 당했으니 '돌에 맞아 죽을 것이다'라고 한 언급도 잘못된 것이다. 따라서 앞의 보도가 신빙성이 크게 결여된 것임은 분명하다(6세기 말!).

하지만 유대인의 법전인 탈무드에서 예수의 경우를 언급했다는 측면에서 예수의 역사성을 증명하는 자료로 간주할 수 있다. 참고로 유대인의 사형에는 목 졸라 죽이기, 목 잘라 죽이기, 불태워 죽이기, 돌로 쳐 죽이기 등 네 가지 방법이 있고 가장 보편적인 것은 돌로 쳐 죽이기였다. 그래서 스테파노, 바울로 같은 성서의 인물들도 돌로 쳐 죽이는 형벌에 처해졌다.

나자렛 출신 예수

예수라는 이름

한국의 그리스도인들은 '예수'라는 발음에 매우 익숙해 있지만 우리나라에서 한 걸음만 벗어나도 이 말을 전혀 알아듣지 못할 것이다. 미국 사람들에게는 예수가 '지저스'일 터이고, 독일인들에게는 '예수스', 중국인들은 '야소'라 부르니 말이다. 그러나 히브리어로 '예수'라는 명칭의 원래 발음은 '요수아'에 가까웠다고 한다. 요수아란 구약성서에 20회 이상 등장하는 이름으로 우리에게는 가나안 땅을 정복한 장본인인 '요수아'(혹은, 여호수아)가 잘 알려져 있다. 이 발음이 헬레니즘 문화권으로 넘어가면서 헬라 발음인 '이에수스'가 되었고, 이것이 서구 사회를 거쳐 우리에게까지 넘어오면서 2천 년 뒤의 한국에서는 '예수'라 불리게 된 것이다.

하지만 아무리 '예수'라는 발음의 족보를 치밀하게 추적하더라도 그 옛날 갈릴래아 땅에서 불렸던 정확한 발음의 복구는 어차피 불가능하다. 왜냐하면 읽는 법이란 쓰인 글자와는 달라 세월이 지나면서 큰 변천을 겪기 때문이니, 우리에게는 그저 '예수'의 원래 발음이 '요수아'와 가까웠으려니 하는 추측만 허락될 뿐이다. '요수아'라는 이름은 '하느님께서 돕는다', 혹은 '하느님께서 구원하신다'라는 뜻을 가진다. 이를 두고 많은 그리스도인들이 들뜬 어조로, '예수'라는 이름 자체에 벌써 세상을 구원할 하느님의 경략經略이 담겨 있다고 강조한다. 즉, 될성부른 나무는 떡잎부터 알아본다는 식으로 예수가 장차 이루어낼 위업을 미리 보여주려고 일부러 이런 이름이 붙여졌다는 주장이다(마태 1:21).

물론 '예수'라는 이름에 그런 뜻이 있는 것은 분명하다. 그러나 '예수'란 당시의 유다인들 사이에서 매우 흔한 이름이었다는 사실도 간과해서는 안 된다. 신약성서에 나오는 것들만 해도 '예수 바라바'라는 죄수(마태 27:16)와 '바르 예수'라는 거짓 예언자가 있을 정도이다(사도 13:6). 한국에서도 흔히 아기의 이름을 붙일 때 신경을 많이 써서, 가능한 한 복스럽고 아름답게 지으려고 노력하지 않는가! 마찬가지로 그 옛날의 유다인들도 좋은 이름을 아기에게 선사하려고 했다. 한 가지 예를 들자면 바울이 가진 유다 식 이름인 '사울'은 이스라엘 초대 임금인 베냐민 지파 출신의 '사울'에서 따온 것이다(사도 7:58, 8:1, 9:1). '예수'라는 이름도 당시에는, 구약성서의 인물에서 따온 그저 평범한 남성의 이름이었다고 보면 무방하겠다.

"마리아가 아들을 낳을 터이니 그 이름을 예수라 하여라. 예수는 자기 백성을 죄에서 구원할 것이다" 하고 일러주었다.(마태 1:21)

마침 그 때에 (예수) 바라빠라는 이름난 죄수가 있었다.(마태 27:16)

그들이 섬을 다 돌고 마침내 바포에 이르렀을 때 한 유다인 마술사를 만나게 되었다. 그는 바르 예수라고 하는 거짓 예언자였고(사도 13:6)

성 밖으로 끌어 내고는 돌로 치기 시작하였다. 그 거짓 증인들은 겉옷을 벗어 사울이라는 젊은이에게 맡겼다.(사도 7:58)

사울은 스데파노를 죽이는 일에 찬동하고 있었다.(8:1)

한편 사울은 여전히 살기를 띠고 주의 제자들을 위협하며 대사제에게 가서 (9:1)

이리하여 예언자를 시켜 "그를 나자렛 사람이라 부르리라" 하신 말씀이 이루어졌다.(마태 2:23)

그리고 베드로가 대문께로 나가자 다른 여종이 그를 보고는 거기 있는 사람들에게 "이 사람은 나자렛의 예수와 함께 다니던 사람이오" 하고 말하였다.(마태 26:71)

사람들이 나자렛 예수께서 지나가신다고 하자(루가 18:37)

그들이 "나자렛 사람 예수를 찾소" 하자 "내가 그 사람이다" 하고 말씀하셨다. 예수를 잡아줄 유다도 그들과 함께 서 있었다. 예수께서 "내가 그 사람이다" 하고 말씀하셨을 때 그들은 뒷걸음치다가 땅에 넘어졌다. 예수께서 다시 "너희는 누구를 찾느냐?" 하고 물으시자 그들은 "나자렛 사람 예수를 찾소" 하고 대답하였다.(요한 18:5-7)

빌라도가 명패를 써서 십자가 위에 붙였는데 거기에는 "유다인의 왕 나자렛 예수"라고 씌어 있었다.(요한 19:19)

유스도라고도 불리는 예수가 또한 여러분에게 문안합니다. 할례를 받은 사람들 중에서 하느님 나라를 위해서 나와 함께 일하는 사람들은 이들뿐인데 이들은 나에게 큰 위로가 되었습니다.(골로 4:11)

그렇다면 좋은 이름을 너도나도 따왔을 테니, 그 수많은 예수들 중에 어떻게 우리의 예수님을 알아볼 수 있을까? 이는 '예수'와 하나처럼 붙어 다니는 또 한 가지의 호칭으로 가능하다. '예수 바라바'나 '바르 예수'나 '유스도 예수'처럼 예수님은 '나자렛 예수'로 불렸다(마태 2:23, 26:71, 루가 18:37, 요한 18:5-7, 19:19, 골로 4:11). 이를테면, 많은 예수들 중에서 특히 갈릴래아 지방의 나자렛 출신 예수라는, 구별을 지향한 이름이다. 처음에는 구별을 위해 편의상 붙여졌던 '나자렛 예수'는 훗날 그리스도교에서 막강한 영향력을 가진 구원자의 이름으로 그 독특한 향기를 풍기게 된다.

이와 마찬가지 이유로 헬레니즘 세계에서는 예수를 흔히 '이에수스 크리스토스'라 불렀는데, '크리스토스'란 히브리어 '메시아'의 헬라어 번역으로 '기름 부음 받은 자'라는 뜻을 가지며, 원래는 일종의 관직을 가리키는 보통명사였다고 한다. '이에수스 크리스토스', 우리말로 '예수 그리스도'라는 복합 호칭 역시 그리스도교의 훗날을 통괄하는 이름으로 자리 잡게 된다.

예수의 탄생지와 탄생일

예수의 탄생에 관해서는 루가복음 2장 1-7절에 비교적 자세한 정보가 실려 있다. 시리아에 퀴리노가 총독으로 있었던 때 아우구스투스 황제가 천하에 호구 조사령을 내렸고, 모두들 본적지로 돌아가 등록을 해야만 했다. 예수의 아버지인 요셉 역시 자신의 '본고장'인 다윗의 동네 베들레헴으로 갔는데 마침 그의 부인 마리아가 임신 중이었고 결국 베들레헴에서 몸을 풀게 되었다.

예수 탄생의 조건은 매우 신기하다. 유대인에게 소녀와 여성을 구분하는 나이는 12세다. 그래서 통상 12세쯤 정혼을 하고 1년간 정혼한 상태에서 집에 머물다가 시집으로 들어가는 게 관례였다. 바로 이 정혼 기간에 마리아가 아기를 가졌는데 이는 율법에 따르면 '돌로 쳐 죽이기' 형벌에 해당하는 경우였다. 하지만 요셉은 의로운 사람이라 마리아와 이혼을 결심했으나 꿈에 천사가 나타나 막았다고 한다(마태 1:18-25). 당시 지중해 세계에는 위대한 인물은 아버지의 힘을 빌지 않고 태어난다는 민간 신앙이 있었다. 대표적인 예가 로마 황제 아우구스투스의 동정녀 탄생이다. 그러니 만일 예수가 한국 땅에 태어났다면 박혁거세나 김알지처럼 알에서 나왔다고 했을지도 모를 일이다.

예수 그리스도께서 태어나신 경위는 이러하다. 예수의 어머니 마리아는 요셉과 약혼을 하고 같이 살기 전에 잉태한 것이 드러났다. 그 잉태는 성령으로 말미암은 것이었다. 마리아의 남편 요셉은 법대로 사는 사람이었고 또 마리아의 일을 세상에 드러낼 생각도 없었으므로 남모르게 파혼하기로 마음먹었다. 요셉이 이런 생각을 하고 있을 무렵에 주의 천사가 꿈에 나타나서 "다윗의 자손 요셉아, 두려워하지 말고 마리아를 아내로 맞아들이어라. 그의 태중에 있는 아기는 성령으로 말미암은 것이다. 마리아가 아들을 낳을 터이니 그 이름을 예수라 하여라. 예수는 자기 백성을 죄에서 구원할 것이다" 하고 일러주었다. 이 모든 일로써 주께서 예언자를 시켜, "동정녀가 잉태하여 아들을 낳으리니 그 이름을 임마누엘이라 하리라" 하신 말씀이 그대로 이루어졌다. 임마누엘은 '하느님께서 우리와 함께 계시다'는 뜻이다. 잠에서 깨어난 요셉은 주의 천사가 일러준 대로 마리아를 아내로 맞아들였다. 그러나 아들을 낳을 때까지 동침하지 않고 지내다가 마리아가 아들을 낳자 그 아기를 예수라고 불렀다.(마태 1:18-25)

구약성서 미가서 5장 1-2절에는 다음과 같은 구절이 나온다. "그러나 에브라다 지방의 베들레헴아, 너는 비록 유다 부족들 가운데서 보잘 것 없으나 내 대신 이스라엘을 다스릴 자 너에게서 난다." 유다인들에게 베들레헴[3]이라는 지명은 특별한 의미를 가지고 있었다. 이 자그마한 마을은 이스라엘의 2대 임금이었던 다윗의 고향이며(1사무 16장 참조), 미가서에 나오듯 장차 위대한 인물이 탄생할 곳이었다. 잘 알려져 있다시피 다윗은 통일 왕국이라는 위업을 달성한 이로 이스라엘 역사에서 황금기를 구가해낸 인물이다. 따라서 장차 나타날 위대한 인물도 마치 다윗과 같이 이스라엘에게 영광을 가져올 것이고, 그에 걸맞게 반드시 다윗의 가문에서, 그리고 그의 고향 마을인 베들레헴에서 태어나야만 했다. 이를 두고 흔히 '메시아 대망待望사상'이라 하는데 예수가 태어날 즈음에는 다른 어떤 시대보다 메시아의 등장에 대한 기대가 높았다고 한다.

예수는 다윗의 고향인 '베들레헴'에서 태어났고(마태 2장 참조), 비록 양아버지이기는 하지만 그의 아버지인 요셉은 어엿한 다윗의 후손이었으니(마태 1:1-17, 루가 2:4) 자연스럽게 예수 역시 다윗 가문에 편입되었다. 그러므로 예수의 탄생지와 가계에 신기한 탄생까지 더해볼 때 메시아

아브라함의 후손이요, 다윗의 자손인 예수 그리스도의 족보는 다음과 같다. 아브라함은 이사악을 낳았고 이사악은 야곱을, 야곱은 유다와 그의 형제를 낳았으며 유다는 다말에게서 베레스와 제라를 낳았고 베레스는 헤스론을, 헤스론은 람을, 람은 암미나답을, 암미나답은 나흐손을, 나흐손은 살몬을 낳았고 살몬은 라합에게서 보아즈를 낳았으며 보아즈는 룻에게서 오벳을 낳았고 오벳은 이새를, 이새는 다윗 왕을 낳았다. 다윗은 우리아의 아내에게서 솔로몬을 낳았고 솔로몬은 르호보암을, 르호보암은 아비야를, 아비야는 아삽을, 아삽은 여호사밧을, 여호사밧은 요람을, 요람은 우찌야를, 우찌야는 요담을, 요담은 아하즈를, 아하즈는 히즈키야를, 히즈키야는 므나쎄를, 므나쎄는 아모스를, 아모스는 요시야를 낳았고, 이스라엘 민족이 바빌론으로 끌려갈 무렵에 요시야는 여고니야와 그의 동생들을 낳았다. 바빌론으로 끌려간 다음 여고니야는 스알디엘을 낳았고 스알디엘은 즈루빠벨을, 즈루빠벨은 아비훗을, 아비훗은 엘리아킴을, 엘리아킴은 아졸을, 아졸은 사독을, 사독은 아힘을, 아힘은 엘리훗을, 엘리훗은 엘르아잘을, 엘르아잘은 마딴을, 마딴은 야곱을 낳았으며, 야곱은 마리아의 남편 요셉을 낳았고 마리아에게서 예수가 나셨는데 이분을 그리스도라고 부른다. 그러므로 아브라함에서 다윗까지가 십사 대이고, 다윗에서 바빌론으로 끌려갈 때까지가 십사 대이며 바빌론으로 끌려간 다음 그리스도까지가 또한 십사 대이다.(마태 1:1-17)

요셉도 갈릴래아 지방의 나자렛 동네를 떠나 유다 지방에 있는 베들레헴이라는 곳으로 갔다. 베들레헴은 다윗 왕이 난 고을이며 요셉은 다윗의 후손이었기 때문이다.(루가 2:4)

가 되기에 매우 합당한 조건이 제공된 셈이다. 그런가 하면 예수가 탄생할 즈음에 일어났던 사건도 눈여겨보아야 한다. 당시 사람들에게는 지중해 권圈이 곧 온 세계였고, 이를 석권한 로마는 명실 공히 세계제국이었다. 따라서 예수가 탄생할 때에 맞추어 로마제국 전체에 호구 조사가 있었다는 사실을 통해 예수가 가지는 의미를 세계사적으로 풀어낼 수 있다. 바야흐로 인류를 구원할 이가 태어났으니, 구성원 파악에 오차가 없게 마침 인구 조사까지 있었다는 말이다.

거창한 때에 거창한 곳에서 태어나신 예수……, 복음서에 실린 보도의 핵심 내용이다. 그러나 이런 보도는 한두 가지 문제점을 담고 있다. 먼저 역사적으로 볼 때 루가복음 2장(1절)에서처럼 아우구스투스 황제가 전 로마제국에 호구 조사를 내린 적은 없었으며, 설혹 호구 조사를 했더라도 거주지에서 이루어졌지 몇 대 전 조상이 살았던 '본고장'으로 돌아가는 법은 없었다고 한다. 사실 이런 엄청난 인구 이동은 행정적으로 볼 때도 지나치게 낭비적인 처사일 뿐이다. 호구 조사란 원래 세금과 징병 등 제국의 편의를 목적으로 이루어지는 것이니 구태여 인구 이동까지 할 필요가 없지 않은가? 다음으로 시리아의 퀴리노 총독이 이스라엘 지역에서 호구 조사를 했던 때는 기원후 6-7년경으로 예수의 추정 탄생 년도(기원전 6년경)와는 거의 12-13년 정도 차이가 난다. 그러므로 역사적으로는 루가복음 2장 1-7절과 관련해서 기대해볼 만한 행정적인 조치가 없었다는 결론이다.

> 그 무렵에 로마 황제 아우구스토가 온 천하에 호구 조사령을 내렸다.(루가 2:1)

학계에서는 흔히 헤로데 대왕의 재임 시절(기원전 37-4년) 말기에 예수가 태어났다는 보도(마태 2:19, 루가 1:5)를 근거로 하여 예수의 탄생을 대략 기원전 6년경으로 잡는다. 따라서 탄생한 년도도 이처럼 불확실한 마당에 하물며 로마 가톨릭의 그레고리안력을 따라 12월 25일일까, 아니면 정교회의 율리우스력을 따라 1월 6일일까 하는 예수의 탄생일 계산은 더욱더 불가능한 것으로 보인다. 그리고 당시에는 보통 출생지에서 부모의 가업을 이어받아 사는 게 통례였으니 만큼 예수가 나자렛에서 출생했을 가능성을 조심스럽게 상정해보는 이들도 있다. 이런 주장들이 옳다면, 결과적으로 예수 탄생에 대한 신앙의 역사와 실제 역사 사이에 괴리가 생기는 셈이다.

혜로데가 죽은 뒤에 주의 천사가 이집트에 있는 요셉의 꿈에 나타나서(마태 2:19)

혜로데가 유다의 왕이었을 때에 아비야 조에 속하는 사제 한 사람이 있었는데 그 이름은 즈가리야였고 그의 아내는 사제 아론의 후예로서 이름은 엘리사벳이었다.(루가 1:5)

"디오니시우스 엑시구우스라는 수사가 525년 로마에서 예수 성탄을 기점으로 서력을 만들었다. 그는 예수께서 로마 건국 754년에 탄생하신 것으로 여겼는데, 계산이 조금 틀렸다. 예수는 혜로데 대왕 생존 시에 탄생했다…… 12월 25일 크리스마스도 예수의 진짜 탄일이 아니다. 로마의 기독교인들이 313년에 신앙의 자유를 얻고 난 다음부터 예수 탄일을 지내기 시작하였는데, 언제 태어나셨는지 모르니까 로마 시민들이 '불멸의 태양 탄일'을 경축하던 동짓날을 예수 탄일로 정했을 뿐이다."[4] 예수의 생일은, 정확히 말해 350년 교황 율리우스 1세가 이단을 믿는 로마인들을 그리스도교로 개종시키기 위해 '12월 25일이 예수 그리스도의 생일이다'라고 선언한 데서 유래한다.

예수의 가족 관계

마르코복음 6장 3절에 따르면 예수는 목수의 아들이었고 어머니 마리아와 형제인 야고보, 요셉, 유다, 시몬 외에 몇몇 누이들이 있었으며(마태 13:55), 그 아버지는 요셉이었다고 한다(루가 4:22 이하 참조). 또한 예수의 고향 사람들이 그의 가족을 '우리 동네 사람들'이라고 부른 점(마태 13:56)을 미루어볼 때, 출가해 이곳저곳 떠돌아다닌 예수와는 달리 모두 나자렛에 눌러 살았던 것으로 보인다. 예수의 가족 관계와 관련해 그리스도교 역사에서 한 가지 문제가 되었던 것은 어머니 마리아가 평생 동정을 지켰는가 하는 점인데, 만일 그랬다면 예수의 형제자매들은 모두 이복異腹(혹은 사촌)이 될 터이고, 만일 예수 이후로 동정을 풀었다면 친자매, 친형제가 될 것이다. 그리고 만일 마리아가 요셉의 후처로 들어갔다면 이들은 전처의 소생들일 수도 있다. 비록 오늘날에는 그리 심각한 문제로 부각되지 않지만, 한때는 개신교와 가톨릭 사이에서 치명적인 논쟁을 벌이게 만들었던 주제였다.

가족에 대한 예수의 태도를 보도한 마르코복음 3장(20-21절, 31-35절)과 마태복음 10장(35-36절), 그리고 루가복음 9장(60절)을 보면 하나같

"저 사람은 그 목수의 아들이 아닌가? 어머니는 마리아요. 그 형제들은 야고보, 요셉, 시몬, 유다가 아닌가?"(마태 13:55)

"그리고 그의 누이들은 모두 우리 동네 사람들이 아닌가? 그런데 저런 모든 지혜와 능력이 어디서 생겼을까?" 하면서 (마태 13:56)

예수께서 집에 돌아오시자 군중이 다시 모여들어서 예수의 일행은 음식을 먹을 겨를도 없었다. 이 소식을 들은 예수의 친척들은 예수를 붙들러 나섰다. 예수가 미쳤다는 소문이 돌고 있었기 때문이다.(마르 3:20-21)

그 때 예수의 어머니와 형제들이 밖에 와 서서 예수를 불러달라고 사람을 들여보냈다. 둘러앉았던 군중이 예수께 "선생님, 선생님의 어머님과 형제분들이 밖에서 찾으십니다" 하고 말하였다. 예수께서는 "누가 내 어머니이고 내 형제들이냐?" 하고 반문하시고 둘러앉은 사람들을 돌아보시며 말씀하셨다. "바로 이 사람들이 내 어머니이고 내 형제이다. 하느님의 뜻을 행하는 사람이 곧 내 형제요, 자매요, 어머니이다."(마르 3:31-35)

"나는 아들은 아버지와 맞서고 딸은 어머니와, 며느리는 시어머니와 서로 맞서게 하려고 왔다. 집안 식구가 바로 자기 원수다."(마태 10:35-36)

예수께서는 "죽은 자들의 장례는 죽은 자들에게 맡겨두고 너는 가서 하느님 나라의 소식을 전하여라" 하셨다.(루가 9:60)

프라바스코, 〈성가족상〉,
낭트, 프랑세즈 가코 컬렉션
마리아가 후처라는 전승에서 유래한 그림이다.
요셉이 늙었다.

이 기존의 가족 관계를 거부하는 말씀들이 나온다. 집안 식구끼리 맞서게 하러 왔다고 말씀하시는가 하면 아버지의 장례를 치르고 오겠다는 제자를 만류하기까지 한다. 가족이라는 인연을 그처럼 가볍게 여긴 예수의 말씀은 어디까지나 하느님 안에서 이루어지는 진정한 가족 관계, 곧 종말론적인 가족 관계를 염두에 두었기 때문이다. "누가 내 어머니며 내 형제들이냐?"고 반문한 뒤에 예수는 주변에 둘러앉은 군중을 둘러보며 "바로 이 사람들이 내 어머니이고 내 형제들이다. 하느님의 뜻을 행하는 사람이 곧 내 형제요, 자매요, 어머니이다"(마르 3:34-35)고 말씀한다. 비록 피와 살을 나누지는 않았지만 하느님을 따르는 이들로 새로운 가족 관계가 형성된다는 의미이다. 하느님의 뜻이라는 절대 가치 앞에서 혈연이라는 세상 가치가 힘없이 무너지는 순간이었다.

또 한 가지 예수의 가족과 관련해 던져지는 중요한 질문은 결혼 유무이다. 내가 예수의 신변에 관해 주변에서 종종 받는 질문이기도 하다. "예수는 결혼했습니까?" 참으로 난감한 질문이다. 보통은 예수가 독신이었기를 기대하며 한 질문으로 기왕이면 전문가에게 확인을 받고 싶은 심정에서 물어본 터일 것이다. 하지만 간혹 반대의 경우도 있다. 예수가 지나치게 신격화된 데 거부감을 느껴서 도발적으로 묻는 것일 수도 있다.

이스라엘의 풍습에 따르면 남성이 성인이 되는 13세 이후로는 결혼이 가능했고 일반적인 경우 결혼을 하는 게 상식이었다. 그런데 예수만 유독 나이 서른이 다 되도록(루가 3:23) 뚜렷한 하자도 없는 처지에 결혼하지 않았다는 것은 받아들이기 힘든 경우다. 또한 예수는 종종 '랍비'라 불리었는데(마르 12:14, 요한 20:16) 랍비(율법선생)가 되려면 반드시 결혼해야

예수께서는 서른 살 가량 되어 전도하기 시작하셨는데 사람들이 알기에는 그는 요셉의 아들이요, 요셉은 엘리의 아들이며(루가 3:23)

그 사람들은 예수께 와서 이렇게 물었다. "선생님. 선생님은 진실하시며 사람을 겉모양으로 판단하지 않으시기 때문에 아무도 꺼리지 않고 하느님의 진리를 참되게 가르치시는 줄 압니다. 그런데 카이사르에게 세금을 바치는 것이 옳습니까? 옳지 않습니까? 바쳐야 합니까? 바치지 말아야 합니까?"(마르 12:14)

예수께서 "마리아야!" 하고 부르시자 마리아는 예수께 돌아서서 히브리 말로 "라뽀니!" 하고 불렀다. (이 말은 '선생님'이라는 뜻이다.)(요한 20:16)

예수께서 거기를 떠나 유다 지방과 요르단 강 건너편으로 가셨는데 사람들이 또 많이 모여들었으므로 늘 하시던 대로 그들을 가르치셨다. 그 때에 바리사이파 사람들이 와서 예수의 속을 떠보려고 "남편이 아내를 버려도 좋습니까?" 하고 물었다. 예수께서는 "모세는 어떻게 하라고 일렀느냐?" 하고 반문하셨다. "이혼장을 써주고 아내를 버리는 것은 허락했습니다." 하고 그들이 대답하자 예수께서는 이렇게 말씀하셨다. "모세는 너희의 마음이 굳을 대로 굳어져서 이 법을 제정해준 것이다. 그런데 천지 창조 때부터 하느님께서는 사람을 남자와 여자로 만드셨다. 그러므로 사람은 그 부모를 떠나 자기 아내와 합하여 둘이 한 몸이 되는 것이다. 따라서 그들은 이제 둘이 아니라 한 몸이다. 그러므로 하느님께서 짝지어 주신 것을 사람이 갈라놓아서는 안 된다." 집에 돌아 와서 제자들이 이 말씀에 대하여 물으니 예수께서는 "누구든지 자기 아내를 버리고 다른 여자와 결혼하면 그 여자와 간음하는 것이며 또 아내가 자기 남편을 버리고 다른 남자와 결혼해도 간음하는 것이다" 하고 말씀하셨다.(마르 10:1-12)

했다는 점을 보아도 예수의 결혼은 충분히 가능성이 있는 발상이다. 하지만 앞에서 보았듯이 성서에는 예수가 결혼하여 부인과 자식을 두었다는 이야기는커녕 아예 가족마저 떠나 산 것으로 나온다. 물론 복음서 작가들이 예수의 명예에 손상이 갈까봐 일부러 예수의 결혼과 관련된 정보들을 누락시켰을 가능성도 있다.

그러나 예수가 독신이었을 가능성도 없지는 않다. 아니, 그분 자신이 스스로 독신이었을 가능성을 강하게 내보이고 있다. 마태오복음 19장 12절을 읽어보자. "처음부터 결혼하지 못할 몸으로 태어난 사람도 있고 사람의 손으로 그렇게 된 사람도 있고 또 하늘나라를 위하여 스스로 결혼하지 않는 사람도 있다. 이 말을 받아들일 만한 사람은 받아들여라." 이 구절이 뜻하는 바는 명확하다. 예수 스스로 하늘나라를 위해 독신의 길을 택했던 것이다. 예수는 결혼의 신성함을 강조하면서 수시로 이혼의 절대불가를 말씀했는데(마르 10:1-12) 만일 공생애 3년 동안 그렇게 가정을 팽개치고 재야의 인물로 살았다면 큰 모순이라 할 수 있다. *예수는 결혼하지 않았다.*

예수의 직업과 교육 정도

예수의 직업에 대해서는 설왕설래 많은 이야기들이 오간다. 우선 성서에 보면 아버지인 요셉의 직업을 두고 '테크톤'이라 한다. 우리나라에서는 이를 흔히 '목수'라고 번역하는데 글자 그대로 보면 '기술자'다. 특히, 건축 기술자를 뜻하는 경우가 많았는데 건축 기술자란 단순히 나무만 다루는 게 아니라 건축에 대한 전반적인 지식을 갖고 있어야 했다. 우리 식으로 따지면 대목大木 정도가 될지 모르겠다. 잘 알다시피 우리에게 대목이라고 하면 큰 기와집을 설계하고 시공하고 감독하는 총책임자가 아닌가! 만일 예수가 아버지의 직업을 이어받아 건축 기술자로 살았다면 아마 큰 토목공사를 따라 이스라엘 땅 방방곡곡을 다녔을 것이다. 어차피 나자렛이라는 동네는 고고학적인 연구에 따르면, 불과 인구 4백 정도의 작은 마을이라 일거리가 많지 않았을 테니 말이다. 예수의 말씀 중에 곧잘 건축 현장에서 오갔을 법한 용어가 나온다는 것도 예수가 건축 기술자였을 가능성에 보탬이 된다. 이를테면, '포도원 소작인의 비유' 중 마지막 절에 "집 짓는 사람들이 버린 돌이 모퉁이의 머릿돌이 되었다"(마르 12:10)고 하신 말씀이나 예루살렘 성전을 두고 "지금은 저 웅장한 건물들이 보이겠지만……"(마르 13:2)라고 평하신 말씀 등이다.

그런가 하면 예수의 직업이 농사꾼이었다고 하는 견해도 있다. 사실 예수의 비유들을 들어 보면 대부분 농사와 관련된 것들이기는 하다. 씨 뿌리는 사람의 비유(마르 4:1-9), 저절로 자라는 씨의 비유(마르 4:26-29), 겨자씨의 비유(마르 4:30-32) 등등이다. 그러나 당시만 해도 자급자

예수께서 다시 호숫가에서 가르치셨다. 군중이 너무나 많이 모여들었기 때문에 예수께서는 배를 타고 그 안에 앉으신 다음 배를 물에 띄웠다. 그리고 군중은 모두 호숫가에 그대로 서 있었다. 예수께서는 비유로 여러 가지를 가르치시면서 이렇게 말씀하셨다. "자, 들어보아라. 씨 뿌리는 사람이 씨를 뿌리러 나갔다. 씨를 뿌리는데 어떤 것은 길바닥

에 떨어져 새들이 와서 쪼아먹고 어떤 것은 흙이 많지 않은 돌밭에 떨어졌다. 흙이 깊지 않아서 싹은 곧 나왔지만 해가 뜨자 뿌리도 내리지 못한 채 말라버렸다. 또 어떤 것은 가시덤불 속에 떨어졌다. 가시나무들이 자라자 숨이 막혀 열매를 맺지 못하였다. 그러나 어떤 것은 좋은 땅에 떨어져서 싹이 나고 잘 자라 열매를 맺었는데, 열매가 삼십 배가 된 것도 있고 육십 배가 된 것도 있고 백 배가 된 것도 있었다." 예수께서는 이어서 "들을 귀가 있는 사람은 알아들어라" 하고 말씀하셨다.(마르 4:1-9)

예수께서 또 말씀하셨다. "하느님 나라는 이렇게 비유할 수 있다. 어떤 사람이 땅에 씨앗을 뿌려놓았다. 하루하루 자고 일어나고 하는 사이에 씨앗은 싹이 트고 자라나지만 그 사람은 그것이 어떻게 자라는지 모른다. 땅이 저절로 열매를 맺게 하는 것인데 처음에는 싹이 돋고 그 다음에는 이삭이 패고 마침내 이삭에 알찬 낟알이 맺힌다. 곡식이 익으면 그 사람은 추수 때가 된 줄을 알고 곧 낫을 댄다."(마르 4:26-29)

예수께서 또 말씀하셨다. "하느님 나라를 무엇에 견주며 무엇으로 비유할 수 있을까? 그것은 겨자씨 한 알과 같다. 땅에 심을 때에는 세상의 어떤 씨앗보다도 더욱 작은 것이지만 심어놓으면 어떤 푸성귀보다도 더 크게 자라고 큰 가지가 뻗어서 공중의 새들이 그 그늘에 깃들일 만큼 된다."(마르 4:30-32)

족이 주를 이루는 사회였기에 농사일은 어느 누구에게나 익숙한 것이었다. 우리나라도 불과 백년 전까지 도시생활과 농촌생활이 뚜렷이 구분되지 않았다고 한다. 그러니 농사일을 비유의 주제로 삼았다는 사실을 근거로 예수가 농사꾼이었다고 주장하는 것은 지나친 비약이다. 아무튼 농사일이든 건축일이든 예수의 말씀 속에는 생활의 지혜들이 가득 들어차 있다. 예수가 충분한 사회 경험과 맑은 예지로 이 세상 구석구석을 면밀하게 살피는 시선을 갖고 있었음은 틀림없다.

예수의 교육 정도에 대해서는 거의 알려져 있지 않다. 당시의 상식에 따르면 글이란 지배 계층의 전유물이었고 체계적인 율법 공부는 율사 후보생들에게만 허용된 것이었다. 사도 바울로를 두고 흔히 율사, 혹은 율사후보생이었다고 하는데, 그래서 그런지 그의 글에서는 제대로 교육을 받은 자의 품위가 느껴진다. 만일 예수의 직업이 건축 기술자나 농사꾼이었다면 글을 익혔을 가능성은 희박하다. 당시의 중·하층민의 처지가 다 그렇다는 말이다. 특히, 예수가 히브리어의 사투리인 아람어를 사용했다는 점은 정식 교육과 거리가 있었음을 보여준다. 다만 예수님이 간음 현장에서 잡혀온 여인을 구해준 이야기(요한 8:1-11)에서 예수가 몸을 굽혀 손가락으로 땅에 무엇인가 쓰고 있었다는 말이 나온다(6절 참조)

그렇다면 유독 예수만 자신의 출신성분에 맞지 않게 글을 익혔던 것일까? 알 수 없는 일이다. 정식으로 율사교육을 받았는지 아니면 어깨너머로 글을 익혔는지 추적해낼 방법은 없지만 예수에게 놀란 만한 율법 지식과 이해가 있었음은 분명하다. 그래서 예수의 거침없는 율법 해석은 언제나 주변을 놀라게 만들었고 당대의 큰 화제가 되었다. 그저 누군가에게(회당 장로들에게?) 주워들은 몇몇 율법 조항들만 갖고 그렇게 파격적인 사고(마태 5:17-48 참조)를 끌어낼 수 있었을까? 쉽게 결론 내리기 어려운 지점이다.

예수께서는 올리브 산으로 가셨다. 다음 날 이른 아침에 예수께서 또다시 성전에 나타나셨다. 그러자 많은 사람들이 몰려들었기 때문에 예수께서는 그들 앞에 앉아 가르치기 시작하셨다. 그 때에 율법 학자들과 바리사이파 사람들이 간음하다 잡힌 여자 한 사람을 데리고 와서 앞에 내세우고 "선생님, 이 여자가 간음하다가 현장에서 잡혔습니다. 우리의 모세법에는 이런 죄를 범한 여자는 돌로 쳐 죽이라고 하였는데 선생님 생각은 어떻습니까?" 하고 물었다. 그들은 예수께 올가미를 씌워 고발할 구실을 찾으려고 이런 말을 하였던 것이다. 그러나 예수께서는 몸을 굽혀 손가락으로 땅바닥에 무엇인가 쓰고 계셨다. 그들이 하도 대답을 재촉하므로 예수께서는 고개를 드시고 "너희 중에 누구든지 죄없는 사람이 먼저 저 여자를 돌로 쳐라" 하시고 다시 몸을 굽혀 계속해서 땅바닥에 무엇인가 쓰셨다. 그들은 이 말씀을 듣자 나이 많은 사람부터 하나하나 가버리고 마침내 예수 앞에는 그 한가운데 서 있던 여자만이 남아 있었다. 예수께서 고개를 드시고 그 여자에게 "그들은 다 어디 있느냐? 너의 죄를 묻던 사람은 아무도 없느냐?" 하고 물으셨다. "아무도 없습니다. 주님." 그 여자가 이렇게 대답하자 예수께서는 "나도 네 죄를 묻지 않겠다. 어서 돌아가라. 그리고 이제부터 다시는 죄짓지 마라" 하고 말씀하셨다.(요한 8:1-11)

세상의 인물 예수

그 즈음에 예수께서 세례를 받으시려고 갈릴래아를 떠나 요르단 강으로 요한을 찾아오셨다. 그러나 요한은 "제가 선생님께 세례를 받아야 할 터인데 어떻게 선생님께서 제게 오십니까?" 하며 굳이 사양하였다. 예수께서 요한에게 "지금은 내가 하자는 대로 하여라. 우리가 이렇게 해야 하느님께서 원하시는 모든 일이 이루어진다" 하고 대답하셨다. 그제야 요한은 예수께서 하자 하시는 대로 하였다. 예수께서 세례를 받으시고 물에서 올라오시자 홀연히 하늘이 열리고 하느님의 성령이 비둘기 모양으로 당신 위에 내려오시는 것이 보였다. 그 때 하늘에서 이런 소리가 들려왔다. "이는 내 사랑하는 아들, 내 마음에 드는 아들이다."(마태 3:13-17)

그 무렵에 예수께서는 갈릴래아 나자렛에서 요르단 강으로 요한을 찾아와 세례를 받으셨다. 그리고 물에서 올라오실 때 하늘이 갈라지며 성령이 비둘기 모양으로 당신에게 내려오시는 것을 보셨다. 그 때 하늘에서 "너는 내 사랑하는 아들, 내 마음에 드는 아들이다" 하는 소리가 들려왔다.(마르 1:9-11)

사람들이 모두 세례를 받고 있을 때 예수께서도 세례를 받으시고 기도를 하고 계셨는데 홀연히 하늘이 열리며 성령이 비둘기 형상으로 그에게 내려오셨다. 그리고 하늘에서는 "너는 내가 사랑하는 아들, 내 마음에 드는 아들이다" 하는 소리가 들려왔다.(루가 3:21-22)

예수의 공생활 시작과 요한 세례자

루가복음 3장 23절에 보면 공생활을 개시하던 때에 예수는 대략 서른 살쯤이었다고 한다. 공생활을 시작하면서 예수에게 일어났던 첫 번째 사건을 두고 네 복음서는 한결같이 예수가 요한 세례자에게 세례를 받은 일이라고 전한다(마태 3:13-17, 마르 1:9-11, 루가 3:21-22, 요한 1:29-34). 그렇다면 왜 네 복음서 모두 공생활의 시작을 요한의 세례로 잡았을까?

다음날 요한은 예수께서 자기한테 오시는 것을 보고 이렇게 말하였다. "이 세상의 죄를 없애시는 하느님의 어린 양이 저기 오신다. 내가 전에 내 뒤에 오시는 분이 한 분 계신데 그분은 사실은 내가 태어나기 전부터 계셨기 때문에 나보다 앞서신 분이라고 말한 것은 바로 이분을 두고 한 말이었다. 나도 이분이 누구신지 몰랐다. 그러나 내가 와서 물로 세례를 베푼 것은 이분을 이스라엘에게 알리려는 것이었다." 요한은 또 증언하였다. "나는 성령이 하늘에서 비둘기 모양으로 내려와 이분 위에 머무르는 것을 보았다. 나는 이분이 누구신지 몰랐다. 그러나 물로 세례를 베풀라고 나를 보내신 분이 '성령이 내려와서 어떤 사람 위에 머무르는 것을 보거든 그가 바로 성령으로 세례를 베푸실 분인 줄 알아라' 하고 말씀해주셨다. 과연 나는 그 광경을 보았다. 그래서 나는 지금 이분이 하느님의 아드님이시라고 증언하는 것이다."(요한 1:29-34)

메시아의 등장과 관련하여 구약성서에는 다음과 같은 구절이 나온다. "이 야훼가 나타날 날, 그 무서운 날을 앞두고 내가 틀림없이 예언자 엘리야를 너희에게 보내리니…… 그래야 내가 와서 세상을 모조리 쳐부수지 아니하리라"(말라 3:23-24, 집회 48:10-11). 이 구절에 따라 예수 당시의 유다인들 사이에는 종말의 날이 들이닥쳐 세상이 심판 당하기 전에 반드시 엘리야가 먼저 도래해야 한다는 믿음이 있었다(마르 9:11). 뒤집어 말하자면, 선구자 엘리야도 오지 않았는데 메시아부터 등장하면 당시의 유다인들로부터 필요조건을 채우지 못한 가짜 메시아라는 비난을 면키 어려웠으리라는 뜻이다.

공관복음서의 보도에 따르면 사람들이 몰라보았을 뿐이지 엘리야는 이미 왔었고, 세례자 요한이 바로 엘리야였다고 한다(마태 17:12-13, 마르 9:13). 그는 예수 메시아의 등장에 앞서 미리 길을 닦아놓은 사람이며(마르 1:2-4), '자신은 물로 세례를 베풀지만 오실 그분은 성령으로 세례를 베푸실 것'을 내다본 이였다(마르 1:8). 그 외에도 복음서 곳곳에 세례자 요한을 예수의 신발 끈을 풀 자격도 없는 인물이라든가(마르 1:7), 오히려 예수에게 세례를 받아야 할 인물이라고 하는(마태 3:14) 등, 예수와 비교하여 몇 수 아래

이 야훼가 나타날 날, 그 무서운 날을 앞두고 내가 틀림없이 예언자 엘리야를 너희에게 보내리니, 엘리야가 어른들의 마음을 자식들에게, 자식들의 마음을 어른들에게 돌려 화목하게 하리라. 그래야 내가 와서 세상을 모조리 쳐부수지 아니하리라.(말라 3:23-24)

당신이 심판날에 와서 하느님의 분노가 터지기 전에 그 분노의 불을 끄고 아비들의 마음을 자식에게로 돌리며 야곱의 지파들을 재건하리라고 기록되어 있습니다. 당신을 본 사람들은 얼마나 행복하며, 당신과 사랑으로 맺어진 사람들은 얼마나 행복합니까? 우리 또한 생명을 얻을 것입니다.(집회 48:10-11)

예수께 "율법학자들은 엘리야가 먼저 와야 한다고 하는데 어떻게 된 일입니까?" 하고 물었다.(마르 9:11)

"그런데 실상 엘리야는 벌써 왔다. 그러나 사람들이 그를 알아보지 못하고 제멋대로 다루었다. 사람의 아들도 이와 같이 그들에게 고난을 받을 것이다" 하고 대답하셨다. 그제야 비로소 제자들은 이것이 세례자 요한을 두고 하신 말씀인 줄을 깨달았다.(마태 17:12-13)

"너희에게 말해두거니와, 사실은 성서에 기록된 대로 엘리야는 벌써 왔었고 사람들은 그를 제멋대로 다루었다."(마르 9:13)

그러나 요한은 "제가 선생님께 세례를 받아야 할 터인데 어떻게 선생님께서 제게 오십니까?" 하며 굳이 사양하였다.(마태 3:14)

요한은 낙타털 옷을 입고 허리에 가죽띠를 두르고 메뚜기와 들꿀을 먹으며 살았다.(마르 1:6)

예수께서 그들의 생각을 알아채시고 이렇게 말씀하셨다. "어찌하여 너희는 그런 생각을 품고 있느냐?"(마르 2:8)

"아니면 무엇을 보러 나갔더냐? 화려한 옷을 입은 사람이냐? 화려한 옷을 입은 사람은 왕궁에 있다."(마태 11:8)

왕은 그 말을 한 사람이 어떻게 차린 사람이더냐고 물었다. 그들이 대답하였다. "가죽으로 아랫도리를 가리고 몸에는 털옷을 걸친 사람이었습니다." 이 말을 듣고 왕은 "틀림없이 디스베 사람 엘리야다!" 하면서(2열왕 1:7-8)

예언자 이사야의 글에, "이제 내가 일꾼을 너보다 먼저 보내니 그가 네 갈 길을 미리 닦아놓으리라" 하였고, 또 "광야에서 외치는 이의 소리가 들린다. '너희는 주의 길을 닦고 그의 길을 고르게 하여라'" 하였는데, 기록되어 있는 대로 세례자 요한이 광야에 나타나 "회개하고 세례를 받아라. 그러면 죄를 용서받을 것이다" 하고 선포하였다. 그 때 온 유다 지방과 예루살렘에 사는 모든 사람이 그에게 와서 죄를 고백하며 요르단 강에서 세례를 받았다. 요한은 낙타털 옷을 입고 허리에 가죽띠를 두르고 메뚜기와 들꿀을 먹으며 살았다. 그는 사람들에게 이렇게 외쳤다. "나보다 더 훌륭한 분이 내 뒤에 오신다. 나는 몸을 굽혀 그의 신발끈을 풀어드릴 만한 자격조차 없는 사람이다. 나는 너희에게 물로 세례를 베풀었지만 그분은 성령으로 세례를 베푸실 것이다."(마르 1:2-8)

인 인물로 묘사되어 있다.

역사적으로 볼 때 세례자 요한은 예수와 거의 비슷한 시기에 등장해 강력한 세례 운동을 펼침으로써 유다 땅 전역에 큰 반향을 불러 일으켰던 인물이었다(요세푸스, 『유다고사』, 18,116-119 참조). 그의 행동거지나 생활양식은 구약성서의 예언자들, 특히 엘리야를 연상시키는 구석이 있으며(마르 1:6, 2:8, 마태 11:8 등. 2열왕 1:7-8), 또한 장차 다가올 심판을 선포하고 심판주를 예고한 점에서 그를 종말-묵시적인 예언자 군群에 넣을 수 있다(마르 1:2-8). 세례자 요한의 이런저런 모습을 미루어보아 1세기의 그리스도인들은 그가 예수 메시아를 예고하며 등장한 자라는 점, 곧 구약성서의 예언이 성취되었다는 점에 한 치의 의심도 품지 않았을 것이다.

신약성서에서는 예수와 세례자 요한의 실질적인 관계를 우선 예수가 받은 세례에 집중시켜 보도하고 있다. 그러나 심심찮게 세례 받은 후에도 예수와 세례자 요한, 나아가 양쪽 제자들 사이에 모종의 관계가 있었음을 암시하는 구절들이 발견되곤 하는데(요한 3:22-30 참조, 4:1-2, 마태 11:2-6, 7-19, 사도 18:25, 19:3-4), 피차 영향을 주고받았다는 뜻으로 해석할 수 있다. 그렇다면 이는 예수가 요한의 세례 운동에 참여했다는 뜻일까, 아니면 서로 다른 입장을 견지했다는 뜻일까? 역사적으로 판명하기 힘든 질문이다. 하지만 분명한 사실 하나는 네 복음서에 나와 있는 대로 예수가 공생활을 처음 시작했을 무렵 세례자 요한에게 세례를 받았다는 것이다. 이 사건의 외형적인 모습을 있는 그대로 따르면 예수가 세례자 요한이 펼치던 '세례 운동'에 참여했음을 의미한다. 공관복음의 보도처럼 사람들이 예수를 '세례자 요한'으로 불렀던 시기가 이미 세례자 요한이 헤로데의 수중에 넘어가 공개적인 활동을 하지 못하던 때(마르 6:14-17, 8:27-28)라는 점을 감안하면, 세례자 요한이 벌였던 세례 운동과 '대 회개 운동'을 예수가 이어간다는 인상을 주변 사람들에게 주었을 가능성이 높다.

예수께서 제자들과 함께 필립보의 가이사리아 지방에 있는 마을들을 향하여 길을 떠나셨다. 가시는 도중에 제자들에게 "사람들이 나를 누구라 하더냐?" 하고 물으셨다. "세례자 요한이라고들 합니다. 그러나 엘리야라고 하는 사람들도 있고 예언자 중의 한 분이라고 하는 사람들도 있습니다" 하고 제자들이 대답하였다.(마르 8:27-28)

예수의 이름이 널리 알려져 마침내 그 소문이 헤로데왕의 귀에 들어갔다. 어떤 사람들은 "그에게서 그런 기적의 힘이 나타나는 것을 보면 죽은 세례자 요한이 다시 살아난 것이 틀림없다"고 말하는가 하면 더러는 엘리야라고도 하고, 또 더러는 옛 예언자들과 같은 예언자라고도 하였다. 그러나 예수의 소문을 들은 헤로데왕은 "바로 요한이다. 내가 목을 벤 요한이 다시 살아난 것이다" 하고 말하였다. 이 헤로데는 일찍이 사람을 시켜 요한을 잡아 결박하여 옥에 가둔 일이 있었다.(마르 6:14-17)

예수께서 요한보다 더 많은 제자를 얻으시고 세례를 베푸신다는 소문이 바리사이파 사람들의 귀에 들어갔다. (사실은 예수께서 세례를 베푸신 것이 아니라 제자들이 베푼 것이었다.)(요한 4:1-2)

그런데 요한은 그리스도께서 하신 일을 감옥에서 전해 듣고 제자들을 예수께 보내어 "오시기로 되어 있는 분이 바로 선생님이십니까? 그렇지 않으면 우리가 다른 분을 기다려야 하겠습니까?" 하고 묻게 하였다. 예수께서는 그들에게 이렇게 대답하셨다. "너희가 듣고 본 대로 요한에게 가서 알려라. 소경이 보고 절름발이가 제대로 걸으며 나병환자가 깨끗해지고 귀머거리가 들으며 죽은 사람이 살아나고 가난한 사람들에게 복음이 전하여진다. 나에게 의심을 품지 않는 사람은 행복하다."(마태 11:2-6)

좋은 열매를 맺지 못하는 나무는 모두 찍혀 불에 던져지는 것이다.(마태 7:19)

그는 요한의 세례밖에 알지 못했으나 이미 주님의 가르침을 배워 잘 알고 있을 뿐 아니라 열성을 다하여 전도하며, 예수에 관한 일들을 정확하게 가르치고 있었다.(사도 18:25)

바울로가 "그러면 당신들은 어떤 세례를 받았습니까?" 하고 다시 묻자 그들은 "요한의 세례를 받았습니다" 하고 대답하였다. 이 때 바울로는 다음과 같이 일러주었다. "요한은 사람들에게 죄를 회개한 표시로 세례를 베풀었습니다. 그러나 요한은 자기 뒤에 오실 분 곧 예수를 믿으라고 사람들에게 가르쳤던 것입니다."(사도 19:3-4)

예수의 공생활 기간

세례를 받으면서 시작되고 십자가 사건으로 마무리될 때까지의 예수 공생활 기간은 어느 정도나 될까? 아무리 복음서를 자세히 읽어보아도 공

생활이 정확하게 몇 년, 몇 월, 몇 날부터 시작해 모년, 모월, 모일에 막을 내렸다는 식의 사실 보도는 전혀 등장하지 않는다. 따라서 우리는 복음서에 나오는 최소한의 암시들에 기대어 공생활 기간을 추론해야 한다. 복음서에 따르면 예수가 등장했을 때 아비야 조에 속하는 즈가리야가 성전의 사제로 있었고(루가 1:50), 티베리오가 로마 황제로 즉위한 지 15년이 되었으며, 본티오 빌라도가 유다 총독으로 있던 때였다(루가 3:15-16). 그리고 성전을 지은 지 46년째 되는 해였다고도 한다(요한 2:20)[5]. 이런 저런 성서의 보도를 근거로 할 때 역사적으로 대략 서기 27/8년경에 예수가 공생활을 시작한 것으로 보인다.

예수가 숨을 거둔 때는 그가 공생활을 시작했던 때보다 훨씬 정확하게 날짜를 추론해낼 수 있다. 예수가 십자가에 못 박힌 날은 유다인의 안식일(토요일) 전날이며, 부활한 날의 사흘 전이니 금요일일 테고, 그때는 마침 과월절 기간이었다. 그러니 역사적으로 과월절과 주말이 겹치는 기간을 찾으면 되고, 서기 30년이었을 가능성이 매우 높다. 학자에 따라서는 예수가 십자가에 달려 생을 마감한 날을 유다 절기로 과월절 전날인 니산월 14일, 서기로 계산하면 정확히 30년 4월 7일이라는 주장을 펴기도 한다.[6]

앞에 제시한 시간 계산에 따르면 예수는 대략 2-3년 정도 공생활을 한 셈인데, 마태오, 마르코, 루가복음 등 공관복음의 기록과 비교하면 모순이 한 가지 발견된다. 공관복음에 보면 예수는 생애 말기에 단 한 차례 과월절 축제를 지내기 위해 예루살렘으로 방문했고(마르 11:1-11, 마태 21:1-11, 루가 19:28-40 참조), 그곳에서 숨을 거두었다고 한다. 그런데 공관복음에 따르면 예수는 예루살렘을 한 번 방문했으니, 유다인의 종교 관습을 감안할 때 (당시에 이스라엘 성인 남자에게는 축제 때 예루살렘 순례 의무가 있었다) 그의 공생애는 1년 미만이 된다. 앞의 2-3년이라는 기간과 비교하면 큰 차이가 난다. 그러나 아직 난감해하기는 이르다. 다행히 요한복음에 보면 예수가 최소한 세 번 예루살렘에 방문한 것으로 되어 있기 때문이다(요한 2:13, 6:4, 11:55).

유다인들의 과월절이 가까워지자 예수께서는 예루살렘에 올라가셨다.(요한 2:13)

유다인들의 명절인 과월절이 이제 얼마 남지 않은 때였다.(요한 6:4)

유다인들의 과월절이 다가오자 많은 사람들이 명절 전에 몸을 정결하게 하려고 시골에서 예루살렘으로 올라갔다.(요한 11:55)

공관복음과 요한복음 중 어느 쪽 보도에 신빙성이 있을까? 과연 예루살렘 방문은 한 번이었을까, 세 번이었을까? 우선 예수가 유다교라는 테두리에 매이지 않으며, 하느님과 직통하는 분이라는 사실을 십분 감안할 때 그깟 순례 의무 따위가 무어 그리 대단할 게 있는가라는 추리가 가능하다. 말하자면 예수의 공생활이 몇 년이 되었든, 메시아로서의 처신답게 생애 마지막에 딱 한 번 하느님의 뜻을 온전히 실현시키려 예루살렘을 방문했을 수 있다는 의미이다. 그러나 이는 어디까지나 신학적인 중량감이 더해진 사고방식이고, 상식적으로 볼 때는 예수 역시 유다인이었던 만큼 요한복음 식으로 세 번의 예루살렘 방문이 옳을 수도 있다. 아무튼 요한복음의 보도에 신빙성을 둔다면, 위에서 제시한 대로 예수의 공생애가 2-3년이었을 것이라는 추정에 믿음직한 근거를 더하는 셈이다.

복음서들 사이의 긴장을 알아서였는지는 몰라도 초기 그리스도교회 전승에 다음과 같은 자료가 나온다. "한편 마르코와 루가가 복음서를 펴낸 뒤, 그동안 아무 것도 기록하지 않고 복음을 전했던 요한은 마침내 다음과 같은 이유에서 복음서를 집필하기 시작했다. 이미 앞선 세 개의 복음서는 그리스도께서 최초로 행하신 몇 가지 일과 복음의 시작에 관한 이야기가 부족하다는 사실을 증언하였다. 그것은 사실이었다. 왜냐하면 이들 세 명의 복음서 작가들은 세례자 요한이 투옥된 뒤 일 년 동안 주님의 행적을 기록했으며 그들의 이야기의 첫머리에 이것을 알렸다. 이런 이유로 복음서 기록에 착수하라는 청을 받은 사도 요한은 앞의 세 기자들이 기록하지 않은 시대의 이야기와 그들이 지나쳐버린 예수의 이야기를 기록했다고 한다."(유세비우스, 『교회사』, 3. 23)

그리스도교회의 가르침에서는 일반적으로 예수의 공생활을 3년으로 잡는다. 이는 공관복음서보다 요한복음의 보도에 비교적 잘 들어맞는다. 루가복음 3장 23절에 나오는 대로 예수가 전도를 시작했을 때 약 30세쯤 되었다면 생을 마감한 때에는 예수의 나이가 대략 33세 전후였을 것이다.

예수의 활동 지역

예수는 나자렛에서 나와 요르단 강에서 세례자 요한에게 세례를 받은 후, 광야(요르단 광야?)에서 시험을 받고 나서 이스라엘 북부의 갈릴래아 호숫가를 중심으로 약 3년 동안 활동했다. 그 기간을 흔히 예수의 공생애 公生涯라 한다. 예수가 갈릴래아 호숫가를 활동 중심지로 삼은 이유는 자명하다. 광활한 갈릴래아 호수(남북 21km, 동서 12km)에서는 많은 종류의 물고기들이 잡혔으며 호숫가에 물고기를 가공해서 전국에 공급하는 도시들이 즐비했다. 그처럼 갈릴래아 호숫가에 큰 상권이 형성되어 있었고 그에 따라 유동인구의 숫자도 상당했다. 예수가 자신의 복음을 선포하기에 더없이 좋은 조건이었다. 그렇다고 해서 예수의 활동 범위가 갈릴래아 호수 주변에만 머물렀던 것은 아니다.

예수는 종종 사마리아, 띠로, 시돈, 데카폴리스에서도 전도 활동을 폈다고 한다(마르 7-8장 참조). 그리고 생애 마지막에는 예루살렘에 입성해 성전에서 가르침을 베풀었고, 그 도시에서 죽음까지 맞이한다(마르 11-15장 참조). 이는 복음서에 나오는 활동 지역들을 간단히 정리한 것으로 상당한 신빙성을 가진 보도들이다. 그러나 예수의 활동 지역에 대한 이런 식의 단편적인 언급은 그 진정한 의미를 찾아내는 데 있어서 개연성이 턱없이 부족하다. 좀 더 깊은 설명을 들어보도록 하자.

예수가 활동하던 당시의 이스라엘 땅은 로마제국의 지배하에 있었고 북부 갈릴래아/중부 사마리아/남부 유다로 행정지역이 나누어졌다. 그 외의 주변 지역은 이방인과 유다인이 혼재한 땅이었다. 복음서 작가 마르코는 3장(7-12절)에서 예수의 활동 지역에 대해 대단히 중요한 보도를 한다. 여기에 보면 예수가 갈릴래아 호숫가로 물러나자 많은 사람들이 몰려오는데, 갈릴래아, 유다, 예루살렘, 에돔, 요르단 강 건너편, 띠로, 시돈 등에서 오는 사람들이다. 그리고 이들은 모두 예수의 놀라운 치유 능력을 기대하고 있었다고 한다.

◆———◆◆◆———◆

예수께서 제자들과 함께 호숫가로 물러 가셨을 때에 갈릴래아에서 많은 사람들이 따라왔다. 또 유다와 예루살렘과 에돔과 요르단강 건너편에 사는 사람들이며 띠로와 시돈 근방에 사는 사람들까지도 예수께서 하시는 일을 전해 듣고 많이 몰려 왔다. 예수께서는 밀어닥치는 군중을 피하시려고 제자들에게 거룻 배 한 척을 준비하라고 이르셨다. 예수께서 많은 사람을 고쳐주셨으므로 병으로 고생하는 사람들이 앞을 다투어 예수를 만지려고 밀려들었던 것이다. 또 더러운 악령들은 예수를 보기만 하면 그 앞에 엎드려 "당신은 하느님의 아들이십니다!" 하고 소리질렀다. 그러나 예수께서는 그들에게 당신을 남에게 알리지 말라고 엄하게 명령하셨다.(마르 3:7-12)

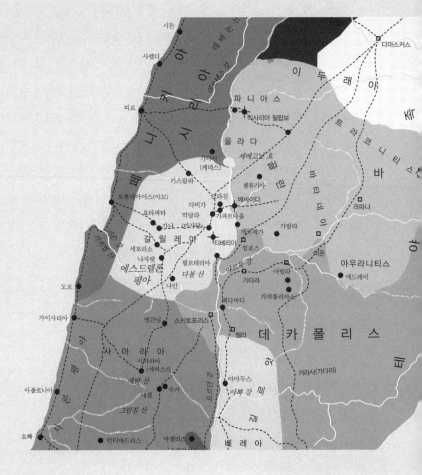

지중해

시돈
사렙디
띠로
보톨레마이스(아꼬)
욧타파타
강나
세포리스
나자렛
도르
가이사리아
아폴로니아
요빠

페니키아
갈릴레아
에스드렐론 평야
사마리아
안티바드리스

다마스커스
파니아스
가이사리아 필립보
울라다
가다사 (케데스)
키스칼라
다비가 막달라 가파르나움
다르진 벳싸이다
티베리아
겐네사
힙포스
아르벡 강
가다라 아빌라 가파톨리아스
엔간님 스키토포리스 벨라
데카폴리스
아마두스 야뿍 강
거라사(가다라)
베레아

이 두 래 아
트 라 코 니 티 스
바 탄 네 아
라파나
가말라 데온
아우라니티스 에드레이

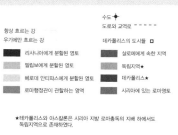

수도 ✦
도로와 교역로 ─────
데카폴리스의 도시들 ☐

항상 흐르는 강
우기에만 흐르는 강
리사니아에게 분할된 영토
필립보에게 분할된 영토
헤로데 안티파스에게 분할된 영토
로마행정관이 관할하는 영역
살로메에게 속한 지역
독립지역 ★
데카폴리스 ★
시리아에 있는 로마영토

★테카폴리스와 아스칼론은 시리아 지방 로마총독의 지배 하에서도 독립지역으로 존재하였다.

예수시대의 팔레스티나

위에 거론된 7개의 지명들은 예수 활동 지역의 성격을 결정짓는 데 중요한 정보를 제공한다. 예수의 주 활동 무대였던 갈릴래아를 중심에 놓고 보면, 유다, 예루살렘, 에돔(이두메아)은 남쪽이고, 요르단 강 건너편은 동쪽, 띠로와 시돈은 북쪽이다. 또한 유다, 예루살렘, 갈릴래아, 이두메아는 전통적인 의미에서 유다인 지역인 반면, 요르단 강 건너편인 베레아와 두로와 시돈은 비록 디아스포라 유다인이 많이 살기는 하나 이방인 지역으로 구분된다. 이런 식의 지명 나열은 결코 우연히 이루어진 것이 아니라 치밀한 계산에서 비롯된 것이다. 예수의 활동 영역이 지역적으로는 갈릴래아로부터 사방(아쉽게도 갈릴래아의 서쪽은 지중해이다)의 모든 땅이고 민족적으로는 비단 유다인뿐만 아니라 이방인도 포함된다는 사실이 거론된 지명들을 통해 드러난다.

예수의 활동 지역이란 표면적으로 보면 그저 예수가 이리저리 다닌 곳에 대한 정보를 주는 데 그치지만 이는 또한 예수가 전한 복음의 선포 범위를 보여주는 역할도 한다. 예수에게는 유다인/이방인으로 나누어 구원의 우선순위를 따지던 당시 유다교의 편협한 가르침 따위는 전혀 중요하지 않았다. 이렇게 폭넓은 입장을 가진 분이었기에 예수는 이방인 지역과 유다인 땅을 수시로 넘나들 수 있었으며, 어느 곳에 가든 양자 사이에 구별을 두지 않았다. 이방인 지역인 띠로에 가서, 이방 여인의 딸을 그녀의 믿음을 알아보고 서슴없이 고쳐주었다는 보도가 예수의 입장을 잘 보여주는 예라 하겠다(마르 7:24-

예수께서 그곳을 떠나 띠로 지방으로 가셨다. 거기서 어떤 집에 들어가 아무도 모르게 조용히 계시려 했으나 결국 알려지고 말았다. 그래서 악령이 들린 어린 딸을 둔 어떤 여자가 곧 소문을 듣고 예수를 찾아와 그 앞에 엎드렸다. 그 여자는 시로페니카아 출생의 이방인이었는데 자기 딸에게서 마귀를 쫓아내 달라고 간청하였다. 그러나 예수께서는 "자녀들을 먼저 배불리 먹여야 한다. 자녀들이 먹는 빵을 강아지들에게 던져 주는 것은 좋지 않다" 하고 말씀하셨다. 그래도 그 여자는 "선생님, 그렇긴 합니다만 상 밑에 있는 강아지도 아이들이 먹다 떨어뜨린 부스러기는 얻어먹지 않습니까?" 하고 사정하였다. 그제야 예수께서는 "옳은 말이다. 어서 돌아가 보아라. 마귀는 이미 네 딸에게서 떠나갔다" 하고 말씀하셨다. 그 여자가 집에 돌아가 보니 아이는 자리에 누워 있었고 과연 마귀는 떠나가고 없었다.(마르 7:24-30)

48

30). 이처럼 예수의 활동 지역이란 바로 예수의 대범한 면모와 복음의 보편성을 보여주는 척도가 된다.

예수에게 붙여진 이름

예수 그리스도! 그리스도교 내외적으로 널리 알려진 이 이름엔 두 가지 뜻이 들어 있다. 예수는 고향 이스라엘 땅에서 흔한 남자 이름이고 그리스도는 '기름 부음 받은 이'라는 뜻을 가진 히브리어 '메시아'의 헬라어 번역이다. 예수가 평범한 이름이라면 메시아는 특별한 이름이다. 마치 이스라엘의 통일을 이룩하고 부강한 나라로 만들었던 그 옛날 다윗 왕처럼 다시 한 번 이스라엘을 도탄에서 구해낼 인물이기 때문이다. 그런 까닭에 학계에서는 '역사의 예수'와 '신앙의 그리스도'라는 두 차원이 이름에 들어 있다고 정의 내린다. 후대의 시각으로 이름을 분석한 것이다. 그러나 예수가 처음 역사에 등장했을 때 주변 사람들은 그분이 누구인지 자세히 알지 못했다. 그래서 자신들이 받았던 인상대로 이름을 붙였는데, 이름들이 무척이나 다양하다. 하나하나 꼽아보겠다.

예수의 고향과 연결한 이름인 '나자렛 예수', 신기한 기적을 보고서는 '놀라운 분', 기적을 악마의 도구로 폄하시킬 때는 '악마의 두목', 탁월한 율법 해석으로 얻은 이름인 '랍보니(랍비)', 세례자 요한의 뒤를 잇는다고 하여 '환생한 요한', 먹고 마시는 데 거침이 없어서 '먹보에 술꾼', 주변에 온통 하층민이라서 '죄인과 세리의 친구', 종말 심판을 선언한 예언자와 견주는 이름인 '예언자'와 '엘리야', 다윗 시대를 재현하리라는 기대에서 '다윗의 후손'과 '메시아' 등등이 있다. 교회 시대로 넘어가면서 그 이름은 더욱 다양해져, 하느님의 전권을 물려받은 '하느님의 아들', 여타 인물과 비교 불가능한 오직 하나뿐인 '하느님의 외아들', 우리를 구원하실 '주님', 세상 죄를 없애주는 '어린양', 세상을 구원할 '구세주', 만사형통의 '전능자', 장차 심판자로 재림할 '인자人子', 하느님과 같은 분으로서 '말씀(로고스)' 등등이 있다. 이 중에서 가장 보편적인 이름이 바로 예수 그리스도다.

다윗의 후예로 기대를 한 몸에 모았던 메시아(그리스도)는 원래 정치적인 인물이었다. 그런데 예수의 행적과 말씀은 딱히 메시아의 그것이라고 보기에는 거리가 있었다. 그런 까닭에 1세기 교회는 이스라엘의 전통적인 메시아 상象에 다채로운 변화를 부여했다. 이를테면, 고난 받는 메시아, 재림할 인자 메시아, 종교적인 메시아 등등이다. 그러다가 325년의 니케아 공의회와 381년의 콘스탄티노플 공의회를 거치면서 삼위일체三位一體 교리로 예수의 정체를 확정짓기에 이른다. 예수가 하느님 자신이라는 것이다. 그 뒤로 메시아는 추억의 이름이 되었고 오늘날에는 그저 그리스도의 히브리어 원문 정도의 중요성만 가진다. 하지만 그렇다고 해서 예수를 절망에서 구해줄 영웅으로 여겼던 당시의 간절한 기대까지 퇴색한 것은 결코 아니다.

예수가 3년의 공생활을 끝내면서 수도 예루살렘에 입성하자 그를 맞이하는 군중은 입을 모아 함성을 내지른다. "호산나, 주님의 이름으로 오시는 분은 축복 받으소서! 우리 아버지 다윗의 (이제) 오는 나라는 축복 받으소서! 지극히 높은 곳에서는 호산나!" 혹시 혁명이라도 일어날까 공포심을 느낀 바리사이들은 예수에게 숨이 턱에 닿게 달려와 "랍비여 당신의 제자를 꾸짖으십시오"라고 부탁한다. 그러자 예수는 단호하게 그들의 청을 거절하며 선언한다. "그들이 잠잠하면 돌들이 소리 지를 것이다." 당시 누구도 제지할 수 없었던 그들의 함성은 오늘날까지 여전히 살아남아 우리 시대의 새로 쓰는 메시아 이야기를 요구하고 있다. 혹시 주변이 시끄러워 그 소리가 잘 안 들리는 분이 있다면 조금만 귀를 기울이길 바란다. 금세 들릴 것이다.

Sermon on the Mount.

예수께서 무리를 보시고 산에 올라가 앉으시자 제자들이 곁으로 다가왔다.
예수께서는 비로소 입을 열어 이렇게 가르치셨다.
"마음이 가난한 사람은 행복하다. 하늘 나라가 그들의 것이다. 슬퍼하는 사람은 행복하다.
그들은 위로를 받을 것이다. 온유한 사람은 행복하다. 그들은 땅을 차지할 것이다.
옳은 일에 주리고 목마른 사람은 행복하다. 그들은 만족할 것이다. 자비를 베푸는 사람은 행복하다.
그들은 자비를 입을 것이다. 마음이 깨끗한 사람은 행복하다. 그들은 하느님을 뵙게 될 것이다.
평화를 위하여 일하는 사람은 행복하다. 그들은 하느님의 아들이 될 것이다.
옳은 일을 하다가 박해를 받는 사람은 행복하다. 하늘 나라가 그들의 것이다."

(마태 5:1-10)

2장

예수 그리스도

✝

많은 이들이 험한 세상에서 살아남으려면 종교적 신념 따윈 그리 중요치 않다고 주장한다. 그런가 하면 아무리 세상살이가 험해도 우리가 마지막에 기댈 곳은 역시 교회라는 사람들도 있다. 그래서 그런지 교회를 사랑하면 세상과 멀어지고, 세상을 사랑하면 교회와 멀어지며, 하느님을 높이다 보면 인간이 찌그러들고 인간을 높이다 보면 하느님이 한데로 나앉게 되는 경우가 종종 있다. 이를 두고 신앙과 이성 사이의 갈등, 이상과 현실 사이의 괴리, 그리고 종교와 과학의 부조화라고 바꿔 말할 수도 있을 것이다. 그렇다면 종교와 과학이 서로를 돕고 이성과 신앙이 조화를 이루며 이상과 현실이 맞아떨어지는 방법은 없을까? 하느님과 인간의 관계가 구태여 반비례하는 게 아니라 같이 높아지는 길은 없을까? 예수는 "네 마음을 다하고 목숨을 다하고 생각을 다하고 힘을 다하여 주님이신 너의 하느님을 사랑하여라. 또 둘째 가는 계명은 '네 이웃을 네 몸 같이 사랑하여라' 한 것이다. 이 두 계명보다 더 큰 계명은 없다"고 말씀하신 바 있다. 사람도 살고 하느님도 사는 방법을 추구하신 분이라는 뜻으로, 마르코복음 12장 30-31절의 말씀이다. 예수의 진술한 가르침을 한 발 한 발 좇아보도록 하자.

사람을 바꾸다
_탁월한 교사 예수

강의를 하면서 종종 스스로에게 질문을 던져볼 때가 있다. 학생들이 과연 내 강의를 제대로 알아듣고 있을까? 지금의 저 애매모호한 눈빛은 알아들었다는 뜻일까, 아니면 졸음을 겨우 참고 있느라 저런가? 무표정이 한국 사람의 대표적 특징이라는 점을 고려할 때 수업 태도만으로 강의 습득 여부를 올바르게 판단하기는 어려운 노릇이다. 이를테면, 머릿속으로 딴 생각을 하든, 눈은 교수를 보지만 손전화로는 친구와 문자 메시지를 주고받든 딱히 알 도리가 없다. 그리고 (아주 드문 경우기는 하지만) 상당히 불량한 수업 태도를 가진 학생이었는데 의외로 좋은 답안을 낸 경우도 있다.

독일에서 공부를 끝내고 와 처음 강의를 맡았을 때는 의욕이 대단했다. 그래서 영어권, 독어권, 불어권 가리지 않고 신약성서학 분야의 최신 연구 동향을 전달하고 가능한 한 많은 학자들의 견해를 다양하게 알려주려 했다. 그런데 몇 학기 지나면서 어쩐지 강의 효과는 나의 노력과 반비

례한다는 느낌이 점점 강해졌다. 과연 어디에 잘못이 있을까? 특히, 수강 인원이 일정한 숫자에 도달하지 못하면 강의를 빼앗기고 마는 게 냉혹한 시간 강사의 세계이다 보니 신속하게 대처할 필요가 있었다. 독일 사람들이 즐겨하는 말대로 잘못하다간 '길바닥에 나앉을 신세'였다.

이렇듯 사설을 늘어놓은 데는 그만 한 이유가 있다. 예수 역시 나와 비슷한 처지에 놓여 있었을 것이 분명하기 때문이다. 예수는 하루 이틀도 아니고 3년 동안이나 매일 수많은 사람들이 제 발로 몰려오게 만들었고 그때마다 하느님의 엄청난 감동을 가슴 깊숙이 심어주었다. 무언가 대단한 비법이 숨어 있음이 틀림없다. 물론 2천 년 뒤의 대한민국이라는 환경에 사는 우리로서 예수의 인기 비결을 완전하게 알아내기는 불가능하다. 그러나 성서에 보도된 바를 한 자 한 자 자세히 읽어보면 약간의 틈이 보이기도 한다.

파격적인 언어

예수는 파격적인 표현을 즐겨하신 분이다. 이를테면 "오른 눈이 죄를 짓게 하거든 그 눈을 빼어 던져버려라…… 오른손이 죄를 짓게 하거든 그 손을 찍어 던져버려라"(마태 5:29-30), "누가 오른 뺨을 때리거든 왼뺨마저 돌려대라"(마태 5:40), "이 보잘 것 없는 사람들 중에 하나라도 죄짓게 하거든 차라리 목에 연자 맷돌을 달고 깊은 바다 속에 던져져 죽는 편이 오히려 나을 것이다"(마태 18:6), "일곱 번뿐 아니라 일곱 번씩 일흔 번이라도 용서하여라"(마태 18:26), "너희 같은 위선자들은 화를 입을 것이다"(마태 23:13), '회칠한 무덤'(마태 23:28), "지옥에 떨어질 것이다"(루가 10:16), '독사의 새끼'(루가 3:8 세례자 요한의 말), '사탄아 물러가라'(마태 16:23) 등등이 있는데, 이를 글자 그대로 알아듣고 실행하는 이는 아마 예나 지금이나 없을 것이다. 무슨 죽을 짓을 했다고 연자 맷돌을 목에 달고 자살까지 해야한다는 말인가? 그러면 그리스도인 치고 몇 명이나 목숨을 부지할 수 있을까?

파격적인 예수의 말씀에서 정작 중요한 점은 말씀이 주어진 상황이다. 예수는 '눈을 빼어 던져버려라'와 '손을 찍어 던져버려라'의 바로 전에 갈구하는 눈으로 여자를 쳐다본 경우 이미 그 여자와 간음한 것이라고 했다(마태 5:28). 여기에 사용된 헬라어 동사가 '에피튜메오'인데 그 뜻은 그저 관심을 갖고 쳐다보는 정도를 뜻한다. 말하자면 지나가는 여자를 은근하게 한 번 쳐다보기만 해도 육체적인 간음을 한 것과 마찬가지라는 말씀이다. 과연 한 번의 눈길로 불륜이 성립될 수 있을까? 예수의 말씀을 처음 들었던 사람 중 단 한 명도 그 뜻을 알아듣지 못했을 것이다. 아니, 요즘 사람들도 속수무책이기는 마찬가지다. 가르침을 듣는 군중들의 난처한 눈빛을 예수가 모르실 리 없었다. 그래서 뜻을 보다 분명하게 알아듣도록 파격적인 명령을 내리신 것이다. '눈을 빼어 던져버려라……'

"그러나 나는 너희에게 이렇게 말한다. 누구든지 여자를 보고 음란한 생각을 품는 사람은 벌써 마음으로 그 여자를 범했다."(마태 5:28)

친척 중의 어느 어르신에게 들은 이야기다. 그분의 딸이 중학생 시절에 조용필을 좋아했단다. 그래서 조용필의 콘서트만 열리면 만사 제쳐놓고 표를 구해 가곤 했다. 콘서트에 가면서 어른인 척 보이기 위해 가끔씩 변장까지 한 모양인데 어르신은 한때의 열정이려니 하고 못 본 척했다. 그러던 어느 날 일이 터지고 말았다. 딸이 아빠에게 오더니 심각한 어조로

"아빠, 오랫동안 고민했는데, 아무래도 조용필 오빠와 결혼을 해야겠어요" 하더란다. 어르신은 황당한 마음을 억누르며 기지를 발휘했다. "결혼을 허락한다. 어서 가서 조용필 씨를 데려와라." 아버지의 반대를 예상했던 딸은 난감했다. 조용필에게 자신의 사랑을 고백하는 일부터 쉽지 않기 때문이다. 딸은 결국 꿈을 접었고 나이가 차 조용필이 아닌 다른 남자와 결혼해서 지금 잘 살고 있다. 아빠의 파격적인 대답이 소녀 시절의 열정에서 벗어나게 한 것이다.

파격적인 언어는 종종 어려워만 보이던 문제를 쉽게 해결한다. 그래서 미처 깨닫지 못하던 차원을 알아보게 만들고 인생을 새롭게 재단할 수 있는 지혜를 선사한다. 아마 예수의 말씀을 듣던 청중도 비슷한 경험을 했을 것이다. 섣부른 눈길 한 번으로 간음죄가 성립된다면 과연 이 세상에 어떤 이가 죄에서 자유로울 수 있겠는가? 그처럼 청중이 어안이 벙벙할 즈음 예수는 확실한 한마디를 덧붙였다. "눈을 빼어 던져버려라." 아마 청중들은 집에 돌아와서도 한동안 혼란에서 벗어나지 못했을 것이다. 아니, 평생 이 말씀을 두고두고 씹으며 고민했을지 모른다. 그리곤 마침내 무엇인가 섬광처럼 깨달은 바가 있다면 무릎을 치며 '아, 예수 말씀이 이런 뜻이네!' 하며 탄성을 내보냈을 법하다. 예수의 파격적인 언어에서 선불교의 문답 형태인 화두話頭가 떠올랐다면 지나친 비약일까?

속 시원한 언어

제자들과 함께 있던 예수에게 부자 청년이 찾아와 영원한 생명을 구한 적이 있었다(마르 10:17-27 참조). 예수가 그에게 십계명을 지키라고 하자 청년은 당돌하게도 그 명령을 완벽하게 다 지켰다고 대답했다. 예수는 그 청년의 문제를 즉시 알아보았다. 교만에 빠져 있었던 것이다. 도대체 십계명을 완벽하게 지킬 수 있는 사람이 세상에 있겠는가? 예수는 청년의 자만심이 어디서부터 비롯되었는지 알아보고 구체적인 요구를 한 가지 더 한다. "모든 재산을 팔아 가난한 이에게 나누어 주고 나를 좇으라"는 것이었다. 상당한 재력가로서 재물에 애착이 강했던 청년은 슬픈 얼굴로 발길을 돌렸다. 쓸쓸히 돌아서는 청년의 뒤꼭지에 대고 하신 말씀이 그 유명한 "부자가 하느님 나라에 들어가는 것보다는 낙타가 바늘귀로 빠져 나가는 것이 더 쉬울 것이다"(25절)였다.

부자 청년 이야기에서 주목할 점은 "부자가 하느님 나라에 들어가는 것보다는 낙타가 바늘귀로 빠져 나가는 것이 더 쉬울 것이다"가 예수의 창작물이 아니라 이미 유대 사회에서 널리 통용되던 격언이라는 사실이다. 그런 격언 유는 비단 여기뿐 아니라 "남에게 대접받고 싶은 대로 남을 대접하라"(마태 7:12)는 황금률黃金律이나, "몸과 마음과 정성을 바쳐 네 하느님을 사랑하고 이웃을 네 몸처럼 사랑하라"(마르 12:30-31)는 '사랑의 이중계명'에서도 발견된다. 예수는 상식이 통하는 범위 내에서, 사람들에게 이미 널리 알려져 있던 말씀(격언, 속담, 유행어)을 사용했던 것이다. 자세하게 분석해보면 예수의 말씀 중 대략 90% 정도를 유대인의 구두 전승인 '장로들의 전승'이나 그 후속편인 『미슈나』, 『토세프타』, 『탈무드』 등에서 발견할 수 있다. 그렇다면 예수의 말씀이 갖는 독특성을 어디에서 찾을 수 있을까?

독특성은 바로 적절한 말씀 한 마디로 상황을 정리한 솜씨가 일품이라는 데 있다. 그 같은 예를 마르코복음 2장 15-17절에서도 발견할 수 있는

데, 예수와 죄인들이 같이 식사를 나누는 모습을 보고 바리사이들이 시비를 걸었다. 에제키엘 4장 13절, 호세아 9장 3-4절에 따르면 죄인들이 차린 밥상에 의인이 앉는 법이 아니었기 때문이다. 자칫 지루한 율법 논쟁으로 번져갈 수 있는 상황에서 예수는 "의사는 건강한 사람이 아니라 병자에게 필요한 법이다"(17절)라는 한 마디로 상황을 깔끔하게 정리했다. 이 역시 당시에 널리 나돌던 유행어였다.

다음으로 주목할 점은 부자 청년의 코를 납작하게 만들어 주변 사람들의 속을 시원하게 만들어주었다는 사실이다. 그 청년은 보나마나 화려한 옷을 차려입고 왔을 것이다. (아니면 어떻게 부자인지 알아보았겠는가?) 그러더니 예수 앞에서 감히 십계명을 빠짐없이 다 지킨다며 너스레를 떨었다. 3년 동안 그저 거지 신세나 겨우 면한 채 유랑생활을 하던 제자들에게 청년의 유세는 몹시 속이 거북한 일이었을 것이다. 그러다가 예수의 한마디로 청년이 힘없이 돌아가는 모습을 보며 아마 3년 묵은 체증이 확 내려갔을 법하다. 우리의 베드로는 이때를 놓치지 않고 즉시 나서서 한 마디 한다. "보시다시피 저희는 모든 것을 버리고 주님을 따랐습니다."(마르 10:28) 얌체 같아 보이지만 평소부터 물색없이 나섰던 베드로를 떠올리면 충분히 이해가 간다.

영국의 유명한 작가 조지 버나드 쇼(George Bernard Shaw, 1856-1950)가 미국의 발레리나 이사도라 덩컨(Isadora Duncan, 1880-1927)의 자유연애 상대자로 뽑힌 적이 있었다. 그때 덩컨 쪽에서 쇼에게 한 가지 제안이 들어왔다. "저의 육체를 가지고 당신의 두뇌를 가진 갓난아기는 얼마나 훌륭할까요?" 하고 덩컨이 유혹하자 쇼는 정색을 하고 대답했다. "소생의 육체를 가지고 당신의 두뇌를 가진 애란 얼마나 불행한가 생각해주시오." 버

어떤 율법교사가 일어서서 예수의 속을 떠보려고 "선생님, 제가 무슨 일을 해야 영원한 생명을 얻을 수 있겠습니까?" 하고 물었다. 예수께서는 "율법서에 무엇이라고 적혀 있으며 너는 그것을 어떻게 읽었느냐?" 하고 반문하셨다. "'네 마음을 다하고 네 목숨을 다하고 네 힘을 다하고 네 생각을 다하여 주님이신 네 하느님을 사랑하여라. 그리고 네 이웃을 네 몸같이 사랑하여라.' 하였습니다." 이 대답에 예수께서는 "옳은 대답이다. 그대로 실천하여라. 그러면 살 수 있다" 하고 말씀하셨다. 그러나 율법교사는 짐짓 제가 옳다는 것을 드러내려 "그러면 누가 저의 이웃입니까?" 하고 물었다.

예수께서는 이렇게 말씀하셨다. "어떤 사람이 예루살렘에서 예리고로 내려가다가 강도들을 만났다. 강도들은 그 사람이 가진 것을 모조리 빼앗고 마구 두들겨서 반쯤 죽여놓고 갔다. 마침 한 사제가 바로 그 길로 내려가다가 그 사람을 보고는 피해서 지나가버렸다. 또 레위 사람도 거기까지 왔다가 그 사람을 보고 피해서 지나가버렸다. 그런데 길을 가던 어떤 사마리아 사람은 그의 옆을 지나다가 그를 보고는 가엾은 마음이 들어 가까이 가서 상처에 기름과 포도주를 붓고 싸매어 주고는 자기 나귀에 태워 여관으로 데려가서 간호해주었다. 다음날 자기 주머니에서 돈 두 데나리온을 꺼내어 여관 주인에게 주면서 '저 사람을 잘 돌보아주시오. 비용이 더 들면 돌아오는 길에 갚아드리겠소' 하며 부탁하고 떠났다. 자, 그러면 이 세 사람 중에서 강도를 만난 사람의 이웃이 되어준 사람은 누구였다고 생각하느냐?" 율법교사가 "그 사람에게 사랑을 베푼 사람입니다" 하고 대답하자 예수께서는 "너도 가서 그렇게 하여라" 하고 말씀하셨다.(루가 10:25-37)

나드 쇼가 예수의 탁월한 감각을 따를 리 없지만 그저 한 가지의 비교거리가 될 성 싶어 예로 들었다.

요점을 밝히는 언어

유대 율사들의 학풍에 따르면 학생의 가장 중요한 요건은 암기력이었다. 율법서 어느 구절에 어느 대목이 있는지를 우선 외워야 했다. 공부의 교재는 토라(모세오경)인데 그 양이 실로 방대했다. 그러니 암기력이 떨어지는 사람은 율사 공부에 어려움을 느끼게 마련이었을 것이다. 외우는 능력과 동반해 또 한 가지 필요한 능력은 선배 율사들의 해석을 공부하고 이해하는 것이었고 교재는 '장로들의 전승'(혹은, '조상의 전통')이었다.[7]

장차 율사를 꿈꾸는 학생은 스승을 찾아가 개인적인 제자가 되고 스승은 그에게 알맞은 교육을 시킨다. 그때 사용되는 방법이 산파술이었는데, 예수 역시 산파술을 종종 사용했다(루가 10:25-37). 산파술의 원칙은 간단하다. 먼저 학생이 선생에게 궁금한 것을 물어본다. 그러면 선생은 대답 대신 오히려 학생에게 역 질문을 던진다. 이 방법은 오늘날의 교육 현장에서도 많이 사용된다. 학생이 질문을 던질 때는 대체로 이미 해답을 갖고 있으면서 자신의 생각이 맞는지 교수를 통해 확인하려는 경우이다. 흔히 '질문이 대답을 결정한다'고 한다. 따라서 학생의 질문을 받았을 때는 우선 "자네의 생각은 어떤가?"라고 물어보면 대답의 방향을 제대로 잡아나갈 수 있다. 루가복음 10장 25-37절을 자세히 읽어보면 예수가 산파술을 정확하게 사용하고 있음을 알 수 있다.

그렇게 여러 번의 질문과 대답이 오가는 중에 학생은 스스로 문제에 대한 통찰력을 얻고 핵심을 올바르게 이해하기에 이른다. 오늘날에도 미국 등지에 있는 율사학교를 가보면 너른 교실에 학생들이 둘씩 짝을 지어 끊임없이 대화를 나누는 풍경이 눈에 띄는데, 여전히 산파술을 사용하고 있다는 증거이다. 토라 암기와 '장로들의 전승'을 습득한 율사후보생은 산파술 교육을 통해 서로의 견해를 확인하고 접점을 찾아나간다. 그렇게 함으로써 각 사안에 대한 근사한 해결책에 도달할 수 있다. 이를 흔히 결의론決疑論[8]이라 하는데 이해를 위해 한 가지 예를 들어보자.

『미슈나』에 보면 다음과 같은 조항이 나온다. "숯불에 굽는 빵을 개가 물고 가서 건초더미에 태웠다면 그 주인은 빵 값 전부와 건초 값 절반을 변상해야 한다." 이 조항이 『미슈나』에 실리기까지의 과정은 어렵지 않게 짐작할 수 있다. 어떤 이의 개가 밖에 나갔다가 사고를 쳤다. 그 사고에는 개 주인과 빵 주인과 건초 주인의 이해관계가 걸렸을 테고 배상 문제에 이르러 각자의 주장이 첨예하게 대립했을 것이다.

"한동안 먹을 것이 없다가 이제야 겨우 빵 몇 개 구해 막 먹으려던 참인데 말입니다."

"몇 달간 말린 양질의 건초였는데 하루아침에 다 태웠으니 꼭 배상을 받아야 합니다."

"아니 내가 언제 우리 집 개에게 사고 치라고 시켰단 말이오?"

그럴 때 필요한 사람이 바로 율사이다. 율사는 나름대로 합리적인 문제 해결책을 제시했고 그 해결책을 전승으로 남겼다. "주인은 빵 값 전부와 건초 값 절반을 변상하는 게 가장 합리적이오." 그리고 언제 또 그런 일이 생길지 모르니 문서로 남겨두는 게 상책이라고 판단했을 것이다. 하지만 그 율사는 잘못 생각했다. 도대체 상식적으로 볼 때 똑같은 일이 어떻게 또 일어날 수 있겠는가? 그렇게 별별 것들을 다 싣다 보니『미슈나』의 양이 엄청나게 늘어난 것이다. 여기서 한 가지 중요한 사실은 율사의 해석에도 토라와 동등한 권위를 부여한다는 점이다. "모세는 시내 산에서 토라를 받아 여호수아에게 물려주었으며, 여호수아는 장로들에게, 장로들은 예언자들에게, 그리고 예언자들은 그 율법을 대회당의 남자(율사, 장로)들에게 물려주었다."(『미슈나』, 아보트편 1,1) 즉, 율법을 해석하는 데 우리에게 익숙한 상위법上位法 개념을 적용하지 않은 것이다.

복음서에 보면 예수 역시 결의론적인 성서 해석과 시시때때로 부딪쳤음을 알 수 있다. 마르코복음 7장 10-13절에 '코르반' 선언이라는 것이 나오는데, 이는 자기 재산을 하느님께 바치기로 서약하면 다른 용도로는 쓰지 못하게 하는 규정이었다(『미슈나』, 느다림편 8:7). 규정문은 구체적으로 "제게 공양 받으실 제물입니다"이고, 히브리어 원문을 음역하면 "코르반(혹은 코남) 쉐아타 네헤네 리"이다. 그래서 만일 이 구절의 첫 단어를 따서 간단히 '코르반'이라 하면 이는 하느님께 바칠 예물이니 다른 용도로 쓰지 않겠다는 서약을 한 셈이 된다. 그런데 못된 자식들은 이 규정을 악용해 자기 재산을 지키기 위해 불효를 일삼았고, 예수는 십계명의 제5계명을 들어 반박했다. 십계명의 "부모를 공경하라"가 '코르반' 규정보다 상위법이라는 뜻이다. 또한 정결례 규정에 따르면 그릇과 손을 씻고 나서 음식을 먹어야 했고(『미슈나』, 킬림편 5·25장), 금기식품법은 먹을 수 없는 동물의 리스트를 작성해놓았다(레위 11장 참조). 그에 대한 예수의 견해는 더할 나위 없이 분명하다. "사람에게 들어가는 것이 아니라 나오는 것이 사람을 더럽게 만든다."(마르 7:15) 즉, 하느님께서 만든 세상에 더러운 게 있을 리 없다는 창조이해에 비추어 음식 규정을 해석하신 셈인데, 이 역시 상위법 개념을 도입한 것이다. "하느님은 이렇게 온갖 들짐승과 집짐승과 땅 위를 기어다니는 길짐승을 만드셨다. 하느님께서 보시기에 참 좋았다."(창세 1:25)

사람을 바꾸다

예수 주변은 언제나 많은 사람들로 붐볐다. 한 번에 여성과 어린이를 뺀 남성만 5천 명이 모였다니(마르 6:34-44) 입이 딱 벌어진다. 예수의 인기를 능히 짐작할 수 있기 때문이다. 물론 인기의 첫째 비결은 예수의 병 고치는 능력과 배불리 먹이는 음식 기적의 능력이었을 것이다. 아무리 훌륭한 신부님의 강론이 목전에 있더라도 이가 쑤시기 시작하면 별 수 없이 병원을 먼저 찾게 마련이다. 인간이란 고작 그런 존재다. 하지만 예수의 인기 비결은 거기서 그치는 게 아니다.

예수 주변 사람들의 지적 수준은 균일하지 않았다. 당대의 최고 지성인인 율사들이 있었는가 하면 낫 놓고 기억자도 모르는 최하층의 죄인들도 있었다. (예수에 비하면 그래도 일정한 지적 수준을 가진 대학생들을 가르치 예수께서 배에서 내려 군중이 많이 모여 있는 것을 보시고 목자 없는 양과 같은 그들을 측은히 여기시어 여러 가지로 가르쳐주셨다. 저녁때가 되자 제자들이 예수께 와서 "여기는 외딴 곳이고 시간도 이미 늦었습니다. 그러니 군중들을 헤쳐 제각기 음식을 사 먹도록 농가나 근처 마을로 보내는 것이 좋겠습니다" 하고 말하였다. 예수께서 "너희가 먹을 것을 주어라" 하고 이르시자 제자들은 "그러면 저희가 가서 빵을 이백 데나리온 어치나 사다가 먹이라는 말씀입니까?" 하고 물었다. 그러자 예수께서는 "지금 가지고 있는 빵이 몇 개나 되는가 가서 알아보아라" 하셨다. 그들이 알아보고 돌아와서 "빵 다섯 개와 물고기 두 마리가 있습니다" 하자 예수께서는 제자들에게 군중을 풀밭에 떼지어 앉게 하라고 이르셨다. 군중은 백 명씩 또는 오십 명씩 모여 앉았다. 예수께서는 빵 다섯 개와 물고기 두 마리를 손에 드시고 하늘을 우러러 감사의 기도를 드리신 다음, 빵을 떼어 제자들에게 주시며 군중들에게 나누어주라고 하셨다. 그리고 물고기 두 마리도 모든 사람에게 나누어주셨다. 사람들은 모두 배불리 먹었다. 그리고 남은 빵조각과 물고기를 주워 모으니 열두 광주리에 가득 찼으며 먹은 사람은 남자만도 오천 명이나 되었다.(마르 6:34-44)

고 있는 나는 행복한 편이다.) 그런데 신비로운 점은 이해관계와 지적 수준이 각양각색인 다양한 계층의 사람들이 한데 모여 있었는데도 예수의 말씀이 골고루 통했다는 사실이다. 앞서 살펴보았듯이 예수는 탁월한 상황 분석과 그에 딱 들어맞는 말씀을 하실 수 있는 분이었다. 그러니 예수의 놀라운 이야기 솜씨도 인기 비결로 꼽을 수 있겠다.

우리는 이미 당시 율사교육의 학풍과 예수의 교육방법이 어떤 관계를 맺고 있는지 살펴보았다. 예수는 율사들의 학풍을 잘 알고 있었음이 분명한데 산파술을 십분 활용하고 결의론의 약점을 정확하게 지적했으니 말이다. 하지만 율사교육을 예수가 받았다는 보도는 성서 어디에도 없으니 그 모든 것을 스스로 익혔다고 봄이 옳겠다. 편하게 말해 '무선생자통無先生自通' 하셨다는 말이다. 또한 예측을 불허하는 파격적인 언어와 어떤 상황도 돌파해낼 수 있는 탁월한 판단력의 소유자였다. 그 모든 능력을 유감없이 발휘해 이스라엘 전역에 파란을 일으켰던 분이 바로 예수였다.

율사에게 율사후보생이 있었다면 예수에게는 제자들이 있었다. 예수가 가까이 두었던 인물들로는 열두 제자가 있었고, 조금 넓히면 72제자단(루가 10:1)과 여성들(루가 10:38-42)이 있고, 더 넓히면 수많은 죄인과 세리가 청중으로 있었다(마르 6:44). 이들은 비록 체계적인 교육은 받지 않았으나 율법 규정에 대해 나름대로 귀동냥 정도는 하고 있었을 터이다. 특히, 하루하루 먹어야 하고 자신의 재산을 관리해야 하는 처지에 놓여 있던 평민들은 율법에서 가르치는 코르반, 정결례, 금지식품 목록 및 갖가지 금기(마르 2:18-20)에 익숙했을 터이다.

예수의 제자들은 스승의 가르침에서 놀라운 면을 발견했다. 어릴 적부터 관습에 젖어 무비판적으로 따르던 규정들을 예수가 단번에 무력화시켰기 때문이다. 갖가지 율법 규정과 그에 대한 율사들의 해석은 하느님의 창조질서에 비추어보면 모두 허구에 불과했다. 하느님의 자비는 끝 간 데 없이 크서서 인간이 세워놓은 윤리 규정들로 도저히 묶어놓을 수 없다. 따라서 모든 세상사는 하느님의 눈에 비추어보아야 한다.

제자들은 매주 월요일과 목요일, 유대교에서 정해놓은 공식적인 금식일에도 먹고 마셨으며(마르 2:18), 정결례에 어긋나게 부정한 손으로 밥을 먹었고(마르 7:2), 예수와 같이 죄인과 세리와 즐겨 먹고 마셨던 '먹보에 술꾼'이었다(마태 11:18-19). 서슬이 시퍼렇던 제도권 종교인의 싸늘한 눈빛을 비웃기라도 하는 듯 말이다. 이는

그 뒤 주께서 달리 일흔두 제자를 뽑아 앞으로 찾아가실 여러 마을과 고장으로 미리 둘씩 짝지어 보내시며(루가 10:1)

예수의 일행이 여행하다가 어떤 마을에 들렀는데 마르타라는 여자가 자기 집에 예수를 모셔 들였다. 그에게는 마리아라는 동생이 있었는데 마리아는 주님의 발치에 앉아서 말씀을 듣고 있었다. 시중드는 일에 경황이 없던 마르타는 예수께 와서 "주님, 제 동생이 저에게만 일을 떠맡기는데 이것을 보시고도 가만 두십니까? 마리아더러 저를 좀 거들어주라고 일러주십시오" 하고 말하였다. 그러나 주께서는 이렇게 대답하셨다. "마르타, 마르타, 너는 많은 일에 다 마음을 쓰며 걱정하지만 실상 필요한 것은 한 가지뿐이다. 마리아는 참 좋은 몫을 택했다. 그것을 빼앗아서는 안 된다."(루가 10:38-42)

먹은 사람은 남자만도 오천 명이나 되었다.(마르 6:44)

요한의 제자들과 바리사이파 사람들이 단식을 하고 있던 어느 날, 사람들이 예수께 와서 "요한의 제자들과 바리사이파 사람의 제자들은 단식을 하는데 선생님의 제자들은 왜 단식을 하지 않습니까?" 하고 물었다. 예수께서는 이렇게 대답하셨다. "잔칫집에 온 신랑 친구들이 신랑과 함께 있는 동안에야 어떻게 단식을 할 수 있겠느냐? 신랑이 함께 있는 동안에는 그럴 수 없다. 그러나 이제 신랑을 빼앗길 날이 온다. 그 때에 가서는 그들도 단식을 하게 될 것이다."(마르 2:18-20)

제자 몇 사람이 손을 씻지 않고 부정한 손으로 음식을 먹는 것을 보았다.(마르 7:2)

"요한이 나타나서 먹지도 않고 마시지도 않으니까 '저 사람은 미쳤다' 하더니 사람의 아들이 와서 먹기도 하고 마시기도 하니 '보아라, 저 사람은 즐겨 먹고 마시며 세리와 죄인하고만 어울리는구나' 하고 말한다. 그러나 하느님의 지혜가 옳다는 것은 이미 나타난 결과로 알 수 있다."(마태 11:18-19)

분명 예수의 가르침을 통해 영혼의 자유를 맛보 았기에 가능한 일이다. 예수는 제자들에게 하느 님은 우주를 보듬을 정도로 넉넉한 분이라는 사 실을 알려주었다. 바야흐로 속박의 시대가 지나 가고 자유의 시대가 온 것이다.

* * *

얼마 전에 들은 유머 하나를 소개한다. 성부·성자·성령께서 모였는데 함께 여행을 떠나자는 의견이 나왔다. 우선 미국을 가보자는 제안에 대 해서는 성부께서 강력하게 반대했다. 미국에서는 도통 하느님을 아버지로 인정하지 않는다는 이유에서였다. 그러자 다음 여행지로 예루살렘이 거 론되었다. 이번에는 성자께서 고개를 설레설레 흔들었다. 처참한 꼴로 죽 어야 했던 그곳에 절대로 다시 가지 않겠다는 이유에서였다. 마지막으로 바티칸을 가자는 의견이 나왔다. 그러자 성령께서 기뻐 펄쩍 뛰면서 어서 가자고 나서는 게 아닌가? 그러더니 배낭도 싸고 비행기 표도 사더란다. 왜 그렇게 좋아하는지 이유를 물어보았다. 성령께서 대답하시길 "난생 처 음 가보거든!"

이 유머 한 자락을 읽은 독자들의 반응을 여러 가지로 짐작할 수 있다. 우선 깜짝 놀라면서 어떻게 이런 불경스런 유머를 신학 서적에 실을 수 있느냐며 분통을 터뜨릴 분이 있을 것이다. 바티칸과 교황님의 권위에 손 상을 입힌다는 생각에서일 것이다. 그런가 하면 또 한쪽에서는 진정한 신앙이 실종된 요즘 세태를 떠올리면서 쓴 웃음을 짓는 사람도 있을 것이다. 그리고 또 한 가지 중요한 반응은 한 번 웃고 난 후 고개를 끄덕이는 것이다.

보통의 학문적인 글에서는 예수의 말씀을 유머감각이라는 측면에서 다루지 않는다. 예수의 가르침에 깊이 있게 접근하기 위해서 그분의 말씀을 당시의 종교적·정치적·문화적인 배경으로 치밀하게 분석해야 마땅하다는 생각에서다. 물론 그런 접근 방법이 틀린 것은 아니며, 또한 당연히 그래야만 한다. 그러나 복음서에 쓰인 상황과 가르침을 한 걸음 물러나 훑다 보니 예수의 유머감각이 언뜻 보여 한마디 덧붙였다. 예수는 하느님의 감동을 웃음에 실어 전달한 분이었음에 틀림없다. 아니면 그렇게 많은 이가 몰려들 리 없다. 경험에서 우러나오는 말이다.

나는 이 글의 시작에서 시간 강사의 서러움을 토로했다. 하지만 얼마 지나지 않아 답이 의외로 단순한 데 있음을 알게 되었다. 선생이 원하는 강의가 아니라 학교와 학생들이 원하는 강의를 하면 되는 것이었다. 수강생 중에 신약성서학의 세계적인 석학이 혹시 나올지 모른다는 생각으로 강의 수준을 마냥 높여서는 절대 안 된다. 오히려 가능하면 쉽게, 가능하면 구수하게, 가능하면 간결하게 내용을 정리해주는 것이다. 그리고 행여 학생들이 졸기 시작하면 은근슬쩍 흥미를 끌 수 있는 이야기를 5분쯤 들려준다. 예를 들어, 따끈따끈한 정치판 소식이라든가 오프라 윈프리 쇼에서 얻어들은 이야기를 현장감 넘치게 묘사한다. 그러노라면 어느덧 졸음은 사라지고 강의 집중력이 다시 살아나게끔 되어 있다. 이십 년 강의를 하면서 나름대로 터득한 요령이다.

예수는 철저히 제자들의 눈높이에 교육의 수준을 맞추었다. 예수는 그들이 절실하게 필요로 했던 문제들에 해답을 제시했는데 그 가르침이 얼마나 뛰어났는지 제자들이 크게 변하고 말았다. 현장에 없었으니 예수의 가르침을 속속들이 규명해낼 수는 없지만 그 가르침의 결과는 제자들의 파격적인 행동을 통해 어렴풋하게나마 짐작할 수 있다.

사람은 여간해서 변하지 않는다. 세월이 아무리 흐르고 시절이 바뀌어도 여전한 게 사람이다. 더구나 교리와 관습에 짓눌려 옴짝도 못 하며 율사들의 눈치나 보던 이스라엘의 겁쟁이들이라면 변화를 더욱 두려워했을 것이다. 그런데 어느 때부터인가 예수의 제자들은 완전히 바뀌어 마음대로 율법을 어길 수 있는 용기를 가진 자유인이 되었다. 혹시 독자 여러분도 그런 스승을 만나본 적이 있는가? 이제까지 헛살았다는 점을 깨우쳐주고 하느님의 온전한 자유를 선사해준 그런 스승 말이다.

교리와 관습이 여전히 힘을 발휘하고 있는 우리 시대에도 예수의 가르침은 절실하다.

그대, 포기할 수 있는가?
_부자청년의 슬픈 뒤꼭지

세월이 흐르면서 가볍게 넘길 수 없는 질문들이 점점 늘어나고 있다. 예컨대 '이러다 갑자기 죽으면 어쩌나?' 같은 질문은 불과 몇 년 전만 해도 그리 심각하게 다가오지 않았다. 그런데 요즘은 다르다. 아직 소수이긴 하지만 주변 친구들이 유명을 달리했다는 소식을 접하면 가슴이 서늘해진다. 그러면서 자연스럽게 '내 몸은 어디 아픈 데 없나?'로 시작해, '나 죽으면 내 물건들은 모두 어떻게 처리될까?', '내 장례식 때 누가 제일 슬퍼해줄까?', '죽기 전에 꼭 마무리해야 할 일로 무엇이 있을까?' 등등의 질문이 마치 대문, 중문, 소문, 곁문이 차례로 열리 듯한다. 그러다가 종국에는 '죽으면 모든 게 그만!'이라는 잠정 결론을 내린 채 질문을 닫아버린다. 하지만 잠시 뒤면 '죽는다고 해서 과연 모든 게 그만일까?'라는 고약한 질문이 고개를 들이밀고, 다시금 상념에 빠져들고 만다.

어느 날인가 예수에게 한 사람이 다가왔다(마르 10:17-27). 그는 예수 앞에 무릎을 꿇었다고 하는데 이는 동서고금을 막론하고 존경하는 분에게 예수께서 길을 떠나시는데 어떤 사람이 달려와서 그 앞에 무릎을 꿇고 "선하신 선생님, 제가 무엇을 해야 영원한 생명을 얻겠습니까?" 하고 물었다. 예수께서는 이렇게 대답하셨다. "왜 나를 선하다고 하느냐? 선하신 분은 오직 하느님뿐이시다. '살인하지 마라' '간음하지 마라' '도둑질하지 마라' '거짓 증언하지 마라' '남을 속이지 마라' '부모를 공경하여라' 한 계명들을 너는 알고 있을 것이다." 그 사람이 "선생님, 그 모든 것은 제가 어려서부터 다 지켜 왔습니다" 하고 대답하였다.

예수께서는 그를 유심히 바라보시고 대견해 하시며 이렇게 말씀하셨다. "너에게 한 가지 부족한 것이 있다. 가서 가진 것을 다 팔아 가난한 사람들에게 나누어주어라. 그러면 하늘에서 보화를 얻게 될 것이다. 그러니 내가 시키는 대로 하고 나서 나를 따라오너라." 그러나 그 사람은 재산이 많았기 때문에 이 말씀을 듣고 울상이 되어 근심하며 떠나갔다.

예수께서는 제자들을 둘러보시며 "재물을 많이 가진 사람이 하느님 나라에 들어가는 것은 얼마나 어려운 일인지 모른다" 하고 말씀하셨다. 제자들은 이 말씀을 듣고 놀랐다. 그러나 예수께서 다시 이렇게 말씀하셨다. "하느님 나라에 들어가기는 참으로 어렵다. 부자가 하느님 나라에 들어가는 것보다는 낙타가 바늘귀로 빠져나가는 것이 더 쉬울 것이다." 제자들은 깜짝 놀라 "그러면 구원받을 사람이 어디 있겠는가?" 하며 서로 수군거렸다. 예수께서는 제자들을 똑바로 보시며 "그것은 사람의 힘으로는 할 수 없으나 하느님은 하실 수 있는 일이다. 하느님께서는 무슨 일이나 다 하실 수 있다" 하고 말씀하셨다.(마르 10:17-27)

보일 수 있는 최고의 예의다. 그에게 특별히 붙여진 별명은 '부자청년'으로 그가 많은 재물을 갖고 있었다는 언급이 등장하기 때문이다(22절). 사실 그가 부자였다는 말은 불필요했을지 모른다. 사람들이 단번에 그가 부자라는 것을 알아보았을 테니 말이다. 당시만 해도 모두들 하루하루 연명해나가는 것 자체가 큰 문제였기에 세 끼 밥 꼬박 챙겨먹고 입성이 그럴 듯하면 금세 돈이 넘쳐나는 집안인지 알아보았을 법하다. 게다가 존경하는 예수를 뵈러 오는 참이었으니 근사하게 차려입고 왔을 게 뻔하지 않은가?

그는 예수에게 다음과 같은 질문을 던진다. "선하신 선생님, 제가 무엇을 해야 영원한 생명을 얻겠습니까?"(17절) 이는 마치 먼 옛날 도가 道家에서 던졌던 질문과 흡사하다. 인간은 불과 백 년을 살지 못한다. 아니, 아주 예외적으로 백 살 넘어 사는 사람이 있기는 하지만 그래도 모든 인간은 반드시 죽게 마련이다. 생자필멸生者必滅이다. 하지만 과거 중국에는 죽음을 거부하는 사람들이 살았다. 보이지 않는 영혼이 아니라 우리가 가진 현재의 이 '몸'이 영원히 지속되어야 한다는 생각을 가진 것으로 대략 기원후 2세기경 시작된 도교道敎의 입장이다. 불로장생과 무병장수, 그것을 위해 도가, 주역, 음양오행, 각종 의학,

점성, 그리고 무속신앙이 합쳐졌으며 이를 바탕으로 도교는 주술 종교적인 경향을 띠게 되었다. 거기에서 '신선神仙'이라는 이상적인 인간이 등장한다. 신선은 비록 인간의 육체를 가졌지만 불사의 존재이다.

영생의 비법

그렇다면 과연 어떻게 신선이 되어 무병장수하며 최고의 복락을 누릴수 있을까? 그 소망에 따라 다양한 양생법과 불사약의 제조법을 만들었고, 진나라의 갈홍葛洪은 그 방법들을 집대성하여 『포박자抱朴子』라는 책을 썼다. 도교의 바이블인 셈이다.[9] 질문을 던진 사람도 아마 예수에게서영생의 비법을 원했을 것이다. 이제 예수의 대답을 들어보자.

예수는 부자청년에게 비법을 알려준다.

"당신은 계명들을 알고 있지요. '살인하지 말라, 간음하지 말라, 도둑질하지 말라, 거짓 증언 하지 말라, 손해 끼치지 말라, 너의 아버지와 어머니를 공경하라'고 했습니다."(19절) 예수는 십계명에서 5계명 이후의 계명들, 즉 사람 사이에 지켜야 할 계명을 청년에게 답으로 주었다. 유대교에서는 전통적으로 하느님이 모세를 통해 준 율법(이른바 모세오경)을 최고의 생활지침으로 여긴다. 특히, 유대인들 사이에 인기가 높았던 바리사이들은 살아생전 율법을 철두철미하게 지키면 죽은 후에 구원을 얻는다고 가르쳤는데, 생전에 쌓은 업적에 사후 보상이 주어진다는 뜻에서였다. 따라서 청년의 질문에 대한 예수의 답 역시 '율법을 성실하게 지켜라'(십계명의 준수)가 될 수밖에 없는 노릇이었다. 하지만 이 대답엔 무엇인가 묘한 구석이 있다.

너, 이스라엘아 들어라. 우리의 하느님은 야훼시다. 야훼 한 분뿐이시다. 마음을 다 기울이고 정성을 다 바치고 힘을 다 쏟아 너의 하느님 야훼를 사랑하여라.(신명 6:4-5)

오늘 너희에게 내리는 나의 명령을 귀담아들어 너희의 하느님 야훼를 사랑하여라. 마음을 다 기울이고 정성을 다 쏟아 그를 섬겨라. 그리하면 그가 너희 땅에 가을비와 봄비를 철에 맞게 내려주시어, 밀과 술과 기름을 거두게 해주시고 들에는 너희 가축이 뜯어먹을 풀이 자라나게 해주실 것이다. 그리하여 너희는 배불리 먹으며 잘살게 될 것이다.

마음이 변하여 다른 신들에게 끌려 그 앞에 엎드려 섬기는 일이 없도록 정신을 차려라. 야훼께서 너희에게 화를 내시어 하늘을 닫으시고 비를 내리지 아니하시어 밭에서 소출을 거두지 못하게 될 것이다. 그러면 너희는 야훼께 받은 그 기름진 땅에서 이내 사라지고 말 것이다.

그러므로 너희는 내가 일러준 이 말을 너희의 마음에 간직하고 골수에 새겨두어라. 너희의 손에 매어 표로 삼고 이마에 붙여 기호로 삼아라. 이것을 너희의 자손들에게 깨우쳐주어라. 집에서 쉴 때나 길을 갈 때나 자리에 들었을 때나 일어났을 때나 항상 말해주어라. 또 문설주와 대문에 써 붙여라. 그리하여야 야훼께서 너희 선조들에게 주시겠다고 맹세하신 땅에서 너희와 너희 자손들이, 땅 위에 펼쳐진 하늘이 오래가듯, 오래 지속될 것이다.(신명 11:13-21)

유대인 성인 남성은 아침·저녁에 의무적으로 '쉐마 이스라엘'이라는 신앙고백을 바친다. 구체적으로 "들어라(쉐마) 이스라엘아, 우리 하느님이신 주님은 오직 한 분인 주님이시다. 그러므로 네 온 마음으로, 네 온 혼으로, 네 온 정신으로, 네 온 힘으로 너의 하느님이신 주님을 사랑하라"이다(신명 6:4-5, 신명 11:13-21, 민수 15:37-41). 이 신앙고백문은 유일신 하느님을 찬양하고 이스라엘을 선택하신 사랑에 감사해 오직 하느님만 섬기겠다는 의지를 내용으로 한다. 따라서 예수는 무엇보다 먼저 하느님의 계명, 즉 제1, 2, 3계명을 청년에게 요구했어야 옳다. 그런데 난데없는 제5, 6, 7, 8 계명이라니!

야훼께서 모세에게 말씀하셨다. "너는 이스라엘 백성에게 일러 대대손손 옷자락에 술을 달고 그 옷자락 술에 자줏빛 끈을 달게 하여라. 이렇게 술을 만들어 달고 그것을 볼 때마다 야훼의 모든 명령을 기억하고 그대로 지키도록 하여라. 그리하면 전처럼 마음내키는 대로, 눈에 드는 대로 색욕에 빠지는 일이 없을 것이다. 너희가 나의 모든 명령을 기억하고 지켜 너희 하느님에게 성별된 백성이 되려면 그렇게 해야 한다. 너희 하느님이 되려고 너희를 이집트에서 이끌어낸 것은 바로 너희 하느님 나 야훼이다. 나는 너희의 하느님 야훼이다."(민수 15:37-41)

유대인에게 하느님을 섬기는 일은 목숨처럼 중요했다. 하지만 뒤집어 생각하면 하느님을 지극정성으로 섬기고 최고의 영광을 돌린다고 한들 그분이 더 위대해지거나 영광이 더해질 리 만무하다. 하느님은 우리가 섬기지 않아도 이미 스스로 충분히 거룩하고 충분히 영광스러운 분이다. 그런 맥락에서 인간이 '하느님을 위해 무엇인가 하겠다'고 나설 땐 시건방진 처사가 될 뿐이다. 예수도 그 점을 분명히 해, 이웃 사랑과 하느님 사랑이 둘이 아닌 같은 계명임을 강조했고(마르 12:29-30) 이웃에게 베푸는 호의가 하느님에게 드리는 것임을 알려주었다(마태 25:31-46). 사람이 곧 하느님이라는 말이다.

그러면 임금은 '똑똑히 들어라. 여기 있는 형제들 중에 가장 보잘것없는 사람 하나에게 해주지 않은 것이 곧 나에게 해주지 않은 것이다' 하고 말할 것이다. 이리하여 그들은 영원히 벌 받는 곳으로 쫓겨날 것이며, 의인들은 영원한 생명의 나라로 들어갈 것이다."(마태 25:31-46)

"그리고 왼편에 있는 사람들에게는 이렇게 말할 것이다. '이 저주받은 자들아, 나에게서 떠나 악마와 그의 졸도들을 가두려고 준비한 영원한 불 속에 들어가라. 너희는 내가 주렸을 때에 먹을 것을 주지 않았고, 목말랐을 때에 마실 것을 주지 않았으며 나그네 되었을 때에 따뜻하게 맞이하지 않았고, 헐벗었을 때에 입을 것을 주지 않았으며, 또 병들었을 때나 감옥에 갇혔을 때에 돌보아 주지 않았다.' 이 말을 듣고 그들이 이렇게 대답할 것이다. '주님, 주님께서 언제 굶주리고 목마르셨으며, 언제 나그네 되시고 헐벗으셨으며, 또 언제 병드시고 감옥에 갇히셨기에 저희가 모른 체하고 돌보아 드리지 않았다는 말씀입니까?'

예수께서는 이렇게 대답하셨다. "첫째 가는 계명은 이것이다. '이스라엘아, 들어라. 우리 하느님은 유일한 주님이시다. 네 마음을 다하고 목숨을 다하고 생각을 다하고 힘을 다하여 주님이신 너의 하느님을 사랑하여라.'"(마르 12:29-30)

"사람의 아들이 영광을 떨치며 모든 천사들을 거느리고 와서 영광스러운 왕좌에 앉게 되면 모든 민족들을 앞에 불러 놓고 마치 목자가 양과 염소를 갈라놓듯이 그들을 갈라 양은 오른편에, 염소는 왼편에 자리잡게 할 것이다.
그 때에 그 임금은 자기 오른편에 있는 사람들에게 이렇게 말할 것이다. '너희는 내 아버지의 복을 받은 사람들이니 와서 세상 창조 때부터 너희를 위하여 준비한 이 나라를 차지하여라. 너희는 내가 굶주렸을 때에 먹을 것을 주었고 목말랐을 때에 마실 것을 주었으며 나그네 되었을 때에 따뜻하게 맞이하였다. 또 헐벗었을 때에 입을 것을 주었으며 병들었을 때에 돌보아주었고 감옥에 갇혔을 때에 찾아주었다.'
이 말을 듣고 의인들은 이렇게 말할 것이다. '주님, 저희가 언제 주님께서 주리신 것을 보고 잡수실 것을 드렸으며 목마르신 것을 보고 마실 것을 드렸습니까? 또 언제 주님께서 나그네 되신 것을 보고 따뜻이 맞아들였으며 헐벗으신 것을 보고 입을 것을 드렸으며, 언제 주님께서 병드셨거나 감옥에 갇히신 것을 보고 저희가 찾아가 뵈었습니까?'
그러면 임금은 '분명히 말한다. 너희가 여기 있는 형제 중에 가장 보잘것없는 사람 하나에게 해준 것이 바로 나에게 해준 것이다' 하고 말할 것이다."

예수는 청년에게 무엇보다도 우선해야 할 인간 섬김을 강조한다. 그런데 청년은 예수의 대답을 과소평가한 듯하다. 너무도 당당하게 자신은 어린 시절부터 그 계명들을 충실히 지켰다고 답하지 않았는가(마르 10:20). 비록 본문엔 나오지 않지만 청년의 거리낌 없는 대답 후에 잠시 침묵이 흘렀을 것이다. 그러더니 예수의 입에서 청천벽력 같은 말씀이 떨어졌다. "당신에게 한 가지가 부족합니다. 가서 가진 것을 모두 팔아 가난한 사람들에게 주시오."(마르 10:21)

자기를 돌아보시오

예수는 부자청년에게 있는 재산을 모두 팔아 가난한 이를 도우라고 말씀한다. 그 말씀에 대한 부자청년의 반응이 눈길을 끈다. 어두운 얼굴로 예수 앞에서 물러나더라는 것이다.

> 예수께서는 그를 눈여겨보고 대견하게 여기시며 말씀하셨다. "당신에게 한 가지가 부족합니다. 가서 가진 것을 모두 팔아 가난한 사람들에게 주시오. 그러면 하늘에서 보물을 차지하게 될 것입니다. 그러고 와서 나를 따르시오." 그러나 그는 이 말씀 때문에 슬픔에 잠겨 근심하면서 물러갔다. 사실 그는 많은 재산을 가지고 있었던 것이다.(마르 10:21-22)

사실 이스라엘에서 영원한 생명을 얻는 일, 곧 구원 받은 이의 대열에 들어가는 일은 녹녹치 않았다. 무려 613가지나 되는 복잡하기 짝이 없는 율법 규정을 글자 그대로 하나하나 지켜야 하고, 혹시라도 율법을 어겨 죄를 지은 경우 그에 합당한 속죄의 제사를 바쳐야 했다. 그런데 말이 좋아 속죄의 제사지, 예루살렘 성전까지 가랴, 하느님께 바칠 비싼 제물을 사랴, 제기를 준비하랴, 사제들에게 특별히 부탁을 하랴, 이만저만 까다로운 일이 아니었다. 결국 구원은 돈과 시간과 노력의 문제였던 것이다. 그런데 예수는 달랐다. 그분은 누구에게나 "하느님 나라가 다가왔다. 회개하고 복음을 믿어라"(마르 1:15)고 말씀하면서 구원에 이르는 길을 단축시켰고, 말씀을 따라 회개하고 복음만 믿으면 영원한 생명을 얻을 수 있다고 가르쳤다. 말하자면 모든 이에게 경제적인 의미에서 공짜로 구원의 길을 열어준 셈이다. 공짜 구원! 얼마나 신나는 일인가. 예수 주변에 엄청난 군중이 모인 데는 다 이유가 있었다. 예수는 부자청년에게 유대교에서 가르치는 대로 돈을 들여 구원 받을 생각일랑 일찌감치 버리고, 그 재산을 모두 하느님의 다른 얼굴인 가난한 사람들에게 희사하라고 요구한 것이다.

부자청년은 예수의 한마디에 그만 낙담해 수심 가득한 얼굴로 돌아서고 만다. 예수에게 말 한 번 잘못 붙였다가 호되게 당한 꼴이었다. 교회에서는 전통적으로 이 이야기를 물욕을 버리라는 뜻으로 해석해왔다. 그러나 곰곰이 생각하면 예수의 진짜 의도가 더 깊이 숨어 있음을 알 수 있다. 청년에게 재산이 많았던 탓도 물론 있었겠지만, 실은 그가 예수의 참뜻을 이해하지 못해서였다.

예수는 부자청년에게 '자신을 돌아보라'고 한다. 구체적으로 "누구든지 내 뒤를 따르려면 자기 자신을 버리고 제 십자가를 지고 나를 따라야 합니다"는 말씀이다(마르 8:34). 그러나 '자신을 돌아보라'나 '십자가를 지라' 등의 애매모호한 표현으로는 듣는 이에게 감이 잘 오지 않았을 것이다. 따라서 보다 정확히 다짐해두기 위해, 마음이 가는 곳을 정확히 짚어준

후 마음 둔 곳에서 떠나라고 한다. 이를테면, 죽으나 사나 건강만 신경 쓰는 오십 대 남성에게는 '건강 걱정 좀 작작하고 고통 받는 이웃 좀 도와라'며 꾸짖는 말일 테고, '자식 좋은 대학 보내기'에 노심초사하는 사십 대 여성에게는 '네 자식만 자식이냐?'며 나무라는 것이며, 사회가 양극화되든 말든 '자본주의란 원래 그런 것'이라며 시종일관 이윤 내기에 바쁜 재벌에겐 '관에 돈 넣어 갈 텐가?'라며 퍼붓는 힐난이다. 부자청년은 세 번째 경우다.

조고각하照顧脚下

몇 년 전에 조계종 총무원 사회부장인 혜경 스님의 글을 읽은 적이 있다. '네 발밑을 보라', 한자로 조고각하照顧脚下라는 읽기조차 거북한 화두를 풀이했는데, 스님은 서산대사의 경구로 글을 마무리했다.

> 눈길을 가는 나그네여
> 조심해서 발을 디뎌라
> 오늘 네가 가는 그 행적이
> 뒷사람이 따르는 이정표가 되리니.
> (踏雪野中去 不爲胡亂行 今日我行跡 遂作後人程)

내용도 감명 깊었지만 이 글을 쓴 혜경 스님도 정말 멋진 분이라는 생각이 들었다. 조계종 총무원이면 분명 나처럼 서울에 사는 분일 텐데 어쩌면 이렇게도 훌륭한 경지의 언어를 구사할 수 있단 말인가. 서울이 어떤 도시인가? 물가가 턱없이 비싸 욕이 절로 나오고, 매캐할 정도로 나쁜 공기 때문에 호흡기 질환자들이 넘쳐나고, 상습적인 교통체증에 시달리며 온갖 짜증 섞인 말을 내뱉고, 혹여 폭설이라도 내리면 길거리에서 발을 동동 구르며 교통당국을 원망하는 도시 아닌가. 아마 대도시의 단점이란 단점은 죄다 갖추고 있는 게 서울일 것이다. 그러노라니 서울에 살면서 미간에 내 천川 자 주름 하나쯤 소유했다고 그리 슬퍼할 일도 아니다. 그런 곳이 서울인데 어찌 스님은 마치 새 우짖는 들길을 가듯 평온하게 화두를 풀이할 수 있을까.

물론 이 글을 읽는 독자 중엔 세상엔 그렇게 평온한 스님들만 있진 않다며 반론을 제기할 분이 틀림없이 있을 것이다. 아닌 게 아니라 불교계에서 무슨 일만 터지면 건장한 스님들로 구성된 각목 부대가 등장하고, 상반신을 드러내놓고 자기 몸에 상처까지 내면서 독한 말을 내뱉는 스님들이 있기는 하다. 그런 장면이 담긴 사진을 언론에서 접하면 '아니 저 양반 스님이야, 깡패야?' 하는 의문이 절로 생기곤 한다.

각목 부대 이야기가 나왔으니까 하는 말인데, 사실 이게 전혀 새로운 현상도 아니다. 대한민국 전체에 이미 폭력과 불법으로 자기 뜻을 관철시키려는 몰상식한 자들이 넘치도록 많이 있기에 하는 말이다. 그런 자들은 비단 속세뿐 아니라 깨달음을 추구하고 거룩한 분을 섬기는 종교계에도 상당수 숨어들어와 있다. 그러니 아무리 겉보기 그럴 듯한 종교라 할지라도 속내를 보면 부정과 부패와 범법을 일삼는 행태가 분명히 존재한다. 2천 년 전 로마 시대의 종교계에도 부정부패와 폭력사태가 있었던 만큼 각목 스님들이라 해서 새삼스러울 바 없다. 오히려 외부로 드러난 한두 가지 작태만 갖고 전체를 매도하는 시각이 가증스러울 뿐이다.

불교에선 선과 악이라는 이분법 잣대로 세상을 판단하지 않는 것 같다. 그보다는 오히려 연기緣起로 얽힌 방대한 세상과 그 세상을 꿰뚫는 거대한 질서나 원칙을 찾아내고, 그에 따라 개인의 삶을 재단하는 방법을 추구하라고 가르친다. 이를테면, 세상과 연을 끊겠다고 절을 찾아 사람 없는 심산유곡으로 들어갈 게 아니라 그렇게 생각하는 사람 자신에 변화가 생겨야 한다고 말한다. 그처럼 '내가 없음'을 깨달아야 한다는 뜻에서 무아無我라고 하던가? 비록 소속은 다르지만 종교계의 일원으로 살고 있는 나에겐 참으로 본받을 만한 가르침이다. 끊임없이 '나는 누구인가?'라는 질문을 하도록 만드는 게 바로 무아론無我論인 까닭이다.

나는 누구인가? 속마음을 좀 털어놓자면 나는 스님들을 뵐 때마다 은근히 동료의식을 느끼곤 한다. '당신은 동양 중, 나는 서양 중, 그러니 한번 친하게 지내봅시다.' 뭐 그런 마음에서이다. 그러나 스님들에 비해 세속에 다리를 깊게 파묻고 사는 나로서는 종종 열등감이 밀려오는 게 사실이다. 제 멋대로 좋은 곳 찾아다니며 불량식품(오해 없으시기 바란다!)을 맘껏 먹고 마시며 즐기다가, 정 안 되면 유니폼마저 훌훌 벗어 던지고 사복 차림으로 나선다. 그러다 설혹 불법주차 현장에서 고함치며 멱살잡이를 한들 과연 누가 신부라는 사실을 알아보랴! 그것이 바로 오늘을 사는 나의 처참한 몰골이다. 조고각하照顧脚下는 나에게도 절실히 필요한 화두이다.

* * *

서기 4세기경에 기성 교회에 실망한 그리스도인들은 사막으로 들어가 은수자隱修者가 되었다. 이른바 '사막 교부'로 그들로부터 수도회가 처음 시작되었다고 한다. 그런가 하면 스님들은 종종 세상과의 단절을 이야기한다. 그래서 모든 것 버리고 깊은 산속으로 들어간다. 하지만 깊은 산이나 한적한 사막으로 들어간다고 해서 변하는 게 아니다. 자신을 면밀히 돌아보지 않으면 아무리 좋은 환경에서 깨끗한 공기와 자연을 벗한들 욕심이 그의 용맹정진을 가로막고야 말 것이다. 부자청년은 율법을 열심히 지켰다고 하지만 자신을 돌아보진 못했던 것이다.

예수의 말씀은 불교의 가르침과 일맥상통한다. 우리 인생에는 해탈을 가로막는 요소들이 많이 있다. 탐진치貪瞋癡(욕심, 성냄, 어리석음) 삼독三毒과 인간에게 숙명으로 입혀진 오온五蘊(생멸·변화하는 모든 것을 구성하는 다섯 요소. 곧 물질인 색온色蘊, 감각 인상인 수온受蘊, 지각 또는 표상인 상온想蘊, 마음의 작용인 행온行蘊, 마음인 식온識蘊을 이른다)이 있어 인간 내부 깃들인 불성佛性의 발현을 가로막는다. 그러니 깨달음에 이르려면 인연생기因緣生起에 얽혀 있는 자신을 잘 들여다보고 팔정도八正道(깨달음과 열반으로 이끄는 올바른 여덟 가지 길. 정견正見, 정사유正思惟, 정어正語, 정업正業, 정명正命, 정정진正精進, 정념正念, 정정正定이다)로 수행에 매진하여 가려진 불성을 다시금 빛나게 해야 한다. 그리스도인에게도 구원에 이르는 길을 가로막는 요소들이 많이 있다. 구원의 우선권을 가졌다는 이기심과 신앙을 판단하는 갖가지 지표들과 천국에 들어가리라는 보상심리가 있어 '하느님의 모상imago dei'인 자신의 참 모습을 가린다. 따라서 자신의 깊은 곳까지 잘 들여다보아 이타적인 사랑으로 자신을 갈고 닦아 욕심의 그물에 갇힌 처량한 인생을 악에서 해방시켜야 한다.

예수는 사람의 됨됨이를 잘 관찰해서 그 사람이 가장 마음을 두고 있는 대상을 효과적으로 알려주었다. 부자는 돈에, 효자는 부모에, 가장은 가족에, 정치인은 자리에, 장관 후보는 자식 군대 안 보내기에, 소인배는 떡고물에 관심이 있다. 그렇다면 나에게는 과연 예수가 무어라고 말씀할까? 예수 공부에 온통 맘이 뺏겨 있으니, 혹시 "공부는 그쯤하고 장애인 친구들에게 인생을 걸어라"고 간청하지는 않을까? 그러면 나는 당연히 항변할 것이다. "예수 공부 30년 만에 겨우 재미를 붙였는데, 이제 겨우 책장이나 넘기게 되었는데, 공부를 포기하라니요? 절대 그럴 수는 없습니다." 그러면서 망연히 발길을 돌리는 내 뒤꼭지에 대고 예수는 한 마디 할 것이다.

"성서학자가 하느님 나라에 들어가는 것보다 낙타가 바늘귀로 빠져나가는 것이 더 쉽습니다."

자신을 돌아보지 않으면 결코 영원한 생명을 얻을 수 없다. 누구에게나 마찬가지다.

가족을 포기하라
_예수의 가족

독일에서 만났던 어느 부부 이야기다. 그 부부는 일부러 아이를 낳지 않았다. 그 이유는 자신들이 아기를 낳지 않아도 이 세상에는 이미 사랑이 필요한 아이들이 넘치도록 많다는 것이었다. 그래서 부부는 입양을 시작했는데 세계 각국에서 아이들을 데려왔음은 물론이고 대부분 장애가 있는 아이들이었다. 아이들은 부모로부터 최고의 사랑을 받았다. 아플 때는 밤새워 곁을 지키고 종기의 고름은 상처가 덧나지 않게 입으로 빨아서 빼주고 적절한 교육을 받게 해주었다. 사실 말이 쉬워 입양이지 우리처럼 혈연에 강한 집착을 보이는 민족에겐 먼 나라 이야기일 뿐이다. 그래도 만일 이 부부처럼 세상의 모든 부부들이 한 자녀만 입양을 한다면 세계가 얼마나 밝아질까 하는 생각이 잠시 들었다.

과거는 우리를 슬프게도 기쁘게도 만든다. 숙명이다. 그리고 숙명적인 과거를 떠올리게 만드는 대표적인 삶의 현장이 바로 '가족'이다. 어떤 이는 가족이 생활의 자양분이 된다면서 아들딸의 사진을 지갑에 소중히 넣어두지만, 어떤 이는 있는 가족마저 등지고 수도원을 선택한다. 그런데 가족을 떠나 들어간 수도원 역시 또 하나의 엄연한 가족이라는 사실을 발견하곤 수도자들은 다시 한 번 과거로 돌아가 목이 졸리는 경험을 한다. 가족이라는 과거가 모든 인간의 발목을 단단히 잡고 있는 까닭이다.

친부모를 살해한 희대의 패륜아, 젖도 못 뗀 아이를 갖다 버린 비정한 부모, 늙은 부모를 팽개쳐두고 나 몰라라 하는 불효자, 외로움을 견디지 못해 자살을 선택한 기러기 아빠, 유산 상속 때문에 서로를 고소한 재벌가 형제자매들……. 언론에 종종 보도되는 기사들을 보면 우리나라의 가족관계가 위기에 놓인 느낌이고 가족에 대해 다시 생각해볼 때라는 생각이 든다.

지금부터 나는 독자 여러분과 함께 '예수의 가족 이해'에 대해 살펴볼 생각이다. 이 과정에서 우리 시대에 보탬이 되는 바를 찾고 싶어서다. 그러나 성서가 수천 년 전 지중해 권의 문헌인 까닭에 오늘날의 상황에 정확하게 맞아떨어지는 해결책을 제시하지는 못한다. 사실 당시에 기러기 아빠가 있었을 리 만무하지 않은가! 그러니 성서를 마치 질병에 대한 처방전처럼 사용해서는 안 될 일이다. 많은 교인들이 성서를 처방전 취급하는 게 현실이기는 하지만 말이다. 신구약성서에서 발견되는 가족에 대한 직접적·간접적인 언급을 모두 찾아보면 어마어마한 분량이 될 테고, 아무리 솜씨 좋게 줄여본들 피상적인 관찰에 머물고 말 것이다. 그러므로 여기서는 '가족에 대한 예수의 가르침은 무엇일까?'를 탐색하는 데 방점을 찍으려고 한다.

예수의 출가

동서고금을 막론하고 바깥일을 위해 가족을 버리고 나서는 경우가 있다. 이런 때 우리는 '출가出家'라 하는데, 만일 연령층이 낮다면 '가출'이라 불러야 마땅할 것이다. 그렇다면 가족을 버리면서까지 몰두해야 할 바깥일이란 과연 무엇일까? 이 질문에 어떤 답을 하느냐에 따라 출가가 정당화될 수도 있고, 철없는 가장이라는 비난을 받을 수도 있다. 신구약성서를 통틀어 출가의 대표적인 예는 아마 예수일 것이다. 복음서를 읽어보면 예수의 출가행적은 거침이 없어 보인다. 이제 그분이 걸었던 길을 잠시 좇아가보자.

루가복음에 따르면 예수가 출가했을 때의 나이는 서른쯤이었다(루가 3:23). 히브리어의 특징 중 하나는 정확한 사실 묘사보다 사물에 대한 통찰이 뛰어나다는 점이다. 따라서 "나이가 한 서른쯤 되었다"고 할 때는 정확한 나이를 가리킨다기보다 인생이 어느 정도 무르익었다는 뜻이다. 아마 이 글을 읽으면서 '나이 서른에 무슨 인생을 논할 수 있겠는가?' 하고 반문하는 분이 있을지도 모른다. 그러나 예수 시대의 평균 연령을 고려할 때(대략 40세쯤) 서른 살은 분명 중후한 장년층에 해당하는 나이이다.

> 예수께서는 서른 살 가량 되어 전도하기 시작하셨는데 사람들이 알기에는 그는 요셉의 아들이요, 요셉은 엘리의 아들이며(루가 3:23)

예수의 출가에 관한 보도로 우선 마르코복음 3장 20-35절을 살펴보자. 21절에는 '예수가 출가한 후 미쳐서 다닌다는 소문이 난 까닭에 그의 친척들이 예수를 강제로 잡아 고향으로 데려가려 했다'는 대목이 나온다. 이때 '친척들'의 정체는 31절에서 예수의 '어머니와 형제들'로 밝혀진다. 여기서 언뜻 의문이 생길 것이다. 예수의 모친 마리아는 예수의 탄생 때부터 하느님의 아들로서 장차 해야 할 일을 잘 알고 있었을 텐데(마태 1-2장, 루가 1-2장 참조), 어째서 아들을 미친 사람 취급하면서 잡으러 나선 것일까? 세월이 지나자 어느덧 예수를 잉태할 적의 기억이 사라졌단 말인가? 하지만 여기서 한 가지 고려할 사항은 마르코복음에는 예수의 탄생이야기가 등장하지 않는다는 점이다. 말하자면 예수 탄생사화가 전제되지 않은 상태에서 마르코가 복음서를 집필한 까닭에 마태오와 루가복음에 나오는 예수 탄생이야기와, 친척들이 예수를 잡으러 나선 이야기 사이에 개연성을 둘 수 없다는 뜻이다.

예수의 출가와 가족관계를 보여주는 또 다른 에피소드가 있다. 예수는 출가한 후 오랜만에 고향에 돌아온 적이 있었다(마태 13:53-58, 마르 6:1-6, 루가 4:16-30). 그때 고향 사람들은 입을 모아 예수를 비난했는데, 그 비난 중에 예수의 가족에 대한 언급이 등장한다. 마르코복음 6장 3절에서 예수는 목수의 아들이고, 어머니 마리아와 형제인 야고보, 요셉, 유다, 시몬 외에 몇몇 누이들이 있었으며(마태 13:55), 그 아버지는 요셉이었다고 한다(루가 4:22 이하 참조). 또한 예수의 고향 사람들이 그의 가족을 '우리 동네 사람들'이라고 부른 점(마태 13:56)을 미루어볼 때, 출가하여 이곳저곳 떠돌아다닌 예수와는 달리 모두 나자렛에 눌러 살았던 것으로 보인다. 특히 요한복음 1장 45-46절에서는 예수를 일컬어 '나자렛 출신(아포 나자렛)'이라 하는데, 이는 예수가 출가하기 전까지 고향마을 나자렛에 줄곧 눌러 살았다는 사실을 알려준다.

예수의 고향 나자렛은 행정구역 상으로 헤로데 안티파스가 통치하던 갈릴래아 지방 남쪽의 한적한 마을이었다. 당시 갈릴래아는 일반적으로 '도둑이 들끓는 땅'으로 알려져 있었고, 그중에서도 나자렛에 대한 평가 예수께서는 이 비유들을 다 말씀하시고 나서 그 곳을 떠나 고향으로 가셔서 회당에서 가르치셨다. 사람들은 놀라며 "저 사람이 저런 지혜와 능력을 어디서 받았을까? 저 사람은 그 목수의 아들이 아닌가? 어머니는 마리아요. 그 형제들은 야고보, 요셉, 시몬, 유다가 아닌가? 그리고 그의 누이들은 모두 우리 동네 사람들이 아닌가? 그런데 저런 모든 지혜와 능력이 어디서 생겼을까?" 하면서 예수를 도무지 믿으려 하지 않았다. 예수께서는 그들에게 "어디서나 존경을 받는 예언자도 제 고향과 제 집에서만은 존경을 받지 못한다" 하고 말씀하셨다. 그리고 그들이 믿지 않으므로 그 곳에서는 별로 기적을 베풀지 않으셨다.(마태 13:53-58)

예수께서 그 곳을 떠나 제자들과 함께 고향으로 돌아가셨다. 안식일이 되어 회당에서 가르치시자 많은 사람이 그 말씀을 듣고 놀라며 "저 사람이 어떤 지혜를 받았기에 저런 기적들을 행하는 것일까? 그런 모든 것이 어디서 생겨났을까? 저 사람은 그 목수가 아닌가? 그 어머니는 마리아요, 그 형제들은 야고보, 요셉, 유다, 시몬이 아닌가? 그의 누이들도 다 우리와 같이 여기 살고 있지 않은가?" 하면서 좀처럼 예수를 믿으려 하지 않았다. 예수께서는 그들에게 이렇게 말씀하셨다. "어디서나 존경을 받는 예언자라도 자기 고향과 친척과 집안에서만은 존경을 받지 못한다." 예수께서는 거기서 병자 몇 사람에게만 손을 얹어 고쳐주셨을 뿐, 다른 기적은 행하실 수 없었다. 그리고 그들에게 믿음이 없는 것을 보시고 이상하게 여기셨다.(마르 6:1-6)

예수께서는 자기가 자라난 나자렛에 가셔서 안식일이 되자 늘 하시던 대로 회당에 들어가셨다. 그리고 성서를 읽으시려고 일어서서 이사야 예언서의 두루마리를 받아 들고 이러한 말씀이 적혀 있는 대목을 펴서 읽으셨다. "주님의 성령이 나에게 내리셨다. 주께서 나에게 기름을 부으시어 가난한 이들에게 복음을 전하게 하셨다. 주께서 나를 보내시어 묶인 사람들에게는 해방을 알려주고 눈먼 사람들은 보게 하고, 억눌린 사람들에게는 자유를 주며 주님의 은총의 해를 선포하게 하셨다." 예수께서 두루마리를 말아서 시중들던 사람에게 되돌려주고 자리에 앉으시자 회당에 모였던 사람들의 눈이 모두 예수에게 쏠렸다. 예수께서는 "이 성서의 말씀이 오늘 너희가 들은 이 자리에서 이루어졌다" 하고 말씀하셨다.

사람들은 모두 예수를 칭찬하였고 그가 하시는 은총의 말씀에 탄복하며 "저 사람은 요셉의 아들이 아닌가?" 하고 수군거렸다. 예수께서는 "너희는 필경 '의사여, 네 병이나 고쳐라' 하는 속담을 들어 나더러 가파르나움에서 했다는 일을 네 고장인 여기에서도 해보라고 하고 싶을 것이다" 하시고는 또 이렇게 말씀하셨다. "사실 어떤 예언자도 자기 고향에서는 환영을 받지 못한다. 잘 들어라. 엘리야 시대에 삼 년 반 동안이나 하늘이 닫혀 비가 내리지 않고 온 나라에 심한 기근이 들었을 때 이스라엘에는 과부가 많았지만 하느님께서는 엘리야를 그들 가운데 아무에게도 보내시지 않고 다만 시돈 지방 사렙다 마을에 사는 어떤 과부에게만 보내주셨다. 또 예언자 엘리사 시대에 이스라엘에는 많은 나병환자가 살고 있었지만 그들은 단 한 사람도 고쳐주시지 않고 시리아 사람인 나아만만을 깨끗하게 고쳐주셨다."

회당에 모였던 사람들은 이 말씀을 듣고는 모두 화가 나서 들고일어나 예수를 동네 밖으로 끌어냈다. 그 동네는 산 위에 있었는데 그들은 예수를 산 벼랑까지 끌고 가서 밀어 떨어뜨리려 하였다. 그러나 예수께서는 그들의 한가운데를 지나서 자기의 갈 길을 가셨다.(루가 4:16-30)

—
막스 에른스트(1891-1976)

〈세 명의 목격자 앞에서 아기 예수를 체벌하는 성모 마리아〉, 캔버스에 유채, 루드비히 박물관.

아기 예수의 엉덩이가 빨개졌고 후광 고리까지 땅에 떨어져 있다.

어느 날인가 마리아가 아기를 호되게 때린 것이다. 매우 불경한 그림이다.

는 "나자렛에서 무슨 신통한 것이 나올 수 있겠소?"(요한 1:46)가 고작이었다. 말하자면 나자렛은 이스라엘 땅에서도 결코 주목받지 못하는 깜깜한 촌구석이었다는 뜻이다. 바로 거기에서 위대한 예언자 예수가 등장한 것이다. 하지만 고향 동네 사람들의 박대로 예수는 "예언자는 고향에서 인정받지 못한다"(마르 6:4)는 말만 남긴 채 쓸쓸히 고향을 떠나야만 했다.

네 부모를 공경하라

이스라엘 백성에게는 시공을 초월한 천금 같은 가르침이 있는데, 바로 시나이 산에서 야훼 하느님이 모세를 통해 직접 계시한 십계명이다. 그중에서 제4계명인 "네 부모를 공경하라"는 하느님 공경을 밝힌 앞의 세 계명에 이어 인간 사회에서 지켜야할 계명들 중 처음으로 제시된다. 말하자면 부모 공경이 사람 노릇을 하는 데 있어 으뜸이라는 뜻이다. 성서에서 자식의 효성이 잘 드러나는 때는 장례를 치르는 상복 기간이다. 유대인의 장례 풍습에 대해 알아보자.

유대인은 부모가 죽으면 우선 자신의 옷을 찢어 슬픔을 표시하고 마포 옷(상복)으로 갈아입는다. 그 다음에 신을 벗고 얼굴에 수건을 덮어쓰고 수염을 가린다. 자신의 머리에 흙을 끼얹고 머리를 먼지 속에 처박거나 먼지 속에서 온몸을 뒹굴기도 한다. 재를 뒤집어쓰는 일은 기본이었으며 심지어 애절한 맘을 표현하기 위해 스스로 몸에 상처를 내는 일도 있다고 한다. 모두 부모를 여읜 슬픔을 표현하는 행위이다. 그 행동들이 너무 지나쳐서인지는 몰라도 신명기에는 "너희는 하느님 야훼의 자녀이다. 사람이 죽었다고 몸에 상처를 내거나 삭발을 하지 말라"(14:1)는 말씀까지 등장한다. 과공過恭은 오히려 비례非禮라는 말이겠다.

유대인은 보통 7일장을 치렀고, 장사한 후 7일간 단식을 했다는 기록도 나온다(1사무 31:13). 상복을 입고 지내는 동안에 유족이 해야 할 가장 큰 의무는 곡哭이었다. 그 소리가 얼마나 커야 했는지 낙타나 늑대의 울음소리를 연상시킬 정도여야 했다(미가 1:8). 그러나 아무리 천하의 효자라 하더라도 상복 기간 내내 최고조의 곡소리를 낼 수 없는 노릇이었다. 그래서 곡을 전문으로 하는 여인이 필요했고 마을마다 곡 꾼이 있었다(루가 7:11-17). 그 직업은 곡 꾼 여인의 딸에게까지 전수되었다고 하니 유대인들이 얼마나 엄격한 장례문화를 가졌는지 능히 알 수 있다. 시신은 동굴에 안치하거나 땅에 매장을 했으며 부장품을 넣어 고인의 넋을 위로했다. 자식의 당연한 도리로서 부모의 시신을 멋진 동굴 형 무덤에 모시고자 했다.

비록 유대인의 장례 풍습을 간단히 정리했지만 독자들은 그들이 가진 효심의 정도를 쉽게 짐작할 수 있을 것이다. 한국의 전통적인 사고방식과 비슷하기 때문이다. 얼마나 부모 공경을 강조했으면 장례를 앞두고는 매일 기도문(18조 기도문)을 외우지 않아도 된다고 했으며(『미슈나』, 브라콧 3,1), 부모를 모욕한 자식을 돌로 쳐 죽일 죄인에 포함시키기까지 했을까? 그런데 유대 땅에서 나서 유대인으로 자란 정통 유대인인 예수가 장례라는 자식의 기본적인 임무마저도 저버리라고 말한다.

어느 날 예수에게 다가와 제자가 되겠다던 사람이, 우선 아버지의 장례를 치르고 돌아오겠다는 말을 한 적이 있었다. 그러자 예수는 "죽은 자들의 장례는 죽은 자들에게 맡겨두라"(루가 9:60)고 하면서 그의 즉각적인 추종을 요구한다. 부모 공경을 사람 구실의 으뜸으로 삼았던 당시로서는 여간 놀라운 말씀이 아니었을 것이다. 또한 "집이나 형제나 자매나 아버지나 어머니나 자녀나 토지를 버리는 사람은 누구든지 백 배로 받을 것이요, 또한 영원한 생명을 상속 받을 것이다"(마태 19:29)라는 말씀까지 한다.

사실 그 뿐이 아니다. 예수는 자신이 세상에 온 이유를 밝히면서, "나는 아들은 아버지에 맞서고 딸은 어머니와, 며느리는 시어머니와 서로 맞서게 하려고 왔다. 집안 식구가 바로 자기 원수다"(마태 10:35-36)라고 했다. 세상에 분열을 일으키고 칼을 주러 왔다는 말이다. 그런데 예수가 자신의 사명을 강조하면서 가족의 예를 든 것은 주목할 만하다. 아들이 아버지와 맞선다, 딸이 어머니와 맞선다, 시어머니와 며느리가 맞선다는 말은 과연 무슨 뜻일까? 우리나라에서는 진즉에 시어머니와 며느리가 맞서고 있었으니 그만큼 예수를 잘 따랐다는 뜻일까?

새로운 가족

예수를 잡으러 온 친척들은 예수 주변에 군중이 빈틈없이 들어차 있어

도저히 가까이 다가갈 수 없었다(마르 3:31-35). 할 수 없이 군중 속으로 전 갈을 보내 가족이 왔음을 예수에게 알렸다. 그러나 예수의 반응은 전혀 뜻밖이었다. "누가 내 어머니이고 내 형제들이냐?"(33절) 우리네 정서에 따르면 보통 불효자가 아닌 셈이다. 천리를 멀다 않고 찾아온 어머니를 버 선발로 나가서 맞지는 못할지언정 "도대체 누가 내 어머니냐?"고 반문하 다니. 주변에서 예수의 말씀을 듣던 이들의 머리엔 즉시 제4계명이 떠올 랐을 것이다. '저 자는 네 부모를 공경하라는 계명까지 저버리는 못된 자 식이로구나!' 그러나 뒤이어 예수는 더욱 중요한 말씀을 한다. 그분은 주변 사람들을 둘러보며 "바로 이 사람들이 내 어머니이고 내 형제들이 다. 하느님의 뜻을 행하는 사람이 곧 내 형제요, 자매요, 어머니이다"고 말씀한다. 하느님의 뜻이 라는 절대 가치를 통해 새로운 가족 관계가 성립 되며, 이 관계 앞에서는 혈연이라는 세상 가치도 무용지물이라는 뜻이다.

그 때 예수의 어머니와 형제들이 밖에 와 서서 예수를 불러달라고 사람을 들여보 냈다. 둘러앉았던 군중이 예수께 "선생 님, 선생님의 어머님과 형제분들이 밖에 서 찾으십니다" 하고 말하였다. 예수께서 는 "누가 내 어머니이고 내 형제들이냐?" 하고 반문하시고 둘러앉은 사람들을 돌 아보시며 말씀하셨다. "바로 이 사람들이 내 어머니이고 내 형제들이다. 하느님의 뜻을 행하는 사람이 곧 내 형제요, 자매 요, 어머니이다."(마르 3:31-35)

예수는 새로운 가족을 지향했다. 하느님의 뜻이라는 절대 가치 앞에서 모든 인간은 가족인 것이다. 우리는 예수가 왜 '형제'와 '어머니'라는 가족 용어를 사용했는지 주목할 필요가 있다. 가족은 세상에서 가장 가깝고 절대로 양보할 수 없는 관계이며, 또한 인간의 이해 범위 안에서 가장 친 밀한 관계이기도 하다. 피에 끌려서 종종 대의를 망치는 우리 한국 사람 들에게는 아마 더 없이 친숙한 말일 것이다. 절대 공정해야 할 대통령도 자신의 아들 때문에 판단을 그르치지 않던가! 그런 상황에서 예수는 피 한 방울 나누지 않은 남을 두고, 다만 같은 하느님을 믿는다는 이유만으 로 어머니, 형, 아우라 부르게 했다. 말하자면, 혈연을 뛰어넘는 진짜배기

가족관계가 하느님을 따르는 공동체 안에서 형성된다는 것이다. 그렇게 볼 때 '형제'와 '어머니'는 은유가 아닌 사실 표현이다. 오늘날 교우들끼리 서로 형제니, 자매니 부를 수 있는 기틀을 이미 2천 년 전 역사의 예수가 마련해준 셈이다.

우리는 매주 예배에서 교우들을 만나 '형제님', '자매님'이라는 말을 즐겨 쓴다. 하지만 그 같은 호칭을 사용하라고 처음 허락해주신 분이 2천 년 전의 예수라는 사실은 잘 모른다. 그리고 '형제님'과 '자매님'이 단순히 낯선 교우를 만났을 때 어색함을 달래는 호칭이 아니라 사실 관계를 일컫는다는 사실은 더더욱 모른다. 앞서 보았듯이 예수가 출가한 데는 하느님의 공동체에 비해 인간의 가족관계를 대수롭게 여기지 않았다는 배경이 서 있다. 예수의 말씀을 통해 가족관계의 새로운 지평이 열린 것이다. '가족을 포기하라'는 예수의 말씀은 하느님 앞에서 내려야 할 실존적인 결단의 요구이다.

사람은 존재 이유를 종종 자기 외부에서 찾으려 한다. 부자는 끊임없는 재산 불리기에서, 정치가는 부단 없는 권력 노름에서, 운동선수는 한계에 대한 도전 정신에서, 학자는 쉴 새 없는 논문발표에서, 부모는 끝 간 데 모르는 자식 사랑에서, 그리고 효자는 지치지 않는 부모 공양에서 자신의 정체성을 확인한다. 그러다가 사기를 당해 길거리에 나앉고, 공천 못 받아 낙동강 오리알 처지가 되고, 다리가 부러져 평생 의자나 지키고, 신진 학자들의 추월로 뒷전에 밀려나고, 애지중지하던 아들이 결혼을 하자마자 부모를 거들떠보지도 않고, 믿었던 부모가 재산을 모두 사회에 환원하는 바람에 자식들은 닭 쫓던 강아지 신세가 되고 만다.

예수 주변에는 출가해서 제자가 되겠다는 사람들이 많이 있었다. 그들 중에는 베드로처럼 고기 잡던 그물을 놓고 즉시 예수를 따라나선 이가 있었던 반면(마르 1:16-18), 가족에 대한 미련 때문에 망설이던 자들도 종종 있었다. "예수, 당신을 따르겠습니다. 그러나 먼저 제가 제 집에 있는 사람들과 작별 인사를 나누게 해주십시오."(루가 9:61) "먼저 제가 물러가서 아버지의 장례를 치르게 해 주십시오."(루가 9:59) ……변명이 한없이 늘어질 판이었다. 이스라엘의 효자들은 그처럼 가족에게 발목이 잡혀서 종종 예수 앞에서 망설이는 모습을 보여주었다. 장가가고, 시집가고, 부모님께 우선 인사부터 해야 한다는 것이다. 아니 그도 모자라 죽은 부모까지 알뜰하게 섬겨 성대한 장례를 지낸 후에 예수를 좇겠다고 했다. 그런 모습을 보고 예수는 가족을 뛰어넘지 않는 한 큰일을 할 수 없다는 판단을 내렸을 것이다. 그래서 예수는 그들에게 '지금 이 자리'에서 당장 결단을 내릴 것을 요구한다. "쟁기에 손을 얹고 뒤를 돌아보는 것은 하느님 나라에 맞지 않습니다."(루가 9:62)

예수께서 갈릴래아 호숫가를 지나가시다가 호수에서 그물을 던지고 있는 어부 시몬과 그의 동생 안드레아를 보시고 "나를 따라오너라. 내가 너희를 사람 낚는 어부가 되게 하겠다" 하고 말씀하셨다. 그들은 곧 그물을 버리고 예수를 따라갔다.(마르 1:16-18)

* * *

열두 살 난 여자아이가 소리를 지르기 시작했다. 친구가 오기로 한 시간에 나타나지 않고 늑장을 부리자 심통이 난 것이었다. 그 아이는 온 집안사람들에게 짜증을 내고 물건을 집어던졌다. 그러자 보다 못한 아빠가 아이에게 책 한 권과 담요 한 장과 사과 한 알을 들린 채 차를 타고 나가 집에서 멀리 떨어진 곳에 내려놓고 가버렸다. 저녁때 데려오겠다는 말 한마디만 남긴 채……. 화가 머리끝까지 치민 아이는 담요와 책과 사과를 골짜기에 던져버리고 말았다.

"나는 바위에 엉덩이를 걸치고 앉아 발길질을 해대며 자신을 억제하려고 노력했다. 두어 시간이 지나 점심때가 다가오자 배가 고파 사과를 집어던진 골짜기로 내려갔다. 사과와 담요와 책을 주워 올라와 보니 소나무한 그루가 눈에 들어 왔다. 가지가 넓게 뻗은 멋진 소나무였다. 나는 소나무 그늘에 담요를 깔고 누워 사과를 먹기 시작했다. 마음가짐이 달라지는 것을 알 수 있었다. 나뭇가지 사이로 올려다본 하늘은 평화롭고 아름다웠다. 나는 아버지가 왜 그런 행동을 취했는지 자신을 돌아보며 새로운 눈으로 바라보기 시작했다. 자연이 어머니처럼 나를 평안하게 감싸주며 다독거리는 듯했다. 그때 하느님을 생각하는 자신을 깨달았다. 고독한 시간이 기도시간으로 바뀌고 있었던 것이다. 나는 좀 더 나은 사람이 되고 싶었다." 저녁때 돌아온 아버지는 딸이 변했다는 사실을 곧 알 수 있었다. 자식을 포기할 때 진정으로 자식을 얻을 수 있었던 것이다.[10]

사랑 넘치는 가족을 제삼 제사 강조해도 부족한 마당에 엉뚱하게 '가족을 포기하라'는 예수의 말씀을 꺼내들었다. 출가한 수도자들이야 귀가 솔깃할지 모르지만 나처럼 가족 없이 못 사는 사람에게는 저주처럼 들리는 말씀이다. 사실 우리 같이 약한 평신도가 어떻게 가족이라는 틀에서 초연히 벗어날 수 있겠는가. 눈에 넣어도 아프지 않을 자식을 위해 무엇인들 못하겠는가? 세계 어디에도 우리나라처럼 자식 사랑과 부모사랑이 끔찍한 나라는 없을 것이다. 그러나 요즘 우리나라 상황이 돌아가는 것을 보면 그 '사랑'이 종종 눈 먼 것처럼 보인다. 가족에 대한 지나친 집착은 반드시 화를 불러오고 만다. 귀한 자식일수록 험하게 키우고 부모가 자식의 앞길을 막아서면 안 되는 법이다. '가족을 포기하라'는 말씀을 통해 예수는 아마 다음과 같은 말을 하고 싶었을 것이다.

"인간은 계획하지만 하느님은 비웃으신다."

깨어 있으시오
_몸과 마음은 하나

나는 사십 대까지만 해도 잠을 무척 잘 자는 편이었다. 그런데 오십 대에 들어서자 잠들기가 어려워졌다. 이 생각 저 생각 꼬리에 꼬리는 무는 상념 때문에 자리에 누워 두세 시간씩 뒤척이기 일쑤다. "내일은 아침 9시부터 강의가 있지. 강의실로 출발 준비를 하려면 아침 7시에는 일어나야 하고, 그러려면 늦어도 11시까지는 잠이 들어야 하는데……. 11은 예수의 열두 제자에서 유다가 빠진 숫자이고, 그 열둘을 채우기 위해 보궐 선거를 했고 그때 마티아스가 제비뽑기로 선출되었지. 요즘 개신교 보수교단에서는 총회장 선거를 제비뽑기로 한다지. 그렇다면 지난 동안 총회장 선거에 그만큼 부정이 많았다는 이야기 아닌가? 아니 왜 저 시침은 벌써 12시를 가리키고 있지?"

항상 그런 식이다. 어릴 적에 화장실에라도 갈 요량으로 한밤중에 일어나면 아버님이 책을 보고 계셨던 기억이 나는데 이제 그 이유를 이해하는 나이가 된 모양이다. 줄줄이 이어지는 상념을 없애기 위해 나름대로 여러 방법을 개발했다. 먼저 잠자리 옆에 어마어마하게 어려운 책을 갖다 놓는다. 이를테면 토마스 아퀴나스의 『신학대전Summa Theologica』 라틴어 원본을 누워서 읽는다. 성인에게는 대단히 죄송한 노릇이지만 두 쪽쯤 읽으면 정신이 몽롱해지는 게 눈이 절로 감겨온다. 그때 바로 잠이 들어야 하는데, 자리에서 일어난다, 시계를 본다, 불을 끈다 하다가 자칫 졸음이 사라져버리는 경우가 있다. 절묘한 타이밍이 문제인 것이다. 졸음이 일단 사라지면 침대에 똑바로 누워 300에서 3씩 숫자를 거꾸로 빼나간다. 한참 숫자를 빼던 중에 176이라는 숫자를 세고 있으면 곧이어 잠이 들고 만다. 하지만 12까지 거침없이 내려가면 숫자 빼기 작전은 실패한 것이다. 마지막으로 사용하는 방법이 예수 그리스도다.

상상을 한다. 어디선가 예수가 가만히 다가와 나를 위로한다. '불면증아 저만큼 물러가거라. 이는 내가 유독 아끼는 사람이다. 네가 어디라고 감히 여기서 얼쩡거리느냐?' 예수의 따뜻한 기운 안으로 푹 잠겨든다. 그러고 나서 마치 엄마 가슴에 안긴 어린아이처럼 그분 품에 안겨 스르르 눈을 감는다.

예수, 잠 깨우기의 명수

신약성서의 네 복음서를 읽으면 '잠'이란 그리 권장할 만한 일이 못 된다는 사실을 금세 알 수 있다. 어느 날 유대교의 회당장 야이로가 예수에게 다가와 무릎을 꿇었다. "제 어린 딸이 다 죽게 되었습니다. 부디 오셔서 그 아이에게 손을 얹어, 아이가 구원 받아 살도록 해주십시오."(마르 5:23) 그러나 예수가 도착해 보니 그 아이는 이미 숨을 거둔 뒤였다. 통곡하는 사람들에게 예수는 "그 어린이는 죽은 것이 아니라 자고 있습니다"(5:39)라는 말을 던진다. 이어서 "탈리다 쿰!" 하고 말씀하신다. 이를 번역하면 '소녀야 일어나라'이다. 그 한 마디에 소녀는 죽음에서 깨어났고 예수는 그 소녀에게 먹을 것을 갖다주라고 말씀한다(5:43). 기적이 일어났다

며 넋을 잃고 날뛰는 사람들과는 달리 예수는 투병 생활을 끝내고 방금 자리 털고 일어난 소녀를 걱정한 것이다. 예수의 관심은 사람들과 전혀 다른 데 있었다.

이제 이야기를 조금 편안한 쪽으로 옮겨가겠다. 야이로와 제자들 말고도 예수 주변에는 언제나 많은 사람이 들끓었다. 하지만 애당초 예수의 가르침인 '하느님의 나라'가 무엇인지 궁금해서 나아온 이는 별로 없었다. 그들은 대체로 몹쓸 병이 들어서, 귀신 들려서, 배가 고파서 온 사람들이었다. 예수는 그들 모두를 낫게 해주었고(마르 3:7-12) 배불리 먹이었다(마르 6:30-44). 다들 잔뜩 먹고도 12광주리나 음식이 남았다니 그날 예수가 사람들에게 한 턱 단단히 쓴 것이다. 병 걱정 사라지고 배까지 부르자 예수는 그제야 '하느님의 나라'에 관해 가르쳐준다. 그러나 식곤증이 닥쳐와 아마 조는 사람이 한둘이 아니었을 것이다. 그들을 깨울 수 있는 유일한 길은 이야기에 재미를 더하는 방법밖에 무엇이 있었겠는가? 그렇다면 예수의 이야기 속에 숨어 있는 재미 장치들을 끄집어내보자.

어느 고을의 부자에게 아들이 둘 있었다. 그런데 둘째가 아버지에게 자기 몫으로 물려줄 재산을 미리 달라고 청했다. 이스라엘의 상속법에 따르면 둘째 아들은 맏이 몫의 반을 상속 받으니 아버지의 재산 1/3을 달라고 한 셈이었다. 아직 아버지가 두 눈 시퍼렇게 뜨고 살아 있는데도 말이

다. 불효자도 이만저만 한 불효자가 아닌 것이다. 우리도 잘 알고 있는 '잃었던 아들을 되찾고 기뻐하는 아버지의 비유'(루가 15:11-32)이다. 그런데 이야기가 전개되는 중에 유산을 탕진하고 알거지가 된 둘째 아들이 고향으로 돌아올 때 곧장 오지 않고 돼지 치는 집에 임시 일자리를 얻어 갖은 고초를 겪는 대목이 나온다(5절). 바로 그 부분이 재미를 더해준다. 아들이 곧장 집으로 온다고 해서 이야기의 기본 틀이 흔들리지는 않는다. 그러나 돼지 치는 집에서 겪은 고초가 더해지면서 이야기가 활기를 띤다. 아버지의 낯을 뵐 염치가 없어 망설이는 아들의 심정, 곧 마음 깊은 곳으로부터 후회하는 심정을 헤아리기에 더없이 좋은 구성이기 때문이다.

이 말을 듣고 아버지는 '애야, 너는 늘 나와 함께 있고 내 것이 모두 네 것이 아니냐? 그런데 네 동생은 죽었다가 다시 살아왔으니 잃었던 사람을 되찾은 셈이다. 그러니 이 기쁜 날을 어떻게 즐기지 않겠느냐?' 하고 말하였다."(루가 15:11-32)

밭에 나가 있던 큰아들이 돌아오다가 집 가까이에서 음악 소리와 춤추며 떠드는 소리를 듣고 하인 하나를 불러 어떻게 된 일이냐고 물었다. 하인이 '아우님이 돌아왔습니다. 그분이 무사히 돌아오셨다고 주인께서 살진 송아지를 잡게 하셨습니다' 하고 대답하였다. 큰아들은 화가 나서 집에 들어가려 하지 않았다. 그래서 아버지가 나와서 달랬으나 그는 아버지에게 '아버지, 저는 이렇게 여러 해 동안 아버지를 위해서 종이나 다름없이 일을 하며 아버지의 명령을 어긴 일이 한 번도 없었습니다. 그런데도 저에게는 친구들과 즐기라고 염소 새끼 한 마리 주지 않으시더니 창녀들한테 빠져서 아버지의 재산을 다 날려버린 동생이 돌아오니까 그 아이를 위해서는 살진 송아지까지 잡아주시다니요!' 하고 투덜거렸다.

예수께서 또 말씀하셨다. "어떤 사람이 두 아들을 두었는데 작은 아들이 아버지에게 제 몫으로 돌아올 재산을 달라고 청하였다. 그래서 아버지는 재산을 갈라 두 아들에게 나누어주었다. 며칠 뒤에 작은 아들은 자기 재산을 다 거두어 가지고 먼 고장으로 떠나갔다. 거기서 재산을 마구 뿌리며 방탕한 생활을 하였다. 그러다가 돈이 떨어졌는데 마침 그 고장에 심한 흉년까지 들어서 그는 알거지가 되고 말았다. 하는 수 없이 그는 그 고장에 사는 어떤 사람의 집에 가서 더부살이를 하게 되었는데 주인은 그를 농장으로 보내어 돼지를 치게 하였다. 그는 하도 배가 고파서 돼지가 먹는 쥐엄나무 열매로라도 배를 채워보려고 했으나 그에게 먹을 것을 주는 이는 아무도 없었다. 그제야 제정신이 든 그는 이렇게 중얼거렸다. '아버지 집에는 양식이 많아서 그 많은 일꾼들이 먹고도 남는데 나는 여기서 굶어 죽게 되었구나! 어서 아버지께 돌아가, 아버지, 제가 하늘과 아버지께 죄를 지었습니다. 이제 저는 감히 아버지의 아들이라고 할 자격이 없으니 저를 품꾼으로라도 써주십시오 하고 사정해 보리라.'

마침내 그는 거기를 떠나 자기 아버지 집으로 발길을 돌렸다. 집으로 돌아오는 아들을 멀리서 본 아버지는 측은한 생각이 들어 달려가 아들의 목을 끌어안고 입을 맞추었다. 그러자 아들은 '아버지, 저는 하늘과 아버지께 죄를 지었습니다. 이제 저는 감히 아버지의 아들이라고 할 자격이 없습니다' 하고 말하였다. 그렇지만 아버지는 하인들을 불러 '어서 제일 좋은 옷을 꺼내어 입히고 가락지를 끼우고 신을 신겨주어라. 그리고 살진 송아지를 끌어내다 잡아라. 먹고 즐기자! 죽었던 내 아들이 다시 살아왔다. 잃었던 아들을 다시 찾았다' 하고 말했다. 그래서 성대한 잔치가 벌어졌다.

어느 유대인 남자가 예리고로 가는 도중에 강도를 만났다. 당시 예루살렘과 예리고 사이는 지형이 몹시 험해 실제로 강도들이 출몰했다고 한다. 강도들은 옷을 뺏고 그를 반쯤 죽여놓았다. 지나가던 사제와 레위는 강도 당한 사람을 보고도 슬쩍 그 장소를 피해갔는데 율법에 따르면 부정不淨한 장소(강도 사건이 일어난 장소)를 피하는 게 원칙이었다. 자칫했다간 자신도 부정을 탈 수 있기 때문이다. 그러나 세 번째로 근처를 지나가던 사마리아 사람은 반쯤 죽은 사람을 구해 여관에 데려간다. '선한 사마리아 사람의 비유'(루가 10:29-37)이다. 유대교의 정통 종교인인 사제와 레위도 자리를 슬쩍 피했는데 유대인에게 혼혈민족이라며 이등국민 취급받던 사마리아 사람이 구해준 것이었다.

이야기가 보다 감동적인 이유는 여관 주인에게 사마리아 사람이 던진 한 마디에 있다. "저 사람을 잘 돌보아주시오. 비용이 더 들면 돌아오는 길에 갚아드리겠소."(35절) 아니 그럴 게 아니라, 아예 신용카드와 비밀번호를 여관 주인에게 통째로 맡기면 일이 더 간단하지 않았을까? 하지만 우리는 사마리아 사람의 다시 오겠다는 약속을 통해, 혹시 강도 당한 사람의 상처가 더 깊어지지나 않을까, 혹시 치료비라도 부족하면 어쩌나 하는 그의 따뜻한 마음을 짐작할 수 있다. 사마리아 사람의 애틋한 이웃사랑을 능히 짐작할 수 있는 구성요소이다. 그는 어려움에 빠진 이웃을 끝까지 돕는 사람이었다. 아마 예수의 이야기를 듣다 보면 어느 사이엔가 식곤증이 물러갔을 것이다.

잠과 기도

딱히 그 자리에 있어본 것은 아니지만 아마 예수는 다음날 사람들 앞에서 할 이야기를 전날 밤 잠들기 전에 열심히 구상하였을 것이다. "내일 또여지없이 많은 사람들이 몰려올 텐데. 그 사람들을 고치고 먹이고 나면 보나마나 재미있는 비유 한 수 내놓으라고 성화일 텐데. 그들에게 어떻게 하느님의 나라를 가르쳐줄까? 어떻게 하느님의 용서를 감동적으로 묘사할수 있을까? 어떻게 진짜 이웃이 누구인지 가려내는 방법을 참신하게 알려줄 수 있을까? 어떻게 해야 밀려드는 졸음을 쫓아낼 수 있을까?" 비유 속에 살짝 숨어 있는 의미장치와 재미장치를 점검해볼 때 예수는 글자그대로, 탁월한 이야기꾼이었다.

예수는 잠에 대해 전반적으로 부정적이었다. '겟쎄마니의 기도'(마르 14:36)에서도 예수의 중요한 입장을 끌어낼 수 있다. 예수는 기도에 관해 평소부터 분명한 두 가지 원칙을 갖고 있었다. 우선 기도란 혼자서 하는 것이어야 한다. 그래서 기도할 때는 아예 골방에 들어가서, 혹시라도 남이 볼세라 문마저 걸어 잠그고 기도해야 한다(마태 6:5-6). 기도하는 순간은 하느님과기도하는 자만이 가지는 대화의 시간이다. 따라서 '하느님'과 '나'라는 기본 조건 외의 어떤 형식도 필요하지 않다. 복음서의 보도에 따르면예수는 기도할 때 언제나 혼자였다고 하며(마르

"아버지, 나의 아버지! 아버지께서는 무엇이든 다 하실 수 있으시니 이 잔을 나에게서 거두어주소서. 그러나 제 뜻대로마시고 아버지의 뜻대로 하소서" 하고말씀하셨다.(마르 14:36)

"기도할 때에도 위선자들처럼 하지 마라. 그들은 남에게 보이려고 회당이나 한길모퉁이에 서서 기도하기를 좋아한다. 나는 분명히 말한다. 그들은 이미 받을 상을다 받았다. 너는 기도할 때에 골방에 들어가 문을 닫고 보이지 않는 네 아버지께 기도하여라. 그러면 숨은 일도 보시는 아버지께서 다 들어주실 것이다."(마태 6:5-6)

다음날 새벽 예수께서는 먼동이 트기전에 일어나 외딴 곳으로 가시어 기도하고 계셨다.(마르 1:35)

그들을 보내시고 나서 기도하시려고 산으로 올라가셨다.(마르 6:46)

조금 앞으로 나아가 땅에 엎드려 기도하셨다. 할 수만 있으면 수난의 시간을겪지 않게 해달라고 하시며(마르 14:35)

1:35, 6:46, 14:35) 이는 자신이 세운 규칙을 몸소 실천한 것이었다.

다음 원칙으로 기도는 짧아야 한다. 우리는 흔히 말을 많이 해야 하느님께서 들어주시는 줄 안다. 그래서 중언부언, 한 말 또 하고 온갖 미사여구를 섞어 기도문을 작성하려 노력한다. 하지만 그럴 필요가 전혀 없다. 하느님은 구하기도 전에 이미 기도하는 이유를 아시기 때문이다(마태 6:7-8). 참고로 예수가 직접 하신 기도들을 정리해보면, '주의 기도문'(마태 6:9b-13, 루가 11:2-4), '예수의 감사기도'(마태 11:25-27, 루가 10:21-22), '게쎄마니의 기도'(마르 14:32-42, 마태 26:26-46, 루가 22:39-46), '십자가상의 탄원기도'(마르 15:34, 마태 27:46) 등 네 가지가 있는데 하나같이 간결한 기도문들이다. 그중에서 게쎄마니의 기도에 귀를 기울여보자.

> "아빠 아버지, 당신에게는 모든 것이 가능합니다. 제발 이 잔을 제게서 거두어 주소서. 하지만 제 뜻대로가 아니라 당신의 뜻대로 하소서."(마르 14:36)

게쎄마니의 기도는 예수가 십자가에 처형되기 전날 밤에 드린 기도이다. 먼저 예수는 철저히 혼자서 하느님과 대면한다. 비록 세 명의 제자들과 기도 장소인 게쎄마니까지 같이 가기는 했으나 정작 기도의 순간에는 따로 "조금 앞으로 나아가 땅에 엎드려 기도하셨다"(35절). 기도 내용은 대단히 짧았다. 단 세 문장에 불과했다.

"너희는 기도할 때에 이방인들처럼 빈말을 되풀이하지 마라. 그들은 말을 많이 해야만 하느님께서 들어주시는 줄 안다. 그러니 그들을 본받지 마라. 너희의 아버지께서는 구하기도 전에 벌써 너희에게 필요한 것을 알고 계신다."(마태 6:7-8)

하늘에 계신 우리 아버지, 온 세상이 아버지를 하느님으로 받들게 하시며 아버지의 나라가 오게 하시며 아버지의 뜻이 하늘에서와 같이 땅에서도 이루어지게 하소서. 오늘 우리에게 필요한 양식을 주시고 우리가 우리에게 잘못한 이를 용서하듯이 우리의 잘못을 용서하시고 우리를 유혹에 빠지지 않게 하시고 악에서 구하소서. (나라와 권세와 영광이 영원토록 아버지의 것입니다. 아멘.)(마태 6:9b-13)

예수께서는 이렇게 가르쳐주셨다. "너희는 기도할 때 이렇게 하여라. 아버지, 온 세상이 아버지를 하느님으로 받들게 하시며 아버지의 나라가 오게 하소서. 날마다 우리에게 필요한 양식을 주시고 우리가 우리에게 잘못한 이를 용서하오니 우리의 죄를 용서하시고 우리를 유혹에 빠지지 않게 하소서."(루가 11:2-4)

그 때에 예수께서 이렇게 기도하셨다. "하늘과 땅의 주인이신 아버지, 안다는 사람들과 똑똑하다는 사람들에게는 이 모든 것을 감추고 오히려 철부지 어린 아이들에게 나타내 보이시니 감사합니다. 그렇습니다. 아버지! 이것이 아버지께서 원하신 뜻이었습니다. 아버지께서는 모든 것을 저에게 맡겨주셨습니다. 아버지밖에는 아들을 아는 이가 없고 아들과 또 그가 아버지를 계시하려고 택한 사람들밖에는 아버지를 아는 이가 없습니다."(마태 11:25-27)

바로 그 때에 예수께서 성령을 받아 기쁨에 넘쳐서 이렇게 말씀하셨다. "하늘과 땅의 주님이신 아버지, 지혜롭다는 사람들과 똑똑하다는 사람들에게는 이 모든 것을 감추시고 오히려 철부지 어린 이들에게 나타내 보이시니 감사합니다. 그렇습니다. 아버지! 이것이 아버지께서 원하신 뜻이었습니다. 아버지께서는 모든 것을 저에게 맡겨주셨습니다. 아들이 누구인지는 아버지만이 아시고 또 아버지가 누구신지는 아들과 또 그가 아버지를 계시하려고 택한 사람만이 알 수 있습니다."(루가 10:21-22)

그들은 게쎄마니라는 곳에 이르렀다. 예수께서 제자들에게 "내가 기도하는 동안 여기 앉아 있어라" 하시고 베드로와 야고보와 요한만을 따로 데리고 가셨다. 그리고 공포와 번민에 싸여서 "내 마음이 괴로워 죽을 지경이니 너희는 여기 남아서 깨어 있어라" 하시고는 조금 앞으로 나아가 땅에 엎드려 기도하셨다. 할 수만 있으면 수난의 시간을 겪지 않게 해달라고 하시며 "아버지, 나의 아버지! 아버지께서는 무엇이든 다 하실 수 있으시니 이 잔을 나에게서 거두어주소서. 그러나 제 뜻대로 마시고 아버지의 뜻대로 하소서" 하고 말씀하셨다. 이렇게 기도하시고 나서 제자들에게 돌아와 보시니 그들은 자고 있었다. 그래서 베드로에게 "시몬아, 자고 있느냐? 단 한 시간도 깨어 있을 수 없단 말이냐? 유혹에 빠지지 않도록 깨어 기도하여라. 마음은 간절하나 몸이 말을 듣지 않는구나!" 하시고 다시 가셔서 같은 말씀으로 기도하셨다.

그리고 다시 돌아와 보시니 그들은 여전히 자고 있었다. 그들은 너무나 졸려 눈을 뜨고 있을 수가 없었던 것이다. 그들은 무슨 말을 해야 할지 몰랐다. 예수께서는 세 번째 다녀오셔서 "아직도 자고 있느냐? 아직도 쉬고 있느냐? 그만하면 넉넉하다. 자, 때가 왔다. 사람의 아들이 죄인들 손에 넘어가게 되었다. 일어나 가자. 나를 넘겨줄 자가 가까이 와 있다" 하고 말씀하셨다. (마르 14:32-42)

그들이 음식을 먹을 때에 예수께서 빵을 들어 축복하시고 제자들에게 나누어주시며 "받아 먹어라. 이것은 내 몸이다" 하시고 또 잔을 들어 감사의 기도를 올리시고 그들에게 돌리시며 "너희는 모두 이 잔을 받아 마셔라. 이것은 나의 피다. 죄를 용서해 주려고 많은 사람을 위하여 내가 흘리는 계약의 피다. 잘 들어두어라. 이제부터 나는 아버지의 나라에서 너희와 함께 새 포도주를 마실 그 날까지 결코 포도로 빚은 것을 마시지 않겠다" 하고 말씀하셨다. 그들은 찬미의 노래를 부르고 올리브 산으로 올라갔다. 그 때에 예수께서 제자들에게 "'내가 칼을 들어 목자를 치리니 양떼가 흩어지리라'고 기록되어 있는 대로 오늘 밤 너희는 다 나를 버릴 것이다. 그러나 나는 다시 살아난 후 너희보다 먼저 갈릴래아로 갈 것이다" 하고 말씀하셨다. 그 때 베드로가 나서서 "비록 모든 사람이 주님을 버릴지라도 저는 결코 주님을 버리지 않겠습니다" 하였다. 그러자 예수께서 베드로에게 "내 말을 잘 들어라. 오늘 밤 닭이 울기 전에 너는 세 번이나 나를 모른다고 할 것이다" 하고 말씀하셨다. 베드로가 다시 "저는 주님과 함께 죽는 한이 있더라도 결코 주님을 모른다고는 하지 않겠습니다" 하고 장담하였다. 다른 제자들도 모두 그렇게 말하였다.

예수께서 제자들과 함께 게쎄마니라는 곳에 가셨다. 거기에서 제자들에게 "내가 저기 가서 기도하는 동안 너희는 여기 앉아 있어라" 하시고 베드로와 제베대오의 두 아들만을 따로 데리고 가셨다. 예수께서 근심과 번민에 싸여 그들에게 "지금 내 마음이 괴로워 죽을 지경이니 너희는 여기 남아서 나와 같이 깨어 있어라" 하시고는 조금 더 나아가 땅에 엎드려 기도하셨다. "아버지, 아버지께서는 하시고자만 하시면 무엇이든 다 하실 수 있으시니 이 잔을 저에게서 거두어주소서. 그러나 제 뜻대로 마시고 아버지의 뜻대로 하소서."

기도를 마치시고 세 제자에게 돌아와 보시니 제자들은 자고 있었다. 그래서 베드로에게 "너희는 나와 함께 단 한 시간도 깨어 있을 수 없단 말이냐? 유혹에 빠지지 않도록 깨어 기도하여라. 마음은 간절하나 몸이 말을 듣지 않는구나!" 하시며 한탄하셨다. 예수께서 다시 가셔서 "아버지, 이것이 제가 마시지 않고는 치워질 수 없는 잔이라면 아버지의 뜻대로 하소서" 하고 기도하셨다. 그리고 제자들에게 돌아오시니 그들은 여전히 자고 있었다. 그들은 너무나 지쳐서 눈을 뜨고 있을 수가 없었던 것이다. 하는 수 없이 제자들을 그대로 두시고 세 번째 가셔서 같은 말씀으로 기도하셨다. 그리고 제자들에게 돌아와 이렇게 말씀하셨다. "아직도 자고 있느냐? 자, 때가 왔다. 사람의 아들이 죄인들 손에 넘어가게 되었다. 일어나 가자. 나를 넘겨줄 자가 가까이 와 있다."(마태 26:26-46)

예수께서 늘 하시던 대로 밖으로 나가 올리브 산으로 가시자 제자들도 뒤따라갔다. 예수께서는 그 곳에 이르러 제자들에게 "유혹에 빠지지 않도록 기도하여라" 하시고는 돌을 던지면 닿을 만한 거리에 떨어져서 무릎을 꿇고 기도하셨다. "아버지, 아버지의 뜻에 어긋나는 일이 아니라면 이 잔을 저에게서 거두어주십시오. 그러나 제 뜻대로 하지 마시고 아버지의 뜻대로 하십시오." (없음) (없음) 기도를 마치시고 일어나 제자들에게 돌아와 보시니 그들은 슬픔에 지쳐 잠들어 있었다. 이것을 보시고 예수께서는 제자들에게 "왜 이렇게들 잠만 자고 있느냐? 유혹에 빠지지 않도록 일어나 기도하여라" 하고 말씀하셨다.(루가 22:39-46)

세 시에 예수께서 큰소리로 "엘로이, 엘로이, 레마 사박타니?" 하고 부르짖으셨다. 이 말씀은 '나의 하느님, 나의 하느님, 어찌하여 나를 버리셨나이까?'라는 뜻이다.(마르 15:34)

세 시쯤 되어 예수께서 큰소리로 "엘리 엘리 레마 사박타니?" 하고 부르짖으셨다. 이 말씀은 "나의 하느님, 나의 하느님, 어찌하여 나를 버리셨나이까?"라는 뜻이다.(마태 27:46)

게쎄마니의 기도

게쎄마니에서 기도를 시작할 때만 해도 예수는 나약한 상태에 놓여 있었다("내 마음이 괴로워 죽을 지경이니……" 34절). 그러나 예수는 기도를 함으로써 육적인 나약함과 맞서려 했으며 처음에는 무척 인간적인 기도를 드렸다. "당신에게는 모든 것이 가능합니다. 제발 이 잔을 제게서 거두어 주소서." 그러나 예수의 다음 기도는 "하지만 제 뜻대로가 아니라 당신의 뜻대로 하소서"였다. 하느님의 뜻에 온전히 자신의 생명을 맡기겠다는 심산이었다. 무엇보다도 우선되어야 할 절대 가치를 하느님의 뜻에서 찾은 예수의 강한 의지를 읽어볼 수 있는 대목이다. 그리고 밤새운 기도가 끝나자 마침내 당당하게 제자들 앞에서 말씀한다. "때가 왔다. 사람의 아들이 죄인들 손에 넘어가게 되었다. 일어나 가자."(41-42절) 예수가 육신의 나약함을 벗어던지고 이제 충분히 강해진 것이다. 기도를 하면서 우리는 흔히 하느님 앞에 줄줄이 소원을 늘어놓는다. 하지만 게쎄마니의 기도는 그와 전혀 다르다. 기도를 통해 얻는 불굴의 용기! 게쎄마니 기도에서 취할 수 있는 중대한 특징이다.

십자가의 죽음을 목전에 두고 게쎄마니에서 기도를 시작할 때 예수가 제자들에게 당부해두었던 말이 있다. "내 영혼이 근심에 싸여 죽을 지경입니다. 당신들은 여기에 머물러 깨어 있으시오."(마르 14:34) 그러나 제자들은 속절없이 잠이 들고 만다. 예수는 기도를 하는 중에 여러 번 제자들에게 와서 유혹에 빠지지 않게 같이 깨어 기도해 달라는 당부를 한다. 사탄의 유혹이란 원래 무거워지는 눈꺼풀 사이로 슬며시 끼어들게 마련이다. "시몬, 당신은 자고 있소? 한 시간도 깨어 있지 못했소? 당신들은 유혹에 빠지지 않도록 깨어 기도하시오. 영은 간절히 원하지만 육신은 약합니다."(14:37-38) 예수는 기도를 하면서 무려 세 번(34, 38, 41절)이나 제자들에게 왔지만 그때마다 제자들은 잠을 자고 있었다. 예수의 공생활 3년 동안 제자랍시고 따라다녔던 자들이 고작 그 모양이었다.

앞서 살펴보았듯이 복음서에서의 잠은 부정적인 이미지를 지닌다. 예수는 잠을 경계했는데, 잠이란 인간의 몸과 마음의 하나 됨을 방해놓을 뿐 아니라 생명까지 앗아가기 때문이다. 그래서 어떤 이의 죽음을 두고 히브리인은 '잠이 들었다'고 했으며, 십자가에 달려 죽은 후 무덤에 드신 예수에게도 '사흘 동안 잠드셨다'라는 표현을 썼다. 그 3일 동안 예수는 죽음의 땅(서울)에 머물러 있었다.

히브리 사고방식

게쎄마니의 기도 중에 예수는 하느님을 '아빠 아버지'라 불렀다. 이는 유대교 문헌에선 발견할 수 없는 경우다. 말하자면, 하느님을 부르는 예수만의 독특한 용법이라 할 수 있다. '아빠 아버지'라는 호칭을 원어로 살펴보면 예수의 모국어인 아람어 '아빠'와 뒤의 헬라어 '아버지(파테르)'의 복합어임을 알 수 있다. 따라서 뒤의 호칭은 헬라 독자들을 배려해 앞의 호칭을 번역한 것으로 간주할 수 있다. 아람어의 '아빠'는 세 가지 경우에 쓰였는데, 아기가 말을 배우기 시작할 무렵 아버지를 부르는 호칭(우리나라에서도 아기들은 '아빠'라고 부르지 않는가), 성장한 아들이 친밀감을 담아 아버지를 부르는 호칭, 노인에 대한 존경을 표시하는 호칭 등이다. 이 호칭을 통해 예수가 하느님에게 느꼈던 친밀감의 정도를 능히 짐작할 수 있겠다. 도대체 하느님을 얼마나 가까이 느꼈으면 감히 어린 아기들이나 사용하는 '아빠'라는 호칭으로 불렀을까?

헬라 사고방식의 대표적인 특징은 사물을 파악하는 데 철저히 분석적이라는 사실이다. 가능한 한 오류를 범할 가능성을 최소화시키려는 노력이라 하겠다. 그런 까닭에 헬라어 동사는 대략 1000가지 정도로 변화한다. 시제로는 현재, 미래, 과거, 미완료 과거, 과거 완료가 있고, 태로는 능동태, 수동태, 중간태가 있으며, 법으로는 직설법, 가정법, 명령법, 희구법이 있고, 원형으로는 현재 부정사와 과거 부정사가 있으며, 동사의 명사형인 분사로 넘어가면 앞의 모든 변화가 다시 한 번 반복된다. 동사변화를 배우다가 머리카락이 다 빠질 지경이다. 이렇게 된 목적은 단 하나, 사물을 정확하게 구분하기 위해서다.

히브리 사고방식은 그와 정 반대다. 동사변화라고 있기는 하지만 언제나 동사에 얹어 놓은 인간의 감성이 뜻을 좌우한다. 이를테면 미완료 동사는 현재와 미래와 과거 시제 사이에 형태 차이가 없다는 식이다. 그러니 다 큰 어른 예수가 하느님을 아기 호칭인 '아빠'라 부른다고 한들 하등 이상할 게 없는 셈이다. 프랑스 과학철학자 바슐라르(Gaston Bachelard, 1884-1962)는 과학적 개념들과 그 개념을 만들어내는 이성의 역사를 변증법적이라고 지적했다. 즉, 과학적 진리는 흐르는 시간을 좇아 오류를 수정함으로써 발전된다는 주장이다. 그러니 분석적인 언어를 사용하는 문화권에선 사물에 대한 소박한 이해란 불편할 수밖에 없는 노릇이다. 헬라 사고방식으로 판단하면 마치 어른이 되어서도 아버지를 여전히 '아빠'라 부르는 예수의 하느님 호칭은 미숙함에서 벗어나지 못한 소치일 뿐이다.

예수가 제자들에게 당부한 말씀 중에서 "영(프뉴마)은 간절히 원하지만 육신(삶스)은 약합니다"라고 번역한 부분을 좀 더 우리말에 가깝게 알 아들으면 '마음은 원하지만 몸이 말을 듣지 않는구려!'쯤 될 것이다. 혹은 '마음은 소녀시대인데 몸은 이순재다'라고 하면 더 와 닿을지 모르겠다. 예로부터 우리의 선조들은 몸과 마음이 하나여야 한다고 강조했는데 예수 역시 그런 경지를 제자들에게 요구했던 것이다. 몸과 마음의 하나 됨을 요구한 예수에게서 인간의 구성 요소를 잘게 나누어 이해했던 헬라 사고방식(분별지分別智)과는 달리 인간 전체를 하나로 바라보던 히브리 사고방식(통합지統合智)을 발견할 수 있다.

* * *

예수는 잠을 별로 좋아하지 않았다. 심지어 죽음을 잠이라 부르기까지 했다. 잠을 자면서 조금씩이나마 죽음을 미리 체험한다는 뜻일까? 아무튼 얼마나 잠을 싫어했는지 제자들이며, 회당장 야이로의 딸이며, 주변에 몰려든 군중의 잠까지 부지런히 깨웠다. 아니, 잠들었던 무덤에서 사흘 만에 일어났으니 스스로의 잠도 깨운 분이라고 해야 옳을지 모르겠다. 아마 '깨어 있음'만이 하느님을 아는 유일한 길이라고 판단했던 모양이다.

일본 진종眞宗불교의 거목인 기요자와 만시(淸澤滿之, 1863-1903)의 글에 다음과 같은 말이 나온다. "사람이 어떻게 완벽하고 든든한 토대를 마련할 것인가? 내 생각으로는 무한자無限者, 또는 절대자絶對者를 만나야만 거기에 이를 수 있다. 무한자가 안에 있느냐 밖에 있느냐, 그런 것은 생각해볼 필요가 없다. 왜냐하면 무한자는 그를 찾는 자가 발견하는 바로 거기에 있기 때문이다. 우리로서는 무한자가 밖에 있다, 혹은 안에 있다 하고 정의 내릴 수 없다. 무한자를 만나지 않고서는 누구도 든든한 토대 위에 설 수 없다. 그 만남을 통하여 완벽하고 든든한 토대를 얻게 되는 내적 발견의 과정, 이것이 바로 우리가 '깨어 있음'이라고 부르는 것이다."[11]

예수가 하느님을 아빠 아버지라 불렀듯이, 나 역시 잠이 오지 않을 때마다, 불을 환히 밝혀놓고 거실에서 책을 읽으시던 아버지를 떠올린다. 이어서 죽음 직전에 하느님께 간절히 매달렸던 예수를 생각한다. 예수 공부가 직업인 만큼 한시라도 그분을 놓고 싶지 않은 까닭도 있지만, 원래는 이기적인 '나'를 없애고 텅 빈 '나' 안에 무한자 예수를 들여놓자는 고급스런 심산이었다. 비록 원래 의도에서 한참 벗어나 요즘은 예수를 불면증 치료제로 사용하는 중이기는 하지만 말이다. 하지만 예수는 넓디넓은 마음 밭을 갖고 있는 분이니 그 정도로 화를 내지는 않을 것이다.

나도 매일 밤, 잠을 잔다. 잠이 안 와 고생하는 날들이 조금씩 늘어나긴 하지만 그렇다고 해서 하루라도 잠을 거른 적이 없다. 하지만 이것은 전적으로 다음날 깨어나기 위한 잠이다. 나는 잠을 찬양하지 않는다. 아니 할 수가 없다. 오히려 잠을 통한 충분한 휴식 뒤에 찾아올 깨어 있는 하루의 삶을 찬양한다. 그렇게 잠과 깸을 수없이 반복하면 언젠가 지상에서의 마지막 잠이 찾아올 테고 그 다음 날 드디어, '나'는 완전히 없고 '예수'만 온전히 있는 '깨어 있음'을 얻게 되리라.

그 점에서 예수와 나는 잘 통한다.

차고 넘치는 은혜
_마귀는 이미 떠나갔다

독일 유학시절 친구 집에 초대 받아 간 적이 있었다. 그런데 친구 집에 들어서자 거대한 도베르만 두 마리가 손님을 먼저 맞이했다. 놈들은 책상과 소파 등 온갖 가구를 뛰어넘어 나에게 달려들었다. 제 딴엔 주인의 친구를 반기는 의욕 넘치는 행동이었겠지만 나에게는 놈들의 돌발적인 행동이 생명의 위협을 느끼게 하는 공포로 다가왔다. 사실 80년대 후반인 당시만 해도 한국에선 개를 집 안에 키우는 일이 낯선 편이었다. 아니, 개란 짐승은 으레 마당에 묶어놓고 먹다 남긴 꽁치 대가리나 던져주면 그만이라고 생각했다. 돌발 상황에 긴장한 나는 당연히 몸을 움츠렸고 소파 가운데 얌전하게 앉아 있을 수밖에 없었다.

문제는 놈들에게 한 번이라도 관심을 주면 안 되는 데 있었다. 이를테면 쓰다듬어 준다든가 악수를 하자며 손을 내민다든가 하는 행동 말이다. 만일 그리하면 놈들이 염체 없이 내게 몸을 부비며 온 데 털을 묻히고 긴 혀로 사람을 핥아댈 게 분명한 노릇이었기 때문이다. 그래서 마치

피라미드 벽화의 자칼처럼 나의 양쪽에 앉아 따뜻한 손길을 애타게 기다리며 헉헉대고 있는 놈들에게 눈길 한 번 주지 않았다. 지금 생각해봐도 참으로 오랜 시간을 같은 자세로 버텼던 것 같다. 바로 그때 구원의 목소리가 들려왔다. 친구의 아내가 식사가 준비되었다고 외치자 놈들은 쏜살처럼 식탁으로 달려갔고 친구의 어린 아들 옆에 쭈그려 앉는 게 아닌가!

만일 여기서 '시로페니키아 여인의 이야기'(마르 7:24-29)가 떠오르지 않았다면 그는 성서학을 공부할 자격이 없는 사람이다. 어른들은 밥 한 톨이라도 알뜰하게 긁어 먹지만 아이들은 서툰 숟가락질 때문에 종종 음식물을 바닥에 흘리게 마련이다. 개들은 오랫동안 관찰한 끝에 이 사실을 간파했고, 무엇인가 주워 먹으려면 아이들 옆에 자리 잡아야 한다는 사실을 몸으로 익혔을 것이다. 개 입장에선 일종의 노하우였다.

시로페니키아의 여인

신약성경의 마르코복음에 예수가 시로페니키아 여인의 딸을 고쳐준 기적 이야기가 나온다. 어느 날 예수는 띠로 지방으로 가게 되었다. 그분은 자신의 존재가 알려지길 원치 않아 어떤 집에 은밀히 숨어 있으려 했으나 사람들이 용케도 알고 찾아온다. 그들 중 하나인 시로페니키아 출신의 여인이 특히 예수에게 다가와 자신의 딸을 살려달라고 애걸하는 상황이 펼쳐진다. 예수는 그 여인의 간청을 일언지하에 거절했으나 끈질긴 여인의 통사정을 듣고 나서 여인의 딸을 고쳐주었다는 이야기다. 본문이 그리 길지 않으니 옮겨보겠다.

예수께서 그곳을 떠나 띠로 지역으로 가셨다. 그리고 어떤 집에 들어가셨는데, 아무에게도 알려지길 원하지 않으셨으나 결국 숨어 계실 수가 없었다. 더러운 영이 들린 딸을 둔 어떤 부인이 곧바로 예수의 소문을 듣고 와서, 그분 발 앞에 엎드렸다. 그녀는 헬라여인으로 시리아 페니키아 출신이었는데, 자기 딸에게서 귀신을 쫓아내 주십사고 그분께 청했다. 예수께서는 그 여자에게, "먼저 자녀들을 배불리 먹여야 한다. 자녀들의 빵을 집어 강아지들에게 던져주는 것은 옳지 않다" 하고 말씀하셨다. 그러자 그 여자가 "주님 그러나 상 아래 있는 강아지들도 자식들이 떨어뜨린 부스러기는 먹습니다" 하고 응답하였다. 이에 그 여자에게 말씀하셨다. "네가 그렇게 말하니, 가 보아라. 마귀가 이미 네 딸에게서 나갔다." 그 여자가 집에 가서 보니, 아이는 침상에 누워 있었고 마귀는 나가고 없었다.(마르 7:24-29)

예수가 머물렀던 띠로는 바로 옆의 도시 시돈과 짝을 지어 복음서에 종종 등장하는 곳으로(마르 3:8, 7:31, 마태 15:21, 루가 6:17) 유대 땅에서 지중해 변을 따라 북쪽으로 올라가다 보면 나오는 도시이다. 또한 띠로는 로마의 직할 속주인 시리아의 페니키아 지방(시로페니키아)에서 가장 오래된 항구였다. 비록 여기에 유대인들이 많이 살았던 까닭에 유대인들의 입장에서는 이른바 '유대화된 땅'이기는 했지만, 당시에 이스라엘을 갈릴래아/사마리아/유대로 삼등분했던 로마제국의 행정 구분에 따르면 분명 이방인의 땅이었다(11쪽 참조). 마르코복음에서 여인을 '헬라(이방)여인'이라 부르는데(26절) 이는 범 헬라 지역에 사는 사람들을 염두에 둔 것으로, 유대인과 구별하여 일컬어지는 명칭이었다. 즉, 여인은 시리아의 속주 페니키아 지방에서 태어난 이방 여인이라는 뜻이다.

예수가 시로페니키아 여인과 나눈 대화를 자세히 들여다보면 '자녀'와 '개'라는 낱말을 두고 마치 서로 말싸움을 벌이는 인상을 받는다. 이는 틀림없이 이야기를 풀어나가는 데 '자녀'와 '개'가 한몫 단단히 하리라는 훌륭한 암시다. 예수 당시 유대인에게 '자녀'와 '개'란 무엇을 의미했을까? 우선 '자녀'부터 알아보도록 하자.

자녀와 개

전통적으로 유대인들은 하느님과 이스라엘 사이를 부모자식 관계로 묘사한다. 말하자면, 이스라엘은 하느님의 자녀인 것이다. 이스라엘은 하느님 야훼께 몸 바친 거룩한 민족이며 야훼는 땅 위의 만백성들 가운데 유독 이스라엘을 골라 자기의 소중한 백성으로 삼은 바 있다(출애굽사건. 신명 14:1-2). 하지만 이스라엘은 천성이 망나니라서 "자신을 낳은 반석을 버리고 자신을 낳느라 고생한 하느님을 잊고서"(신명 32:18), "삐뚤어지고 비꼬인 세대가 되고 말았다"(신명 32:5). 그래도 하느님은 이스라엘을 얼마나 소중히 여겼는지 "눈에 넣어도 아프지 않을 나의 귀염둥이"라 불렀으며, 이스라엘이 멀리 떠났다면 "아무리 먼 데서더라도 나의 아들들을 데려오너라, 땅 끝에서라도 나의 딸들을 데려오너라"고 명령을 내린다(이사 43:4-6). 사실 이 정도면 자녀 이스라엘에 대한 하느님의 사랑이 얼마나 극진한지 충분히 짐작할 수 있을 것이다. 그러나 '자녀'라는 말은 '하느님의 극진한 사랑'이라는 측면 외에 배타성이라는 속성도 갖는다.

> 너희는 너희 하느님 야훼의 자녀이다. 사람이 죽었다고 해서 몸에 상처를 내거나 앞머리를 밀지 마라. 너희는 너희 하느님 야훼께 몸바친 거룩한 백성이다. 야훼께서는 땅 위에 있는 만백성 가운데서 너희를 골라 당신의 소중한 백성으로 삼으셨다.(신명 14:1-2)

이스라엘이 하느님과 맺은 관계는 다른 모든 민족과 구별되는 것으로 하느님의 사랑을 이스라엘이 독차지한다. 아키바 율사(기원후 135년 사망)는 다른 모든 민족을 제쳐두고 하느님의 자녀로 선택된 이스라엘을 두고 "사랑 받는 자인 이스라엘이여, 하느님의 아들이 되었구나. (그분의) 특별한 사랑이 그에게 전달되었으니, 바로 하느님의 아들로 불리게 된 것이다"고 말했다(『미슈나』, 아보트 3,14). 그리고 이런 사고방식은 자연적으로 하느님이 이스라엘을 어느 민족보다도 우선적으로 구원해주시리라는 사고로 이어졌다. 즉, 이스라엘은 하느님의 자녀로서 구원의 우선권을 가지고 있다는 말이다.

반대로 '개'란 철저하게 부정적인 의미를 갖는 낱말이다. 구약성서와 고대 동방에서 '개'라는 존재는 자기의 배설물 속에서 뒹구는 돼지와 더불어 천하고 뻔뻔하며 불행한 창조물들 중에서도 가장 밑바닥에 있다고 여겨졌다. 사람이 개와 견주어질 때는 극도로 자존심이 상하는 경우였다. 필리스틴의 장수 골리앗은 돌팔매 끈과 막대기를 들고 나온 다윗 소년을 보고 기가 막혀서 "막대기는 왜 가지고 나왔느냐? 내가 개란 말이냐?"고 했으며(1사무 17:43), 이스라엘의 그릇된 지도자들을 두고 이사야 예언자는 "집 지킨다는 개들은 짖지도 못하는 벙어리"라고 호된 비난을 퍼부었다(이사 56:10). 개란 길에 떨어진 음식을 게걸스럽게 먹고, 부끄러운 줄도 모르고 대로에서 성행위를 일삼으며, 하느님의 벌을 받아 죽은 시체를 뜯어먹는 역할을 담당한다(1열왕 14:11-16, 4:21-24). 그리고 무엇보다도 율법을 지키지 않는 이방인들이 개에 견주어졌다는 사실에 주목해야 한다(2열왕 8:13, 욥기 30:1).

신약성서에서도 개란 별로 유쾌한 존재가 아니다. 문둥이 나자로의 상처를 개가 핥고(루가 16:21), 거룩한 것은 개에게 주는 법이 아니며(마태 7:6), 베드로후서 2장 22절에서는 잘못된 가르침을 좇는 자들을 두고 잠언 26장 11절의 속담을 빌려 "개는 제가 토한 것을 도로 먹는다"고 하였다. 사실 개란 세계 어느 곳을 가든 불결함과 천박함을 안고 다니는 존재로 취급 받았고, 설령 도움이 된다고 하여도 도둑을 막아보려는 목적 정도일 뿐이었다. 먼 데 갈 필요도 없다. 우리나라 욕설 중에 단골로 등장하는 것도 '개' 아닌가?

그 부자의 식탁에서 떨어지는 부스러기로 주린 배를 채우려고 했다. 더구나 개들까지 몰려와서 그의 종기를 핥았다.(루가 16:21)

"거룩한 것을 개에게 주지 말고 진주를 돼지에게 던지지 마라. 그것들이 발로 그것을 짓밟고 돌아서서 너희를 물어뜯을지도 모른다."(마태 7:6)

불굴의 용기

이제까지 살펴보았듯이 '자녀'란 이스라엘이 하느님과 맺는 독특한 관계를 대변하며, 이방인과 구분을 짓고, 구원사적인 관점까지 포함되는 대단히 긍정적인 개념이다. 반면에 '개'는 혐오스러운 존재의 대명사로 부정적인 개념이며 이방인의 다른 이름이기도 했다. 그러나 둘 사이에는 묘한 공통점이 한 가지 있다. 바로 개나 자녀나 집에서 키워진다는 것인데, 이 점은 시로페니키아 기적 이야기의 핵심으로 들어가는 열쇠로 작용한다. 이야기로 다시 돌아가보자.

예수는 공생활 기간 내내 이스라엘을 벗어나는 일이 거의 없었으나 마르코복음 7장 24절-8장 10절에 보면 예외적으로 띠로, 시돈, 데카폴리스 등 이방인 지역을 여행한다. 하지만 기적 이야기의 배경이 되는 띠로는 유대화되어 있던 곳이었으니 만큼 놀라운 능력을 가진 예수에 관해 상당히 알려져 있었을 것이다. 마침 그 이름난 예수가 띠로에 왔다는 소식을 듣고 여인은 딸의 병을 고치려는 애타는 모정으로 그를 찾아와 발 앞에 엎드린다.

"너그러우신 분 예수여! 저의 딸을 제발 살려주세요. 그 어린것이 귀신에 들려 곧 죽게 생겼습니다. 제 맘이 갈가리 찢어지고 있습니다." 하지만 간절히 매달리는 여인에게 돌아온 예수의 말씀은 매정하기 짝이 없었다. "자녀들의 빵을 집어서 개에게 던져주는 것은 옳지 않다." 예수의 말씀이 아무리 은유라고 하지만 여인은 졸지에 개의 신세로 전락하고 말았다. 도대체 이런 모욕적인 말이 어디 있을까? 여염집 아낙네, 그것도 자식을 위해 안절부절못하며 매달리는 불쌍한 여인을 개 취급하다니……. 과연 예수의 진심에서 나온 말일까?

예수가 여인에게 한 말씀은 다시금 생각해볼 필요도 없이 분명한 내용을 담고 있다. 하느님의 자녀인 유대인이 구원의 우선권을 가지고 있으니 이방인 개에게는 기적 능력을 베풀지 않겠다는 뜻으로 예수 당시 유대인들의 선민選民 의식을 충실하게 반영하는 말씀이다. 그러나 이렇게 찬 기운이 설설 감도는 예수의 대답에도 불구하고 여인은 "주님, 그렇기는 합니다만 상 밑에 있는 개도 아이들이 먹다 떨어뜨린 부스러기는 얻어먹지 않습니까?"라고 재차 구원을 간청한다. 그러자 놀라운 일이 벌어졌다. 예수가 여인의 말에 맞장구를 치며 그녀의 딸을 고쳐준 것이다. 유대인에게만 주어진다고 간주되었던 구원의 손길이 이방인에게도 펼쳐진 것이다.

물론 예수의 한마디 말씀으로 새로운 시대가 열린 것은 분명하다. 하지만 그 말씀에 이르기까지 여인이 보여준 태도에 주목할 필요가 있다. 여인은 스스로 개임을 자처한다. 하지만 여인이 '개'를 그저 하나의 욕지거리 정도로 받아들인 게 아니라 그 의미를 충분히 인식한 상태였다.

예나 이제나 개는 변함없다. 개는 세월이 지난다고 해서 달라질 게 없는, 그런 존재다. 여인은 예수가 부르는 대로의 '개'라는 의미를 정확히 알고 있었으며 자신을 바닥까지 내려 보내는 예수의 말씀을 그대로 받아들였다. 최악의 모욕을 수긍한 셈이다. 아무리 집 안에서 같이 길러진다고 하더라도 원래 '자녀'와 '개'는 결코 어울릴 수 없다. 그와 마찬가지로 유대인과 이방인은 긍정과 부정의 극단에 서 있어서 이방인은 하느님의 구원을 도저히 받을 수 없다고 여겨졌다. 하지만 딸을 살리려는 여인의 간절한 매달림은 유대인 우선 구원의 틀을 고집하던 예수의 맘을 변화시키고 말았다. 그리고 이어지는 예수의 말씀 한마디로 두터운 장벽은 무너져 내렸고, 천대받던 이방인 '개'는 바야흐로 구원의 테두리 안에 편입되었다. "네가 그렇게 말하니 가 보아라. 마귀가 이미 네 딸에게서 나갔다."

이제 이방인 '개'는 더 이상 옛날의 '개'가 아니며 이스라엘이 모든 구원에 앞선다는 대전제도 깨져야 할 때이다. 떨어진 빵 부스러기를 먹어야 하는 구차스러운 행동이 오히려 긍정적인 의미를 획득하며 '개'도 '자녀'의 대열에 떳떳이 끼어드는, 말하자면 가치의 전도가 이루어졌다. 식사자리에 불청객으로 뛰어들고, 예수의 끔찍한 모욕을 감내하면서 오히려 그분에게 간청하며 그녀가 보여준 용기가 세상을 바꾸어낸 것이다.

이야기 해석의 역사

시로페니키아 여인에게 한 예수의 말과 행동은 유대인의 입장에서 보면 하나의 혁명으로 받아들여졌을 법하다. 로마에 정복 당해 비록 나라의 주권은 잃었으나 하느님의 선민이라는 종교적 자존심은 그 어느 때보다 기상이 드높던 시절이었다. 이는 예수가 활동했던 시절(기원후 27-30년경)에 얼마 지나지 않아 일어났던 두 번의 유대 독립전쟁(기원후 66-70년/132-135년)으로 증명될 수 있다. 그런데 유대인의 원수이자 하잘 것 없는 이방인에게 하느님의 금싸라기 같은 구원의 은총을 나누어주다니. 어불성설語不成說은 바로 이런 때 사용하는 사자성어다. 유대인들은 혹여 이방인이 개종을 한 경우라도 그를 두고 '하느님을 두려워하는 자', 혹은 '반쪽 유대인'이라 불러 정통 유대인의 범주에 넣기를 꺼려했다. 아직 우리나라에는 유대교 신자가 거의 없지만 이웃나라 일본에서는 곧잘 유대교인이 되려고 이스라엘까지 날아가 할례를 받는 사람들이 있다고 한다(그래 봐야 어차피 반쪽에 불과할 뿐이지만 말이다).

그리스도교에서는 유대인과 반대로 이야기를 받아들였다. 시로페니키아 여인 이야기의 파장은 끊임없이 이어져 그리스도인들은 대대로 따로의 기적 이야기를 자랑삼았다. 초세기 교회를 이끌었던 헬라-라틴 교부들은 시로페니키아 여인을 교회의 상징으로 대우했고, 그 여인처럼 그리스도인들 역시 예수의 식탁에 자녀로 초대받아 생명의 빵을 나누게 되었다고 가르쳤다. 가톨릭에 반기를 든 바 있는 종교개혁자 장 칼뱅(Jean Calvin, 1509-1564)은 아예 한 술 더 떠서 자녀에게 주어진 빵이란 원래 아브라함에게 주어진 축복의 약속을 뜻하며 여인을 통해 그 약속이 그리스도교회로 이어졌음을 강조했다. 또 다른 종교개혁자인 마르틴 루터(Martin Luther, 1483-1546)는 여인의 놀라운 믿음이 하느님의 은총과 자비를 이끌어냈다고 간주해 그녀를 신앙인의 모범으로 삼았다. 그리고 20세기를 빛낸 신학자 중 한 명인 칼 바르트(Karl Barth, 1886-1968)는 이 기적 이야기를 하느님의 진정한 뜻이 드러난 계시 사건으로 존중했다. 이 모두 시로페니키아 여인의 이야기가 그리스도교회 역사에서 차지하는 몫이 어느 정도인지 잘 보여주는 신학 사상들이다.

물론 시로페니키아 여인의 기적 이야기에서 예수의 말씀을 통해 유대인의 독보적인 위치가 사라진 것은 분명하다. 그러나 우리가 염두에 두어야 할 것은 당시는 구원에 관한 한 유대인들이 강자의 위치에 놓여 있었고 상대적으로 이방인은 구원에서 소외된 약자였다는 점이다. 따라서 예수가 이방여인에게 베푼 기적의 뒷면에는 '하느님의 돌보심에는 차별이 없다'는 그분의 보편적인 구원 의지가 배경으로 서 있는 것이다. 그러므로 우리가 시로페니키아 여인 이야기에서 구원의 보편성을 끌어낼 수는 있을지언정 배타성을 찾아내서는 안 될 노릇이다. 하지만 놀랍게도 서구 그리스도교회에서는 배타성을 찾아냈고 여세를 몰아 시로페니키아 여인의 이야기를 유대인 박해의 구실로 사용했다. 서구에서 유대인 박해의 역사는 히틀러 시대에 그 절정을 맞이했다.

한국의 그리스도인들에게 2천 년 전의 유대인/이방인의 역사와 서구 사회의 유대교/그리스도교의 역사가 사뭇 먼 나라의 이야기처럼 들릴지 모른다. 그러나 배타성이라는 측면에서는 한국도 여전히 실제 상황이다. 우리는 거리나 지하철에서 가톨릭엔 구원이 없다고 외치는 개신교 신자들을 쉽게 찾아볼 수 있으며, 개신교도 좋지만 어차피 우리에게서 떨어져 나갔으니 서자庶子에 불과하다고 부르짖는 가톨릭 적자嫡子 교우들도 종종 만나볼 수 있다. 이는 마치 가톨릭과 개신교가 힘 싸움을 벌이는 형국으로, 르네상스 이후 거의 3세기를 끌어왔던 유럽대륙의 신·구교 분쟁을 연상시킨다. 그러나 정작 싸움을 시작한 독일 등지에서는 오늘날 교인들이 썰물처럼 교회에서 빠져나가 신·구교가 모두 살아남으려 그 어느 때보다 협조가 잘 이루어지는 형편이다. 서구 사회에서 이미 오래 전에 끝난 싸움을 두고 한국에서 엉뚱하게 대리전을 벌이고 있는 꼴이다.

같은 그리스도를 믿는다는 가톨릭/개신교도 이 모양인데 하물며 타종교에 대한 그리스도교회의 입장은 어떠할까? "하느님, 당신의 구원은 우리만의 것입니다. 딴 쪽에는 눈 돌릴 생각일랑 아예 하지 마십시오. 자녀들 먹을 빵을 개에게 주시렵니까?" 우리는 언제쯤 예수의 대범함을 배울 수 있을까. 어쩐지 그 옛날 이스라엘에서 선포된 복음이 한국 땅에 아직 이르지 못했다는 느낌이 든다. 더불어 여인이 보여주었던 불굴의 용기 역시 우리나라에서 그 빛을 잃고 말았다.

교환-증여

시로페니키아의 여인 이야기를 다시 읽으면서 두 가지 점이 눈에 새롭게 띄었다. 하나는 강철 같던 유대인의 선민의식을 뚫고나간 여인의 꺾이지 않는 용기이고, 다른 하나는 예수가 여인에게 베푼 자비의 성격이다. 예수의 자비는 과연 어떤 점에서 독특할까? 인류의 오래된 경제개념에서 그 개연성을 찾아보도록 하겠다.

화폐가 등장하고, 계약이 성립되고, 시장이 형성되고, 부富의 축적이 이루어지기 이전의 인류는 전혀 낯선 개념의 경제법칙을 갖고 있었다. 이른바 증여贈與로 요약되는 교환경제이다. 예를 들어 아프리카 원시부족인 피그미족은 교환을 할 때면 언제나 단순한 '교환'을 넘어 두 사람 사이에 우호적인 감정이 생기는 것을 중요시했다. 제공된 선물을 거절할 수도 없었지만, 답례를 할 때도 그 후함이 상대를 능가하려 애쓰는 게 보통이었다. 이처럼 서로의 관계를 평생 묶어주는 교환의 의무가 발생하면서 교환을 통해 섞인 인격과 물건은 각각 개인적인 영역을 떠나 서로 혼합된다고 여겼다. 구체적인 예를 두 가지 더 들어보자.

❶ 남태평양의 멜라네시아에서는 단순한 경제적 교환인 '김왈리gimwali'와 아량을 가진 증여 체계인 '쿨라kula(원圓)'를 엄격하게 구분했다. 그래서 만일 '김왈리처럼 처리한다'라고 하면 이는 일종의 숙어로, 아량 없이 쿨라를 행하는 것을 의미한다. 멜라네시아인들은 증여 자체를 엄격한 의식으로 여겨 후한 인심, 자유, 자율성, 그리고 큰 배짱을 보여주기 위해 최선을 다한다. 여기에는 부富의 상징물들(일종의 화폐개념으로서 바이구아)이 존재하여, 이를테면 음왈리(아름답게 세공 연마한 조개껍질 팔찌)와 술라바(조개가공 목걸이)가 끊임없이 순환한다. 이 상징물들은 한 사람이 지나치게 오래 간직해선 안 되며 일정 방향으로 순환하게 질서가 부여되어 있기에 특정한 상대방 외에 다른 사람에게 넘겨서는 안 된다. 요즘 식으로 말해 부의 독식이라든가 재벌가의 가족 내 거래가 불가능한 것이다. 그래서 소유권이 있기는 하나 양도되는 조건에서만 그 소유권이 주어진다.

쿨라는 비단 법적·경제적·도덕적인 측면을 넘어 종교적이고 주술적인 차원도 지닌다. 멜라네시아인들은 계약이 성립될 때 일명 '소라고둥의 매혹'이라는 아름다운 주문으로 그 물건의 영을 불러내 마술을 건 다음 상대방에게 건네는 의식을 치른다. 쿨라는 부족의 경계를 넘어 다른 부족을 방문하고 교역하고 통혼하는 경우에도 적용된다. 말하자면 멜라네시아인들은 거대한 '쿨라공동체'를 형성하고 있었던 셈이다.

❷ 북서부 아메리카의 부족들 역시 '포틀래치potlach'라 부르는 교환-증여 체계를 갖고 있는데 그 집단적 성격은 멜라네시아보다 뛰어나다. 포틀래치(원래 '식사를 제공하다', 혹은 '소비하다'라는 뜻)에는 제공과 수령과 답례 등 세 가지 의무가 들어 있다. 제공의 의무가 갖는 기본은 '체면'을 세우는 것으로 사람들은 서로 후하게 주려고 안달한다. 이는 비단 제한된 친지들뿐 아니라 포틀래치나 부족 축제에 참여하는 사람이라면 누구에게나 제공되어야 체면이 더욱 빛나게끔 되어 있다. 그리고 만일 이를 지키지 않으면 불행이 닥쳐온다고까지 한다. 수령의 의무도 제공의 의무 못지않게 강제적인데 어느 누구에게도 증여를 거부하거나 포틀래치를 거부할 권리가 없다. 만일 상대의 호의를 수령하지 않으면 혹시 답례하지 못할까 걱정돼 그리 하는지 오해받을 수 있고, 주변 사람들 앞에서 코가 납작해질 수도 있다. 따라서 자신의 권위를 살리기 위해서는 반드시 상대의 호의를 받아들여야 한다! 답례의 의무에 부과되는 조건은 자신이 받은 것보다 성대한 포틀래치로 보답해야 한다는 점이다. 만일 답례하지 않거나 그에 상응하는 물건을 파괴하지 않으면 공동체 내에서 '체면'을 영원히 구기게 될지 모른다.

인디언들은 모든 물건에 그 물건 자체로 교환되지 않을 수 없게 하는 효력, 즉 선물로 주게 만들고 그것을 답례하지 않을 수 없게 만드는 효력이 있다고 간주했다. 따라서 소유물은 양도의 대상이기보다는 대여의 대상으로 생각해 성물聖物로 받들었다. 모든 물건은 신화적으로 승화되어 정령이 들어 있다고 여겼는데 대표적인 예로 집, 대들보, 장식된 벽이 있고 심지어 접시나 숟가락에도 씨족 토템이 새겨져 있어 생명이 부여된다. 그중에서 눈에 띄는 것은 동판銅版(일종의 명예화폐)인데, 동판은 자기 쪽으로 흐르는 재산으로서 '재산을 가져다 전달해주는 것'이라는 이름이 붙어 있다. 따라서 부의 획득은 곧 정령의 획득이고 이 정령은 물건의 소유자에게 달라붙어 장애를 극복하는 영웅으로 만든다. 즉, 모든 사물은 인격을 가진 씨족의 영속적인 물건인 셈이다. 이처럼 모든 것이 서로 관련되고 엉켜 있어 서로 '은혜를 입고 있기' 때문에 재화의 순환에는 존경과 예의가 뒤따른다.

이렇게 원시적인 교환경제는 성실한 경제활동과 근면한 삶을 통해 잉여剩餘를 산출한 인류의 일부가 우리에게 익숙한 형태와 전혀 다른 교환과 증여를 해왔다는 사실을 보여준다. 교환으로 예증되는 물질적·정신적 생활은 비타산적이며 동시에 의무 형태로 이루어진다. 교환되는 물건과 교환하는 사람은 결코 분리될 수 없으며 확고한 영적 교류와 제휴관계가 내재되어 있다. 교환-증여 체계는 곧 권리의 순환이며 인격의 순환과 동일시된다는 사실을 확인한 것이다. 이는 역사 이래 오랫동안 인류 대다수의 제도였고 일부 지역에서는 아직도 존속하고 있다. 교환-증여 체계는 화폐중심 경제, 사적인 계약, 냉정한 시장논리, 거대 금융, 무차별적인 부의 축적 등 자본주의 경제 논리가 미처 성립되지 않은 사회에서 매우 중요한 경제원칙이었다.[12]

독일 시절 이야기를 조금 더 해보겠다. 물 다르고 산 다른 낯선 나라에 유학을 가 아무것도 모르는 처지에서 선배 유학생의 도움을 받는 것은 어쩔 수 없는 일이었다. 그러다가 세월이 지나 자리를 잡고 살 만해지면 선배에게 신세를 갚는 게 당연한 도리다. 그때 선배 유학생이 해준 말이 있다. "저에게 은혜를 갚지 마시고 앞으로 올 후배 유학생에게 배로 도움을 주십시오." 독일을 떠나온 지 20년이 다 되어가지만 아직도 그 말은 유학생들 사이에 오가고 있을 것이다. 이는 필경 6·25 전쟁이 끝나고 온 나라가 궁핍했던 시절에 국비 장학생으로 최소한의 생계를 유지했던 선배들로부터 시작된 지혜일 것이다. 그들은 비록 가난했지만 넉넉한 마음을 가진 분들이었다.

시로페니키아 여인의 이야기에서도 우리는 일종의 '교환-증여' 논리를 발견할 수 있다. 유대인에게만 주어졌다고 간주되었던 배타적인 구원의 권리는 그 자체로 머물러서는 안 된다. 오히려 구원을 필요로 하는 이방인에게 건네줄 때 그 진정한 의미가 발생한다. 이때 중요한 점은 동일한 양과 크기가 아니라 채로 까불어 말로 담고, 거기에다 바닥에 한 번 내리쳐서 확보된 공간에 고봉으로 쌓아 전달해야 하는 것이다.

시로페니키아의 여인은 꺾이지 않는 용기로 좋은 몫을 차지했다. 그녀의 처지에서는 과분한 몫이었다. 하지만 거기에 그쳐서는 안 된다. 그녀가 앞으로 해야 할 일은 예수의 말씀에 따라, 달라는 자에게 기꺼이 주고, 꾸려는 자를 물리치지 말 것이며, 재판을 걸어 속옷을 가지려는 자에게는 겉옷까지 내주어야 하고, 누군가 5리를 가자고 강요하면 10리를 가주어야 하며, 오른 뺨을 때리면 다른 뺨마저 내밀어야 한다(마태 5:39-42). 자신이 예수에게서 받은 대로, 아니 더욱 넉넉하게 쳐주어서 이웃에게 돌려주어야 한다. 내 자식에게 물려주려 했던 유산을 고통 받는 이웃에게 풍성하게 담아 건네주어야 하고, 내 노후를 위해 비축해 두었던 주식을 탈탈 털어 가난한 이웃의 주머니를 채워주어야 한다. 그리고 우리의 넘쳐나는 부를 굶어 죽어가는 북쪽의 피붙이들에게도 나누어주어야 한다. 설혹 그들의 자존심이 너무 강해 선뜻 '개'가 되기를 거부하더라도 말이다.

"그러나 나는 이렇게 말한다. 앙갚음하지 마라. 누가 오른뺨을 치거든 왼뺨마저 돌려 대고 또 재판에 걸어 속옷을 가지려고 하거든 겉옷까지도 내주어라. 누가 억지로 오 리를 가자고 하거든 십 리를 같이 가주어라. 달라는 사람에게 주고 꾸려는 사람의 청을 물리치지 마라."(마태 5:39-42)

도움을 청하는 손을 뿌리치지 말고

도와줄 힘만 있으면 망설이지 말아라.

있으면서도 "내일 줄 테니 다시 오게" 하며

이웃을 돌려보내지 말아라.(잠언 3:27-28)

그리스도교의 정신은 바로 거기에 있다. 그래야 여기도 살맛나는 세상
이 될 것이다.

인본주의 창조관의 종말
_나타남과 스러짐

　오랫동안 인류는 자연으로부터 무던히 괴롭힘을 당했다. 아니, 인간이 외부 환경에 맞서 싸워나간 게 곧 인류 역사라서 그런지 모른다. 기원전 5세기경에 활동했던 그리스 역사가 투키디데스는 인간이 역사를 통해 교훈을 얻는다는 점에 착안해서 교훈적·실용적 역사관을 정립시킨 바 있다. 그에게 역사란 인간의 육체가 자연(환경)과 맞서 어떻게 반응하고 극복했는지를 후손에게 남겨주어야 할 책임을 진 존재였다. 이 말을 뒤집어 생각해보면 자연재난이란 인류에게 주어진 숙명이라 할 수 있을 것이다.

　고대 신화에는 재난 이야기들이 많이 등장한다. 메소포타미아에서 시작된 수메르 문명은 『길가메시 서사시_Epic of Gilgamesh_』라는 위대한 유산을 남겼다. 거기에 보면 언젠가 거대한 홍수가 일어나 온 땅을 삼켜버린 적이 있는데 같은 소재를 구약성서에 나오는 노아의 홍수 이야기가 그대로 받아 전달했다. 고대 이란의 차라투스트라 종교에도 '프라쇼케레티_Frashokereiti_'라 부르는 재난이 나오는데 거대한 운석이 추락하고 그 열로 모든 산에 묻혀 있던 금속들이 녹아 흘러 강을 이룬다. 그렇게 세상이 멸망하고 나면 이 땅에 새로운 질서가 등장한다. 홍수가 끝나자 새로운 세계가 펼쳐진다는 노아 이야기의 대단원과 비슷한 설정이다.

세계 3대 유일신 종교 중의 하나인 이슬람에서도 재난 이야기가 발견된다. 무함마드는 아랍인들에게 장차 종말에 닥칠 최후심판을 준비하라고 경고한다(『쿠란』, 수라 82). 그렇다고 해서 재난을 동반한 종말 이야기가 비단 오리엔트 지역에서만 발견되는 것은 아니다. 북구 유럽의 게르만종교에도 비슷한 이야기가 있다. 1220년경 완성된 게르만 서사시 『에다*Edda*』에 보면, 게르만종교의 예언자 격인 '뵐루스푀'는 종말을 예언하면서 그때가 오면 세상의 질서가 극도로 혼란해지리라고 전한다.

성서의 고향 오리엔트 지역은 기후 조건이 그리 좋지 않다. 물론 유프라테스와 티그리스 양대 강 유역은 푸르렀으나 그 외의 지역은 잔인한 광야성 기후에 시달렸다. 어제까지 사막이었던 곳에 폭우가 내리면 갑자기 강이 흐르고 호수가 생기는 곳, 거기 사는 사람들은 오래전부터 자연재난에 익숙했다. 게르만족이 활동하던 북구 유럽은 어떤가? 그곳 역시 살을 에는 추위와 척박한 토양 덕분에 사람이 살기 힘든 곳이었다. 오죽했으면 로마제국에서 라인 강 이북은 정복할 가치마저 없는 땅으로 여겼을까. 그런 환경에서 버텨내려면 자연재난과 싸워 이겨내야만 했다. 척박한 기후와 험한 환경에서 재난 이야기가 많이 발견되는 이유는 아마 예측을 불허하는 자연의 위용을 톡톡히 경험한 탓일 것이다.

지난 십여 년 간 인류는 역사상 유례를 찾아보기 힘든 자연재해에 고통을 당하고 있다. 그래서 많은 사람들이 이를 두고 조만간 어마어마한 재앙이 닥쳐오리라는 예후가 아닌지 우려를 표시하고 있다. 무화과 나뭇가지가 부드러워지고 잎이 돋으면 여름이 다가온 줄 알라고 한 예수의 경고(마르 13:28)가 새삼 귀에 쏙쏙 들어오는 시대에 이른 것이다. 과연 일련一連의 자연재해가 종교적인 의미에서 시대의 징조일까, 아니면 그저 일시적인 자연현상일까?

"무화과나무를 보고 배워라. 가지가 연해지고 잎이 돋으면 여름이 가까워진 것을 알게 된다."(마르 13:28)

종말, 그리고 물

이스라엘을 포함한 동방 지역에서는 예로부터 자연재해를 물과 연결시켰다. 창세기 6장 5-7절에 보면 하느님이 물로 세상을 쓸어버리고자 작정하는 대목이 나온다. 세상과 인간을 멸망시키는 첫째 이유는 인간 세상에서 잉태된 도덕적 무질서이고, 다음 하나는 모든 생물들 사이에 일어난 자연의 무질서이다. "이집트의 『신성한 소의 책』에서도 첫 번째와 비슷한 상황이 전개된다. 타락한 인간은 이 이야기의 주신으로 등장하는 라의 권위에 도전해 반란을 일으킨다. 그러자 태초의 물을 상징하는 눈의 충고대로 라는 하늘을 내려 보내 적들을 섬멸한다. 여기에는 하늘의 물과 땅의 물을 합쳐서 인류를 멸망시킨다는 강력한 시적 이미지가 있다. 이것은 성서에 묘사된 홍수 장면과 일치한다. '노아가 육백 살이 되는 해의 둘째 달, 그 달 열이렛날, 바로 그날에 땅 깊은 곳에서 큰 샘이 모두 터지고 하늘에서는 홍수 문들이 열렸다(창세 7:11).'"[13]

홍수 이야기는 비단 이집트와 이스라엘에만 국한되지 않는다. 메소포타미아의 창세 설화인 『지우쑤드라의 홍수 이야기』에 보면 구원의 신이자 지혜의 신 엔키두가 한마디 던진다. 인간은 도시를 통해 문명을 만들었고 그 문명이 신의 눈에 거슬려 일순간에 파괴되는데,

갈대 담 옆 왼쪽에 서서 귀를 기울여라.
갈대 담에 대고 내가 말하겠다.
내 말을 들어라. 내 가르침에 주의하여라.
우리 손으로 일으킨 홍수가 배급그릇들을 이 땅에서 휩쓸어버릴 것이다.
인간의 종자를 없애버리자고 결정했다.
……
거센 바람과 거친 폭풍이 모두 한 곳에 모여
홍수는 일곱 날과 일곱 밤 동안 나라를 휩쓸어버렸다.
태양이 떠오르자 하늘과 땅에 빛이 비췄다.
지우쑤드라는 큰 배에 구멍을 뚫었다.
태양신은 빛을 큰 배 속으로 비춰주었다.[14]

이렇게 물로 세상이 멸망하고 말리라는 사고방식 뒤에는 동방의 창조 신화가 한 몫을 단단히 하는데 바빌로니아의 창조 서사시 『에누마 일리쉬』에 보면,

그때 위로는 하늘이 이름 지어지지 않았고
밑으로는 마른 땅이 이름으로 불리지 않았다.
처음으로 그들(신들)의 아버지 앞수(지하수)와
그들 모두를 낳은 모체인 티아마트(바다)는
자기네들이 물을 하나로 섞고 있었다.

......

신들이 그(앞수와 티아마트가 섞인 물) 속에서 생겨났다.

......

(마르둑이 티아마트를 죽였다)

그는 쉬었다. 주(마르둑)는

그녀의 주검을 들여다보았다.

이 괴이한 몸을 나누어 놀라운 것을 만들겠다고 했다.

그는 그녀를 갈라 말린 물고기처럼 둘로 나누었다.

그 반을 세워서 창공으로 씌웠다.

빗장을 걸고 문지기를 두어서

물이 새나가지 않게 하라고 명령했다.[15]

『신성한 소의 책』, 『지우쑤드라의 홍수 이야기』, 『에누마 일리쉬』에서 발견되는 우주관은 공통점을 가진다. 한때 이 세상엔 물밖에 없었고 그 물은 끝 간 데 없는 혼돈의 소용돌이를 만들어내고 있었다. 하지만 창공이 세워지자 물이 둘로 갈라지며 비로소 가시적인 세상이 드러나게 되었다. 따라서 물이 들이닥쳐 맞게 되는 세상의 종말은 태초의 혼돈 상태로 다시 돌아가는 것임을 알 수 있다. 창세기 1-11장에 나오는 창조(1-2장 참조), 홍수(6-7장 참조, 특히 창세 6:5-6, 7:11-12), 인간 문명의 파괴(11:1-11)와 꼭 닮은 우주관이다. 예수 역시 종말을 내다보면서 물에 의한 심판과 견준 바 있다.

노아 때처럼 사람의 아들의 재림도 그러할 것이다. 홍수 이전 시대의 사람들은 노아가 방주에 들어가는 그날까지 먹고 마시고 장가들고 시집가고 하면서, 홍수가 닥쳐 모두 휩쓸어 갈 때까지 아무 것도 모

르고 있었다. 사람의 아들의 재림도 그러할 것이다.(마태 24:38-39)

시작과 끝, 나타남과 스러짐

예수는 자연에서 하느님의 창조섭리를 깨달아 우리에게 알려주는 식의 독특한 가르침을 펼친 분이다. 예수의 자연 이해를 상기해보면 하느님의 창조가 비단 세상이 만들어지고 생명이 주어진 데 그치지 않는다는 점에 주목하게 된다. 창조 안에 이미 스러짐, 곧 종말의 논리가 들어 있다는 뜻이다.

예수는 하느님 나라에 대해 설명할 때 한결같이 자연에서 도출된 비유를 사용한다. 비유에 등장하는 하느님 나라는 마치 땅에 뿌려진 씨앗과 같아서 하루하루 쉬지 않고 자라난다. 그리고 이런 현재는 또 다른 현재로 이어져 뿌려진 씨에서 싹이 돋고, 이삭이 패고, 마침내 알찬 낱알을 맺는다(마르 4:26-29). 그런가 하면, 하느님 나라란 마치 밀가루 반죽에 넣어놓은 누룩처럼 꾸준히 반죽을 부풀게 하고, 겨자씨 한 알처럼 작기는 하나 매 순간 땅 속에서 꾸준히 자라는 것이기도 하다. 이처럼 하느님의 나라

야훼께서는 세상이 사람의 죄악으로 가득 차고 사람마다 못된 생각만 하는 것을 보시고 왜 사람을 만들었던가 싶으시어 마음이 아프셨다.(창세 6:5-6)

노아가 육백 세 되던 해 이월 십칠일. 바로 그 날 땅 밑에 있는 큰 물줄기가 모두 터지고 하늘은 구멍이 뚫렸다. 그래서 사십 일 동안 밤낮으로 땅 위에 폭우가 쏟아졌다.(창세 7:11-12)

온 세상이 한 가지 말을 쓰고 있었다. 물론 낱말도 같았다. 사람들은 동쪽에서 옮아 오다가 시날 지방 한 들판에 이르러 거기 자리를 잡는 의논하였다. "어서 벽돌을 빚어 불에 단단히 구워내자." 이리하여 사람들은 돌 대신에 벽돌을 쓰고, 흙 대신에 역청을 쓰게 되었다. 또 사람들은 의논하였다. "어서 도시를 세우고 그 가운데 꼭대기가 하늘에 닿게 탑을 쌓아 우리 이름을 날려 사방으로 흩어지지 않도록 하자."
야훼께서 땅에 내려오시어 사람들이 이렇게 세운 도시와 탑을 보시고 생각하셨다. "사람들이 한 종족이라 말이 같아서는 안 되겠구나. 이것은 사람들이 하려는 일의 시작에 지나지 않겠지. 앞으로 하려고만 하면 못할 일이 없겠구나. 당장 땅에 내려가서 사람들이 쓰는 말을 뒤섞어놓아 서로 알아듣지 못하게 해야겠다."
야훼께서는 사람들을 거기에서 온 땅으로 흩으셨다. 그리하여 사람들은 도시를 세우던 일을 그만두었다. 야훼께서 온 세상의 말을 거기에서 뒤섞어놓아 사람들을 온 땅에 흩으셨다고 해서 그 도시의 이름을 바벨이라고 불렀다. 셈의 후손은 다음과 같다. 셈은 홍수가 끝난 지 이 년 뒤 그의 나이 백 세가 되어 아르박삿을 낳았다. 셈은 아르박삿을 낳은 뒤 오백 년 동안을 더 살면서 아들딸을 낳았다.(창세 11:1-11)

란 현재성을 가지고 있다. 그에 반해 하느님 나라의 미래성은 장차 닥쳐올 특정한 시점을 가리킨다. 그날이 되어 곡식이 익으면 밭의 주인은 추수 때가 된 줄 알고 곧 낫을 댈 것이며, 겨자씨는 어느덧 큰 가지를 뻗을 만큼 자라 공중의 새들이 그 그늘에 깃들일 정도가 된다. 물론 이때쯤에는 누룩을 섞어 밤새 아랫목에 넣어두었던 밀가루 반죽도 알맞게 부풀어 올라 끓는 물에 들어갈 준비가 끝난다. 비유에 따르면 이 같은 하느님 나라의 미래성은 현재가 이어지고 이어져 그 축적된 힘으로 실현되는 미래로 볼 수 있다. 이 대목에서 바로 종말-묵시 사상과의 접점이 발견된다. 하느님 나라가 완성되면 당연히 인간의 시간관으로 도달할 수 없는 시간대, 즉 인간 역사의 끝에 다다른다는 뜻이다. 사도 바울로 역시 그 점을 잘 인식하고 있어, "우리에게는 하느님 아버지 한 분이 계실 뿐입니다. 모든 것이 그분에게서 나왔고 우리는 그분을 향해 나아갑니다"(1고린 8:6)라고 한 바 있다.

예수가 선포한 하느님 나라에는 종말-묵시적인 관점, 곧 종말을 가시적可視的으로 묘사하는 사상체계가 내포되어 있다. 그날이 오면 천지개벽을 하여 기존 질서가 뒤엎어지고 세상은 하느님 나라의 새로운 질서를 부여받게 된다. 특히, 예수의 종말 설교(마르 13장, 마태 24장, 루가 21장 참조)에 장차 벌어질 심판이 자세하게 묘사되어 있어 그리스도인들의 상상력을 여러모로 자극시킨다. 마르코복음 13장에서 예수는 우선 제자들에게 종말을 예견한다. "지금은 저 웅장한 건물들이 보이겠지만 그러나 저 돌들이 어느 하나도 제자리에 그대로 얹혀 있지 못하고 다 무너지고 말 것이다."(2절) 종말의 때가 되면 우선 징조가 나타나고(5-13절), 세상이 끝장나고(14-23절), 드디어 우주의 변혁이 생긴다.

그 무렵 환란에 뒤이어 해는 어두워지고 달은 빛을 내지 않으며 별들은 하늘에서 떨어지고 하늘의 세력은 흔들릴 것이다. 그때에 사람의 아들이 큰 권능과 영광을 떨치며 구름을 타고 오는 것을 사람들이 볼 것이다. 그때에 사람의 아들은 천사들을 보내어 자기가 선택한 이들을 땅 끝에서 하늘 끝까지 사방에서 불러 모을 것이다.(마르 13:24-27)

여기에서 발견되는 우주관은 철저히 창세기 1장의 창조신화를 근거로한다. "하늘의 궁창에 빛물체들이 생겨, 낮과 밤을 가르고, 표징과 절기, 날과 해를 나타내어라…… 하느님께서는 큰 빛물체 두 개를 만드시어 그 가운데 큰 빛물체는 낮을 다스리고 작은 빛물체는 밤을 다스리게 하셨다. 그리고 별들도 만드셨다."(1:14-16) 그 무렵 환란에 뒤이어 궁창(천체)이 흔들리면 궁창에 걸려 있던 해와 달과 별이 떨어지리라고 상상한 것이다.

이스라엘 종교는 사막에서 탄생한 종교답게 직선적인 역사관을 갖고 있었다. "직선적인 역사관, 곧 '역행할 수 없는 역사관irreversible Geschichtsschau'은 위대한 계시를 바탕으로 삼는 종교에서 발견되며, 단 한 번뿐인 사건으로 세계의 창조와 종말을 규정짓는다. 인류 역사를 통해 이 역사관을 보여주는 첫 번째 예는 아마 이란의 차라투스트라 종교일 것이며 그는 역사 발전의 끝에 '심판'과 '낙원'이 있으리라고 선포했다. 후기 유대교와 그리스도교, 그리고 이슬람교 역시 직선적인 역사관을 가진다."[16] 따라서 하느님이 창조한 세상은 언젠가 그 끝을 볼 것이며, 그때를 종말의 날로 규정해놓은 것은 당연한 이치다. 역사는 끊임없이 돌고 돈다는 식의 원형적圓形的 역사관을 가진 동양 종교들과는 사뭇 구별되는 역사관이다. 처음이 있으면 끝이 있고 생명이 탄생하면 언젠가 죽음을 맞이한다.

인간을 위한 창조?

그리스도교회는 오랜 세월 동안 창조의 중심에 인간을 두었고 온 우주가 인간을 위해 창조된 것으로 여겼다. 그런 경향은 지구환경에 심각한 위기가 닥쳐 인류가 총체적인 고통을 받기 시작한 20세기 후반까지 지속되었다. 기준이 되었던 구절은 창세기 1장 26-30절이다.

> 하느님께서 말씀하셨다. "우리와 비슷하게 우리 모습으로 사람을 만들자. 그래서 그가 바다의 물고기와 하늘의 새와 집짐승과 온갖 들짐승과 땅에 기어 다니는 온갖 것을 다스리게 하자." 하느님께서는 이렇게 당신의 모습으로 사람을 창조하셨다. 하느님의 모습으로 사람을 창조하시되 남자와 여자로 그들을 창조하셨다. 하느님께서는 그들에게 복을 내리며 말씀하셨다. "자식을 많이 낳고 번성하여 땅을 가득 채우고 지배하여라. 그리고 바다의 물고기와 하늘의 새와 땅을 기어 다니는 온갖 생물을 다스려라." 하느님께서 말씀하시기를 "이제 온 땅 위에서 씨를 맺는 모든 풀과 씨 있는 모든 과일나무를 너희에게 준다. 이것이 너희의 양식이 될 것이다……."

여기에 보면 모든 창조물 중에 마지막으로 창조된 인간은 하느님의 모상이며, 인간에게 엄청난 축복이 주어진다. 곧 "자식을 많이 낳고 번성하여 땅을 가득 채우고 지배하라"는 것이었다. 이 구절에 따라 인본주의 창조관이 뿌리를 내리게 되었다. 인간은 세상에 대한 하느님의 통치권을 물려받은 존재로서 자기 이외의 창조물들을 보존하고 발전시켜야 하며 이는 모두 세상과 인간을 위하시는 하느님의 사랑에서 빚어진 일이다. 즉, 창조의 중심에 인간이 서 있는 것이다. 인본주의 해석의 선구자격인 요한

크리소스토무스(Johannes Chrisostomus, 349-407) 교부의 말을 들어보자.

"하느님께서 그들에게 이렇게 복을 내리셨습니다. '번성하고 번성하여 땅을 가득 채우고 그것을 지배하고 바다의 물고기를 다스려라.' 이 얼마나 놀라운 축복의 특성입니까! 누구나 이해할 수 있는 '번식하고 번성하여 땅을 가득 채워라'는 말은 사나운 들짐승들과 파충류에게 말한 것이라 생각합니다. 반면 '지배하고 다스려라'는 말은 남자와 여자를 두고 한 말입니다. 주님께서 베푸신 애정 어린 호의를 이해하십시오. 주님께서는 남자와 여자를 창조하시기 전에 그들에게 다스리는 몫을 마련하고, 그들에게 복을 내리십니다. 본문에는 '바다의 물고기와 하늘의 새, 온갖 집짐승과 온 땅과 그 땅 위를 기어 다니는 온갖 것을 다스려라'고 쓰여 있습니다. 여러분은 이 권한이 명확히 어떤 특성을 지녔는지 알아차렸습니까? 이 특별한 존재가 모든 피조물을 다스린다는 사실을 알아차렸습니까?"[17]

같은 논리를 그대로 발전시켜 오늘날에 이르기까지 인본주의 창조관은 큰 힘을 발휘하고 있다. 특히 구약성서 신학자들의 입김이 드세게 작용해 라드(G. von. Rad)는 "인간은 참으로 지상에 대한 하느님의 통치권을 보존하고 강화하도록 촉구 받은 하느님의 대리자이다"라고 하면서 인간 창조는 인간 이외의 모든 피조물에 대하여 의미를 주고 있다는 말도 서슴지 않았다.[18] 또한 20세기의 대표적인 구약성서 신학자인 다이슬러(A. Deissler)는 "우주야말로 인간을 사랑하시는 하느님이 그 인간을 위해 마련하신 첫 선물이 되는 것이다. 창세기 2장에서 창조의 중심이 '인간'에 있고 창세기 1장에서는 창조의 정상이 인간에게 이르러 완성되는 것도 이 때문이라 하겠다"라고 하여 인간은 하느님으로부터 '땅의 세계'를 생활권과 활동권으로 배당 받았다는 사실을 확언했다.[19] 하지만 예수의 입장은 인본주의 창조관과 상당한 거리가 느껴진다.

예수에게 자연이란 하느님의 뜻대로 움직여지는 곳, 즉 아무도 손댈 수 없는 절대자의 영역이다. 들꽃이나 새는 하느님의 보살핌 안에서 저 생긴 대로 살게 내버려두고(마태 6:25-34), 주검은 독수리가 청소하도록 놓아둠이 상책이다(루가 17:37). 나쁜 나무에서 나쁜 열매가 맺히고 좋은 나무에서 좋은 열매가 맺히는 것은 당연하며(루가 6:43-45), 설혹 밀밭에 가라지가 좀 생겼더라도 부산을 떨 필요는 없다(마태 13:24-30). 인간은 자신의 머리카락 하나도 희거나 검게 만들 수 없기에(마태 5:36) 내일을 걱정하지 말 일이다. 내일 걱정은 내일 하고 그날 고생은 그날로 충분하다(마태 6:34). 마치 우연처럼 세상에 등장한 인간은 불현듯 인생을 마감한다. 그 많은 곡식을 곳간에 가득 채워둔 채 말이다(루가 12:16-21). 따라서 풍년이 들었다고 호들갑을 떨며 즐거워할 일도 아니다.

인본주의 창조관이 갖는 최대의 강점이자 약점은 바로 인간을 창조의 중심에 놓은 데 있다. 물론 인간은 다른 어느 창조물보다 훌륭할 수 있지만 인간 자체가 이리저리 불안하게 흔들리는 까닭에 세상에 대한 인간의 책임 역시 불안해질 수밖에 없는 노릇이다. 즉, 인간은 얼마든지 잘못된 선택을 내릴 수 있는 존재라는 뜻이다. 게다가 창조 신화의 배경에 접근해보면 전혀 다른 시각도 만나볼 수 있다. 창세기 1장 1절-2장 4ㄱ절의 창조 이야기는 이른바 사제계 문헌(P)이고 사제계 문헌의 역사의식은 바빌론 포로기(기원전 587-538년) 이후 이스라엘 재건의 역사적 사명에 처한 지도층의 의식을 반영한다.[20] 애국적인 견지에서 하느님 신앙의 회복이었던 것이다. 또한 두 번째 창조 이야기인 창세기 2장 4ㄴ-25절 역시 그 배경이 되는 야휘스트계(J) 신학의 창조관을 살펴보아야 한다. 그들은 인간

"그러므로 나는 분명히 말한다. 너희는 무엇을 먹고 마시며 살아갈까, 또 몸에는 무엇을 걸칠까 하고 걱정하지 마라. 목숨이 음식보다 소중하지 않느냐? 또 몸이 옷보다 소중하지 않느냐? 공중의 새들을 보아라. 그것들은 씨를 뿌리거나 거두거나 곳간에 모아들이지 않아도 하늘에 계신 너희의 아버지께서 먹여주신다. 너희는 새보다 훨씬 귀하지 않느냐?
너희 가운데 누가 걱정한다고 목숨을 한 시간인들 더 늘일 수 있겠느냐?
또 너희는 어찌하여 옷 걱정을 하느냐? 들꽃이 어떻게 자라는가 살펴보아라. 그것들은 수고도 하지 않고 길쌈도 하지 않는다. 그러나 온갖 영화를 누린 솔로몬도 이 꽃 한 송이만큼 화려하게 차려 입지 못하였다.
너희는 어찌하여 그렇게도 믿음이 약하냐? 오늘 피었다가 내일 아궁이에 던져질 들꽃도 하느님께서 이처럼 입히시거든 하물며 너희야 얼마나 더 잘 입히시겠느냐? 그러므로 무엇을 먹을까 무엇을 마실까, 또 무엇을 입을까 하고 걱정하지 마라. 이런 것들은 모두 이방인들이 찾는 것이다. 하늘에 계신 아버지께서는 이 모든 것이 너희에게 있어야 할 것을 잘 알고 계신다. 너희는 먼저 하느님의 나라와 하느님께서 의롭게 여기시는 것을 구하여라. 그러면 이 모든 것도 곁들여 받게 될 것이다. 그러므로 내일 일은 걱정하지 마라. 내일 걱정은 내일에 맡겨라. 하루의 괴로움은 그 날에 겪는 것만으로 족하다."(마태 6:25-34)

이 말씀을 듣고 제자들이 "주님, 어디서 그런 일이 일어나겠습니까?" 하고 묻자 예수께서는 "주검이 있는 곳에는 독수리가 모여드는 법이다" 하고 대답하셨다.(루가 17:37)

"좋은 나무가 나쁜 열매를 맺을 수 없고 나쁜 나무가 좋은 열매를 맺을 수 없다. 어떤 나무든지 열매를 보면 그 나무를 알 수 있다. 가시나무에서 무화과를 딸 수 없고 가시덤불에서 포도를 딸 수 없다. 선한 사람은 선한 마음의 창고에서 선한 것을 내놓고 악한 사람은 그 악한 창고에서 악한 것을 내놓는다. 마음속에 가득 찬 것이 입 밖으로 나오게 마련이다."(루가 6:43-45)

예수께서 또 다른 비유를 그들에게 말씀하셨다. "하늘나라는 어떤 사람이 밭에 좋은 씨를 뿌린 것에 비길 수 있다. 사람들이 잠을 자고 있는 동안에 원수가 와서 밀밭에 가라지를 뿌리고 갔다. 밀이 자라서 이삭이 팼을 때 가라지도 드러났다. 종들이 주인에게 와서 '주인님, 밭에 뿌리신 것은 좋은 씨가 아니었습니까? 그런데 가라지는 어디서 생겼습니까?' 하고 묻자 주인의 대답이 '원수가 그랬구나!' 하였다. '그러면 저희가 가서 그것을 뽑아버릴까요?' 하고 종들이 다시 묻자 주인은 '가만 두어라. 가라지를 뽑다가 밀까지 뽑으면 어떻게 하겠느냐? 추수 때까지 둘 다 함께 자라도록 내버려두어라. 추수 때에 내가 추수꾼에게 일러서 가라지를 먼저 뽑아서 단으로 묶어 불에 태워버리게 하고 밀은 내 곳간에 거두어들이게 하겠다' 하고 대답하였다."(마태 13:24-30)

네 머리를 두고도 맹세하지 마라. 너는 머리카락 하나도 희게나 검게 할 수 없다.(마태 5:36)

비유를 들어 이렇게 말씀하셨다. "어떤 부자가 밭에서 많은 소출을 얻게 되어 '이 곡식을 쌓아둘 곳이 없으니 어떻게 할까?' 하며 혼자 궁리하다가 '옳지! 좋은 수가 있다. 내 창고를 헐고 더 큰 것을 지어 거기에다 내 모든 곡식과 재산을 넣어두어야지. 그리고 내 영혼에게 말하리라. 영혼아, 많은 재산을 쌓아두었으니 너는 이제 몇 년 동안 걱정할 것 없다. 그러니 실컷 쉬고 먹고 마시며 즐겨라' 하고 말했다. 그러나 하느님께서는 '이 어리석은 자야, 바로 오늘 밤 네 영혼이 너에게서 떠나가리라. 그러니 네가 쌓아둔 것은 누구의 차지가 되겠느냐?' 하셨다. 이렇게 자기를 위해서는 재산을 모으면서도 하느님께 인색한 사람은 바로 이와 같이 될 것이다."(루가 12:16-21)

136

을 둘러싼 어려운 자연환경(홍수, 가뭄, 지진……)을 충분히 인식한 상태에서 자신들의 공동체 유지를 위해 깨달아야 할 창조섭리를 구축한 것이다. 즉, 기존의 인본주의 창조관 속엔 정치 논리가 들어 있는 것이다. 따라서 이제까지와 다른 각도에서 보아야 그 객관성을 보장 받을 수 있다.

인본주의 창조관의 해체

창조의 중심에 인간이 서 있다는 인본주의 창조관은 자칫 자연과 사회에 대한 지배, 즉 정치권력의 논리로 변질될 가능성이 높다. 여기서 우리는 인간이 창조의 중심이고 하느님이 세상을 다스릴 수 있게 해주었다는 언명 뒤에 오히려 인간에게 그에 부합하는 책임이 주어졌다는 뜻이 들어 있음을 알아야 한다. 아니, 한 걸음 더 나아가 그 책임에는 인간의 과오를 인정하고 올바른 길을 깨우쳐 나가야 한다는 지상 명령이 담겨 있음을 알아야 한다.

교황 요한 바오로 2세는 1979년에 발표한 회칙『인간의 구원자』8항에서 다음과 같이 지적한 바 있다. "금세기에 세계에 대한 인간의 지배 영역에서 이루어진 전대미문의 거창한 진보가, 일찍이 들어본 적이 없을 정도로 적나라하게, 피조물이 허무 아래 든 것이라는 사실을 밝히 보이고 있지 않은가? 급속한 공업화 분야에서 빚어지는 자연환경 오염의 위협이라든가, 원자탄, 수소탄, 중성자탄과 이와 비슷한 무기의 사용으로 자멸할지 모른다는 전망 등 몇 가지만 지적해도 충분하다. 새 시대를 맞는 세계, 우주여행의 세계, 과학과 기술 공학적으로 일찍이 없었던 성과를 달성한 세계는 동시에 '탄식하며 진통을 겪고 있는'(로마 8:22) 세계, '하느님의 자녀들이 나타나기를 간절히 기다리는'(로마 8:19) 세계가 아닐까?"

우리는 모든 피조물이 오늘날까지 다 함께 신음하며 진통을 겪고 있다는 것을 알고 있습니다.(로마 8:22)

모든 피조물은 하느님의 자녀가 나타나기를 간절히 기다리고 있습니다.(로마 8:19)

지난 몇 년 동안 우리는 물맛을 톡톡히 보고 있다. 일본에 들이닥친 쓰나미가 단순한 자연재해를 넘어 방사능재해로 이어지고 있기 때문이다. 언제 끝날지 모르는 공포가 시시각각 우리를 엄습하는데, 특히 일본 코앞에 있는 우리나라의 상황은 심각하다. 일본의 방사능 피해와 우리나라는 무관하다며 일기예보 때마다 대기 중 요오드 수치라든가, 일본 수입 식품에 섞여든 방사능 등을 발표하는 일 자체가 우리를 불안하게 만든다.

일본의 재해를 보면서 자연스럽게 그 한 해 전에 일어났던 아이티 지진이 떠오른다. 지진의 발생과 일차적인 피해는 비슷했지만 그 후로 이어진 양상은 전혀 다르기에 그렇다. 같은 자연재해라 하더라도 인간이 이루어낸 기술 문명의 규모에 따라 그 피해 범위가 예측 불허의 상태로 확대되고 만다는 뜻이다. 라너의 생각을 빌리면 "특정한 인간의 죄과는 다른 인간이 지닌 자유로운 상황에 영향을 미친다. 왜냐하면 그와 같은 영향은 인류가 하나이고, 인간이 역사적이고 세계적인 존재이고 한 사람의 원초적인 자유로운 상황이 필연적으로 세계를 통해 중개되는 한 좋든 싫든 간에 존재하는 것이기 때문이다."[21] 에너지 혁명으로 인류가 자랑해마지 않았던 원자력 발전이 이제 인류의 목줄을 조르고 있는 형국이다. 인류가 공들여 추구했던 편리한 삶에 주어진 잔인한 대가이다.

가령 지금부터 10만 년 전에 큰 지진이 일어났다면 우리는 그 자연재해를 입에 담는 일조차 없을 것이다. 고고학 발굴을 하다가 우연히 10만 년 전의 지진 흔적을 발견했을 테니 말이다. 하지만 지구에 인간 문명이 자리 잡으면서부터 상황이 달라졌다. 게다가 요즘처럼 언론이 실시간으로 현장 소식을 보도하는 시대에 접어든 후엔 쓰나미와 같은 불행한 사태는 더더욱 세계인의 주목을 받는다. 그러니 문제의 핵심엔 인간이 서 있다고 보아 마땅하다.

앞서 밝혔듯이 예수는 하느님이 손수 만드신 자연을 통해 그분의 창조 섭리를 깨달아 우리에게 전달해준 분이다. 하느님이 만든 세상은 눈부시게 아름답고 가슴 저미게 찬란하지만 언제까지 그렇게 유지되지는 않을 것이다. 만물은 나타났다가 사라지게 마련이다. 들에 핀 꽃도, 하늘을 나는 새도, 계절을 알려주는 무화과나무도, 철옹성 같은 예루살렘 성전도 영원할 수는 없다. 우주도 마찬가지라 창조로 시작된 우주의 역사도 언젠가 끝을 보고야 말 것이다. 인간도 물론 같은 범주에서 벗어날 수 없다.

* * *

인류에게 큰 재앙이 덮쳤을 때, 우리는 분노하고, 어이없어 하고, 하느님의 존재를 의심하고, 인생무상을 절감한다. 인간은 그렇게 하느님의 일보다는 자신에게만 관심이 넘친다. 모든 외부 조건을 인간 중심으로 판단하는 탓이다. 인본주의 창조관이 갖는 근본 문제는 거기에서 발견된다. 우주 역사에서 생성과 파괴는 언제나 있어왔고, 생성과 파괴가 진행되는 전체 과정은 창조의 하부논리에 불과하다. 그리고 창조의 상부논리인 하느님의 섭리는 인간에게 결코 공개되지 않을 것이다.

인류는 이제야 겨우 '창조의 중심은 인간'이라는 인본주의 창조관의 허점을 인식하기 시작했다. 그것도 아주 더디게, 아주 미련하게, 그리고 아주 비싼 수업료를 지불해가면서 깨달아가는 중이다. 구약신학의 대가이자 20세기의 대표적 지성인 베스터만(Claus Westermann)의 말을 들어보자.

"만일 인간이 땅의 자원들을 착취하여 대지와 초목, 동물들, 강과 바다를 손상시킬 경우 그는 땅에 대한 지배라고 하는 자신의 왕다운 직무에서 실패하고 말 것이다. 대지의 풍요한 산출력과 맑은 공기, 그리고 수질 상태에 직접적인 위협이 가해지고 있는 오늘날에 와서야 비로소 과학기술 시대의 맹렬한 진보로 야기된 치명적인 결과에 대한 공포가 뒤늦게 자각되고 있는 중이다. 이제 와서야 겨우 몇몇 사람들이 오늘에 이르기까지 꾀한 과정에서 무엇인가 잘못되어 왔다는 것을 드러내주는 과오들을 통해 이 점을 익히기 시작하고 있다."[22]

> 그러므로 나의 이 말을 듣고 실천하는 이는 모두 자기 집을 반석 위에 지은 슬기로운 사람과 같을 것이다. 비가 내려 강물이 밀려오고 바람이 불어 그 집에 들이쳤지만 무너지지 않았다. 반석 위에 세워졌기 때문이다. 그러나 이 말을 듣고 실행하지 않는 자는 모두 자기 집을 모래 위에 지은 어리석은 사람과 같다. 비가 내려 강물이 밀려오고 바람이 불어 그 집에 휘몰아치자 무너져버렸다. 그 무너짐이 거대했다.(마태 7:24-27)

오늘의 시점에서 예수의 경고는 여전히 유효하다. 인본주의 창조관의 해체는 시대의 과제이다. "마치 산도 수천 년을 두고 보면 그저 물에 파도가 치듯이 오르고 내릴 뿐인 것과 같다." 힌두교의 금언으로 시간의 위력을 표현한 말이다.

하느님, 시간의 주인
_예수의 시간 이해

하느님과 인간의 근본적인 차이점은 무엇일까? 그리스도인의 입장에서 보면 일견 망발로 비쳐질 수 있는 질문이다. 하느님과 인간을 비교한다는 사실 자체가 불경하기 짝이 없는 시도일 테니까. 그러나 상당수의 요즘 그리스도인들은 달리 생각한다. 지난 2천 년 동안 교회에서 공들여 정해 놓은 하느님의 표상을 그대로 좇기보다는 아무래도 이성적으로 접근 가능한 하느님 상을 원하기 때문이다. "믿음이 부족해서 의심하는 겁니다. 잔말 말고 무조건 믿으세요"라는 식의 일방통행은 더 이상 먹히지 않는 세상이 되었다는 뜻이다. 세월을 무시한 채 만일 교회에서 그렇게 권위로 밀어붙이는 입장을 고수하면, 장담하건대 한국 그리스도교의 장래는 결코 밝지 않다.

이렇게 쓰고 보니, 마치 독립선언문을 낭독하는 듯한 비장한 느낌마저 든다. 하지만 따지고 보면 무어 그리 거창할 게 있겠는가? 복음서에 나오는 시간 개념에 대해 이야기를 하려다 서두가 조금 거창해졌을 뿐이다.

복음서에 등장하는 시간 개념은 철저하게 예수의 가르침에 의존하고, 좀 더 깊이 들여다보면 시간이 바로 하느님과 인간 사이를 나누는 선이라는 사실을 알 수 있다.

복음서에 보면 예수는 시간에 관해 종종 알쏭달쏭한 말씀들을 했고 덕분에 후대를 사는 우리는 곤욕을 치르곤 한다. 몇 가지만 읽어보자.

"때가 차서 하느님의 나라가 다가왔습니다. 여러분은 회개하고 복음을 믿으시오."(마르 1:15) "예수께서는 그들에게 말씀하셨다. '진실히 여러분에게 이르거니와, 여기 서 있는 사람들 가운데에는 하느님의 나라가 권능을 떨치며 오는 것을 볼 때까지 죽음을 겪지 않을 사람들이 더러 있습니다.'"(마르 9:1) "진실히 여러분에게 이르거니와, 이 모든 일이 일어나기까지 이 세대는 결코 사라지지 않을 것입니다."(마르 13:30) "그러나 그날과 시간에 대해서는 아무도 모릅니다. 아버지 외에는 하늘에 있는 천사들이나 아들조차도 모릅니다. 여러분은 조심하고 깨어 지키시오. 사실 여러분은 그 때가 언제 올는지 모르기 때문입니다.(마르 13:32-33)

예수의 시간 계산

앞의 네 말씀에는 하느님 나라와 관련해 예수가 우리에게 무엇인가를 알려주려는 의도가 들어 있다. 하지만 정확히 이해하기는 어렵다. '때가 찼다', '하느님 나라를 볼 때까지 죽지 않을 것이다', '모든 일이 일어날 때까지 이 세대는 사라지지 않을 것이다', '그날과 그 시간은 아무도 모른다'는 식의 애매모호한 표현이 해석하는 데 어려움을 주어서다. 사실 글자 그대로 예수의 말씀을 받아들이면 틀림없이 모순에 빠지고 말 것이다.

예를 들어, 마르코복음 1장 15절에 나오는 표현 "다가왔다"에는 완료형 동사가 사용된다. 헬라어 문법에 따르면 이미 충만한 상태, 즉 상황이 종료되었다는 뜻이다. 그렇다면 하느님의 나라는 오래전부터 와 있었다는 뜻인가? 그와는 다르게 마르코복음 9장 1절에서는 하느님의 나라가 올 때까지 죽지 않을 사람이 있다고 하는데 그 말씀을 직접 들었던 사람들은 결국 모두 죽지 않았는가?

이스라엘 식 계산으로 한 세대는 대략 40년 정도다. 이집트에서 빠져나온 히브리 백성이 하느님의 눈 밖에 나 광야에서 40년을 방황했는데, 이는 죄를 지은 세대가 약속의 땅에 못 들어가도록 만든 기간이다. 그런가 하면 모세가 이집트 왕자로 40년, 미디안 광야의 목자로 40년, 이스라엘의 지도자로 40년 살았던 것도 눈여겨볼 만하다. 따라서 마르코복음 13장 30절의 논리에 따르면 최대한 40년 내('이 세대')에 하느님의 나라가 왔어야 마땅하다. 그런데 과연 하느님의 나라가 왔는가? 만일 안 왔다면 예수가 시간 계산을 잘못했다는 뜻인데 그리스도를 하느님의 아들로 섬기는 그리스도인들에게 절대로 허용될 수 없는 말이다. 그렇다면 예수가 시간 계산을 엉망으로 했다는 오명에서 어떻게 해야 벗어날 수 있을까? 여기서 말씀의 폭을 조금 넓혀 다른 가능성을 찾아보자. 예수가 주창한 하느님 나라의 시간성은 예수가 든 마르코복음의 비유에서 잘 드러난다.

또 예수께서 말씀하셨다. "하느님의 나라는 이런 경우와 같습니다. 어떤 사람이 땅에 씨를 뿌리고는 자고 일어나곤 하며 밤과 낮이 가는데 그가 알지 못하는 사이에 씨는 싹터 무럭무럭 자랍니다. 땅은 저절로 열매를 맺게 합니다. 처음에는 줄기가 자라고, 다음에는 이삭이 패고, 그 다음에는 이삭에 가득한 밀알이 맺힙니다. 그리고 열매가

익으면 그 사람은 곧 낫을 댑니다. 추수 때가 왔기 때문입니다."(마르 4:26-29)

하느님의 나라란 마치 땅에 뿌려진 씨앗과 같다. 그렇게 뿌려진 씨에서 싹이 돋고 이삭이 패고 마침내 알찬 낟알을 맺는다. 여기서 발견되는 하느님 나라의 첫 번째 특징은 현재성이다. 그러나 이 현재라는 성격은 한 자리에 머무는 게 아니라 꾸준히 움직여 나간다. 이는 씨들이 하루하루 자란다는 이미지를 통해 설명이 가능하다. 즉, 하느님 나라의 현재성이란 한 곳에 멈추어 선 시간대가 아니라 움직이는 현재, 혹은 자라나는 현재라고 정의 내릴 수 있다. 그에 반해 하느님 나라의 미래성은 장래에 닥쳐 올 특정한 시점을 가리킨다. 그날이 와 곡식이 익으면 밭의 주인은 추수 때가 된 줄 알고 낫을 댈 것이다. 비유에 따르면 하느님 나라의 미래성은 현재가 이어지고 이어져서 그 축적된 힘으로 실현되는 미래이다. 시간성이라는 기준으로 평가할 때 하느님 나라는 현재와 미래라는 양쪽 시간대에 길게 걸쳐 있는 셈이다.

예수의 비유를 통해 알 수 있는 하느님 나라의 시간성을 요약하면, 무엇인가 현재 부지런히 움직이고 있으며 이 움직임이 성장으로 이어져 더 이상 커나갈 수 있는 여지가 없을 때, 다시 말해서 하느님의 나라가 꽉 차는 때 바야흐로 그 완성이 이루어진다. 그러니 하느님 나라는 이미 와 있는 것이자(마르 1:15) 우리는 하느님 나라가 자라나는 과정 중에 놓여 있으며(마르 9:1, 13:30) 그 완성의 때는 하느님이 판단하실 일이기에 우리 인간은 몰라야 마땅하다(마르 13:32-33). 다시 말해 특정한 완성의 시간이 미리 주어지지 않는다는 것이다. 다만 하느님 나라의 완성과 관련해 한 가지 명심해둘 점은 현재 일어나는 시대의 징조를 보아 스스로 그때를 짐

"때가 다 되어 하느님의 나라가 다가왔다. 회개하고 이 복음을 믿어라" 하셨다.(마르 1:15)

예수께서 또 말씀하셨다. "나는 분명히 말한다. 여기 서 있는 사람들 중에는 죽기 전에 하느님 나라가 권능을 떨치며 오는 것을 볼 사람들도 있다.(마르 9:1)

"나는 분명히 말한다. 이 세대가 지나기 전에 이 모든 일들이 일어나고야 말 것이다."(마르 13:30)

"그러나 그 날과 그 시간은 아무도 모른다. 하늘에 있는 천사들도 모르고 아들도 모르고 오직 아버지만이 아신다. 그때가 언제 올는지 모르니 조심해서 항상 깨어 있어라."(마르 13:32-33)

"무화과나무를 보고 배워라. 가지가 연해지고 잎이 돋으면 여름이 가까워진 것을 알게 된다. 이와 같이 너희도 이런 일들이 일어나는 것을 보거든 사람의 아들이 문 앞에 다가온 줄을 알아라."(마르 13:28-29)

작할 수 있을 뿐이다.(마르 13:28-29). 이는 하느님 나라의 미래성이 그 현재성과 불가분의 관계에 놓여 있다는 뜻으로 풀이할 수 있겠다. 신학자들은 하느님 나라의 시간성을 두고 흔히 '이미, 그러나 아직already, not yet'이라는 단축 표현을 사용한다.

세기 말이 가까워오면 으레 종말을 예견하는 자들이 나타난다. 지난 세기말에도 수많은 사건이 있었다. 일례로 한국에서는 이장림 목사가 이끄는 다미 선교회가 1992년 10월 28일에 종말이 닥치니 서둘러 준비하라면서 온 나라에 공포분위기를 조성한 적이 있었다. 그러나 종말은 오지 않았고 이장림 목사는 외환법 위반으로 영어의 몸이 된 신세다. 하느님 나라의 완성에 특정 시간이 주어지지 않는다는 사실을 왜곡한 것이었다.

산 이들의 하느님

예수는 3년의 공생애 동안 수없이 많은 가르침을 베풀었다. 그러나 가르침의 무게 중심은 언제나 죽음이 아니라 삶에 있었다. 따라서 사후 세계에 대한 속 시원한 설명을 예수의 입에서 기대하기란 힘든 일이다. 이를테면, 죽어도 지금과 똑같은 몸을 갖게 될지, 지금 살고 있는 배우자와 다시 만나게 될지, 혹시 죽어서도 여전히 간경화 때문에 음식 조절을 해야

되는지 등등이다. 아무튼 후대 그리스도교에서 생겨난 수많은 사후 세계 가르침을 고려할 때 예수는 기이할 정도로 말을 아꼈음을 알 수 있다. 마르코복음 12장 18-27절에서 다루는 주제는 바로 사후 세계에 관한 것이다. 특히, 비유가 아닌 사실 설명이라는 점에서 매우 특이한 본문이다.

공생애 말기 예루살렘에 들어간 예수에게 각 종파의 지도자들이 사이좋게 돌아가며 질문을 퍼부어댔다. 대제관들, 율사들, 원로들, 바리사이들, 헤로데파 사람들, 그리고 마침내 부활이 없다고 주장하는 사두가이들까지 그분에게 덤벼들었다(마르 11-12장 참조). 그중에서 사두가이파 사람들은 현실적 노선을 걸은 종파로 유명하다. 성전 제사를 맡아 하는 사제들을 주로 배출했던 사두가이파는 바리사이파에 비해 신학적으로 많이 냉랭한 편이었다. 종말과 내세를 거부하고 부활을 인정하지 않았으며 천사와 악마라는 존재의 필요성도 받아들이지 않았다. 한마디로 눈에 보이는 현상 세계에 기반을 두어 확인되지 않으면 무엇도 인정할 수 없다는 입장이었다.

그들은 예수에게 부활이 있는지 여쭈어보았다. 하지만 직설적인 물음보다는 실례를 들어 질문한다. 지독하게 재수 없는 어느 집안에서 일곱 형제가 연이어 죽었고 맏형의 부인이 나머지 여섯 남동생과 연이어 재혼한 경우를 제시한다. 사두가이가 예를 든 '일곱 남편'은 구약성서의 외경外經 토비트서에 등장하는 인물인 사라의 남편들로(3:8, 15, 6:13) 성서에서 검증할 수 있는 최다의 남편 숫자이다. 첫째, 둘째, 셋째 하고 경우의 수를 따지는 것은 일종의 점층법에 해당한다. 과연 종말의 날

사라는 일곱 번이나 결혼을 하였지만 사라가 그들과 부부 관계도 맺기 전에 아스모데오라는 악한 귀신이 그 남편들을 번번이 죽여버렸다. 그래서 그 여종이 사라에게 이렇게 말하였던 것이다. "당신 남편을 죽인 사람은 바로 당신 자신이오. 당신은 이미 일곱 번이나 결혼을 했지만 제대로 결혼 생활을 한 일은 한 번도 없습니다."(토비 3:8)

146

이 닥쳐 모두 부활하면 그 여인은 누구의 부인이 되어 마땅한가? 큰 혼란을 겪지 않겠는가? 그러니 당시 유행하던 부활 신앙이란 '부조리ad absurdum'의 소산일 뿐이다. 사두가이의 질문 속에 뼈가 들어 있었다.

부활이 없다고 주장하는 사두가이들이 예수께 와서는 질문하여 이렇게 말했다. "선생님, 모세가 기록하여 우리에게 남긴 바에 의하면, 어떤 사람의 형제가 죽고 부인만 남아서 자식을 두지 못한 경우, 그 동기는 그 부인을 맞아 자기 형제에게 후사를 세워주도록 해야 합니다. 칠 형제가 있었는데, 첫째가 아내를 맞았다가 죽고 후사를 두지 못했습니다. 그래서 둘째가 그 여인을 맞았지만 또 후사를 남기지 못한 채 죽었고, 셋째도 그러하였습니다. 그렇게 일곱이 다 후사를 두지 못했습니다. 모두 죽고 마지막으로 그 부인도 죽었습니다. 그들이 부활 때 그 여인은 그들 가운데 누구의 아내가 되겠습니까? 사실 일곱이 모두 그 여인을 아내로 삼았으니 말입니다."

예수께서 그들에게 말씀하셨다. "여러분은 성경도 모르고 하느님의 능력도 모르기 때문에 잘못 생각하고 있는 것이 아닙니까? 사람들이 죽은 이들 가운데서 다시 살아날 때에는 장가들지도 않고 시집가지도 않으며, 하늘에 있는 천사들과 같이 됩니다. 그리고 죽은 이들에 관해서, 그들이 일으켜진다는 사실을 두고 모세의 책 가시덤불 대목에서,

하느님께서 모세에게 어떻게 말씀하셨는지 읽어보지 못했습니까? '나는 아브라함의 하느님, 이사악의 하느님, 야곱의 하느님'이라 하셨습니다. 그분은 죽은 이들의 하느님이 아니라 살아 있는 이들의 하느님이십니다. 여러분은 크게 잘못 생각하고 있는 것입니다." (마르 12:18-27)

이런 질문을 하게 된 배경에는 '수혼법嫂婚法'(신명 25:5, 창세 38:8)이 있다. 이스라엘의 수혼법에 따르면 형이 후사를 남기지 않고 죽었을 경우 남동생이 형수를 거두어 결혼해야 한다. 이는 봉양해줄 아들도 없이 과부가 된 경우 극심한 생활고에 시달려야 하는 여성을 배려해준 약자보호법이다. 시동생의 후처로 들어가면 최소한 세 끼 밥걱정은 안해도 된다는 뜻이다.

여러 형제가 함께 살다가 그 중의 하나가 아들 없이 죽었을 경우에 그 남은 과부는 일가 아닌 남과 결혼하지 못한다. 시동생이 그를 아내로 맞아 같이 살아서 시동생으로서의 의무를 감당해야 한다.(신명 25:5)

유다는 오난에게 이르기를 형수에게 장가들어 시동생으로서 할 일을 하여 형의 후손을 남기라고 하였다.(창세 38:8)

이 질문은 예수를 난감한 처지로 몰아넣었다. 만일 부활이 있다고 하면 형제 중 누구와 살아야 하는지 적합한 이유를 대야 할 것이고, 남성 중심의 가부장적인 사회에서 여성에게 남편을 고르라고 할 수도 없는 노릇이고, 모든 게 귀찮아 부활이 없다고 하면 대중의 지지를 받았던 바리사이의 노선과 엇나가 적을 만들 수 있다. 그렇다고 만일 '나도 모르겠다'고 하면 사람들 앞에서 웃음거리가 될 게 뻔했다. 여기서 예수는 이제까지 누구도 들어보지 못했던 대답을 한다. "모세의 책 가시덤불 대목에서, 하느님께서 모세에게 어떻게 말씀하셨는지 읽어보지 못했습니까? '나는 아브라함의 하느님, 이사악의 하느님, 야곱의 하느님'이라 하셨습니다. 그분은 죽은 이들의 하느님이 아니라 살아 있는 이들의 하느님이십니다."

　예수가 활동하던 시절은 아브라함과 이사악과 야곱이 죽은 지 천 년이나 지난 후였다. 또한 '나는 아브라함의 하느님, 이사악의 하느님, 야곱의 하느님'이라는 말은, 하느님이 이집트에서 히브리 백성을 구해내라고 명령한 분이 누군지 몰라 하는 모세에게 예전의 족장들(아브라함, 이사악, 요셉)이 섬겼던 수호신이라고 답한 것이다. 즉, 이는 하느님의 자기 정체설정이지 부활과 직접 관련되는 언급은 아니다. 하지만 정작 이상한 내용은 "하느님께서 죽은 이들의 하느님이 아니라 살아 있는 이들의 하느님이다"라는 예수의 해석이었다. 살아 있는 이들의 하느님이라고?

　족장들은 과거의 인물이다. 오래전에 죽은 사람들이라는 말이다. 그런데 예수는 엉뚱하게 그들을 산 사람 취급하고 있지 않은가! 그것이 과연 가능한가? 사두가이들은 예수에게 당시 널리 통용되던 부활신앙이 합리적이지 않은 허황된 믿음임을 알리고자 했다. 그러나 예수의 대답은 비단 부활신앙의 정당성을 증명하는 데 머무르지 않았다. 오히려 예수는 부활신앙을 탄생하게 한 하느님에 대해 말씀했다. 하느님의 방식은 인간의 방식과 완전히 다르니, 우리네 상식은 전혀 통하지 않는 분이다. 과거의 족장들은 우리 눈에선 사라졌지만 하느님에게는 여전히 살아 있는 존재들이다. 여기서 잠시 숨을 돌려보자.

　초세기 그리스도교의 위대한 선교사 사도 바울로는 비록 예수를 직접 만나본 적은 없지만 예수의 사상을 누구보다도 잘 이해했던 사람이다. 그는 죄를 인간에게 주어진 숙명으로 보았는데 그 근거로 아담의 타락이야기를 제시한다. 아담은 죄를 지어 영원한 생명이 보장되었던 에덴동산에서 쫓겨나 죽고 말았다(창세기 3장 참조). 따라서 그의 후손인 모든 인류는 자연스럽게 죄의 세력 아래 놓이게 되었고 아담이 죽었던 것처럼 예외 없이 죽음을 맞이한다(로마 5:12-14). 말하자면 죄의 결과는 죽음인 것이다. 그처럼 모든 인간은 죄의 세력 아래 놓여 있다는 바울로의 생각은 트리엔트 공의회(1945-1963)에서 '원죄原罪교리'로 확정된다. 말하자면 갓 태어나 숨 한 번 제대로 못 쉬고 죽은 아기가 있더라도 그 아기는 죽음을 맛보았기에 원죄가 있는 셈이다.

한 사람이 죄를 지어 이 세상에 죄가 들어왔고 죄는 또한 죽음을 불러들인 것같이 이 모든 사람이 죄를 지어 죽음이 온 인류에게 미치게 되었습니다. 율법을 주시기 전에도 죄는 세상에 있었습니다. 다만 율법이 없었기 때문에 그 죄가 법의 다스림을 받지 않았을 뿐입니다. 그러나 죽음은 아담으로부터 모세에 이르기까지 모든 사람을 지배하였는데 아담이 지은 것과 같은 죄를 짓지 않은 사람들까지도 그 지배를 받았습니다. 그런데 아담은 장차 오실 분의 원형이었습니다.(로마 5:12-14)

바울로는 하느님이 비참한 숙명에 놓인 인간에게 예수 그리스도를 보내어 죄에서 벗어날 방도를 마련해주었다고 한다. 예수만 믿으면 누구라도 구원을 받을 수 있는 것이다. 그렇다면 죄의 결과인 죽음은 어떻게 될까? 모든 인간은 예수를 믿든 안 믿든 죽고 마니까, 결국 죄의 세력에서 벗어나지 못하는 꼴 아닌가? 바로 이 지점에서 부활이 필요하다. 부활하여 하느님 품에 안긴다는 것은 인간이 죄의 세력에서 완전히 벗어나 영원한 생명을 누릴 수 있는 최고의 선물이다. 그런 까닭에 바울로는 죽음을 비웃으며 다음과 같이 노래했다.

이 썩는 몸이 썩지 않는 것을 입고 이 죽는 몸이 죽지 않는 것을 입으면, 그때 성서에 기록된 말이 이루어질 것입니다.
승리가 죽음을 삼켜버렸다!
죽음아, 네 승리가 어디 있느냐?
죽음아, 네 독침이 어디 있느냐? (1고린 15:54-55)

인간은 삶과 죽음과 부활과 내세의 시간을 구분한다. 시간의 흐름을 직선적으로 보기 때문이다. 그러나 예수가 전하는 하느님의 시간은 다르다. 하느님에게는 오직 현재만 있다. 아브라함과 이삭과 야곱 그리고 나와 이 책의 모든 독자까지 포함해 하느님에게는 모두 현재의 인물들일 뿐이다. 그러므로 '삶'이니 '죽음'이니 '부활'이니 '내세'니 하는 말도 우리 인간에게나 의미가 있지 언제나 현재로 존재하는 하느님에겐 허망한 어휘에 불과하다. 살아 있는 이들의 하느님! 우리가 하느님에게서 '영원한 현재'를 감지할 수 있다면 바로 그 이유 때문이다.

시간의 주인

비록 이론적이기는 하지만 과학자들은 우리가 살고 있는 세계와 다른 세계가 존재한다는 사실을 밝혀낸 바 있다. 우리가 알고 경험하는 세상은 3차원이다. 1차원은 점과 점을 연결한 선, 2차원은 평면, 그리고 3차원은 평면에 높이까지 계산된 입체 공간을 가리킨다. 거기에 시간을 덧붙이면 4차원의 세계가 된다. 우리 인간은 3차원에서는 그런 대로 이곳저곳 넘나들 수 있다. 미국에도 갈 수 있고 북극에도 갈 수 있고, 우주로 나갈 수도 있다. 그러나 4차원은 다르다. 혹자는 빛의 속도를 뛰어넘는 경우 시간 여행이 가능하다고 하지만 빛의 속도에 가까이 갈 수는 있을지언정 뛰어넘는 것은 물리적으로 불가능하다는 게 정설이다.

또 한 가지 중요한 사실로, 스티븐 호킹 박사는 에너지가 보존될 수 있으려면 우주가 막혀 있는 공간이어야 마땅하다고 주장한다. 따라서 거대한 우주를 감싼 막 밖에 또 다른 차원이 존재한다는 가설이 성립될 수 있다. 수학적으로 어떤 복잡한 계산에 따랐는지 정확히 알 수 없지만 호킹 박사는 현재까지 7차원의 가능성을 제시할 수 있다고 주장한다. 자연과학에 문외한인 내가 이 정도나마 따라잡는 데도 젖 먹던 힘까지 쏟아 부어야 했다. 그러나 분명한 사실 한 가지는 우리가 경험할 수 없는 다른 차원이 존재하며, 그것은 시간과 관련되어 있다는 점이다.

하느님은 과거에도 있었고, 지금도 있고, 앞으로도 있을 것이다. 하지만 과거니 현재니 미래니 하는 말은 시간의 벽을 뛰어넘을 수 없는 인간의 언어일 뿐 하느님의 언어는 아니다(1고린 15:54-55). 오히려 하느님의 현재는 영원히 지속된다고 해야 옳지 않을까? '하느님에게는 하루가 천 년 같고 천 년이 하루 같다'는 말도 같은 이치로 풀이할 수 있을지 모르겠다. 예수는 비유를 통해 하느님 나라가 완성되면 인간의 시간관념으로 도달할 수 없는 시간대, 즉 인간 역사의 끝에 다다른다는 사실을 밝혔다(마르 4:26-29). 그러나 인간 역사의 끝이라는 것도 살아 있는 이들의 하느님에게는 결국 현재일 뿐이다(마르 12:18-27).

헬라어에서 시간을 가리키는 낱말은 최소한 네 가지이다. 카이로스, 크로노스, 에온, 호라 등인데 그중에서도 특히 앞의 두 가지가 잘 알려져 있다. 카이로스는 질적이고 의미 있는 시간인데 반해 크로노스는 양적이고 물리적인 시간이다. 간단히 예를 들어 애인과 같이 있는 한 시간과 지겨운 강의를 듣는 한 시간이 갖는 속도감의 차이라고 보면 되겠다. 하느님의 시간은 물론 카이로스일 것이다. 놀라운 사실은 성서를 염두에 둘 때 이미 2천 년 전의 그리스도인들 역시 카이로스라는 시간 감각을 하느님의 시간이해에 도구로 사용했다는 점이다.

이 썩을 몸이 불멸의 옷을 입고 이 죽을 몸이 불사의 옷을 임게 될 때에는: "승리가 죽음을 삼켜버렸다. 죽음아, 네 승리는 어디 갔느냐? 죽음아, 네 독침은 어디 있느냐?" 한 성서 말씀이 이루어질 것입니다.(1고린 15:54-55)

부활이 없다고 주장하는 사두가이파 사람들이 예수께 와서 물었다. "선생님, 모세가 우리에게 정해준 법에는 '형이 자녀가 없이' 아내를 두고 '죽으면 그 동생이 자기 형수와 결혼하여 자식을 낳아 형의 대를 이어야 한다' 하였습니다. 그런데 전에 칠 형제가 있었습니다. 첫째가 아내를 얻었다가 자식 없이 죽어서 둘째가 형수를 자기 아내로 맞았지만 그도 또한 자식 없이 죽고 셋째도 그러하였습니다. 이렇게 하여 그 일곱 형제가 다 자식 없이 죽고 마침내 그 여자도 죽었습니다. 칠 형제가 다 그 여자를 아내로 삼았으니 부활 때에 그들이 다시 살아나면 그 여자는 누구의 아내가 되겠습니까?"

예수께서는 이렇게 대답하셨다. "너희는 성서도 모르고 하느님의 권능도 모르니 그런 잘못된 생각을 하게 되는 것이다. 사람이 죽었다가 다시 살아난 다음에는 장가드는 일도 없고 시집가는 일도 없이 하늘에 있는 천사들처럼 된다. 너희는 모세의 책에 있는 가시덤불 대목에서 죽은 이들의 부활에 관한 글을 읽어보지 못하였느냐? 거기서 하느님께서는 모세에게 '나는 아브라함의 하느님이요, 이사악의 하느님이요, 야곱의 하느님이다' 하셨다. 이 말씀은 하느님께서 죽은 이들의 하느님이 아니라 살아 있는 이들의 하느님이라는 뜻이다. 그러니 너희의 생각은 아주 잘못된 것이다."(마르 12:18-27)

독실한 그리스도인이었으며 한학에도 능통한 다석多夕 유영모는 월남月南 이상재 선생의 뒤를 이어 YMCA에서 무려 30년간(1928-1963) 연경반研經班 강의를 한 바 있다. 그 강의록에 보면 다음과 같은 말이 나온다.

"얇은 것 중에 얇은 것은 시간보다 더한 것이 없습니다. 일생을 두고 꼭 한 번 만나보았으면 하는 분이 있습니다. 그분을 생전에 한 번은 만나보겠지 생각합니다. 처음이자 마지막인 인생에서 이번에 못 만났으니 이다음에는 꼭 만나봐야 하는 이 시간은 얼마나 얇은 것이겠습니까? 얇은 것 중에 얇은 것이 시간입니다. 이러한 얇은 시간을 밟고 갈 우리의 인생은 참으로 조심하지 않을 수 없습니다. 저 건너 언덕을 보려면 정말 전전긍긍하면서 가야 합니다. 영원한 생명의 길은 조심조심 아슬아슬하게 가야 합니다. 임시로 사는 여기를 불행으로만 돌리지 말고 조심조심해서 영원한 생명을 찾아야 하겠습니다. 해안선을 떠나는 것도 환하게 '육리陸離'를 하여야 합니다."[23] 다석 역시 2천 년 전 신앙의 선배들 못지 않은 혜안慧眼을 가졌다.

예수는 하느님 홀로 시간을 자유자재로 다룰 수 있는 분으로 굳게 믿고 있었다. 그처럼 하느님은 4차원을 자유자재로 통제할 수 있는 분이니 (인간이 추측할 수 있는 범위 내에서) 하느님을 5차원 이상에 계시는 분이라고 불러도 될 법하다. 마치 직선운동을 하는 개미를 인간이 바라보듯 공간운동을 하는 인간을 하느님이 저 위에서 여유 있게 바라보고 있다는 뜻이다. 늙어 죽든 비명에 가든, 언젠가 죽어야만 하는 천하디 천한 인간의 얇은 시간도 실은 온전히 하느님의 것일 뿐이다. 그분이 허락하지 않으면 우리에게 내일이란 결코 있을 수 없기 때문이다. 그런 의미에서 하느님 홀로 온전한 시간의 주인이다.

* * *

죽고 나면 어찌될까? 깊이 생각한다고 해서 답이 나오는 질문은 아니다. 그러나 죽음 후에 꼭 이루고 싶은 소원은 하나 있다. 어머님을 만나 뵙는 일이다. 그래서 어머님에게 미처 하지 못했던 말, 세상에서 비참하게 실패했던 이야기, 맘 졸이고 불편했던 모든 사정을 털어놓는 거다. 그러면 나는 아마 몹시 행복할지 모른다. 어머님만큼 나를 잘 이해하고 받아들일 수 있는 분은 없기 때문이다. (아버님에게는 좀 섭섭한 소원이 될지 모르겠다. 그러나 아버님에게도 따로 할 말이 많이 남아 있다.) 그런데 만일 죽음 후에도 물리적인 시간이 지배한다면 어머님은 나보다 34세 연상이시니 어머님을 다시 만나 뵐 가능성은 저절로 희박해진다. 아니, 이제껏 신약성서 공부에 한 평생을 바쳤는데 만일 베드로와 바울로가 물리적인 시간의 제약을 받아 죽음 후에 만나볼 수 없다면 나의 궁금증을 풀어볼 수 없지 않겠는가? 물어보고 싶은 게 한두 가지가 아닌데 말이다. 고린토 교회에 부인을 대동하셨던 것을 보니 사도 베드로께서는 애처가셨나요?(1고린 9:5) 바울로 사도의 지병持病은 무엇이었나요? 두 분이 안티오키아 교회에서 한 판

붙은 것으로 아는데 후에 화해는 올바로 하셨나요, 아니면 아직도 사이가 서먹하신가요?(갈라 2:11-14)

　모두들 행복을 원한다지만 사실 행복이란 나에게 추상적인 언어다. 남들이 아무리 행복한 사람이라고 추켜세워도 스스로 자각自覺하지 못한다면 행복이란 없기 때문이다. 따라서 가장 행복했던 순간이 언제였냐고 물어보는 것은 나에게는 고문일 수밖에 없다. 그렇다면 왜 죽음 후에 어머님을 다시 만나는 소원을 갖고 있을까? 내가 기억하는 한 이제까지 가장 행복했던 순간은 초등학교 저학년 시절, 학교가 끝나고 집에 돌아와 대청마루에 앉아 계시던 어머님을 다시 만나던 순간이었기 때문이다. 어머님의 품에 포근히 안기면 비교할 수 없는 행복감에 젖어들었는데 그 후 인생의 어떤 순간도 그때를 능가하지 못했다. 어머님을 다시 만나고픈 소원을 분명히 자각한 상태에서 죽음 후에 어머님을 만나면 나의 행복감은 충족될 수 있을 것이다. 그리고 이는 전적으로 어머님과 내가 영원한 현재로 계신 하느님의 존재방식을 나누어 가질 때만 가능한 일이다.
　시간의 주인이신 하느님에게 온 마음으로 기대는 이유가 여기에 있다.

사랑, 하느님의 느낌
_첫째가는 계명

그리스도교는 사랑의 종교……. 그리스도인이든 아니든 이런 말 한두 번 들어보지 않은 사람은 없을 것이다. 그런데 사랑이라는 말엔 참으로 묘한 구석이 있다. 애인끼리 죽도록 좋아할 때도 사랑의 고백을 하고, 자식을 목숨보다 아낄 때도 사랑한다는 선언을 하고, 친구끼리 우정을 나눌 때도 서슴없이 사랑한다는 다짐을 한다. 어디 그뿐인가? 사장님이나 대학 총장이나 심지어 대통령까지 나서서 '사랑하는 국민(직원, 학생) 여러분'이라면서 연설의 운을 뗀다. 그렇게 '사랑'이라는 말이 흔해지다 보니 그 뜻이 퇴색할 수밖에.

사랑을 정의할 때 고대 헬라인들은 우리와 좀 달랐다. 정확한 개념의 확립을 추구하는 그들 언어의 특성을 감안할 때 하나의 낱말로 여러 가지 상황을 뭉뚱그려 표현하는 데 익숙하지 않았을 것이다. 그래서 부모의 자식 사랑은 '아가페'라 했고 친구끼리의 우정은 '필리아'라 했으며 죽고 못 사는 남녀의 순정은 '에로스'라 불렀다. 그렇다고 이 세 가지를 사랑이라는 거대 개념의 하부 개념쯤으로 간주해선 곤란하다. 이들은 제각각의 발음만큼이나 다른 개념들이다. 마찬가지로 예수가 제창한 사랑도 일반적인 정의에 따라갈 게 아니라 세밀히 따져 들어가야 한다.

예수는 사랑에 대해 참으로 많은 말씀을 남겼다. 이를테면, "원수들을 사랑하고 박해하는 사람들을 위하여 기도하시오. 그래야만 여러분은 하늘에 계신, 여러분 아버지의 아들이 될 것입니다"(마태 5:44-45)에서는 사랑이 천국에 들어가는 조건으로 비쳐지고, "여러분이 서로 사랑을 나누면 모든 사람이 그것을 보고 여러분이 내 제자들이라는 것을 알게 될 것입니다"(요한 13:34-35)는 사랑이 그리스도인을 증명하는 표시처럼 여겨지고, "하느님은 세상을 너무나 사랑하신 나머지 외아들을 (십자가에 죽도록) 내어주셨다"(요한 3:16)는 사랑을 위해 자식마저 포기하라고 우리를 설득하는 듯하다. 이 세 말씀만 들어도 예수가 우리에게 가르친 사랑이 쉽게 접근하기 힘든 개념이라는 느낌이 들지 않는가? 따라서 예수의 말씀을 성실하게 따르려고 작정한 사람이라면 지나가는 말로라도 가볍게 '사랑한다'고 할 수 없을 것이다. 그러니 누구든 제대로 된 사랑을 하려면 심사숙고의 과정을 거치는 게 당연하다.

사랑의 이중계명

기원 후 30년경 3년간의 공생활을 끝내고 예수가 예루살렘으로 입성하자 그간에 의문을 품어왔던 유대교의 종교지도자들이 기다렸다는 듯이 줄을 서서 논쟁을 벌인다(마르 11-12장 참조). 그들이 던지는 질문 모두엔 날카로운 칼이 들어 있었는데 잘못 대답했다가는 군중에게서 얻은 예수

157

의 인기가 한 순간에 날아감은 물론 자칫 죽음에까지 이를 수 있는 위험한 것들이었다. 이제 예수 앞에 율사 하나가 등장한다.

그런데 율사 하나가 그들이 토론하는 것을 듣고 있다가 예수께서 그들에게 훌륭히 대답하시는 것을 보고는 다가와서 그분께 "모든 (계명) 중에 첫째가는 계명은 어떤 것입니까?" 하고 물었다. 예수께서 대답하셨다. "첫째는 이렇습니다. '들어라, 이스라엘아, 우리 하느님이신 주님은 오직 한 분인 주님이시다. 그러므로 네 온 마음으로, 네 온 혼으로, 네 온 정신으로, 네 온 힘으로 너의 하느님이신 주님을 사랑하라.' 둘째는 이렇습니다. '네 이웃을 네 자신처럼 사랑하라.' 이 계명들보다 더 큰 계명은 달리 없습니다."

그러자 율사는 예수께 이렇게 말씀드렸다. "훌륭하십니다, 선생님! 옳게 말씀하셨으니, 과연 주님은 한 분이시고 그밖에 다른 주님은 없습니다. 그리고 온 마음으로, 온 슬기로, 온 힘으로 그분을 사랑하는 것, 그리고 이웃을 자신처럼 사랑하는 것이 모든 번제나 친교제사보다 더 낫습니다." 예수께서는 그가 현명하게 대답하는 것을 보시고 그에게 "당신은 하느님의 나라에서 멀리 떨어져 있지 않습니다" 하고 말씀하셨다. 그리하여 어느 누구도 감히 그분께 더 이상 질문하지 못했다.(마르 12:28-34)

예수는 마르코복음 12장 28-34절에서 '사랑의 이중계명'을 선포했다. 하느님을 지극 정성으로 섬기고 이웃을 자신으로 여기라는 요구다. 물아일체物我─體의 경지를 요구했다고나 할까? 하지만 두 계명이라고 해서 첫째 계명인 하느님 사랑과 둘째 계명인 사람 사랑 사이에 하등 차이가 있다고 여겨선 곤란하다. 말하자면 사랑의 이중계명이란 별개의 두 계명이 아니라, 마치 동전의 앞뒤 면처럼 하느님 사랑이 사람 사랑이고, 사람 사랑이 곧 하느님 사랑이라는 뜻이다. 그렇다면 이를 믿음직하게 뒷받침할 만한 가르침이 복음서에 나와 있을까?

어느 의인이 종말의 날에 임금의 오른편에 서 있게 되었다고 한다. 임금은 그에게 나라를 상속하면서 "사실 너희는 내가 굶주렸을 때 먹을 것을 주었고, 내가 목말랐을 때 마시게 해주었다. 나그네 되었을 때 나를 맞아주었고 헐벗었을 때에는 내게 입혀주었다. 병들었을 때는 나를 찾아왔고 옥에 갇혔을 때도 내게로 와주었다." 그러자 의인은 자기가 언제 그런 일을 했는지 반문한다. 임금은 그때 중요한 사실을 알려준다. "진실히 너희에게 이르거니와, 너희가 이 지극히 작은 내 형제들 가운데 하나에게 해주었을 때마다 나에게 해준 것이다." 잘 알려진 최후심판의 비유이다 (마태 25:40). 이 비유에 나오는 임금이 하느님이라는 점은 분명하고, 흔히 최후심판에서 의인과 악인의 구별 기준이 담겨 있다고 해석한다. 물론 맞는 말이다. 그러나 도움을 받은 '작은 형제들'에 초점을 맞추면 다음과 같은 설명도 가능하다.

작은 형제들이 곧 하느님이다. 작은 형제들에게 한 일이 바로 하느님에게 한 일이라면 결국 그 형제가 하느님이라는 뜻이 될 수밖에 없다. 따라서 이 비유는 아무리 보잘 것 없어 보여도 그 사람이 바로 하느님이니 그를 마치 하느님 대하듯 하라는 뜻으로 볼 수 있다. '사람이 하늘이다(인내천人乃天)'라고 한 동학의 가르침이 떠오르는 대목이다. 또한 이 비유에서 '작은 형제'가 나왔다고 하여 예수가 반드시 '못난이'를 거론했다고 보아서는 곤란하다. 오히려 못난이로 대변되는 모든 인간이라고 해야 비유의 제맛이 살아날 것이다. 그렇다면 모든 인간의 범위를 어떻게 잡아야 할까?

마태오복음(5:43-48)과 루가복음(10:30-37)에서 그에 대한 적절한 대답이 발견된다. 우리는 사랑의 대상을 이웃을 넘어 원수에게까지 넓혀야 '사랑의 계명'의 정수를 맛볼 수 있다. 그래서 돈을 떼어먹고 달아나 어머니를 화병으로 돌아가시게 만든 자, 아들을 유괴해 죽여 암매장한 자, 애지중지 어린 딸을 납치해 강제 성폭행한 인면수심의 인간, 핵폭탄을 터뜨리겠다는 위협으로 온 나라를 혼란에 빠뜨린 자 등등, 그런 불구대천의 원수를 사랑해야 한다는 말이다. 그렇게 해야 하는 이유를 마태오복음에서는 놀랍게도 하느님에게서 찾고 있다. '원수사랑 계명'(마태 5:43-48)의 결론으로 제시된 48절에 보면 "하늘에 계신 아버지께서 완전하신 것같이 너희도 완전한 사람이 되어라"고 나온다.

하느님이 완전하신 것처럼 우리 인간도 완전하게 되라고? 어불성설도 이만저만이 아니다. 우주의 창조주이신 무한한 하느님과 불과 100년도 못 사는 유한한 인간이 어떻게 완전함을 공유할 수 있겠는가? 기가 딱 질리는 말씀이다. 이쯤에서 우리는 가장 심각한 질문을 던져야 한다. 과연 사랑만 실천하면 사람이 하느님의 완전함을 실제로 나누어 가질 수 있을까?

"'네 이웃을 사랑하고 원수를 미워하여라' 하신 말씀을 너희는 들었다. 그러나 나는 이렇게 말한다. 원수를 사랑하고 너희를 박해하는 사람들을 위하여 기도하여라. 그래야만 너희는 하늘에 계신 아버지의 아들이 될 것이다. 아버지께서는 악한 사람에게나 선한 사람에게나 똑같이 햇빛을 주시고 옳은 사람에게나 옳지 못한 사람에게나 똑같이 비를 내려주신다. 너희가 자기를 사랑하는 사람들만 사랑한다면 무슨 상을 받겠느냐? 세리들도 그만큼은 하지 않느냐? 또 너희가 자기 형제들에게만 인사를 한다면 남보다 나을 것이 무엇이냐? 이방인들도 그만큼은 하지 않느냐? 하늘에 계신 아버지께서 완전하신 것같이 너희도 완전한 사람이 되어라."(마태 5:43-48)

예수께서는 이렇게 말씀하셨다. "어떤 사람이 예루살렘에서 예리고로 내려가다가 강도들을 만났다. 강도들은 그 사람이 가진 것을 모조리 빼앗고 마구 두들겨서 반쯤 죽여놓고 갔다. 마침 한 사제가 바로 그 길로 내려가다가 그 사람을 보고는 피해서 지나가 버렸다. 또 레위 사람도 거기까지 왔다가 그 사람을 보고 피해서 지나가 버렸다. 그런데 길을 가던 어떤 사마리아 사람은 그의 옆을 지나다가 그를 보고는 가엾은 마음이 들어 가까이 가서 상처에 기름과 포도주를 붓고 싸매어 주고는 자기 나귀에 태워 여관으로 데려가서 간호해 주었다. 다음날 자기 주머니에서 돈 두 데나리온을 꺼내어 여관 주인에게 주면서 '저 사람을 잘 돌보아 주시오. 비용이 더 들면 돌아오는 길에 갚아드리겠소' 하며 부탁하고 떠났다. 자, 그러면 이 세 사람 중에서 강도를 만난 사람의 이웃이 되어준 사람은 누구였다고 생각하느냐?" 율법교사가 "그 사람에게 사랑을 베푼 사람입니다" 하고 대답하자 예수께서는 "너도 가서 그렇게 하여라" 하고 말씀하셨다.(루가 10:30-37)

실존적 깨달음

우리는 앞에서 예수가 선포한 사랑의 계명을 추적하면서 놀라운 질문이 내포되어 있음을 확인했다. 세상을 살다 보면 아무리 마음을 풀어놓고 고민하고 연구해도 도저히 용서할 수 없는 인간이 있게 마련이다. 전세계 가톨릭교회에서 강력하게 주장해도 법적 차원에서 사형제도 폐지가 이루어지지 않는 이유다. 반드시 죽어야 할 인간이 있는 것이다. 예수도 그 같은 세상사의 맥락을 읽어냈던지 인간에게 하느님의 완전함을 요구한다. 그리고 사랑을 통해 하느님의 완전함을 나누어 받는 게 가능하다고 설명한다. 논리적으로 그런 일이 가능할까?

뜻밖에도 요한계 문헌에서는 그런 일이 가능하다고 말한다. 사랑을 통하여 인간은 하느님과 하나가 될 수 있다는 뜻이다. 하느님은 외아들인 예수를 세상에 보내어 죽게 함으로써 당신의 사랑을 적극적으로 계시한 바 있다. 잘 알려진 요한복음 3장 16절의 말씀이다. "하느님은 이 세상을 극진히 사랑하셔서 외아들을 보내주시어 그를 믿는 사람은 누구든지 멸망하지 않고 영원한 생명을 얻게 하여주셨다." 따라서 예수를 보냄으로써 하느님이 우리에게 먼저 보여준 그 극진한 사랑을 우리가 알고 믿으면 그분의 사랑이 우리 안에 자리 잡고, 우리는 동질의 사랑을 공동체 내로 실천할 수 있다(이웃 사랑). 이처럼 우리가 하느님의 사랑을 실천하면 결국 사랑의 원인 제공자인 하느님에게로 향하는 꼴이 되어 그분과 하나를 이룰 수 있는 것이다(상호내재相互內在, 1요한 4:7-21 참조).

요한복음 15장 1-17절에도 사랑을 통하여 인간이 하느님의 존재방식에 참여할 수 있다는 사상이 들어 있다. 예수는 사랑의 계명을 가르쳐주

161

면서 제자들을 향해 다음과 같이 말씀하신다. "나는 여러분을 더 이상 종으로 부르지 않겠습니다. 사실 종은 주인이 하는 일을 모르기 때문입니다. 나는 여러분을 벗이라 불렀습니다. 내가 내 아버지에게 들은 것은 여러분에게 모두 알려주었기 때문입니다."(15절) 예수가 알려준 사랑은 하느님의 사랑이니 그 사랑의 계명을 지키면 인간도 하느님의 존재방식에 참여할 수 있다는 뜻이다(요한 17:20-26). 종이 아니라 벗으로 부르겠다는 말이 그런 사고방식을 잘 내포하고 있다.

이제까지 사랑의 계명을 연결고리 삼아 성서 말씀들을 섭렵해보았다. 앞의 분석에서 우리는 중요한 사실들을 발견할 수 있다. '사랑의 계명'에는 언제나 하느님과 인간의 관계가 전제된다는 점이다. 전승과정에서 가감승제 되었을 법한 편집요소들을 십분 감안하더라도 예수가 가르쳐준 '사랑의 계명' 안에 어떤 모습으로든 하느님과 인간의 관계가 전제되어 있다는 결론을 내릴 수 있다. 그렇다면 예수는 '사랑의 계명'을 통해 과연 무슨 말을 하고 싶었던 것일까?

예수는 우리에게 하느님의 품성을 나누어 받는 존재로서 스스로의 놀라운 가치를 깨달아야 하며, 나아가 타인의 눈 속에서 하느님을 발견

"나는 이 사람들만을 위하여 간구하는 것이 아니라 이 사람들의 말을 듣고 나를 믿는 사람들을 위하여 간구합니다. 아버지, 이 사람들이 모두 하나가 되게 하여주십시오. 아버지께서 내 안에 계시고 내가 아버지 안에 있는 것과 같이 이 사람들도 우리들 안에 있게 하여주십시오. 그러면 아버지께서 나를 보내셨다는 것을 세상이 믿게 될 것입니다.

아버지께서 내게 주신 영광을 나도 그들에게 주었습니다. 그것은 아버지와 내가 하나인 것처럼 이 사람들도 하나가 되게 하려는 것입니다. 내가 이 사람들 안에 있고 아버지께서 내 안에 계신 것은 이 사람들을 완전히 하나가 되게 하려는 것입니다. 이것은 세상으로 하여금 아버지께서 나를 보내셨다는 것을 알게 하려는 것이며 또 아버지께서 나를 사랑하신 것처럼 이 사람들도 사랑하셨다는 것을 알게 하려는 것입니다.

아버지, 아버지께서 나에게 맡기신 사람들을 내가 있는 곳에 함께 있게 하여주시고 아버지께서 천지 창조 이전부터 나를 사랑하셔서 나에게 주신 그 영광을 그들도 볼 수 있게 하여주십시오.

의로우신 아버지, 세상은 아버지를 모르지만 나는 아버지를 알고 있습니다. 그리고 이 사람들도 아버지께서 나를 보내셨다는 것을 깨달았습니다.

나는 이 사람들에게 아버지를 알게 하였으며 앞으로도 그렇게 하겠습니다. 그것은 아버지께서 나를 사랑하신 그 사랑이 그들 안에 있고 나도 그들 안에 있게 하려는 것입니다."(요한 17:20-26)

하라고 가르친다. 즉, 사람을 하느님으로 대하라는 것이다. 사랑은 그 모든 일을 가능케 해준다. 그처럼 예수가 역설한 사랑의 계명은 윤리적인 실천 요구를 넘어서는 실존적 깨우침이다.

그중 최고는 사랑이다

우리가 실행해야 할 사랑을 하느님의 사랑으로 정의한 본문이 복음서에서만 발견되는 것은 아니다. 1세기 교회의 위대한 전도사 바울로의 편지에도 사랑에 대한 심오한 고찰이 발견된다.

> 8사랑은 끝나지 않습니다. 예언도 사라지고, 영언靈言도 멈추고, 지식도 사라질 것입니다. 9왜냐하면 우리는 단편적으로 알고, 단편적으로 예언하기 때문입니다. 10그러나 완전함이 오면, 단편적인 것은 사라질 것입니다. 11내가 어렸을 때는 어린이의 말을 하고, 어린이의 생각을 하고, 어린이의 판단을 했습니다. 그러나 어른이 되어서는 어린이의 것을 버렸습니다. 12우리가 지금은 거울을 통해 불확실하게 보지만, 그때가 되면 얼굴과 얼굴을 맞대고 보게 됩니다. 지금은 우리가 단편적으로 알지만, 그때가 되면 마치 (하느님이 우리를) 아시는 것처럼 우리도 (완전히) 알게 될 것입니다. 13그러므로 믿음, 소망, 사랑, 이 셋은 남습니다. 이들 중에 사랑이 가장 큽니다.(1고린 13:8-13)

바울로는 우선 8절에서 사랑이 갖는 무한성에 비해 예언, 영언, 지식의 은사는 유한하다는 사실을 지적한다. 이는 논리적으로 충분히 가능한 말인데, 세 가지 은사의 속성을 꼼꼼하게 따져보면 된다. 예언은 하느님의 말씀을 받아 전하는 것이고(1고린 14:22), 영언靈言(개신교의 방언)은 천상의 언어를 구사하는 것이며(13:1, 14:2), 지식은 하느님에 관한 비밀을 아는 것이다(13:2). 하지만 종말이 들이닥쳐 하느님의 직접 통치가 시작되면, 천상의 언어도 더 이상 천상의 언어가 아니며, 하느님의 비밀도 더 이상 비밀이 아니고, 하느님께서 직접 말씀하실 테니 예언도 필요 없어지게 된다. 즉, 세 가지 은사는 장차 종말이 오면 사라지고 말리라는 뜻이다.

세 가지 은사와 사랑 사이에 현격한 차이, 곧 유한성과 무한성의 차이를 밝히기 위해 바울로는 세 가지 논리를 편다. 그 첫 번째 것인 9-10절에서는 헬라 철학에서 흔히 통용되던 용어들을 사용한다. "단편적으로"라고 번역한 헬라어 '엑 메루스'는 '완전함'이라고 번역한 '토 텔레이온'과 대비되는 개념이다. 지식과 예언의 은사에는 나름대로 긍정적인 측면이 있어, 하느님에 대해 (혹은 그분의 신비에 대해) 단편적으로 알려줄 수 있다. 그러나 그렇게 알려준 정보는 대단히 취약해 일시적인 데 머무르고 만다. 하지만 종말이 와 하느님이 자신의 완전함을 드러내면, 그분에 대한 단편적인 앎은 사라지게 된다. 여기서 우리는 중요한 사실 한 가지에 주목해야 한다. '단편적인 앎'과 '완전한 앎' 사이에는 단절이 놓여 있다는 사실이다. 즉, 양자 사이에는 질적 차이가 놓여 있어 인간의 어떤 가늠자도 통하지 않는다는 말이다. 마치 태양이 떠오르면 일시에 세상이 어둠을 벗고 제 모습을 드러내듯이, 종말은 완전히 다른 차원을 갖는다. 그처럼 바울로가 제시한 종말은 발전개념發展槪念이 아니라, 대조개념對照槪念으로 이해해야 한다(로마 8:18, 1고린 2:6, 14:20, 에페 4:13-14 참조).

11절에서 바울로는 어린이와 어른을 대비시킨다. 어린이는 그 수준에 맞는 말과 생각과 판단을 한다. 종말은 시간적으로 볼 때 현재의 점진적

형제 여러분, 나는 여러분에게 영적인 사람을 대할 때와 같이 말할 수가 없어서 육적인 사람, 곧 교인으로서는 어린 아이를 대하듯이 말할 수밖에 없었습니다. 나는 여러분에게 단단한 음식은 먹이지 않고 젖을 먹였습니다. 여러분은 그 때 단단한 음식을 먹을 수가 없었던 것입니다. 사실은 아직도 그것을 소화할 힘이 없습니다. 여러분은 지금도 육적인 생활을 하고 있기 때문입니다. 여러분이 서로 시기하고 다투고 있으니 여러분은 아직도 육적인 사람들이고 세속적인 인간의 생활을 하고 있는 것이 아니고 무엇이겠습니까? 여러분이 세속적인 인간이 아니고서야 어떻게 "나는 바울로파다" 하거나 "나는 아폴로파다" 하거나 할 수 있겠습니까? 도대체 아폴로는 무엇이고 바울로는 무엇입니까? 아폴로나 나나 다 같이 여러분을 믿음으로 인도한 일꾼에 불과하며 주님께서 우리에게 각각 맡겨주신 일을 했을 따름입니다.

나는 씨를 심었고 아폴로는 물을 주었습니다. 그러나 그것을 자라게 하신 분은 하느님이십니다. 심는 사람이나 물을 주는 사람은 중요할 것이 없고 자라게 하시는 하느님만이 중요하십니다. 심는 사람과 물주는 사람은 동등한 사람이고 각기 수고한 만큼 삯을 받을 따름입니다. 우리는 하느님을 위해서 함께 일하는 일꾼들이고 여러분은 하느님의 밭이며 하느님의 건물입니다. 나는 하느님께서 주신 은총으로 능숙한 건축가가 되어 기초를 놓았고 다른 사람은 그 위에 집을 짓고 있습니다. 그러나 집을 짓는 방법에 대해서는 각자가 신중히 생각해야 합니다.

인 성장이 아니라 현재와의 엄연한 단절이다(대조개념). 어른이 되어서도 여전히 어린이의 행동양태를 지니고 있다면, 몸은 아무리 커졌더라도 어른으로 볼 수 없다(사실 그런 어른이 얼마나 많은가!). 실제로 바울로는 고린토 교인들을 종종 어린이 취급을 한다(1고린 3:1-14, 20). 어른이 되면 어른다워져야 하는 법이다. 그처럼 눈앞에 보이는 일시적인 은사에 매달리면 종말이 갖는 전혀 새로운 차원(완전함)을 절대로 감지할 수 없다. 종말론적인 가치인 사랑은 바로 어른다움의 적극적인 표현이다.

12절에서 우리는 사랑의 무한성에 관한 바울로의 세 번째 논리를 만난다. 12절을 보면 대비 개념들이 마치 거미줄처럼 정교하게 짜여 있어 대단히 함축적인 사상을 내포한다는 느낌을 받게 된다. 12절은 8-13절 중에서 가장 난해한 곳

이미 예수 그리스도라는 기초가 놓여 있으니 아무도 다른 기초는 놓을 수가 없습니다. 이 기초 위에다가 어떤 사람은 금으로, 어떤 사람은 은으로, 어떤 사람은 보석으로, 어떤 사람은 나무로, 어떤 사람은 마른 풀로, 어떤 사람은 짚으로 집을 짓는다고 합시다. 이제 심판의 날이 오면 모든 것이 드러나서 각자가 한 일이 명백하게 될 것입니다. 심판의 날은 불을 몰고 오겠고 그 불은 각자의 업적을 시험하여 그 진가를 가려줄 것입니다. 만일 그 기초 위에 세운 집이 그 불을 견디어내면 그 집을 지은 사람은 상을 받고(1고린 3:1-14)

또 "주님께서는 지혜롭다는 자들의 생각이 헛되다는 것을 아신다"고도 기록되어 있습니다.(1고린 3:20)

인데, 바로 인식認識의 문제를 다루고 있기 때문이다. 위에서 보았듯이, 바울로는 12ⓛ절에서 비록 지금은 우리가 은사를 통해 그저 알고 있지만, 그때가 되면 마치 하느님께서 우리를 아시는 것처럼, 우리도 완전하게 알게 되리라는 사실을 설명한다. 12ⓖ절이 여러 가지 이미지(거울, 수수께끼, 얼굴과 얼굴)를 동원해 하느님의 인식을 은유적으로 설명한 것이라면, 12ⓛ절에서는 그것을 사실적으로 설명한다. 인간의 기본적인 인식수단에는 오감五感이 있고, 경우에 따라 육감이 사용되기도 한다. 그러나 이런 수단으로는 현재("지금")의 '불완전한 인식', 그 이상을 기대하기 어렵다. 그러나 종말("그때")이 오면 인간은 하느님의 완전한 인식을 얻게 될 것이다.

지식과 예언의 은사를 통한 인식은 거울에 비쳐보는 것과 같아 유한성을 가진 인간의 능력 범위에서 아는 데 그칠 뿐이다. 그러나 하느님의 종말이 오면 상황이 전혀 달라져 우리 역시 하느님의 인식을 소유하게 될 텐데, 이는 전적으로 하느님의 무한한 은혜라고밖에 달리 설명할 길이 없다. 하느님의 무한한 은혜, 그것을 두고 바울로는 '사랑'이라고 부른다. 12절에서 바울로는 마침내 '하느님의 인식'이라는 최고의 논리에 도달하게 된 것이다.

9-12절에서 사랑의 무한성을 논리적으로 추구해간 바울로는 이제 8-12절의 결론이자 '사랑장章(고린토 전서 13장)'의 전체 결론으로 13절을 제시한다. 믿음, 소망, 사랑은 일시적인 유한성을 가진 은사들과는 달리 무한성을 가진다. 믿음은 구원의 방편이자 하느님과 인간의 관계를 보여주는 표시이고(로마 3:21-31, 14:1-3), 소망은 보이지 않는 것을 지향하는 미래적인 관점을 내포한다(로마 8:21-25, 2고린 4:18). 그리고 사랑은 이제까지 설명했듯이 무한성을 내포한다. 그렇다면 왜 사랑이 셋 중에서 유독 뛰어날까?

그러나 이제는 하느님께서 인간을 당신과 올바른 관계에 놓아주시는 길이 드러났습니다. 그것은 율법과는 아무 관계가 없습니다. 율법서와 예언서가 바로 이 사실을 증명해 줍니다. 하느님께서는 믿는 사람이면 누구나 아무런 차별도 없이 당신과 올바른 관계에 놓아주십니다. 그것은 예수 그리스도를 믿음으로써 이루어지는 것입니다. 모든 사람이 죄를 지었기 때문에 하느님이 주셨던 본래의 영광스러운 모습을 잃어버렸습니다.

하느님께서는 그리스도 예수를 통해서 모든 사람을 죄에서 풀어주시고 당신과 올바른 관계를 가질 수 있는 은총을 거저 베풀어주셨습니다. 그리스도를 믿는 사람에게는 죄를 용서해 주시려고 하느님께서 그리스도를 제물로 내어주셔서 피를 흘리게 하셨습니다. 이리하여 하느님께서 당신의 정의를 나타내셨습니다. 과거에는 하느님이 인간의 죄를 참고 눈감아주심으로 당신의 정의를 나타내셨고 오늘날에 와서는 죄를 물으심으로써 당신의 정의를 나타내셨습니다. 이렇게 해서 하느님께서는 당신이 올바르시다는 것과 예수를 믿는 사람이면 누구든지 당신과 올바른 관계에 놓아주신다는 것을 보여주십니다.

그러니 우리가 내세울 만한 것이 무엇입니까? 아무것도 없습니다. 우리가 어떻게 해서 하느님과 올바른 관계를 되찾게 되었습니까? 율법을 잘 지켜서 그렇게 된 것입니까? 아닙니다. 그것은 믿음을 통해서 이루어진 것입니다. 사람은 율법을 지키는 것과는 관계없이 믿음을 통해서 하느님과 올바른 관계를 맺는다고 우리는 확신합니다. 하느님은 유다인만의 하느님이신 줄 압니까? 이방인의 하느님이시기도 하지 않습니까? 과연 이방인의 하느님도 되십니다. 하느님은 오직 한 분뿐이셔서 할례를 받은 사람이나 받지 않은 사람이나 다 같이 그들의 믿음을 통해서 당신과

사랑은 본디 하느님에게서 나온 것이기에 가장 위대하다. 믿음은 미래의 현재적인 반영이고 소망은 미래를 현재에 인정하는 것이기는 하지만, 그 방향성은 인간으로부터 하느님에게로 잡혀 있다(인간 ⇨ 하느님). 그러나 원래 하느님의 속성인 사랑은 인간에게 베풀어지는 것으로 정반대의 방향성을 갖는다(하느님 ⇨ 인간). 사랑의 출발점이 하느님이라는 사실을 십분 감안할 때, 사랑은 당연히 다른 어느 덕목들보다 위대할 수밖에 없는 것이다.

올바른 관계를 갖게 해주십니다. 그러면 우리가 믿음을 내세운다고 해서 율법을 무시하는 줄 아십니까? 절대로 그렇지 않습니다. 오히려 율법을 존중합니다.(로마 3:21-31)

믿음이 약한 사람이 있거든 그의 잘못을 나무라지 말고 반가이 맞으십시오. 어떤 사람은 믿음이 있어서 무엇이든지 먹지만 믿음이 약한 사람은 채소밖에는 먹지 않습니다. 아무것이나 먹는 사람은 가려서 먹는 사람을 업신여기지 말고 가려서 먹는 사람은 아무것이나 먹는 사람을 비난하지 마십시오. 하느님께서는 그 사람도 받아들이셨습니다.(로마 14:1-3)

곧 피조물에게도 멸망의 사슬에서 풀려나서 하느님의 자녀들이 누리는 영광스러운 자유에 참여할 날이 올 것입니다. 우리는 모든 피조물이 오늘날까지 다 함께 신음하며 진통을 겪고 있다는 것을 알고 있습니다. 피조물만이 아니라 성령을 하느님의 첫 선물로 받은 우리 자신도 하느님의 자녀가 되는 날과 우리의 몸이 해방될 날을 고대하면서 속으

로 신음하고 있습니다. 우리는 이 희망으로 구원을 받았습니다. 눈에 보이는 것을 바라는 것은 희망이 아닙니다. 눈에 보이는 것을 누가 바라겠습니까? 우리는 보이지 않는 것을 바라기에 참고 기다릴 따름입니다. (로마 8:21-25)

우리는 보이는 것에 눈길을 돌리지 않고 보이지 않는 것에 눈길을 돌립니다. 보이는 것은 잠시뿐이지만 보이지 않는 것은 영원하기 때문입니다.(2고린 4:18)

바울로에 따르면 사랑은 종말론적 가치이다. 완전함, 즉 하느님의 종말이 오면 현재의 일시적이고 단편적인 앎만 전해주는 은사들은 사라지고 말 것이다. 더 이상 어린이가 아니고, 더 이상 거울을 통해 보는 일도 없을 것이다. 바로 하느님의 인식을 우리도 소유할 것이기 때문이다. 그 모든 일을 가능하게 만드는 것은 역시 사랑이다.

사람이 하느님

사랑의 가르침은 신약성서에서 광범위하게 발견된다. 아니 사랑이라는 낱말이 등장하는 구절을 일일이 꼽는 일마저 번거로울 지경이다. 사랑을 율법의 완성으로 본 바울로(로마 13:8-10), 예수의 으뜸가는 가르침으로 사랑의 계명이 꼽힌 마르코복음(12:28-34), 원수사랑을 부르짖은 마태오(5:43-48), 이웃사랑이 무엇인지 정확하게 밝힌 루가(10:25-37), 사랑을 '새 계명'으로 본 요한(13:31-35)……. 만일 사랑의 계명이 그 자체로 단순할 것이라고 생각했던 독자가 있었다면 아마 상당히 당황했으리라. 신약성서의 작가들이 사랑을 정확히 정의하느라 제각각 심혈을 기울이는 모습을 발견했을 테니 말이다.

복음서에 나오는 예수의 사랑과 바울로의 사상을 훑어본 결과 둘 사이에 기막힌 공통점이 있음을 발견할 수 있었다. 바로 사랑을 하느님 인식의 결정적 조건으로 간주한 것이다. 거기서 바울로는 사랑을 우주를 이끌어나가는 힘, 즉 하느님이 우주에 부여한 질서로 정의한다. 구약시대 이전부터 인간은 하느님의 창조질서를 어기고 타락을 경험했으며, 그 상황은 예수 그리스도가 등장하기 이전까지 지속되었다. 비록 모세를 통해 율법이 주어졌다고는 하지만 인간은 그 율법마저 무력한 것으로 만들고 말았다. 이제 하느님은 자신의 사랑을 보여주는 결정적인 사건이자 어느 것으로도 대체될 수 없는 유일무이한 계시로 예수를 세상에 보냈다. 바울로의 편지에서 사랑(아가페)이라는 낱말이 사용될 때면 으레 하느님의 사랑이 그 전제가 되고, 예수의 등장은 하느님의 사랑이 결정적으로 증명된 사건으로 간주된다 (로마 5:5, 8:8, 35, 39). 바울로에 따르면 사랑은 하느님의 우주통치 방식을 가늠하는 잣대다.[24]

남에게 해야 할 의무를 다하십시오. 그러나 아무리 해도 다할 수 없는 의무가 한 가지 있습니다. 그것은 사랑의 의무입니다. 남을 사랑하는 사람은 이미 율법을 완성했습니다. "간음하지 마라, 살인하지 마라, 도둑질하지 마라, 탐내지 마라" 한 계명이 있고 또 그 밖에도 다른 계명이 많이 있지만 그 모든 계명은 "네 이웃을 네 몸같이 사랑하여라" 한 이 한마디로 요약될 수 있습니다. 이웃을 사랑하는 사람은 이웃에게 해로운 일을 하지 않습니다. 그러므로 사랑한다는 것은 율법을 완성하는 일입니다.(로마 13:8-10)

율법학자 한 사람이 와서 그들이 토론하는 것을 듣고 있다가 예수께서 대답을 잘하시는 것을 보고 "모든 계명 중에 어느 것이 첫째 가는 계명입니까?" 하고 물었다. 예수께서는 이렇게 대답하셨다. "첫째 가는 계명은 이것이다. '이스라엘아, 들어라. 우리 하느님은 유일한 주님이시다. 네 마음을 다하고 목숨을 다하고 생각을 다하고 힘을 다하여 주님이신 너의 하느님을 사랑하여라.' 또 둘째 가는 계명은 '네 이웃을 네 몸같이 사랑하여라' 한 것이다. 이 두 계명보다 더 큰 계명은 없다."
이 말씀을 듣고 율법학자는 "그렇습니다, 선생님. '하느님은 한 분이시며 그 밖에 다른 이가 없다' 하신 말씀은 과연 옳습니다. 또 '마음을 다하고 지혜를 다하고 힘을 다하여 하느님을 사랑하는 것'과 '이웃을 제 몸같이 사랑하는 것'이 모든 번제물과 희생제물을 바치는 것보다 훨씬 더 낫습니다" 하고 대답하였다. 예수께서는 그가 슬기롭게 대답하는 것을 보시고 "너는 하느님 나라에 가까이 와 있다" 하고 말씀하셨다. 그런 일이 있은 뒤에는 감히 예수께 질문하는 사람이 없었다.(마르 12:28-34).

유다가 나간 뒤에 예수께서 이렇게 말씀하셨다. "이제 사람의 아들이 영광을 받게 되었고 또 사람의 아들로 말미암아 하느님께서도 영광을 받으시게 되었다. 하느님께서 사람의 아들로 말미암아 영광을 받으신다면 하느님께서도 몸소 사람의 아들에게 영광을 주실 것이다. 아니, 이제 곧 주실 것이다. 나의 사랑하는 제자들아, 내가 너희와 같이 있는 것도 이제 잠시뿐이다. 내가 가면 너희는 나를 찾아다닐 것이다. 일찍이 유다인들에게 말한 대로 이제 너희에게도 말하거니와 내가 가는 곳에 너희는 올 수 없다.
나는 너희에게 새 계명을 주겠다. 서로 사랑하여라. 내가 너희를 사랑한 것처럼 너희도 서로 사랑하여라. 너희가 서로 사랑하면 세상 사람들이 그것을 보고 너희가 내 제자라는 것을 알게 될 것이다."(요한 13:31-35)

이 희망은 우리를 실망시키지 않습니다. 우리가 받은 성령께서 우리의 마음속에 하느님의 사랑을 부어주셨기 때문입니다. 육체를 따라 사는 사람들은 하느님을 기쁘게 해드릴 수가 없습니다.
누가 감히 우리를 그리스도의 사랑에서 떼어놓을 수 있겠습니까? 환난입니까? 역경입니까? 박해입니까? 굶주림입니까? 헐벗음입니까? 혹 위험이나 칼입니까? 높음도 깊음도 그 밖의 어떤 피조물도 우리 주 그리스도 예수를 통하여 나타날 하느님의 사랑에서 우리를 떼어놓을 수 없습니다.(로마 5:5, 8:8, 35, 39)

예수는 한 걸음 더 나아가 사랑이 인간 실존의 결정적 조건이자, 사랑을 통해 하느님의 존재 방식을 인간이 나누어 가질 수 있다고 가르쳤다. 말하자면, 그리스도인에게 사랑이 없다면 비록 숨은 쉴지 몰라도 벌써 죽은 목숨이라는 것이다.

사람이 하느님이다! 그랬기에 예수는 사람을 대할 때 마치 하느님 대하듯 할 것, 곧 사람 사랑이 하느님 사랑이라는 점을 밝혀놓았다. 사실 예수가 하느님을 설명하는 방식은 독특하다. 당시의 유대교는 성전제사와 행위를 강조하는 율법을 통해 하느님을 만날 수 있다고 가르쳤다. 그러나 예수는 하느님을 알기 원하는 이들에게 오히려 그들 안에 숨어 있는 참 가치를 알려주었다. 작은 형제가 하느님이며, 원수가 하느님이며, 하느님을 알기 원하는 자 스스로가 하느님인 것이다.

신 중심의 종교에서 인간 중심의 종교로 바뀌는 위대한 순간이었다.

* * *

나의 전공은 비록 성서학이지만 몇 년 전부터 성공회 장애인센터 '함께 사는 세상'의 원장 직을 맡고 있다. 3년 전에 주교에게 장애인센터의 기관장으로 발령 받았는데 사실 평생 성서학만 공부했던 내겐 심각한 도전이었다. 우리나라는 사회보장제도가 잘 발달한 서구와 달리 아직 전체 국민의 장애인 인식이 그리 발전하지 않은 상태이다. 스스로 세계 10위권의 경제대국임을 자랑하는 나라치곤 무척 아쉬운 부분이다.

상황이 상황인지라 센터를 유지하고 비전을 제안하고 실현하는 일이 여간 어려운 게 아니다. 그래서 가끔씩 이율배반적인 느낌이 들곤 한다.

이제까지 인생을 감안하면 분초를 아껴 성서공부에 전념해 마땅한데 최근엔 온통 센터를 효율적으로 이끌어나가는 방법과 재정적인 문제를 해결하는 걱정만 하고 있기 때문이다.

요즘 들어 가끔씩 머리에 떠오르는 질문이 있다. '이게 과연 참다운 나인가?' 과거의 나는 적어도 순수했다. 불쌍한 이웃을 보면 도와주고 싶었고 가련한 사람을 위해 눈물을 흘렸다. 온 나라가 독재의 철권 아래 신음했던 시절엔 끓는 피를 주체하지 못할 지경이었다. 그런데 언젠가부터 일상 자체가 비겁해지기 시작하더니 이제는 처참할 정도로 이기적인 인간이 되고 말았다. 이게 과연 참다운 나인가? 힌두교 신자가 아니더라도 진아眞俄에 대한 고민이 절로 떠오르는 지경이다. 아니면 생각 없이 살아온 삶에 대한 인과응보因果應報인가?[25] 그러다가 구원의 목소리가 들리기 시작했다. 바로 센터의 장애인 친구들에게서였다.

'함께 사는 세상'에는 정신지체 3급 장애인, 보통 경계급 장애인이라고 부르는 이들의 보호 작업장과 두 개의 그룹 홈과 24시간 보호시설이 있다. 이 사람들은 비록 자신의 처지를 정확하게 표현하지 못하지만 그 눈빛을 보면 다음과 같은 말을 하고 있음을 알 수 있다. 어떤 일이 있어도 작업장에 나올 테니까 제발 센터 문을 닫지 말아 달라고, 정식 직원으로 채용해 능력 없고 병든 부모님의 건강보험까지 책임져 달라고, 형제자매들까지 모두 자기를 버려 오갈 데 없는 신세인데 죽을 때까지 잘 보살펴 달라고, 그리고 지금 내 코를 때려 피를 흘리는 것은 내게 관심을 가져달라는 뜻이라고. 이 사람들 모두 절실하게 도움을 바라고 있는 것이다.

예수는 일찍이 "달라는 사람에게 주고 꾸려는 사람의 청을 물리치지

마라"(마태 5:42, 46-48)고 말씀하신 바 있다. 그
들이 바로 하느님이기 때문이다. 하느님은 나에
게 장애인 50명을 맡기면서 이 사람들을 잘 보
살펴주라고 청하신다. 성서학자로만 남아 있다
면 결코 가질 수 없는 기회를 나는 얻었다.

"달라는 사람에게 주고 꾸려는 사람의
청을 물리치지 마라."(마태 5:42)

"너희가 자기를 사랑하는 사람들만 사랑
한다면 무슨 상을 받겠느냐? 세리들도 그
만큼은 하지 않느냐?
또 너희가 자기 형제들에게만 인사를 한
다면 남보다 나을 것이 무엇이냐? 이방인
들도 그만큼은 하지 않느냐?
하늘에 계신 아버지께서 완전하신 것같
이 너희도 완전한 사람이 되어라."(마태
5:46-48)

넘치는 매력의 사나이
_지도자 예수

　역사의 예수는 2천 년 전 이스라엘에 등장해 하느님 나라를 선포했다. 또한 예수의 선포에 강력한 영향을 받은 이들은 무리를 지어 3년 동안 온 이스라엘을 돌며 예수와 삶을 같이했다. 하지만 예수의 일생은 비극으로 마무리 되어 정작 십자가에 달려 처형될 때는 측근이었던 제자들마저 줄행랑을 놓았다. 참으로 이상한 일이 아닐 수 없다. 과장된 숫자이기는 하지만 (여자와 어린이 빼고) 5천 명 사람들의 성원을 받았던 분이(마르 6:44), 또한 72제자단이라는 방대한 조직을 운영했던 분이(루가 10:1), 그리고 어디든지 따라다녔던 측근의 열두 제자까지 두었던 분이(마르 3:13-14) 힘 한번 제대로 못 써보고 그리 처참하게 무너질 수 있었는가 말이다. 몇 년 전 우리나라에서 예수를 최고로 성공한 경영자로 부각시킨 『*JESUS CEO*』라는 책이 번역되었는데 예수의 행적을 살펴보면 전혀 가당치 않은 제목이다. 오히려 최악의 실패한 경영자라 함이 옳을 것이다.

　2012년 말에 우리는 대통령을 선출했다. 그 당시 후보자들 사이에 치열한 접전이 있었고 선거 막바지에 다다를 쯤엔 후보자들의 창자까지 다 드러나는 모습을 보았다. 치를 떨면서 '도대체 언제까지 우리가 이런 식으로 대통령을 선출해야 하나'라는 자괴감마저 들었다. 하지만 그도 잠시, 지금은 언제 그랬냐는 듯이 새로운 기대가 만발하고 있다. 과연 이번 대통령은 멋진 지도자 역할을 수행할 수 있을까? 그렇다면 요즘 기준으로 지도자 예수를 평가할 때 과연 몇 점이나 줄 수 있을까? 잠시 망설여진다.

예수의 의사결정 방식은 민주적 절차와 거리가 멀다. 추종자들의 구구절절한 사정은 거들떠보지 않았고, 오직 하느님 나라를 위해 희생하라는 명령 일색이며, 모두 잘 먹고 잘 살게 만들어주기는커녕 세 끼 밥도 제대로 해결해주지 못했다. 오죽했으면 '공중에 나는 새와 들에 핀 꽃을 보라'고까지 하였을까? 그런가 하면 예수가 주변 사람의 충고에 귀 기울였다는 기록은 눈 씻고 찾아도 성서에서 발견할 수 없다. 그러니 예수라고 하면, 한마디로 전혀 바람직하지 않은 지도자 상이 떠오른다. 그렇게 소통 불가능한 막무가내 지도자 예수가 3년 동안이나 공동체를 이끌어간 것을 보면 참으로 신기한 노릇이다. 더구나 부활 승천 후 오히려 이 공동체가 탄력을 받아 오늘날 세계 인구 절반이 그리스도인으로서 예수를 명실공이 최고의 스승이자 지도자로 섬기고 있으니 입이 떡 벌어질 지경이다. 도대체 무엇이 그렇게 만들었을까?

소유공동체

어느 날인가 예수는 제자들을 불러 모아놓고 누룩을 조심하라는 말씀을 했다. 그러자 제자들은 음식을 미리미리 준비하지 못한 불찰을 자책했 제자들이 호수 건너편으로 가면서 잊어버리고 빵을 가져가지 못하였다. 그런데 예수께서 "너희는 정신을 차리고 바리사이파 사람들과 사두가이 사람들의 누룩을 조심하여라" 하고 말씀하시자 제자들은 "우리가 빵을 가져오지 않았구나!" 하며 수군거렸다. (마태 16:5-7)

그러는 동안에 제자들이 예수께 "선생님, 무엇을 좀 잡수십시오" 하고 권하였다. 예수께서는 "나에게는 너희가 모르는 양식이 있다" 하고 말씀하셨다. 이 말씀을 듣고 제자들은 "누가 선생님께 잡수실 것을 갖다 드렸을까?" 하고 수군거렸다. (요한 4:31-33)

무교절 첫 날에는 과월절 양을 잡는 관습이 있었는데 그 날 제자들이 예수께 "선생님께서 드실 과월절 음식을 저희가 어디 가서 차렸으면 좋겠습니까?" 하고 물었다. 예수께서는 제자 두 사람을 보내시며 "성안에 들어가면 물동이에 물을 길어가는 사람을 만날 터이니 그를 따라가거라. 그리고 그 사람이 들어가는 집의 주인에게 '우리 선생님이 제자들과 함께 과월절 음식을 나눌 방이 어디 있느냐고 하십니다' 하고 말하여라. 그러면 그가 이미 자리가 다 마련된 큰 이층 방을 보여줄 터이니 거기에다 준비해 놓아라" 하고 말씀하셨다. 제자들이 떠나 성안으로 들어가 보니 과연 예수께서 말씀하신 대로였다. 그래서 거기에다 과월절 음식을 준비하였다. (마르 14:12-16)

는데 이는 전적으로 오해에서 비롯된 일이었다. 예수는 마치 누룩이 빵을 부풀게 하듯 바리사이의 악 영향에 나쁜 물이 들지 않게 경계하라는 뜻으로 한 말씀인데 제자들이 그만 자신들의 부주의를 탓한 것이었다. 그래도 여기에 귀한 정보 한 가지가 들어 있으니 바로 제자들에게 음식을 마련할 책임이 있었다는 사실이다(마태 16:5-7, 요한 4:31-33). 또한 성찬례의 원조 격인 '최후의 만찬'도 실은 예수가 제자들에게 장소와 음식 준비를 미리 시킨 데서 비롯되었다(마르 14:12-16). 거기에다가 비단 남성뿐 아니라 많은 여성제자들이 자신들의 재산을 팔아 예수를 따라다니며 도왔고(루가 8:1-3), 시중을 들었으며(마르 14:41), 예수의 시신에 향유를 바르기 위해 이른 아침부터 가게에서 기름을 사 무덤을 찾았다는 점도 주목할 만하다(마르 16:1).

존경하는 데오필로님. 우리들 사이에서 일어난 그 일들을 글로 엮는 데 손을 댄 사람들이 여럿 있었습니다. 그들이 쓴 것은 처음부터 직접 눈으로 보고 말씀을 전파한 사람들이 우리에게 전해 준 사실 그대로입니다. 저 역시 이 모든 일들을 처음부터 자세히 조사해 둔 바 있으므로 그것을 순서대로 정리하여 각하께 써서 보내드리는 것이 좋겠다고 생각하였습니다. (루가 8:1-3)

예수께서는 세 번째 다녀오셔서 "아직도 자고 있느냐? 아직도 쉬고 있느냐? 그만하면 넉넉하다. 자, 때가 왔다. 사람의 아들이 죄인들 손에 넘어가게 되었다." (마르 14:41)

안식일이 지나자 막달라 여자 마리아와 야고보의 어머니 마리아와 살로메는 무덤에 가서 예수의 몸에 발라드리려고 향료를 샀다. (마르 16:1)

이처럼 많은 사람들이 한꺼번에 움직이려면 당연히 돈이 필요했을 것이다. 이는 훗날 예수를 배반한 가리옷 유다가 회계를 맡았다는 사실에서 증명된다(요한 12:6). 배신자 유다의 빈자리는 예수가 부활, 승천한 후에 제비뽑기를 통해 마티아스로 채워졌다(사도 1:26). 예수를 따랐던 이들의 집단이 예루살렘에 남아 여전히 명맥을 유지했던 것이다(사도 1:12-14). 앞의 이런저런 정황을 살펴볼 때 예수는 3년 동안 일종의 생활공동체를 구성했음을 알 수 있다. 이 생활공동체의 성격을 비교적 분명하게 암시해주는 대목은 1세기 교회의 역사를 담은 사도행전에 등장한다. 사도행전은 최초의 그리스도교회의 역사서이자 신앙교과서이기도 했다. 그래서 1-2세기 지중해 권 교회에 널리 퍼져 있던 교회들은 예루살렘 모母교회, 즉 그리스도교 최초의 교회에 대한 사도행전의 묘사에서 자신들이 장차 일구어낼 교회의 모델을 발견해냈을 것이다. 사도행전엔 다음과 같은 구절이 등장한다.

> 유다는 가난한 사람들을 생각해서가 아니라 그가 도둑이어서 이런 말을 한 것이었다. 그는 돈주머니를 맡아가지고 거기 들어 있는 것을 늘 꺼내 쓰곤 하였다.(요한 12:6)
>
> 그리고 나서 제비를 뽑았더니 마티아가 뽑혀서 열한 사도와 같이 사도직을 맡게 되었다.(사도 1:26)
>
> 그 뒤 사도들은 그 올리브라고 하는 산을 떠나 안식일에 걸어도 괜찮을 거리에 있는 예루살렘으로 돌아왔다. 성안에 들어온 사도들은 자기네가 묵고 있던 이층 방으로 올라갔는데 그 일행은 베드로, 요한, 야고보, 안드레아, 필립보, 토마, 바르톨로메오, 마태오, 알패오의 아들 야고보, 혁명당원 시몬, 야고보의 아들 유다 들이었다. 그 자리에는 예수의 어머니 마리아를 비롯하여 여러 여자들과 예수의 형제들도 함께 있었다. 그들은 모두 마음을 모아 기도에만 힘썼다.(사도 1:12-14)

그들은 사도들의 가르침과 친교, 빵 나눔과 기도들에 전념하였다. 또한 모든 사람이 두려워하게 되었으니 사도들을 통해 많은 기적과 표징이 일어났던 것이다. 믿는 사람들은 모두 함께 지내며 모든 것을 공동으로 소유하고 재산과 재물을 팔아서 모든 사람에게 각자 필요한 만큼 그것을 나누어주었다. 그리고 날마다 한마음으로 성전에 열심히 모이고, 집집마다 (돌아가며) 빵을 떼고 흥겹고 순순한 마음으로 음식을 함께 들며 하느님을 찬양함으로써 온 백성에게 호감을 샀다. 주께서는 그 모임에 구원받는 사람을 날마다 늘려주셨다.(사도 2:42-47)

신도들의 무리는 한마음 한정신이 되었으며 아무도 자기 재산을 자기 것이라 하지 않고 그들은 모든 것을 공동으로 소유하였다. 사도들은 큰 능력으로 주 예수의 부활을 증언하였고, 그들 모두에게 큰 은혜가 내렸다. 사실 그들 가운데 궁한 사람은 하나도 없었다. 사실 누구든지 밭이나 집을 소유한 사람은 팔아서 매매한 값을 가져와 사도들의 발치에 놓았고, 사도들은 저마다 필요한 만큼 각자에게 나누어 주었다.(사도 4:32-35)

앞의 본문에서 눈길을 끄는 곳은 신도들의 재산을 모교회가 공동으로 소유했고, 책임자가 있어 공동체 구성원이 필요한 만큼 나누어주었으며, 이를 위해 각자의 재산을 매각하여 공동체에 바쳤다는 보도다. 말하자면 예루살렘 모교회의 살림살이는 사유재산을 매각하여 공동소유로 만드는 소유공동체였다. 그리고 소유공동체의 저변에 숨어 있는 사상은 사유재산권의 포기였다. 실로 놀라운 일이 아닐 수 없다. 공산주의 사상과 일맥상통하지 않는가?

칼 마르크스(Karl Heinrich Marx, 1818-1883)는 사회의 하부구조인 경제가 움직이면 이를 근간으로 하는 상부구조도 따라 옮아가 결국 새로운 사회체제가 등장한다는 주장을 폈고 마지막으로 달성될 모습을 공산주의로 삼았다. 하지만 아무리 이론이 좋아도 현실이 따라주지 않으면 양자 사이에 괴리가 생기는 법! 마르크스는 이렇게 생긴 괴리를 '관념론'이라 칭했고 이론이 실제로 의미를 생성하려면 반드시 실천이 있어야 한다는 주장을 폈다. 말하자면 인간이 질풍노도의 역사에 참여함으로써 자유를 얻을 때만 삶의 의미가 구축된다는 것이다. 마르크스가 인류 최초의 공산주의 사회를 사도행전에서 발견한 것도 같은 맥락에서 이해할 수 있다. 그러니 사유재산권의 포기는 인간 가치의 가장 적극적인 실천이라 하겠다.

구태여 공산주의를 거론하지 않더라도 이미 이와 비슷한 사상은 지중해 권에서 널리 발견된다. 우선 생각나는 그리스 사상가들만 보더라도, 유토피아를 제창했던 플라톤(Platon, ?B.C.428-?B.C.347)을 비롯해서 아리스토텔레스(Aristoteles, B.C.384-B.C.322), 디오게네스(Diogenes, ?B.C.412-?B.C.323), 키케로(Marcus Tullius Cicero, B.C.106-B.C.43) 등이 있고, 유대 사상가로는 알렉산드리아의 필로(Philon, B.C. 20?-A.D. 45?)가 있다. 특히, 필로는 소유공동체가 이루어진 상태를 '코이노니아Koinonia'라는 말로 묘사했다(Prob. 75-86). 그러나 뭐니 뭐니 해도 소유공동체를 땅 위에 몸소 실현한 대표적인 예는 예수 당시 이스라엘에 실제로 존재했던 에세느파의 쿰란 공동체에서 찾을 수 있을 것이다. 그들의 수도원 규칙서에 보면, "누구든 자신의 진실함을 보여주려는 자라면, 그 표시로 자신의 모든 힘과 전 재산을 하느님의 공동체로 가져와야 한다. 이로써 하느님을 아는 그의 지식이 깨끗해진다……"(1QS 1,11-13)로 되어 있다. 사도행전이 전하는 바에 따르면 그렇게도 그리던 유토피아가 예루살렘 모교회를 통하여 땅 위에 실현된 셈이다.

사유재산권의 포기

예수가 이끌었던 공동체는 이리저리 유랑하며 하느님 나라의 복음을 전하는 생활공동체였지만 경제적으로는 소유공동체를 지향했다. 이는 예수의 삶을 본받으려 했던 예루살렘 모교회의 모습을 통해서도 알 수 있고 복음서의 보도에서도 충분히 짐작할 수 있다. 예수를 따라다녔던 부인네들은 모두들 재산을 헌납하여 예수의 공동체를 도왔다고 하며(루가 8:3), 세리장 자캐오는 예수와 뜻을 같이 하여 자기 재산의 반을 가난한 사람들을 위해 기꺼이 내놓았고(루가 19:8), 어느 부자가 영원한 생명을 구하자 예수는 전 재산을 다 팔아 가난한 이들에게 나누어준 후 자신을 따르라고 한다(마르 10:21).

헤로데의 신하 쿠자의 아내인 요안나, 그리고 수산나라는 여자를 비롯하여 다른 여자들도 여럿 있었다. 그들은 자기네 재산을 바쳐 예수의 일행을 돕고 있었다.(루가 8:3)

그러나 자캐오는 일어서서 "주님, 저는 제 재산의 반을 가난한 사람들에게 나누어주렵니다. 그리고 제가 남을 속여먹은 것이 있다면 그 네 갑절은 갚아주겠습니다" 하고 말씀 드렸다.(루가 19:8)

"한 종이 두 주인을 섬길 수는 없다. 한 편을 미워하고 다른 편을 사랑하거나 또는 한 편을 존중하고 다른 편을 업신여기게 마련이다. 하느님과 재물을 함께 섬길 수는 없다."(루가 16:13)

"너희는 있는 것을 팔아 가난한 사람들에게 주어라. 해어지지 않는 돈지갑을 만들고 축나지 않는 재물 창고를 하늘에 마련하여라. 거기에는 도둑이 들거나 좀먹는 일이 없다. 너희의 재물이 있는 곳에 너희의 마음도 있다."(루가 12:33-34)

"너희 가운데 누구든지 자기 소유를 다 버리지 않는 사람은 내 제자가 될 수 없다."(루가 14:33) 예수는 자신을 따르려는 제자들에게 이 점을 분명히 했다. 사실 어떤 종도 두 주인을 함께 섬길 수 없는 이치처럼 제자들 역시 하느님과 재물을 함께 섬길 수 없으며(루가 16:13) 재물 욕심을 정버릴 수 없다면 돈주머니와 축나지 않는 보물을 하늘에 마련해두라고까지 충고한다(루가 12:33-34). 이 외에도 예수는 재물에 대해 이루 셀 수 없을 정도로 많은 말씀을 했다. 하나같이 소유공동체를 염두에 둔 말씀이다.

사도행전에서 보았듯이 예수의 이상은 교회로 전수되었고, 사유재산을 포기하는 게 권장할 만한 그리스도인의 삶으로 자리 잡게 된다. 그러나 그 시작부터 어려움에 봉착했던 것 같다. 예루살렘 모교회의 구성원 중 아나니아와 삽피라 부부는 교회에 전 재산을 헌납하겠다는 약속을 어겼다고 하는데 그들에게 주어진 벌은 거짓말을 한 현장에서 즉사하는 것이었다(사도 5:1-11). 사도행전을 신앙교과서 삼아 읽던 지중해권 교회들은 아마 이 대목에서 경악을 금치 못했을 것이다. 잘못 믿다가는 죽는 수가 있기 때문이다. 하지만 이 대목을 사도행전에 첨가한 것을 보면 당시에 그만큼 그리스도인들의 자발적인 재산 헌납이 이루어지지 않았기 때문이었으리라는 짐작도 가능하다. 아나니아와 삽피라의 예를 들어 수전노 그리스도인들에게 경각심을 불러일으키려는 목적이 있었으리라. 재산 헌납하고 목숨을 부지할래, 아니면 그깟 돈 몇 푼이 아까워 당장 숟가락 놓을래? 아나니아와 삽피라 부부의 이야기는 일종의 협박처럼 들린다.

신약성서의 가르침을 이어받아 그리스도교회는 대대로 물욕을 멀리하라고 가르쳤다. 그래서 사유재산권의 포기와 소유공동체를 기치로 내건 수도회가 가장 모범적인 그리스도인 공동체로 추앙 받았고 세속世俗 그리스도인들에게도 버금가는 금욕적인 삶을 강조했다. 그래서 사제들의 개인 소유인 '사유교회'가 횡행하자 자식에게 교회 재산을 물려주지 못하도록 사제 독

그런데 아나니아라는 사람은 그의 아내 삽피라와 함께 자기 땅을 판 다음 의논한 끝에 그 돈의 일부는 빼돌리고 나머지만 사도들 앞에 가져다 바쳤다. 그 때에 베드로가 그를 이렇게 꾸짖었다. "아나니아, 왜 사탄에게 마음을 빼앗겨 성령을 속이고 땅 판 돈의 일부를 빼돌렸소? 팔기 전에도 그 땅은 당신 것이었고 판 뒤에도 그 돈은 당신 마음대로 할 수 있었던 것이 아니오? 그런데 어쩌자고 그런 생각을 품었소? 당신은 사람을 속인 것이 아니라 하느님을 속인 것이오!" 이 말이 떨어지자 아나니아는 그 자리에 거꾸러져 숨지고 말았다. 이 말을 들은 사람마다 모두 두려워하였다.

젊은이들이 들어와 그 시체를 싸가지고 내어다 묻었다. 세 시간쯤 뒤에 그의 아내가 그 동안에 무슨 일이 일어났는지도 모르고 들어왔다. 베드로가 그 여자를 불러놓고 "당신들이 땅을 판 돈이 이게 전부란 말이오?" 하고 묻자 "예, 전부입니다" 하고 대답하였다. "어쩌자고 당신들은 서로 짜고 주의 성령을 떠보는 거요? 자, 당신의 남편을 묻고 돌아오는 사람들이 지금 막 문 밖에 왔소. 이번에는 당신을 메고 나갈 차례요." 하고 베드로가 말하였다. 그러자 그 여자도 당장 베드로의 발 앞에 거꾸러져 숨지고 말았다. 그 때 그 젊은이들이 들어와 보니 그 여자도 죽어 있었으므로 떠메고 나가 그 남편 곁에 묻었다. 온 교회는 물론이고 다른 사람들도 이 말을 듣고는 모두 몹시 두려워하였다.(사도 5:1-11)

신제가 등장했고, 떼돈을 번 자본가들은 재산을 교회에 자진 납부하도록 강요받았다. 이 조치들로 교회의 부는 점점 축적되었을지 몰라도 그리스도인 개개인에게는 '가난'이 최고의 미덕으로 자리 잡게 되었다. 이런 풍조의 전환을 가져온 것은 종교개혁자들의 등장이다.

서구 사회는 기나긴 중세 암흑기 터널을 통과하면서 르네상스 시대를 열었고 동 시대를 이끈 인물들을 두고 '인문주의자Humanist'라 부른다. 이들 인문주의자에 종교개혁자들도 포함되는데 잘 알려진 이로 루터, 츠빙글리(Huldrych Zwingli, 1484-1531), 뮌처(Thomas Münzer, ?1490-1525), 크래머(Hendrik Kraemer, 1888-1965), 그리고 종교개혁자 칼뱅(Jean Calvin, 1509-1564)이 있다. 칼뱅의 사상 중에 이른바 '예정론'으로 알려진 것이 있는데, 그 내용을 간단히 요약하면 하느님은 모든 인간의 운명을 이미 예정해두었다는 것이다. 말하자면 부자의 삶은 부자로 살게끔 디자인되어 있고 지지리도 복이 없는 가난뱅이는 애초에 그리 되도록 결정되어 있다는 뜻이다. 따라서 누군가 열심히 노력해 부자가 된다면 이는 하느님의 예정에 따른 결과일 뿐이지 전통 교리에 따라 죄인으로 지탄 받을 이유가 전혀 없는 셈이다. 엄청난 부를 축적한 서구 근대 상업자본가들이 이렇게 달콤한 가르침을 물론 놓칠 리 없었고, 막스 베버(Max Weber, 1864-1920)는 현상을 바탕으로 『프로테스탄티즘 윤리와 자본주의 정신Die protestantische Ethik und der 'Geist' des Kapitalismus』이라는 역작을 남겼다.

칼뱅은 우리나라 개신교에 가장 큰 몫을 차지하는 종파인 장로교의 창시자다. 그에 따라 예정론도 막강한 위력을 발휘해 그리스도인이 열심히 노력해 부자가 되는 일을 축복으로 여기는 경향까지 등장했다. 하지만 이는 잘못 돼도 크게 잘못된 해석이다. 예정론이란 인간이 감히 범접할 수 없는 하느님의 놀라운 섭리를 강조하려는 데 그 원래 목적이 있는데 부자들이 자기들 편한 식으로 왜곡해서 갖다 사용했기 때문이다. 만일 땅에 묻힌 칼뱅이 이 사실을 안다면 목 놓아 통곡할 것이다.

예수의 리더십

예수는 3년간의 공생활 기간 동안 생활공동체를 유지했고 공동의 살림살이를 지향했다. 와중에 필연적으로 제자들에게 정신적·물리적·경제적 희생을 강요했을 테고 이를 따르느라 제자들의 삶 역시 팍팍해졌을 터다. 이탈리아의 거장 프랑코 제페렐리(Franco Zeffirelli) 감독은 〈나자렛 예수 Jesus Of Nazareth〉(극영화, TV용, 미국, 1977년, 371분)라는 영화에서 유다의 배신을 성서와 전혀 다른 감각으로 해석했다. 아마도 이 해석은 아무리 재물이 탐나기로서니 3년간 좇아다닌 스승을 어떻게 단돈 은화 서른 닢에 팔아넘길 수 있는가? 하는 질문에서 시작되었을 것이다.

제페렐리는 복음서작가들에 비해 보다 복합적인 이유를 고안해냈는데 바로 정치적인 역학관계이다. 유다는 3년간 예수를 좇으면서 그분의 놀라운 능력에 깊은 감동을 받았다. 그러나 어찌된 셈인지 예수는 한사코 그 능력을 이용해 이스라엘의 독립이라는 대의大義를 이루려 하지 않는다. 유다는 자신을 교묘하게 이용하는 대제관 제라(영화 속 가상의 인물) 앞에서 속마음을 털어놓는다. "나는 지금 혼란스럽습니다. 언제나 정치적인 행동이 모든 문제를 해결한다고 믿었습니다. 생각과 의지가 분명하면 된다고 생각했는데 선생님은 동의하지 않았습니다."

—

영화 〈나자렛 예수〉 중에서 배신자 유다.

예수를 떠나려는 유다의 마음을 읽은 제라는 끈끈한 미끼를 던진다. 예수를 유대교 최고회의(산헤드린)에 세워 스스로 자신을 증명할 기회를 주자는 제안이었다. 유다는 그 제안을 받아들였고 성전 경호대와 함께 게쎄마니로 찾아가 예수를 넘긴다. 말하자면 유다는 정치적인 해결을 원했을 뿐이고 그 소원을 이용해 예수를 파멸시키려 했던 대제관 제라에게 일차적인 책임을 물어야하는 것이다. 하지만 유다의 의도와는 반대로 예수는 재판을 받아 사형에 처해지고, 유다는 배신의 대가로 은전 서른 닢을 받는다. 그는 결국 자살로 비극적인 종말을 맞는다.

제페렐리의 해석이 갖는 장점은 현대인의 공감을 충분히 불러일으킬 수 있다는 데 있다. 요즘도 많은 그리스도인들은 정치적인 해결을 신봉하는 경향이 있다. 이는 꼭 그리스도인 대통령을 배출해야 한다는 게 아니라 교회 내의 문제를 해결할 때 정치적인 맥락을 우선한다는 뜻이다. 주교나 당회장 목사나 사목회장이나 심지어 장로 선출에 이르기까지 정치적인 해결책이 모색되지 않던가? 하지만 제페렐리의 해석대로 예수는 정치적 선택과는 거리가 멀었던 인물임이 분명하다. 당시 이스라엘에서는 메시아의 등장에 대한 기대가 다른 어느 때보다 컸다. 로마의 식민지로 전락해 민족적인 자부심은 바닥을 쳤고 부패한 권력과 위압적인 종교지도자들은 백성의 등골을 빨아먹고 있었다. 오죽하면 하루빨리 이 세상이 끝나기를 원하는 임박한 종말론이 기세를 떨쳤을까?

이런 위기의 시대에 필요한 인물이 바로 메시아였다. 메시아는 다윗의 후손으로, 마치 다윗처럼 베들레헴에 태어나 다윗 시대의 영광을 재현할 인물이었다. 다윗은 이스라엘의 통일을 이룩했고 하느님의 뜻에 따른 통치철학을 공포했으며 막강한 군사력으로 주변국가에 위세를 떨쳤다. 수천 년 이스라엘 역사에 거의 유일하게 등장한 위대한 왕이었다. 그러니 사람들 사이에 다윗 같은 메시아가 다시 나타나 국격國格을 높여주기를 기대한 것은 당연한 일이었다. 그 참에 마침 인기 최고의 예수라는 인물이 나타났으니 메시아 기대를 한 몸에 받았던 것은 당연했다. 하지만 예수는 정치적 메시아가 아니었다.

예수의 리더십은 어디서 왔을까? 앞서 지적했듯 예수의 행보는 이스라엘의 메시아 기대나 오늘날의 리더십 기준에 전혀 들어맞지 않는다. 그렇다면 도대체 어떤 조건이 그분의 리더십을 보장했을까? 예수가 지녔던 막강한 매력 때문이 아니었을까?

어떤 이의 매력에 빠지면 우리는 종종 이성의 활동에 장애를 입는다. 그 사람의 행동양식 하나하나가 너무나 아름다워 보여서, 그 사람의 말씀 한 마디 한 마디가 너무나 달콤하게 귀에 꽂혀서, 그 사람의 됨됨이가 너무나 싱그럽고 좋아서, 그 사람이 보여준 확고한 신념과 눈부신 비전이 너무나 가슴에 사무쳐서, 하루라도 안 보면 안달이 나는 상태 말이다. 예수가 딱 그런 존재다. 심지어 예수와 2천 년의 시간 간격을 두고 동방과 동아시아 끝자락의 공간 거리를 둔 나마저 예수의 매력에 흠뻑 빠져 도통 헤어나질 못하니 말이다. 내가 이 정도니 하물며 그분을 직접 모셨던 이들은 어땠을까? 그분이 당장 따라오라면 따라가고 재산을 포기하라면 포기하고 하느님 나라 전파에 전력을 기울이라면 기울이지 않았겠는가?

독일의 가톨릭 신부 지거 쾨더(Sieger Köder, 1925-)는 힘찬 구도와 강렬한 색채를 사용하는 화가로 잘 알려져 있다. 또한 성서 주제를 그림에 많이 사용하는데 다음 그림 〈용서받은 여인〉도 매우 유명하다. 그림에 보면

지거 쾨더, 〈용서 받은 여인〉, 유화, 개인 소장

예수의 얼굴은 직접 드러나지 않고 땅에 무엇인가 쓰는 손과 그분을 바라보는 여인의 표정만 나온다. 여인의 표정을 통해 예수의 얼굴을 짐작해보라는 뜻이겠다. 여인은 흔들리지 않는 시선으로 예수를 올려다본다. 그 눈 속에는 경이로움이 들어 있으며, 무릎 꿇고 옷깃을 여미는 다소곳한 자세에서 여인의 안도감까지 읽어볼 수 있다. 쾨더 신부는 예수의 매력을 그렇게 표현한다.

* * *

잘 알다시피 예수는 저주의 명수였다. 그는 종종 주변 사람들에게 차마 입에 담기 힘든 말들을 하였다. '저주 받아라', '독사의 새끼', '회칠한 무덤'은 기본이고 '눈을 빼 던져라', '팔을 잘라 던져라', '차라리 맷돌을 목에 걸고 물에 빠져 죽어라' 등등. 어느 날인가 그래도 맘이 통했던 수제자 베드로가 예수를 조용한 곳으로 데려가 제발 '나는 곧 죽을 것이다'라는 말 좀 그만하시라고 충고하자 '사탄아 물러가라'는 폭언마저 서슴지 않는다 (마르 8:31-33). 그래도 베드로는 예수를 떠나지 않았다. 아니, 베드로는 죽음의 공포 앞에서 세 번이나 예수를 배반했으나 마침내 참회의 눈물을 흘렸고, 교회전승에 따르면 네로 황제의 박해 때 십자가에 거꾸로 매달려 순교했다고 한다. 죽음이 무서워 잠시 비겁했지만 결국 그는 예수의 사람이었던 것이다.

2천 년 교회사를 보면 참으로 험난한 순간이 많았다. 로마제국의 끔찍한 박해를 겪었고, 동방/서방 교회로 냉혹한 분열을 경험했고, 개신교의 등장과 함께 가톨릭 전통의 일부가 무너져 내리는 체험도 했고, 세계화의 길을 걸으며 갖가지 도전에 부딪치기도 했다. 하지만 어떤 위기상황에서도 그리스도인들은 예수에게로 돌아갔다. 예수만이 모든 위기의 유일한 해결책이며 예수만이 무한한 평화의 근원이기 때문이었다. 아우구스티누스는 인간 내면의 가장 깊은 곳에서 오는 소리에 귀를 기울이라 하였고 그 소리가 바로 하느님이라고 정의했다. 아테네 법정에서 자신은 내부에서 들려오는 '다이몬'의 소리에 따른다고 한 소크라테스를 연상시키는 대목이다. 우리가 비록 사망의 음침한 골짜기를 걸어갈지라도 두려워하지 않는 이유는 그 때문이다.

몇 년 전에 대학시절 은사분이 편찮으시다는 말을 듣고 댁으로 찾아뵌 적이 있다. 상계동 빈민들과 오래 사신 데일리 신부님인데 몸이 많이 쇠약해지셨다고 했다. 화곡동 예수회 공동체로 가면서 그분의 모습을 떠올리려 했으나 워낙 뵌 지 오래 되어 얼굴이 잘 그려지지 않았다. 그러다가 신부님의 눈을 보는 순간 돌연 오랜 기억이 되살아났다. '아! 저 눈빛!' 2천년 전 예수를 처음 뵌 사람들 역시 그분의 눈을 보는 순간 정신이 번쩍 들었을 것이다. '아! 살아 있는 저 눈빛!' 이를 두고 리더십 분야의 전문가는 예수를 '카리스마 형 지도자'로 분류할지 모르겠다. 솔직히 말해 그런 식의 분류법은 왠지 가벼워 보이고 맘에 들지 않지만, 요즘 세상이 벤치마킹 시대니 어쩔 수 없이 좀 따라가야겠다.

세상 어디를 가나 매력적인 사람들은 분명히 있게 마련이다. 간디 (Mohandas Karamchand Gandhi, 1869-1948)가 그랬고, 마르틴 루터 킹(Martin Luther, 1929-1968) 목사가 그랬고, 테레사 수녀(Mother Teresa, 본명 Anjezë Gonxhe Bojaxhiu, 1910-1997)가 그랬고, 김수환 추기경(金壽煥, 신명 스테파노, 1922-2009)이 그랬고, 법정 스님(法頂, 1932- 2010)이 그랬고, 이태석 신부(李泰錫, 신명 세례자 요한, 1962-2010)가 그랬다. 그들이 보여준 지혜와 삶이 너무나도 깊고 넓어 기회만 닿으면 무한정 그저 곁에 머물고 싶은 분들이다. 바로 이곳이 인간 존재가 전적으로 이성적이지 않다는 사실과 만나는 지점이다.

그 누구도 거부할 수 없는, 넘치는 매력의 사나이! 그 이름은 예수다.

Expulsion from the Temple merchants.

그들이 예루살렘에 도착한 뒤, 예수께서는 성전 뜰 안으로 들어가
거기에서 사고 팔고 하는 사람들을 쫓아내시며 환전상들의 탁자와 비둘기 장수들의 의자를 둘러엎으셨다.
또 물건들을 나르느라고 성전 뜰을 질러다니는 것도 금하셨다.
그리고 그들을 가르치시며 "성서에 '내 집은 만민이 기도하는 집이라 하리라'고 기록되어 있지 않느냐?
그런데 너희는 이 집을 '강도의 소굴'로 만들어버렸구나!" 하고 나무라셨다.

(마르 11:15-17)

3장

예수와 교회

✝

근대 이후 이성에 강조점이 주어지면서 철학에도 큰 변화가 찾아왔다. 특히, 신의 존재 방식은
합리적인 사유와 인과율과 정상normal 조건에 들어맞지 않다고 결론내린 경험주의자 데이비드
흄(David Hume, 1711-1776), 증명되지 않은 것은 존재하지 않는다고 한 실증주의자 오귀스트 콩
트(Isidore Marie Auguste François Xavier Comte, 1798-1857), 죽음의 공포 때문에 종교가 만들어졌
다고 한 유물론자 루트비히 포이에르바흐(Ludwig Andreas von Feuerbach, 1804-1872), 그리고 말할
수 없는 것에 관해서는 침묵해야 한다고 정의한 언어분석의 대가 루트비히 비트겐슈타인(Ludwig
Josef Johann Wittgenstein, 1889-1951) 등은 현대철학의 방향 설정에 중요한 몫을 한 인물들이다. 이
들 철학자의 시각에서 볼 때 대다수의 그리스도교 교리들은 함량 미달의 가르침일 뿐이다. 하지
만 모든 세상사가 과학적 증명을 통과해야만 대접 받을 수 있다면 어떤 일이 벌어질까? 보나마
나 인간의 정신세계는 무척이나 건조해지고 볼품없이 초라해지지 않겠는가! 부활 예수는 손과
옆구리에 난 못 자국을 만져봐야 믿겠다는 실증주의 제자 토마에게 한 마디 던진다. "너는 나를
보고서야 믿느냐? 보지 않고도 믿는 사람은 행복하다." 요한복음 20장 29절의 말씀이다. 어느
시대든 교회는 보이지 않는 인간의 숭고한 가치를 추구해야 한다. 만일 그 일을 게을리 한다면
더 이상 교회라 할 수 없다.

주교와 교황
_교회의 지도자

교황 베네딕토 16세(Benedictus PP. XVI, 재위 2005-2013)가 2013년 2월 28일로 교황 직에서 사임한다는 발표를 했다. 2천 년 가톨릭 역사에서 매우 드문 일인 까닭에 세계 언론은 교황 사임을 특종으로 다루었다. 과연 교황의 권위가 세계의 주목을 받을 정도로 거대한가?

가톨릭 인구는 세계적으로 11억 명에 달한다. 가톨릭은 기본적으로 주교제도를 기반으로 하는데, 같은 노선을 따르는 교단으로는 정교회와 성공회와 감리교가 있다. 그러니까 주교제 교회라는 개념으로 숫자를 환산하면 15억을 훌쩍 넘어서게 된다. 개신교 인구가 통틀어 3억인 것과 비교하면 이만저만 많은 숫자가 아니다. 우리나라 사정을 보면 마치 개신교가 세계 그리스도교의 주류를 이루는 것 같은 인상을 받지만 말이다. 그런 까닭에 대표적인 교회 지도자라 하면 우선 주교가 떠오르고, 나아가 가톨릭교회의 수장인 교황이 생각난다.

교황은 1년에 몇 차례씩 바티칸 시국市國에서 나와 외국을 방문한다. 그때마다 두 부류의 사람들과 만나는데 하나는 극도의 예의를 갖춘 환영객이고 다른 하나는 교황청의 정책에 반대해 야유를 퍼붓는 군중들이다. 특히, 여성주의자들은 여성사제의 출현을 한사코 거부하는 교황을 달가워하지 않아 심지어 계란세례까지 퍼붓는다. 그도 그럴 것이 연전에 쿠바를 방문한 교황은 여성사제 허용에 대한 질문을 받자 "여성이 남성보다 열등하다는 게 아니다. 다만 주님으로부터 여성의 사제직을 허락받는 적이 없다"라고 한 바 있다. 교황의 대답을 듣고 '언제 가톨릭교회에서 일일이 하느님께 허락을 받고 정책을 편 적이 있는가?'라는 생각을 잠시 했었다. 아무튼 존경과 야유는 교황이 갖는 이미지의 이율배반적인 모습이다.

교황을 부르는 원어 '파파Papa'는 '아버지'라는 뜻의 'papas'에서 유래했다. 그러나 우리에게 익숙한 교황이란 그저 편하게 부르는 호칭일 뿐이고 실제로는 상당히 긴 이름을 갖고 있다. 교황은 '로마 교구의 교구장 주교이며, 그리스도의 대리자이며, 베드로의 후계자이며, 서방 교회 최고의 사제이며, 총대주교이며, 이탈리아의 수석 대주교이며, 바티칸 시국의 원수元首이며, 세계 주교단의 단장이며, 현세 교회를 통괄하는 최고 사목자'이다. '로마의 평화Pax Romana'를 가져온 옥타비아누스(Gaius Julius Caesar Octavianus)에게 훗날 '집정관이며, 제1시민이며, 국부이며, 신의 아들로서 개선장군 카이사르이며, 지존자consul, princeps civitatis, pater patriae, imperator caesar divi filius augustus'라는 화려한 호칭이 붙여졌던 것을 연상시키는 대목이다. 그 요란한 교황의 호칭 중 첫 번째 것이 바로 '로마 교구의 교구장 주교'이다. 교황도 실은 주교직에서 출발한다는 뜻이다.

주교의 등장

그리스도교의 경전인 신약성서에는 다양한 직분들이 등장한다. 눈에 띄는 것들로 사도, 봉사자, 예언자, 교사, 감독, 율법선생, 원로, 예언자, 현자, 율사 등이 있고, 이들은 공동체에서 일정한 역할을 담당했다. 이처럼 신약성서 시대인 1세기 교회에는 다양한 직분들이 있었고, 그들을 구성원으로 하여 직제가 이루어져 있었음이 분명하다. 그중에서 오늘날 '주교'에 해당하는 직분은 '감독'(에피스코포스)이다.

'감독자', '관찰자'라는 뜻을 가진 '에피스코포스'가 행정용어로 쓰인 경우는 기원전 4-5세기경 도시국가 아테네로부터 아테네 동맹의 도시들에 파견된 감독관이 있다. 에피스코포스는 아테네 시민들에 의해 선출되었고, 동맹도시들이 아테네와의 동맹규약을 잘 지키는지 감시하는 임무를 띠고 있었다. 그에게는 법적으로 상당한 권리가 주어졌다고 한다. 헬라시대를 지나 로마시대에 들어 에피스코포스는 특히 정부의 공공건물이 제대로 운영되는지 감시하는 직책이었다고 한다. 헬라세계와 마찬가지로 로마제국에서도 감독관의 임무를 수행했음을 알 수 있다.

신약성서에 에피스코포스는 모두 다섯 번 나오는데(필립 1:1, 사도 20:28, 1디모 3:2, 디도 1:7, 1베드 2:25), 그중에서 주교직과 직접 연관된 세 본문을 제시해보겠다.

> "그리스도의 종들인 바울로와 디모테오가 필립비에 있는, 그리스도 예수 안에 있는 모든 성도들과 감독들과 봉사자들에게 씁니다."(필립 1:1)

> "여러분은 여러분 자신과 모든 양떼를 돌보십시오. 성령께서 여러분

을 양떼의 감독으로 세우셔서 당신의 피로 세우신 하느님의 교회를 돌보게 하셨습니다."(사도 20:28)

"이 말은 확실합니다. 어떤 이가 감독직을 맡고 싶다면 그는 훌륭한 일을 바라는 것입니다. 그런데 감독자는 비난 받을 것이 없고 한 여자의 남편으로서 건전하고 분별력 있고 단정하고 손님 대접을 잘 하고 가르칠 능력이 있는 사람이어야 합니다. 주정뱅이나 싸움질 잘 하는 사람이어서는 안 되고 오히려 양보할 줄 알고 다투지 않고 돈에 대한 욕심이 없어야 합니다. 자기 가정을 잘 다스리고 언제나 위엄 있게 자녀들을 순종시키는 사람이어야 합니다. 자기 가정도 잘 돌보지 못하는 사람이 어떻게 하느님의 교회를 돌볼 수 있겠습니까? 새로 입교한 사람도 안 됩니다. 교만해져서 악마의 단죄 선고에 떨어질까 두렵기 때문입니다. 그리고 비난을 받지 않고 악마의 올가미에 걸리지 않도록 바깥사람들에게도 좋은 평판을 받을 수 있어야 합니다."(1디모 3:2)

세 본문을 통해 에피스코포스가 그리스도교가 탄생했던 1세기 교회에서 널리 사용되었던 호칭임을 알 수 있다. 특히, 디모테오전서에서 발견되듯이 교회는 감독 선발에 있어 세밀하고 뚜렷한 입장을 고수했다. 그러나 '감독'과 관련해 아직까지 1세기 교회 전체를 관통하는 통일된 체계는 없었다. 말하자면 오늘날의 '주교-사제-부제'와 같이 세계 어느 가톨릭교회에서나 통하는 확립된 직제(가톨릭주의)를 발견할 수 없다는 뜻이다. 그런 까닭에 1세기 교회의 직제와 직무에 대해 남다른 관심을 보여주는 디모테오전서를 두고 '초기 가톨릭주의'[26]를 반영하는 책으로 평가를 내린다.

주교-사제-부제

'주교-사제-부제'라는 삼성직三聖職은 엄격하게 말해 신약시대보다는 2세기 이후로 전개된 사도시대 교부들의 작품에서 성립 근거를 찾을 수 있다. 110년경 안티오키아의 이냐시오스가 체포되어 로마로 끌려가던 중에 스미르나 지방의 그리스도인들에게 쓴 『스미르나서』는 교회 지도자로서 주교의 권위를 분명하게 드러낸다.

> "여러분은 모두 예수 그리스도께서 아버지를 따르듯이 감독(=주교)을 따르고, 사도를 따르듯이 원로단(=사제)을 따르고, 하느님의 계명을 섬기듯이 봉사자(=부제)들을 섬기시오. 어느 누구든 감독을 제쳐두고 교회와 관계되는 일을 해서는 안 됩니다. 감독이 드리는 감사례(성찬례), 혹은 감독이 위임한 사람이 드리는 감사례만 유효합니다. 예수 그리스도께서 계신 곳에 가톨릭교회가 있듯이, 감독이 나타나는 곳에 공동체가 있어야 합니다. 주교를 제쳐두고 세례를 주거나 애찬을 행하지 마십시오. 주교가 인정하는 것은 하느님께서도 인정하시므로 여러분이 하는 모든 일은 확실하고 적법하게 됩니다."[27]

이냐시오스의 편지를 읽어보면 교회의 모든 권리가 주교에게 집중되어 있음을 알 수 있다. 『스미르나서』 외에도 주교직과 관련해서는 100년경에 시리아 지역에서 교리서로 씌어진 『디다케』와 로마의 히폴리투스(Saint Hippolytus of Rome, 170-236)가 집필한 『사도전승』이 중요하다.

> "여러분은 자신들을 위해 감독들과 봉사자들을 선출하여 주님께 합당하고 온순하고, 돈을 좋아하지 않고, 진실하며 인정된 사람을 선

출하시오. 그들이 여러분에게 예언자들과 교사들의 직무를 수행할 것이기 때문입니다. 여러분은 그들을 무시하지 마시오. 그들은 예언자들과 교사들과 함께, 여러분의 존경을 받는 이들이기 때문입니다."[28]

"감독(=주교)들은 온 백성(=회중)에 의해ab omni populo 선출되어 세워질 것이다. 모든 이의 동의를 얻어 그의 이름이 발표되면, 주일에 백성은 장로단과 그곳에 참석한 감독자들과 함께 모일 것이다. 모든 (감독자들은) 한 마음이 되어 그분 위에 안수하고 장로단(=사제)은 아무것도 하지 않고 참석만 할 것이다."[29]

위의 문헌에서 보았듯이 최초의 주교들은 회중에 의해 선출되었다. 그러나 4세기에 접어들어 동로마제국의 황제들이 교회의 수호자임을 자처하면서 종종 자신이 맘에 드는 인물을 주교로 임명하는 일이 많아졌다. 특히, 총대교구좌가 설립되어 있던 대도시(알렉산드리아, 안티오키아, 카르타고 등)에서는 그런 일이 빈번했다고 한다. 그에 비해 로마의 총대주교좌는 '회중의 동의에 의한 선출'과 '주교 축성'이라는 두 가지 전통을 잘 유지했는데 신성로마제국이 출현하면서 상황이 달라졌다. 다시 말해, 봉건 형태의 교회가 등장하자 주교의 선임 과정에 황제가 적극적으로 개입하게 된 것이다. 그 후로 한 세기 이상 혼란을 겪었던 주교선임 문제는 교황 갈리스토 2세(Callistus PP. II, 재위 1119-1124)와 신성로마제국황제 하인리히 5세(Heinrich V, 1086-1125) 사이에 맺어진 '보름스 조약'(1122)에 의해 일단락되었다. 주교선임에 황제가 간여할 수 없게 된 것이다.

또 한 가지 주목할 만한 사실은 이 당시에 등장한 교회법령집에서 주교선임의 권한이 주교좌 의전 사제단에 맡겨짐으로써 기타 사제들과 평신도들의 참여가 불가능해졌다는 점이다. 하지만 이 마저도 13세기부터 교황이 주교선임의 권리를 본격적으로 사용하기 시작하면서 의전 사제단의 참여 기회가 줄어들었고 '트리엔트 공의회'(1545-1563)에서는 마침내 의전 사제단의 권리마저 폐지해 오로지 교황만 주교 선출과 임명의 권한을 갖게 되었다(옛 『교회법전』 329.2).

교황의 등장

그리스도교회에 언제부터 교황이 있었을까? 가톨릭교회에서는 제1대 교황을 예수의 수제자였던 베드로였다고 공언한다. 신약성서의 마태오복음 16장 18절에 다음과 같은 구절이 나온다. "잘 들어라. 너는 베드로이다. 내가 이 반석 위에 내 교회를 세울 터인즉 죽음의 힘도 감히 그것을 누르지 못할 것이다." 이는 예수가 베드로에게 전권을 부여하는 장면인데, 그에 따라 뒤에 등장한 교황들이 베드로의 맥을 잇는다고 간주한 것이다. 하지만 교회역사가들은 로마의 교황제도가 실제로 자리를 잡은 때는 예수가 활동하던 시절(기원후 27-30년경)보다 훨씬 후인 '레오 1세 대교황'(Sanctus Leo PP. I Magnus, 재위 440-461)부터로 본다. 레오 1세가 보낸 사절들이 451년에 열린 '칼케돈 공의회(가톨릭 주교회의)'에서 사회를 맡아봄으로써 레오 1세가 갖는 교회 최고 어른으로서의 권위가 공식적으로 인정받았기 때문이다. 사실 그 전까지만 해도 교회의 진정한 최고 어른이 누구인지에 대해 정치적인 공방이 끊이지 않았다.

그리스도교는 콘스탄티누스 황제(Flavius Valerius Aurelius Constantinus, 272-337, 재위 306-337)가 밀라노 칙령(313)을 내리기까지 끔찍한 박해를 받

던 종교였다. 그러나 밀라노 칙령 이후 상황이 급변해 테오도시우스 황제(Flavius Theodosius, 재위 379-395)가 통치하던 380-392년 사이에 그리스도교가 로마제국 내에서 유일한 합법적인 종교로 승격되었다. 로마제국의 국교가 된 것이다.

그 즈음에 교회는 로마제국의 4대 도시에 '총대주교좌sedes patriarchalis'를 두어 각자 맡은 지역을 관할했다. 로마는 이탈리아를, 카르타고는 북아프리카를, 알렉산드리아는 이집트를, 그리고 안티오키아는 시리아(동방)에 대해 감독권을 행사했다. 그러나 총대주교들 사이의 힘겨루기가 그치지 않았고 심각한 신학문제로 회의가 소집될 때마다 논쟁과 파문이 줄을 이었다. "수도의 대주교들은 자신들의 관구에 대해, 예컨대 주교의 선거나 규율 면에서 일종의 감독권을 행사하였다. 또한 그들은 선출된 사람을 확인하고, 주교로 축성하고, 수도 관구회의를 소집하고 주재했으며 주교의 재판에 대한 항소심을 했다."[30] 그러다가 로마교회의 수위권이 독보적인 지위를 얻게 된 계기가 생겼다.

콘스탄티누스 대제가 330년에 수도를 '구 로마'에서 '신 로마'(콘스탄티노플)로 옮기면서 신학 논쟁과 갈등의 중심까지 덩달아 동방으로 옮겨갔다. 그리고 동방교회가 소모적인 논쟁에 오랫동안 휘말리면서 기력이 절로 쇠하는 사이 로마교회는 안정을 구축한 상태에서 서방세계에 세력을 확대해갈 수 있었다. '적의 불행이 나의 행복을 선사'해준 셈이다. 그래서 칼케돈 공의회를 개최할 때쯤에는 누구도 로마 총대주교의 독주를 막을 수 없었다. 오늘날 가톨릭을 특히 '로마 가톨릭Roman Catholic'이라 부르는 이유도 거기에 있다. 교황에게 붙여진 화려한 수식어를 보고 의문을 품었던 분들에게 앞의 배경 설명이 어느 정도 도움이 되었을 것이다. 하지만 독자들 중에서는 교황을 비단 종교적인 인물일 뿐 아니라 정치적인 호칭인 '바티칸 시국 원수'로 부르는 데 의문을 품는 이도 있을 것이다. 도움 설명을 해보겠다.

바티칸 시국 원수

교황이라 하면 우선 성 그레고리오 1세 대교황(Sanctus Gregorius Magnus, 제64대 교황, 재위 590-604)을 기억해둘 필요가 있다. 그는 오늘날 서력西曆으로 통하는 그레고리오력과 그레고리오 성가로 유명하고 영국을 개종시킨 인물로 유명하다. 그러나 그레고리오 1세 이후 교회는 정권과 유착관계에 놓여 황제의 권위를 떠받드는 신세를 면치 못했다. 이는 필연적인 과정으로, 그리스도교가 신앙의 자유를 얻은 것 자체가 다분히 콘스탄티누스 황제의 정치적인 계산에 의한 것이었기 때문이다. 콘스탄티누스 황제가 325년에 니케아 공의회를 주최하면서 모든 주교들을 소집한 적이 있었다. 그때 참석한 에우세비우스 주교는 황제가 공의회 개막식에 입장하는 모습이 마치 하늘에서 하느님의 천사가 내려오는 것 같았다고 전한다(『콘스탄티누스의 생애』 3권 10장). 최상의 아부를 한 셈이다. 그처럼 한 번 왕권에 기가 꺾이면 교회가 아닌 누구라도 쉽게 빠져나오지 못하는 법이다.

교권을 왕권에서 해방시킨 교황은 그레고리오 7세(Gregorius VII, 재위 1073-1085)이다. 그는 수도회의 도움을 빌어 개혁을 추진했고 교황의 힘으로 교회가 거듭날 수 있다는 사실을 증명했다. 하지만 비록 왕권에서 독립되었어도 역사는 교황에게 평화를 선사하지 않았다. 왕권에서 해방되자 이번에는 교권이 왕권과 대립관계에 돌입했고 교황 직에도 힘의 논리가 지배하게 되었다. 중세기의 대표적 교황인 이노센치오 3세(Innocentius III, 재위 1198-1216)는 십자군 전쟁을 일으켜 가톨릭교회에 씻을 수 없는 상처를 남겼고, 보니파시오 9세(Bonifacius PP. IX, 재위 1389-1404)는 성직 매매와 '대사부大赦符, Indulgentia' 판매로 장차 종교개혁이 일어나게 만드는 계기를 제공했다.

힘을 가진 자는 언제나 그 힘을 사용하고픈 유혹에 빠진다. 십자군 전쟁이나 120년에 걸쳐 완공된 베드로성당은 막강한 교황의 힘을 대외적으로 보여주려는 의도가 깔려 있다. 그러나 뭐니 뭐니 해도 교권이 왕권을 굴복시킨 최고의 예는 '카노사의 굴욕' 사건이다. 1076년 교황 그레고리오 7세와 신성로마제국의 하인리히 4세는 임명권을 둘러싸고 충돌, 파문과 폐위선언으로 대립했다. 당시 황제에 불만을 가진 제후들이 파문이 취소되지 않을 경우 왕을 폐위하기로 결의함으로써, 하인리히는 일대 위기를 맞는다. 하인리히는 자신의 폐위를 막기 위해 1077년 북 이탈리아의 카노사성城으로 교황을 방문해 성 밖 눈밭에서 3일간이나 빌어 굴욕적인 용서(사면)를 받았다. 가히 교황권이 하늘을 찌르던 시대였다.

종교개혁 이후 그리스도교회가 가톨릭과 개신교로 나뉘면서 교황의 정치적인 힘은 급속하게 시들어갔다. 그러다가 1870년에 교황의 고유영토인 교황령이 이탈리아 정부에 예속됨으로써 교황은 더 이상 세속적인 정치력을 행사할 수 없게 되었다. 그 이후로 교황은 세계 가톨릭의 영적인 지도자로 탈바꿈한다. 그렇게 이탈리아에 예속되었던 교황령은 비록 작은 땅으로 줄기는 했지만, 1929년 무솔리니 정권과 맺은 '라테란(로마의 3대 성당 중 하나) 조약'을 통해 교황령을 되찾았다. 그 후로 바티칸 시국市國은 교황이 국가 원수의 권한을 갖고 외교 특권, 전권대사까지 파견을 할 수 있는 독립된 주권 국가의 위상을 갖추었다. 세상에서 가장 작은 나라가 탄생한 것이다.

* * *

단테(Alighieri Dante, 1265-1321)는 『신곡*La Divina Commedia*』 제1부 지옥 편에 다음과 같은 글을 써 놓았다. "여기에는 교황들과 고위 성직자들이, 그 무엇도 만족시키지 못하는 탐욕에 도통한 삭발 머리 정수리를 서로 들이받는다." 그런가 하면 역사학자 J.E.E. 액턴(Lord Acton, 1834-1902)은 교황의 절대성을 두고 "권력은 부패한다. 절대 권력은 절대 부패한다"는 유명한 말을 남겼다.

지난 그리스도교의 역사를 살펴보면 주교와 교황에 관련된 수많은 부정적인 이야기들이 오고갔다. 이를테면, 정치적인 역학관계로 인해 10대 소년이 교황으로 선출되었다가 유부녀의 침실에서 죽은 일도 있었고(요한 12세), 교황의 사생아들이 교회 정책을 좌지우지 하는 일도 있었으며(혹시 관심 있는 분은 최근에 번역된 마리오 푸조의 『패밀리』라는 소설을 보기 바란다), 수많은 이단자들과 마녀를 처단했고, 나치의 만행에 눈감은 바 있다. 그러나 이는 어디까지나 역사의 어두운 부분일 뿐 그것으로 주교와 교황의 역사 전체를 단정 지을 수는 없는 노릇이다.

오늘날 주교와 교황의 위상은 과거와 많이 달라진 느낌이다. 봉건시대 이후 주교에게 영지가 생기면서 한때 주교의 위상이 극적으로 높아졌다. 주교는 봉건영주로서 메디치Medici 가문이나 보르히아Borgia 가문 등 상당한 세력을 가진 귀족 집안에서 배출되었고, 농노의 자식들 중 몇 명을 골라 간단한 미사 진행 절차만 교육시켜 사제로 임명했다. 주교들은 교회 내에서 높은 수준의 교육을 받았고 상당한 재력을 소유했으며 이와 더불어 문화적·경제적·사회적·정치적, 종교적인 정보들을 독점한 인물들로 자리 잡게 된다. 말하자면 주교와 사제의 지위는 하늘과 땅 차이였던 것이다. 하지만 요즘은 상황이 많이 달라졌다. 신학교를 같이 졸업하고 비슷한 환경과 지적능력을 가진 동료사제들 중 한 사람이 주교로 선출되니 존경심이 예전 같지는 않다.

주교 선출은 원래 교황 고유의 권한이었다. 그러나 제2차 바티칸 공의회(1962-1965)에서는 한 걸음 물러나 "주교들을 임명하고 세우는 것이 관할 교회 권위의 고유한 권한이며 그 자체로 배타적인 특권임을 선언한다"는 항목을 채택했다(『교회법전』 377.1). 이를 통해 교황청과 각 해당 국가가 맺는 조약에 따라 '주교 선출'과 '교황의 임명'이라는 이중 절차가 가능해졌다. 하지만 '주교 선출' 독립권을 가진 교회는 독일, 오스트리아, 스위스 교회뿐이다. 우리나라는 주교단과 교황청 대사가 여러 명의 주교 후보를 천거하면 교황이 낙점하는 방식, 곧 '교황의 임명'으로 주교 선출이 이루어진다.

한때 교황이 가진 권위를 웅변적으로 보여주는 교리는 1870년 제1차 바티칸 공의회에서 제정된, 이른바 '교황의 무류성無謬性'이었다. "교황이 교황좌에서 선언할 때……, 그러한 교황의 최종 결정은 교회의 동의에 의해서가 아니라 그 자체로서 변경할 수 없는 것이 된다." 즉, 교황은 잘못된 결정을 내릴 수 없다는 뜻이다. 그러나 오늘날 교황 하면 떠오르는 것은 그런 권위적인 모습이 아니라 윤리적이고 사회적인 문제에 간여하여 세계 평화에 기여하는 정신적인 지도자이다. 그리고 베네딕토 16세의 사

—
새로 교황이 된 프란치스코 1세.
많은 이들이 교황청의 변화를 기대하고 있다.
(©presidencia.gov.ar)

임은, 으레 종신직으로 여겼던 교황 직에 놀라운 변화의 모습을 보여준 사건이다. 가톨릭교회 역사가 오랜 세월 영욕의 시간을 겪으면서 이상적인 모습의 지도자상으로 발전해 나가는 느낌이다. 비록 대단히 비싼 수업료를 지불하기는 했지만 말이다. 주교와 교황은 교회에서 세운 인물일 뿐 교회의 진정한 지도자는 예수 그리스도이다. 그리고 주교와 교황은 예수 그리스도를 본떠 지도자 역할을 수행해 마땅하다. 앞 장에서 지도자로서 예수의 모습을 다루었는데(173-189쪽 참조), 좋은 비교가 될 것이다.

다르면서도 같고, 같으면서도 다른
_그리스도교 교파들

이명박 대통령이 취임한 직후, '고소영'이라는 유행어가 주목을 받았던 적이 있었다. 좀 야속한 말이 될지 몰라도, 그쯤에선 이미 인기 절정에서는 한발 물러선 때라 '고소영'하면 여배우가 아니라 으레 고려대, 소망교회, 영남권 인맥을 우선 떠올리게 마련이었다. 그리고 나선 마치 우리나라를 기독교국가인 것처럼 여기는 풍조가 등장해 불교계뿐 아니라 기타 종교계의 반발이 거세졌던 기억이 난다. 아닌 게 아니라 서울시를 하느님께 통째로 바친 전력을 가진 분이 대통령이 되었으니 그럴 만도 했다. 과연 우리나라가 기독교국가로 불릴 만한가? 이 대목에서 혹시 천주교는 섭섭해하지 않을까? 그건 그렇고 기독교 안에서 장로교니 감리교니 성결교니 하는 것은 도대체 무엇인가? 그에 대한 답을 얻기 위해 기독교, 보다 정확히 말해 그리스도교가 도대체 어떻게 돌아가는 종교인지 알아보도록 하자. 편의상 질문과 대답 형식을 취하겠다.

교파마다 '하느님'을 부르는 호칭이 다른가요?

우리나라의 경우, 가톨릭에서는 '하느님', 개신교에서는 '하나님'이라 하고 이 때문에 종종 말싸움이 벌어지곤 합니다. 비록 전통적인 용어는 아니지만 유일신으로 섬기니 하나님이 맞다(실제로 국어사전에 '하나님'이 항목이 수록된 것도 몇 년 되지 않습니다), 우리나라의 전통적인 명칭인 하느님으로 부르는 게 오히려 맞다…… 등등 합의점을 찾기 힘듭니다. 참고로 원래 모세에게 처음 주신 하느님의 명칭은 하느님도 하나님도 아닌 'הוה'입니다. (가톨릭에선 더 이상 이를 읽을 수 없게 되었습니다.) 영어의 be 동사 격인 '하야' 동사의 1인칭 복수 미완료형입니다. 하느님의 명칭을 갖고 개신교와 가톨릭이 격돌하는 경우는 세계 어디에도 없습니다. 각 나라마다 같은 호칭을 사용하기 때문입니다(영어의 God, 독일어의 Gott, 불어의 Dieu 등).

그리스도교 교파의 공통점은 무엇입니까?

우선 용어부터 정리할 필요가 있습니다. 우리가 종단이라고 할 때는 그리스도교, 유교, 불교, 이슬람 등을 뜻하고 교파라 할 때는 한 종교 내의 여러 지파를 의미합니다. 그리스도교 종단은 하나지만 교파는 매우 많습니다. 가톨릭도 우리는 로마 가톨릭만 알고 있지만 동방 가톨릭이라는 교파도 있습니다. 몇 년 전에 로마 가톨릭과 통합이 되었다고 합니다. 성공회는 우리나라에서는 개신교로 분류되지만 엄격히 따지면 영국 가톨릭이라고 하는 게 옳을 듯싶습니다. 다만 로마 가톨릭의 수장인 교황의 권위(교황권)을 인정하지 않고 가톨릭과 갈라설 적에 영국 왕을 수장으로 삼았다는 차이뿐입니다. 실제로 로마 가톨릭과 성공회 사이에 통합하려는 움직임이 오래전부터 있어왔습니다. 아직 해결하지 못한 문제가 많아서 통합이 늦어지고 있을 뿐입니다. 동방정교회도 물론 그리스도 교파이고요. 개신교는 우리에게 알려진 큰 교파들, 이를테면 루터교, 감리교, 침례교, 성결교 외에도 수없이 많습니다. 예를 들어 예수교 장로회 합동 측에 400여 개의 교파가 있다고도 합니다. 전부 그리스도교의 교파로 보아야 합니다.

교파들 서로 간에 일치하는 교리들도 있고 일치하지 않는 교리들도 있습니다. 대표적인 것으로 삼위일체三位一體 교리는 그리스도교의 모든 교파에서 인정하는 가르침입니다. 삼위일체란 구체적으로 예수의 신성교리를 뜻합니다. 그런가 하면 정통 교단으로부터 이단으로 간주되는 경우도 있습니다. 이를테면, 일부다처제로 유명한 '예수 그리스도 말일성도교회'(몰몬교), 토요일에 예배를 드리는 것으로 유명한 '제7안식일교회', 세속 권위를 철저히 부정하는 '여호와의 증인'이 있습니다. 통일교는 말할 것도 없고요. "그리스도교파의 기준이 어디까지인가?"라는 질문은 쉽지만 정확히 규정하기는 힘듭니다. 삼박자 축복으로 교세를 크게 늘린 한국의 순복음교회도 한때 이단시비가 있었습니다. 일반적으로 정통성을 의심받는 교파에 대해서는 무엇 때문에 그런지, 그 이유를 자세히 들여다보아야 바른 판단이 설 수 있습니다.

가톨릭, 정교회, 성공회, 개신교 등 이름의 의미가 궁금해요!

가톨릭이라는 용어를 처음으로 사용한 이는 안티오키아의 이냐시오스로 다음과 같이 말했습니다. "……어느 누구든 감독(주교)을 제쳐두고 교회와 관계되는 일을 해서는 안 됩니다. 감독이 드리는 감사제(성찬례), 혹은 감독이 위임한 사람이 드리는 감사례만 유효합니다. 예수 그리스도께서 계신 곳에 가톨릭교회(헤 카톨리케 에클레시아)가 있듯이, 감독이 나타나는 곳에 공동체가 있어야 합니다."[31] 여기서 '가톨릭'은 '일반', 혹은 '보편'이라는 뜻을 가지니까, 말하자면 그리스도께서 계신 곳에 두루두루 모든 교회가 있듯이 주교가 있는 곳에 교회가 있다는 것입니다. 즉, 가톨릭이라는 표현 자체에 이른바 주교 교회의 위상이 걸려 있는 셈입니다. 교회는 원래 가톨릭이 전부였습니다. 그러다가 처음으로 분열된 것이 정교회입니다.

로마 가톨릭교회와 정교회가 갈라진 역사를 자세히 설명하려면 매우 복잡합니다. 자세한 과정은 인터넷 등의 매체를 사용하시면 도움이 될 것입니다. 간략하게 설명하자면, 1054년 7월 6일에 로마 교황 대사인 훔베르트 추기경이 콘스탄티노플의 체룰라리우스 총대주교에게 파문을 선고했고, 체룰라리우스 총대주교는 교황대사를 파문함으로써 비잔틴-콘스탄티노플의 동방정교회와 로마 가톨릭이 갈라졌습니다. 정교회는 Orthodox(정正) Church의 번역이고 동방교회라 한 것은 서방교회와 지역적으로 반대편에 있어 붙여진 이름입니다. 사도와 교부들의 전통을 충실하게 따른다는 의미에서 정통교회, 곧 Orthodox Church라 합니다.

개신교는 Protestant Church의 번역으로 로마 가톨릭교회에 반기를 들었다고 하여 붙여진 이름입니다. 곧 가톨릭교회에 저항하는 교회라는 뜻입니다.

각 교파의 교리에 나타나는 공통점과 차이점은 무엇인가요?

유대교에서는 그리스도교를 85년경에 단죄한 바 있습니다. 물론 그리스도인들이 유대교에서 종교 반역자로 제거한 예수 그리스도를 여전히 따르기 때문이었습니다. 그 후로도 오랫동안 박해 받았던 그리스도인들은 313년에 신앙의 자유를 얻자 곧바로 교리 논쟁에 들어갑니다. 니케아 공의회(325)와 콘스탄티노플 공의회(381)를 통해 요한복음서의 예수 정체설정이 그리스도교의 주력 그리스도론이 되었습니다. 바로 삼위일체 교리, 즉 예수의 신성교리입니다. 이 교리는 모든 교파에서 인정하고 또한 대부분 사도신경의 가르침을 받아들입니다. 교파들 사이의 공통점입니다.

교파 간의 차이를 단적으로 설명하기는 상당히 힘든 일입니다. 각 교파마다 오랜 세월을 두고 발전해온 신학과 사상들이라 그렇습니다. 특히 신학의 개념화 작업은 더더욱 복잡합니다. 크게 네 교파로 구분해서 말씀드리겠습니다.

성사

모든 교파에서 공통적으로 인정하는 성사는 성찬례와 세례입니다. 가톨릭은 거기에 5개의 성사가 덧붙여져 7성사이고 성공회는 나머지 5성사를 준성사(혹은, 성사적 예식)라 하여 성찬례와 세례와 구별을 둡니다. 물론 이런 구분이 나머지 5성사를 가볍게 취급한다는 뜻은 아니고 단지 두 성사의 독보적 위치를 강조하기 위한 것입니다. 개신교에서는 두 개의 성사만 인정합니다. 그리고 교파에 따라서 차이가 있기는 하지만 성찬례조차 연중행사로 치러지곤 합니다. 그렇게 된 이유는 분명합니다. 가톨릭은 성사위주의 예배로 여겨 말씀 위주의 예배로 맞서겠다는 의미입니다. 나름 일리가 있는 입장입니다.

계시원천

개신교에서는 성서를 유일무이한 계시로 봅니다. 아니 예수 그리스도를 통해 하느님께서 단 한 번 그 어떤 것으로 대체할 수 없는 완벽한 계시를 하셨다고 합니다. 따라서 다른 계시란 있을 수 없습니다. 그러나 가톨릭에서는 성서계시는 물론이고 자연계시와 역사계시까지 인정합니다. 말하자면 하느님은 인간의 역사와 자연을 통해서도 자신의 모습을 드러내신다는 뜻이지요. 물론 이는 사변적인 차원의 개념화일 뿐이지만 간혹 이것에 목숨 거는 그리스도인들도 있습니다.

교황수위권

로마 가톨릭에서는 당연히 교황수위권을 인정합니다. 그러나 타 교파에서는 교황수위권을 인정하지 않습니다. 하지만 이도 역사적인 맥락에서 살펴보아야 합니다. 원래부터 교황님이 오늘과 같은 모습이지는 않았습니다. 4세기경 만해도 총 대주교좌가 여러 군데에 있었습니다. 로마, 알렉산드리아, 안티오키아, 콘스탄티노플 등. 하지만 세월 따라 다 사라지고 서방교회와 동방교회로 갈라서면서 로마의 총대주교좌만 남게 되었지요. 그래서 '로마 가톨릭'이라고 하는 겁니다. 그와 대비해 동방 가톨릭도 있고 교황의 수위권을 인정하지 않고 교회의 수장을 영국 왕이라 바꾸고 사도계승을 주장하는 영국 성공회도 있습니다.

성모신심

가톨릭에서 성모님과 관련된 교리는 모두 넷입니다. 하느님의 어머니, 성모승천, 무염시태, 평생동정입니다. 타 교단에서는 앞의 세 교리는 받아들이지 않고 단지 동정녀 잉태만 받아들입니다. 예수를 낳고 나서는 마리아가 동정을 풀었다는 것이지요. 물론 이는 교리적인 차원의 이야기일 뿐이고 실제로는 한국 개신교의 경우 가톨릭을 종종 마리아교라고 부릅니다. 마리아에 대한 정성이 도를 넘어섰다고 여기기 때문입니다. 하기는 그런 오해가 생길 여지가 있기는 합니다. 성당에 들어서면 우선 성모상이 있고 그 앞에서 예를 갖추지 않습니까? 마리아신심이라고는 하지만 종종 마리아신앙으로 간주될 신앙형태들이 눈에 띄곤 합니다. 서로에 대한 이해가 부족해서입니다.

사후세계

사후세계는 어떻게 될 것인가? 매우 궁금한 질문이 아닐 수 없습니다. 가톨릭을 제외한 타 교단에서는 연옥교리를 인정하지 않거나 굳이 강조하지 않습니다. 연옥이란 무엇입니까? 이 역시 '세상에 살 동안 완벽하게 하느님의 맘에 들게 산 사람은 없다'라는 인간 실존의 한계를 표현한 것 아닙니까? 그러니 죽고 나서 천국으로 직행할 수 없는 사람들이 있는 겁니다. 인간은 아무리 날뛰어봐야 그 정도밖에 안 됩니다. 하지만 개신교에서는 비록 죄를 지었다 하더라도 믿음만 있다면 하느님이 죽은 후에 바로 구원해주시리라는 확신을 가르칩니다. 종종 개신교의 길거리 전도사들에게 '구원의 확신이 있습니까?'라는 질문을 받는 이유이기도 합니다. 실제 죽음 후에는 어찌될까? 저도 굉장히 궁금합니다.

성경

경전의 범위에 대한 질문입니다. 어느 종교에나 그 종교의 가르침을 담은 경전이 있습니다. 그러나 모든 경전에게 정통성을 부여하진 않습니다. 경전 중에서도 그 종교의 가르침을 정확하게 전달하는 경전을 취사선택해야 하고 그런 과정을 거쳐 정경Canon(正經)의 범위가 확정됩니다. 아마 독자 여러분도 유다복음이나 베드로행전 같은 초기 그리스도교회의 작품들에 대해 들어보셨을 겁니다. 신약성서는 모두 27권입니다. 이 점에서는 각 교파마다 차이가 없습니다. 그러나 구약성서에는 차이가 있습니다. 가톨릭은 트리엔트 공의회(1545-1563) 이후 기원전 200경에 완성된 히브리성서(구약성서)의 헬라어 역본인 『칠십인역』을 따릅니다. 그래서 46권이 됩니다. 그리고 정교회에서는 1672년 예루살렘 시노드에서 결정된 바에 따라 49권이 됩니다. 개신교에서는 히브리어 구약성서만 인정해서 39권만 정경범위에 넣습니다.

교계제도는 어떻게 다른가요?

로마 가톨릭은 여러분도 잘 알다시피 로마 교황님을 수장으로 주교단-사제-부제라는 위계질서를 갖고 있습니다. 그에 대한 구체적은 증거로 안티오키아의 이냐시오스는 직분들 사이에 체계를 주어 직제를 구성하면서, "여러분은 모두 예수 그리스도께서 아버지를 따르듯이 감독(주교)을 따르고, 사도를 따르듯이 원로단(사제)을 따르고, 하느님의 계명을 섬기듯이 봉사자(부제)들을 섬기시오"라고 했습니다(스미르나서 8:1-2). 개신교는 가톨릭에 저항하여 나온 교파인 까닭에 가톨릭 교황은 물론 주교의 권위도 인정하지 않습니다. 그래서 원칙적으로는 성직이 따로 있는 게 아니라 하느님 앞에서 모두 동등한 평신도일 뿐이라는 사실을 강조합니다. 하지만 예배를 인도하거나 교회를 이끌고 교인들의 영적 생활을 인도하기 위한 사람이 필요했고 그에 따라 18세기부터 '목사pastor, minister'가 등장합니다. 양을 치는 목자에서 비롯된 호칭입니다. 요즘은 가톨릭 성직자 못지않은 권위와 지위를 갖고 있지만 출발점은 그렇다는 뜻입니다.

정교회는 비록 교황의 수위권은 인정하지 않지만 교황제도는 인정합니다. 나머지 교계제도는 같습니다. 덕분에 가톨릭에서 형제 교회라는 친근한 호칭까지 얻는 것이고요. 성공회에 대해서는 의견이 분분합니다. 성공회를 개신교로 분류할 경우 교황수위권 및 교황제도의 부정이 기본정책이라고 말할 수 있습니다. 하지만 성공회를 (그 시초에) 교회의 수장만 교황에서 영국 국왕으로 바꾸었다고 하면 성공회는, 이를테면 영국 가톨릭으로 불러야 마땅할지 모릅니다. 실제로 성공회는 주교-사제-부제의 수직적 교계제도를 갖고 있습니다. 다만 속지주의를 채택해 교구의 주교가 독자적인 판단과 결정을 할 수 있습니다. 아무튼 성공회는 로마 가톨릭이나 정교회처럼 주교제 교회입니다.

개신교 분파의 종류와 이름, 교리의 연관성은 무엇입니까?

아마 개신교 이야기를 하기 시작하면 머리가 뱅뱅 돌아갈 겁니다. 교파도 그렇게 많을 수 없고 교파마다의 주장과 가르침이 조금씩이라도 차이가 있기 때문입니다. 차이가 없다면 교파가 서로 나뉘지도 않았을 테지요. 가톨릭 교우들 중 어떤 분들은 개신교에 통일성이 없다는 사실을 두고 '워낙 근본이 없고 어른이 없으니 저럴 수밖에' 하면서 혀를 끌끌 찰지도 모를 일입니다. 특히 김수환 추기경님의 장례미사가 헬기까지 동원되어 전국에 생중계되면서 그런 자부심이 더욱 드높아졌을지도 모릅니다.

한국의 개신교는 세계 어디를 찾아봐도 선례가 없을 정도로 개신교 교파가 많습니다. 루터교, 장로교, 감리교, 성결교, 침례교, 그리스도의 교회, 하나님의 성회, 복음교회, 순복음교회…… 척 하면 떠오르는 교파들만 해도 그 정도입니다. 그러나 거기서 다가 아닙니다. 장로교 내에서도 기독교 장로회, 예수교장로회의 통합측와 합동측이 있고 한국의 자생 교단임을 자랑하는 성결교 내에도 예성과 기성이 있습니다. 개신교의 장자 교단으로 알려져 있는 루터교는 가톨릭을 반대해(프로테스탄트) 나오기는 했지만 많은 부분에서 가톨릭 냄새를 풍깁니다. 교계제도가 동일하고 세 개 성사(성찬례, 세례, 견진)를 인정하고 (개인고백과 구별되는) 공동고백도 있습니다. 장로교는 조금 더 멀리 나갑니다. 성사는 두 개(성찬례와 세례)이고, 교계제도도 장로들의 모임인 장로회(개교회는 당회, 지역교회는 노회)에 힘을 실어줍니다. 물론 목사가 있기는 하지만 교인들의 선거를 통해 선출된 장로들을 통해 민주적인 교회 운영을 목표로 합니다. 감리교는 성공회에서 출발한 교단이라 주교에 해당하는 감독이 있고, 감독들의 연회가 구성되고, 목사의 파견을 원칙으로 합니다. 하지만 한국 감리교는 요즘 와서 점점 더 장로교회와 비슷해지고 있습니다. 한국에서 교세는 그리 크지 않지만 그리스도의 교회는 매주 성찬례를 베풀고, 침례교는 글자 그대로 씻는 세례가 아닌 물에 담그는 침례를 통해 입교합니다. 그리고 기적과 영언(방언) 등 초자연적인 현상을 전방에 내세워 삼박자축복을 강조하는 순복음교회가 있습니다. 복잡한 게 사실입니다.

이제 가톨릭과 개신교의 선을 분명하게 그어주는 선에 대해 이야기하겠습니다. 읽기에 따라서는 가톨릭교회의 약점을 건드리는 말이 될 수도 있습니다. 이른바 '면죄부 판매'로 알려져 있는 사건입니다. 실은 면죄부가 아니라 보속補贖을 경감해주는 것(대사부)인데 면죄부로 알려져 있기는 합니다. 아무튼 그런 사고방식 밑에는 하느님과 평신도 사이에 교회가 있어 다리 역할을 한다는 게 가톨릭의 기본적인 틀입니다. 그러나 개신교에서는 하느님과 평신도 사이에 직통한다고 생각합니다. 중간 상인 없이 직거래를 한다는 뜻입니다. 그래서 마르틴 루터의 경우 '만인사제설滿人司祭設'을 주장하는 겁니다. 요즘 가톨릭은 물론 그렇지 않습니다. 평신도도 우리말로 번역된 성서를 읽을 수 있고 개인 기도를 통해 하느님과 직접 만날 수 있으며 평신도와 사제가 마치 친구처럼 같이 골프 여행을 떠날 수도 있습니다. 그러나 개신교와 분리되던 시절에는 교회의 위세가 너무나 막강해 인간과 하느님 사이의 유일한 통로임을 자처했다는 사실은 기억해야 합니다. 아주 조심스럽게 말했습니다.

동방정교회의 지역별 이름과 분포 지역이 궁금합니다!

동방정교회도 나름대로 복잡한 체제를 갖고 있습니다. 동방 가톨릭교회는 동방정교회 전례를 따르지만 교황권을 인정합니다. 로마 가톨릭과 상통하지만 자치권을 인정받는 교회입니다. 동방지역에 분포해 있습니다. 그리스 정교회는 동방정교회의 전례를 따르고 전례 언어로 그리스어를 사용합니다. 지중해 동부지역에 위치합니다. 우리나라에 들어온 것은 19세기 말이고(1897년) 러시아 공사관에 선교 본부가 있었다고 합니다. 그러나 볼셰비키 혁명이 일어나자 철수했다가 1953년에 한국 정교회를 재건해 그리스 정교회로 귀속시켰습니다. 1993년 이후로 독자적인 주교좌가 되었습니다. 교세는 미미한 편입니다. 러시아 정교회는 글자 그대로 러시아 국교회입니다. 혁명이 일어나기 전인 20세기 초만 해도 신자가 1억 명에 달했고 한 민족으로 이루어진 종교로는 가장 거대했다고 합니다. 19세기 말에 우리나라에 처음으로 전도를 했으나 혁명이 나면서 사라졌다가 1992년 이후 우리나라에서 전교 활동을 다시 시작했다고 합니다. 하지만 교세는 극히 미미한 편입니다.

그리스도교 교파가 성물을 대하는 시각은 어떻게 다른가요?

로마 가톨릭, 동방정교회, 성공회에서는 성상, 성물, 성화를 신앙의 표상으로 사용합니다. 이들에겐 자연스러운 일입니다. 하지만 개신교에서는 전반적으로 그런 표상을 거부합니다. 십계명에 따르면 우상을 만들지 말라고 했기 때문입니다. "너는 위로 하늘에 있는 것이든, 아래로 땅 위에 있는 것이든, 땅 아래로 물속에 있는 것이든 그 모습을 본뜬 어떤 신상도 만들어서는 안 된다. 너는 그것들에게 경배하거나, 그것들을 섬기지 못한다. 주 너의 하느님인 나는 질투하는 하느님이기 때문이다"(출애 20:4-5)로 되어 있습니다.

유대인을 비롯해 이슬람권에서는 위의 계명을 철저히 지킵니다. 그래서 사람을 연상시키는 어떤 조형물도 유대교 회당(시나고게)과 이슬람 회당(모쉐)에 세울 수 없습니다. 나름대로 하느님 공경이 철두철미한 셈입니다. 세상에 묶어둘 수 없는 하느님을 세상의 어떤 사물로도 표현할 수 없고 만일 그리 되면 하느님 경배에 큰 손상이 간다는 믿음 때문입니다. 그들의 신앙 모습입니다. 그러나 성상 등을 사용하는 교파에서는 다르게 이야기합니다. '그 표상들 자체를 섬기는 게 아니다. 표상들을 하느님을 알려주고 인도하는 역할, 곧 상징으로서의 역할만 한다. 표상을 통해 그 건너편에 계신 하느님께 나아갈 뿐이다. 그러니 괜한 트집 잡지 마시길 바란다.' 이를테면 그런 식입니다. 제가 보기에 신앙 형태에 차이가 날 뿐이지 그것 때문에 상대를 미워할 성질의 가르침은 아닙니다. 서로의 개성을 인정해주면 됩니다.

각 교파를 대표하는 영성가들의 삶을 알고 싶어요!

가톨릭에는 이름난 성인들과 영성가들이 많이 있습니다. 아시시의 프란치스코, 힙포의 어거스틴, 아빌라의 테레사(예수의 성녀 테레사), 시에나의 성녀 카타리나 등이 특히 유명합니다. 이 부분을 읽고 계시는 가톨릭 교우들이라면 여러 가지 방법으로 그분들의 사상과 영성에 대해 아실 수 있을 것입니다. 가톨릭과 반대로 역사도 짧고 성인공경의 전통도 없는 개신교에서는 영성가들이 특별히 부각되거나 주목 받지 못합니다. 그래서 교파를 따로 나누지 않고 현대 세계에서 주목할 만한 영성가들을 간단히 소개하려고 합니다(이 부분은 제가 번역한 책인, 하비 콕스 외,『우리 인간의 종교들』, 소나무, 2013년 중 그리스도교 편을 참고로 했습니다).

디트리히 본회퍼(Dietrich Bonhöffer, 1906-1945)

독일인 목사이자 신학자인 디트리히 본회퍼는 최고의 모범적인 삶을 산 인물입니다. 본회퍼는 비폭력 저항을 주창한 간디의 추종자였음에도 불구하고 히틀러 암살 모의에 참여함으로써 그의 철학적인 평화주의 원칙을 버렸습니다. 이 일로 체포되어 감금되었다가 1945년에 처형 당합니다. 본회퍼는 세속적인 삶의 혼잡한 가운데에서 그리스도를 만날 수 있다고 했으며 무신론이 마치 우리가 마시는 공기의 일부처럼 되어버린 오늘의 세상에서, 그리스도인이 된다는 것이 무엇인지 물었습니다. 인간의 결점과 무지를 보완해주기 위해 신이 이용되는 것을 거부했던 그의 단호한 태도가 중요합니다.

시몬느 베유(Simone Weil, 1909-1943)

프랑스 여인 시몬느 베유는 본회퍼와 동시대의 사람으로 특권층의 집

안에서 자라지는 않았으나 좋은 교육을 받으며 성장했습니다. 그녀는 교회가 신자와 비신자 사이에 세워 놓은 경계를 거부했고, 하느님이 사라진 세상을 벗어나기 위해 어디로든 갈 필요가 없다고 생각했습니다. 왜냐하면 우리가 이미 하느님이 계신 곳에 있기 때문입니다. 본회퍼와 베유는 철저하게 하느님의 나라로 가는 좁은 길이 바로 세상 안에 있다는 사실을 인식한 인물들입니다. 두 사람의 공통된 길은 죽음이었습니다.

도로시 데이(Dorothy Day, 1897-1980)

가톨릭 노동운동의 창시자인 도로시 데이는 평화주의자이면서 무정부주의자이고 정치적으로는 급진적인 언론인의 삶을 살았습니다. 그녀는 언제나 하층민들에게 다가가, 토요일 밤이면 의식적으로 뉴욕시의 창녀들이 사는 동네에 머물렀습니다. 그녀는 노숙자들과 배고픈 실업자들을 위한 은신처와 식당을 만들었고 냉전이 한창이던 시절, 공습경보 연습을 거부함으로써 다시 감옥에 들어갔습니다. 그녀가 당국과 벌였던 마지막 충돌은 80세가 다 되었을 때였습니다. 캘리포니아에 있는 멕시코 출신 농장 노동자들과 함께 앉아서 시위하면서 해산 명령을 거부했지요. 오늘날 그리스도교 모든 교파에서 그녀를 성녀로 인정하는 작업에 착수했든 안 했든, 많은 그리스도인들이 그녀를 20세기 성인이라고 굳건히 믿고 있습니다.

카밀로 토레스 레스트레포(Camilo Torres Restrepo, 1929-1966)

토레스 신부는 1960년대 콜롬비아에서 민주적으로 통합된 국민의 정치적 움직임을 조직하려 노력했던 성직자입니다. 그는 정부에 반대하는 게릴라전을 전개한 지 몇 주 후 군대와 충돌하는 과정에서 사망하고 말았습니다. 부상에서 회복하지 못했기 때문입니다. 당국은 그가 남긴 유품을 사용한 어떤 식의 예식도 허용하지 않았습니다. 당국의 그릇된 처사를 증명하는 듯, 라틴 아메리카의 유명한 저항 가요는 "카밀로 토레스가 쓰러진 곳에서 나무가 아닌 빛의 십자가 하나가 솟아났다"고 노래합니다.

마르틴 루터 킹(Martin Luther, 1929-1968)

흑인 인권운동가이며 비폭력 운동으로 유명한 킹 목사의 생일은 미국 대부분의 주에서 법적 공휴일로 정해져 있습니다. 킹 목사의 웅변적인 설교와 불굴의 육체적 용기에 고무되고 거리와 감옥에서 자유롭게 그를 추종했던 사람들에게 그는 완전한 그리스도인의 믿음직한 예로 추앙 받습니다. 많은 그리스도인들이 불굴의 신앙을 보여준 킹 목사를 가장 용감하고 큰 신뢰감을 주는 인물로 간주합니다. 킹 목사는 39살의 나이에 암살 당했고 이 사건은 모든 이들로 하여금 그리스도교의 진정한 사도가 어떤 인물이어야 하는지를 상기시켜줍니다.

마더 테레사, 투투, 돔 헬더 까마라

마더 테레사(Mother Teresa, 1910-1997)는 인도의 베나레스 지역의 병자들과 죽어가는 사람들 사이에서 일했고 다른 나라에도 쉼터와 병원을 설립했습니다. 그녀는 여기 소개하는 현대 영성가들 중에서 세계적으로 가장 유명한 그리스도인입니다. 또한 정치적 행동으로 유명한 남아프리카의 투투(Desmond Mpilo Tutu, 1931-) 주교와 브라질의 돔 헬더 까마라(Helder F. Camara, 1909-1999)도 떠오릅니다. 그 외에 헨리 나우웬(Henri Jozef Machiel Nouwen, 1932-1996)이나 떼제(The Taizé Community)의 로제 수사(Brother Roger Schutz), 로메로 대주교(Oscar Arnulfo Romero y Galdámez, 1917-1980) 테야르 드 샤르댕(Pierre Teilhard de Chardin, 1881-1955), 샤를 드 푸코(Charles de Foucauld, 1858-1916) 등등이 생각납니다.

현대의 영성가들이 삶으로 보여준 답들이 완전하다거나 완성된 것은 아닙니다. 또한 그들의 삶을 열심히 모방할 필요도 없고 그들의 의견에 항상 동의할 필요도 없습니다. 그러나 이들은 고딕 성당에 스테인드글라스로 새겨진 성인들이 아니라 우리와 똑같은 인간이었다는 사실이 중요합니다. 그들을 보다 신뢰할 수 있게 만드는 요소는 바로 그들이 겪었던 실패일지 모릅니다. 그러나 그들의 삶은 우리가 존경했던 과거의 성인들이 살았던 삶과 비교할 때 '과연 오늘날 진정한 그리스도인이 되는 게 무엇을 의미하는지' 알아내기 위한 훌륭한 단초가 될 것입니다.

나오는 것이 사람을 더럽힌다
_먹을거리에 대한 가르침

음식에 대한 사람들의 관심이 부쩍 높아졌다. 이른바 '웰-빙'이 현대인의 주요 관심사가 되면서 '잘 살기 위해서는 과연 무엇을 먹어야 할까' 하는 질문이 제기된 까닭이다. 그래서 몇 사람 만나기만 하면 몸에 좋은 음식이 무엇이며, 암 예방 음식은 무엇이고, 체질에 맞는 먹을거리는 무엇인지 정보 나누기에 여념이 없다. 아무튼 그렇게 이로운 것만 골라 먹다 보면 효과가 있기는 분명히 있을 것이다. 그렇다면 과연 종교적인 견지에서 어떤 음식이 좋을까? 아마 불교의 사찰음식이 으뜸일 것이다. 맑은 공기와 아름다운 풍광을 바탕으로 야채식을 하는 산사山寺의 음식 전통에 그만큼 매력적인 요소가 넘쳐나기 때문이다. 그러다 보니 덩달아 그 외의 종교들에도 무엇인가 고유한 음식전통이 있을 법하고, 그게 무엇인지 궁금해진다.

광우병 논란이 요란했던 적이 있었다. 게다가 그 논란이 식지도 않았는데 서둘러 미국과 소고기 수입 협정을 맺는 바람에 급기야 광화문에 컨테

이너 장벽을 쌓았던 역사까지 있다. 당시에 아직 확실한 광우병의 원인이 밝혀진 것은 아니지만 보다 나은 발육을 위해 먹인 동물성 사료가 원인일지 모른다는 가능성이 조심스럽게 제기되었던 기억이 난다. 소는 원래 초식동물인데 육식을, 그것도 동족의 시체를 갈아 사료로 먹였으니 뒤탈이 없을 리 있겠느냐는 뜻이다. 자연 법칙을 정면으로 거스른 까닭이다. 흔히 20세기가 낳은 최악의 질병으로 에이즈가 거론된다. 그러나 에이즈에는 성性적으로 문란한 사람들에게서 일차적으로 발생하는 병이라는, 다분히 윤리적인 이유가 붙어 다닌다. 적어도 돌을 던질 데는 있는 셈이다. 그러나 음식물로 생기는 병은 다르다. 아무리 도덕군자라 한들 고기 몇 점 잘못 먹으면 얼마든지 걸릴 수 있다. 우리의 두려움은 바로 거기에 있다.

요즘 언론 보도에 이틀이 멀다 않고 나오는 소식이 있다. 누군가 돈에 눈이 먼 자들이 음식물로 장난을 치는 바람에 온 국민의 건강이 위험에 처했다는 것이다. 그러니 식당에 가도 이것이 과연 양잿물에 무게가 부풀려진 전력이 있는 다슬기 된장찌개인지, 방사능 바닷물을 타고 일본에서 건너온 낙지 연포탕인지 의심이 갈 수밖에 없는 노릇이다. 하지만 어색한 분위기를 깨뜨리며 숟가락을 드는 용감한 친구는 언제나 있게 마련이다. 그러면서 하는 말은 늘 같다. "우리나라에서 뭐는 안심하고 먹을 수 있겠어. 죽기 아니면 살기지!"

자연법칙에 따라

이스라엘의 역사를 대변하는 구약성서에 이른바 '음식규정'이라는 것이 나온다. 레위기 11장이다. 거기에는 사람이 먹어서 안 되는 부정不淨한 짐승들이 나열되어 있는데, 우선 네 발 짐승 가운데 굽이 갈라지지 않고 되새김질하지 않는 짐승은 먹을 수 없다고 한다. 굽이 갈라지고 되새김질을 하는 소, 염소, 양은 먹을 수 있다. 하지만 낙타와 토끼는 새김질은 하지만 굽이 갈라져 있지 않으니 먹을 수 없고, 돼지는 비록 굽은 갈라졌지만 새김질을 하지 않으니 먹을 수 없다. 서민들의 다정한 친구인 삼겹살구이는 이스라엘 식당에선 당연히 취급하지 않는다.

그런가 하면 바다든 강이든, 물에 사는 짐승들 중에 지느러미와 비늘이 없는 것은 부정한 음식물로 치부한다. 스스로 꿈틀거리면서 초고추장을 묻히고, 목구멍을 넘어가면서도 묘한 여운을 남기는 산낙지 요리를 유대인의 식탁에서는 절대로 만날 수 없다. 사정이 이러하니 혹시라도 일수日數 사나운 낙지나 오징어가 유대인 어부의 그물에 걸렸더라도 잘하면 목숨을 부지할 수 있을 법하다. 또한 유대인들은 짐승의 피도 먹지 않는다. "피는 곧 모든 생물의 생명이다. 내가 이스라엘 백성에게 일러둔다. 어떤 생물의 피도 너희는 먹지 마라. 피는 곧 모든 생물의 생명이다"(레위 17:14절)고 간주해서 유대인들은 짐승의 살 중에서도 피를 샅샅이 뺀 살코기만 가지고 요리한다. 이쯤에서 "콩나물 듬뿍 넣고 끓인 다음 고춧가루를 맘껏 뿌려서 선지국 한 그릇 비우면 해장엔 그만인데"라는 생각을 하시는 독자 분이 계시다면 이스라엘 식당에는 가지 않는 게 좋을 것이다.

이렇게 늘어놓고 보니 무엇인가 원리를 찾아가며 건강식을 드시려는 분들에게 혼란만 가중시킨 것 같다. 성서에는 두서없이 부정한 음식물만 열거되어 있다는 인상을 주기 때문이다. 이번에는 조금 심각한 이야기를 해보겠다. 구약성서에는 비단 부정한 음식뿐 아니라 요리 방법에도 눈에 띄는 규정들이 있다. 출애굽기 23장 19절에는 다음과 같은 구절이 나온다.

"또 새끼 염소를 그 어미의 젖으로 삶아도 안 된다." 유대인들은 전통적으로 고기를 삶아서 먹는다. 그러나 물이 귀한 탓에 종종 짐승 젖에 삶기도 하는데 새끼 염소를 삶을 때 절대로 그 새끼가 먹고 자란 엄마 젖으로 삶지 말라고 충고한다. 그런가 하면 레위기 22장 28절에는 도살을 할 때 "소나 양을 그 새끼와 함께 같은 날 죽이지 말라"고도 한다. 두 가지 규정 모두 새끼와 어미 사이의 정情을 모질게 대하지 말라는 뜻이겠다.

유대인들의 주식은 빵이다. 성서시대에 빵을 굽는 화덕은 마치 에스키모의 이글루처럼 반구형의 공간 안에 배치되어 있었고, 공간의 내벽에는 소금이 두껍게 발라져 있었다. 이는 화덕에서 나오는 복사열을 이용하려고 취한 조치로 한 3년쯤 지나면 소금을 훑어낸 후 새 소금을 발라준다. 이때 내버린 소금의 맛을 보면 짠맛이 전혀 느껴지지 않는다고 한다. 예수가 "만일 소금이 짠 맛을 잃으면 무엇으로 다시 짜게 만들겠느냐? 그런 소금은 아무데도 쓸 데 없어 밖에 내버려 사람들에게 짓밟힐 따름이다"(마태 5:13)라는 말씀을 한 적이 있는데, 여기서 '짠맛을 잃은 소금'이란 상징이 아니라 실생활을 반영한다. 빵을 굽는 주 연료로는 말똥·소똥·개똥이 쓰였다. 이것들은 건조한 사막기후에서 쉽게 마르는 성질 덕분에 양질의 불꽃을 냈다. 사실 우리나라에서도 소똥을 연료로 쓰는 경우가 있긴 하지만 그리 보편적이지 않다. 대기 중에 습기가 많아서라고 한다. 그런데 이스라엘에서는 빵을 인분人糞으로 구우면 부정한 음식물이 되었다. 누군가에게 지독한 벌을 내릴 때면 인분으로 구운 빵을 먹었다(에제 4:10-15).

앞서 살펴본 바에 의하면 구약성서의 음식규정은 어딘지 꺼림칙한 구석이 있는 음식물을 멀리 한다는 사실을 알 수 있다. 특히, 어미젖에 끓인 새끼라든가, 같은 날 잡은 어미와 새끼, 그리고 인분 구이 빵 등은 반드시

"너는 그 음식을 저울로 달아 하루에 이십 세겔씩 시간을 정해 놓고 먹어라. 물도 되어서 마시는데 하루에 마실 분량은 육분의 일 힌이다. 그것도 시간을 정해 놓고 마셔라. 보리과자를 굽듯이 빵을 굽는데 사람들이 보는 데서 인분으로 불을 피우고 거기에다 구워 먹어라. 그리고 내 말을 전하여라. '야훼께서 이스라엘 백성을 다른 민족 가운데로 쫓아보내실 것이며 너희는 거기에서 이렇게 부정한 빵을 먹게 되리라.'" 그러나 나는 이렇게 아뢰었다. "아! 주 야훼여, 저는 아직까지 부정을 타본 일이 없습니다. 어려서부터 이제까지 절로 죽은 짐승이나 찢긴 짐승을 먹은 적이 없습니다. 부정한 살코기를 입에 넣어본 적도 없습니다." 그분이 말씀하셨다. "좋다! 그렇다면 인분 대신, 쇠똥을 피워 빵을 구워라." 이렇게 허락을 내리시고 (에제 4:10-15)

피해야 할 음식이었다. 가족과 관련되거나 동족의 희생을 담은 음식물이기 때문이다. 비단 구약성서에만 그런 사고가 있었던 것은 아니다.

이와 비슷한 예가 다른 문화권에서도 종종 발견된다. 구조주의 철학자로 잘 알려진 레비-스트로스(Claude Lévi-Strauss, 1908-2009)는 『야생의 사고 La Pensée Sauvage』라는 책에서 남태평양 뱅크스 제도에 있는 모타 섬의 원주민들은 자신과 동일시되는 음식물을 꺼린다고 기록했다. 이를테면, 어느 여인이 임신 중에 발견한 식용 식물이 있으면 처음 발견한 장소에 잘 가져다놓고, 식용 동물이 있으면 그 동물이 살 집을 잘 꾸며준다. 모타 섬의 아이들도 자신과 동일시되는 동식물을 먹지 않으며 그 음식물을 건드리는 행위 자체를 스스로를 먹는, 일종의 자식행위自食行爲로 간주한다. 우리나라에서도 가려먹는 전통이 있다. 이를테면 애저찜이나 두부추어탕을 야만적인 음식으로 치부한다. 그러므로 광우병의 원인이 동물성 사료인 게 분명하다면 엄청나게 부정을 탄 음식물임이 틀림없다.

감사함으로

성서에 나오는 유대인들의 식사예법을 살펴보면 음식물에 대해 또 한 가지 중요한 암시를 얻을 수 있다. 여러 사람이 모여 만찬晩餐을 나눌 때 정해진 순서가 있다는 사실이다. 만찬순서를 일별해보겠다.

†전식 - 첫 잔과 찬양의 말.

†중식 - 가장이 양손으로 빵을 들고 찬양한 다음, 식탁에 둘러앉은 이들에게 나누어줌. [찬양의 말 : "주님이신 우리들의 하나님, 당신을 찬양합니다. 세상의 왕이신 분, 당신은 땅에서 빵을 내셨습니다."(바빌론 탈무드 브라콧 35a)]

†후식 - 가장, 혹은 손님 중 하나가 일어서 잔을 들어 찬양하고, 그 잔(일명, 찬양의 잔)을 돌려가며 마심.

우선 식사 전에 한 움큼의 물로 손을 씻는다. 그리고 전식으로 포도주나 물이 담긴 첫 잔을 돌리고 '찬양의 말'을 한다. 만찬 주례는 그 집의 주인이 하니까 찬양의 말도 집주인의 몫이다. 중식으로 주례는 빵을 들어 찬양의 말을 한 다음 둘러앉은 이들에게 손으로 떼어 나누어주며 '찬양의 말'을 한다. 빵을 나눌 때 주의할 점은 절대로 도구를 사용하지 말아야 한다는 것이다. 하느님이 내신 귀한 음식물이라 반드시 정성스레 손으로 떼어야 한다. 이제 후식으로 가겠다. 후식으로는 포도주를 한 잔 그득 담아 돌려가며 마신다. 이때 손님 중 하나가 일어나 잔을 들어 찬양의 말을 하는 까닭에 일명 '찬양의 잔'이라는 별명이 붙어 있다. 그로써 만찬이 끝난다. 절기에 따른 만찬 때는 그 과정이 훨씬 복잡하다. 과월절 만찬만 해도 7단계로 나누어지며 각 단계마다 주례가 이 음식물을 먹게 된 유래를 젊은 세대에게 설명한다. 출애굽사건을 통해 이스라엘을 고통의 세월에서 구해내신 하느님의 놀라운 역사를 길이길이 후대에 남기려는 의도이다.

만찬의 전체 과정을 주의 깊게 들여다보면 무엇이든 음식물을 들기 전에 반드시 찬양의 말을 한다는 사실을 알 수 있다. 찬양의 말은 음식물을 내주신 하느님께 입으로 드리는 감사의 행위다. 그래서 만찬뿐 아니라 보통 음식물, 심지어 음료수를 마실 때 하는 기도도 따로 정해져 있었다. 예를 들어, 어떤 이가 나무 열매를 먹을 때면 다음과 같은 기도를 바친다. "나무 열매를 창조하신 세상의 왕, 주시여! 찬양을 받으실 지어다." 골무에 담은 것보다 좀 더 많은 양의 포도주를 마실 때는 "포도 열매를 창조하신 세상의 왕, 주시여! 찬양을 받으실 지어다." 빵이나 땅의 열매(곡식)를 먹을 때는 커다란 올리브 열매를 먹을 때보다 더 큰 소리를 내어 "땅의 열매를 창조하신, 빵을 만들어내게 하신 세상의 왕, 주시여! 찬양을 받으실 지어다"고 찬양한다(『미슈나』, 브라콧 4:1). 사실 유대인들은 매사에 하느님께 감사를 드렸다. 식사 때는 물론이고, 회당 예배 때 드리는 기도(『셔마 이스라엘』, 18조 기도문), 이사할 때, 새 집을 지을 때, 안식일이 끝날 때에 바치는 기도 등등이 있다.

유대인들은 음식물을 결코 배고픔을 달래주거나 영양 보충의 대상으로 치부하지 않는다. 그들은 빵 한 조각, 포도주 한 잔에서도 하느님의 섬세한 돌보심을 깨달으려 노력했다. 날아가는 새 한 마리나 들에 핀 잡꽃 한 송이나 길가에 나뒹구는 잔돌 하나에서도 하느님의 섭리를 읽어냈던 예수가 연상되는 대목이다(마태 6:26-30, 루가 12:28).

공중의 새들을 보아라. 그것들은 씨를 뿌리거나 거두거나 곳간에 모아들이지 않아도 하늘에 계신 너희의 아버지께서 먹여주신다. 너희는 새보다 훨씬 귀하지 않느냐? 너희 가운데 누가 걱정한다고 목숨을 한 시간인들 더 늘일 수 있겠느냐? 또 너희는 어찌하여 옷 걱정을 하느냐? 들꽃이 어떻게 자라는가 살펴보아라. 그것들은 수고도 하지 않고 길쌈도 하지 않는다. 그러나 온갖 영화를 누린 솔로몬도 이 꽃 한 송이만큼 화려하게 차려 입지 못하였다. 너희는 어찌하여 그렇게도 믿음이 약하냐? 오늘 피었다가 내일 아궁이에 던져질 들꽃도 하느님께서 이처럼 입히시거든 하물며 너희야 얼마나 더 잘 입히시겠느냐?(마태 6:26-30)

너희는 왜 그렇게도 믿음이 적으냐? 오늘 피었다가 내일이면 아궁이에 던져질 들꽃도 하느님께서 이처럼 입히시거든 하물며 너희에게야 얼마나 더 잘 입혀주시겠느냐?(루가 12:28)

더럽혀진 음식, 더럽혀진 몸

예수 이야기를 좀 더 해보겠다. 예수가 죄인들과 어울렸다는 사실은 그리스도인이라면 누구나 알고 있을 것이다. 하지만 죄인들과 어울림이 구체적으로 어떤 의미였는지 정의내리기는 쉽지 않다. 죄인처럼 살았다거나, 죄인을 위해 한평생 바쳤다거나, 죄인을 차별하지 않았다 하는 식으로 간단히 치부하기엔 예수의 포용력과 확신이 끝 간 데를 모르기 때문이다. 죄인과 관련된 본문으로 "인자가 와서 먹고 마시니까 '보아라, 먹보요 술꾼이며 세리와 죄인들의 친구로다'하고 여러분은 말합니다"(루가 7:34)가 있다. 이는 예수가 자신에 대해 얻어들은 주변의 평가를 직접 입에 올린 것으로 상당한 역사적 신빙성을 가지는 내용이다. 틀림없이 이런 식으로 비하하는 별명들은 예수의 적대자들이 붙였을 텐데 적수들의 눈매가 오히려 매서운 법이다. 이제 그 별명들을 얻기까지 과연 무슨 일이 있었는지 살펴보자.

어느 날인가 예수가 사람들과 어울려 식사를 하고 있었다. 그때 꼿꼿한 삶으로 유명한 바리사이와 율사들이 시비를 걸었다. "저 사람이 세리와 죄인들과 어울려 같이 음식을 나누고 있으니 어찌 된 노릇이오?"(마르 2:16) 마침 예수가 먹보에 술꾼이자 세리와 죄인의 친구로서 자신의 모습을 유감없이 보여주었던 모양이다. 그들의 관심을 언뜻 살펴보면 의인인 예수가 죄인들과 한자리에 앉아 식사하는 모습을 책망한 것 같다. 하지만 절대 그렇지 않다! 오늘날에도 유대인 가정에서 이방인을 초대해 한 상에 둘러앉아 식사를 나누는 일이 비일비재하다. 문제는 어느 집에서 먹는가에 있다. 앞에 거론한 율법의 음식규정에 보면 먹을 수 있는 음식과 없는 음식이 분명하게 구별된다. 하지만 이는 어디까지나 먹을 것 못 먹을 것 가릴 여유가 있는 의인들의 경우고 흔히 죄인들로 분류되었던 하층민들이나 주변부 사람들은 이것저것 따질 처지가 아니었다. 산 입에 거미줄 치지 않으려면 부정한 고기라도 먹을 수밖에 없었다.

예수가 식사를 하신 곳은 죄인의 집이었다. 그리고 종교지도자들은 그 집에서 예수에게 대접한 음식이 혹시 부정하지 않은지 의심스러운 눈으로 쳐다보았을 테고 예수가 어떤 망설임도 없이 출처가 수상한 고기 한 점을 들고 덥석 베어 물자 기다렸다는 듯이 시비를 걸었다. 이스라엘에서 유학한 동료의 말을 들어보니 요즘도 상황이 크게 바뀌지 않은 모양이다. 같은 과의 이스라엘 학생들과 피크닉이라도 갈라 치면 우리가 정성스레 준비한 김밥엔 손도 대지 않고, 우리 접시에 음식물을 담기도 거북해하고, 그저 일회용 컵만 사용한다고 한다. 아마 김밥 속 소시지의 성분을 못 미더워하고 한국 사람이 준비한 접시 위에 어젯밤 어떤 음식이 놓였을지 몰라 걱정하는 모양이다.

음식물에 대한 예수의 시원한 입장은 마르코복음 7장 15절에 나온다. "사람 밖에서 사람 안으로 들어가 그를 더럽힐 수 있는 것이란 없습니다. 도리어 사람에게서 나오는 것이 사람을 더럽힙니다." 무엇을 먹는가는 중요하지 않다. 먹고 나서 하는 행동이 문제다. 좋은 음식 먹고 나서 한다는 짓이 고작 패를 갈라 없는 사람 괴롭히고, 위장 전입에, 부동산 투기에, 뇌물 공여에, 대통령 미국방문의 수행원으로 따라가 딸 같은 인턴 직원 건드리고, 자식 군대 빼기인가? 아무리 자연식을 하고, 아무리 저칼로리로 골라가며 먹고, 아무리 수준 높은 유기농작물을 섭취하고, 아무리 감사의 말을 연발한들 먹고서 나오는 게 더러우면 아무런 소용이 없다.

성서에는 음식물과 관련된 이야기가 헤아릴 수 없게 많이 나온다. 성서가 원래 인류 역사와 함께한 고전이기에 당연한 이치다. 하지만 정작 요즘 불어대고 있는 건강식 열풍과 관련해 유익한 정보를 얻기는 어렵다. 성서가 쓰였던 때만 해도 무엇을 먹을까보다 굶어죽느냐, 살아남느냐가 최고의 관심사였기에 하는 말이다. 그래도 성서 구석구석을 헤집고 다녀보면 길이 보이기는 한다. 가능한 한 부정不淨한 음식물을 피하고, 언제나 감사의 마음을 잃지 말라는 것이다. 그러나 보다 중요한 점은 음식물로 생명을 이어나가는 인간의 삶이다. 간단히 말해, 먹는 게 문제가 아니라 사는 게 문제라는 것이다. 음식물에 관해 알려주신 예수의 투명한 가르침이다.

음식물과 관련된 우스개를 하나 풀어놓겠다. 철학자 데이비드 흄은 어느 날 아름다운 웰레스 부인을 동반하고 바다로 갔다. 그런데 굉장한 폭풍이 바다 위로 몰려왔다. 겁에 질린 웰레스 부인은 철학자로부터 위로의 말을 듣고 싶었다. 그러나 이 냉정한 철학자는 폭풍으로 배가 좌초되면 반드시 두 사람은 고기밥이 되리라는 예견을 했다. "그러면 고기는 도대체 어느 쪽을 먹을까요?" 하고 그녀가 물었다. 그러자 흄은 간단하게 대답했는데 조금의 위안이라도 얻고 싶었던 부인에게 그의 답은 전혀 도움이 되지 않았다. "대식가는 반드시 나에게 덤벼들겠지요. 그리고 미식가 놈들은 당신을 물어뜯을 겁니다." 무엇을 먹든 어차피 죽기는 매한가지 아닌가. 사는 게 중요하다.

같은 이치를 깨달아서인지 예의 그 용감한 내 친구는 다시 한 번 "우리나라에서 뭐는 안심하고 먹을 수 있겠어. 죽기 아니면 살기지!"라고 외치며 용감하게 수저를 든다. 말은 그렇지만 사실 그 친구도 속으로는 조금 두려울지 모른다. 온 나라가 방사능 공포에 휩싸여 있는 일본 앞바다에서 오늘 아침 갓 들여온 참치회를 어떻게 안심하고 먹을 수 있으며 또한 아무리 서울시에서 보장한들 중금속 오염이 염려되는 낙지를 선선히 먹을 수 있겠는가? 그처럼 노력해도 지울 수 없는 것이 먹을거리에 대한 그치지 않는 관심과 두려움이다. 상황이 정 그렇다면 다음 말씀을 들려주면 된다.

그러므로 내가 너희에게 말한다. 목숨을 부지하려고 무엇을 먹을까, 무엇을 마실까, 또 몸을 보호하려고 무엇을 입을까 걱정하지 마라. 목숨이 음식보다 소중하고 몸이 옷보다 소중하지 않느냐? 하늘의 새를 눈여겨보아라. 그것들은 씨를 뿌리지도 않고 거두지도 않을 뿐 아니라 곳간에 모아들이지도 않는다. 그러나 하늘의 너희 아버지께서는 그것들을 먹여주신다. 너희는 그것들보다 더 귀하지 않느냐? 너희 가운데 누가 걱정한다고 해서 자기 수명을 조금이라도 늘일 수 있느냐? …… 그러므로 내일을 걱정하지 마라. 내일 걱정은 내일 할 것이다. 그날 고생은 그날로 충분하다.(마태 6:25-34)

이것은 나의 살과 피
_예수의 최후만찬과 성찬례

기원후 112년경 로마 속주 비티니아의 신임 총독으로 부임한 플리니우스 2세(Gaius Plinius Caecilius Secundus, 기원후 61-112)는 트라야누스 황제(Traianus, 98-117)에게 편지를 보냈다. 비티니아에서 골머리를 앓게 만들던 자들(그리스도인들)을 처리하는 데 지침을 내려달라는 편지였다. 그는 편지 말미에 한 가지 점을 강하게 부각시켰다. "나는 그들에게서 괴팍스럽고 극단적인 미신밖에는 아무 것도 발견하지 못했습니다. 그래서 나는 조사를 연기하고 당신의 조언을 요청하게 되었습니다."(이후 내용 21쪽 참조)

플리니우스의 편지에 황제는 답신을 보냈다. "친애하는 세쿤두스, 당신은 올바른 방법을 취했습니다. 모든 경우를 취급하기 위한 일정한 규정을 세우는 것은 불가능합니다. 그들을 찾아내서는 안 되고, 그러나 신고되고 확인되면 처벌해야 합니다. 그렇지만 그리스도인임을 부인하고 우리의 신들에게 기도를 바침으로써 자신의 주장을 증명하는 자는, 비록 그의 과거 때문에 의심스럽다 할지라도, 그의 후회 때문에 용서를 받아야 합니다. 서명이 없는 고발은, 어떠한 소송 수속에서도 고려되어서는 안 됩니다. 왜냐하면 그것은 나쁜 사례가 될 것이고 또한 우리 시대에 적합하지 않을 것이기 때문입니다."

황제의 답신은 일면 유연하고 관대해 보인다. 그리스도인으로 신고된 경우에만 처벌하고, 그나마 신고된 자가 자신의 신앙을 부정하면 관용을 베풀어 마땅하고, 익명의 투서는 무시하라는 내용이다. 제왕학을 배운 오현제 중 한 명으로, 순리에 따라 제국을 다스렸던 트라야누스다운 조치였다. 하지만 여기에 무서운 사실이 한 가지 숨어 있다. 이제까지 문제가 터질 때마다 주먹구구식으로 다루어졌던 그리스도인의 처벌에 공식적인 지침이 정해진 것이다. 황제의 편지는 준공문서이자 관습법으로 간주되었기 때문이다.[32]

실체변화 논쟁

로마제국에서는 그리스도인의 성찬례를 두고 식인종들이 벌이는 위험한 축제가 아닌지 의심했다. 그런데 이 의심은 묘하게도 후대에 이르러 빵과 포도주 속에 예수가 살과 피로 현존한다는 '실체實體변화'의 차원과 연결된다.(21-22쪽 참조) 가톨릭에서는 오랫동안 성체에 대해 확고한 입장을 고수해왔다. 예수가 최후만찬에서 "이는 내 몸", "이는 내 피"라고 했을 때, 이 말이 참인 이상 빵과 포도주가 실제로 예수의 몸과 피가 되는 것으로 여겼다. 그래서 사제가 성찬 중에 성체성사 제정을 선언할 때 비록 '외양accidentia'은 그대로지만 빵과 포도주의 '실체substantia'는 변하게 된다. 이를 11세기 이래 가톨릭교회에서는 '실체변화transsubstantiatio'로 불러왔고, 1215년 제4차 라테란 공의회에서 미사 중의 축성이 참된 본질적 변화를 일으킨다고 선포하였다. 여기서 최후만찬 본문을 읽어보자.

> 23내가 여러분에게 전해준 것은 주님께로부터 넘겨받은 것입니다. 곧, 주님께서 넘겨지시던 날 밤에 빵을 손에 드시고 24감사의 기도를 드리신 다음 빵을 떼시고 "이는 여러분을 위해 주는 내 몸입니다. 나의 기억으로 이를 행하시오" 하고 말씀하셨습니다. 25또 그와 같이 식후에 잔을 (드시고) 말씀하셨습니다. "이 잔은 피로 맺는 새 계약입니다. 여러분은 마실 때마다 나를 기억하여 이를 행하시오." 26사실 그분이 오실 때까지, 여러분이 이 빵을 먹고 마실 때마다 주님의 죽으심을 알리는 것입니다.(1고린 11:23-26)

종교개혁자 마르틴 루터는 성찬례 중에 예수가 현존한다는 점에는 동의했으나 그 효력에 있어서는 이견을 갖고 있었다. 루터는 성찬례를 제정한 예수의 말씀(24절) 이후에도 '빵'을 여전히 '빵'으로 부른다는 사실(26절)에 주목했다. 따라서 성찬 '안에서', 성찬과 '더불어', 그 모습 '아래서' 그리스도의 몸이 신앙인에게 주어진다는 설명이 주어졌고(루터의 저작 『Solida Declaratio VII』에 나오는 내용임) 이를 '실체공존consubstantiatio'이라 불렀다. 성찬례성사 제정에 대해 가톨릭교회는 제정과 더불어 빵과 포도주가 지속적으로 예수의 현존을 유지한다고 선언한 반면 루터교회에서는 신자들이 성체(빵과 포도주)를 받는 순간만 현존한다는 주장을 편 것이다.

같은 종교개혁자라 하더라도 츠빙글리 등 또 다른 이들은 성찬례성사에서 예수의 현존이 사실로 주어진 게 아니라 성령의 역사를 통해 기억의 형태로 예수의 현존이 개개인에게 전달된다고 보았다. 실제로 예수는 빵을 떼고 잔을 드시며 "나를 기억하여 이 예를 행하여라"고 했으니(24, 25절) 일리가 없는 주장도 아니다. 하지만 이쯤 되면 가톨릭의 가르침과 상당한 거리가 생기는 것도 사실이다. 그런 까닭에 트렌트 공의회(1551)에서는 종교개혁자들을 단죄하고 말았으며, 지금까지도 그 싸움은 이어져 내려오고 있다. 개신교에서는 가톨릭의 '실체변화' 가르침을 두고 집단적 '우상숭배'로 비난하고 가톨릭에서는 개신교의 입장을 개인적 '신심과시'로 치부한다는 뜻이다. 하지만 20세기 들어 긍정적 변화가 한두 가지 있었다.

개신교와 가톨릭의 입장

개신교의 통합기구인 '세계교회협의회World Council of Churches(약칭 WCC)' 산하 '신앙과 직제 위원회'는 1982년 남미 페루의 수도 리마 총회에서 '세례, 성찬 및 사역'에 대한 합의문(영어로 Baptism, Eucharist and Ministry인 까닭에 약칭 BEM 문서라고도 한다)을 공식문서로 채택한 바 있다. 종교개혁이 일어난 지 약 460년 만에 개신교 공통의 합의가 이루어졌으니 가히 역사적 문헌이라 할 수 있다. 이 합의문의 내용을 살펴보면 예수가 제정한 성찬례의 성격을 설명한 후(I), 성찬의 의미(II)를 밝히는데 그중에서도 B의 13항과 부연 설명이 매우 중요하다. '실체변화'를 다룬 항목이기 때문이다.

항목에 따르면 그리스도는 성찬례에 유일무이한 방식으로 현존하시며 그 참된 진리는 성찬례를 행할 때마다 매번 실현된다. 그래서 "교회는 성찬례 때마다 그리스도께서 실제로, 살아계신 분으로서, 능동적으로 현존하신다고 고백한다. 성찬례 때의 그리스도의 실제 현존이 사람들의 신앙에 의해 좌우되는 것은 아니지만, 그리스도의 몸과 피를 식별하려면 신앙이 요구된다는 사실에 동의한다."[33] 이해가 불충분한 독자를 위해 다시 한 번 설명하면, 어떤 교단(가톨릭 등)에서는 성찬례의 빵과 포도주가 실제로 부활하신 그리스도의 몸과 피가 된다고 믿지만, 다른 교단(장로교 등)에서는 그리스도의 현존을 빵과 포도주의 표징에 그처럼 밀착시키지 않는다는 점을 공식적으로 인정한 것이다.

가톨릭은 리마문서에 대한 답변에서 우선 합의문에 담긴 신학적 성찰들을 높이 사면서 교회일치운동에 있어 중요한 결실이자 공헌이라고 평가했다. 그러나 '실체변화'에 대한 입장(II.B.13)에는 의견을 달리했다. "가톨릭 교리에 있어 성찬례 요소들의 변화는 신앙의 문제이므로 이 본질적인 변화가 어떻게 이루어지는지에 대한 가능한 새로운 신학적 설명을 기대할 뿐이다. '실체변화'라는 말의 내용은 모호함 없이 표현될 수 있어야 한다. 가톨릭 신자들에게 이것은 신앙의 중심 신비이고 따라서 모호한 표현들을 받아들일 수 없다."[34]

사실 개신교 진영에서 작성된 리마문서에서는 의도적으로 '실체변화'라는 용어를 피했다. 그저 "그리스도께서 실제로, 살아계신 분으로서, 능동적으로 현존하신다"라는 다분히 우회적인 표현을 사용했는데, 가능한 한 각 교단들의 심기를 건드리지 않으려 한 것 같다. 하지만 앞뒤 문맥을 살펴보면 가톨릭의 입장까지 널리 수용하려는 의지가 돋보인다. 그에 대해 가톨릭에서는 분명한 용어 선택을 요구했고, 자신들의 신앙이 유일무이한 진리를 담고 있는 까닭에 결코 다양성이라는 용어 속으로 함몰될 수 없다는 점을 확실히 했다. 따라서 '실체변화'와 다른 의견을 가진 개신교인들은 가톨릭 미사에서 성체를 받아 모실 수 없는 것이다.

예수의 최후만찬

물론 가톨릭에도 변화가 감지되는 대목이 있다. "제2차 바티칸 공의회 이후 네덜란드의 진취적 가톨릭 신학자들이 앞장서서 '의미변화 transignificatio' 또는 '목적변화transfinalisatio'라는 신조어를 만들어냈다. 빵은 여전히 빵으로, 포도주는 여전히 포도주로 남아 있되, 성만찬의 포도주는 그 의미가 바뀌었고 그 목적도 바뀌었다는 뜻이다."[35] 하지만 가톨릭의 공식 입장에 극적인 변화가 없는 한 앞으로도 가톨릭과 개신교의 합동 예배란, 언감생심 불가능한 일로 남을 것이다. 그렇다면 성찬례의 시작은 어땠을까?

예수는 죽기 전날 밤 제자들과 함께 저녁을 나누었는데 지상에서 마지막 만찬이었으니 이를 '최후만찬'이라 부르는 것은 당연한 이치다. 최후만찬의 순서는 일반적인 유대 식 만찬 순서를 따랐고 만찬의 주례는 예수였다. 최후만찬의 순서는 다음과 같다.

내가 여러분에게 전해 준 것은 주님께로부터 받은 것입니다. 곧 주 예수께서 잡히시던 날 밤에 빵을 손에 드시고 감사의 기도를 드리신 다음, 빵을 떼시고 "이것은 너희들을 위하여 주는 내 몸이니 나를 기억하여 이 예를 행하여라" 하고 말씀하셨습니다.(1고린 11:23-24)

또 식후에 잔을 드시고 감사의 기도를 드리신 다음, "이것은 내 피로 맺는 새로운 계약의 잔이니 마실 때마다 나를 기억하여 이 예를 행하여라" 하고 말씀하셨습니다.(1고린 11:25)

†전식으로 예수가 잔을 들고 찬양의 말을 함.

†중식으로 예수가 빵을 들고 찬양의 말을 한 다음 제자들에게 나누어 줌(1고린 11:23-24). 이 찬양의 말 속에는 하나님에 대한 감사의 뜻도 포함되므로 바울로는 '감사하다'(유카리스테사스)라는 표현을 썼다.

†후식으로 예수는 잔을 들고 찬양한 다음 제자들에게 잔을 돌림. 제자들은 돌아가며 그 잔을 마심(1고린 11:25).

이처럼 예수는 전식·중식·후식으로 이어지는 유다인의 일반적인 공동 식사 관습에 따라 제자들과 최후만찬을 나누었다. 독특한 점이 있었다면 이때 한 예수의 말씀이다.

빵을 나누며 한 말씀(24절): 예수는 제자들에게 빵을 나누어주며 "이것은 너희들을 위하여 주는 내 몸이니"라고 말씀하신다. 하지만 이는 헬라어식 표현이고 예수의 모국어인 아람어로 환원하면 '이니'라는 서술 형용사 없이 그저 "이것은 내 몸"이 된다. 그리고 유다인은 사물의 한 부분을 이용해 사물 전체를 상징적으로 표현하는 제유법提喻法을 즐겨 사용했다는 점을 미루어볼 때, 이 말씀은 곧 "받으시오, 이는 나의 전부"라는 뜻이 된다. 예수는 최후만찬 자리에서 곧 들이닥칠 자신의 운명을 이미 내다보았고 제자들과 나누는 마지막 식사라는 사실도 잘 알고 있었다. 그러므로 예수가 빵을 나누어주며 '이것은 내 몸'이라고 한 데엔 '나의 전부'를 즉, 제자들을 위해 자신의 생명을 아낌없이 내어준다는 뜻이 숨어 있었을 터다.

잔을 돌리며 한 말씀(25절): 제자들과 빵을 나눈 예수는 이어서 잔을 돌리며 "이것은 내 피로 맺는 새로운 계약의 잔이니"라는 말을 한다. 유대인들은 전통적으로 피에는 생명이 녹아들어가 있다고 간주했기에 피를 마시는 일을 금지했다(창세 9:14, 레위 17:10 이하 참조). 따라서 유다 땅에서 치러진 최후만찬에서는 '피'보다는 '잔'이라는 표현이 선택되었을 가능성이 높다. 여기서 "이것은 내 피로"란 마치 "이것은 내 몸"이 '나의 전부'를 뜻하듯이, 예수가 제자들에게 자신의 생명을 내어준다는 말의 상징적 표현이다. 예수는 제자들에게 붉은 포도주가 든 잔을 돌리면서 곧 들이닥칠 죽음에서 처참하게 피를 흘리리라는 사실을 내다보았을 것이다.

성찬례문의 배경

하지만 여러분이 한자리에 모여서 나누는 식사는 주님의 성찬을 나누는 것이라 할 수가 없습니다. 여러분은 모여서 음식을 먹을 때에 각각 자기가 가져온 것을 먼저 먹어치우고 따라서 굶주리는 사람이 생기는가 하면 술에 만취하는 사람도 생기니 말입니다. 각각 자기 집이 없어서 거기에서 먹고 마시는 겁니까? 그렇지 않으면 하느님의 교회를 멸시하고 가난한 사람들에게 창피를 주려고 그러는 것입니까? 내가 무엇이라고 말해야 하겠습니까? 이래도 여러분을 칭찬해야 하겠습니까? 이 일만은 칭찬할 수 없습니다.(1고린 11:20-22)

내가 여러분에게 전해 준 것은 주님께로부터 받은 것입니다. 곧 주 예수께서 잡히시던 날 밤에 빵을 손에 드시고 감사의 기도를 드리신 다음, 빵을 떼시고 "이것은 너희들을 위하여 주는 내 몸이니 나를 기억하여 이 예를 행하여라." 하고 말씀하셨습니다. 또 식후에 잔을 드시고 감사의 기도를 드리신 다음, "이것은 내 피로 맺는 새로운 계약의 잔이니 마실 때마다 나를 기억하여 이 예를 행하여라" 하고 말씀하셨습니다. 그러므로 여러분은 이 빵을 먹고 이 잔을 마실 때마다 주님의 죽음을 선포하고, 이것을 주님께서 다시 오실 때까지 하십시오.(1고린 11:23-26)

사도 바울로는 자신이 전도한 교회들 중의 하나인 고린토교회에 여러 문제가 발생했다는 소식을 접하자 편지들을 썼다. 이 문제들 중의 하나가 성찬례 관행이었다. 성찬례에 교인이랍시고 참가한 자들이 각자의 허기만 허겁지겁 채우느라 종종 굶주리는 사람이 생기는가 하면 술에 취한 사람이 등장할 정도로 질서를 잃었다는 소식이었다(1고린 11:20-22). 이에 바울로는 성찬을 어떻게 지내야 옳은지, 예수 자신이 세운 성찬의 모범을 제시한다(1고린 11:23-26).

고린토전서 11장 23-25절의 성찬례문은 분명 바울로가 1세기 교회의 예배의식에서 따왔을 것이다. 바울로가 전하는 최후만찬에 대한 보도의 대표적인 특징은, 그분의 재림 때까지(26절) 성찬례를 반복해야 한다(24절, 25절)는 점이다. 이런 사고방식은 바울로가 교회 시대를 예수의 부활로부터 그의 재림에서 막을 내리는 한시적 시간대로 보았다는 사실을 반영한다. 그러므로 그리스도인들은 "그분이 오실 때까지" 쉬지 말고 성찬례를 행하여 기억을 언제나 새롭게 가다듬어야 하며, 이를 통해 그분의 죽음이 갖는 뜻을 전파해야 한다. 이렇게 될 때야 비로소 예수의 성찬례가 진정한 의미에서 '성사聖事Sacrament'로 자리 잡는 것이다. 향후 2천 년을 살아 숨쉬게 될 성찬례가 탄생한 위대한 시대였다.

1세기 교회의 그리스도인들은 예수가 마지막 가던 길을 하나하나 기억해냈다. 예루살렘 성전에 당당하게 입성하던 모습에서 십자가의 처참한 죽음까지, 그리고 생사의 갈림길을 두고 기도하던 모습에서 영광의 부활까지. 그중에서도 특히 최후만찬에서 한 예수의 언행은 두고두고 기억할 만한 것이었다.

예수의 최후만찬은 엄격히 말해서, 제자들과 나눈 이별의 만찬이었다. 최후만찬을 통해 비록 예수와 제자들 사이에 더없이 끈끈한 공동체적 정서가 이루어졌다 할지라도 이를 기억하고 그 의미를 보다 풍부하게 만든 공로는 역시 1세기 교회로 돌려야 한다. 예수가 부활했다는 사실을 굳게 믿었던 1세기 교회는 살아생전 마지막 만찬에서 예수가 한 행동과 말씀을 범상치 않은 눈과 귀로 받아들였다. "여러분을 위해", "나의 기억으로"(24절), "새 계약", "나를 기억하여 이를 행하시오"(25절), "여러분이 이 빵을 먹고 마실 때마다 주님의 죽으심을 알리는 것입니다", "그분이 오실 때까지"(26절) 등등은 1세기 교회의 뛰어난 해석과 확고한 신앙을 보여주는 구절들이다. 그리스도인들은 성찬에서 역사의 예수가 베풀었던 최후만찬을 다시금 반복하고, 부활하신 예수의 현존을 체험하고, 장차 다시 오실 재림의 예수를 기대했다. 성찬례란 과거와 현재와 미래를 아우르는 회상제回想祭이자 현존제現存祭이자 희망제希望祭였던 것이다.[36]

성찬례에 대한 신약성서의 보도를 살펴보면 가톨릭과 개신교 사이에서 벌어진 지루한 교리 논쟁과 멀리 떨어진 느낌이 든다. 교리 논쟁에서 고리타분한 냄새가 폴폴 풍긴다는 뜻이다. 과연 이런 사고방식이 과학적 접근과 이성적 판단이 주를 이루는 오늘의 그리스도인들에게도 설득력을 제공할 수 있을까? 만일 요즘 세상에서 '실체변화'를 안하무인격으로 고집한다면 당연히 과학적 증명이라는 난관에 봉착하고 말 것이다. 실증주의 철학자 오귀스트 콩트가 말했듯이 모든 지식은 과학적·실증적인 관점을 거쳐야 완성되니까 '실체변화'도 과학의 입장에선 자칫 허구의 개념으로 전락하고 말리라. 아무리 이것이 과학언어가 아니라 신앙언어라고 우겨도 말이다.

* * *

과거에 발목을 꽉 잡힌 사람은 대게 미래를 암울하게 바라보는 경향이 있다. 수많은 아버지들이 자기 아들에게 하는 이런저런 충고가 같은 범주에 속한다. 아버지 딴에는 아들의 미래에 닥칠지도 모를 불행을 사전에 막아보려는 바람에서겠지만 속내를 보면 자신의 어리석었던 지난날에 대한 뼈저린 후회가 작용하고 있는 것이다. 그렇게 과거가 인간을 짓누르고 있다는 사실을 극대화시킨 인물로는 아마도 심리학자 지그문트 프로이트(Sigmund Freud, 1856-1939)가 으뜸일 것이다. 그는 어린 시절에 받았던 상처가 무의식에 저장되어 있다가 현재의 나에게 치명적인 충격을 가한다고 주장했다.

프로이트 비판에 앞장섰던 에른스트 블로흐(Ernst Bloch, 1885-1977)는 과거를 불변不變의 심리 장치가 아니라 미래를 위한 가변可變의 도구로 간주했다. 우리에게 장차 주어지게 될 미래가 오히려 과거의 의미를 변화시킬 수 있다는 것이다. 인간은 본질적으로 자신에게 유리한 대로 과거를 사용한다. 이를테면 쓰라린 과거사가 실패자의 합리화 도구로 쓰이기도 하지만 종종 약진의 논리로 탈바꿈된다. 자신의 과거에 어떤 가치를 부여하는가에 따라 미래를 망칠 수도, 구할 수도 있다는 말이겠다.

과거의 전통적인 교리 논쟁 자체는 공허하다. 하지만 정작 문제는 이런 사고가 미래의 교회 일치를 가로막는 데 있다. 나는 종종 다음과 같은 생각을 해본다. 과연 역사의 예수는 교리 논쟁 앞에서 어떤 입장을 취할까? 예배에 참여해 성체를 받아 모시러 나오는 사람들의 교파를 차별해 누구는 빵을 주고 누구는 저만큼 떨어져 있으라고 열외를 시킬까? 어림 반 푼어치도 없는 소리다!

복음서에 보면 추종자들이 예수를 자기 집에 모셔 식사를 대접했다는 이야기가 종종 나온다. 예수는 바리사이의 초대를 받아들여 식사를 나눈 적도 있었지만(루가 14:1), 세리의 초대에도 선선히 응했다(마르 2:15-17). 어디 그뿐인가. 로마에 빌붙어 유대인을 수탈하는 악명 높은 세리장 자캐오의 초대마저 예수는 받아들였다(루가 19:1-10). 어느 바리사이는 예수가 세리의 집에 초대받아 죄인들과 한 자리에 앉아 음식을 나누는 것을 보고 "저 사람이 세리와 죄인들과 어울려 같이 음식을 나누고 있으니 어찌

그네 갑절은 갚아 주겠습니다" 하고 말씀 드렸다. 예수께서 자캐오를 보시며 "오늘 이 집은 구원을 얻었다. 이 사람도 아브라함의 자손이다. 사람의 아들은 잃은 사람들을 찾아 구원하러 온 것이다" 하고 말씀하셨다.(루가 19:1-10)

어느 안식일에 예수께서 바리사이파의 한 지도자 집에 들어 가 음식을 잡수시게 되었는데 사람들이 예수를 지켜 보고 있었다. 그 때 마침 예수 앞에는 수종병자 한 사람이 있었다.(루가 14:1)

어느 날 예수께서는 레위의 집에서 음식을 잡수시게 되었다. 예수를 따르던 사람들 중에는 세리와 죄인들도 많았는데 그 중 여럿이 예수와 그의 제자들과 함께 그 자리에 앉아 있었다. 바리사이파의 율법학자들은 예수께서 죄인이며 세리들과 한 자리에서 음식을 나누시는 것을 보고 예수의 제자들에게 "저 사람이 세리와 죄인들과 어울려 같이 음식을 나누고 있으니 어찌된 노릇이오?" 하고 물었다. 예수께서 이 말을 들으시고 "성한 사람에게는 의사가 필요하지 않으나 병자에게는 필요하다. 나는 의인을 부르러 온 것이 아니라 죄인을 부르러 왔다" 하고 대답하셨다.(마르 2:15-17)

예수께서 예리고에 이르러 거리를 지나가고 계셨다. 거기에 자캐오라는 돈 많은 세관장이 있었는데 예수가 어떤 분인지 보려고 애썼으나 키가 작아서 군중에 가리워 볼 수가 없었다. 그래서 예수께서 지나가시는 길을 앞질러 달려 가서 길가에 있는 돌무화과나무 위에 올라 갔다. 예수께서 그 곳을 지나시다가 그를 쳐다보시며 "자캐오야, 어서 내려 오너라. 오늘은 내가 네 집에 머물러야 하겠다" 하고 말씀하셨다. 자캐오는 이 말씀을 듣고 얼른 나무에서 내려와 기쁜 마음으로 예수를 자기 집에 모셨다. 이것을 보고 사람들은 모두 "저 사람이 죄인의 집에 들어 가 묵는구나!" 하며 못마땅해 하였다. 그러나 자캐오는 일어서서 "주님, 저는 제 재산의 반을 가난한 사람들에게 나누어 주렵니다. 그리고 제가 남을 속여 먹은 것이 있다면

된 노릇이오?"라고 불만을 표시했다(마르 2:16). 예수는 비록 재야의 인물이긴 했어도 엄연한 야훼 종교의 지도자들 중 하나였으니 의인임이 분명했다. 그런데 죄인들과 한 상에 둘러앉아 음식을 나눈 것은 대단히 파격적인 행동이었다. 그런 처사들은 바리사이의 불평을 불러일으키기에 충분했다. 하지만 예수의 입장은 확고했다. "나는 의인을 부르러 온 것이 아니라 죄인을 부르러 왔다."(마르 2:17)

예수의 식탁은 누구나 초대 받을 수 있는 곳, 차별이라곤 없는 평등의 밥상이었다. 이 평등 개념은 아래위 여러 계층들 사이의 중간 어디쯤 형성된 게 아니라 가장 낮은 이들에게 눈높이를 맞춘 아래로부터의 평등이었다. 하지만 보다 중요한 사실은 함께 식사를 나눈 이들에게 찾아온 변화였다. 그들은 예수로부터 하나님 나라의 감동을 전해 받았고 그렇게 찾아온 감동은 각자의 삶을 근본적으로 바꾸었다. 예수의 최후만찬을 이어받아 이루어진 1세기 교회의 성찬례 제정이 그 확실한 증거다.

"계시가 있다는 것은 어떤 교리가 주어졌다는 뜻이 아니다. 우리가 계시라는 단어를 사용할 때는 여러 가지 역사적 사실들 안에 당신 스스로를 전달하시는 하느님의 자유스런 개입이 있었다는 것을 의미한다. 하느님이 개입하신 사실들은 사람들에게 구원을 체험하게 하였고, 그 체험들은 해석되어 메시지 형태의 언어로 기록되었다…… 교리는 기원에 있었던 체험들이 언어로 정착한 다음, 그 내용을 인간이 반성하고 숙고하여 그 시대의 합리적인 언어로 정리하여 표현한 것이다."[37]

오늘날 우리에게 성찬례의 성격을 어떻게 규정하는가는 그리 중요하지 않다. 또한 성찬례의 의미를 추구하는 데 과학적 증명이 결정적인 역할을 하는 것도 아니다. 오히려 과학적 증명에 온전히 기대다 보면 인간의 사유는 빈곤해질 수 있다. 무엇보다 중요한 사실은 당사자의 삶에 변화가 없으면 성체는 전적으로 무의미해진다는 점이다.

성체란 언제나 성체를 받아 모신 다음이 중요하다. 진정한 성찬례는 그래야만 한다.

—

에밀 놀데, 〈최후의 만찬〉,
유화, 제빌 미술관, 1909

수도회, 대안代案공동체
_〈위대한 침묵〉과 〈신과 인간〉

침묵 속에서야 비로소 들을 수 있다. 입을 다물어야 비로소 눈이 열린다. 올 한 해 가장 독특한 영화!_〈Die Welt〉

예수는 3년간 공생활에서 생활공동체를 지향했고 1세기 교회는 예수의 모습을 그대로 이어받아 소유공동체를 추구했다(174-182쪽 참조). 그러고 나서 한동안 맥이 끊기었던 예수의 정신은 수도원운동에서 구체적인 실현의 장을 만난다. 수도원의 시작에 대해서는 다양한 견해들이 있지만 대체로 기성 교회에 실망하고 사막에 들어간 은수자들에게서 찾는다. 그들은 처음엔 개인적으로 은수생활을 했지만 4세기경부터 집단을 이루기 시작했다. 집단을 형성하면서 내부 규율을 세우기 위해 규칙서를 만들었는데 최초의 것으로 성 파코미오(St. Pachomius of Tabenna, 290-346)가 집필한 규칙서가 있으며 그 후로 성 아우구스티누스(345-430), 성 베네딕투스(480?-547?), 성 프란치스코(1182-1226)의 것이 유명하다. 특히, 성 베네딕투스가 창시한 베네틱도(분도) 수도회와 성 프란치스코가 세운 프란치스코

수도회 규칙서는 그 후에 탄생한 수도회 규칙서들의 전범典範이 되었다.

오늘날의 수도회는 그 형태에 따라 보통 셋으로 나눈다. 관상觀想수도회와 활동수도회와 재속(수도)회가 그것들인데 각각 보완 설명이 필요하다. '관상수도회'는 모든 사색에서 벗어나 오직 하느님만 응시하는 기도의 경지인 관상Contemplatio에 도달해, 하느님께 자신을 완전히 봉헌하려는 목적으로 세워진 수도회다. 이 목적을 달성하기 위해 수도자들 대부분은 봉쇄 공간에 머물고 침묵 생활을 한다. 그래서 관상수도회를 두고 봉쇄수도회나 침묵수도회로 부르기도 한다. 하지만 봉쇄와 침묵은 단지 수단일 뿐이다. 목적은 분명 수도자 자신이 하느님을 만나려는 데 있다. 깔멜 수도회, 트라피스트 수도회 등이 여기에 속한다.

다음으로 수도원 공동체가 세상 안으로 들어와 함께 지내는 '활동수도회'가 있다. 이 수도회에서는 관상 생활과 더불어 공동체 고유의 사도직을 수행한다. 이를테면 서강대학교를 세운 예수회의 사도직은 교육이고, 바오로회는 출판, 수단에서 온 몸을 바쳐 선교한 이태석 신부가 속했던 살레지오회는 청소년 사목이라는 식이다. 오늘날 대부분의 수도회는 활동수도회다.

세 번째의 재속(수도)회는 현대 가톨릭의 혁명으로 불리는 제2차 바티칸 공의회(1962-65년)의 결정에 따라 새롭게 정착된 형태의 수도회이다. 비록 개인 사정 때문에 수도회엔 입회할 수 없지만 세상 안에서도 수도자의 삶과 정신을 공유하려는 그리스도인들이 많이 생겨나면서 새로운 수도생활의 가능성으로 재속(수도)회가 제시되었고, 수도회는 그 필요에 따른다.

위대한 침묵

어느 날 교단 본부에서 일하는 신부님에게 전화가 걸려왔다. 〈위대한 침묵Die große Stille〉(필립 그뢰닝 감독, 다큐멘터리, 프랑스/스위스/독일, 2005년, 162분)이라는 영화를 개봉했다는데 사무실 직원들이 단체로 관람해도 되겠느냐, 만일 관람해도 좋다면 적당한 말로 추천해 달라는 내용이었다. 교단 내의 영화평론가 신부가 유일하다 보니 추천의 말을 부탁한 것이다. 그 순간 어떤 대답을 할지 망설여졌다. 잘못 추천했다가 단체로 비난을 퍼부을까 봐서다. 이를테면 "좋은 영화인 것은 인정하겠는데 졸려 죽을 뻔했네! 그 사이에 박 신부님 감각이 많이 약해지셨네!"라는 식의 반응 말이다. 그래서 일부러 애매모호하게 대답했다. "좋은 영화긴 한데 상영시간이 아주 깁니다. 혹시 근무에 차질은 없을까요. 아무래도 직원들에게 물어보시고 스스로 결정하시는 게 좋겠습니다." 어줍지 않게 교구 사무실 근무시간까지 들먹인 덕분에 아무튼 간신히 빠져나오긴 했다.

사실 이 영화에 대해선 시중에 이미 여러 가지 말이 떠돌던 차였다. "10분 정도 지나면 여기저기서 코고는 소리가 들리기 시작할 것이다", "30분이나 지나야 사람 목소리가 처음 나온다", "영화를 보다가 한 시간쯤 자고 나도 전혀 달라진 걸 모르겠더라", "관객들이 그렇게 매회 가득 들어차는 현상을 도저히 이해하지 못하겠다" 등등이다. 영화를 봐야 한다는 생각만 해도 벌써 오금이 저리게 만드는 소문들이었다.

"해발 1300m 알프스 산맥 깊숙이 자리 잡은 카르투치오 수도원", "1084년 프랑스 샤르트뢰즈 지역의 성 부르노에 설립된 수도회", "자급자족하며 방문객 없이 지내는 침묵 수도회"……. 이상은 영화 선전지에 나와 있는 문구들이다. 그러나 그 정도론 영화에 나오는 다양한 요소들을 알기에 턱없이 부족하다. 성무일도, 매일미사, 아침기도, 저녁기도, 고딕식 성당, 고색창연한 식당, 이발소, 복도, 개인 방, 기도, 묵상, 독서, 수도원 규칙서 같이 쉽게 상품화될 수 없는 내용들이 즐비하기 때문이다. 따라서 수도자들의 침묵만 바라보면서 그들의 삶까지 넘겨짚노라면 위대한(!) 침묵에 대한 오해는 물론 아주 재미없는 영화가 될 게 뻔한 노릇이다. 세간의 관심을 끈다니까 한 번쯤 봐줄 수도 있지만 기왕에 보는 것, 약간의 설명을 곁들여야 보다 재미있게 영화를 감상할 수 있다. 상세한 조리 과정을 듣고 나서 음식을 먹으면 그 맛이 더욱 깊게 느껴지는 것과 마찬가지다.

영화의 배경이 되는 카르투치오 수도원은 관상수도회다. 우선 수도자들이 하는 일을 알아보자. 〈위대한 침묵〉을 보면 이리저리 산만한 내용들이 두서없이 나와 도통 맥을 잡지 못하겠다고 푸념을 늘어놓을 수 있다. 그러나 다큐멘터리 영화라 해서 제작 의도가 전혀 없는 것은 아니다. 아니 오히려 다큐멘터리일수록 더욱 구성과 메시지에 신경을 써야 한다. 자칫 죽도 밥도 아닌 평범한 기록 필름으로 전락할 수 있기 때문이다. 그래서 다큐멘터리 영화를 감상할 땐 감독의 의도를 찾아내는 게 매우 중요하다.

이 영화는 마치 카메라에 아름다운 정물靜物Still Life들만 잡아 그저 열거해놓은 것 같지만 실은 탄탄한 구성을 갖고 있다. 우선 겨울 봄 여름 가을, 그리고 다시 겨울로 이어지는 계절의 흐름이 있겠고, 아프리카에서 온 마리 피에르 수련자의 수도회 입회와 그가 자리를 잡아가기까지의 과정을 기본 축으로 삼는다. 영화 중간 중간에 수도자들의 얼굴을 세 사람씩 묶어 클로즈업 하는 장면이 나오는데 마리 피에르는 마지막 클로즈업 인물이다. 영화 처음에 나왔던 마리 피에르의 입회의식과 어설픈 도끼질이 기억난다면 마지막의 편안한 표정에 쉽게 오버랩 시킬 수 있을 것이다. 또 한 가지 눈에 띄는 연출은 영화의 앞을 작은 촛불로 시작해 점점 불이 많아지는 아침기도 장면으로 열었다가 영화의 뒤를 저녁기도에서 반대 순서로 닫은 것이다. 다큐멘터리 영화답지 않은 세련된 연출이었다. 6개월 내내 수도원에 혼자 머물면서 감독이 고민한 흔적이 잘 드러나는 대목이다. 거의 설명하기 불가능한 수도자들의 영성靈性을 비교적 알아듣기 쉬운 영상언어로 바꾸어냈다.

침묵과 대화

일단 기본 구성을 설정한 감독은 수도자들이 침묵을 깨고 대화를 나누는 장면을 두 번 집어넣음으로써 침묵의 의미를 전달해준다. 카르투치오 수도회 규칙에 따라 매 주일과 축일에 공동 식사를 나누고, 그 후에 외출과 대화가 허용된다. 그날 따라 수도자들이 식사 전 손 씻는 문제로 몇 마디 농을 나누더니 그와 연결해 상징을 두고 토론한다. 하느님께 나아가는 데 상징이 절대 필요하다는 것이다. 하기는 말이 없으니 상징이 중요할 수밖에! 그리고 뜬금없이 출장차 수도원을 잠시 떠나는 수도자의 목적지를 물어본다.

"형제님, 내일 아침에 어디로 출발합니까?"

"(대한민국의) 서울!"

마침 몇 년 전 서강대 신학대학원 강의에 이 수도원에 입회하려는 학생이 수강했던 게 기억나 웃음이 나왔다. 그 학생은 아마 '내일 아침에' 서울로 출발했던 수도자를 알고 있었을 것이다.

다큐멘터리 영화 〈위대한 침묵〉 가운데 수도자들의 대화 장면

수도자들이 두 번째로 나눈 대화는 단체로 눈썰매를 타러 나가는 장면에서 나온다. 평상시 수도원 내에서 차분한 걸음걸이를 하던 수도자들이 갑자기 쫓기듯 급한 발걸음을 옮기기 시작했다. 그러더니 흥분한 목소리로 서로 웅얼거리며 부지런히 산속 깊이 걸어가더니, 어느 지점에 이르자 눈을 지치기 시작했다. 변변한 장비도 없이. 말하자면, 수도원 밖으로 몰려나가는 장면의 자막이 붙지 않은 웅얼거리는 대화에 그들의 동심이 깃들여 있었던 것이다. 관상 수도자는 별종別種이 아니라 우리와 똑같은 평범한 사람들이었던 것이다.

앞서 말했듯이 어느 수도회나 자신들의 삶과 정신과 영성을 담은 '수도회 규칙서'가 있다. 〈위대한 침묵〉에 보면 한 시퀀스가 마감될 때마다 불어와 독일어로 된 글귀들이 반복적으로 화면에 뜬다. 이 글귀들 역시 수도회 규칙서에 나오는 내용인데, 영화에서 수도자들이 종종 낭송하는 책이 바로 수도회 규칙서이다. 반복되는 글귀들 중의 하나는 이렇다. "하느님이 이끄셨으니 내가 여기 있나이다." 수도자들의 삶은 그렇게 수동적이지만 또한 그렇게 능동적이다.

"수도회의 엄격한 규칙이 수도자들에게 오히려 자유로운 공간을 허용합니다. 그들의 인생을 좌우하던 모든 통제가 사라졌기 때문입니다. 우리는 스스로의 삶을 재단한다고 생각합니다. 아니, 우리의 삶이란 반드시 스스로 재단해야 하며 그래야 행복해질 것이라고 생각합니다. 그것은 분명히 지나친 요구입니다. 그런 까닭에 오늘날 많은 사람들이 인생에 두려움을 갖고 있는 겁니다. 그런 의미에서 수도원은 두려움에서 벗어난 공간입니다. 거기에는 하느님이 이미 오래 전에 부여하신 원초적인 믿음이 있습니다."(필립 그뢰닝 감독의 인터뷰 중에서)

제작노트를 읽어보았더니 1984년에 촬영요청을 했는데 15년이 지난 1999년에야 비로소 수도원에서 허락이 떨어졌다고 한다. 그리고 인공조명과 배경음악과 어떤 유의 설명이나 촬영보조 팀도 배제한 채 오직 감독 홀로 카메라를 갖고 수도원에 들어가 이 영화를 완성했다고 한다. 참으로 작가정신이 투철한 감독이다.[38]

신과 인간

고요한 수도원의 아침, 아직 여명이 밝아오기 전에 수사들이 흰 수도복을 걸치고 기도를 드린다. 새벽종이 적막을 깨고, 잠시 침묵이 흐른 후 두 성頭聲의 무반주 그레고리안 성가가 성당에 울려 퍼진다. "주여 저의 입을 열어주소서, 우리가 주님을 찬미하나이다." 그렇게 성가를 부르면서 수사들은 하루를 준비한다. 〈신과 인간Des Hommes Et Des Dieux〉(자비에 보브와 감독, 극영화/종교물, 프랑스, 2010년, 122분)의 시작을 여는 장면이다. 만일 각종 언론의 영화 소개를 미리 읽어보지 않았다면 자칫 수도원의 평화로운 삶을 담담하게 그리는 작품으로 여길 뻔했다. 대단한 인기를 모았던 〈위대한 침묵〉이 그랬던 것처럼.

영화에는 수도회 전통을 모르면 이해하지 못할 장면들이 종종 등장한다. 수도회에서는 아침기도와 낮기도와 저녁기도와 밤기도(끝기도)를 바치고, 시간이 되면 수도자들은 하던 일을 멈추고 기도에 참여한다. 이른바 성무일과(성무일도)를 따라 하루를 살아가는 것이다. 또한 매일 미사를 드리고 그때마다 영성체를 나눈다. 주님의 살과 피를 나누는 성찬례 성사의식이다. 영화에는 특별히 성탄 전야 미사가 나오는데 주님의 오심을 기다리는 대림절待臨節이 시작될 무렵 만들어놓은 마구간 속 빈 구유에 아기 예수 인형을 눕히는 구유 축복식(구유 안치식)이다. 식사 시간과 회의 시간에는 수도원장의 신호에 따라 침묵을 깨고 대화를 나눌 수 있으며 일과가 끝나면 밤기도를 하고 각자의 방으로 사라진다. "전능하신 하느님, 이 밤에 우리를 평안히 쉬게 하시고 오늘 하루를 온전히 끝내게 하소서." 그러던 어느 날 알제리 정부군이 수도원에 찾아오면서 그들의 수도생활은 심각한 도전에 직면하고 평온했던 삶은 균형을 잃고 만다.

수도회가 위기에 놓였던 당시 정부는 부패했고 이에 맞선 원리주의자들의 노선은 과격하기 짝이 없어 내전을 치르는 알제리는 폭력이 난무하는 무법천지로 전락한 상황이었다.[39] 상태가 최악으로 치닫자 알제리 정부는 1995년에 대규모 진압작전을 펼쳤고 이슬람 무장 세력은 그에 맞서 극단의 방법을 취한다. 이를테면, '히잡hijab'을 걸치지 않은 소녀를 칼로 찔러 죽이고, 연애하던 남녀들을 길거리에서 살해하고, 급기야 알제리에 거주하는 외국인들까지 죽이거나 인질로 삼아 자신들의 의사를 관철시키려 한다. 전쟁은 2002년 알제리 무장 이슬람 조직(AIGA)이 항복하면서 사실상 알제리 정부의 승리로 끝났다. 이 영화는 1996년 이슬람 무장 세력에게 인질로 잡혀가 죽음을 맞이한 트라피스트 수도자들의 실화를 바탕으로 만든 것이다.[40]

트라피스트 수도원

알제리 산골마을인 아틀라스에는 40년 이상 정착해 주민들과 함께하는 트라피스트 수도원이 있다. 그곳의 수사들은 노동과 침묵과 기도와 노래로 하루하루를 신의 뜻에 헌신하며 살아가는 사람들이다. 이들은 주민들과 잘 어울려, 의사인 루크 수사는 병원을 열어 환자를 치료하고 장 피엘 수사는 글 모르는 사람을 대신해 편지와 문서를 작성해준다. 또한 주민들과 농사를 짓고 장이 서면 수도원에서 만든 꿀과 잼을 내다 팔고 이슬람 예배에도 빠지지 않고 참여한다. 그리고 마을사람들과 같은 목소리를 내어 꾸란을 외운다. "주여, 저희가 지탱할 수 있을 정도의 짐만 지게 하소서."

한마디로 종교만 다를 뿐 수사들은 아틀라스 주민과 한마을 사람들이었던 것이다. 그런데 뜻하지 않은 시련이 닥쳐와 수사들이 떠나야 할지 모르는 상황이 펼쳐진다. 수사들은 오랜 고민 끝에 마을 장로를 만나 이슬람 원리주의자들의 위협으로부터 정부군의 보호를 받는 게 어떠냐는 제안을 하고 자신들이 이곳을 떠날지 모른다는 말을 덧붙인다.

"군대는 이 마을에 절대 들어올 수 없습니다. 그리고 당신들은 왜 떠나려 합니까?" 장로의 물음에 셀레스틴 수사가 "새들이 왜 떠나는지 우리는 알 수 없습니다"라고 하자 촌장의 부인은 "(오히려) 우리가 새들이고 당신들은 나뭇가지입니다. 만일 당신들이 떠나면 우린 앉을 데가 없어집니다. 발판을 잃는 것입니다. 이 마을은 수십 년 동안 수도원과 함께 있었습니다. 당신들은 도대체 어디로 가겠다는 겁니까?" 주민들을 외면한 채 부패한 정부군에게 마을을 맡긴다는 것은 고양이에게 생선을 맡기는 격이었다.

언젠가 수사들은 총상을 입은 반군을 치료해준 적이 있었다. 비록 테러를 일삼는 과격주의자라 하더라도 죽어가는 생명을 외면할 수 없었던 까닭이다. 후에 정부군은 이슬람 반군 지도자인 파야티야의 시신 확인을 크리스티앙 수사에게 부탁한다. 시신을 확인해준 크리스티안은 성호를 그어 그의 죽음을 애도하는데 이를 지켜보던 정부군 장교는 멸시의 시선을 보내고 그 순간부터 더 이상 수도원을 지켜주지 않기로 마음먹는다.

이슬람 반군들이 수도원을 호시 탐탐 노리는 가운데 정부군마저 등을 돌리고, 양떼처럼 연약한 마을 사람들을 위험에 남겨둔 채 목자들이 떠날 수도 없고, 죽음의 공포는 시시각각 목을 조여 오는데 수사들이 할 수 있는 일이라곤 그저 수도원의 빗장을 잘 걸어두는 것뿐이었다. 아무리 노력하고 아무리 기도해도 빠져나갈 수 없는 막다른 골목, 뻔히 알면서도 피해갈 수 없는 죽음. 이런 상황에서 어떻게 신앙이 흔들리지 않을 수 있겠는가?

크리스토프 수사는 죽음을 코앞에 둔 상황에서 질문을 제기한다. 이런 죽음이 도대체 무슨 의미가 있는가? 왜 신은 우리에게 순교를 강요하는가, 인간은 신을 위해 순교하는가, 아니면 영웅이 되려고 순교하는가? 아무리 기도해도 답은 들리지 않고 그는 밤잠을 이루지 못한다. 그에 비해 루크 수사는 죽음을 관조하는 듯하다. 그는 이제까지 수많은 사람을 만나보았고 그중에는 테러리스트와 나치도 포함된다. 그에게 수도원을 떠나는 것은 곧 죽음을 뜻한다. 루크는 자기 앞에 서 있는 수도원장에게 스스로 죽음이 두렵지 않은 자유인이라고 선언하면서 한마디 덧붙인다. "길을 막지 마시오, 자유인 좀 지나갑시다." 크리스토프와 다르게 루크는 매일 밤 깊은 잠에 빠져든다.

두 사람의 입장은 극명하게 갈린다. 죽기 싫다는 것과 죽어도 좋다는 것이다. 그 외에 다른 수사들의 소리도 귀 기울여 들어볼 만하다. 셀레스틴 수사는 죽음을 피해 마을을 떠나고 싶지만 정작 떠날 준비가 안 돼 있는 자신을 발견한다. 신념의 사나이 장 피엘은 선한 목자는 양떼를 떠나지 않는다는 입장을 고수하고, 요리를 담당하는 조용한 미쉘은 제자가 스승을 앞지를 수 없다는 고백을 한다. 주님이신 예수도 죽음을 마다하지 않았는데 어떻게 제자가 죽음을 거부할 수 있겠는가? 폴은 두고 온 가족과 고향 생각에 망설이고 연로한 아메디 수사는 스스로 떠날 수 없다고 단정한다. 하지만 가장 어려운 처지에 놓여 있는 인물은 수도원장인 크리스티앙이다.

그는 모든 수사들의 말을 경청했고 그들의 의견을 수렴하는 입장이다. 몇 번의 회의를 거치면서 수사들과 의견을 나누었고 따로 한 명씩 만나 이야기를 들었다. 크리스티앙에겐 확신이 있었다. 순교는 아름답지 않기에 가능한 한 죽음을 피해 마땅하지만 다른 한편 어떤 위험을 감당하더라도 사랑을 실천해야 한다. 마지막 회의에서 모든 수사들은 수도원에 남아 있기로 결정하고 혼란에 빠졌던 크리스토프의 입에서 드디어 다음과 같은 말이 나온다.

"주님이 이 자리를 준비하셨군요."

회의를 마치고 미사를 드린 후 식사 시간이 되자 루크는 그동안 아껴 두었던 포도주를 꺼냈고 차이코프스키의 〈백조의 호수〉를 들으며 잔을 비웠다. 포도주와 차이코프스키와 수사들의 눈물……. 영화에서 가장 아름다운 장면이었다. 바로 그날 밤 테러리스트들이 수도원에 난폭하게 들이닥쳐 수사들을 인질로 잡아갔고 자신들의 요구가 먹혀들지 않자 수사들을 살해하고 만다. 가장 아름다운 장면의 끝에 비극적 최후가 기다리고 있었던 것이다.

영화 〈신과 인간〉 중에서 수도원 회의 장면

                              * * *

　수도자의 삶을 영화 소재로 삼기에는 버거운 면이 있다. 많은 부분이 베일에 가려 있고, 종교적 선先이해가 필요해서기도 하지만 무엇보다 그들이 사는 모습이 별반 관객에게 흥미롭지 않기 때문이다. 하기는 성무일과에 따라 하루 종일 예배와 기도와 명상과 침묵과 노동을 하고 있으니 딱히 세간의 관심을 끌 만한 일이 있겠는가? 다큐멘터리 영화 〈위대한 침묵〉의 분위기 그대로이다. 〈위대한 침묵〉의 현장은 새소리 물소리 바람소리의 세상으로 지난 2천 년 교회 역사의 성스러운 전통을 대변한다. 그에 비해 〈신과 인간〉은 수도원과 세상의 경계에 살짝 걸쳐 있는 작품이다. 일면 순교자의 신념이 부각되어 종교적 색채가 매우 강하지만 다른 한 면으로 순교자 이전에 한 인간으로서의 고뇌가 충분히 배어 있다.

　〈신과 인간〉은 매우 중요한 질문을 우리에게 던진다. "신앙과 이성이 어떻게 조화를 이룰 수 있는가?" 하는 질문이다. 중세 신학자들은 신의 존재를 증명하기 위해 갖가지 이론을 전개했고, 그 대표자 격인 토마스 아퀴나스(Thomas Aquinas, 1225-1274)는 고대 세계의 아리스토텔레스까지 동원했다. 신의 이름으로 부동不動의 원동자原動者가 존재해야 할 필연성을 제시한 것이다. 그러나 근대에 들어와 인간 이성에 강조점이 주어지면서 신의 존재 방식은 합리적인 사유와 인과율과 정상 조건에 들어맞지 않는다는 결론이 내려졌다. 이는 경험주의에 따른 주장으로 흄이 대표적인 철학자다.

　한때 아퀴나스는 그의 역작인 『신학대전』에서 '철학은 신학의 시녀다'라고 선포했다. 진리를 둘로 나눈 후, 신으로부터 오는 계시 진리가 인간이 사유하는 이성 진리보다 훨씬 우월하다는 주장이었다. 따라서 인간 이성이란 신의 계시 앞에서 무릎을 꿇어야 할 따름이다. 그러나 신 존재 증명이 불가능하다고 판정이 난 이상 아퀴나스의 명제는 더 이상 설 자리가 없어졌다. 과연 이성과 신앙은 같이 서 있기 불가능할까?

수사들은 이슬람 과격주의자들에게 인질로 잡혀가기 며칠 전부터 이 문제로 심각한 갈등을 겪었다. 아니, 그들이 수도회에 입회하던 날부터 그런 고민이 시작되었을지도 모른다. 그러다가 규칙적인 수도생활에 익숙해지면서 질문이 희미해지고 감각도 어느덧 불투명해졌다. 세월이 흐르면서 소명召命이 빛을 바랜 것이다. 그들에겐 새로운 도전이 필요했다.

삶에 주어지는 심각한 도전은 죽음이다. 더구나 이성으로 설명할 수 없고 신앙의 답을 들을 수 없을 때 그 도전은 더욱 무겁게 다가온다. 수사들은 도전의 순간에 직면했고 크리스티앙 수도원장은 자연으로 나아갔다. 숲길을 산책하면서 신의 뜻을 읽어내려 하는데, 신이 자연을 창조했기에 신의 뜻을 알려면 자연에 가까이 다가서야 했던 것이다. 목자가 양떼를 버릴 수 있는가라는 질문이 솟아날 땐 실제로 양떼와 목자를 따라가고 눈을 들어 하늘을 보아야 할 때는 실제로 밤하늘의 별을 본다. 그러면서 그는 서서히 깨닫는다. 이성은 신앙을 거부하지 않는다. 다만 (이성은) 이성이 넘어서는 곳에 인간이 개입할 수 없다는 사실을 알려줄 뿐이다. 왜냐하면, 나약한 인간은 전적으로 이성적이지 않기 때문이다. "눈을 들어 산을 보니 나의 도움이 어디서 오는가? 천지를 만드신 하느님에게서 오도다!"

〈위대한 침묵〉에서는 틀림없이 수십 년 동안 수도를 했을 법한 시각장애 수도자 한 분이 감독의 몇 가지 질문에 답을 했다. 그중에서 가장 기억에 남았던 내용은 "인간에겐 과거와 현재가 있지만 하느님에겐 현재만 있다"는 것이었다. 인간은 삶과 죽음과 부활과 내세의 시간을 구분한다. 시간의 흐름을 직선적으로 보기 때문이다. 그러나 하느님의 시간은 다르다. 오직 현재만 있다. 어제의 하느님이나 오늘의 하느님이나 내일의 하느님에 차이가 있을 수 없다. 그러므로 하느님의 존재방식을 '영원한 현재'라 불러 마땅하다. 깊은 산속의 어느 이름 모를 장님 수도자가 지구를 넘어 우주를 보고 있었던 것이다. 그래서 영화 중간 중간에 별들이 가득한 알프스의 밤하늘이 나왔던가?

카르투치오 수도회처럼 깊은 산속에서 관상의 하루를 살든, 트라피스트 수도원처럼 세상과 더불어 살든, 그들의 눈은 언제나 하늘로 향해 있다. 거기 아름다운 하늘에 자신의 삶을 결정하는 가치가 있기 때문이다. 예수 역시 매 순간 하늘을 보고 기도했다. 하느님의 도움을 기다리면서……

예수 영성, 우리 영성
_우리에게 필요한 영성

 몇 년 전에 법정스님이 입적하셨다. 스님이 돌아가시자 온 나라에 『무소유』 열풍이 일더니 급기야 유고집을 출판할 것인가 말 것인가, 만일 출판한다면 그 수익금을 어찌 사용해야 하나? 등으로 문제가 번져나갔다. 유고집 출판 문제가 대충 마무리될 즈음 천안함 사태가 터졌고 정부 발표에 따라 나라 전체가 우왕좌왕하다 보니 어느덧 스님은 우리 뇌리에서 사라지고 말았다. 진정 당신이 원했던 대로, 아무런 남김없이 그저 표표히 사라졌다. 잘 아는 기자 출신 한 분이 잡지사에 있을 적에 법정스님의 원고를 담당했다. 잡지사에 원고가 도착하면 스님은 곧 전화를 걸어 언제쯤 원고료가 나오는지 꼬치꼬치 캐물었다. 그런 일이 반복되다 보니 '도대체 스님이라는 분이 왜 이리 돈을 밝히지?'라는 의문까지 들었다고 한다. 결국 스님이 후원하던 학생들의 학자금 재촉 전화였다는 내막이 밝혀지면서 스님을 더욱 존경하게 되었다고 전해주었다. 그러면서 취재차 송광사에 들렀다가 받은 식사 대접과 불일암의 여러 가지 추억담까지 들려주었다. 한마디로 법정은 깊이 존경할 만한 분이었다.

나는 누구인가?

법정스님은 선사禪師였다. 산사에 틀어박혀 조용히 도를 닦는 분이라는 뜻인데, 그런 분은 으레 평생 씨름하는 화두가 하나 있게 마련이다. 스님의 화두는 의외로 간단했다. 그저 '나는 누구인가?'라는 짤막한 질문이었다. 어느 고승의 화두처럼 난해한 사자성어도 아니고, 논리를 파괴하겠다며 내던진 뜬금없는 부조리 언어도 아니었다. 그저 달랑, '나는 누구인가?'였다.

스님은 아마 이 질문을 매일 아침 자신에게 던졌을 것이다. 아니, 살아 숨 쉬는 매 순간 같은 질문이 머리를 맴돌았을지 모른다. 모든 질문에는 대답이 뒤따르고, 그 대답에 책임질 수 있을 때 주어진 질문이 화두로서 진가를 발휘할 수 있을 것이다. 그러니 언제나 똑같이 내뱉는 질문이 '나는 누구인가?'이다.

요즘 영성靈性에 대한 관심이 매우 뜨겁다. 영성은 원래 그리스도교의 수도원 전통에서 비롯된 말인데 이제는 수도원의 담을 넘어 사회 전체에 퍼진 느낌이다. 그래서 비단 가톨릭뿐 아니라 개신교, 나아가 종단을 달리하여 불교·유교·이슬람에 이르고 더 멀리는 재벌기업 간부직원들의 수련회에도 영성전문가가 출동한다는 말을 들었다. 이를테면, 회사이익을 증대시키는 영성이라고나 할까? 영성의 사전적인 뜻은 '신령한 품성이나 성질'이다. 하지만 이런 간단한 개념풀이로 영성이 다 설명되었다고 만족할 사람은 아마 없을 것이다. 우리나라 사람들에게 어울리는 영성을 찾아 한 걸음씩 천천히 걸어가보자.

삼위일체 교리의 핵심엔 하느님과 예수가 같은 분이라는 사상이 들어 있다. 이 사상이 처음으로 등장하는 문헌은 기원후 100년경에 완성된 요한복음이다. 요한복음 1장 1-2절에 보면, "말씀(로고스 예수)은 하느님과 함께 계셨는데"라고 한 뒤에 곧이어 헬라어 '에이미' 동사(영어의 be 동사에 해당)를 사용해 "말씀은 하느님이셨다"라 한다. 여기에 의미심장한 전치사가 등장한다. '함께'라고 번역된 '프로스'는 실은 '향하여'라는 뜻을 갖고 있는 전치사이다. 즉, 로고스와 하느님은 일면 서로 마주 보는 별개의 존재지만, 하나의 존재라는 것이다. 별개지만 하나라고? 무슨 말인지 이해하기 힘들다.

이 알쏭달쏭한 예수의 정체설정을 325년에 제정된 '니케아신경 Symbolum Nicaenum'은 분명하게 설명하려 노력했다. 그래서 하느님의 실체와 예수의 실체가 동일하다는 의미에서 "호모우시온 토 파트리"(하느님과 일체이며)라는 표현을 사용했고, 여기서 '우시온'은 '있음', '고유성', '실체' 등으로 번역이 가능하며, '호모'는 '하나'니까 결국 '동일 실체'라 번역할 수 있다. 그도 모자랐는지 하느님과 예수는 '휘포스타시스(본질)'까지 동일하다는 정의도 첨부했다. 그러니 예수는 '창조되지 않고 나신natum non factum' 분일밖에! 따라서 만일 이런 가르침을 거부하는 몹쓸 무리들은 '보편적이요 사도적인catholica et apostolica' 교회에서 파문되어 마땅하다. 예수의 신성 사상을 담은 삼위일체 교리가 탄생하는 순간이었다.

솔직히 말하겠다. 무엇인가 분명하게 설명한다면서 나온 니케아신경은 요한복음보다 더 이해하기 힘들다. 그래서 어떤 성직자는 삼위일체 교리란 어느 남자가 집에선 가장이고, 회사에선 사장이고, 성당에선 사목위원이지만 실은 한 사람인 것과 마찬가지라는 비유를 사용하는 모양이다. 이게 과연 지금부터 1700년 전 300여 명의 주교들이 모여 고도의 헬라철학을 동원해 정립시킨 '동일 실체'에 대한 적절한 은유인가? 죄송한 말씀이지만 근처에도 가지 못한다. 누군지는 모르지만 다분히 무식하면서 용감한 분이라는 생각이 든다.

삼위일체의 이론적인 기초를 확립한 라틴 교부 아우구스티누스(Sanctus Aurelius Augustinus, 354-430)는 삼위일체 가르침 자체가 신비라며 하느님의 영역으로 넘겼다. 아우구스티누스 성인에겐 죄송한 말씀이지만 내가 보기엔 이도 적절치 않은 겸손이다. 16년 동안 무려 15권에 달하는 방대한『삼위일체론*De Trinitate*』을 완성했으니 이미 성인 자신의 지력을 사용할 대로 다 사용해 설명한 셈이다. 그리고 막판에 '모든 게 신비!'라며 은근슬쩍 넘어가려는 태도는 약간 비겁해 보인다. 아우구스티누스처럼 서양 역사가 자랑하는 대 학자답지 않아서 하는 말이다. 도대체 하느님과 예수의 관계를 설명하면 할수록 이처럼 더욱더 어려워지는 이유는 무엇일까?

다윗의 그리스도

독자들은 뜬금없는 삼위일체의 난해한 교리 풀이에 의아해할지도 모르겠다. 그러나 이는 독자들을 혼란으로 이끌려는 게 아니라 나의 논지를 진행시켜 나가기 위해 어쩔 수 없이 선택한 과정이다. 서구신학 식 설명으로는 안개 속을 헤매는 느낌만 가중된다는 사실을 확인하기 위해서다. 과연 예수도 우리를 오리무중으로 몰아넣는 고약한 취미를 갖고 계셨을까?

267

진정 '들으면 들을수록 깨닫지 못하도록 만드는'(마르 4:12) 게 예수의 가르침이 갖는 목적일까?

3년의 공생애를 끝낼 즈음 예수는 예루살렘에 입성하셨다. 입성 때 수많은 사람들이 몰려나와 예수를 환영했는데 그때 부르짖은 환호성이 마르코복음 11장 9-10절에 나와 있다.

> 호산나,
> 주님의 이름으로 오시는 분은 복되시어라.
> 다가오는 우리 조상 다윗의 나라는 복되어라.
> 지극히 높은 곳에 호산나!

여기서 주목할 표현이 있는데 바로 "다가오는 우리 조상 다윗의 나라"이다. 예수를 다윗의 현신인 메시아로 간주했고, 메시아란 마치 다윗이 그랬던 것처럼 이스라엘의 부국강병을 가져올 인물이었다. 곧, 예수를 정치적인 메시아로 칭송했다는 것이다. 사실 정치·경제·종교의 중심지인 예루살렘에 수많은 인파를 끌고 대대적인 환영까지 받으며 입성했으니 정치적인 메시아로 간주될 만도 했다. 이렇게 사태가 다급하게 돌아가자 유대교의 종교지도자들이 직접 나서서 예수에게 당신이 다윗의 후손 그리스도(메시아)가 맞는지 물어보았다. 그 대답이 마르코복음 12장 35-37절에 실려 있다.

예수께서는 성전에서 가르치시면서 이렇게 말씀하셨다. "어떻게 율사들이 그리스도는 다윗의 아들이라고 말할 수 있습니까? 다윗 자신이 성령에 힘입어 말하기를 '주님께서 내 주님께 말씀하셨도다. 내가 네 원수들을 네 발 아래 잡아 놓을 때까지 너는 내 오른편에 앉아 있어라' 하였습니다. 다윗 자신이 그리스도를 주님이라고 하는데 어떻게 그리스도가 다윗의 아들이 되겠습니까?"

예수는 다윗의 후손임을 부정하면서 자신을 오히려 다윗의 주님으로 선언한다. 한마디로 다윗조차 섬겨 모신 존재라는 것이다. 다윗의 찬양 시로 알려진 시편 110편 1절은 "야훼께서 나의 주님에게 요청하셨다. '내가 네 원수들을 네 발판으로 삼을 때까지 내 오른 편에 앉아 있어라'"이다. 이 구절은 신약성서에서도 낯설지 않아 사도행전(2:34), 고린토전서(15:25), 히브리서(1:13) 등에 거론되어 있다. 예수가 말씀한 바는 더없이 뚜렷하다. 예수를 평가하려는 무리에게 자신은 결코 사람들의 기준으로 평가될 수 없는 존재라고 한 것이다.

긍정신학과 부정신학

인간은 어떤 사물이든지 정의가 안 된 채 놓아두면 불안해한다. 무슨 방법을 써서라도 지력이 닿는 범위 안에 사물을 끌어들여와 적절한 자리를 찾아주어야 안심하고 잠을 잘 수 있는 노릇이다. 유대교 종교지도자들 역시 예수를 미지의 인물로 놓아둘 순 없었다. 그런 까닭에 과거 역사에서 가능한 한 비슷한 인물을 찾아내 새 인물에게 적용시킴으로써 대상의 자리매김을 시도했다. 예를 들어 대통령 선거 때마다 단골로 등장하는 경제 대통령 박정희의 예와 같다. 이런 때 수사학에서는 곧잘 '예형론預型論Typology'이라 부른다. 예수의 경우 '다윗의 후손', 곧 '메시아'로 정체설정을 할 수 있는지가 관건이었다. '당신이 정말 다윗의 후손이요?' 하지만 예수는 그런 식의 정체설정을 비웃으신다. 예수는 과거 역사를 통해서는 도저히 가능할 수 없는 영원한 존재이기 때문이다.

인간의 언어로 규정한 정체설정과 인간의 지력을 사용해 도달할 수 있는 범주를 훌쩍 넘어서시는 분. 인간의 노력으론 도저히 따라잡을 수 없는 분. 예수는 어떤 식으로 우리가 정의를 내리든, 항상 그 밖에 서 있다. 우리가 예수를 하느님이라 부를 수 있다면 바로 그 이유 때문일 것이다. 그래서 하신 대답이 "다윗 자신이 그리스도를 주님이라고 하는데 어떻게 그리스도가 다윗의 아들이 되겠습니까?"이다. 마르코 12장에 나오는 예수의 자기 정체설정은 나에겐 적어도 고도의 헬라철학으로 완성된 '삼위일체'보다 훨씬 마음에 와 닿는다.

내가 경험한 바에 따르면 서구신학의 특징은 무엇이든 설명해낼 수 있다는 자신감이다. 하느님에 대해서도 자세히 알아, 전능하신 분, 무소부재하신 분, 절대타자이신 분, 유일하신 분, 초월하시는 분, 인격신, 창조주 등등 그 정의만도 아마 수천 가지가 넘을 것이다. 그렇게 자신감 넘치는 모습을 보면 괜히 서구신학에 '긍정신학'이란 이름이 붙여진 게 아닐 성싶다. 물론 14세기 영국에서 쓰인 『무지의 구름Cloud of Unknowing』이나, 하느님과 인간이 혼연일체가 되어 구별이 사라지고 말리라던 영성가 마이스터 에크하르트(Johannes Eckhart, 1260-1327)나, 말할 수 없는 것에 대해서는 침묵해야 한다고 한 철학자 비트겐슈타인이나, 하느님을 신비의 영역으로 넘긴 아우구스티누스처럼 '부정否定신학'을 제창한 경우가 서양 사상사에 가끔씩 있었다. 이들이 모두 서양 그리스도교의 신비주의 전통을 대변하는 사상들이기는 하나, 주류는 역시 가본 적 없는 천당, 연옥, 지옥에 대해 하나하나 꼬치꼬치 서술하는 단테의 『신곡』 같은 '긍정신학'이다.

공자님 말씀에 "배우고 때때로 익히면 기쁘지 아니한가?(學而時習之 不亦說乎)"가 있다. 『논어論語』 학이學而 편의 처음을 장식하는 가르침이다. 이에 대해 주희朱熹는 『사서집주四書集註』에서 "說은 悅과 같다. 배움이라는 것은 본받는 것이다. 사람의 성품이 다 착하지만 깨닫는 것을 먼저 하고 뒤에 하는 자가 있어 뒤에 깨닫는 자는 반드시 먼저 깨닫는 자를 본받아야 이에 착한 것이 밝혀져 그 처음으로 돌아갈 것이다. 習은 새가 자주 나는 것이니 배워서 그치지 않는 것은 새가 자주 나는 것과 같다……"라 말한다. 주희의 장광설은 매우 난해하다. 과연 주희의 주해처럼 배우고 익히는 일에 이렇게 심오한 경지가 요구될까? 혹시 생전의 공자님은 '책 읽으니 좋을시고!'라며 그저 자기 느낌을 진솔히 표현한 게 아닐까? 그런 예는 사실 얼마든지 있다. 해석을 붙이면 붙일수록 더욱 복잡해지는 경우 말이다.

긍정신학은 우리 심성엔 아무래도 어색한 듯싶다. 그리고 우리 영성에도 긍정신학은 어울리지 않는 것 같다. 그렇다면 우리에게 적당한 영성은 어떤 것일까? 정확히 정의내리기보다는 그저 가능성을 열어두는 게 편한 우리에겐 어떤 영성이 어울릴까? 아는 게 힘이지만 모르는 게 약이기도 한 우리네 정서엔 어떤 영성이 어울릴까? 혹시 영성을 언어로 정의하려는 불가능한 노력을 일찌감치 접어두는 게 적절하지 않을까? 이를테면 영성의 본질을 규정하기보다 영성이란 그저 하느님을 받아들이기 위해 인간에 내재된 장치 정도로 그 기능적인 측면만 강조하면 족하지 않을까?

고운 정이 있으면 미운 정이 있고 아무리 때려죽일 원수라도 밥 한 끼 대접하는 게 우리네 인정이다. 예수도 그와 비슷해 하느님을 두고 선한 사람에게나 악한 사람에게나 햇빛과 비를 주시는 분(마태 5:45)이라 했고, 우리 인간은 상대적으로 머리카락 한 올도 희거나 검게 만들 수 없다는 사실을 강조하셨다(마태 5:36). 그런데 어떻게 하느님과 세상과 인간을 자기 입맛에 딱 맞게 정의내릴 수 있겠는가? 그런 점에서 '우리 스스로가 심판대에 설 사람들이니 형제를 심판하지 말라'(로마 14:10-11)고 한 바울로의 관찰은 참으로 탁월하다.

* * *

노벨상 수상 작가이자 아랍 문학의 지주 격인 레바논 시인 칼릴 지브란(Khalil Gibran, 1883-1931)은 "'서양의 정신'은 우리가 그것을 받아들이면 친구가 되지만 만일 우리가 그것에 종속된다면 그것은 우리의 적이 되며, 우리가 그것에 마음을 열어주면 친구가 되고 그것에게 우리의 마음을 굴복시키면 적이 된다. 또한 우리에게 어울리는 바를 취한다면 친구가 되지만 그것에 알맞게끔 이용당하도록 우리 자신을 그냥 내버려두면 적이 된다"고 설파한 적이 있다. 진리를 찾아가는 방법에 동서양의 차이를 그렇게 표현한 것이다.

하느님은 예수 말마따나 선과 악을 동시에 관장하시는 분이다. 그렇기에 비록 우리 눈에 악으로 비쳐진다 한들 그것이 진정한 의미의 악일 수는 없다. 하느님은 그런 식의 구별을 갖고 계시지 않기 때문이다. 불교의 선사들은 일찍이 언어의 한계를 파악하여, 오히려 언어로 지탱되는 논리를 깨뜨림으로써, 아니 한 걸음 더 나아가 언어를 파괴함으로써 깨달음에

"그래야만 너희는 하늘에 계신 아버지의 아들이 될 것이다. 아버지께서는 악한 사람에게나 선한 사람에게나 똑같이 햇빛을 주시고 옳은 사람에게나 옳지 못한 사람에게나 똑같이 비를 내려 주신다."(마태 5:45)

"네 머리를 두고도 맹세하지 말라. 너는 머리카락 하나도 희게 하거나 검게 할 수 없다."(마태 5:36)

그런데 어떻게 우리가 형제를 심판할 수 있으며 또 멸시할 수 있겠습니까? 우리는 다 하느님의 심판대 앞에 설 사람이 아닙니까? 성서에도 "정녕 나는 모든 무릎을 내 앞에 꿇게 하고 모든 입이 나를 하느님으로 찬미하게 하리라"는 주님의 말씀이 있습니다.(로마 14:10-11)

자유롭게 도달할 수 있었다. 성철스님이 '산은 산이고 물은 물이다'에서 설파하는 바처럼 불립문자不立文字의 차원이다. 혹은 단순하게 '나는 누구인가?'라 해도 좋을 것이다. 하느님의 세계도 인간의 언어로 설명할 수 없다. 절대타자로 초월하신 분이기에 마치 창문에 드리운 커튼이 바람에 날리면서 언뜻 밖이 보이듯, 그분에 대해 단편적으로만 알 수 있을 뿐이다. 그러니 하느님의 발가락이라도 잡을 수 있다면 우리 영성은 제 몫을 다한 셈이다. 본디 언어란 믿을 게 못 되기에 하는 말이다. 언어에 기대는 습성을 버려야 하느님에 대한 통찰력도 키울 수 있다.

신부님 한 분이 기도하는 어린이 옆을 우연히 지나게 되었다. 목소리를 가다듬고 경건하게 무엇인가를 웅얼거리는 품이 제법이었다. 그래서 도대체 무슨 기도를 저렇게 진지하게 드리는지 궁금해 다가갔다고 한다. 그랬더니 아이는 '가, 나, 다, 라' 하면서 자기가 아는 글자란 글자는 다 외우고 있더란다. 그래서 신부님이 아이에게 점잖게 충고했다. "아이야 너는 왜 기도는 하지 않고 글자만 외우고 있니? 기도란 그렇게 하는 게 아니란다." 어쩌고저쩌고 하면서 강의를 하려는 순간 어린 꼬마가 대답했다. "신부님, 기도하는 게 맞아요. 그런데 오늘은 기도할 말이 잘 생각나지 않아서 아는 글자를 전부 하느님께 바치고 있어요. 하느님은 제가 무슨 생각을 하는지 아니까 저 대신 글자를 모아 말이 되도록 짜 맞추실 거예요."

말로는 역시 곤란하다!

The Kiss of Judas.

그래서 유다는 대사제들과 바리사이파 사람들이 보낸 경비병들과 함께 한 떼의 군인들을 데리고 그리로 갔다.
그들은 무장을 갖추고 등불과 횃불을 들고 있었다.
예수께서는 신상에 닥쳐올 일을 모두 아시고 앞으로 나서시며 "너희는 누구를 찾느냐?" 하고 물으셨다.
그들이 "나자렛 사람 예수를 찾소" 하자 "내가 그 사람이다" 하고 말씀하셨다.
예수를 잡아줄 유다도 그들과 함께 서 있었다.

(요한 18:3-5)

4장

예수와 세상

✝

다른 사람에게 존중을 받으려면 내 쪽에서 먼저 그를 존중해야 한다. 누구나 아는 말이다. 하지만 여기에는 한 가지 필수 조건이 있다. 서로가 서로를 대등하게 대해야 하는 것이다. 만일 갑과 을의 관계로 묶여 있다면 상호존중이란 이미 물 건너 간 이야기다. 같은 의미에서 E. 칸트(Immanuel Kant, 1724-1804)는 타인을 수단이 아닌 목적으로 대할 것, 즉 타인 역시 나와 같은 인간성을 가진 존재로 인식할 때 비로소 진정한 상호존중이 가능하다고 주장한다. 예수는 일찍이 "네 이웃에게 대접받고 싶은 대로 이웃을 대접하라"고 황금률을 설파한 바 있다. 마태오복음서 7장 12절에 나오는 말씀이다. 그리스도인이 세상으로부터 갈봄을 당하지 않으려면 그리스도인 쪽에서 먼저 세상을 갈봐선 안 되는 법이다. 그리고 교회가 세상을 외면하면 세상 역시 교회를 외면하리라는 사실도 꼭 마음에 담아두어야 한다. 세상은 요즘 들어 부쩍 교회를 향해, 이제 제발 좀 권위적인 태도를 내려놓으라고 소리를 지른다. 아마 시간이 지날수록 점점 더 커질 것이다. 교회는 그 소리를 진지하게 들어야 한다.

예수 끌어내리기
_유다복음과 다 빈치 코드

그리스도인으로서 신앙을 지켜나가기 어려운 시대다. 물론 여기에는 그리스도교 내부 문제도 있지만 외적 요인도 만만치 않다. 2천 년 동안 지켜왔던 교회의 권위가 외부 도전에 밀려 하나씩 무너지는 소리가 곳곳에서 들리기 때문이다. 최근 몇 년 사이에 벌어진 일들을 꼽아보면, 우선 옥스퍼드대 리처드 도킨스(Clinton Richard Dawkins, 1941-) 교수가 집필한 『만들어진 신*The God Delusion*』[41] 이 세계적인 베스트셀러가 되면서 엄청난 파장을 일으킨 바 있다. 한마디로 정리하면 신은 존재하지 않을 가능성이 매우 높다는 주장이다. 과학자인 까닭에 가능성이라는 조심스런 낱말을 들먹이긴 했지만 결국 신은 없다는 말이겠다.

다음으로 저명한 물리학자 스티븐 호킹(Stephen William Hawking, 1942-) 박사는 영국 일간지 〈가디언〉과 인터뷰(2011년 5월 17일)에서 "천국과 사후 세계에 대한 믿음은 죽음을 두려워하는 사람들이 만들어낸 동화에 불과하다"고 하여 파문을 일으켰다. 그 역시 과학자답게 인간의 뇌를 컴

퓨터에 견주어 뇌라는 부품도 고장 나면 작동을 멈추는 컴퓨터와 같다며, 이른바 임사체험이라는 것이 실은 심장이 멈춘 후 잠시 동안 남아 있던 뇌 활동을 언급한 데 불과하다는 견해를 내비쳤다. 어디 그뿐인가. 예수의 시신을 확인해주는 첫 유물이 발견되었다는 고고학자 앙드레 르메르(Andre Lemaire)의 주장까지 있다(『성서고고학연구』, 2002년 11/12월호). 그의 주장에 따르면 예수는 부활하여 하늘로 올라간 게 아니라 그저 죽어서 땅에 묻힌 셈이다. 사실 이 정도만 해도 그리스도교의 위상이 어떤 처지에 직면했는지 충분히 짐작된다. 과학자들로부터 심각한 공격을 당하고 있는 형국인 것이다. 그리스도교의 위상을 철저하게 끌어내린 또 하나의 대표적인 사건은 소설 『다 빈치 코드 The Da Vinci Code』가 불러일으킨 반향이었다.

메가 베스트셀러

미국의 평범한 교사 댄 브라운이 2003년에 집필한 소설 『다 빈치 코드』에 대해 처음 들은 것은 미국에 사는 친구에게서였다. 나온 지 얼마 안 돼 인터넷 서점 아마존을 휩쓸고 있다는 소식이었다. 『다 빈치 코드』는 44개 어로 번역되어 1천 8백만 부가 팔렸으며 이런 경우를 두고 특히 '메가 베스트셀러'라 부른단다. 미국의 대표적인 언론매체인 〈USA Today〉와 〈ABC〉에서도 이 책의 주제를 특집으로 다루었으며 판타지 소설의 대명사인 『해리 포터』 시리즈의 판매량을 능가했다는 이야기도 들린다. 우리나라에서는 2004년에 같은 제목의 번역본이 나왔는데 이 역시 공전의 인기를 누렸다. 도대체 어떤 매력이 감추어져 있기에 이토록 폭발적인 반응을 불러일으킨 걸까?

『다 빈치 코드』는 추리소설로서의 재미를 골고루 갖추고 있다. 우선 소설의 구성을 철저히 우연성에 바탕을 두어 앞일을 예측하지 못하게 만들었다는 점을 꼽을 수 있다. 다음으로 고대와 중세, 근세와 현대에 이르기까지 서구문화 전반에 대한 풍부한 자료와 암시를 제공해 독자들로 하여금 서구세계를 공부하는 재미를 선사해준다. 하지만 무엇보다도 세계 인구의 반이 속한 그리스도교를 제물 삼아 큰 충격을 던졌다는 점이 '메가 베스트셀러'를 만든 일등공신이라 하겠다. 2006년 3월 15일, 이탈리아 제노바 교구 대주교인 타르치시오 베르토네 추기경은 교황청을 대신해 『다 빈치 코드』에 대한 입장을 밝혔다. 『다 빈치 코드』는 온통 허구로 이루어진 소설에 불과하다는 것이다. 하지만 가톨릭교회에서 공식적인 입장을 밝히자 공교롭게도 소설은 더욱 인기를 끌게 되었다. 사태가 제법 심각해진 것이다. 사실 이런 때 누군가 나서서 친절하게 전체적인 상황을 정리해주면 좋으련만.

고대 그리스에서는 모든 분야에서 두각을 나타내는 우수한 사람을 존경했다. 이를테면, 철학자이자 과학자이자 교육가이자 체육인이면서 또한 정치가인 사람 말이다. 그리스 문화와 정신의 회복이라는 기치를 내건 르네상스 시대에도 당연히 그런 인물을 추켜세웠고, 후대 들어 아예 '르네상스맨'이라는 호칭까지 부여했다. 우리말로 하면 '만능인간' 정도로 번역할 수 있을까? 레오나르도 다 빈치(Leonardo da Vinci, 1452-1519)가 화가이자, 건축가이자, 발명가로 르네상스 시대 최고의 르네상스맨이었음은 널리 알려진 사실이다. 소설에서는 다 빈치가 성배를 지키는 비밀결사대의 수장으로, 비밀이 외부로 새나가지 않게 갖가지 술수를 사용한 인물로 그려진다. 그런데 어찌어찌해서 성배를 노리는 세력 앞에 술수가 노출되고 성배가 세상에 드러날 위기에 빠지고 만다. 그런 와중에 여러 사람이 본의 아니게 끼어들면서 사건이 이상하게 꼬이고, 성배의 비밀이 천천히 그 모습을 드러내기 시작한다. 추리 소설의 전형적인 틀이다.

『다 빈치 코드』는 추리 소설의 뛰어난 재미도 선사하지만 교황청에서 예로부터 숨겨왔을 것으로 추정되는 비밀의 베일을 하나씩 벗겨내는 재미도 제공한다. 예수와 마리아 막달레나(마르 16:9-11, 요한 20:11-18)라는 여인이 결혼을 했고, 그 후손이 오늘날까지도 존재한다. 성배는 잔이 아니라 예수의 후손을 잉태한 여성을 뜻하고, 그 모든 비밀은 다 빈치가 그린 ‘최후의 만찬’에 암시되어 있다. 비밀결사대(시온수도회)는 그 비밀을 끝까지 숨기려 한다. 그 외에도 세계 종교에 조금이라도 관심이 있는 사람이라면 어디선가 한 번쯤 들어보았음직한 이야기들도 대거 등장한다. 그리스도교의 경전인 신약성서 27권 외에 근동지방에서 최근에 발견된 외경인 『빌립보의 복음』이나 『막달라 마리아의 복음』, 남녀 결합을 중히 여겼던 고대 이집트의 오시리스·이시스 종교, 별을 숭배한 중세 밀교密敎의 악마 의식, 뉴 에이지에서 말하는 물고기자리와 물병자리, 가톨릭교회에 막강한 영향력을 발휘하는 사조직 오푸스데이, 모차르트가 속해 있었다는 신비한 조직 프리메이슨 등등……

일요일 이른 아침, 예수께서는 부활하신 뒤 막달라 여자 마리아에게 처음으로 나타나셨는데 그는 예수께서 일찍이 일곱 마귀를 쫓아 내어 주셨던 여자였다. 마리아는 예수를 따르던 사람들이 슬퍼하며 울고 있는 곳으로 찾아 가 이 소식을 전해 주었다. 그러나 그들은 예수께서 살아 계시다는 것과 그 여자에게 나타나셨다는 말을 듣고도 믿으려 하지 않았다.(마르 16:9-11)

한편 무덤 밖에 서서 울고 있던 마리아가 몸을 굽혀 무덤 속을 들여다 보니 흰 옷을 입은 두 천사가 앉아 있었다. 한 천사는 예수의 시체를 모셨던 자리 머리맡에 있었고 또 한 천사는 발치에 있었다. 천사들이 마리아에게 “왜 울고 있느냐?” 하고 물었다. “누군가가 제 주님을 꺼내 갔습니다. 어디에다 모셨는지 모르겠습니다.” 마리아가 이렇게 대답하고 나서 뒤를 돌아다 보았더니 예수께서 거기에 서 계셨다. 그러나 그분이 예수인 줄은 미처 몰랐다. 예수께서 마리아에게 “왜 울고 있느냐? 누구를 찾고 있느냐?” 하고 물으셨다. 마리아는 그분이 동산지기인 줄 알고 “여보세요. 당신이 그분을 옮겨 갔거든 어디에다 모셨는지 알려주세요. 내가 모셔 가겠습니다” 하고 말하였다. 예수께서 “마리아야!” 하고 부르시자 마리아는 예수께 돌아 서서 히브리말로 “라뽀니!” 하고 불렀다. (이 말은 “선생님이여”라는 뜻이다.) 예수께서는 마리아에게 “내가 아직 아버지께 올라 가지 않았으니 나를 붙잡지 말고 어서 내 형제들을 찾아 가거라. 그리고 ‘나는 내 아버지이며 너희의 아버지 곧 내 하느님이며 너희의 하느님이신 분께 올라 간다’고 전하여라” 하고 일러 주셨다. 막달라 여자 마리아는 제자들에게 가서 자기가 주님을 만나 뵌 일과 주님께서 자기에게 일러 주신 말씀을 전하였다.(요한 20:11-18)

그 모든 불가사의한 요소들이 더해지면서 소설은 흥미를 더해간다. 소설에 나오는 방대한 종교 지식을 섭렵하기 위해 작가가 오랫동안 많은 참고문헌을 살펴보고 추리력을 발휘했음을 짐작할 수 있다. 아무튼 댄 브라운은 돈방석(1억 4천만 달러)에 올라앉은 인기 작가가 되었다. 그는 이제 더 이상 평범한 교사생활을 할 수 없을 것이다.

마리아 막달레나

『다 빈치 코드』가 그리스도교에서 경계의 대상으로 부각된 가장 큰 원인은 마리아 막달레나에 대한 새로운 해석 때문이다. 사실 루브르 박물관의 유리 피라미드나 수도자들의 고행, 뉴 에이지 사조, 그리고 콘스탄티누스 황제의 정치적 성향 따위는 그저 소설에 재미를 더하는 요소로 치부할 수 있다. 실제로 많은 소설과 영화와 연극에서 같은 암시들이 제공되었기에 그저 그리스도 신앙을 가볍게 여기는 사람들의 지식적인 사치로 받아들일 수도 있다. 교황청에서 공식적인 입장을 밝힐 정도로 심각한 문제가 아니라는 뜻이다. 하지만 다음 문제는 도저히 묵과할 수 없다.

그리스도인들은 고대로부터 예수가 최후만찬에서 사용한 잔인 성배聖杯를 찾아왔다. 그리고 중세 언제부터인가 자신의 무덤을 양보해 예수의 시신을 모신 아리마태 요셉(마르 15:42-47)이 예수가 흘린 피를 성배에 담아두었다는 전설이 퍼지기 시작했고, 전설에 따라 성배가 신앙의 결정체로 간주되었으며, 이를 골격으로 더 많은 이야기들이 만들어졌다. 『다 빈치 코드』에 따르면 성배란 다름 아닌 마리아 막달레나의 자궁이고 그 비밀을 다 빈치가 자신의 그림에 절묘하게 끼워 넣었다고 한다.

다 빈치가 그린 〈최후의 만찬〉에서 예수의 오른편에 앉아 있는 사람은 예수의 연인이었던 마리아 막달레나이다. 매끈한 얼굴에 흐르는 듯 붉은 머릿결과 모아 쥔 섬세한 손, 그리고 살짝 솟은 가슴으로 보아 여인이 틀림없다. 옷 색깔도 예수와 맞춰 입어 속옷과 겉옷이 대조를 이룬다. 일종의 커플 룩인 셈이다. 그 마리아의 목에 칼 모양의 손을 만들어 들이대고 있는 제자는 베드로이다. 예수의 사랑받는 여인에게 예수의 수제자가 품었던 앙심을 그렇게 표현한 것이다.

그림에 나타난 베드로처럼 가톨릭교회는 역사적으로 교회 내에서 여성이 부각되는 것을 극도로 경계했다. 그래서 진실을 숨기기 위해 멀쩡했던 여인 마리아를 몹쓸 창녀로 둔갑시켰고, 그녀의 위상을 깎아내리려 마리아와 관련된 모든 책자와 정보를 말살했다. 그리고 마리아에 대한 폄하는 모든 여성에 대한 경계심으로 확대되어 가톨릭교회 내에서 여성의 억압하는 구조가 탄생, 유지되어 왔다. 그런 식의 논리가 『다 빈치 코드』 안에 들어 있다.

베르토네 추기경은 "다 빈치 코드는 황당하고 저속한 왜곡으로 로마 가톨릭교회에 대한 신뢰를 실추시키려는 악의적인 시도"라고 서슬 퍼렇게 공격했다. 최후의 만찬에서 옆에 앉은 사람은 예수가 사랑했던 애제자 요한(요한 13:23-26, 18:15-16 등)이며 열두 제자의 모습을 다양하게 그리다 보니 수염이 없는 미소년을 그리게 된 데 불과하다. 또한 마리아에 대해서 왜곡이 있었던 것은 사실이나 이미 교황청에서는 1969년에 마리아 막달

레오나르도 다 빈치, 〈예수의 최후만찬(부분)〉, 유화, 산타 마리아 그라치아 성당

레나를 창녀로 규정한 게 교회의 실수였다고 인정한 바 있다.

그리스도교의 전통적인 가르침에 따르면 예수는 하느님의 뜻에 따라 평생 홀몸으로 살았으며(마태 19:12) 죽은 후 부활·승천하여 하늘에 오르신 분이다(사도 1:9). 따라서 예수는 마리아와 결혼했고 그 혈통이 세세손손 이어졌다는 주장은 그리스도교의 핵심 가르침인 예수 신성 교리神性敎理(삼위일체 교리)에 정면으로 도전하는 것이자 2천 년 그리스도교 전통을 뿌리째 흔드는 악마의 가르침이 된다.

유다복음

2007년 4월 5일 잡지 〈내셔널 지오그래픽〉은 전 세계로 보도를 내보냈다. "유다의 배신이 없었다면 예수는 십자가에 못 박히지 않았을 것이고, 인간을 죄로부터 구원한다는 신의 계획은 완성되지 못했을 것이다."『유다복음』이라는 고대 문헌을 분석한 결과였다. 비록 『다 빈치 코드』처럼 대중적 인기를 끌진 못했지만 『유다복음』 역시 그리스도교에 심각한 도전을 던진 책이다. 아니 역사적으로나 논리적으로나 『다 빈

그 때 제자 한 사람이 바로 예수 곁에 앉아 있었는데 그는 예수의 사랑을 받던 제자였다. 그래서 시몬 베드로가 그에게 눈짓을 하며 누구를 두고 하시는 말씀인지 여쭈어보라고 하였다. 그 제자가 예수께 바싹 다가앉으며 "주님, 그게 누굽니까?" 하고 묻자 예수께서는 "내가 빵을 적셔서 줄 사람이 바로 그 사람이다" 하셨다. 그리고는 빵을 적셔서 가리옷 사람 시몬의 아들 유다에게 주셨다.(요한 13:23-26)

시몬 베드로와 또 다른 제자 한 사람이 예수를 따라갔다. 그 제자는 대사제와 잘 아는 사이여서 예수를 따라 대사제의 집 안뜰까지 들어갔으나 베드로는 대문 밖에 서 있었다. 대사제를 잘 아는 그 제자는 다시 나와서 문지기 하녀에게 말하여 베드로를 데리고 들어갔다.(요한 18:15-16)

"처음부터 결혼하지 못할 몸으로 태어난 사람도 있고 사람의 손으로 그렇게 된 사람도 있고 또 하늘 나라를 위하여 스스로 결혼하지 않는 사람도 있다. 이 말을 받아들일 만한 사람은 받아들여라."(마태 19:12)

예수께서는 이 말씀을 하시고 사도들이 보는 앞에서 승천하셨는데 마침내 구름에 싸여 그 모습이 보이지 않게 되었다.(사도 1:9)

치 코드』보다 훨씬 그럴 듯한 내용이 담긴 책이라는 게 정확한 말이겠다.

앞의 기사를 읽은 분들은 그리스도인이든 아니든 아마 다음과 같은 의문을 품었을 것이다. 돈 욕심에 가득 찼던 유다의 배신으로 예수가 십자가에 달려 죽었다는 것은 익히 알려진 바이다. 그러나 유다의 배신은 필연이었고 그를 통해 오히려 신의 계획이 완성되었다니, 이게 무슨 소린가? 또한 『유다복음』이라면 신약성서에 나온 마태오, 마르코. 루가, 요한 등 네 복음서 외에 또 다른 복음서가 있었다는 말인가? 초기 그리스도교의 역사적인 배경을 살펴보지 않으면 쉽게 풀리지 않을 의문들이다.

『유다복음』은 지금부터 30년 전 이집트에서 발견된 초세기(1-2세기) 영지주의靈智主義 문헌으로 고대 이집트어의 사투리 중 하나인 꼽트어로 쓰였다. 『유다복음』에 나오는 예수는 앞으로 벌어질 일을 환히 내다보는 능력을 갖고 있다. 게쎄마니 동산에서 목숨만 살려 달라는 기도를 할 적에도(마르 14:32-42), 십자가 위에 달려 끔찍한 고통을 호소할 때도(마르 15장 참조) 자신이 사흘이면 부활해 하느님의 오른편으로 영광 속에 승천해 올라가 앉으리라는 사실을 다 알고 있었다. 또한 예수는 유다의 배신을 내다보고 있었으며, 계획이 순조롭게 이루어지도록 유다의 배신을 방조했다. 사실 예수가 수난을 당하려면 열두 제자 중 누군가의 배신이 반드시 필요했다. 그처럼 유다의 배신은 개인적인 욕심에서가 아니라 하느님의 거창한 계획의 일부였던 까닭에 유다를 일방적으로 배신자 취급할 수 없는 노릇이다.

『유다복음』을 보면 일차적으로 유다에게 그리스도교의 배신자가 아니라 공로자로서의 위치를 찾아주려는 의도가 있어 보인다. 하지만 『유다복음』의 근본 취지는 예수 그리스도의 정체를 설명하기 위한 데 있다. 그렇다면 『유다복음』에서는 예수를 누구라 하는가? 예수는 모든 것을 아는 전지전능한 하느님으로, 가감 없는 그분의 신성神性이 잘 드러난다. 이렇게 예수를 하느님과 같은 분으로 지극한 존경심을 보내는 것은 어찌 보면 그리스도인의 마땅한 의무처럼 느껴진다. 하지만 그런 식으로 논리를 전개시키면 예수의 신성은 만족스럽게 강조되지만 예수의 인성人性을 부정하는 결과를 낳고 만다. 바로 거기에 함정이 있다.

『유다복음』에 따르면 살아생전 예수의 모든 행동은 신이 인간의 겉모습만 취해서 벌인 한판 쇼에 불과하다. 만일 곧이곧대로 이를 인정할 경우 자칫 예수의 인성을 거부하는 꼴이 돼 그리스도교회를 극도의 혼란으로 몰고 가리라는 위기감을 증대시킬 수 있다. 예수의 신성만 받아들이고 인성을 거부하는 것은 영지주의 문헌의 대표적인 특징이다. 영지주의 문헌이란 무엇인지 그 성격을 보다 자세히 파악하기 위해 다른 문헌 한 가지를 예로 들어보겠다. 신약성서에는 예수의 어린 시절에 대해 단지 탄생 이야기(마태1-2장, 루가 1-2장 참조)와 12세 소년 예수가 예루살렘 성전에서 당대 최고의 학자들과 종교적인 대화를 나누면서 그들의 코를 납작하게 만들어주었다는 기록(루가 2:41-52)만 나올 뿐이다. 그러나 1945년에 아문의 신전으로 유명한 이집트의 룩소르 북쪽의 '나그 함마디'라는 마을에서 항아리에 든 일단의 초기 그리스도교회 문서들이 발견되어 어린 시절 예수의 이야기가 쏟아져 나오면서 상황이 달라졌다.

'나그 함마디'에서 발견된 『토마스 복음』을 읽어보면 어린 예수는 마을에서도 공포의 대상이었다고 한다. 누군가 물동이를 지고 가다가 예수와 부딪치자 예수는 그에게 저주를 퍼부었고 부딪친 사람은 그 자리에서 즉

해마다 과월절이 되면 예수의 부모는 명절을 지내러 예루살렘으로 가곤 하였는데 예수가 열두 살이 되던 해에도 예년과 마찬가지로 예루살렘으로 올라갔다. 그런데 명절의 기간이 다 끝나 집으로 돌아올 때에 어린 예수는 예루살렘에 그대로 남아 있었다. 그런 줄도 모르고 그의 부모는 아들이 일행 중에 끼어 있으려니 하고 하룻길을 갔다. 그제야 생각이 나서 친척들과 친지들 가운데서 찾아보았으나 보이지 않으므로 줄곧 찾아 헤매면서 예루살렘까지 되돌아갔다.

사흘 만에 성전에서 그를 찾아냈는데 거기서 예수는 학자들과 한자리에 앉아 그들의 말을 듣기도 하고 그들에게 묻기도 하는 중이었다. 그리고 듣고 있던 사람들은 모두 그의 지능과 대답하는 품에 경탄하고 있었다. 그의 부모는 그를 보고 깜짝 놀랐다. 어머니는 예수를 보고 "애야, 왜 이렇게 우리를 애태우느냐? 너를 찾느라고 아버지와 내가 얼마나 고생했는지 모른다" 하고 말하였다. 그러자 예수는 "왜, 나를 찾으셨습니까? 내가 내 아버지의 집에 있어야 할 줄을 모르셨습니까?" 하고 대답하였다. 그러나 부모는 아들이 한 말이 무슨 뜻인지 알아듣지 못하였다. 예수는 부모를 따라 나자렛으로 돌아와 부모에게 순종하며 살았다. 그 어머니는 이 모든 일을 마음속에 간직하였다. 예수는 몸과 지혜가 날로 자라면서 하느님과 사람의 총애를 더욱 많이 받게 되었다.(루가 2:41-52)

사했다. 그리고 예수가 개울가에서 진흙으로 새들을 열두 마리 만들었는데 지나던 사람이 보고 예수의 아버지 요셉에게 그 일을 따져 물었다. 유대인들은 안식일에 어떤 형태로는 노동을 할 수 없었기 때문이다. (참새를 만든 것은 원칙적으로 볼 때 안식일에 금지된 일이 아니라 십계명 중의 '우상을 만들지 말라'는 제2계명에 위배된다.) 사실을 확인한 요셉이 예수를 나무라자 예수는 손뼉을 치며 '날아가라 새들아'라는 한 마디를 했고 진흙 새들은 곧 실제로 날아갔다고 한다.

『토마스 복음』에 보도된 어린 예수의 이야기 중에 가장 황당했던 내용은 다음의 것이다. 어느 날 예수와 친구가 지붕에서 같이 놀고 있었는데 그 친구가 그만 땅에 떨어져 죽고 말았다. 몰려온 동네 사람들이 죽음의 책임을 예수에게 돌리자 지붕에서 내려온 예수가 죽은 친구에게 물었다고 한다. "제논(죽은 친구의 이름), 일어나서 내게 말해봐. 내가 너를 떨어지게 했니?" 그러자 죽었던 아이가 벌떡 일어나더니 "주님, 아닙니다. 주님이 저를 떨어뜨린 게 아닙니다" 하더란다. 그러고 나서 그 친구는 다시 죽었다나, 어쨌다나……[42]

이단의 책 유다복음

『토마스 복음』을 접하면서 무엇인가 사실과 동떨어져 있거나 과장이 지나치다는 느낌이 들었을 것이다. 같은 느낌을 신약성서의 범위를 처음 확정지었던 초기 교부들도 느꼈음이 틀림없다.

고등 종교일수록 그 종교의 정통 가르침을 담아낸 정경의 존재를 필요로 한다. 그렇지 않고 모든 관련 문헌들을 정경 범주에 포함시키면 큰 혼란이 올 것이 눈에 보이듯 뻔하기 때문이다. 유교의 『사서삼경四書三經』, 이슬람의 『꾸란』 등이 정경의 대표적인 예다. 그리스도교도 예외는 아니어서 히폴레기우스 공의회(393년)와 칼타고 공의회(397년)을 통해 신약성서 27권으로 정경의 범위를 확정지었다. 물론 그렇게 한 데는 당시 그리스도교 관련문헌이 너무 많았기에 무엇인가 교통정리가 필요하다는 생각이 팽배했기 때문이다. 정경을 심사할 때에는 대략 세 가지 기준이 중대한 역할을 했다. ①교회 안에서 폭넓게 받아들여지고 사용되어져야 한다. ②교회의 전통적인 가르침을 따라야 한다. ③사도들에 의해 쓰였거나 승인되었다고 믿겨지는 것들이어야 한다.

이를테면 신약성서 마태오복음의 경우, 마태오는 예수의 직제자였으니 사도의 권위를 갖는 게(③) 당연하고 초대 그리스도교 교부들의 문헌에 다양하게 인용되었기에 ①의 조건을 통과할 수 있었다. 그리고 예수가 메시아이며 하느님의 아들이라는 가르침을 담고 있기에 교회의 전통과도 어긋나지 않았다(②). 그러나 『유다복음』은 문제가 전혀 달랐다. 비록 (배신자로 알려져 있기는 하지만) 예수의 직제자인 유다의 권위를 빌렸더라도 (사실 유다로부터 가르침이 전달되었을 가능성도 거의 없다), 교회의 전통 가르침과는 크게 어긋난 면이 있다. 예수의 신성神性과 인성人性에 대한 그리스도교회의 입장과 엄청난 차이가 났기 때문이다.

영지주의 가르침과 그 가르침으로 그리스도교 역사에 야기된 혼란의 역사에 쐐기를 박은 공식적인 결정은 기원 451년에 이루어졌다. 콘스탄티노플에서 보스포루스 해협을 건너 아시아 해안에 자리한 칼케돈(지금의 카디쾨이)에서는 451년 10월 25일에 에우테키스의 단성론單性論에 반대해 예수가 신성과 인성, 양 품성을 지녔다는 양성교리兩性敎理를 확정지었다. 교리 선포문의 일부만 옮겨보자.

> 이제 거룩한 선조들을 따라서 우리는 이구동성으로 같은 한 분 아들 우리 주 예수 그리스도를 고백하고 가르치는 바이다. 같은 분이 신성을 온전히 지니시고 같은 분이 인성도 온전히 지니시니 같은 분이 참으로 하느님이시요, 사유하는 영혼과 육신을 갖추시어 참으로 사람이시다Deum vere et hominem vere eundem ex anima rationali et corpore. (정양모 신부 번역)

고대 그리스 신화에도 반신반인半神半人이 종종 등장한다. 헤라클레스나 테세우스 같은 영웅들이 있는데, 이들은 아버지는 신이지만 어머니는 인간이다. 그런가 하면 허리 밑으로는 동물이고 허리 위로는 인간인 센토와 판도 신화에 등장한다. 하지만 이들 반신반인들은 어디까지나 신으로 보기에도 부족하고 인간으로 보기에도 충분치 않은, 불완전한 존재들일 뿐이다. 그에 비해 양성교리로 정의한 예수는 인간으로 보나 신으로 보나 완전한 존재, 곧 참 하느님이며 참 사람이다.

뮤지컬 영화 〈지저스 크라이스트 슈퍼스타〉 중에서
유다, 예수, 그리고 마리아 막달레나

『유다복음』이 사막에서 발견된 이후 그 내용이 어느 정도 알려지면서 제작된 뮤지컬이 바로 〈지저스 크라이스트 슈퍼스타Jesus Christ Superstar〉이다. 그 작품의 주인공인 유다는 자신이 잘 짜인 하느님의 각본에서 조연에 불과했다는 사실을 기를 써가면서 고발한다. 특히, 록 음악을 끌어들여 뮤지컬의 새로운 경지를 개척한 작곡가 앤드루 로이드 웨버 덕분에 〈지저스 크라이스트 슈퍼스타〉는 세계적으로 빅 히트를 기록했고 한국의 어느 무용가는 성탄절 때면 연례적으로 이 작품을 무용극으로 만들어 무대에 올리곤 한다. 그런데 한국의 보수적인 그리스도 교단에서 이 불경한(!) 뮤지컬을 성탄절 작품으로 추천한다니 참으로 아이러니하다. 그들은 뮤지컬의 원래 의도를 제대로 알기나 하는 것일까?

* * *

인간은 겉으로는 강한 척 하지만 다른 한편 작은 일에 쉽게 흔들리는 경향이 있다. 지난 2천 년 가까이 그리스도교회는 영지주의 가르침을 경계해왔다. 그러나 19세기 이후 과학적인 분석 방법론들이 인문학의 중심에 등장하면서 신학 역시 인문과학Geistwissenschaft 범주에 포함시킨다. 1945년 '나그 함마디'에서 영지주의 문헌들이 대량으로 발견되자 드디어 교회가 애써 숨겨두었던 초기 그리스도교의 비밀이 만천하에 드러나게 되었다고 흥분하더니 1947년에 사해 부근의 쿰란 동굴에서 2천 년 전 성서 관련 문서들이 우연히 발견되자 교회의 역사를 다시 써야 한다며 웅성거렸다. 그리고 몇 해 전 『다 빈치 코드』라는 소설이 인기를 끌면서 마침내 베일에 싸여 있던 예수 그리스도의 사생활을 알게 되었다고 온 지구가 들썩였다.

교회에서 아무리 마리아 막달레나를 복권시켜주었다 할지라도 예수가 그녀와 결혼했으며 그 후손까지 있다고 하는 것은 관심을 끌기에 충분했다. 『다 빈치 코드』뿐만이 아니다. 니코스 카잔차키스(Νίκος Καζαντζάκης, 1883-1957)의 소설 『그리스도 최후의 유혹Ο τελευταίος πειρασμός』이나 1998년 노벨문학상 수상자인 주제 사라마구(José de Sousa Saramago, 1922-2010)도 그런 가능성을 제시한 바 있다. 『다 빈치 코드』도 같은 맥락에서 이해할 수 있으며 다만 『그리스도 최후의 유혹』보다 소설적인 재미가 훨씬 뛰어나다는 데 그 차이점이 있다. 그러나 소설가의 기막힌 화술에 정신을 놓아 사실과 허구를 구별하지 못해서는 곤란하다. 소설이란 재미있으면 그뿐인 것이다. 댄 브라운은 교황청의 반응이 있자마자 마치 기다리고 있었다는 듯 소설이 마리아 막달레나의 진실을 담고 있다고 응답했다. 교황청에서 그저 무시하는 태도를 견지했으면 어땠을까 하는 생각마저 든다.

합리주의와 과학의 발달로 인해 쉽게 납득될 수 없었던 지난 역사의 의문점들이 많이 풀려가고 있는 것은 사실이다. 특히, 역사에 대한 과학적 분석방법의 총아로 떠오른 고고학의 발달은 인간의 호기심에 강한 자극을 준다. 유다의 배신을 둘러싼 의문도 인류 역사에 있어 마치 아킬레스건처럼 여겨져왔다. 3년 동안 따라다녔던 하늘 같은 스승을 돈 취급도 제대로 받지 못하는 단돈 30전에 팔아넘긴 것도 이해가 안 가고, 배신자 유다의 활약(?)이 없었다면 예수도 죽지 않았을 테고, 부활은 더더구나 없었을 테니 유다를 오히려 영웅으로 모셔야 한다는 식의 억지 논리도 꾸준히 제기되어 왔다. 그런 와중에 『유다복음』까지 그 실체를 드러냈으니 세계 언론이 온통 흥분할 만도 했다. 물론 그렇게 된 배경에는 무조건적인 믿음을 강요하는 그리스도교 가르침(믿을 교리)은 더 이상 수용할 수 없다는 보편적인 종교 이해가 깔려 있다.

예수를 구원의 척도로 삼는 그리스도교가 탄생한 이후, 예수 그리스도의 정체에 대한 논란은 교회 내·외적으로 꾸준히 제기되었다. 그리스도교가 세계종교로 그 역사를 막 시작하려던 즈음인 1-2세기에도 당연히 정체 논란은 있었고, 그 편린片鱗이 바로『유다복음』이다. 내가 이해한 바로『유다복음』이 갖는 무게는 그 정도에 불과하다. 다시 말해 유다에게 배신자의 누명을 벗겨준다고 해서 그리스도교의 근본적인 문제를 해결하는 게 아니라는 뜻이다.

　　수사학에 귀류법歸謬法reductio ad absurdum이라는 증명 방식이 있다. 어떤 명제命題가 진리임을 증명하려고 할 때, 주어진 전제前提에서 직접 증명하지 않고 그것의 부정명제를 전제에 포함시켜 논증이 모순에 귀결하도록 유도하는 간접적인 증명 방식이다. 주어진 명제 A(예수는 인성)가 진리임을 증명하기 위하여 그것의 부정명제인 -A(예수의 신성)를 전제군前提群에 포함시켜서 논리적 모순을 도출하면, 결국 A(예수의 인성)가 진리일 수밖에 없다는 사실이 증명되는 셈이다. 그리스도교 가르침에 대한 오늘의 도전은 귀류법과 상통하는 면이 있다. 반反 그리스도교적인 논의를 향한 세간의 관심이 치솟는 반면 교회의 권위는 상대적으로 폭락하고 있는 게 요즘 세태다. 앞으로도 오랫동안 예수는 오명汚名에 시달릴 것이 분명하다. 마치 2천 년 전 유대 땅에서 그랬듯이 말이다.

슈퍼인간은 출현할 것인가?
_생명과학과 생명윤리

"일본 도쿄대 히로미쓰 교수와 메이지대 히로시 교수 연구팀은 췌장이 생기지 않도록 유전자 조작을 한 돼지의 수정란과 정상 돼지의 세포를 이용, 정상적인 췌장을 만드는 데 성공했다. 이번 성공으로 돼지 배아에 인간 세포를 주입해 심장, 신장 등 환자 이식용 장기를 만드는 데 한발 더 다가서게 됐다고 일본 언론은 보도했다." 신문에서 읽은 기사다(조선일보, 2013년 2월 20일). 그 기사 마지막에 다음과 같은 언급도 나온다. "일본과 각국은 인간과 돼지의 세포를 혼합하는 실험을 금지하고 있어 현재로서는 인간 장기 실험으로 이어지기는 어렵다." 과연 그럴까?

미래의 세상은 어떻게 변할 것인가? 자연과학에 몸담고 있는 학자들에게는 흥미로운 질문일지 모르나 종교계 사람들에게는 자칫 두려운 질문일 수 있다. 과거의 그리스도교회는 과학자들의 연구를 판단하고 단죄할 권리가 있었다. 중세 유럽에선 교회의 결정이라는 것에 막강한 힘이 있어 약초를 따다가 위태한 생명을 구한 시골 할머니를 '마녀'로 규정해 장작불에 태웠으며 지구가 돈다는 주장을 펼쳤던 과학자는 종교재판에서 유죄로 판명 받기까지 했다. 하지만 교회가 과오를 인정하는 속도는 대단히 느려 수백 년이 지난 1990년대에 이르러서야 비로소 마녀사냥을 사죄했고 코페르니쿠스의 유죄 판결을 번복했다.

과거와 비교하면 현대 세계에서는 과학과 교회의 관계가 정반대가 된 느낌이다. 과학자들은 우선 실험실에서 원하는 과정을 진행하고 정부는 알게 모르게 이를 지원한다. 그러다가 사태의 심각성을 뒤늦게 알아차린 그리스도교회가 생명윤리 어쩌고저쩌고 해가면서 상태를 되돌리려 하는데 이는 전적으로 뒷북을 치는 일처럼 보인다.

여기서 잠깐 과거로 시간여행을 떠나보자. 독자들은 황우석 박사를 기억할 것이다. 당시 황우석 박사는 전 국민에게 장밋빛 꿈을 선사했다. 줄기세포 연구와 실험을 통해 불치병을 낫게 할 수 있고 최고의 건강으로 장수를 누릴 수 있다는 꿈이었다. 더구나 이 연구가 국제 특허를 얻어 세계적으로 상품화되는 날에는 대한민국이라는 나라 전체가 돈방석에 앉게 되리라는 희망에도 부풀어 있었다. 장밋빛 미래는 너무나 탐스러웠다. 그래서 황우석 박사가 노벨상 후보로 지명되어야 한다는 바람이 불 정도였다. 내친김에 황우석 박사는 불교계 어른과 가톨릭의 어른을 방문했고 불교계에서는 그의 연구에 전폭적인 지지를 밝힌 반면 가톨릭 서울교구장 대주교는 애매모호한 입장을 취했다. 한편으로 생명연구가 가진 위험성을 지적하면서도 일단 대화를 나누어보자는 식이었다. 충분히 이해가 가는 일이다. 아무리 대주교라 할지라도 국가적인 장밋빛 미래에 섣불리 반대만 할 수는 없었을 것이다. 마구잡이로 칼을 휘둘렀던 중세 가톨릭교회와 비교할 때 격세지감이 절로 느껴졌다. 불교계에서는 황우석 사태가 공식적으로 정리되고 나서도 황 박사의 연구가 다시 시작되어야 한다는 주장을 강하게 펴왔고 범국민 서명 운동까지 펼쳐 상당한 공감대를 형성했던 바 있다.

황우석 사태가 마무리될 즈음 국가생명윤리위원회에서 일시 중지되었던 체세포 배아 복제를 재개할 수 있다는 입장을 발표했다(2007년 3월 23일). 물론 제한적이라는 단서가 달려 있었다. 아마 끔찍한 신체적인 고통을 받아야 하는 사람들을 위해 인도적인 차원에서 제한적으로 허용한다는 뜻일 게다. 황우석 박사로 발발된 사태의 추이를 지켜보면 종교·사회적 윤리의 기준이 구태의연해 보인다. 오히려 그 후에 벌어진 일들이 중요하다.

그리스도교 윤리의 한계

그리스도교회가 제시하는 생명윤리의 마지노선은 매우 가파르다. 그래서 조금만 잘못해도 미끄러져 다치기 십상이다. 예를 들어, 교회는 원칙적으로 낙태를 반대한다. 특히, 윤리신학자들의 견해에 따르면 낙태를 반대하는 데 심층논리가 작용한다. 인간의 자연스런 생명현상은 어떤 경우라도 막아서는 안 되며, 거기에는 정자의 움직임도 포함된다. 따라서 정자의 활동을 막는 콘돔도 자연스런 생명현상을 막는 일이 되는 셈이다. 방법은 단 하나, 주기법만 이용해 성생활을 해야 한다. 그 정도로 엄격한 윤리의식을 가지고 있으니 교회가 낙태의 타당성을 인정하는 일은 앞으로도 결코 없을 것이다. 자유연애가 가능하고, 아들인지 딸인지 미리 분별해서 아이를 지우는 일이 비일비재한 현실에서 보면 참으로 고리타분한 원칙이 아닐 수 없다.

유전자 차원에서 인간을 연구하는 과학자들은 일반적으로 종교적인 윤리 기준에 답답함을 느낀다. 지나치게 원론적이라 대화의 틈이 보이지 않기 때문이다. 물론 그리스도교 윤리에도 한계점은 있다. 질병을 퇴치하거나 기아에 허덕이는 아프리카의 엄마와 아기들을 극적으로 살려낼 수 있는 가능성을 실험실에서 제시한다면, 인류구원이라는 보다 거대한 가치에 동조할 수밖에 없을 것이다. 적어도 생명연구에 몰두하는 과학자들은 그렇게 확신하고 있다. 그래서 자신들의 연구가 비록 당장은 교회의 저항을 받더라도 훗날엔 인정을 받게 될 것이라는 희망을 갖고 있다.

합리주의와 과학실증주의가 자리를 잡은 19세기 이후 종교계의 반대에 부딪쳤다고 해서 애써 개발한 새로운 과학기술을 포기한 예는 찾기 힘들다. 더구나 그 기술이 나라의 부를 늘려주는 효과까지 있다면? 답은 분명하다. 황우석 박사에 대한 미련도 그런 맥락에서 이해할 수 있을 것이다. 그리스도교회의 윤리는 태생적으로 이 세상에 존재하는 악을 거두어내고 선을 이루어내는 데 그 목표를 두고 있다. 세상에 존재하는 선과 악을 기정사실로 받아들이고 오히려 집착을 버리는 데서 인류구원의 가능성을 찾는 불교와는 사뭇 다른 자세이다. 황우석 박사에게 불교가 그만큼 너그러울 수 있는 이유이기도 하다.

그리스도교에서 생명을 좌지우지할 권리는 오직 하느님에게만 있다는 것은 상식이다. 천지창조가 하느님의 손에 의해 이루어졌고 생명을 주신 분도 하느님이니 당연한 이치라 하겠다. 따라서 낙태나 사형이나 자살은 창조질서를 파괴하는 행위로 철저하게 금지된다. 그런데 천지창조라는 원칙적인 입장만으로 생명이 오로지 하느님의 영역이라는 사실을 인식시키기에 충분하지 않다. 창세기 3장에 나오는 아담과 하와의 타락이야기는 그런 맥락에서 다시 한 번 따져보아야 한다.

상대화의 길

아담과 하와는 본디 하느님이 만들어놓은 낙원인 에덴동산에서 행복한 삶을 살고 있었다. 그러나 행복한 삶에는 한 가지 조건이 있었는데 결코 에덴동산 중앙에 서 있는 선과 악을 알게 하는 나무의 열매를 먹어서는 안 되고, 만일 먹으면 죽음을 면치 못하리라는 경고였다(창세 2:17). 신화에서 으레 그렇듯이 경고가 주어질 때부터 우리는 이미 그 경고가 조만간 무용지물이 되리라는 사실을 알고 있다. 뱀의 꼬임에 빠진 아담과 하와는 열매를 따서 먹은 후 그 벌로 에덴동산에서 쫓겨나 험난한 삶을 살아야 했다. 아담은 노동으로 가족을 먹여 살려야 하고, 하와는 출산의 고통을 겪어야 하며, 뱀을 땅을 기어 다니는 비천한 신세로 전락하고 말았다. 그러나 보다 중요한 벌이 한 가지 더 남아 있다.

> "그러나 선과 악을 알게 하는 나무 열매만은 따먹지 마라. 그것을 따먹는 날, 너는 반드시 죽는다."(창세 2:17)

에덴동산 중앙에는 원래 선악을 알게 하는 나무와 더불어 생명나무가 서 있었다. 아담과 하와는 그중에서 선악과를 입에 넣었고, 그들이 동산에서 쫓겨난 후 생명나무에 도달할 수 없도록 하느님은 천사들을 세워 지키고 돌아가는 불 칼을 장치했다.

주 하느님께서는 말씀하셨다. "자 사람이 선과 악을 알아 우리 가운데 하나처럼 되었으니, 이제 그가 손을 내밀어 생명나무까지 따먹고 영원히 살게 되어서는 안 되겠지." 그래서 주 하느님께서는 그를 에덴동산에서 내치시어, 그가 생겨나온 흙을 일구게 하셨다. 이렇게 사람을 내쫓으신 다음, 에덴동산 동쪽에 거룹들과 번쩍이는 불 칼을 세워 생명나무에 이르는 길을 지키게 하셨다.(창세 3:22-24)

창세기에 나오는 아담과 하와의 타락이야기는 물론 신화적인 차원에서 이해해야 한다. 실제로 뱀이 예전에는 나무에 걸터앉아 사람과 대화를 나누었다고 볼 수 없다는 뜻이다. 이 이야기는 당시 사람들의 세계관을 반영한다. 남성이 가족을 먹여 살리려 일을 하게 된 이유, 여성이 아기를 낳게 된 이유, 뱀이 추한 모습으로 땅을 기어 다니게 된 이유, 그리고 인간이 영생을 누리지 못하는 이유가 들어 있다. 이를 두고 흔히 신화에 숨어 있는 '원인학적인ätiologisch 세계관'이라 부른다.

영생은 오로지 하느님만 누릴 수 있다. 인간이 선악과에 손을 대 비록 하느님에 버금가는 지혜를 갖고 있지만 영생은 누리지 못한다. 인간은 반드시 죽어야 하는 존재이다. 아담과 하와의 타락이야기는 천지창조와 더불어 인간의 실존적인 한계를 설명한다. 하지만 오늘날 이루어지는 생명 연구의 논리는 창세기의 타락이야기를 무용지물로 만들려 한다.

특정 장기가 쓸모없어진 사람에게는 장기를 복제해서 갈아 끼워주고, 후손이 필요한 사람에게는 시험관 아기를 안겨준다. 유전자 지도를 완전하게 설명하는 날이 오면 그간에 생명을 위협했던 모든 질병을 유전자 차원에서 해결할 수 있다. 말하자면 슈퍼인간이 등장하는 것이다. 아니, 더 간단한 방법도 있다. 나와 똑같은 인간을 무수히 복제해놓고 필요할 때마다 모든 장기를 갈아 끼우면 영생의 길이 열릴 수도 있다. 아마 그때쯤에는 창세기의 타락이야기를 다시 써야 할지도 모른다. 낙원에서 쫓겨난 후

돌아가는 불 칼을 무력화시키고 천사들의 눈을 피해 아담과 하와는 생명 나무 열매를 먹어 에덴동산 재진입에 성공했다고······.

생명과학자들 중에는 질병을 퇴치하고 수명을 연장하려는 인류의 노력이 지향하는 목표가 바로 '새 생명의 창조'라고 하는 이가 있다. 지난 역사에서 인류가 비록 그 목표를 뚜렷하게 인식하지는 못했더라도 암묵적인 차원에서 그런 약속이 있었고, 과학자들 역시 자신도 모르는 사이에 인류 복지를 위해 헌신했다는 것이다. 아니, 한 걸음 더 나아가 그런 목표가 없었다면 인류의 건강을 위한 수고가 모두 허사가 아니겠냐는 논리도 성립된다. 이 논리에는 어느 정도 수긍이 가는 측면도 있다. 사실 모든 생명현상을 하느님이 주신 것이라면 인간이 살면서 겪는 신체적인 고통도 창조주의 선물이다. 그러니까 창조질서에 따르면 감기약을 먹는 일도 당장 중단해야 이치에 맞는데, 아무리 신앙이 투철한 그리스도인이라 할지라도 감기약을 일부러 먹지 않는 경우는 못 보았다. 그러니 감기약의 발명도 하느님의 창조섭리에 속할 수밖에. 이처럼 생명과학자들의 논리는 상대화의 길을 걷고 있다.

생명윤리든, 성경책이든, 인간이든, 하느님이든, 일단 상대화시키기 시작하면 한도 끝도 없을 것이다. 아무리 볼륨을 높인다 한들 교회의 목소리는 멀리까지 들리지 않는다. 또한 아무리 설득력 있는 논리를 교회가 내세운다 한들 국가와 개인의 이익 앞에서는 초라해질 뿐이다. 상대화 경향이 그만큼 큰 힘을 갖고 있기 때문이다.

생명의 목적

예수회 신부였던 테야르 드 샤르댕(Pierre Teilhard de Chardin, 1881-1955)은 한때 지나치게 진보적인 과학논리를 내세워 교황청에서 경고를 받은 바 있다. 그는 창세기 1장에 나오는, 7일 동안 하느님의 창조가 완성되었다는 근본적인 창조론에 반대해 진화적 창조론을 주장한 바 있다. 그는 "과학적 진화론을 신학적 관점으로 수용하여, 결국 역사란 하느님의 거창한 목표로 나아가는 것일 수밖에 없다"[43]고 주장했다. 말하자면 과학의 모든 발전 과정은 하느님의 창조섭리 안으로 포함될 수밖에 없다는 논리다.

샤르댕의 주장은 한때 교회에서 외면 당했다. 하지만 시대가 바뀌어 요즘은 샤르댕의 신학적인 입장이 많은 이들의 공감을 얻고 있다. 딱딱하게 굳어 있던 그리스도교 윤리에 숨통을 열어주었기 때문이다. 나 역시 샤르댕에 전적으로 동조한다. 과학자들의 도전적인 실험들과 그 결과들을 염두에 둘 때 계량적인 의미에서 생명의 양과 질을 높여놓은 것은 사실이다. 그리고 앞으로 훨씬 더 발전된 수준의 조건들을 인류에게 제공할 것이다. 하지만 샤르댕의 주장을 자의적으로 해석하여 과학 발전에 낭만적인 견해를 얹는 것은 바람직하지 않다.

독일의 유명한 신학자 J. 몰트만(Jürgen Moltmann, 1926-)은 "'거주居住 Einwohnung'라는 패러다임으로 보면, 인류는 '푸른 지구' 위에 삶의 터전을 마련해야 한다. 그것은 다른 창조물과 함께하는 삶이지, 결코 죽음과 착취는 아니다. 인류가 앞으로 발전시켜 나가야 할 학문적, 기술적인 가능성은 파괴적인 세상 지배가 아니라, 오히려 자연 안에서 인간 문화의 지속적인 조화를 통해 지구의 유기체적인 질서를 정착시켜나가는 것이다. '지구'의 창조란 단지 그 보존에 머물지 않고 창조의 목적을 향해 지속적인 발전을 해나가는 것이다. 왜냐하면 지구는 땅 위의 모든 창조물들로 이루어진 '전체적인 집'이고, 언젠가는 '하느님의 집'으로 완성될 것이기 때문이다(묵시 21:3). 하느님의 '거주'가 창조의 자체적인 목적이라면, 우리가 한탄하는 환경 파괴와 생태계 파멸이 단념과 냉소로 이어져서는 안되고, 오히려 희망을 위한 인내를 배우고 생명을 위해 참고 견디는 자세를 터득하는 장이 된다."[44]

독일 유학시절에 생명과학 연구로 박사학위 논문을 쓰던 친구에게 신기한 말을 들은 적이 있다. 그의 말에 따르면 엉덩이가 셋 달린 돼지나 돌고래만 한 연어가 등장할 날이 멀지 않았다고 한다. 그리고 임신 7개월된 송아지를 강제로 자궁에서 꺼내 여러 가지 실험을 한다는 기사도 읽었고 급기야 줄기세포를 건드리게 되리라는 전망도 있었다. 그 모든 것이 돼지나 연어나 소를 위한 일은 물론 아니다. 그런 연구를 통해 인간이 보다 안락한 삶을 누리려고 하는 것이다. 자연을 자연 그대로 받아들이는 게 아니라 인위적인 강제력을 동원해서라도 사람에게 유용하게 만들어보겠다는 의도이다. 그 정도로 인간이 중요할까? 자연을 거부하면 과연 우리 손에는 무엇이 남을까?

나의 눈에 생명 연구나 유전자 연구의 목적은 슈퍼인간의 출현에 있는 것으로 보인다. 그렇다면 오래 살고 건강하게 사는 게 과연 인간의 존재 이유인가? 슈퍼인간이 등장하면 과연 온 자연이 행복해질까? 세상에서 건강하고 돈 많이 벌고 죽어서 천당까지 보장한다는 어느 교회의 삼박자 축복이 보장되면 인간이 완전해질까? 결코 그렇지 않다. 생명의 목적은 생명 그 자체의 보존이나 수명 연장에 있지 않다. 그보다는 생명이 만들어내는 가치에 그 목적이 있다. 과연 진실한 삶이란 무엇인가? 후손에게 물려줄 수 있는 정신적인 가치는 무엇인가? 아비와 어미가 자식에게 '나는 이렇게 살았다'라고 자신 있게 말할 수 있는 대목은 무엇인가? 나는 어디에서 왔고 어디로 가는가? 생명은 앞의 질문들에 책임 있는 답을 내놓아야 한다. 요즘 이루어지는 생명연구 방향의 문제점은 초월적인 존재를 과소평가 하는 데 있다. 이른바, 유전자 만능주의, 생명과학 만능주의의 소산이다. 하지만 생명을 창조할 능력이 생겼다고 해서 곧 하느님이 사라지지는 않는다. 선악과를 따먹어 하느님의 지혜를 훔쳐냈다고 해서 창조주 하느님과 같아질 수 없는 것과 마찬가지 이치다.

* * *

『거꾸로 읽는 세계사』라는 책을 본 적이 있다. 책에 따르면 현대 사회는 20세기 초에 비해 빈부의 격차는 더욱 심해졌고, 인류를 위험에 빠뜨릴 수 있는 치명적인 질병들이 더 많이 나타났고, 교통체증은 더욱 심해졌다고 한다. 20세기를 발전의 시대로 보는 긍정적인 역사관을 가진 사람들이 대부분이지만 거꾸로 보면 역사는 퇴보한 셈이다. 혹은 눈에 보이는 물질의 세계에 집착하느라 정신적인 가치를 놓치고 있다는 말로 바꿀 수 있겠다.

세상에 완벽한 윤리의식을 가진 사람은 존재하지 않는다. 겉으로는 도덕군자처럼 보여도 실제로는 뒤에서 더러운 짓을 일삼는 사람들이 우리 주위에 널려 있다. 의학 분야의 신기술을 폄하하지만 정작 폄하했던 사람 자신이 치명적인 병에 걸리면 어떻게 해서든지 살려고 발버둥 칠 것이다. 말하자면 목숨을 부지하기 위해서는 악마와도 손을 잡는 게 인간이라는 뜻이다. 그처럼 우리 인간의 한구석엔 인류가 이제까지 보편적으로 인정했던 숭고한 가치들을 무력화하고 생명을 자신의 것으로만 여기려는 이기심이 분명히 숨어 있다.

파스퇴르는 '실험실에 들어서는 순간 신神을 옷장에 넣어두는 것'이라면서 과학자가 지녀야 할 자세를 강조한 바 있다. 그처럼 과학과 종교를 각각의 영역으로 서로 존중할 필요가 있다. 하지만 황우석 사태에서 보듯이 결국은 만나고야 만다. 과학적 지식과 종교적 믿음의 바탕이 서로 다르다고 하지만 인간사가 그렇게 칼로 베듯이 분명하게 범위가 나누어지는 게 아니기 때문이다. 생명의 존엄성은 반드시 그 생명이 이루어내는 가치에서 그 존립 근거를 찾아야 한다.

"진리는 나의 유일한 목적이 되었다. 진리는 날마다 폭넓게 자라나기 시작했고, 진리에 대한 나의 개념도 더욱 명백해져 갔다. 또한 구자라티의 교훈시도 내 마음을 사로잡았다. 선으로 악을 갚으라는 그 교훈은 나를 이끄는 원칙이 되었다. 그 시는 나에게 열정을 불러일으켜 수많은 실험을 시작하게 하였다. 여기 나를 위한 아름다운 구절이 있다.

> 물 한 잔을, 푸짐한 식사로 대접하여 갚아주는 것을
> 따뜻한 인사를, 허리 굽힌 절로 정중히 갚아주는 것을
> 단 몇 푼의 돈을, 값진 금화로 되돌려 갚아주는 것을
> 당신이 구원을 받고자 한다면, 살아가는 동안 그만두지 마세요.
> 현자들의 언행은 사려가 깊으나
> 참으로 고귀한 사람은 모든 사람을 한 사람으로 알고
> 악한 행실을 선으로 갚아, 기쁨과 함께 돌려주나니
> 악한 행실을 선으로 갚아, 기쁨과 함께 돌려주리니."[45]

구원 받았나요?
_영화 〈밀양〉의 이해

1981년 5월 17일은 우리에게 길이 기억되는 날이다. 그날 앞뒤로 전대미문의 끔찍한 일이 광주에서 벌어졌고 당시에 광주시민들은 지옥을 경험했다. 그 경험이 얼마나 엄청난 것이었는지 사반세기가 지난 오늘도 여전히 뇌리에 생생하게 남아 있다. 특히, 2012년에 개봉한 〈26년〉(조근현 감독, 극영화, 한국, 135분)이라는 영화에서는 광주민주화운동의 잔영이 얼마나 생생한지 잘 보여주고 있다. 여기서 다음과 같은 가정을 해보자. 범죄의 장본인이 오랫동안 자신이 저지른 죄로 고통을 받아왔고, 그런 고통의 결과로 마음의 안정을 얻고자 종교에 귀의했고, 극적으로 자신의 죄를 뉘우쳐 드디어 구원을 받았다. 언뜻 이해가 안 되는 일이긴 하지만 회개와 구원을 목숨처럼 가르치는 그리스도교에서는 이런 식의 설정이 얼마든지 가능하다.

여기서 풀리지 않는 한 가지 의문이 있다. 비록 그가 (학살 장본인의 성향을 고려해볼 때 그럴 가능성은 거의 없지만) 회개를 통해 죄에서 벗어나 구원의 길로 들어섰다고 하지만 광주에서 생겨난 죄의 그 거대한 덩어리는 어떻게 정화淨化될 수 있을까? 일가친척으로 따지면 광주시민 전체가 고통을 당했을 테고 나아가 우리나라를 혼란으로 몰아넣었으며 그 후손들까지 고통 속에 몸부림치게 만들었던 그 거대한 죄의 결과는 도대체 어떻게 할 것인가? 본인만 구원 받아 죄의 무더기에서 빠져나가면 그뿐인가? 영화 〈밀양密陽〉(이창동 감독, 극영화, 한국, 2007년, 142분)의 문제의식은 이런 의문들과 맥을 같이 한다.

비밀스런 빛

영화 시작에 신애(전도연)가 종찬(송강호)에게 밀양의 뜻을 물어보는 장면이 나온다. 종찬은 비록 밀양에 살지만 그 뜻에 대해서 생각해본 적이 없는 듯했고 도리어 외지인인 신애가 '비밀의 볕'이라고 한자 뜻을 풀이해준다. 그 비밀스런 볕이 영화 속에서 세 번이나 인상 깊게 등장한다.

첫 번째는 신애가 밀양에 거의 도착했을 무렵 차가 고장 났을 때 카센터 사장인 종찬을 기다리면서 아들과 함께 쐬었던 햇볕이다. 눈부시게 파란 하늘을 배경으로 신애는 해를 잠시 우러러본다. 비록 차는 고장 났지만 안정감과 평화를 주는 햇볕이었다. 두 번째는 유괴 당한 후 살해된 아들의 차가운 주검을 마주했던 신애가, 그녀에게 교회에 나올 것을 간곡히 부탁하는 약국 주인에게 도대체 하느님이 어디에 있는지 반문할 때 나오던 손바닥 한 뼘의 햇볕이다. 첫 장면과 비교할 때 해가 비치는 범위는 극도로 줄어들어 있었고 신애가 손을 뻗자 그 마저도 반 토막 나버리고 만다. 세 번째는 자살 시도 후 병원에서 퇴원한 신애가 집에서 머리카락을 자를 때 카메라가 천천히 옮아가면서 잡아낸 햇볕이다. 그 햇볕은 이리저리 쓰레기들과 페트병이 널브러진 지저분한 마당 한구석을 따뜻하게 비추고 있었다. 영화 제목인 〈밀양〉과 자연스럽게 연결되는 장면이었다.

아들을 잃은 신애는 우연히 교회 부흥회에 나가게 된다. 절망의 구렁텅이에서 헤매는 신애에게 마침 뚜렷한 전기가 필요한 때였다. 신앙의 길에 접어들면서 마음의 안식을 얻은 신애는 자신에게 끔찍한 죄를 저지른 유괴범을 용서할 수 있으리라는 확신이 생겼다. 그러나 신애와 만난 유괴범은 오히려 감옥에 갇힌 후 하느님을 만나 구원을 받았노라고 태연하게 말한다. 자식을 잃고 유괴범을 용서하러 교도소까지 찾아갔던 신애에게 닥친 처참한 현실이었다. 신애는 그 상황에서 그만 혼절하여 쓰러지고 만다.

신애는 다음과 같이 말한다. "그래요 내가 그 사람을 용서할 수 없었던 것은 그것이 싫어서라기보다 내가 그러고 싶어도 그럴 수가 없었기 때문이었어요. 그 사람은 이미 용서를 받고 있었어요. 나는 새삼스레 그를 용서할 수가 없었고 그럴 수도 없었지요. 하지만 나보다 누가 먼저 용서를 합니까? 내가 그를 아직 용서하지 않았는데 어느 누가 나보다 먼저 그를 용서하느냔 말이에요. 그의 죄가 나밖에 누구에게서 먼저 용서될 수 있나요. 그럴 권리는 주님에게도 있을 수가 없어요. 그런데 주님께선 그럴 권리를 내게서 빼앗아 가버리신 거예요. 나는 주님에게 그를 용서할 기회마저 빼앗기고 만 거란 말이에요. 내가 그를 어떻게 다시 용서합니까?"

그리스도교의 구원관에 따르면 어떤 죄인이라도 회개하고 하느님을 받아들이면 그 믿음으로 구원을 받을 수 있다. 하지만 감독은 신神의 섭리에 대해 다음과 같은 질문을 던지고 있다. 그러면 남은 이는 어떻게 되는

가? 좀 더 구체적으로, 죄인 자신은 회개하여 죄의 고통에서 빠져나가면 다행이겠지만 그 죄가 만들어놓은 결과는 도대체 어떻게 정화될 수 있겠는가 말이다.

인간에게 '죄와 용서'만큼이나 보편적이고 난해한 문제는 없을 것이다. 모든 인간은 죄를 짓는다. 죄의 개념이 동서고금의 역사와 가치관에 따라 수없이 다양하게 정의될 수 있겠지만, 아무튼 인간은 죄를 짓는다. 특히나 죄는 종교와 직접적인 연관을 맺는데 종교인이 됨으로써 죄의 용서를 받을 수 있기 때문이다. 죄 지은 인간에게 용서, 아니 보다 좁혀 말해 이른바 '구원'의 길이 열리는 것이다. 우리나라에서 '구원'의 과정을 분명하게 설명하는 종교 중의 하나가 바로 그리스도교이다. 그래서인지는 몰라도 영화에서 신애는 교회를 찾게 된다.

죄는 숙명이다

그리스도교의 역사를 보면 '죄와 구원'의 문제를 두고 얼마나 심각하게 고민해왔는지 잘 알 수 있다. 가톨릭에서는 고해성사와 그에 대한 보속補贖을 통해 죄 문제를 해결하고 연옥煉獄과 지옥地獄 교리로 죽음 후에 인간이 처하게 될 운명까지 알려준다. 개신교도 마찬가지여서 모든 죄는 예수의 십자가 죽음으로 정화될 수 있으며 예수 그리스도를 거부하면 그 자체로 벌을 받는다고 가르친다. 하지만 요즘 세상에서 그 정도로 죄와 구원의 문제가 완벽하게 해결된다고 생각하는 이는 그리 많지 않을 것이다. 같은 그리스도인들 사이에서도 이 문제에 대해 다양한 시각이 존재하는 게 현실이다.

죄란 무엇인가? 죄를 짓고 안 짓고는 인간 스스로가 결정할 수 있는 문제인가? 지하철 역 계단에 앉아 구걸하는 사람에게 동전 한 푼 안 던져준 것도 죄에 해당하는가? 그리스도교의 전통적인 입장에 따르면 죄는 우선 인간의 의지와 직접 관계된다. 하지만 이는 약점이 많은 가르침이기도 하다. 물론 내가 오늘 하루, 전적인 나의 의지로 죄를 안 지었다고 생각할 수 있다. 아내에게 험한 말도 하지 않고 자식에게 손찌검도 하지 않았으며 고생하는 직장 부하들을 따뜻한 말로 위로해주었고, 심지어 지하철에서 노인에게 자리를 양보하기까지 했다. 그렇다고 내가 지은 죄가 용서되는가?

초창기 그리스도교의 위대한 신학자였던 사도 바울로는 죄란 '구조적인 문제'라고 가르쳤다. 인간은 자신의 의지와 무관하게 죄를 지을 수밖에 없는 환경에 놓여 있다는 것이다. 예를 들어, 백화점에서 세일하는 악어가죽 핸드백을 1/3 가격에 사서 아내에게 생일 선물로 주었다고 쳐보자. 그 남자는 죄를 지었을까? 대단히 죄송하지만 말씀이지만 그는 죄를 지었다. 우선 멀쩡히 살아 있는 악어의 숨을 끊었을 테고, 누군가 악어가죽을 가공하기 위해 작은 망치로 가죽을 끊임없이 두드리는 모루 질을 했을 것이다. 이 작업에는 아프리카 등지의 어린이가 동원되었을 테고, 오랫동안 모루 질을 한 탓에 관절염에 걸려 팔을 절단하는 사람도 있었을 것이다. 그리고 가죽을 가공하느라 독한 화학약품에 장시간 담가두었을 것이다. 악어가죽 핸드백 하나를 사면서 생태 파괴, 어린 노동력의 착취, 그리고 환경오염에 이르기까지 총체적인 죄에 참여하게 된 것이다. 그는 아내를 너무나 사랑한 나머지 맘먹고 큰 돈 모아 선물을 산 천사 같은 남편이었는데도!

죄는 어떤 인간도 피해갈 수 없이, 인류의 조상 아담으로부터 통해 내려온, 유전자에 각인된 조건이다. 인간에게 마치 그림자처럼 드리워진 숙명인 것이다(로마 5:12-14). 따라서 숙명으로 주어진 죄인의 굴레를 벗어나는 길은 오직 하나, 하느님의 은총에 매달리는 것이다. 영화에서 유괴 살인범의 처지 역시 설명이 가능하다. 원래 나쁜 사람이 아니라 가족을 살리기 위해, 빗나가기만 하는 딸을 바로잡기 위해, 눈덩이처럼 불어나는 빚을 갚기 위해 해서는 안 될 일을 저지르고 말았다. 원래부터 악인이 아니라 세상이 그를 범죄자로 만든 것이다. 그는 범죄 후에 엄청난 고통을 겪었고 숙명처럼 빨려 들어간 죄의 소용돌이를 원망했다. 그러다가 하느님을 받아들였고 그 믿음을 통해 구원의 확신을 얻게 된 유괴범은 드디어 맘에 평화를 되찾는다. 때맞춰 신애가 면회를 왔고 유괴범은 자신이 누리게 된 용서와 평화에 대해 서슴없이 그녀에게 이야기한다. 감옥에 갇힌 사람답지 않게 환한 얼굴로……. 사실 알고 보면 그 역시 구조적인 죄의 희생자였고, 하느님은 천인공노할 범죄자에게도 은총을 베푸신 것이다. 만일 유괴범을 주인공으로 삼아 영화를 만들었다면 관객들이 그에게도 어느 정도 동정심이 생겼을지 모를 일이다. 보는 입장에 따라 얼마든지 수긍이 갈 수 있는 설명이다.

한 사람이 죄를 지어 이 세상에 죄가 들어왔고 죄는 또한 죽음을 불러들인 것같이 모든 사람이 죄를 지어 죽음이 온 인류에게 미치게 되었습니다. 율법을 주시기 전에도 죄는 세상에 있었습니다. 다만 율법이 없었기 때문에 그 죄가 법의 다스림을 받지 않았을 뿐입니다. 그러나 죽음은 아담으로부터 모세에 이르기까지 모든 사람을 지배하였는데 아담이 지은 것과 같은 죄를 짓지 않은 사람들까지도 그 지배를 받았습니다. 그런데 아담은 장차 오실 분의 원형이었습니다.(로마 5:12-14)

밀양과 광주

〈밀양〉은 1985년에 발표된 이청준의 중편소설 『벌레이야기』를 원작으로 한다. 소설에서는 아들을 잃은 엄마가 유괴범이 사형된 지 이틀 만에 자살하는 것으로 끝이 난다. 영화 〈밀양〉과 소설 『벌레이야기』의 상황설정도 같고 다루려는 문제의식도 비슷하지만 이야기의 결말은 다르다. 신애는 자살하지 않았고 밀양의 비밀스런 볕 안에서 구원을 얻는 듯했다. 이청준은 〈밀양〉 시사회를 보고나서 극찬을 아끼지 않았다고 한다. 그리고 "영화는 벌레이야기와 약간 다른 구조를 가지지만 여자가 겪는 고통의 색깔이나 구원과 용서의 굴곡을 겪는 과정은 똑같다"는 말을 덧붙였는데, 이는 영화 속에 원작의 의도가 충실히 살아 있다는 뜻이겠다.

이청준은 『벌레이야기』에 광주에서 벌어졌던 참혹한 역사가 담겨 있다고 했다. 정작 죄 지은 사람들은 세월과 함께 형을 치러 사회적으로 용서를 받았지만 광주에 남아 있는 사람들은 여전히 끔찍한 악몽에 시달리는 현실을 인식했고, 소설을 통해 죄와 용서라는 문제를 다루고 싶었던 것이다. 그 도구로 쓰인 게 바로 그리스도교의 구원 논리였다. 따라서 영화를 보면서 개신교 신앙을 부정적인 시각으로 과대 포장해 국민에게 그리스도교에 대한 나쁜 인상을 심어주었다는 식의 반감을 가질 필요는 없다. 전도연의 수상소식 때문인지, 혹은 이렇게 나라 전체의 영광스런(?) 시점에 괜스레 나섰다가 바가지로 욕을 먹을까 두려워해서인지, 아무튼 기독교계의 목소리는 들리지 않았다. 문제를 삼자면 충분히 문제를 삼을 수 있는 상황설정이 영화에 포함되어 있는데도 말이다.

〈밀양〉을 보고난 후 처음 느낌은 그저 밋밋했고 무엇인가 뿌연 기운만 감돌 뿐이었다. 그런데 차분히 앉아 오랫동안 생각해보았더니, 훌륭한 한국 영화 한 편이 나왔다는 결론에 도달했다. 〈밀양〉은 분명한 결론을 내리기보다 그저 암시만 하는 상태에서 끝을 맺고 나머지 해석은 관객이 집으로 가져가 요리조리 꿰어 맞춰보라는 영화이다. 인간이 죄와 구원이라는 문제를 갖고 고민한 것은 아마 수천 년에 이를 것이다. 물론 그 고민을 감독이 한 순간에 풀어낼 수는 없는 노릇이다. 신애는 유괴범의 딸이 거리에서 제 또래의 불량한 남자 아이들에게 폭행을 당하는 것을 외면했고 미장원에서 그 딸을 다시 만났을 때도 따뜻한 말 한마디 건네주지 못했다. 그것이 바로 인간이다! 무엇이 옳은 길인지 잘 알지만 정작 그 일을 해내기에는 너무 약한 존재이다. 그저 햇볕 속에 무엇인가 비밀스런 섭리가 있으리라고 짐작만 할 뿐이다.

초기 그리스도교의 위대한 신앙인이었던 사도 바울로는 다음과 같이 고백한 적이 있다. 비단 그리스도인이 아니더라도 한 번쯤 생각해볼 구절이기에 옮겨본다.

"오 하느님의 풍요와 지혜와 지식은 정녕 깊습니다. 그분의 판단은 얼마나 헤아리기 어렵고 그분의 길은 얼마나 알아내기 어렵습니까?"(로마 11:33)

영화 〈밀양〉

(http://movie.naver.com/movie/bi/mi/basic.nhn?code=48747)

종교와 평화
_영화 〈그을린 사랑〉

레바논 출신의 칼릴 지브란은 세계적으로 기억되는 아랍권 작가이자 사상가이다. 그가 남긴 말 중에 다음과 같은 것이 있다. "상심한 사랑이 노래하고, 앎의 슬픔이 얘기하고, 욕망의 우울함이 속삭이고, 가난의 고뇌가 흐느껴 운다. 그러나 사랑보다 더 깊고, 앎보다 더 숭고하고, 욕망보다 더 강하고, 가난보다 더 쓰라린 슬픔이 존재한다. 그것은 벙어리여서 목소리가 없고, 눈은 별처럼 빛난다."[46]

이게 무슨 말일까? 그 슬픔은 도대체 얼마나 지독한 것이기에 단말마斷末魔의 비명조차 내지르지 못하는가? 지브란의 고향인 레바논이 그토록 슬픈 비극의 땅인가? 지브란의 글을 읽으면서 내내 궁금했던 의문을 풀어 준 영화를 얼마 전에 만났다. 〈그을린 사랑Incendies〉(드니 빌뇌브 감독, 극영화, 캐나다, 2010년, 130분)이다! 영화의 주인공인 나왈 마르완은 어느 날 자신의 인생을 둘러싼 적나라한 진실을 접하고 난 후, 죽는 순간까지 입을 다물어버린다. 사랑보다 깊고, 앎보다 숭고하고, 욕망보다 강하고, 가난보다

314

더 쓰라린 슬픔의 실체를 본 순간 스스로 벙어리의 길을 택한 것이다.

그을린 사랑

'종교가 평화를 가져오는 데 기여한다.' 과연 오늘날 세계정세를 앞에 두고 이런 말을 할 수 있을까? 그보다는 오히려 종교는 전쟁과 살육과 비극과 분노 등등 평화를 거슬리는 온갖 악덕을 가져온다고 정의하는 게 낫지 않을까? 나의 눈에 〈그을린 사랑〉은 종교가 파생시킬 수 있는 최악의 상황을 그린 영화로 비쳤다. 특히, 십자가를 목에 걸고 성모상을 개머리판에 붙인 그리스도교 전사들의 무슬림 학살 장면은 감내하기 힘들 정도였다. 바로 그 장면 이후 나왈의 인생은 바닥을 향해 최고 속도로 돌진한다. 하지만 바닥에는 상상조차 못했던 훨씬 더 큰 비극이 그녀를 기다리고 있었다.

중동 국가 레바논은 1943년 프랑스에서 완전 독립한 이후 줄곧 그리스도교 세력이 정권을 차지했다. 그러다가 1958년 친 서방 정책을 내세우며 재선을 노리는 샤문 대통령에 반대해 이슬람 세력이 국민통일전선을 결성했고, 국민당 정부는 이슬람 세력을 척결하기 위해 군사력을 동원했다. 그때 이후로 레바논은 내전 상태에 돌입했으며 지금까지도 평화는 요원한 형편이다.

주인공 나왈은 레바논의 여인이다. 그녀는 복잡한 개인사를 갖고 있는데, 출신 가정도 그렇고, 이교도와의 사랑에서 낳은 아기와 그 아기를 포기한 것도 그렇고, 이슬람 전사가 되어 내전에 앞장선 것도 비극의 강도를 더했고, 결국 캐나다에 정착했지만 그곳에서 오히려 과거에 더욱 집착하는 계기가 주어진다. 그야말로 '불타는 사건들의 연속Incendies'이다. 그리고 마침내 꿈에서조차 그녀를 괴롭혔던 잔인한 기억이 생생한 현실로 다가오고 만다.

나왈은 죽기 전에 세 통의 편지를 남겼다. 생이별을 한 아들과 쌍둥이 자녀와 쌍둥이의 아버지에게 보내는 편지다. 그 편지가 처음부터 영화 속 연결 고리들을 풀어나가는 열쇠로 작용해 관객들이 한눈 안 팔고 좇아갈 수 있는 동력을 만들어냈다. 〈그을린 사랑〉이 한편으로는 인간성의 파괴를 다룬 잔인한 고발영화지만 다른 한편에서는 일종의 추리극으로 간주할 수 있는 대목이다. 쌍둥이 자녀로 나온 잔느(멜리사 디조르미스-플린)와 시몬(맥심 고데테)이 꼬인 진실을 좇아가는 역할을 잘 소화해냈다. 두 배우의 건조하면서도 내면의 감정을 실은 연기 덕분에 나왈의 비극에 객관적으로 접근할 수 있었다.

감독은 몇 장면에서 충격적인 대비를 보여준다. 아직 판단력이 서지 않는 어린이들이 전사로 발탁되는 장면, 시몬이 눈을 가린 채 끌려가 이슬람 반군 지도자인 삼세딘을 만나는 장면, 먹을 것을 찾아 전쟁터에 나온 아이들을 쏘는 저격수, 비극의 실체를 알려주는 수영장 장면은 오랫동안 뇌리에서 사라지지 않았다. 이 역시 감독의 탁월한 연출력 덕분이다. 2011년 아카데미 외국어영화상 후보에 오르고, 베니스영화제 '베니스 데이즈' 부문 작품상 수상, 선댄스영화제 초청작, 토론토영화제 캐나다영화상, 밴쿠버영화제 캐나다영화상 등 중요 영화제의 주목을 받을 만했다.[47]

나왈은 천신만고 끝에 고향(레바논 남부 어느 마을)을 빠져나왔다. 이른바 명예 살인으로 가족에게 목숨을 잃을 뻔한 위기까지 이겨낸 뒤였다. 그리고 다레쉬에서 대학에 다니던 나왈은 레바논 내전의 위기가 닥치자 무슬림 난민들이 몰려 있어 위험천만한 고향으로 돌아가려 한다. 그때 누군가 나왈에게 그녀가 그리스도인이라는 사실을 인식시켜준다. 왜 종교도 다른데 위험을 감수하면서까지 무슬림 지역으로 가는지 의문을 제기한 것이다. 그러자 나왈은 대답한다. "우리는 평화를 지지합니다. 종교와는 무관해요." 종교의 이름으로 포장된 광기 앞에서 나왈의 신념을 보여주는 대목이다. 그러나 무관할 줄 알았던 종교는 결국 그녀의 존재를 송두리째 흔들어놓고 만다.

복수의 포기

내전內戰을 겪는 나라의 모든 국민은 저도 모르게 비참한 운명으로 떠밀려 들어간다. 악인도 없고 선인도 없이 오직 복수만이 전쟁을 움직여나가기 때문이다. 예외란 없다. 그런 점에서 내전과 세계대전은 그 성격이 다른데, 원수를 향한 개인적인 분노가 사라지지 않는 한 결코 전쟁을 멈출 수 없으니 말이다. 무차별 학살을 감행한 그리스도교 전사들이 내뱉은 말처럼 내 가족을 죽인 자들에게 복수하는 일이 여전히 남아 있기 때문이다. 그러나 나왈은 쌍둥이에게 남긴 편지에서 중요한 가르침을 전달한다. 그녀가 분노의 끈을 놓고 나서야 비로소 진정한 엄마가 될 수 있었으며, 세상에서 가장 아름다운 일은 함께하는 것이라는 사실이다.

……하나의 약속, 분노의 끈을 놓겠다던 약속. 너희들 덕분에 오늘 드디어 분노의 끈을 끊고 말았다. 이제야 비로소 너희에게 자장

가를 불러줄 수 있게 되었구나. 잔잔하게 흔들어 재울 수 있는 자장가 말이다. 이 세상에 같이 있는 것보다 더 아름다운 일은 없단다. 너희를 사랑한다. (번역 도움 박은파)

나왈에게 종교란 그녀의 인생을 진흙탕으로 몰아넣은 저주였다. 하지만 쌍둥이에게 남긴 나왈의 유언은 여러 종교에서 이미 발견되는 것이기도 하다. 그리스도교의 창시자인 예수도 같은 맥락에서 복수의 포기를 말씀한 바 있다. "그러나 나는 이렇게 말한다. 앙갚음하지 말라. 누가 오른뺨을 치거든 왼뺨마저 돌려대고 또 재판에 걸어 속옷을 가지려고 하거든 겉옷까지도 내 주어라."(마태 5:39-40) 구태여 예를 들지 않더라도 복수는 언제나 또 다른 복수를 불러일으킨다는 사실을 모르는 이는 없을 것이다. 즉, 상대가 폭력을 쓸 때 다시 폭력으로 되갚으면 이는 폭력과 복수의 악순환이라는 고리에 말려들고 마는 일이다. 복수의 어쩔 수 없는 속성을 꿰뚫어본 예수는, 오히려 복수를 포기하여 그 악순환의 고리를 지금 이 자리에서 끊으라고 말한다. 복수의 포기만이 바로 평화를 가져오는 유일한 길이다.

유대교의 경전인 탈무드에도 다음과 같은 금언이 나온다. "모든 인류는 단 하나의 조상을 갖고 있다. 그러므로 어떤 인간도 다른 인간보다 뛰어나지 않다. 만약 당신이 한 사람을 죽인다면 그것은 모든 인류를 죽이는 것과 같고, 한 사람의 생명을 구하면 그것은 전 인류의 운명을 구하는 것과 같다. 왜냐하면 세계는 한 사람의 인간에 의해 시작되었고 그 최초의 인간이 죽었다면 인류는 존재하지 않았을 것이기 때문이다."[48] 비록 나는 한 사람을 용서했지만 그 행동이 전 인류를 구원할 수 있다는 뜻이다.

용서에 대한 가르침은 비단 그리스도교나 유대교에 머무는 게 아니다. 『금강경』에 보면 "수보리야! 인욕바라밀을 여래께서는 욕된 것을 참았다는(인욕수행의 완성) 흔적마저도 놓아버린 것이라고 말한다須菩提 忍辱波羅蜜 如來說非忍辱波羅蜜 是名忍辱波羅蜜 何以故"라고 하여 용서의 진정한 가치를 알려주었고 『논어』에 등장하는 충서忠恕 개념에도 용서가 포함되어 있다. 그리고 『꾸란』에도 '선으로 악을 잠재우라'는 가르침이 자주 등장한다. 사실 이른바 세계 고등종교 치고 용서를 이야기하지 않은 종교는 없을 것이다. 그러나 사랑하는 남자가 눈앞에서 살해당하고, 갓 태어난 아기를 완력으로 빼앗기고, 감옥에서 모진 고문을 당하고, 창녀로 전락해 원하지 않은 임신을 하고, 고향에서까지 강제로 쫓겨난 여인에게 복수의 포기란 결코 쉬운 일이 아니다.

이슬람의 거인巨人정신

나왈의 신념이 무너지는 소리는 영화 곳곳에서 들렸다. 하지만 그 소리는 물론 나왈이 처음 들은 게 아니었다. 이미 천 년 전에 그리스도교와 이슬람은 예루살렘을 두고 거대한 종교전쟁을 벌인 적이 있다. 예루살렘은 사막에서 일어난 세 종교, 즉 그리스도교, 이슬람교, 유대교의 성지이다. 유대인들은 솔로몬 왕이 기원전 10세기에 예루살렘에 성전을 지은 후 신이 그곳에 상주한다고 여겼다. 그래서 성전이 부서지면 부지런히 다시 세웠으나 제1차 유대독립전쟁(66-70년)에서 로마에게 패한 후 성전이 파괴되고 만다. 영악한 로마군대는 성전의 서쪽 벽을 무너뜨리지 않고 남겨두었는데, 이는 서쪽 벽을 보면서 다시는 로마에 반항하지 말라는 경고의 표시였다. 그러나 반항의 민족 유대인은 제2차 독립전쟁(132-135년)을 일으켰고, 반란군을 물리친 하드리아누스 황제는 유대인을 그 땅에서 쫓아 내면서, '유대아'라는 나라 이름마저 아예 '팔레스티나'로 바꾸었다. 오늘 날에도 유대인들은 성전의 잔해인 서쪽 벽 앞에서 성전을 다시 세울 날 을 고대하며 눈물 흘려 기도한다. '통곡의 벽'이라는 별명이 붙여진 이유 이다.

위대한 예언자 무함마드가 이슬람권을 통일(630년)한 이후 그 후예들은 예루살렘까지 점령했다(638년). 그들은 부서진 솔로몬 성전 터에 이슬람 사원(모스크)을 지었는데(691년), 이른바 '바위 사원'이다. 무함마드가 말을 탄 채 바위를 박차고 승천했다는 믿음을 담고 있는 장소다. 예루살렘(아 랍어로는 알-쿠드)은 메디나, 메카와 함께 이슬람의 3대 성지다.

예루살렘은 그리스도인들에게도 중요한 성지이다. 그리스도교를 창시한 예수가 최후를 맞고 승천한 곳이며, 천군천마를 이끌고 재림할 곳이 바로 예루살렘이기 때문이다. 그러므로 예루살렘은 장차 완성될 신국이 미리 실현된 땅이어야 한다. 예루살렘은 약속의 땅이며, 또한 구원의 땅이었던 것이다. 1095년에 교황 우르바노 2세(Urbanus PP. II, 재위 1088-1099)는 성지 예루살렘을 무슬림의 손에서 탈환하기 위해 십자군 전쟁을 일으켰다. 그 후 200년에 걸쳐 8회의 원정길에 올랐지만 처음 3회만 성공하고 나머지는 모두 무슬림 군대에 패하여 그리스도교 역사에 씻을 수 없는 상처를 남 겼다. 첫 원정(1096-99)에서 무슬림 군에 승리한 십자군은 예루살렘 왕국 (1096-1187)을 세웠고 서유럽 군주와 동등한 영지와 권력을 취했다. 그러나 예루살렘에 세웠던 그리스도교 왕국은 살라딘(صلاح الدين الأيوبي, 1138년-1193)이 이끄는 강력한 무슬림 군대의 등장으로 이슬람에 정복당하고 만다.

당시의 세계 상황은 오늘과 전혀 달랐다. 이슬람은 과학·군사·경제, 의학·철학 등 대다수의 분야에서 유럽을 앞질렀기에 십자군 전쟁도 그저 변방에서 일어난 국지전으로 치부할 정도였다. 한때 세계의 중심은 분명 이슬람에 있었다. 예루살렘은 이슬람과 그리스도교의 중요한 성지였기에 십자군 원정이 시작되자 양 진영의 격돌이 불가피했고 궁극의 승리는 이슬람의 것이었다. 하지만 예루살렘을 탈환한 살라딘은 결코 학살을 일삼는 폭군이 아니었다. 그는 정복한 그리스도인들을 고향으로 안전하게 돌려보냈고 그리스도교회를 파괴하지도 않았다. 이슬람의 거인기질을 발휘했던 것이다. 영화 〈킹덤 오브 헤븐Kingdom Of Heaven〉(2005)의 마지막 장면에는 살라딘이 땅에 뒹굴던 십자가상을 바로 세워주는 장면이 나온다. 그는 복수를 위한 왕이 아니라 평화를 위한 왕이었던 것이다(참고로 예루살렘은 '평화(샬롬)의 도시'란 뜻이다).

어머니의 목소리를 들어라

잔느는 유언을 지키려고 어머니의 고향을 찾아 나선다. 그 과정에서 어머니가 고향에서 어떻게 냉대를 받고 있는지, 다레쉬에서 어떻게 학창시절을 보냈는지, 크리야트라는 곳에서 수인번호 72로 어떻게 감옥살이를 했는지, 그리고 어떤 경로로 캐나다 퀘벡까지 흘러오게 되었는지 알게 된다. 물론 그 자세한 과정을 마치 지도를 살피듯 알 순 없었지만 어머니의 슬픔을 미루어 짐작하기엔 충분했다. 더불어 잔느는 감옥에서 어머니의 별명이 '노래하는 여자'였다는 중요한 사실도 알게 된다. 13년간 크리야트 감옥에서 어머니의 삶이 어땠는지 미루어 짐작케 해주는 중요한 단서였다.

잔느가 어머니에 대한 진실을 하나하나 알아나가면서 유언장에 일부러 무관심했던 쌍둥이 동생 시몬도 끌어들여 결국 그가 레바논까지 날아오게 만든다. 그리고 이제 쌍둥이는 35년간 감추어졌던 진실을 만나게 된다. 나왈은 세 통의 편지가 주인을 찾아 개봉되고 나면 그때야 비로소 자신의 묘비를 세워달라고 했다. 그리고 시신을 매장할 때 얼굴이 땅을 향하게 해달라고 부탁했다. 질곡의 삶에서 쌓여진 한恨을 그런 식으로 묻으려 한 것이다.

영화를 보면서 나왈에게서 우리의 어머니 세대와 만나고 있다는 느낌이 들었다. 일제강점기로부터 6·25 내전과 그 후 오늘에 이르기까지 무수히 많은 이야기들이 한반도에서 쏟아져 나왔다. 무자비한 일본 자객들의 칼에 숨진 명성황후와 정신대에 끌려가 인간의 마지막 자존심까지 박탈당한 누님들, 남편과 자식을 전쟁터로 내보냈던 아내와 어머니들, 그리고 독재의 그늘에서 들려왔던 그 수많은 한 맺힌 소리들이 아직도 우리의 귓가를 맴돌고 있다. 모두 할머니와 어머니와 누님들이 들려주었던 익숙한 소리들이다. 그리고 같은 소리를 실로 오랜만에 저 멀리 레바논의 나왈에게서 들은 것이다.

요즘 우리나라의 세태를 보면 어머니 세대의 불편한 소리에 도통 귀를 기울이지 않는 듯하다. 하지만 이는 기억하기 싫어서 슬쩍 덮어둔다거나 듣고 싶지 않아 짐짓 이어폰을 귀에 꽂는다고 해서 없어지는 소리가 아니다. 아니, 잠시 모른 척 한편에 내쳐둘 수 있을지언정 결국 숨겨진 진실을 향해 길을 나서도록 부르는 애타는 요청의 소리들이다. 그런 면에서 〈그을린 사랑〉에 나오는 잔느와 시몬의 행보行步는 우리에게 전달해주는 바가 크다.

＊ ＊ ＊

칼릴 지브란은 어린 시절 떠밀리다시피 고국을 떠났다. 그리고 평생 온 세상을 떠돌면서 인류의 평화와 조국 레바논의 종교적 단합을 호소했다. 조국에서 외면당한 자로서 그의 인생에는 언제나 일정한 슬픔이 맴돌았다. 그러나 지브란은 거기에 머물렀던 인물이 아니다. 국가와 종교의 문턱을 이리저리 넘나들면서 그가 획득한 영혼의 자유는 실로 대단해 오늘날까지도 그에게서 해맑은 지혜를 얻으려는 사람이 한둘이 아니다. 지브란은 여전히 '20세기의 단테'이며 '사랑하는 스승'이다. 그의 장례 행렬에는 개신교·천주교·이슬람 등 각 종파의 지도자들이 참여해 그의 죽음을 애도하는 장관이 펼쳐졌다. 레바논의 지성 지브란은 인간에 대해 다음과 같이 노래한 바 있다.

> 썰물 때 나는 모래밭에다
> 글을 한 줄 써놓고
> 그 글에다 내 모든 마음과
> 내 모든 영혼을 바쳤다.
> 내가 써놓은 글을 읽어보려고
> 밀물 때 돌아와 보니
> 바닷가에서는 나의 무지無知만이 보일 따름이었다.[49]

나는 근래 〈그을린 사랑〉처럼 충격적인 영화를 본 적이 없다. 비록 실화는 아니라지만 설령 실화라 한들 추호도 그 개연성을 의심하지 않을 만한 작품이었다. 나왈은 깨달음을 얻기까지 그야말로 길고도 굴곡진 인생을 살았다. 그리곤 드디어 죽음과 함께 찾아온 평화! 복수의 화신이었던 나왈에게도 드디어 용서의 순간이 찾아온 것이다. 〈그을린 사랑〉이 분명 반종교적인 메시지를 담고 있지만, 또한 가장 종교적인 영화로 분류할 수 있는 이유이다. 그리고 우리의 내면까지 돌아볼 수 있게 만들어준 수작秀作이기도 하다(한 가지 덧붙이자면, 만일 칼릴 지브란이 없었다면 나는 영화의 깊이를 결코 이해할 수 없었을 것이다).

영화의 처음은 이슬람 전사들이 고아원 소년들의 머리를 삭발하는 장면으로 시작한다. 그때 배경으로 깔리는 노래가 영국의 얼터너티브 록밴드인 라디오헤드Radiohead의 '너와 누구의 군대인가You and whose army?'이다. 머리를 깎이는 소년들의 무표정한 얼굴들과 라디오헤드의 노래. 영화의 몰입은 그때부터 시작되었다. 우리 시대를 알려주는 훌륭한 반전영화다.

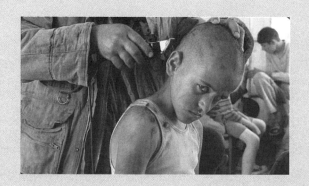

—

영화 〈그을린 사랑〉의 첫 장면, 머리 깎이는 소년
(http://movie.naver.com/movie/bi/mi/photoView.nhn?code=78240&imageNid=6237802)

사람을 살리는 종교
_성서의 타 종교관

예수의 말씀을 듣다보면 종종 헷갈리는 경우가 있다. 어떤 때는 '나를 반대하지 않으면 모두 나를 지지하는 것이다'(마르 9:40)라고 하여 대범함을 보이다가도 어떤 때는 '나는 길이요 진리요 생명이니 나를 거치지 않으면 아무도 하느님에게 갈 수 없다'(요한 14:6)라고 하여 자신이 구원에 이르는 유일한 길임을 강조한다. 또한 유대인이 아니어도 구원을 받을 수 있으며(마르 7:24-30) 구태여 율법을 따르지 않아도 된다고 말한 게 어제 같은데, 오늘을 성령을 모독하는 자는 저주를 면치 못할 것이라고 한다. 나도 명색이 성직자다 보니 그 비슷한 고민을 하는 적이 종종 있다.

미사 시간에 성체를 받으러 나오는 사람의 자세를 보면 그가 우리 교단에서 세례를 받은 사람인지 아닌지 금세 알 수 있다. 교회법에 따르면 신자가 아닌 사람은 성체를 받을 수 없으니 옆으로 비켜서 달라고 점잖게 권할 수밖에 없는 노릇이다. 그러나 다른 한편 그래도 망설인 끝에 부끄럼을 무릅쓰고 예수가 누군지 궁금해 걸어 나온 용기를 감안하면 그저 성체를 줘도 되지 않을까 하는 갈등에 빠지곤 한다. 아니 더 심각한 경우도 있다. 그리스도교회는 이른바 '종교간 화합주일'이라는 절기가 있다. 그런 때는 성당에 스님과 유생과 무슬림을 모셔 함께 미사를 드리는데 야속하게 그들에게만 성체를 주지 않는다면 '종교간 화합주일'이라는 명목이 얼마나 부질없는가! 이런 경우 예수는 과연 무엇이라고 말씀하실까?

은전을 잃은 여인

어느 여인이 은전 한 닢을 잃어버렸다. 그래서 온 집 안을 발칵 뒤져 겨우 은전을 찾아냈다. 여인은 기쁨에 겨워 마을 사람들을 다 불러 모아 잔치를 열었다. 예수가 말씀한 '은전 한 닢의 비유'에 실린 내용이다. 그 여인이 과연 정상인가? 그깟 은전 한 닢 찾았다고 동네잔치를 열 게 무어란 말인가? 잔치 비용이 은전 한 닢을 족히 뛰어넘었을 것이다. 그렇다고 예수가 이치에도 닿지 않는 엉뚱한 말씀을 했을 리 만무고. 이제 이야기 속에 있는 재미장치와 의미장치를 찾아보자.

> 또 어떤 여자에게 은전 열 닢이 있었는데 그중 한 닢을 잃었다면 어떻게 하겠느냐? 그 여자는 등불을 켜고 집 안을 온통 쓸며 그 돈을 찾기까지 샅샅이 다 뒤져볼 것이다. 그러다가 돈을 찾게 되면 자기 친구들과 이웃을 불러 모으고 "자, 같이 기뻐해주십시오. 잃었던 은전을 찾았습니다" 하고 말할 것이다.(루가 15:8-9)

이스라엘의 풍습에 따르면 딸이 결혼할 때 부모는 지참금을 딸려 보낸다. 그러나 공식적인 돈 말고 딸에게 아무도 몰래 슬며시 쥐어주는 돈이 있었다. 급한 일이 생길 경우를 대비한 돈이다. 보통 은전 열 닢 정도를 주었는데, 우리 식으로 보면 '급전'으로 돌려쓸 수 있는 패물인 셈이다. 그런데 말이 '급전'이지 시집간 딸에게 은전 열 닢은 부모님의 존재를 암시해주는 돈이었다. 딸은 그 돈을 보면서 언제나 생각했을 것이다. '어머님의 관절염은 차도가 있는지, 환절기면 더해지는 아버님의 천식은 좀 어떤지……' 그렇게 귀중한 돈이기에 잃어버리지 않기 위해 머리를 땋을 때 항상 같이 묶어 보관했다. 그런데 머리를 감다가 그만 그중 한 닢을 잃어버렸다. 여인은 마치 실성한 듯 그 은전을 찾았을 것이다.

예수의 말씀을 듣던 이들 중에 그 여인이 바로 하느님을 암시한다는 사실을 짐작 못할 사람은 아마 없었을 것이다. 하느님은 죄인 한 사람을 그렇게 열심히 찾는 분이고, 만일 그를 찾으면 기쁨에 넘쳐 잔치를 베푸실 것이다. 돌아가신 줄 알았던 부모님을 다시 만났을 때 딸이 느끼는 기쁨으로 하느님은 기뻐하시기 때문이다. 하느님의 섬세한 사랑을 알려주기에 더 없이 좋은 비유이다.

이 비유에서 특이한 점 한 가지는 예수가 하느님을 여성에 비긴 것이다. 하느님을 그릴 때 우리는 보통 남성 이미지를 떠올린다. '하늘에 계신 우리 아버지'나 미켈란젤로의 〈천지창조〉에 등장하는 하느님이 그렇다. 그런데 비유에서 예수는 하느님을 다정다감한 여성으로 그려내고 있다. 천편일률적으로 남성 중심 사회였던 당시 정서로 볼 때 이만저만 영혼의 자유를 누리지 않고는 불가능한 일이다.

은전 '열 닢'에도 비밀이 숨어 있다. 이스라엘에서 숫자 10은 7과 더불어 완전수로 여겨진다(10계명). 그런데 완전수라는 것은 완전히 채울 때 세리들과 죄인들이 모두 예수의 말씀을 들으려고 모여들었다. 이것을 본 바리사이파 사람들과 율법학자들은 "저 사람은 죄인들을 환영하고 그들과 함께 음식까지 나누고 있구나!" 하며 못마땅해 하였다. 그래서 예수께서는 그들에게 비유로 말씀하셨다. "너희 가운데 누가 양 백 마리를 가지고 있었는데 그 중에서 한 마리를 잃었다면 어떻게 하겠느냐? 아흔아홉 마리는 들판에 그대로 둔 채 잃은 양을 찾아 헤매지 않겠느냐? 그러다가 찾게 되면 기뻐서 양을 어깨에 메고 집으로 돌아와 친구들과 이웃을 불러 모으고 '자, 같이 기뻐해 주십시오. 잃었던 양을 찾았습니다' 하며 좋아할 것이다. 잘 들어두어라. 이와 같이 회개할 것 없는 의인 아흔아홉보다 죄인 한 사람이 회개하는 것을 하늘에서는 더 기뻐할 것이다."(루가 15:1-7)

그 빛을 발휘하지 만일 하나라도 빠지면 제 구실을 하지 못한다. 69점은 운전면허 필기시험에 떨어지고 70점은 합격하는 것과 마찬가지 이치이다. 불과 1점 차이지만 결과는 천양지차인 것이다. 하느님의 구원의지도 마찬가지다. 하느님은 '얼마나 많은 사람을 구원하는가'에는 관심이 없다. 그분의 관심은 오로지 모두 다 구원하는 데 있다. 마치 은전 한 닢을 찾기 위해 온 집 안을 발칵 뒤집어 놓은 여인처럼, 양 한 마리를 찾기 위해 어두운 밤에 길을 나선 목자처럼(루가 15:1-7), 온 재산 탕진하고 돌아온 탕자를 두 팔 벌려 맞이하는 아비처럼(루가 15:11-32), 하느님은 전부를 구원하신다. 숫자 열은 채워야 맛이다.

그리스도교의 배타성

과거의 그리스도교회는 정말 몹쓸 짓을 저질렀다. 17-19세기에 유럽의 그리스도교 전도사들은 가톨릭, 개신교 할 것 없이 세계만방으로 퍼져나갔다. 복음을 전하기 위하여. 그러나 현지의 사정은 별로 고려하지 않은 일방적인 조치였다. 그런 까닭에 현지 종교나 사회·정치·문화와 필연적으로 마찰을 일으켰고 전도사들이 목숨을 잃은 경우도 종종 있었다. 순교자들이 양산된 것이다. 당시는 유럽에서 '순교'를 하늘나라로 들어가는 지름길쯤으로 여기던 시절이었다. 하지만 순교는 언제나 개인적인 순교로 끝나지 않았고 순교자가 나오면 자국민 보호라는 명목으로 군대가 출동했다. 막강한 군대를 보유한 유럽 열강에 비해 보잘 것 없는 군사력을 지닌 아메리카·아프리카·아시아 약소국들은 강압적인 힘에 눌려 식민지로 전락하고 말았다. 제국주의가 판을 치던 시절의 이야기다.

제국주의 시대에 그리스도교가 갖고 있던 자부심은 그 뒤로도 쉽게 수그러들지 않았다. 비슷한 상황이 계속되었고 많은 불행을 낳았다. 강력한 자부심 탓에 무모한 길을 걸었던 것이다. 그리스도교에 비하면 타 종교는 열등하다. 아니 타 종교란 존재할 수조차 없다. 모조리 개종시켜야 한다. 하느님 아버지는 남성이다. 세상에 여성을 아버지라 부르는 것 보았느냐? 여성들은 바울로가 시킨 대로 잠잠해야 한다(고전 14장 참조). 하느님 이해는 이렇듯 서구에서 잉태되었고 발전했다. 제3세계의 신학이란 그저 서구에서 꽃피운 전통 신학의 변두리일 뿐이다. 하느님은 우리에게 자연을 정복하고 다스리라 하셨다(창세 1:28). 자연은 인간에게 이롭게 사용되면 그 뿐이다. 모두 이렇게 생각했다.

> 하느님께서는 그들에게 복을 내려주시며 말씀하셨다. "자식을 낳고 번성하여 온 땅에 퍼져서 땅을 정복하여라. 바다의 고기와 공중의 새와 땅 위를 돌아다니는 모든 짐승을 부려라!"(창세 1:28)

20세기 후반 들어 탄력을 받기 시작한 환경신학·생태신학·여성신학·해방신학·흑인신학·민중신학·아시아신학 등은 불과 50년 전만 해도 꿈조차 꿀 수 없었다. 그렇게 된 근본 원인은 과연 어디에 있을까? 나의 견해로는 십계명의 첫 번째 계명인 "너희는 내 앞에서 다른 신을 섬기지 못한다"(출애 20:3, 신명 5:7-10)가 지난 2천 년 동안 그리스도교의 중추신경을 장악한 때문으로 보인다. 그리스도교·유대교·이슬람교 등 중동 사막에서 일어난 유일신 세 종교는 오래전부터 이 구절을 '하느님 외에 다른 신이 없다'는 식으로 뜻을 확장시켜 해석해왔다. 하지만 역사적인 정황을 보면 이야기가 많이 달라진다.

원래부터 구약성서의 하느님 체험은 철저히 가족중심이었다. 하느님은 아브라함의 수호신이었고, 이삭과 야곱과 요셉을 따로 보살피신 분이다. 그러다가 이집트 탈출 때 비로소 민족 신의 위상을 갖추었고 이스라엘 통일 왕국을 이룬 다윗 이후에야 국가 신으로 격상되었다. 즉, 오랜 시간 동안 수많은 사연과 함께 주변 신들을 물리치고 바야흐로 온전히 이스라엘의 신이 되었다는 말이다. 따라서 십계명이 주어졌던 과거 청동기 시대의 이스라엘에서는 '야훼'가 오늘과 전혀 다른 방식으로 이해되었을 법하다.

초기 야훼종교에서는 다른 종교에 대한 거부감이 눈에 띄지 않는다. 사실 근동 지방에서도 가장 연약한 민족이었던 이스라엘이 어떻게 주변 강대국의 종교에 도전하거나 얕잡아 볼 수 있었겠는가 말이다. 그들에게 야훼신과 관련해 선행되었던 인식은 야훼와 이스라엘이 맺었던 질긴 인연이었고, 이를 통해 오히려 자신의 정체성을 설정할 수 있었을 것이다. 따라서 제1계명인 유일신 계명은 하느님 외에 다른 모든 신들을 부정하는 배타성에 강조점이 있는 게 아니라 이스라엘이 누구인지 알려주는 정체성에 그 무게 중심이 있다. 그렇다면 이스라엘에게 야훼는 어떤 신인가?

야훼는 약자의 신이며 자비의 손길을 펼치시어 이스라엘을 노예 상태에서 건져주신 분이다. 과부와 고아의 인권을 살피시고 억눌린 이를 구원하는 분이다. 타종교에 대한 배타성이나 타민족에 대한 공격성은 야훼 종교의 원래 특징으로 볼 수 없다. 하지만 야훼 종교의 진정한 계승자로 자처하는 그리스도교의 역사를 보면 제1계명을 바탕으로 타민족이나 타종교를 멸시하고 정복했던 예를 얼마든지 발견할 수 있다. 십자군 전쟁이나 제국주의 시대의 식민지 정복에도 이 계명은 능력을 한껏 발휘해 전쟁을 합리화시켜 주었고 중세 마녀사냥과 히틀러의 유대인 학살에도 그 몫을 단단히 했다.

르 코르뷔지에, 〈노트르담 성당〉, 롱샹, 프랑스
성당 내부와 외부에 제단이 있어 밖에서도 안에서도 미사를 드릴 수 있는 누구에게나 열린 교회다.

나는 그 복음을 부끄럽게 여기지 않습니다. 복음은 먼저 유다인들에게, 그리고 이방인들에게까지 믿는 사람이면 누구에게나 구원을 가져다 주시는 하느님의 능력입니다. 복음은 하느님께서 인간을 당신과 올바른 관계에 놓아주시는 길을 보여주십니다. 인간은 오직 믿음을 통해서 하느님과 올바른 관계를 가지게 됩니다. 성서에도 "믿음을 통해서 하느님과 올바른 관계를 가지게 된 사람은 살 것이다" 하지 않았습니까?(로마 1:16-17)

그러나 이제는 하느님께서 인간을 당신과 올바른 관계에 놓아주시는 길이 드러났습니다. 그것은 율법과는 아무 관계가 없습니다. 율법서와 예언서가 바로 이 사실을 증명해 줍니다. 하느님께서는 믿는 사람이면 누구나 아무런 차별도 없이 당신과 올바른 관계에 놓아주십니다. 그것은 예수 그리스도를 믿음으로써 이루어지는 것입니다. 모든 사람이 죄를 지었기 때문에 하느님이 주셨던 본래의 영광스러운 모습을 잃어버렸습니다. 하느님께서는 그리스도 예수를 통해서 모든 사람을 죄에서 풀어주시고 당신과 올바른 관계를 가질 수 있는 은총을 거저 베풀어 주셨습니다.

그리스도를 믿는 사람에게는 죄를 용서해 주시려고 하느님께서 그리스도를 제물로 내어주셔서 피를 흘리게 하셨습니다. 이리하여 하느님께서 당신의 정의를 나타내셨습니다. 과거에는 하느님께서 인간의 죄를 참고 눈감아주심으로 당신의 정의를 나타내셨고 오늘날에 와서는 죄를 물으심으로써 당신의 정의를 나타내셨습니다. 이렇게 해서 하느님께서는 당신이 올바르시다는 것과 예수를 믿는 사람이면 누구든지 당신과 올바른 관계에 놓아주신다는 것을 보여주십니다.(로마 3:21-26)

그리스도교와 타 종교

그리스도교의 시작인 예수는 새로운 종교를 창시한 분이 아니었다. 그래서인지는 몰라도 예수의 직제자들까지는 유대교의 범위를 벗어나려는 의지를 갖고 있지 않았던 것으로 보인다. 하지만 복음이 세계화의 길로 접어들면서 기조가 크게 바뀐다. 특히, 유대교에 문외한이었던 이방인들에게 (유대교의 선봉장 격인) 율법은 크나큰 걸림돌이었다. 이스라엘 본토에서 성장하고 예수를 만난 직제자들에게야 율법을 지키면서 예수를 따르는 게 무리가 아니었겠지만 이방인들에겐 낯설고 어려운 일이었다. 그런 상황에서 의욕적인 복음전도사 바울로는 그리스도교의 장래가 이방인들을 포함하는 세계화에 달려 있다는 사실을 깨달았고, 어떤 형태로든 율법을 대체할 만한 가치를 천명해야 했다. 바울로는 새로운 시대에 새로운 비전으로 '믿음'을 제시했고 마침내 로마서에서 자신의 구원론인 의화(義化, 稱義, 以神稱義) 가르침을 굳건히 세우기에 이른다(로마 1:16-17, 3:21-26). 율법의 시대는 가고 바야흐로 믿음의 시대가 도래한 것이다.

오늘날 그리스도교회가 부딪치는 문제도 바울로 시대와 일맥상통한다는 느낌이다. 더 이상 제국주의 시대의 공격적인 선교정책은 먹혀들지 않고, 유럽 교회는 점점 활기를 잃어가고 있으며, 그리스도교회에 대한 내외부의 비난은 어느 시대보다 거세졌고, 도전의 땅마저 더 이상 존재하지 않는 듯하다. 아니 존재는 하지만 잘못했다가 어마어마한 부작용을 낳기 십상이다. 그리스도교가 총체적인 위기에 놓인 것이다. 그중에서도 특히 '그리스도교와 타 종교의 관계를 어떻게 설정할 것인가?' 하는 문제는 실로 심각하다. 대략 세가지 방향으로 움직임을 정리할 수 있는데, 배타주의와 포괄주의와 종교다원주의가 그것이다.

'배타주의排他主義'는 글자 그대로 타 종교를 인정하지 않고 오직 선교의 대상으로 보는 것이다. 이제까지 그리스도교가 지향했던 대로의 경향이다. 하지만 샘물교회 사태(2007년 7월 19일(현지 시각) 아프가니스탄 카불에서 칸다하르로 향하던 23명의 대한민국 국민이 탈레반 무장 세력에 납치되었던 사건)를 보아 하니 잘못하다 죽는 수가 있다. '포괄주의包括主義'란, 타 종교인들이 예수 그리스도의 가르침을 저도 모르는 새에 추구하고 있다면 그들 역시 그리스도인의 범주에 넣을 수 있다는 것으로, 제2차 바티칸 공의회의 입장이기도 하다. 흔히 가톨릭 신학자 카를 라너(Karl Rahner, 1904-1984)의 '익명의 그리스도인'이 포괄주의의 성격을 단적으로 보여주는 개념으로 여겨진다. 하지만 아쉽게도 '앞으로 그리스도인으로 쳐줄 테니 안심하라'는 말을 듣고 감사를 표시한 불자나 유생이나 무슬림이나 무속인을 이제껏 만나본 적이 없다. '종교다원주의宗敎多元主義'는 그리스도교 가르침의 무게 중심을 그리스도론에서 신론으로 슬쩍 옮긴 것이다. 모든 종교는 각기 다른 길을 가지만 동일한 목표를 향한다. 하느님은 많은 이름을 가진 셈이다. 요즘은 종교다원주의 내에서도 신 중심의 다원주의와 구원 중심의 다원주의로 나누거나, 일원 다원주의와 다원 다원주의로 나누는 경우가 종종 눈에 띈다.

나의 경험에 따르면 그리스도교와 타 종교의 대화 주제를 수행, 영성, 의례, 신심, 자연보호, 북한 살리기나 북한 죽이기, 정권 바꾸기 등으로 제한하면 얼마든지 대화가 자연스럽게 이루어질 수 있다. 하지만 그리스도론으로 돌아가는 즉시 큰 장애물이 형성된다. 타 종교의 입장에서 보면 니케아 공의회(325년)와 제1차 콘스탄티노플 공의회(381년)를 거치면서 확립된 교리, 즉 예수가 바로 하느님이라는 예수 신성神性 신앙을 글자 그대로 인정하는 게 불가능하다. 또한 그리스도교 입장에서 보면 예수 그리스도는 하느님의 완전무결한 자기계시이기에 여타 종교의 필요성을 축출한다. 따라서 그리스도 교리로 걸러볼 때, 잘 해야 고작 마음 수양이나 쌓는 게 타 종교들일 뿐이다. 이렇게 서로 마주 치닫는 상황을 피해가지 못할 경우, 많은 이들이 우려하는 바대로 이제까지와는 전혀 다른 거대한 위기 상황이 연출될 것이다.

* * *

그리스도교회의 역사는 2천 년이 되었고 그 사이에 엄청난 변화를 겪었다. 만일 시간을 뛰어넘는 사람이 있다면 1세기 교회와 오늘의 교회를 완전히 다른 신앙을 가진 집단으로 치부해버릴지 모를 일이다. 누구도 예측하지 못한 방향으로 교회의 역사가 진행되었기 때문이다. 그 과정에서 수많은 전통들이 탄생했다. 시공을 뛰어넘어 튼튼한 맥을 유지해온 성찬례 같은 전통도 있지만, '제 나라 말로 미사 드리기' 등 타 문화권과 접촉하면서 새롭게 수립된 전통도 있다. 그러나 어떤 전통이 되었든, 그것이 등장할 때 '이 전통으로 예수의 숭고한 정신을 지켜나간다'는 대전제를 내

세우지 않은 경우는 없었다. 전통이란 그처럼 철저히 예수의 정신에 그 존립 근거를 둔다. 그런데 만일 전통의 껍데기만 남고 정신이 사라졌다면 어찌할까?

원래부터 하느님은 배타성과 거리가 먼 분이다. 하느님은 인종과 국가와 종교를 불문하고 모두 다 살리시길 원한다. 예수는 사랑의 계명을 통해 그렇게 한없이 폭이 크신 하느님을 우리에게 알려주었다. 원수사랑을 강조한 제 마태오복음 5장 43-48절에서 예수는 하느님을 가리켜 '선한 이에게나 악한 이에게나 햇빛과 비를 내려주시는 분'으로 선언한다. 그처럼 대자대비하신 하느님의 인간사랑은 우리를 향해 분에 넘치게 다가온다. 타 종교와의 대화에서 최대 과제는 교리화된 그리스도 가르침을 재해석하는 데 있다. 아니 열 걸음 물러선다 할지라도 전통적 그리스도 교리를 넘어 역사의 예수 자신의 목소리를 듣는 작업이 어느 때보다 절실히 필요하다. 그리스도교는 사람을 살리는 종교여야 한다.

어느 안식일에 예수와 그의 제자들이 밀밭을 지나가고 있었다(마르 2:23-28, 마태 12:1-8, 루가 6:1-5). 그런데 제자들 중 몇 명이 밀 이삭을 훑어 손바닥으로 비벼 입에 털어 넣은 적이 있었다(루가 6:1). 바리사이들의 예리한 눈길은 예수의 제자들이 안식일 규정을 범했다는 사실을 놓칠 리 없었다. 왜냐하면 안식일에 금지시킨 노동 중에 겨와 낱알을 분리하는 '탈곡' 작업도 들어가기 때문이었다. "왜 저 사람들은 안식일에 해서는 안되는 일을 하고 있습니까?"(마태 12:2) 이 질문에 대한 예수의 대답은 더할 나위 없이 분명하다. "안식일이 사람을 위해 생겼지, 사람이 안식일을 위해 생기지 않았다."(마르 3:27) 나는 전통과 정신의 관계를 이렇게 잘 표현한 말씀을 이제까지 만나본 적이 없다.

그 무렵 어느 안식일에 예수께서 밀밭 사이를 지나가시게 되었는데 제자들이 배가 고파서 밀 이삭을 잘라먹었다. 이것을 본 바리사이파 사람들이 예수께 "저것 보십시오. 당신의 제자들이 안식일에 해서는 안 될 일을 하고 있습니다" 하고 말했다. 예수께서 이렇게 대답하셨다. "너희는 다윗의 일행이 굶주렸을 때에 다윗이 한 일을 읽어보지 못하였느냐? 그는 하느님의 집에 들어가서 그 일행과 함께 제단에 차려놓은 빵을 먹지 않았느냐? 그것은 사제들밖에는 다윗도 그 일행도 먹을 수 없는 빵이었다. 또 안식일에 성전 안에서는 사제들이 안식일의 규정을 어겨도 그것이 죄가 되지 않는다는 것을 율법책에서 읽어보지 못하였느냐? 잘 들어라. 성전보다 더 큰 이가 여기에 있다. '내가 바라는 것은 나에게 동물을 잡아 바치는 제사가 아니라 이웃에게 베푸는 자선이다' 하신 말씀이 무슨 뜻인지 알았더라면 너희는 무죄한 사람들을 죄인으로 단정하지는 않았을 것이다. 사람의 아들이 바로 안식일의 주인이다."(마태 12:1-8)

어느 안식일에 예수께서 밀밭 사이를 지나가시게 되었다. 그 때에 제자들이 밀 이삭을 잘라서 손으로 비벼 먹었다. 이것을 본 바리사이파 사람 몇몇이 "당신들은 왜 안식일에 해서는 안 될 일을 하는 것입니까?" 하고 말하였다. 예수께서는 이렇게 물으셨다. "너희는 다윗의 일행이 굶주렸을 때에 다윗이 한 일을 읽어보지 못하였느냐? 다윗은 하느님의 집에 들어가 사제들밖에 먹을 수 없는 제단의 빵을 먹고 함께 있던 사람들에게도 주지 않았느냐?" 그리고 예수께서는 이렇게 말씀하셨다. "사람의 아들이 바로 안식일의 주인이다."(루가 6:1-5)

"또 누가 힘센 사람의 집에 들어가서 그 세간을 털어가려면 그는 먼저 그 힘센 사람을 묶어놓아야 하지 않겠느냐? 그래야 그 집을 털 수 있을 것이다."(마르 3:27)

그리스도교와 불교의 만남
- 〈라이프 오브 파이〉와 〈클라우드 아틀라스〉 -

"우리의 삶은 우리의 것이 아닙니다. 자궁에서 무덤까지 우리는 다른 이에게 의존하지요. 우리의 삶과 만남이 이루어질 때마다 마치 궤도를 바꾸듯이 새로운 잠재력을 제시합니다."
  - 〈클라우드 아틀라스〉 중에서 '손미'의 대사

어느 나그네가 끝도 없이 긴 숲길을 가고 있다. 그런데 갑자기 그 앞에 잔뜩 성이 난 코끼리가 달려오지 않는가? 겁에 질려 부리나케 도망치던 나그네는 마침 우물을 발견하고 넝쿨에 의지해 우물 벽에 겨우 매달린다. 하지만 안도감은 잠시뿐, 어디선가 흰 쥐와 검은 쥐가 나타나 넝쿨을 갉아먹기 시작했고, 뛰어내리려 밑을 보니 우물 바닥에 네 마리 독사가 똬리를 틀고 있다. 사면초가, 진퇴양난의 위기! 그런데 마침 머리 위쪽에 있던 벌집에서 꿀이 다섯 방울 입에 떨어지고 나그네는 자신의 절박한 처지도 잠시 잊은 채 그 맛에 취하고 만다. 이는 불교의 가르침을 담은 우화로 독자들도 어디선가 들어본 적이 있는 이야기일 것이다. 이 이야기는 다음을 위해 잠시 접어두겠다.

한때 할리우드에서 동양사상을 담은 영화가 유행처럼 만들어진 적이 있었다. 대표적인 예로 〈티벳에서의 7년(1997)〉과 〈리틀 부다(1993)〉가 있고, 거슬러 올라가면 〈헤어(1979)〉도 기억난다. 과거에 이 영화들을 보면서 동양종교에 대한 할리우드의 인식이 아직 걸음마 단계 수준이라는 인상을 받았다. 힌두교·불교의 깊은 가르침을 이해하지 못한 채 그저 수박 겉핥기에 머무는 느낌이었다. 우리나라의 불교영화들, 이를테면 〈아제아제바라아제(1989)〉, 〈달마가 동쪽으로 간 까닭은(1989)〉, 〈봄 여름 가을 겨울 그리고 봄(2003)〉 등을 따라오려면 아직 멀었다고 생각했던 게 사실이다. 그런데 불과 20년도 지나지 않아 할리우드에서 놀라운 영화 두 편을 내놓았다. 이 영화들은 비단 동양종교들뿐 아니라 서양종교들까지 포함하는 범상치 않은 수준을 보여주었다.

라이프 오브 파이

인도 소년 파이(수라즈 샤르마/이르판 칸)는 어릴 때부터 유별난 아이였다. 파이는 뜻하지 않은 계기로 수영을 아주 잘하게 되었고, 주변 종교들을 섭렵해 힌두교와 그리스도교와 이슬람 신앙을 동시에 갖게 되었으며, 아버지가 동물원을 운영했던 까닭에 동물들의 생리에 통달했고, 그중에서도 '리처드 파커'라는 이름이 붙여진 벵골 호랑이와 남다른 인연을 맺었다. 동물원의 재정 사정이 악화되자 파이의 아버지는 캐나다로 이주해 동물원을 열기로 결정했고 가족과 모든 동물들은 배를 타고 태평양을 건너간다. 그러나 예상하지 못했던 악천후에 배는 침몰하고 파이 혼자 구명보트에 살아남는다. 그리고 보트에 얼룩말과 하이에나와 오랑우탄이 올라타고 마침내 리처드 파커까지 동승한다. 이안(李安, 1954-) 감독의 신작 〈라이프 오브 파이Life of Pi〉(극영화/모험, 미국, 2012년, 126분)에서 주어진 상황설정이다. 이 모든 설정에 이른 후에야 본격적인 이야기가 문을 연다.

〈라이프 오브 파이〉는 얀 마텔의 소설 『파이 이야기Life of Pi』를 원작으로 하는데 소설에서는 파이의 신기한 여행을 통해 종교와 믿음, 희망과 구원의 메시지를 전달한다. 이안 감독은 그에 더하여 최고의 영상미까지 보여준다. 망망대해에서 물에 비춰진 별은 하늘과 바다를 하나로 묶어내고, 무리지어 도약하는 참치들은 구명보트를 집어 삼킬 듯하고, 수도 없이 떠 있는 해파리들은 온 바다에 내부 조명을 깔아 놓은 것 같은데 그 사이를 뚫고 거대한 흰수염고래가 약진해 오른다. '환상적!'이라는 감탄사는 바로 이런 때 사용하는 말이다. 만일 〈라이프 오브 파이〉가 인간의 삶을 담아낸 우화가 아니었다면 그저 시각적인 즐거움만 누려도 충분한 영화라고 평할 뻔했다.

사실 〈라이프 오브 파이〉의 진정한 매력은 환상적인 영상에 있다. 그래서 영화를 음악·문학·미술처럼 독립적인 예술 분야로 정립시키려 했던 20세기 초 장 비고(Jean Vigo, 1905-1934), 르네 클레르(René Clair, 1898-1981) 등의 프랑스 인상주의 감독들이 살아 돌아온다면 '우리가 원했던 바로 그것!'이라며 감탄사를 연발할 만한 장면들이다. 인상주의 영화의 목적은 인간의 시각적 인상을 최대한 활용해 영화에 담아냄으로써 영화 편집의 주관성이 드러나게 하는 데 있기 때문이다. 이안 감독은 앞선 영화 제작 기술을 동·서양의 세계관과 절묘하게 뒤섞어 그만이 만들어낼 수 있는 작품을 선보인다.

영화의 마지막에 파이의 이야기를 바탕으로 책을 쓰려는 작가(라프 스펠)에게 선택의 기회가 주어진다. 파이가 바다에서 호랑이와 맞섰던 일을 사실로 믿을 것인가, 아니면 전체 이야기를 우화로 받아들인 것인가? 만일 우화로 여긴다면 얼룩말은 선량한 선원이고 오랑우탄은 파이의 어머니고 하이에나는 악독한 주방장이며 '리처드 파커'는 파이 자신을 암시하는 동물이 된다(리처드 파커는 실존인물로, 바다에서 같이 조난당한 선원들에게 잡아먹힌 15세 소년의 이름이라고 한다). 게다가 영국 법원에서 이 일을 예시로 사용한 역사까지 있다고 하니 서양에서는 매우 익숙한 이름이다. 그렇다면 파이(리처드 파커)가 살아남기 위해 구명보트의 다른 생존자들을 모두 잡아먹었다는 말인가? 특히 파이가 표류 중에 잠시 머물렀던 식인섬의 존재는 추측과 관련해 강력한 암시를 제공한다. 영화에서 가장 절묘한 부분이다.

클라우드 아틀라스

1849년의 태평양, 1936년의 벨기에/영국, 1974년의 샌프란시스코, 2012년의 런던, 2144년의 새 도시 서울, 그리고 2346년 문명이 파괴된 미래의 지구. 모두 여섯 곳에서 벌어진 여섯 가지 이야기가 있다. 그리고 톰 행크스, 할리 베리, 짐 브로드밴드, 휴 그랜트, 수잔 서랜던, 휴고 위빙, 벤 위쇼, 짐 스터게스, 저우 쉰, 배두나 등등의 배우들이 감쪽같이 분장하고 여섯 이야기에 한 역할씩 맡아 등장한다. 더구나 이야기들은 꼬리에 꼬리를 물고 세 시간 가까이 절묘하게 섞여 돌아간다. 실제로 영화가 시작하고 처음 몇 분 동안 종잡을 수 없는 혼란이 야기되었다. 하지만 혼란의 순간은 금세 지나가고 워쇼스키 남매(한때 이들은 형제였으나 라나가 성전환을 한 후 이제는 남매가 되었다) 감독의 신선한 의도가 서서히 눈에 들어오기 시작했다.

〈클라우드 아틀라스〉(극영화/공상과학, 미국/독일, 2012년, 172분)! 오랜만에 만나는 흥미진진한 영화였다. 무엇보다도 영화 구성이 눈길을 끌었는데 여섯 이야기의 부분 부분을 짜기운 솜씨가 뛰어났다. 이를테면 2144년에 선/악의 기로에 선 목동 자크리(톰 행크스)가 여사제(수잔 서랜던)로부터 손미 여신이 주는 신탁을 받자 곧이어 2346년으로 장면이 연결돼 한밤중에 깨어난 인조인간 손미(배두나)가 저항군 장교 혜주(짐 스터케스)를 만난다. 혜주는 인조인간들을 괴롭히던 간수(휴 그랜트)를 막 살해한 후였다. 혜주와 손미가 탈출을 감행할 때 이야기는 1894년으로 넘어가 태평양을 건너는 범선이 등장한다. 장인의 계약대리인 유잉(짐 스터케스)은 배에 숨어들어온 탈출 흑인노예를 우연히 만나 선의의 도움을 베푼다. 인조인간 손미가 어떤 삶을 택했으며 장차 위대한 여신으로 추앙받게 될 이유를 알려주는 대목이다. 결국 손미는 진압군에 의해 처참하게 살해당하는데 마지막 남긴 그녀의 독백이 의미심장하다. "우리는 다른 이를 통해 자신이 누구인지 알게 되며, 인간이 불멸하는 이유는 인간의 말과 행동이 시간을 넘어 전진하기 때문입니다."

손미의 고백은 고통을 당하고 억압 받는 이웃(혹은 계층)을 위해 한 행동이 창출한 가치가 시대와 장소를 넘어 이어지고, 이것이 바로 인간의 존재를 규정한다는 뜻이다. 워쇼스키 남매는 이 말을 전달하기 위해 손미의 신탁 ⇨ 자유를 얻으려고 탈출하는 손미 ⇨ 탈출 노예를 돕는 유잉으로 이야기를 연결시켰고 손미의 독백으로 대미를 장식한다. 이런 식으로 풀어나가 보면 각 이야기의 마지막에는 어떤 난관이 닥쳐도 결코 사라지지 않을 인간의 가치들이 하나씩 드러난다. 모든 인간이 누려야 할 평등, 영원히 사라지지 않는 예술, 고이 지켰다가 후손에게 물려주어야 할 자연, 누구도 가두어선 안 될 인간의 자유, 기계문명의 지배에 맞선 저항, 그리고 인간 내면에 감추어진 악의 극복이다.

20세기 초, 프리츠 랑(Fritz Lang, 1890-1976)과 로베르트 비네(Robert Wiene, 1873-1938) 등 독일의 표현주의 감독들은 작가의 주관성을 적극적으로 드러내 현실의 변형과 가공으로 새로운 현실을 만들어내려 했다. 독일의 저명한 영화이론가 지그프리트 크라카우어(Siegfried Kracauer, 1889-1966)는 자신의 저서 『영화이론』에서 표현주의 감독들은 영화를 이전에는 보지 않았던 것, 혹은 볼 수 없었던 것을 보이게 만들며, 물리적 자연 세계를 심리적으로 관찰해 사물에 대한 깊은 이해를 가능하게 해주는 매체로 보았다. 그런 까닭에 영화는 현상 세계의 대상과 사건을 인간이 함께 갖고 갈 수 있게 허용해주는 최초의 매체인 것이다. 같은 의미에서 〈클라우드 아틀라스〉는 평범한 사실주의를 뛰어넘어 표현주의의 영역을 능동적으로 구현한 작품이라 하겠다.

동서양의 융합

〈클라우드 아틀라스〉를 보면서 무엇보다 먼저 불교의 윤회사상이 떠오른 것은 당연한 일이다. 또한 인간의 가치를 거론한 것은 인본주의를 연상시키고, 보편적 인간애는 그리스도교의 가르침과 일맥상통한다. 거기에 덧붙여 기상천외한 영화적 상상력과 동서양 배우들의 뛰어난 연기 조합은 오직 영화를 통해서만 가능한 세계를 만들어냈다. 관객 입장에서는 그저 세 시간만 차분히 앉아 있으면 심혈을 기울여 만들어낸 현대적 감각의 최고 영화 한 편을 느긋하게 즐길 수 있는 셈이다. 〈매트릭스〉 3부작에서 기계문명을 통렬하게 비판했던 워쇼스키 남매의 진일보한 정신세계가 강렬하게 다가왔다. 세 시간이 조금도 지루하지 않았다.

〈라이프 오브 파이〉 역시 대단했다. 이 영화에는 종교와 세상과 인간을 알려주는 다양한 표상들이 때론 노골적으로, 때론 은밀하게 포함되어 있다. 우선 〈라이프 오브 파이〉는 훌륭한 종교영화다. 파이는 힌두교의 비누쉬 신의 인도에 따라 사랑을 주창하는 그리스도교를 믿었고, 공동체의 중요성을 강조하는 이슬람을 받아들였다. 파이의 아버지는 '하나에 집중해야 진정한 종교인'이라며 아들의 요란한 종교행각을 비웃지만 파이에겐 세 종교 사이에 아무런 충돌이 없다. 이 같은 파이의 종교관은 바로 감독의 것이기도 하다. 학문적으로는 '종교다원주의'라는 용어를 사용한다.

〈라이프 오브 파이〉는 멋진 철학영화이기도 하다. 파이는 리처드 파커의 위협에서 벗어나려 작은 뗏목을 만들어 구명보트에 매달아 놓는다. 구명보트가 욕망과 현실의 공간이라면 뗏목은 이성理性의 공간이다. 여기서 그는 글을 쓰고 사고하고 미래를 예견한다. 그리고 마침내 깨달음에 도달한다. 리처드 파커는 파이의 생명을 호시탐탐 노리는 대단히 위험한 야수이나 만일 리처드 파커의 위협이 없었다면 자신이 그렇게 오래 살아남아 구원 받지 못했으리라. 인간은 인간에게 야수인 것이다. 파이는 그처럼 리처드 파커와 공존의 지혜에 도달한다. 육지에 도착하자 파커는 뒤도 안 돌아보고 숲으로 들어간다. 뒤에 서 있던 파이는 오랜 뒤까지 그 장면을 못내 아쉬워한다.

내가 파악한 바로 서구의 사상적인 특징 중 하나는 경험과 사고의 외연을 끊임없이 넓혀 나가는 데 있다. 이를테면, 제국주의 시대에 무자비한 정복자들과 더불어 많은 박물학자들이 새로운 세상을 탐구하러 신세계로 떠났고 신부와 목사들 역시 그리스도교 복음 전파를 위해 식민지로 진출했다. 그런 맥락에서 보면 과거 식민지 정보들을 식민지 본국보다 유럽에서 훨씬 더 많이 보유하고 있는 게 결코 이상하지 않다. 영화도 마찬가지다. 스티븐 스필버그 감독이 처음 일본에 방문했을 때, 왜 일본에 왔느냐는 질문에 "Something New!"라고 대답한 것을 상기해보라. 그처럼 할리우드도 동양종교와 사상에 슬슬 관심을 갖기 시작하더니 이삼십 년의 습작 기간을 거쳐 이제 제법 동양사상을 심도 있게 담아내는 경지에 이르렀다.

〈클라우드 아틀라스〉에서 나레이터 자크리 역할을 맡은 톰 행크스는 여섯 시대, 여섯 장소를 거치면서 다양한 인물을 소화해냈다. 물론 영화 속 인물들이지만 각자는 전생과 이생의 삶을 연결하는 업보의 생산물들이다. 여기서 톰 행크스가 마지막까지 물고 늘어져야 했던 것은 인간 내면의 악마 근성을 어떻게 극복하는 가였다. 그는 결국 손미의 신탁을 거부하면서까지 내면의 악을 뛰어넘었고 마침내 새로운 별에서 새로운 인생을 시작한다. 불교식으로 따져 윤회輪回의 사슬을 끊고 열반涅槃의 경지에 이른 셈이다. 자크리가 바라보는 하늘의 별 지구는 여전히 파란 색으로 빛났고 손자 손녀들에게 자신의 이야기를 들려준 자크리는 아내(할리 베리)가 기다리는 집으로 돌아간다. 물론 손자 손녀들의 손을 잡고 말이다. 고단한 윤회의 삶의 살았던 그에게 마침내 안식이 찾아온 것이다.

안수정등과 의심하는 토마

〈라이프 오브 파이〉에서 우리는 심각한 질문에 봉착한다. 과연 파이의 이야기는 굴곡진 이승의 삶을 곧이곧대로 풀어놓은 사실일까, 삶의 의미를 하나하나 친절하게 짚어주는 우화일까, 아니면 그런 식의 구분 자체가 불필요할까? 이안 감독은 〈라이프 오브 파이〉를 통해 우리에게 어떤 메시지를 전달하려는 것일까? 그건 그렇다 치고, 영화를 보고 난 후 끊임없이 질문이 떠오르는 양질의 영화를 만나본 게 도대체 얼마만인가? 이런 질문들만 챙겨도 영화를 본 소득은 참으로 큰 것이다. 이제 '길 잃은 나그네'에게 돌아가보기로 하자.

우리에게 익숙한 이 우화는 『불설비유경佛說譬喩經』에 나오는데 그 이전의 힌두교 경전에서도 발견되며 심지어 이슬람 전승에도 비슷한 이야기가 전해 내려온다. 이를 그린 그림도 유명해 인터넷에 '안수정등岸樹井藤'이라는 검색어를 치면 즉시 화면에 떠오를 것이다. 본디 우화란 한 이야기에서 가능한 많은 뜻을 찾아내는 게 목적이니 우의寓意적 해석이 반드시 뒤따라야 한다. 우의적 해석을 적용해 나그네의 상황에 대입해보겠다.

나그네가 걸어가는 끝없는 숲길은 무명의 긴 밤無明長夜을 암시하고, 코끼리는 무상無常을, 우물은 생사, 넝쿨은 생명줄을, 검은 쥐와 흰 쥐 두 마리는 낮과 밤을, 네 마리 독사는 몸의 구성요소인 사대四大(흙, 물, 불, 바람)를, 꿀은 오욕五慾(재물, 애욕, 음식, 명예, 수면)을 뜻한다. 합쳐 말하면, 인간이란 위태롭기 짝이 없는 인생을 살아가면서도 찰나의 탐욕에 굴복하고 마는 가여운 존재일 뿐이다. 따라서 헛된 무명無明의 '거짓 나'에서 벗어나 '참 나'를 찾아가야 한다.

一

안수정등

다음으로 '참 나'를 찾아가는 여정을 그린 서양화 한 작품을 살펴본다. 이탈리아의 바로크 화가 카라바조(Caravaggio, 1571-1610)는 빛과 어둠의 화가답게 명암효과를 충분히 활용하여 근대적 사실 기법을 개척한 인물로 유명하다. 그는 신약성서 요한복음 20장 19-29절의, 일명 '의심 많은 토마 이야기'에서 영감을 받아 '의심하는 토마'(유화, 상수시미술관/포츠담, 1601-02년)를 그렸다.

안식일 다음날 저녁에 제자들은 유다인들이 무서워서 어떤 집에 모여 문을 모두 닫아걸고 있었다. 그런데 예수께서 들어오셔서 그들 한 가운데 서시며 "너희에게 평화가 있기를!" 하고 인사하셨다. 그러고 나서 당신의 손과 옆구리를 보여주셨다. 제자들은 주님을 뵙고 너무 기뻐서 어쩔 줄을 몰랐다. 예수께서 다시 "너희에게 평화가 있기를! 내 아버지께서 나를 보내주신 것처럼 나도 너희를 보낸다" 하고 말씀 하셨다. 이렇게 말씀하신 다음 예수께서는 그들에게 숨을 내쉬시며 말씀을 계속하셨다. "성령을 받아라. 누구의 죄든지 너희가 용서해주면 그들의 죄는 용서받을 것이고 용서해주지 않으면 용서받지 못한 채 남아 있을 것이다." 열두 제자 중 하나로서 쌍둥이라고 불리던 토마는 예수께서 오셨을 때에 그들과 함께 있지 않았었다. 다른 제자들이 그에게 "우리는 주님을 뵈었소" 하고 말하자 토마는 그들에게 "나는 내 눈으로 그분의 손에 있는 못자국을 보고 내 손가락을 그 못자국에 넣어보고 또 내 손을 그분의 옆구리에 넣어보지 않고는 결코 믿지 못하겠소" 하고 말하였다. 여드레 뒤에 제자들이 다시 집 안에 모여 있었는데 그 자리에는 토마도 같이 있었다. 문이 다 잠겨 있었는데도 예수께서 들어오셔서 그들 한가운데 서시며 "너희에게 평화가 있기를!" 하고 인사하셨다. 그리고 토마에게 "네 손가락으로 내 손을 만

—

카라바지오, 〈의심하는 토마〉, 캔버스에 오일

져보아라. 또 네 손을 내 옆구리에 넣어보아라. 그리고 의심을 버리고 믿어라" 하고 말씀하셨다. 토마가 예수께 "나의 주님, 나의 하느님!" 하고 대답하자 예수께서는 "너는 나를 보고야 믿느냐? 나를 보지 않고도 믿는 사람은 행복하다" 하고 말씀하셨다.(요한 20:19-29)

앞의 그림에서 토마는 부활 예수의 상처를 범죄수사라도 하듯 손가락을 깊이 넣어 자세히 살펴보고 있다. 낡은 옷과 찌든 얼굴은 그의 윤기 없는 삶을 잘 보여주고 왼손을 옆구리 얹은 자세는 한 치의 오차도 인정하지 않겠다는, 다분히 전문가적인 태도를 내비친다. 그에 비해 예수는 가슴을 풀어 헤치고 자상하게 토마의 손목을 잡아 상처에 손가락을 넣을 수 있도록 도와주고 있다. 그 모습을 유심히 보노라면 마치 다음과 같은 예수의 말씀이 들리는 것 같다. "자세히 살펴보아라, 토마야, 너의 의심을 속 시원히 풀어주마. 시간은 충분하다." 그처럼 화가는 토마 같이 의심 많은 인간도 자상하게 돌보는 예수의 사랑을 느낄 수 있게 해주었다. 토마가 과학적 실증에 집착하는 가련한 인간이라면 예수는 실증을 넘어 영원한 생명의 본질을 보여주는 구원자이다(우의적 해석). 아마 이 사건 이후로 토마는 그의 남은 인생여정에서 더 이상 예수의 부활을 의심하지 않았을 것이다.

〈클라우드 아틀라스〉와 〈라이프 오브 파이〉는 삶을 관조하는 멋진 영화다. 두 영화를 보면서 우리의 삶도 그렇게 끝나리라는 희망을 가질 수 있었다. 힘겹던 항해는 결국 아름답게 마무리되고야 말 것이다. 그러나 잊지 말아야 할 점 한 가지는 인간으로서 지켜내야 할 가치를 값싸게 포기해서 안 된다는 사실이다. 그것만이 선/악이 제멋대로 공존하는 세상에서 인간의 품위를 유지하는 유일한 길이기 때문이다.

하느님이 원하신다!
_성서의 노년

　요즘 우리나라 사람들의 최대 화두 중 하나가 '노년을 어떻게 보내는 가?'일 것이다. 몇 가지 증거만 들어도 충분히 짐작할 수 있다. 우선, 앞으로 30년 정도 지나면 65세 이상 노인과 일할 수 있는 젊은 층의 인구 비율이 비슷해지리라는 전망이 있다. 또 과거에 비해 암 발병률이 부쩍 높아졌으며 치매환자도 많이 늘었다는 점, 그리고 80세를 넘나드는 연예인들이 등장하는 보험 상품들이 인기를 끌고 있다는 점 등이다. 이 모두가 과거에 비해 수명이 갑작스레 늘어난 탓이다. 구태여 미래학자가 아니더라도 100세 인생이 그리 놀랄 만한 게 아닌 시대가 곧 들이닥치리라는 사실을 예언할 수 있다. 그렇다면 도대체 어떻게 하면 백 살까지 행복하게 살 수 있을까? 성서에 혹시 눈에 확 띌 만한 지혜가 담겨 있지는 않을까?

　성서를 두루 살펴보면 노인들이 의외로 많이 등장한다. 구약성서에 아브라함으로부터 시작된 족장들의 계보는 물론 12부족 동맹과 왕정을 거치면서 원로급 예언자들과 사제들이 줄을 이어 나온다. 게다가 아브라함이전의 전사前史시대로 가면 그 범위는 훨씬 넓어진다. 특히, 그 시대의 노인들은 곧잘 이삼백 살까지 살았다고 한다. 사실 이를 글자 그대로 받아들이기는 힘든 노릇인데 까마득한 옛날에 어디 인간 수명이 백 세라도 넘어서는 게 쉬웠던가 말이다. 그처럼 구약의 노인들은 대체로 신화적이고 영웅적인 모습들로 그려져 있어 인간 냄새를 맡기 힘들다. 이렇게 과장된 면면들은 모두 한 가지 점을 지향하는데 바로 하느님의 사람으로 종교적인 인물을 그려내는 데 그 목적이 있다.

신약성서에도 노인들이 등장한다. 하지만 이들에게서 딱히 노인의 특징을 발견하기는 어렵다. 그저 원로로서, 종교지도자로서 사회 전반에 자신의 종교적·정치적·경제적인 입장을 제시하는 정도이다. 이를테면, 아리마테 요셉이나 니고데모처럼 예수를 추종했던 최고회의 의원이나, 혹은 그 반대편에서 예수를 공격했던 이들 중에 노인들이 상당히 많았을 텐데 그들에게서 딱히 노인의 고유한 특성을 발견해내기는 어렵다. 신약성서의 노인들도 구약성서에서와 마찬가지로 종교적인 차원을 십분 고려해야만 이해할 수 있기 때문이다. 성서의 노인들을 장황하게 거론하다가 자칫 평범하게 노년을 찬양하는 글이 될지 모르겠기에 하는 말이다.

신구약성서에 등장하는 노인들 중에 나의 눈에 예외적인 모습은 창세기 22장에 나오는 족장 아브라함과 필레몬서를 쓴 사도 바울로이다. 두 본문에서는 무엇인가 우리 삶에 직접 닿아 있는 듯 익숙한 느낌이 풍겨 나온다. 아브라함은 하나밖에 없는 약속의 자식을 하느님께 바쳐야 했고, 바울로는 노예 오네시모를 위해 정성이 깃든 편지를 쓴다. 사람 냄새가 풀풀 나는 대목들이다. 과연 그들이 어떻게 노년의 위용威容을 갖추었는지 살펴보자. 우선 아브라함의 이야기부터 들어보겠다.

이런 일들이 있은 뒤에 하느님께서 아브라함을 시험해 보시려고 "아브라함아!" 하고 부르셨다. "어서 말씀하십시오" 하고 아브라함이 대답하자 하느님께서는 이렇게 분부하셨다. "사랑하는 네 외아들 이사악을 데리고 모리아 땅으로 가거라. 거기에서 내가 일러주는 산에 올라가, 그를 번제물로 나에게 바쳐라." 아브라함은 아침 일찍 일어나 나귀에 안장을 얹고 두 종과 아들 이사악을 데리고 제물을 사를 장작을 쪼개가지고 하느님께서 일러주신 곳으로 서둘러 떠났다. 길을 떠난 지 사흘 만에 아브라함은 그 산이 멀리 바라보이는 곳에 다다랐다. 아브라함은 종들에게 "너희는 나귀와 함께 여기에 머물러 있거라. 나는 이 아이를 데리고 저리로 가서 예배 드리고 오겠다" 하고 나서 번제물을 사를 장작을 아들 이사악에게 지우고 자기는 불씨와 칼을 챙겨 들었다. 그리고 둘이서 길을 떠나려고 하는데, 이사악이 아버지 아브라함을 불렀다.

"아버지!" 얘야! 내가 듣고 있다. "아버지! 불씨도 있고 장작도 있는데, 번제물로 드릴 어린 양은 어디 있습니까?" "얘야! 번제물로 드릴 어린 양은 하느님께서 손수 마련하신단다."

말을 마치고 두 사람은 함께 길을 떠나, 하느님께서 일러주신 곳에 이르렀다. 아브라함은 거기에 제단을 쌓고 장작을 얹어놓은 다음, 아들 이사악을 묶어 제단 장작더미 위에 올려놓았다. 아브라함이 손에 칼을 잡고 아들을 막 찌르려고 할 때, 야훼의 천사가 하늘에서 큰소리로 불렀다. "아브라함아, 아브라함아!" "어서 말씀하십시오." 아브라함이 대답하자 야훼의 천사가 이렇게 말하였다. "그 아이에게 손을 대지 말아라. 머리털 하나라도 상하게 하지 말아라. 나는 네가 얼마나 나를 공경하는지 알았다. 너는 하나밖에 없는 아들마저도 서슴지 않고 나에게 바쳤다."

아브라함의 제사

삶에는 인간의 실존을 제한하는 몇몇 한계들이 있다. 불가능한 목표나 외부 원인으로 상처를 입거나 하는 경우다. 그중에서 자식을 잃는 고통만 한 게 있을까? 학교 다녀오겠다며 아침에 나갔던 아들이 저녁때 싸늘한 시체로 돌아온다면 부모는 왜 이런 불행이 자신에게 닥쳤는지 울부짖으며 신과 세상을 원망할 것이다. 아무리 노력해도 극복할 수 없는 실존의 한계에 도달했기 때문이다. 지금부터 5천 년 전에도 같은 사정을 가진 아버지가 있었다(창세 22:1-19). 신학자 G. 폰 라드(Gerhard von Rad, 1901-1971)는 그 아버지에 대해 다음과 같이 묵상했다.[50]

아브라함이 이 말을 듣고 고개를 들어보니 뿔이 덤불에 걸려 허우적거리는 숫양 한 마리가 눈에 띄었다. 아브라함은 곧 가서 그 숫양을 잡아 아들 대신 번제물로 드렸다. 아브라함은 그 곳을 야훼 이레라고 이름 붙였다. 그래서 오늘도 사람들은 "야훼께서 이 산에서 마련해 주신다" 하고 말한다. 야훼의 천사가 또다시 큰소리로 아브라함에게 말하였다. "네가 네 아들, 네 외아들마저 서슴지 않고 바쳐 충성을 다하였으니, 나는 나의 이름을 걸고 맹세한다. 이는 내 말이라, 어김이 없다. 나는 너에게 더욱 복을 주어 네 자손이 하늘의 별과 바닷가의 모래같이 불어나게 하리라. 네 후손은 원수의 성문을 부수고 그 성을 점령할 것이다. 네가 이렇게 내 말을 들었기 때문에 세상 만민이 네 후손의 덕을 입을 것이다."

아브라함은 종들이 있는 곳으로 돌아와서 그들을 데리고 걸음을 재촉하여 브엘세바로 돌아갔다. 아브라함은 브엘세바에 눌러 살았다.(창세 22:1-19)

이스라엘의 위대한 조상인 아브라함이 어느 날 하느님 야훼의 명령을 받아 아들 이사악의 손을 잡고 길을 떠났다(1-3절). 제물로 바치기 위함이었다. 하느님은 과거에 아브라함을 메소포타미아의 우르에서 이스라엘 가나안으로 이끌면서 약속하신 바 있다. 하늘의 별처럼 바닷가의 모래알처럼 수많은 후손을 선사하겠다는 약속이었다. 우여곡절의 오랜 기다림 끝에 백 살이나 되어 겨우 아들 하나를 점지해주신 하느님이 이제 정을 붙일 만하니까 도로 달라는 것이었다. 아비의 손을 잡고 걸어가는 아들이 조심스럽게 물어본다.

"아버지! 불씨도 있고 장작도 있는데, 번제물로 드릴 양은 어디 있는지요?"

"야훼께서 손수 마련하실 거란다."(8절)

곧 자식의 목을 따야 하는 아마 아비는 앞만 뚫어지게 응시하고 걸어가면서 대답했을 것이다. 특히, 철학자 키르케고르(Søren Aabye Kierkegaard, 1813-1855)는 자신의 저서 『공포와 전율-도덕의 정지, 인간의 실존*Frygt og Bæven*』에서 아브라함의 이야기에는 인간 실존의 한계가 들어 있다고 한다. 자식의 죽음은 인간이 하느님 앞에서 무력한 존재라는 사실을 극적으로 보여준 예라는 설명이다. 빛과 어둠의 화가 렘브란트(Rembrandt Harmenszoon van Rijn, 1606-1669) 역시 '아브라함의 제사'에 주목했다. 그는 사실 나열식으로 단순하게 흘러가는 본문 뒤에 무엇인가 폐부를 찌르는 진실이 서 있으리라는 상상을 했고 그것을 자신의 화폭에 옮겼다.

판화를 보면 왼쪽의 늙은 아비가 상체를 숙이고 아들에게 무엇인가 열심히 설명하고 있다. 도대체 아비는 무슨 말을 하고 있을까? 아브라함의 육성은 들리지 않지만 그의 동작에서 미루어 짐작할 수 있다. 하늘을 가리키는 왼손의 검지와 자신의 심장을 짚는 오른손으로 아비는 말한다.

—

렘브란트, 〈아브라함의 제사〉, 판화

"애야, 너는 이제 죽어야 한다. 아비가 제사를 드리기 위해 곧 너의 목을 딸 것이다. 이 일을 해야만 하는 아비의 심장은 지금 무너져 내린다. 그러나 아들아 귀 기울여 들어라. 이는 하느님께서 원하시는 일이다."

낭떠러지를 뒤로 하여 아슬아슬하게 서 있는 아들은 아비의 말을 도저히 인정할 수 없다. 아들은 아비의 시선을 피하고, 눈 밑이 어두워지고, 자신이 올라가 곧 타고 말 장작더미를 쥔 손에 점점 힘이 들어간다. 그리고 생각한다. "내가 도대체 무슨 잘못을 했단 말인가?"

실존철학자 키르케고르의 말을 더 들어보자. "만약 아브라함이 의심을 했더라면 그는 진실로 다른 위대하고 훌륭한 행위를 했을 것이다. 그는 모리야 산으로 가서 나무를 패고 쌓아 올린 장작에 불을 지피고는 칼을 뽑고 하느님에게 외쳤을 것이다. '이 제물을 업신여기지 마소서. 제가 가진 가장 좋은 것은 못 되나이다. 저도 아나이다. 늙은 몸이 언약의 아이에 어찌 비기겠나이까. 그러하오나 저로서 바칠 수 있는 가장 좋은 것이 나이다. 이사악이 이 일을 결코 알지 못하게 하소서. 젊음을 그늘 없이 누릴 수 있게 하기 위하여' 그리고 제 가슴을 뚫었을 것이다. 그러나 아브라함은 믿었다. 그는 주님의 마음을 돌리려고 사정하지도 않았다."

필레몬에게

바울로는 복음을 전하다 감옥에 갇힌 처지에서 편지를 썼다. 이제 나이가 들 만큼 들었고(필레 1:9) 지병 때문에 오랫동안 신체 고통을 겪고 있는 상태였다(갈라 4:13-14, 2고린 12:7-8, 10:10). 게다가 옆에서 이렇다 하게

그러나 서로 사랑하는 사람으로서 그대에게 간곡히 부탁하는 것이 좋겠다고 생각합니다.(필레 1:9)

여러분이 아시는 바와 같이 전에 내가 병을 앓았던 것이 기회가 되어 여러분에게 복음을 전하게 되었습니다. 나의 신체 조건이 여러분에게는 괴로운 짐이 되었지만 여러분은 나를 외면하거나 멸시하지 않고 오히려 하느님의 천사와도 같이, 또 그리스도 예수와도 같이 영접해 주었습니다.(갈라 4:13-14)

내가 굉장한 계시를 받았다 해서 잔뜩 교만해질까봐 하느님께서 내 몸에 가시로 찌르는 것 같은 병을 하나 주셨습니다. 그것은 사탄의 하수인으로서 나를 줄곧 괴롭혀 왔습니다. 그래서 나는 교만에 빠지지 않게 되었습니다. 나는 그 고통이 내게서 떠나게 해주시기를 주님께 세 번이나 간청하였습니다.(2고린 12:7-8)

"바울로의 편지는 무게도 있고 단호하기도 하지만 막상 대해 보면 그는 약하기 짝이 없고 말하는 것도 별것이 아니다" 하고 말하는 사람들이 있다는데(2고린 10:10)

그가 전에는 그대에게 쓸모없는 사람이었지만 이제는 그대에게와 또 나에게 쓸모있는 사람이 되었습니다.(필레 1:11)

그가 그대에게 잘못한 일이 있거나 빚진 것이 있으면 그 책임을 나에게 지우시오.(필레 1:18)

그를 돌봐줄 가족도 없는 듯했고, 유일한 도우미라곤 평소부터 잘 알고 지냈던 필레몬(골로사이 교회의 지도자?)의 노예 오네시모뿐이었다. 그런데 오네시모의 처지가 딱했다. 주인의 허락 없이 도망쳤거나(필레 1:11) 재정적인 손해를 끼쳐 쫓겨났을 가능성이 있기 때문이다(필레 1:18). 잘못하다 간 주인에게 험한 꼴을 당할지 모르는 상태였다. 고대 사회에서 노예 처지란 게 다 그렇다는 말이다. 바울로는 오네시모가 절실히 필요했지만 그러기 위해서는 소유권을 가진 필레몬의 허락이 반드시 있어야 했다.

아마 바울로는 오네시모에게 파피루스papyrus 한 장을 구해오라고 했을 것이다. 실제로 필레몬서는 딱 파피루스 한 장에 들어갈 만한 분량이다. 그리고 펜을 들기 전에 얼마간 고민했을 것이다. 어떻게 해야지 필레몬의 맘을 녹여낼 수 있을까? 편지를 읽다 보면 바울로의 의도가 불분명해 보이는 대목들이 몇몇 있다. '명령을 할 수도 있지만 부탁을 한다', '(오네시모가) 그대에겐 쓸모없지만 나에겐 쓸모가 아주 많다', '그대의 선행이 강요가 아니라 자의에서 비롯되기를 바란다', '오네시모가 진 빚이 있으면 갚겠지만 그렇다고 해서 이게 당신이 내게 빚졌다는 뜻은 아니다', '그대 덕 좀 보겠지만 그대의 순종을 확신

한다', '꼭 찾아갈 테니 방 하나 마련해달라' 등등이다. 어찌 보면 필레몬에게 온갖 예의를 갖추는 것 같지만 어찌 보면 막역한 사이라 드러내놓고 부탁하는 듯하다. 바울로는 필레몬과 도대체 어떤 관계이기에 이렇게 존중과 무례가 공존하는 편지를 썼을까?

바울로가 이 편지에 사용한 방법은 '모순어법矛盾語法'이다. 모순어법(옥시모론oxymoron)이란 의미가 상치하는 두 개념이나 문구를 조합해 특별한 표현을 만들어내는 기법이다. 이를테면, 이육사의 시 「절정絶頂」에 나오는 "겨울은 강철로 된 무지갠가 보다"에는 강철과 무지개라는 상반된 이미지를 묶어 조국 광복을 향한 시인의 강렬한 의지를 표현한 바 있고, 유치환의 「깃발」에서 나오는 그 유명한 "이것은 소리 없는 아우성"은 시인의 간절한 욕망과 결코 이루어질 수 없는 절망이 한 곳에 담겨 있다.[51]

물론 바울로가 모순어법을 동원해 이육사나 유치환처럼 시를 쓴 것은 결코 아니다. 필레몬의 동의를 받아내려 고도의 심리 전술을 사용한 것이다. 편지를 읽으면 명령과 부탁이 공존하고, 강요하면서 자의自意를 유도하고, 오네시모의 쓸모 있음과 없음을 상기시키고, 필레몬이 바울로에게 빚이 있다는 사실을 일깨우면서 다른 한편 필레몬을 덕德 있는 인물로 추켜세운다. 이는 오직 한 가지 목적을 갖는데, 상대 입장을 충분히 살려주면서 자신이 얻어내고자 하는 바를 취하기 위함이다. 답장은 전해 내려오지 않지만 아마 필레몬은 바울로의 편지를 읽고 나서 미소를 지으며 한마디 했을 것이다. '사도께서 오늘 거절하기 힘든 부탁을 하시는구먼!'

필레몬서에서 만나는 바울로는 맘이 넓은 사람이다. 그에게 오네시모의 전력前歷은 중요하지 않았다. 그가 어떤 연유로 주인에게서 도망쳤든,

왜 내가 여러분에게 짐이 되지 않으려고 애썼겠습니까? 내가 여러분을 사랑하지 않기 때문에 그랬겠습니까? 아닙니다. 내가 여러분을 사랑한다는 것은 하느님께서도 알고 계십니다. 나는 앞으로도 지금까지 해온 대로 해 나가겠습니다. 그것은 우리와 같은 방식으로 일을 하고 있다고 자랑할 구실을 찾는 자들에게 그 구실을 주지 않기 위한 것입니다. 그런 자들은 거짓 사도이며 사람을 속여먹는 일꾼이며 그리스도의 사도로 가장하는 자들입니다. 그러나 그것은 조금도 놀라운 일이 아닙니다. 사탄도 빛의 천사의 탈을 쓰고 나타나지 않습니까? 이렇게 사탄의 일꾼들이 정의의 일꾼으로 가장하고 나선다 해도 조금도 놀라울 것이 없습니다. 그들의 행실에 따라 그들의 최후가 결정될 것입니다.(2고린 11:11-15)

형제 여러분, 나는 여러분에게 영적인 사람을 대할 때와 같이 말할 수가 없어서 육적인 사람, 곧 교인으로서는 어린 아이를 대하듯이 말할 수밖에 없었습니다. 나는 여러분에게 단단한 음식은 먹이지 않고 젖을 먹였습니다. 여러분은 그 때 단단한 음식을 먹을 수가 없었던 것입니다. 사실은 아직도 그것을 소화할 힘이 없습니다.(1고린 3:1-2)

나는 앞으로도 지금까지 해온 대로 해 나가겠습니다. 그것은 우리와 같은 방식으로 일을 하고 있다고 자랑할 구실을 찾는 자들에게 그 구실을 주지 않기 위한 것입니다.(2고린 11:12)

혹 돈을 떼먹고 달아났든 이제 그리스도의 사람으로 형제가 된 이상 그를 정성껏 보듬어줄 뿐이었다. 그러니 오네시모의 과거를 묻지 마세요! 또한 바울로는 신중한 사람이다. 오네시모가 반드시 필요한 사람이긴 한데 필레몬의 선처善處 외엔 달리 방법이 없었다. 그래서 필레몬에게 명령하는 대신 설득의 길을 택했다. 그러니 오네시모를 어여삐 여기소서!

바울로의 젊은 시절은 이와 달랐다. 그는 차마 입에 담지 못할 말로 동료 전도사들을 비난했고(2고린 11:11-15), 교우들을 어린 아이 취급하는 것(1고린 3:1-2)도 모자라 종종 비아냥거리기까지 했다(2고린 11:12). 그러고도 지적 우월감이 목에까지 차 있어(갈라 3장 참조) 교회 어르신을 곤란한 지경에 빠뜨리곤 했다(갈라 2:11-14). 아마 1세기 교회의 모든 좌충우돌 사건은 바울로에게서 비롯되었다고 해도 과언이 아닐 것이다.

그러나 게파가 안티오키아에 왔을 때 책망받을 일을 했기 때문에 나는 그에게 면박을 주었습니다. 그의 책망받을 일이란 이런 것이었습니다. 게파가 이방인 교우들과 한자리에서 음식을 먹고 있었는데 야고보가 보낸 사람들이 들어오자 그는 할례를 주장하는 그 사람들이 두려워서 슬그머니 그 자리에서 물러나갔습니다. 나머지 유다인들도 안 먹은 체하며 게파와 함께 물러나갔고 심지어 바르나바까지도 그들과 함께 휩쓸려서 가식적인 행동을 하였습니다. 나는 그들의 행동이 복음의 진리에 맞지 않는 것을 보고 모든 사람이 보는 앞에서 게파에게 이렇게 말하였습니다. "유다인이면서 유다인같이 살지 않고 이방인같이 사는 당신이 어떻게 이방인들에게 유다인처럼 살라고 강요할 수 있겠습니까?"(갈라 2:11-14)

갈라디아서와 고린토전·후서 등 바울로의 초기 편지들에서 칼날이 느껴지는 반면 필레몬서에는 여유와 관록이 느껴진다. 바울로가 노년에 이르러 터득한 관조觀照의 지평이 다가온다는 뜻이다. 그래서 필레몬을 압박하는 차원도 예전과 사뭇 달라 보인다. "곧 당신을 만나러 가겠습니다. 그때 당신이 나에게 부끄러움을 당하지 않기를 바랍니다."(필레 22) 편지를 읽고 나서 필레몬은 틀림없이 오네시모에게 해방(속량贖良)의 기쁨을 안겨 주었을 것이다. 편지를 읽자마자 곧장 오네시모의 손을 붙잡고 속전贖錢을 바치러 신전으로 향했을 테니 말이다.

아름다운 노년

성서의 노인들에 대한 일반론 대신에 신구약성서의 대표적인 노인 두 사람을 살펴보았다. 그것도 두 사람의 전체 인생에서 극히 일부만 둘러보았을 따름이다. 고작 바울로의 편지 한 장과 아브라함에게 일어났던 한 가지 사건이다. 그러나 두 인물이 살아온 인생을 단적으로 보여주는 유익한 내용들이다.

노년이 아름답다면 그 이유는 무엇일까? 몸은 하루하루 쇠약해가고 얼굴은 쭈글쭈글, 추진력도 젊은 시절에 비해 현격히 떨어졌고, 작은 일에 노여워지기 십상이다. 거기다 치매까지 찾아오면 그나마 삶마저 극도로 초라해진다. 『탈무드』에서도 "진실은 무거운 것이라 젊은이만 질 수 있다"고 하지 않는가? 어떤 그럴 듯한 이유를 붙이더라도 노년을 찬양하기는 어려운 노릇이다. 하지만 바울로와 아브라함은 달랐다.

비록 스스로 늙은이라고 밝혔지만 바울로의 편지에는 젊은 기운이 펄펄 살아 있다. 그는 사랑하는 수양아들(필레 1:10) 오네시모를 위해 결코 식지 않을 열정을 보여준다. 관록이 넘치는 그의 펜은 온갖 수려한 표현과 절절한 하소연을 담고 있어 마치 한 편의 아름다운 산문을 읽는 듯하다. 그러나 내용은 분명하다. 즉 오네시모를 거절하는 것은 곧 바울로를 거절하는 것이며, 바울로를 거절하는 것은 주님을 거절하는 것이라는 뜻이다. 그리고 다짐한다. "나는 주님 안에서 그대의 덕을 좀 보려 합니다. 그리스도 안에서 내 마음에 생기를 얻게 해주십시오."(20절)

내가 갇혀 있는 동안에 얻은 내 믿음의 아들 오네시모의 일로 그대에게 이렇게 간청하는 것입니다.(필레 1:10)

아브라함은 독한 사람이다. 아무리 하느님의 명령이라도 어찌 '왜 하필이면 제 아들을 바쳐야 합니까?'라는 원망의 질문 한 번 없을 수 있단 말인가. 그는 묵묵히 길을 나섰고 결국 자식의 목에 칼을 꽂아야 하는 처참한 지경에 이르고 만다. 만일 명령대로 실행했다면 아브라함의 기운도 소진해 오래 살지 못했을 것이다. 그러나 아브라함에게는 아무리 세월이 흐른다 한들 결코 외면할 수 없는 소리가 있었다. "'아브라함아, 아브라함아' 하고 하느님께서 그를 불렀다. 그는 '예, 여기 있나이다'하고 대답했다."(11절)

일찍이 공자는 나이 칠십이면 '종심소욕불유구從心所欲不踰矩', 즉 마음 가는 대로 행해도 도리에 어긋나는 일이 없다고 했다(『論語』, 爲政편). 바울로와 아브라함도 자신의 마음이 가는 대로 걸어갔으나 결코 길을 벗어나는 일은 없었다. 그들의 노년이 아름다울 수 있다면 그 이유는 딱 한 가지다.

하느님이 원하신다!

Jesus on the road to Emmas.

바로 그 날 거기 모였던 사람들 중 두 사람이
예루살렘에서 한 삼십리쯤 떨어진 곳에 있는 엠마오라는 동네로 걸어가면서
이 즈음에 일어난 모든 사건에 대하여 말을 주고받고 있었다.
그들이 이야기를 나누며 토론하고 있을 때에 예수께서 그들에게 다가가서 나란히 걸어가셨다.
그러나 그들은 눈이 가려져서 그분이 누구신지 알아보지 못하였다.

(루가 24:13-16)

5장

예수 사건의 끝

마티아스 그뤼네발트, 〈그리스도의 책형〉,
유채패널, 제단화, 운터린덴 박물관

예수의 수난과 처형

예수의 수난

예수는 갈릴래아 호숫가 주변 지역들을 여기저기 오가면서 하느님 나라의 복음을 선포했다. 그리고 예수의 공생활 내내 유다교의 종교지도자들은 그의 정체에 대해 의구심을 품었다(마르 2:1-12, 23-28, 7:1-15). 하지만 선포 초기만 해도 유대교의 제도권 종교지도자들은 예수의 복음에 큰 위기 위식을 느끼지 않았던 것으로 보인다. 당시만 해도 거리에 많은 현자들이 오고 갔으며, 세례 요한 같은 종말-묵시적인 예언자들이 우후죽순 격으로 등장했던 시절이었으니 말이다(사도 5:35-37). 그러니 예수 역시 시류를 타는 제도권 유대교에 비판적인 예언자들 중 하나쯤으로 치부하면서 그저 예수라는 인물을 점검해두는 차원에 머물렀던 것 같다. 그 사실은 종교지도자들이 예루살렘에서 보냈을 법한 하수인들이 예수에게 하느님의 징표가 될 수 있는 기적을 보여 달라고 한 데서 미루어 짐작할 수 있다(마르 8:11-13). 예수는 그들의 기적 요구를 거부했다.

며칠 뒤에 예수께서는 다시 가파르나움으로 가셨다. 예수께서 집에 계시다는 말이 퍼지자 많은 사람이 모여들어 마침내 문 앞에까지 빈틈없이 들어섰다. 그리고 예수께서는 그들에게 하느님의 말씀을 전하고 계셨다. 그 때 어떤 중풍병자를 네 사람이 들고 왔다. 그러나 사람들이 너무 많아 예수께 가까이 데려갈 수가 없었다. 그래서 예수가 계신 바로 위의 지붕을 벗겨 구멍을 내고 중풍병자를 요에 눕힌 채 예수 앞에 달아 내려보냈다. 예수께서는 그들의 믿음을 보시고 중풍병자에게 "너는 죄를 용서받았다" 하고 말씀하셨다. 거기 앉아 있던 율법학자 몇 사람이 속으로 "이 사람이 어떻게 감히 이런 말을 하여 하느님을 모독하는가? 하느님 말고 누가 죄를 용서할 수 있단 말인가?" 하며 중얼거렸다. 예수께서 그들의 생각을 알아채시고 이렇게 말씀하셨다. "어찌하여 너희는 그런 생각을 품고 있느냐? 중풍병자에게 '너는 죄를 용서받았다' 하는 것과 '일어나 네 요를 걷어가지고 걸어가거라' 하는 것과 어느 편이 더 쉽겠느냐? 이제 땅에서 죄를 용서하는 권한이 사람의 아들에게 있다는 것을 보여주겠다." 그리고 나서 중풍병자에게 "내가 말하는 대로 하여라. 일어나 요를 걷어가지고 집으로 가거라" 하고 말씀하셨다. 중풍병자는 사람들이 보는 앞에서 벌떡 일어나 곧 요를 걷어가지고 나갔다. 그러자 모두들 몹시 놀라서 "이런 일은 정말 처음 보는 일이다" 하며 하느님을 찬양하였다.(마르 2:1-12)

어느 안식일에 예수께서 밀밭 사이를 지나가시게 되었다. 그 때 함께 가던 제자들이 밀 이삭을 자르기 시작하자 바리사이파 사람들이 예수께 "보십시오, 왜 저 사람들이 안식일에 해서는 안 될 일을 하고 있습니까?" 하고 물었다. 예수께서는 이렇게 반문하셨다. "너희는 다윗의 일행이 먹을 것이 없어서 굶주렸을 때에 다윗이 한 일을 읽어본 적이 없느냐? 에비아달 대사제 때에 다윗은 하느님의 집에 들어가서 제단에 차려놓은 빵을 먹고 함께 있던 사람들에게도 주었다. 그 빵은 사제들 밖에는 아무도 먹을 수 없는 빵이 아니었더냐?" 예수께서는 이어서 이렇게 말씀하셨다. "안식일이 사람을 위하여 있는 것이지, 사람이 안식일을 위하여 있는 것은 아니다. 따라서 사람의 아들은 또한 안식일의 주인이다."(마르 2:23-28)

예루살렘에서 온 바리사이파 사람들과 율법학자 몇 사람이 예수께 모여왔다가 제자 몇 사람이 손을 씻지 않고 부정한 손으로 음식을 먹는 것을 보았다. 원래 바리사이파 사람들뿐만 아니라 모든 유다인들은 조상의 전통에 따라 음식을 먹기 전에 반드시 손을 깨끗이 씻었고 또 시장에서 돌아왔을 때에는 반드시 몸을 씻고 나서야 음식을 먹는 관습이 있었다. 그 밖에도 지켜야 할 관습이 많았는데 가령 잔이나 단지나 놋그릇 같은 것을 씻는 일들이 그것이었다. 그래서 바리사이파 사람들과 율법학자들은 예수께 "왜 당신의 제자들은 조상의 전통을 따르지 않고 부정한 손으로 음식을 먹습니까?" 하고 따졌다. 예수께서는 그들에게 이렇게 대답하셨다. "이사야가 무어라고 예언했느냐? '이 백성이 입술로는 나를 공경하여도 마음은 나에게서 멀리 떠나 있구나. 그들은 나를 헛되이 예배하며 사람의 계명을 하느님의 것인 양 가르친다' 했는데 이것은 바로 너희와 같은 위선자를 두고 한 말이다. 너희는 하느님의 계명은 버리고 사람의 전통을 고집하고 있다."

그리고 이어서 이렇게 말씀하셨다. "너희는 그 전통을 지킨다는 구실로 교묘하게 하느님의 계명을 어기고 있다. 모세가 '부모를 공경하여라' 하였고 또 '아버지나 어머니를 욕하는 자는 반드시 사형을 받는다' 하였는데 너희는 누구든지 아버지나 어머니에게 '제가 해드려야 할 것을 하느님께 바쳤습니다'라는 뜻으로 '코르반이라고 한마디만 하면 된다고 하면서 자기 아버지나 어머니에게 아무것도 해드리지 못하게 하고 있으니 이것이 바로 전해 오는 전통을 핑계삼아 하느님의 말씀을 무시하는 일이 아니고 무엇이냐? 너희는 이 밖에도 그런 일을 많이 저지르고 있다."

예수께서 다시 사람들을 불러모으시고 이렇게 가르치셨다. "너희는 내 말을 새겨들어라. 무엇이든지 밖에서 몸 안으로 들어가는 것은 사람을 더럽히지 않는다. 더럽히는 것은 도리어 사람에게서 나오는 것이다."(마르 7:1-15)

이렇게 말하였다. "이스라엘 동포 여러분, 이 사람들을 조심스럽게 다루는 것이 좋겠습니다. 이전에 튜다가 나타나 자기를 위대한 인물이라고 선전하자 사백 명이나 되는 사람들이 따랐습니다. 그러나 그가 살해되니까 그를 따르던 사람들은 자취도 없이 다 흩어져 버리고 말았습니다. 그 뒤 호구 조사를 하던 때에도 갈릴래아 사람 유다가 나타나 백성을 선동하여 자기를 따르게 한 일이 있었지만 그가 죽자 그를 따르던 사람들도 다 흩어져 버렸습니다."(사도 5:35-37)

바리사이파 사람들이 와서 예수의 속을 떠보려고 하느님의 인정을 받은 표가 될 만한 기적을 보여달라고 하면서 말을 걸어왔다. 예수께서는 마음속으로 깊이 탄식하시며 "어찌하여 이 세대가 기적을 보여달라고 하는가! 나는 분명히 말한다. 이 세대에 보여줄 징조는 하나도 없다" 하시고는 그들을 떠나 다시 배를 타고 바다 건너편으로 가셨다.(마르 8:11-13)

그들이 예루살렘에 가까이 와서 올리브 산 근처 벳파게와 베다니아에 이르렀을 때에 예수께서는 두 제자를 보내시며 이렇게 이르셨다. "맞은편 마을로 가보아라. 거기 들어가면 아직 아무도 타보지 않은 새끼 나귀 한 마리가 매어 있을 것이다. 그것을 풀어서 끌고 오너라. 만일 누가 왜 그러느냐고 묻거든 주님이 쓰신다 하고 곧 돌려보내실 것이라고 말하여라." 그들이 가보니 과연 어린 나귀가 길가로 난 문 앞에 매어 있었다. 그래서 그것을 푸는데 거기 서 있던 사람들이 "왜 나귀를 풀어 가오?" 하고 물었다. 제자들이 예수께서 일러주신 대로 말하자 그들은 막지 않았다. 제자들은 새끼 나귀를 끌고 예수께 와서 자기들의 겉옷을 그 위에 얹어놓았다. 예수께서 거기에 올라앉으시자 수많은 사람들이 겉옷을 벗어 길 위에 펴놓았다. 또 어떤 사람들은 들에서 나뭇가지를 꺾어다가 길에 깔았다. 그리고 앞서가는 사람들과 뒤따라오는 사람들이 모두 환성을 올렸다. "호산나! 주의 이름으로 오시는 이여, 찬미받으소서! 우리 조상 다윗의 나라가 온다. 만세! 높은 하늘에서도 호산나!"(마르 11:1-10)

그들이 예루살렘에 도착한 뒤, 예수께서는 성전 뜰 안으로 들어가 거기에서 사고 팔고 하는 사람들을 쫓아내시며 환전상들의 탁자와 비둘기 장수들의 의자를 둘러엎으셨다. 또 물건을 나르느라고 성전 뜰을 질러다니는 것도 금하셨다. 그리고 그들을 가르치시며 "성서에 '내 집은 만민이 기도하는 집이라 하리라'고 기록되어 있지 않느냐? 그런데 너희는 이 집을 '강도의 소굴로 만들어버렸구나!" 하고 나무라셨다. 이 말씀을 듣고 대사제들과 율법학자들은 어떻게 해서라도 예수를 없애버리자고 모의하였다. 그들은 모든 군중이 예수의 가르침에 감탄하는 것을 보고 예수를 두려워하였던 것이다. 저녁때가 되자 예수와 제자들은 성밖으로 나갔다.(마르 11:15-19)

예수가 갈릴래아에서 활동할 때만 해도 큰 소요가 일어나지 않았다. 그러나 일단의 추종자들과 함께 이스라엘의 수도 예루살렘으로 진격해 들어오자 상황은 급변했다(마르 11:1-10). 그는 유다교의 심장부인 예루살렘 성전에서 채찍을 휘둘렀으며, 수차례에 걸쳐 스스로 메시아임을 밝혔다(마르 11-12장 참조). 말하자면 종교지도자들의 코앞에다 칼을 들이댄 격이다. 만일 예수라는 재야의 존재를 종교적으로 인정한다면 곧바로 유다교의 제도권 교회가 송두리째 붕괴될 위기의 상황에 처할 판이었다. 유다교의 종교지도자들이 가졌던 이 같은 위기의식. 그것이 바로 예수가 십자가 죽음에 처해진 직접적인 원인이었다. 특히, 예수가 예루살렘에 입성하자마자 한 행동은 제도권 종교인들을 경악시키기에 충분했다. 예루살렘 성전에 들이닥쳐 안뜰에서 장사꾼들의 좌판을 뒤엎으며 성전을 아수라장으로 만들었기 때문이다(마르 11:15-19).

유대인들에게는 한 해에 한 차례 예루살렘 성전을 순례해야 할 의무가 있었다. 순례 때는 제사를 지내는 데 필요한 제물을 가져 와야 하는데 제물로 쓰일 짐승은 반드시 흠이 없어야 했다. 하지만 성전 문 앞에 포진한 제물 검사관들의 눈은 여간 까다롭지 않아서 순례자들이 직접 가져온 제물은 문을 통과하기 매우 어려웠다. 따라서 순례자들에게는 성전 안뜰에서, 성전 문을 이미 통과한 제물을 구입하는 게 가장 안전한 방법이었다. 이는 곧 전문적인 제물공급업체의 필요성을 뜻한다. 게다가 성전 내에서는 오직 성전에서 주조한 코인(동전)만 사용될 수 있었으므로 모든 외국 돈은 성전에서 자체적으로 제작한 주화로 교환해야만 했다. 즉, 성전 안뜰에 돈을 바꾸어주는 환전상이 있었다는 말이다. 그런 정황을 미루어볼 때 우리는 예루살렘 성전을 장악한 대제관들과 장사꾼들 사이에 모종의 뒷거래가 있었음을 어렵지 않게 짐작할 수 있다. 동서고금을 막론하고 세상은 어디나 다 비슷한 법이다.

예수는 "내 아버지의 집을 도둑놈의 소굴로 만들었구나!"라는 일갈로 그 추악한 탐욕의 현장을 뒤엎었는데, 이를 달리 보면 제도권 종교인들의 튼튼한 돈줄을 막아버린 꼴이었다. 게다가 예수는 스스로 이스라엘을 구원할 메시아라고 떠벌였으니, 제도권 종교인들이 예수를 처단할 이유는 넘치고도 남았다. 예수의 파격적인 말과 행동에서 심각한 위기감을 느낀 제도권 종교인들은 예수를 처치하기로 작정했다. 우선 사람들이 많이 왕래하는 낮에 예수를 체포하는 것은 자칫 소요를 일으킬 소지가 있으니 밤에 체포하기로 했다. 하지만 전기불도 없던 시절 어두컴컴한 밤에 예수를 어떻게 색출해내겠는가? 그런 까닭에 희미한 햇불 조명 아래서도 예수를 금세 알아볼 수 있는 사람이 필요했다. 체포조와 함께 나타난 배신자 유다가 예수를 만나자 입맞춤을 한 이유이다(마르 14:45).

그가 예수께 다가 와서 "선생님!" 하고 인사하면서 입을 맞추자(마르 14:45)

유대교의 종교지도자들은 예수만 제거하면 자연스럽게 폭풍을 잠재울 수 있으리라는 예상 아래, 교묘하게 그를 엮어넣을 구실을 세웠다. 그들의 계획은 먼저 예수를 유대교 최고회의에 데리고 가 거짓 메시아의 가면을 벗긴 다음, 유다 총독이었던 빌라도에게 넘겨주어 사형을 언도시키는 것이었다. 로마의 점령지였던 당시 이스라엘에는 범죄자를 사형시킬 권리가 없었기 때문이다.

최고회의에서 죄인을 재판하는 과정은 대개 네 단계로 나누어진다. ① 우선 증인들의 증언을 듣고, ②이어서 대사제(최고회의 의장)의 직접 심문이 있은 후, ③죄가 확정되면 죄인을 사형에 처한다는 사실을 공개적으로 고시하고, ④고시 기간 동안 별 반대가 없으면 사형을 집행한다. 예수를 재판할 때도 일차적으로 증인들을 불러 모았다. 그런데 증인들을 각각 별도의 방에 데리고 가 증언을 받은 후 나중에 증언들을 모아 비교하는 과정에서 문제가 발생했다. 증언들끼리 서로 아귀가 맞아떨어지지 않아 증거로 채택될 수 없었던 것이다(마르 14:59). 상황이 그리되자 이제 대사제가 나서서 직접 심문에 들어간다.

그러나 이 증언을 하는 데도 그들의 말은 서로 일치하지 않았다.(마르 14:59)

대사제는 예수에게 '당신이 하느님의 아들인가?'라는 질문을 던졌다. 그러자 예수는 "장차 인자人子(신의 대리자)가 구름을 타고 오는 것을 보리라"는 대답을 하여 질문을 긍정했다. 이스라엘의 법원은 지방회의와 그 상급기관인 최고회의로 나뉘었다. 최고회의에서는 세 가지 경우의 범죄(지파, 대제관, 거짓 예언자에 관한 범죄)만 다루었는데, 예수는 그중에서 '거짓 예언자'에 해당했다. 거짓 예언자란 구체적으로 '하느님에게 듣지도 않은 말을 들었다고 하는 자'이다. 예수의 대답을 듣고 나서 대사제는 옷을 찢음으로써 거짓 예언자 중에서도 구체적으로 '메시아 사칭' 혐의를 확정지었다(유다인이 옷을 찢는 것은 지독한 슬픔과 고통을 표현하는 경우나, 하느님을 모독하는 말을 들었을 때이다). 이렇게 찢어진 옷은 한동안 보관하는 게 관례였다. 사형을 확정한 후 최고회의는 예수를 로마 총독에게 넘겼다. 하지만 '메시아 사칭'이라는 종교적인 범죄로 사형시키기는 어려울 것 같아 '황제 사칭'으로 죄목을 은근슬쩍 바꾸었다. 당시 로마 총독은 본티오 빌라도(26-36년에 재직)였다.

십자가 처형

예수를 빌라도 앞에 세웠지만, 일은 종교지도자들이 원했던 대로 순조롭게 풀리지 않았다. 빌라도가 사형 언도를 꺼렸는데, 예수에게서 이렇다 할 황제 사칭 혐의를 발견하지 못한 때문이었다. 빌라도는 우선 예수를 헤로데에게 보냈다. 책임을 피해보자는 심산이었다. 사실 갈릴래아는 헤로데 안티파스가 분봉왕分封王이었기에 엄격히 따지면 아무리 예루살렘에서 체포되었더라도 예수가 원래 갈릴래아 출신이니 유다와 사마리아 총독인 빌라도의 관할이 아니었다. 게다가 마침 헤로데는 예루살렘에 와 있었다. 하지만 무슨 이유에서인지 헤로데는 예수를 빌라도에게 돌려보냈는데 아마 예수의 처형이 가져올 정치적인 파장을 걱정했던 것 같다(루가 23:11-13). 마지막으로 빌라도는 예수를 군중 앞에 데리고 나가 '해방절 사면'(라틴어로satis facere) 여부를 물었으나, 결국 군중의 압력에 밀려 '유다인의 왕'이라는 죄목을 씌워 예수를 십자가형에 넘기고 말았다. 거기에다 유대

헤로데는 자기 경비병들과 함께 예수를 조롱하며 모욕을 준 다음 화려한 옷을 입혀 빌라도에게 돌려보냈다. 헤로데와 빌라도가 전에는 서로 반목하고 지냈지만 바로 그 날 다정한 사이가 되었다. 빌라도는 대사제들과 지도자들과 백성들을 불러모으고(루가 23:11-13)

이 말을 들은 빌라도는 예수를 놓아줄 기회를 찾기 시작하였다. 그러나 유다인들은 "만일 그자를 놓아준다면 총독님은 카이사르의 충신이 아닙니다. 누구든지 자기를 왕이라고 하는 자는 카이사르의 적이 아닙니까?" 하고 큰소리로 외쳤다.(요한 19:12)

교 종교지도자들이 로마 황제에 대한 빌라도의 불충을 은근히 꼬집었다는 사실도 사형 언도에 한몫을 단단히 했다(요한 19:12). 오늘날 식으로 보면 높은 사람을 팔아 협박한 꼴이니, 종교지도자들은 상당한 정치 감각을 가지고 있었던 셈이다.

물론 예수가 사형에 넘겨지기까지의 과정이 어느 정도나 역사적인 사실에 들어맞을까 하고 의문을 제기할 수 있다. 일례로 당시의 '해방절 사면'이란 마르코복음 15장 8절에서처럼 관례가 아니었으며, 피정복지의 주민 한 명을 처형하는 데 로마 총독이 그 정도의 행정력을 낭비했을까 하는 의문도 제기될 수 있다. 게다가 빌라도는 다른 어떤 유다 총독들보다 잔혹한 인물이었는데 유독 예수에게만 호의를 보였다는 점도 어색하다. 그러나 여러 가지 정황을 미루어볼 때 예수는 실은 하느님을 모독한 종교범죄자인데, 정작 사형은 로마 황제에 도전한 정치범이라는 죄목으로 언도 받았다는 점만은 역사적인 사실로 꼽을 수 있을 것이다. 로마제국에 반기를 든 정치범은 통상 십자가형에 처해졌다.

로마의 사형 방법은 목을 자르는 참수형, 굶주린 맹수들의 먹이로 넘겨주는 맹수형, 그리고 십자가형 등이 있었다. 그중에서도 십자가형은 극형 중의 극형으로, 우리 식으로 따지면 부관참시나 능지처참에 해당할 법한 형벌이다. 얼마나 잔혹했던지 아무리 용서 못 할 죄를 지었어도 로마 시민만은 십자가형을 당하지 않을 권리가 있을 정도였다. 어떤 이가 십자가형에 처해진다는 것은 당시에 아주 끔찍한 일로 취급 받았다. 그래서 로마의 철학자 키케로는 "십자가형이란 (단지 생명의 박탈일 뿐 아니라) 눈과 귀와 생각마저도 말살시키는" 형벌로 간주했으며, 점잖은 사람이라면 입에 올리기조차 꺼리던 처형 방법이었다.

십자가형의 순서를 정리하면 다음과 같다. ①형리들이 죄수에게 태형을 가하고, ②자신이 매달리게 될 횡목을 죄수 스스로 사형장까지 나르고, ③손목과 발등에 못을 박아 죄수를 십자가에 고정시키면, ④죄수는 대략 하루를 못 넘기고 질식사했다. 특히, 십자가 처형은 그 과정을 지켜보는 사람들에게 끔찍한 공포감을 심어주었기에 로마에 반기를 들 생각을 아예 못 하게 만드는 효과를 가져왔다.

예수의 십자가 처형에 대한 복음서의 보도는 매우 사실적이다. 십자가형이 언도된 후 예수는 먼저 모진 태형을 당했다. 그리고 십자가의 횡목을 직접 지고 사형장까지 운반했는데 태형 때문에 약해질 대로 약해져 미처 횡목을 운반할 만한 힘이 없었다. 그때 키레네 사람 시몬이 횡목을 대신 지고 사형장까지 갔다고 한다. 이는 피정복지 주민을 아무나 강제로 뽑아 임의로 부역에 차출할 수 있는 로마군의 권리에 따른 것이다 (마태 5:41). 사형장에는 수직목이 세워져 있고 횡목을 날라 온 예수는 손목과 발등에 못이 박혀 십자가에 달리게 된다. 손바닥이 아니라 손목에 못을 박는 이유는 손바닥이 몸무게를 못 이겨 찢어지는 바람에 사형수가 십자가에서 곤두박질치는 일을 막기 위함이다. 틀림없이 여러 번의 시행착오를 거쳐서 개발된 방법이었을 것이다. 십자가에 달린 죄수의 죄목은 누구나 알아볼 수 있게 따로 팻말을 만들어 십자가 상단부에 걸어놓는데, 예수의 경우는 '나자렛 예수 유대인의 왕Iesus Nazarenus, Rex Iudaeorum'(약자로 INRI)이었다고 한다.

"누가 억지로 오 리를 가자고 하거든 십 리를 같이 가주어라."(마태 5:41)

십자가에 달린 죄수는 물론 극심한 고통을 겪는다. 그래서 그 고통을 조금이라도 덜어주려 예수에게 몰약을 탄 포도주를 해면에 적셔 마시게 했다. 아마 약간의 마취 효과가 있었던 모양이다. 십자가 죄수는 손목에 못을 박았으니 손목동맥 파열에 따른 과다출혈로 숨을 거둔다고 생각할지 모르나 실은 질식사로 사망한다. 몸이 아래로 처지면 횡격막이 눌려 숨을 못 쉬게 되고, 못으로 고정된 발의 힘을 빌려 몸을 바로잡는 과정을 여러 번 반복하다가, 마침내 몸을 추릴 기운마저 빠지면 호흡곤란으로 죽는 것이다. 그래도 죽지 않을 경우는 완전히 숨을 거두게 하기 위해 몽둥이로 다리를 꺾어버린다. 발에 힘을 못 주게 하려는 조치이다. 형리로 선발된 군인들은 사형수의 죽음을 눈으로 직접 확인해야 할 의무가 있었으므로 누구인가 예수에게 다가가 창으로 옆구리를 찔러보았다. 만일 이때 조그만 신음 소리라도 들렸다면 여지없이 마지막 일격을 가해 다리 꺾기를 했을 것이다. 그러나 예수는 이미 숨을 거둔 상태라 창에 찔린 곳에서 물과 피만 흘러나올 뿐이었다고 한다(요한 19:32-34).

그래서 병사들이 와서 예수와 함께 십자가에 달린 사람들의 다리를 차례로 꺾고 예수에게 가서는 이미 숨을 거두신 것을 보고 다리를 꺾는 대신 군인 하나가 창으로 그 옆구리를 찔렀다. 그러자 곧 거기에서 피와 물이 흘러 나왔다.(요한 19:32-34)

십자가에 달린 죄수는 보통 하루 정도 버텼다. 기록에 따르면 기원전 2세기에 검투사의 반란을 일으켰던 스파르타쿠스가 십자가에서 사흘을 버텼다고 한다. 말하자면 십자가에 달려 오래 버티기 부문의 기록 보유자인 셈이다. 검투사의 다부진 체력이 한몫 단단히 했던 모양이다. 그러나 예수는 미처 세 시간을 못 버텼다. 아마 3년의 공생애 동안 영양 공급이 부실했기에 그만큼 몸이 쇠약해진 탓이었을 것이다.

이곳저곳을 다니며 복음을 전하던 1세기 그리스도교의 유랑전도사들의 고민은 바로 여기에 있었다. 메시아이며 하느님의 아들로 받들어진 그분은 전혀 죄가 없었다고 하는데, 왜 그런 참혹한 죽음을 맞이해야 했을까? 이런 질문에 대답하기 위해서 그들은 예수의 수난과 죽음을 자세히 묘사하고, 이는 결코 실패한 인생으로서 허무한 죽음이 아니라 구원사적으로 엄청난 의미를 가진 죽음이라는 점, 즉 십자가라는 모순 속에 숨어 있는 하느님의 진정한 뜻을 충분히 설명해야 했다. 복음서에서 '수난 사화'가 차지하는 분량이 유난히 길어 전체의 1/4이나 된 것은 바로 이런 이유 때문이다. 십자가 사건의 참다운 뜻은 이어지는 예수의 부활을 통해 환히 밝혀진다.

예수의 부활, 믿을 수 있는가?

빈무덤 사화

'예수는 죽은 지 사흘 만에 부활하셨다.' 그리스도교에서 이 말이 불변의 신앙 명제로 자리 잡고 있다는 사실을 부정할 사람은 아마 없을 것이다. 그러나 예수부활이 가지는 역사성을 따라잡기 위해서는 다음과 같은 질문을 던져볼 필요가 있다. 지금부터 2천 년 전에, 예수의 공개 처형을 목격했던 예루살렘 시민들에게도 예수의 부활 사건이 자연스럽게 통용될 수 있었을까? 거기서 한 걸음 더 나아가 1세기 그리스도인들 역시 우리처럼 부활에 대한 확신을 가지고 있었을까? 이런 질문에 대답하려면 예수의 부활을 전혀 다른 시각에서 살펴보아야 할 것이다.

서기 30년경 4월 초순, 예수의 부활이 처음 알려졌을 때 사실 대부분의 사람들은 이 소식에 대해 상당히 회의적이었다. 심지어 예수의 분신처럼 여겨졌던 제자들마저도 그가 부활했다는 사실을 믿지 못했을 정도였다(루가 24:11). 그런 만큼 당시에는 예수의 부활이 불변의 명제가 아니라 십중팔구 의심 가득 찬 질문으로 취급되었을 것이다. '예수는 정말 부활했을까?' 이 질문에 대한 대답들이 신약성서에 언급되어 있다. 아니, 그저 언급되어 있다는 차원을 넘어 신약성서 전체가 아예 부활 증언으로 온통 포장되어 있다고 해도 과언이 아니다. 예수는 살아생전 이미 자신의 부활을 예견했을 정도이며(마르 8:31, 9:31, 10:34 등등), 부활·승천을 전제하지 않고는 도저히 성립될 수 없는 부활 예수에 대한 재림再臨 기대가 신약성서 곳곳에 스며들어 있기 때문이다. 그럼에도 불구하고 예수부활에 관한 으뜸가는 보도들로는 역시 '빈무덤 사화'와 부활한 예수를 목격한 '발현 사화'를 꼽게 되는데, 거기에 직접적인 부활 증언이 담겨 있기 때문이다. 먼저 '빈무덤 사화'부터 살펴보자.

그러나 사도들은 여자들의 이야기가 부질없는 헛소리려니 하고 믿지 않았다.(루가 24:11)

그 때에 비로소 예수께서는 사람의 아들이 반드시 많은 고난을 받고 원로들과 대사제들과 율법학자들에게 버림을 받아 그들의 손에 죽었다가 사흘 만에 다시 살아나시게 될 것임을 제자들에게 가르쳐주셨다.(마르 8:31)

그것은 예수께서 제자들을 따로 가르치고 계셨기 때문이다. 그는 제자들에게 "사람의 아들이 잡혀 사람들의 손에 넘어가 그들에게 죽었다가 사흘 만에 다시 살아날 것이다" 하고 일러주셨다.(마르 9:31)

"그러면 그들은 사람의 아들을 조롱하고 침뱉고 채찍질하고 마침내 죽일 것이다. 그러나 사람의 아들은 사흘 만에 다시 살아날 것이다."(마르 10:34)

마르코복음 16장 1-8절에 나오는 빈무덤 사화의 내용은 비교적 간단하다. 예수가 십자가에 달려 숨을 거둔 지 사흘째 되던 날, 즉 안식일 다음 날 이른 새벽 막달라 마리아와 야고보의 어머니 마리아와 살로메는 예수의 무덤을 찾아 나선다. 그녀들은 물론 부활을 예견하여 무덤으로 향한 것은 아니었고, 예수의 시신에 향료를 바르려는 이유 등으로 발길을 옮겼다. 그들에게는 걱정거리가 하나 있었다. 무덤 입구를 막고 있는 돌을 굴려낼 일이 난감했던 것이다. 그러나 어떤 연고에서인지 그 돌은 이미 치워져 있었고 무덤 안에는 흰옷을 입은 사람(천사)이 앉아 예수의 부활을 알려주었다. 여인들은 겁에 질려 도망쳤고, 두려움 때문에 아무에게도 이 사실을 이야기하지 못했다. 예수의 빈무덤은 이처럼 여성들에 의해 처음 발견되었다.

빈무덤에 관한 이야기는 비단 공관복음뿐 아니라 요한복음 20장 1-9절에도 등장한다. 안식일 다음날 이른 새벽, 마르코복음과는 다르게 막달라 마리아 혼자 예수의 무덤을 찾아 나선다. 그러나 그녀의 눈에 띈 것은 텅 빈 무덤이었다. 마리아가 이 사실을 제자들에게 알리자 베드로와 애제자愛弟子는 무덤으로 달음질친다. 이는 공관복음서에서 일차적으로 베드로 혼자 무덤을 찾았다고 하는 것과 차이가 있는 내용이다(루가 24:12). 전통적으로 유다교에서는 어떤 사실이 확인되려면 최소한 성인 남자 두 명의 증언을 필요로 했다(신명 19:15). 따라서 베드로와 애제자, 두 명의 남자가 빈무덤을 확인한 것은 유다계 그리스도인들이나 유다 전통을 잘 아는 이방계 그리스도인들에게 막달라 마리아 같은 여성들의 증언과 비교하여 틀림없이 보다 큰 설득력을 제공했을 것이다.

> 그러나 베드로는 벌떡 일어나 무덤에 달려가서 몸을 굽혀 안을 들여다보았다. 그랬더니 수의밖에는 아무것도 없었으므로 그는 어떻게 된 일인가 하고 이상히 여기면서 집으로 돌아갔다.(루가 24:12)

> 어떤 나쁜 짓이든 어떤 잘못이든, 한 사람의 증언만으로는 증언이 성립되지 않는다. 어떤 잘못을 저질렀든지 두세 사람의 증언이 있어야 고소할 수 있다.(신명 19:15)

더욱 흥미로운 점은 그 뒤에 나오는 기록이다. 애제자가 베드로에 앞서 달려가 예수의 수의가 흩어져 있는 것을 발견하나 무덤 안에는 들어가지 않는다. 곧이어 달려온 베드로가 비로소 안으로 들어가 흩어진 수의와 예수의 머리를 싸맸던 수건이 잘 개어져 있는 것을 목격한다. 그제야 애제자도 들어가 보고 믿게 된다(요한 20:8). 빈무덤을 확인하는 과정이 마르코복음에 비해 제법 자세하게 서술된 셈이다. 그러나 아쉽게도 두 제자들은 "그때까지도 예수께서 죽었다가 반드시 살아나실 것이라는 성서의 말씀을 깨닫지 못하고 있었다"고 한다(20:9). 그들이 비록 빈무덤을 목격하는 영광을 누리기는 했으나 예수의 죽음과 부활이 하느님의 궁극적인 뜻에 따른 것임을 미처 알아채지 못했다는 뜻이다. 아무튼 요한이 이처럼 꼼꼼하게 '빈무덤 사화'를 묘사한 이유는 제자들이 시체를 훔쳐갔다는 헛소문에 종지부를 찍기 위해서였던 것으로 보인다(마태 28:11-15). 만일 시체 도둑이 있었다면 예수의 수의마저도 함께 가져갔을 것이기 때문이다.

> 그제야 무덤에 먼저 다다른 다른 제자도 들어가서 보고 믿었다.(요한 20:8)

> 그들은 그 때까지도 예수께서 죽었다가 반드시 살아나실 것이라는 성서의 말씀을 깨닫지 못하고 있었던 것이다.(요한 20:9)

> 여자들이 떠나간 뒤에 경비병 중 몇 사람이 성안으로 들어가 그 동안에 일어난 일들을 대사제들에게 낱낱이 보고하였다. 대사제들은 원로들과 만나 의논한 끝에 병사들에게 많은 돈을 집어주며 "너희가 잠든 사이에 예수의 제자들이 밤중에 와서 시체를 훔쳐 갔다고 말하여라. 이 소문이 총독의 귀에 들어가게 되더라도 우리가 잘 말해서 너희에게는 아무런 해가 없도록 하여주겠다" 하고 말하였다. 경비병들은 돈을 받고 시키는 대로 하였다. 이 이야기는 오늘날까지 유다인들 사이에 널리 퍼져 있다.(마태 28:11-15)

발현 사화

부활한 예수는 막달라 마리아에게 나타났고(요한 20:11-18), 의심 많은 토마의 눈앞에서 상처 난 손과 옆구리를 보여주었으며(요한 20:24-29, 루가 24:39-40), 제자들과 같이 식사를 나누었다(요한 21:1-14, 루가 24:41-43). 또한 바울로는 1세기 교회에서 유행하던 예수님 부활 발현 목격자 명단에 자신을 끼워 넣음으로써 부활 예수님을 직접 만났다고 전한다. "곧 그리스도께서는 성경 말씀대로 우리의 죄 때문에 돌아가시고 묻히셨으며, 성경 말씀대로 사흗날에 되살아나시어, 게파에게, 또 이어서 열두 사도에게 나타나셨습니다. 그 다음에는 한 번에 오백 명이 넘는 형제들에게 나타나

열두 제자 중 하나로서 쌍둥이라고 불리던 토마는 예수께서 오셨을 때에 그들과 함께 있지 않았다. 다른 제자들이 그에게 "우리는 주님을 뵈었소" 하고 말하자 토마는 그들에게 "나는 내 눈으로 그분의 손에 있는 못자국을 보고 내 손가락을 그 못자국에 넣어보고 또 내 손을 그분의 옆구리에 넣어보지 않고는 결코 믿지 못하겠소" 하고 말하였다. 여드레 뒤에 제자들이 다시 집 안에 모여 있었는데 그 자리에는 토마도 같이 있었다. 문이 다 잠겨 있었는데도 예수께서 들어오셔서 그들 한가운데 서시며 "너희에게 평화가 있기를!" 하고 인사하셨다. 그리고 토마에게 "네 손가락으로 내 손을 만져보아라. 또 네 손을 내 옆구리에 넣어보아라. 그리고 의심을 버리고 믿어라" 하고 말씀하셨다. 토마가 예수께 "나의 주님, 나의 하느님!" 하고 대답하자 예수께서는 "너는 나를 보고야 믿느냐? 나를 보지 않고도 믿는 사람은 행복하다" 하고 말씀하셨다.(요한 20:24-29)

"내 손과 발을 보아라. 틀림없이 나다! 자, 만져보아라. 유령은 뼈와 살이 없지만 보다시피 나에게는 있지 않느냐?" 하시며 당신의 손과 발을 보여주셨다.(루가 24:39-40)

그 뒤 예수께서 티베리아 호숫가에서 제자들에게 다시 나타나셨는데 그 경위는 이러하다. 시몬 베드로와 쌍둥이라는 토마와 갈릴래아 가나 사람 나타나엘과 제베대오의 아들들과 그 밖의 두 제자가 한자리에 모여 있었다. 그 때 시몬 베드로가 "나는 고기를 잡으러 가겠소" 하자 나머지 사람들도 같이 가겠다고 따라나섰다. 그들은 배를 타고 고기잡이를 나갔으나 그 날 밤에는 아무것도 잡지 못하였다.

셨는데 그 가운데 더러는 이미 세상을 떠났지만 대부분은 아직 살아 있습니다. 그 다음에 야고보에게, 또 이어서 다른 모든 사도에게 나타나셨습니다. 맨 마지막으로는 배냇병신 같은 나에게도 나타나셨습니다."(1고린 15:8)

이튿날 날이 밝아올 때 예수께서 호숫가에 서 계셨다. 그러나 제자들은 그분이 예수이신 줄을 미처 몰랐다. 예수께서 "얘들아, 무얼 좀 잡았느냐?" 하고 물으시자 그들은 "아무것도 못 잡았습니다" 하고 대답하였다. "그물을 배 오른편에 던져보아라. 그러면 고기가 잡힐 것이다." 그들이 예수께서 이르시는 대로 그물을 던졌더니 그물을 끌어올릴 수 없을 만큼 고기가 많이 걸려들었다.

예수의 사랑을 받던 제자가 베드로에게 "저분은 주님이십니다" 하고 말하였다. 주님이시라는 말을 듣자 옷을 벗고 있던 시몬 베드로는 몸에 겉옷을 두르고 그냥 물 속에 뛰어들었다. 나머지 제자들은 고기가 잔뜩 걸려든 그물을 끌며 배를 저어 육지로 나왔다. 그들이 들어갔던 곳은 육지에서 백 미터쯤밖에 떨어지지 않은 곳이었다. 그들이 육지에 올라와 보니 숯불이 있고 그 위에 생선이 놓여 있었다. 그리고 빵도 있었다. 예수께서 제자들에게 "방금 잡은 고기를 몇 마리 가져오너라" 하고 말씀하셨다. 시몬 베드로는 배에 가서 그물을 육지로 끌어올렸다. 그물 속에는 백쉰세 마리나 되는 큰 고기가 가득히 들어 있었다. 그렇게 많은 고기가 들어 있었는데도 그물은 터지지 않았다.

예수께서 그들에게 "와서 아침을 들어라" 하고 말씀하셨다. 제자들 중에는 감히 "당신은 누구십니까?" 하고 묻는 사람이 없었다. 그분이 바로 주님이시라는 것이 분명하였기 때문이다. 예수께서는 제자들에게 가까이 오셔서 빵을 집어주시고 또 생선도 집어주셨다. 예수께서 부활하신 뒤 제자들에게 나타나신 것은 이것이 세 번째였다.(요한 21:1-14)

그들은 기뻐하면서도 믿어지지가 않아서 어리둥절해 있는데 예수께서는 "여기에 무엇이든 먹을 것이 좀 없느냐?" 하고 물으셨다. 그들이 구운 생선 한 토막을 드리니 예수께서는 그것을 받아 그들이 보는 앞에서 잡수셨다.(루가 24:41-43)

이처럼 부활한 예수는 수시로 이곳저곳에서 제자들과 그리스도인들 앞에 나타났다. 예수의 발현 사화들을 살펴보면 대체로 두 가지 점이 드러나는데, 그 하나는 예수가 (특히, 육으로) 부활했음이 틀림없다는 사실을 알려주는 '인지발현'과 복음전파의 사명을 주어 제자들을 파견하는 '사명발현'이다. 인지발현 사화의 대표적인 예가 '의심 많은 토마 이야기'(요한 20:19-31)이다.

의심 많은 토마

안식일 다음날, 부활한 예수는 유다인들이 무서워 꼭꼭 숨어 있던 제자들 앞에 나타난다. 그들은 예수의 부활을 아직 믿지 못하고 있었다. 예수는 제자들에게 당신의 손과 옆구리를 보여주었다. 이는 예수가 십자가에 달렸을 때 난 못 자국으로, 사흘밖에 지나지 않았으니 상처가 아물었을 리 만무다. 그는 '샬롬'이라고 평화를 비는 인사를 건넨 후에 숨을 내쉬면서 그들에게 성령을 내어준다. 그러나 예수가 제자들에게 다녀간 후 마침 그 자리에 없었던 토마는 동료 제자들의 이야기를 전혀 믿지 못한다. 그는 오히려 동료들을 비웃듯이 자신의 눈으로 그분의 손에 있는 못 자국을 보고 자신의 손가락을 그 못 자국에 넣어보고 또 자기 손을 그분의 옆구리에 넣어보지 않고는 결코 믿지 못하겠다고 한다.

여드레 뒤에 이번에는 토마까지 있을 때에 예수가 다시 한 번 나타나 마치 토마가 한 말을 알고 있기라도 하듯이 "네 손가락으로 내 손을 만져보아라. 또 네 손을 내 옆구리에 넣어보아라"고 말씀하신다. 토마는 예수 앞에서 "나의 주님, 나의 하느님"이라는 말을 하여 자신의 의심을 떨쳐버린다. 발현 사화의 전개를 따라가보면, 반전反轉을 염두에 둔 재미있는 이야기 형식을 빌려왔음을 알 수 있다. 어쨌든 이 발현 사화 덕분에 그리스도교 역사에서 토마는 '의심 많은 토마'라는 불명예스러운 별명을 얻게 되었다. 그러나 실증적인 관점에서 보자면 토마의 태도가 합리적이었던 점만은 분명하다.

'의심 많은 토마'는 예수부활에 대한 그 많고 많은 발현 사화들 중에서도 독특한 의미를 담고 있는데, 바로 토마라는 매개 인물이 그 열쇠를 쥐고 있다. 예수는 토마가 없을 때 제자들 앞에 나타나 자신이 육으로 부활한 모습을 보여준다. 그러나 마침 자리에 없었던 토마는 이를 믿지 않았기에, 예수 입장에서 보면 수고스럽게도 한 번 더 나타나 손가락을 사용해 몸이 부활하였음을 확인시키려 한다. 이를테면 두 번에 걸쳐 확인했으니, '이 정도면 육의 부활을 의심할 수 있겠는가?'라는 논리가 포함되는 것이다.

부활 예수가 준 사명

열한 제자는 예수께서 일러주신 대로 갈릴래아에 있는 산으로 갔다. 그들은 거기에서 예수를 뵙고 엎드려 절하였다. 그러나 의심하는 사람들도 있었다. 예수께서는 그들에게 가까이 오셔서 이렇게 말씀하셨다. "나는 하늘과 땅의 모든 권한을 받았다. 그러므로 너희는 가서 이 세상 모든 사람들을 내 제자로 삼아 아버지와 아들과 성령의 이름으로 그들에게 세례를 베풀고 내가 너희에게 명한 모든 것을 지키도록 가르쳐라. 내가 세상 끝날까지 항상 너희와 함께 있겠다."(마태 28:16-20)

'사명발현 사화'의 예로 마태오복음 28장 16-20절을 들어보겠다. 예수는 자신이 육으로 부활했다는 사실을 여러 사람들 앞에서 충분히 증명한 뒤에 바야흐로 하늘로 올라갈 차비를 한다. 예수는 마지막으로 제자들을 산으로 불러 모아 복음 전도의 사명을 준다(마태 28:16-20). 제자들은 모두 예수 앞에서 절을 하는데, 유다교에서는 전통적으로 신성을 가진 인물 앞에서 이루어지는 행동이었다. 예수는 하느님으로부터 전권全權을 물려받은 인물이며, 이에 근거하여 제자들에게도 그 권리를 나누어준다. 예수 살아생전 그를 좇았던 제자들은 이제 예수 사건을 알리고 다녀야 하는 사도로서의 역할을 감당해야 하는 것이다. 사도들은 모든 민족에게 나아가 성부·성자·성령의 이름으로 세례를 베풀어야 한다.

사명발현 사화의 대표적인 특징은, 글자 그대로 부활한 예수가 세상 방방곡곡에 복음을 선포할 사명을 제자들에게 주었다는 사실이다. 예수가 세상을 떠난 후 사도들을 포함한 최초의 그리스도인들은 예루살렘에서 정기적으로 그분을 기리는 모임을 가졌고, 이 모임은 흔히 예루살렘 모母교회로 불리어진다. 그리스도교는 예루살렘 모교회로부터 출발해 팔레스타인 땅을 넘어 이방 지역인 헬라세계로 퍼져나갔으며, 궁극적으로 지중해 권 세계를 제패한 로마제국의 중심지인 로마에까지 이르게 된다. 이 사이에 물론 헬라세계의 수많은 이방인들이 성부·성자·성령의 이름으로 주어지는 세례를 받아 그리스도인들이 되었으며, 그리스도교는 장차 세계종교로 발돋움할 수 있는 저력을 유감없이 발휘하게 된다. 마태오복음 28장 16-20절에서 부활 예수는 바로 이런 사실을 예언하듯 제자들에게 사명을 주고 있는 것이다. 따라서 이 발현 사화를 처음 읽었던 당시의 1세기 말엽의 그리스도인들은 틀림없이 자신들의 처지에 비추어보며, 예수의 말씀에 '지당한 소리로고!' 하며 무릎을 쳤을 것이다. 참고로 그리스도교회는 오래전부터 부활 예수의 네 가지 특징을 제시한 바 있다. 신속, 투명, 무결점피부, 자체발광인데 이는 모두 발현 사화에서 추측해낸 것들이다.

마침내 오순절이 되어 신도들이 모두 한 곳에 모여 있었는데 갑자기 하늘에서 세찬 바람이 부는 듯한 소리가 들려오더니 그들이 앉아 있던 온 집안을 가득 채웠다. 그러자 혀 같은 것들이 나타나 불길처럼 갈라지며 각 사람 위에 내렸다. 그들의 마음은 성령으로 가득 차서 성령이 시키시는 대로 여러 가지 외국어로 말을 하기 시작하였다. 그 때 예루살렘에는 세계 각국에서 온 경건한 유다인들이 살고 있었다.

그 소리가 나자 많은 사람들이 몰려들었다. 그리고 사도들이 말하는 것이 사람들에게는 저마다 자기네 지방 말로 들리므로 모두 어리둥절해졌다. 그들은 놀라고 또 한편 신기하게 여기며 "지금 말하고 있는 저 사람들은 모두 갈릴래아 사람들이 아닌가! 그런데 우리는 저 사람들이 하는 말을 저마다 자기가 태어난 지방의 말로 듣고 있으니 어찌 된 셈인가? 이 가운데는 바르티아 사람, 메대 사람, 엘람 사람이 있는가 하면 메소포타미아, 유다, 갑바도기아, 본도, 아시아에서 온 사람들도 있고 프리기아, 밤필리아, 이집트, 또 키레네에 가까운 리비아의 여러 지방 사람들도 있다. 그리고 로마에서 나그네로 온 유다인들과 유다교에 개종한 이방인들이 있고 그레데 사람들과 아라비아 사람들도 있다. 그런데 저 사람들이 지금 하느님께서 하신 큰 일들을 전하고 있는데 그것을 우리는 저마다 자기네 말로 듣고 있지 않은가?" 하고 말하였다.

이렇게 모두 놀라고 어안이 벙벙하여 "도대체 어쩌 된 영문인가?" 하며 웅성거렸는데 그 중에는 "저 사람들이 술에 취했군!" 하고 빈정거리는 사람들도 있었다.(사도 2:1-13)

믿을 수 있는가?

이제까지 우리는 예수부활에 대한 증언들을 한 종류씩 살펴보았다. '빈무덤 사화', '인지발현 사화', 그리고 '사명발현 사화'이다. 그러나 모든 증언들은 그리스도 신앙에 흠뻑 젖어 있어 그 속에서 역사성을 가려내기란 여간 힘든 노릇이 아니다. 먼저 사명발현 사화는 오순절 성령강림 사건(사도 2:1-13) 이후, 그리스도교가 세상으로 뻗어나가던 시절의 경험이 투영되어 있으며 이는 오히려 지상에서 활동하시던 때의 예수 모습을 연상시키는 구석이 있다. 다시 말해서, 부활한 예수보다 복음 선포에 있어 이방인과 유다인 사이에 전혀 차별을 두지 않으셨던 살아생전 예수의 대범함에서 사명발현 사화의 뿌리를 찾을 수 있다는 뜻이다.

인지발현 사화에서도 우리는 1세기 그리스도인들의 신앙 흔적을 찾아낼 수 있다. 자신의 의심을 뼈저리게 후회하며 자복하는 토마에게 예수는 "너는 나를 보고야 믿느냐? 나를 보지 않고도 믿는 사람은 행복하다"는 말씀을 한다(요한 20:29). 이는 예수부활의 핵심을 날카롭게 지적한 말씀이다. 부활한 예수의 발현이란 육체적인 부활을 보여주려는 일차적인 목적을 가지기는 하나, 실제적으로는 그 이상의 논리를 가지고 있다. 즉, 비록 제자들에게까지는 부활한 모습을 이리저리 실증시킬 수 있을지 모르나, 어차피 예수의 부활이란 일회적 사건일 뿐이다. 하지만 그 후에는 도대체 어떻게 할 것인가? '의심 많은 토마'는 결국 부활이란 보는 사람들, 즉 실증주의자들의 몫이 아니라, 믿는 사람들 곧 참 그리스도인들의 몫이라는 의미를 끌어내고 있는 것이다. 그처럼 우리는 인지발현 사화에서 예수부활에 대한 1세기 교회 그리스도인들의 역사를 뛰어넘는 신념을 읽어낼 수 있다.

빈무덤 사화에도 약점이 있기는 마찬가지다. 마르코복음은 역사의 예수가 활동하던 때와 거의 40년이나 지나 예수의 무덤이 비었더라는 전승을 기록한 것이다. 그리고 제자들이 예수의 시신을 훔쳐가지 못하도록 경비병들이 무덤을 지키게 했다는 언급(마태 27:64-65)은 제자들이 시신을 훔쳐간 후에 예수가 부활했다고 고의로 소문을 냈을지 모른다는 의심을 불러오기에 충분하다. 실제로 예수와 동시대에 쿰란 지역의 에세네 수도원에서는 '의로운 스승'의 제자들이 그의 시신을 옮긴 후 스승이 부활했다고 주장한 예도 있다.[52]

> "그러니 사흘이 되는 날까지는 그 무덤을 단단히 지키라고 명령하십시오. 혹시 그의 제자들이 와서 시체를 훔쳐다 감추어놓고 백성들에게는 그가 죽었다가 다시 살아났다고 떠들지도 모릅니다. 이렇게 되면 이번 속임수는 처음 것보다 더 심한 혼란을 일으킬 것입니다." 빌라도는 그들에게 "경비병을 내어줄 터이니 가서 너희 생각대로 잘 지켜보아라" 하고 말하였다.(마태 27:64-65)

복음서를 읽어보면 예수가 자신의 부활을 예고한 대목이 자주 등장한다(마르 8:31, 9:31, 10:34). 그리고 예수가 자신의 말대로 부활했다는 증거들이 실려 있다. 정작 문제는 부활 증거들이 모두 그리스도인들에 의해 제시되었다는 데 있다. 말하자면, 그리스도인들이 교세를 위해 증거를 조작했거나 아니면 집단 무의식 상태에서 환영을 보았다는 주장도 얼마든지 가능한 것이다.[53] 게다가 하느님의 창조원리에 따르면 인간은 반드시 한 번 태어나고 한 번 죽는데 왜 하느님이 스스로 만든 원칙을 어기면서까지 예수를 부활시켰는가라는 질문도 가능하다. 그렇게 스스로 만든 원칙을 어긴다면 완벽한 존재로서 하느님 상이 훼손되지 않는가. 과학만능주의와 실증우선주의에 푹 빠져 있는 현대인들이 예수부활에 대한 의문 제기는 당연한 일로 보인다. 더욱이 서구에서부터 시작된 교회의 위기상황이 점점 거세지면서 상황은 악화일로를 걷고 있다. 과연 어떻게 해야 할까? 해결책을 찾아보자.

첫째, 사실 네 복음서에서 예수의 부활을 증명하는 주된 자료들은 빈무덤 사화가 아니라 발현 사화들이었다. 이처럼 발현 사화가 부활 증명의 주종을 이루었던 이유는 그때만 해도 사람의 증언에 전적인 공신력이 부여되던 시절이었기 때문이다. 오늘날처럼 사람 말을 못 믿고 물증을 요구하는 각박한 시대라면 발현 사화란 그저 신앙인들의 주관성이 담겨 있다고 하여 일고의 가치도 없는 증거로 취급되었을 것이다. 그러나 빈무덤 사화는 사뭇 다르다. 이는 그리스도인들의 주관성이 듬뿍 가미된 발현 사화에 비해 눈으로 확인될 수 있는, 적어도 상당한 객관성을 띤 자료이기 때문이다.

빈무덤 사화가 처음 실린 곳은 마르코복음이고 이 복음서는 70년경에 쓰였으니 예수의 죽음과 불과 40년 정도밖에 차이가 나지 않는다. 그리고 빈무덤 사화가 흐르고 흘러 마르코의 손에 입수되었다는 점을 감안한다면 이야기의 형성 시기는 훨씬 이전으로 잡을 수 있다. 따라서 어떤 청년이 노인이 되는 기간, 즉 1차 증인들이 살아 있을 동안에 쓰인 글이었던 만큼 완전히 없던 사실을 꾸며낼 수는 없었을 터이다. 40년(혹은, 그 이

하)이란 비지 않았던 무덤에서 빈무덤 사화로 발전하기에는 너무 짧은 기간이라는 말이다. 그렇게 주변 증거로밖에 취급받지 못했던 자료가 오늘날에는 오히려 가장 믿음직한 자료로 부상했다는 뜻이다. 의식의 변화가 가치의 역전이라는 결과를 불러온 셈이다. 또한 예수의 시신을 제자들이 훔쳐갔으리라는 추정을 가능케 하는 마태오복음 28장 11-15절의 보도도 역으로 보면 빈무덤 사화의 신빙성을 제공해주는 자료가 된다.

둘째, 부활 발현 사화들에 그리스도인들의 증언이 주를 이루는 것은 사실이다. 하지만 적어도 부활 예수를 목격한 시점에서 볼 때 바울로는 아직 그리스도인이 아니었다. 아니, 바울로는 오히려 교회의 반대편에서 그리스도인들의 뿌리를 뽑기 위해 전력을 다하던 중 부활 예수를 만난 것이다. 바울로는 자신의 체험을 다음과 같이 기술한다.

"내가 자유인이 아니란 말입니까? 내가 사도가 아니란 말입니까? 내가 우리 주 예수를 뵙지 못했단 말입니까?"(1고린 9:1)

"나는 그때 내 동족 중 동년배들 사이에서는 누구보다도 유다교를 신봉하는 데 앞장섰으며 내 조상들의 전통을 지키는 일에 있어서도 훨씬 더 열성적이었습니다. 그러나 어머니의 태로부터 나를 택하여 은총을 통해 불러주신 분(하느님)이 당신의 아들을 내 안에 계시해주시어 내가 이방인에게 그분(아들)을 선포하도록 기꺼이 제시해주셨을 때, 나는 곧바로 어떤 사람과도 상의하지 않았고 또 나보다 먼저 사도가 된 사람들을 만나려고 예루살렘으로 가지도 않았습니다."(갈라 1:14-17)

셋째, 집단 무의식 상태에서 예수의 환영을 보았다는 주장은 2세기 후반부터 그리스도교회에서 위세를 떨친 영지주의를 연상시킨다. 예수는 완전한 신이라 인간과 엄격하게 구별되므로 예수의 살아생전 모든 활동이 실은 환영에 불과하다는 것이다. 이를테면, 십자가에 달려 고통을 당했을 때도 실은 아픈 시늉만 했다는 뜻이다.[54] 그럼에도 불구하고 예수가 체포되자 줄행랑을 놓았던 수많은 추종자들이 예수가 처형된 지 불과 사흘 후에는 백팔십도 바뀌어 전원 목숨을 내걸 정도로 열심인 복음 전도사가 되었다는 것은 놀라운 사실이다. 이 정도면 환영이라고 해도 대단한 환영이지 않은가! 사람은 여간해서 변하지 않는다. 오죽하면 세 살 버릇 여든까지 간다고 하지 않는가! 그런데 예수의 추종자로 몰려 고초를 당할까 두려워 도망쳤던 사람들이 일순간에 바뀌어 죽음을 불사하는 복음 전도사로 거듭났다! 무엇인가 대단한 체험이 있었다고 설명할 수밖에 없다. 이 놀라운 체험을 1세기 그리스도교회는 '부활'이라 불렀다.

—

외젠 뷔르낭(1850-1921), 〈무덤으로 달려가는 두 제자〉,
유화, 1898, 오르세 미술관, 파리

예수 사건의 끝은 어디인가?

부활에서 삼위일체까지

로마제국의 변방에서 시작된 예수 이야기는 지중해 권에 점차 퍼져나가 일약 세간의 화제가 되었다. 당시 비그리스도교 문헌들(17-24쪽 참조)을 세밀하게 살펴보면 그 양상을 어느 정도 그려볼 수 있다. 그리스도교가 로마제국과 부딪치기 시작했고, 네로 시대에는 엄청난 박해를 받았으며(64-68년), 급기야 유대교와 공식적으로 결별해 제 길을 가게 되었고(85년경), 2세기 초에는 제국 구석구석에서 요주의 종교로 주목을 받는 처지에 이르렀다(112년). 그중에서도 95년경에 요세푸스가 집필한 『유다고사』에 나온 예수부활에 대한 언급이 중요하다. 그리스도교 전도 정책의 맨 앞에 예수부활이 자리 잡고 있기 때문이다.

사실 예수가 살았던 시대의 주변 환경은 부활 신앙에 익숙해 있었다. 이집트의 피라미드는 언젠가 부활하게 될 파라오를 위해 잘 준비된 무덤이었고, 유다 땅에서는 '의로운 스승'이 부활했다는 소문도 들려왔다. 그러니 예수가 부활했다고 하여 있을 수 없는 일이 일어났다면서 경악을 금치 못하는 일 따위는 없었을 것이다. 사실 위대한 인물 예수라면 그 정도는 되어야 사람들이 귀를 기울였을 법하다. 정작 신기한 일은 예수부활에 대한 소문이 슬그머니 자취를 감춘 게 아니라 시간이 지날수록 점점 더 거세게 퍼져나간 데 있다. 부활신앙을 기반으로 하는 복음서들의 위력은 특히 대단해서 그리스도교의 세계화에 견인차 역할을 톡톡히 담당했다. 하지만 거기서 끝이 아니었다.

예수의 부활을 공통적으로 받아들이기는 했으나 1세기 그리스도교는 아직 통일성을 갖지 못했다. 제각기 다른 신념을 가진 파들이 등장했기 때문인데, 기성 유대교와 결별을 인정하지 않고 예수의 신성을 거부한 에비온파, 나자렛파, 엘케사이파, 이원론에 기초해 육체와 세계를 경멸한 영지주의파, 페르시아의 마니교, 구약을 배척하고 선신과 악신을 나눈 마르치온파, 종말론에 심취했던 몬타누스파 등등이 있다. 이들 모두 이단으로 낙인 찍혀 그리스도교회에서 사라지고 말았다. 각각의 이단이 서로 다른 가르침을 갖고 있었던 것은 사실이나 그 핵심에 들어가면 언제나 '예수는 누구인가?'라는 질문이 내포되어 있다. 문제의 핵심은 역시 예수를 신으로 볼 것인가, 아니면 인간으로 볼 것인가에 달려 있었다.

사실 공관복음으로 불리는 마태오, 마르코, 루가 복음에서는 예수를 지극히 높이기는 했으나 '하느님의 아들' 정도가 극존칭이었다. 예수는 세례 받을 때 하느님의 아들로 선택을 받았으며(마르 1:9-11), 그 선택이 아브라함으로(마태 1:1), 아담으로(루가 3:38)로 확장되었지만 하느님으로 선언하지는 않았다. 그러던 것이 예수는 하느님과 같은 분이라고 한 요한복음(요

그 무렵에 예수께서는 갈릴래아 나자렛에서 요르단 강으로 요한을 찾아와 세례를 받으셨다. 그리고 물에서 올라오실 때 하늘이 갈라지며 성령이 비둘기 모양으로 당신에게 내려오시는 것을 보셨다. 그때 하늘에서 "너는 내 사랑하는 아들, 내 마음에 드는 아들이다" 하는 소리가 들려왔다.(마르 1:9-11)

아브라함의 후손이요, 다윗의 자손인 예수 그리스도의 족보는 다음과 같다.(마태 1:1)

에노스 셋 아담, 그리고 마침내 하느님께 이른다.(루가 3:38)

한처음, 천지가 창조되기 전부터 말씀이 계셨다. 말씀은 하느님과 함께 계셨고 하느님과 똑같은 분이셨다. 말씀은 한처음 천지가 창조되기 전부터 하느님과 함께 계셨다. 모든 것은 말씀을 통하여 생겨났고 이 말씀 없이 생겨난 것은 하나도 없다.(요한 1:1-3)

한 1:1-3)의 등장으로 새로운 전기를 맞는다.

이단의 시대를 거쳐 니케아 공의회가 열리던 무렵(325년)까지는 그런대로 다양한 예수 이해가 있었다. 예를 들어 안티오키아의 아리우스는 예수가 신성을 가지는 것은 분명하나 원래부터 신이라고 하는 가르침은 유일신 하느님의 대한 모독이라 말했다. 즉, 하느님과 예수 사이에 질적인 차이가 있다는 말이다. 따라서 "인간도 피조물인 예수 그리스도의 삶을 모방하면 영원불변의 완전한 피조물이 될 수 있다."(아리우스, 『알렉산더에게 보내는 편지』, 6,2)

그에 반해 알렉산드리아의 아타나시우스는 피조물이 피조물을 구원한다는 것은 논리가 맞지 않는다고 하면서 만일 예수가 한낱 하느님의 피조물이라면 다른 존재(인간)를 구원할 수 없다는 주장을 제시했다. 즉, 세상을 창조한 분만이 세상을 구원할 수 있으니 결국 예수는 하느님과 같은 창조주이자 구원자라는 것이다. 하느님과 예수 사이에 질적인 차이가 없다는 말이다. "피조된 모든 만물이 각각의 개별적인 존재 원리에 의존할 때 불안정한 존재의 소용돌이에 휘말려 파멸에 이른다는 것은 이미 알고 있다. 그렇게 피조된 만물이 혼돈과 무로부터 파멸되는 것을 방지하기 위해, 하느님은 당신의 영원한 로고스로써 만물을 만들었으며 그들에게 존재됨을 부여했다."(아타나시우스, 『육화에 관해』, 54)

콘스탄티누스 대제의 밀라노 칙령(313년)으로 기나긴 박해의 시절이 지나 신앙의 자유가 허용되자 교회는 모든 그리스도인들은 한 가지 생각과 말을 해야 한다고 생각했다. 교회를 굳건하게 건설하기 위해 다양성보다는 통일성이 중요했던 것이다. 니케아 공의회의 예수신성교리는 장차 교회가 추구하는 통일성이 어때야 하는지 알려주는 기준이 되었다. 따라서 325년 이후 예수의 정체에 대해 교회와 다른 말을 하는 자들은 모두 이단으로 찍혀 처단되었다. 다양성이 사라지고 통일성만 살아남은 교회의 슬픈 역사가 문을 연 것이다.

끝은 언제일까?

그리스도교는 2천 년 전 역사의 예수로부터 시작되었다. 이렇게 시작된 예수사건은 교회로 이어졌고 오늘날 넉넉잡아 세계 인구의 반이 그리스도인으로 살고 있다. 가톨릭, 정교회, 개신교, 성공회 신자들을 전부 합친 숫자다. 과연 언제쯤 그리스도교가 끝이 날까? 혹자는 지난 2천 년 역사를 보면 앞으로도 교회가 오랫동안 지속될 것이라고 한다. 그리고 어떤 이들은 이 거대한 우주의 역사와 비교하면 2천 년이란 그야말로 티끌에 불과하다는 생각도 갖고 있다. 어찌되었든 교회의 공식적인 가르침에 따르면 종말의 날이 반드시 올 것이고 그날에 부활 예수가 심판주로 재림할 것이라고 한다(사도신경). 그러므로 종말의 날이란 예수사건이 마무리되고 '하느님 나라'가 완성되는 대단원의 막이다. 하지만 우주적 종말에 익숙하지 않는 개인에겐 종말의 날이나 재림 예수의 일괄적인 심판이 낯설기만 하다.

나는 믿나이다. 전능하신 하느님 아버지, 하늘과 땅의 창조주를 믿나이다. 하느님의 외아들, 우리 주 예수 그리스도, 성령으로 동정녀 마리아에게 잉태되어 나시고, 본티오 빌라도 치하에서 고난을 받으시고, 십자가에 못 박혀 죽으시고 묻히셨으며, 죽음의 세계에 내려가시어 사흘 만에 죽은 자들 가운데서 부활하시고, 하늘에 올라 전능하신 하느님 오른편에 앉아 계시며, 산 이와 죽은 이를 심판하러 다시 오시리라 믿나이다. 성령을 믿으며, 거룩한 공교회와, 모든 성도의 상통을 믿으며, 죄의 용서와 몸의 부활을 믿으며, 영원한 생명을 믿나이다. 아멘.

라틴어 원문의 사도신경-Symbolum Apostolicum

Credo in Deum Patrem omnipotentem, Creatorem caeli et terrae. Et in Iesum Christum, Filium eius unicum, Dominum nostrum, qui conceptus est de Spiritu Sancto, natus ex Maria Virgine, passus sub Pontio Pilato, crucifixus, mortuus, et sepultus, descendit ad inferos, tertia die resurrexit a mortuis, ascendit ad caelos, sedet ad dexteram Dei Patris omnipotentis, inde venturus est iudicare vivos et mortuos. Credo in Spiritum Sanctum, sanctam Ecclesiam catholicam, sanctorum communionem, remissionem peccatorum, carnis resurrectionem et vitam aeternam. Amen.

영어 Book of Common Prayer (1662)

I believe in God the Father Almighty, Maker of heaven and earth; And in Jesus Christ his only Son our Lord, Who was conceived by the Holy Ghost, Born of the Virgin Mary, Suffered under Pontius Pilate, Was crucified, dead, and buried, He descended into hell; The third day he rose again from the dead, He ascended into heaven, And sitteth on the right hand of God the Father Almighty; From thence he shall come to judge the quick and the dead. I believe in the Holy Ghost; The holy Catholick Church; The Communion of Saints; The Forgiveness of sins; The Resurrection of the body, And the life everlasting. Amen.

그렇다면 현대인이 이해하는 종말은 과연 어떠할까? 아무래도 우주적 종말보다는 개인적인 종말에 더 큰 관심이 있다고 하겠다. 우주의 종말을 가늠하기에는 인간의 상상력이 부족하기 짝이 없으나 개인의 종말은 죽음이라는 생명 현상으로 충분히 짐작할 수 있기 때문이다. 실제로 우리는 교회 설교에서 곧 최후심판의 날이 닥치리라는 말을 들을 때보다 사람이 죽으면 누구나 하느님 앞에 서서 최후의 심판을 받는다는 말에 더욱 현실감을 느낀다. 따라서 오늘의 그리스도인이라면 예수의 가르침을 열심히 배우고 실천해서, 아니 한 걸음 더 나아가 역사적인 그분의 삶을 모방해 꼭 예수처럼 살아서, 살아생전 하느님의 다스림을 어느 정도 맛보다가 죽음 후에는 그분의 다스림 안으로 온전히 귀의하게 될 것이라는 희망을 가질 법도 하다. 그렇다면 죽음이란 무엇일까?

예수가 우리에게 가르쳐준 하느님은 두 가지 모습으로 나타난다. 그 하나는 자식에게 뱀과 돌을 주지 않는 무한한 사랑의 하느님이고, 다른 하나는 철저히 잘잘못을 따져 꺼지지 않는 지옥 불에 던져버리는 무자비한 심판의 하느님이다. 나는 하느님의 두 가지 모습 중에 아무래도 사랑의 하느님에 마음이 더 끌리곤 한다. 하느님은 인간에 대한 무한한 사랑을 간직하신 분이다. 그런데 인간을 그렇게 사랑하던 분이 죽음 후에는 갑자기 태도를 바꾸어 무자비한 심판의 하느님으로 돌변할 수 있을까? 만일 그렇다면 하느님은 죽음에 의해 제약 받는 분이라고 해야 옳고, 그리스도인들은 죽음 저편의 하느님에 대해 엄청난 두려움을 가질 수밖에 없을 것이다. 죽음에 의해 제약 받는 하느님, 하느님의 전능하심이 자칫 빛을 잃는 대목이 될 수도 있다. 그분의 전능하심과 불변하심을 전제로 할 때, 한 번 인간을 사랑하기로 마음먹은 하느님이라면 죽음 후에도 절대로 그 사랑을 거두지 않을 것이다. 인간의 입장에서 보자면 죽음이란 하느님의 영역으로 넘어감으로써 그 온전한 사랑을 마침내 경험할 수 있는 기회이니까.

죽음과 관련하여 예수가 든 하느님 나라의 비유들 중 한 가지를 읽어보자.

> 예수께서 또 말씀하셨다. "하느님의 나라는 이와 같다. 어떤 사람이 땅에 씨를 뿌려 놓으면, 밤에 자고 낮에 일어나고 하는 사이에 씨는 싹이 터서 자라는데, 그 사람은 어떻게 그리 되는지 모른다. 땅이 저절로 열매를 맺게 하는데, 처음에는 줄기가, 다음에는 이삭이 나오고 그 다음에는 이삭에 속이 찬 낟알이 맺힌다. 곡식이 익으면 그 사람은 곧 낫을 댄다. 수확 때가 되었기 때문이다."(마르 4:26-29)

봄에 뿌려진 씨앗은 결코 저절로 자라지 않는다. 햇빛과 비가 있어야하고 적당한 영양분도 갖추어야 씨 속에 숨은 생명력이 꿈틀거릴 수 있다. 그러니 농부는 비록 겉으로 보이는 다자란 알곡만 거두어 가는 것 같지만 기실 계절과 환경을 거쳐 자라난 알곡 하나하나의 숨은 역사까지 거두어 가는 셈이다. 인생도 이와 같아 이런저런 일들, 선과 악의 순간들, 참과 거짓의 순간들을 두루 거치면서 성숙해간다. 그리고 이런 역사를 품어 맺히게 된 결정체를 마치 농부가 알곡을 거두어 가듯 하느님도 그렇게 거두어 가시리라. 여기서 개개인의 역사가 더도 덜도 없이 모두 어우러져 모이게 된 결정체를 인격, 인품이라는 가치로 불러도 좋을 것이다. 예수의 비유를 확대 해석하자면 하느님의 나라는 그리스도인이든 아니든 모든 이에게 열려 있다고 하겠다. 선한 사람이든 악한이든 모두에게 햇빛과 비를 주시는 분인 만큼(마태 5:45) 어느 인생 하나 빼놓지 않고 거두어 가실 것이기 때문이다.

"그래야만 너희는 하늘에 계신 아버지의 아들이 될 것이다. 아버지께서는 악한 사람에게나 선한 사람에게나 똑같이 햇빛을 주시고 옳은 사람에게나 옳지 못한 사람에게나 똑같이 비를 내려주신다."(마태 5:45)

예수가 선포한 '하느님의 나라'라는 말도 실은 은유에 불과하다. 그 실체는 인간의 언어로 도저히 표현할 수 없다. "그날과 그 시간에 대해서는 아무도 모릅니다. 아버지가 아니고서는 하늘에 있는 천사들이나 아들까지도 모릅니다"(마르 13:32), 그리고 "왜 나를 선하다고 합니까? 하느님 한 분 외에는 아무도 선하지 않습니다"(마르 10:18)라고 하여 예수 자신 역시 하느님 앞에서 한껏 겸손해졌다는 사실에 우리는 주목해야 한다. 하느님의 나라는 글자 그대로 하느님의 영역에 속하는 것이기 때문이다. 주어진 공간과 정해진 시간 속에 사는 우리로서는 그저 예수가 가르쳐준 하느님 나라의 속성 몇 가지를 통해 그 엄청난 무게를 능청스럽게 가늠해볼 수 있을 뿐이다.

나는 그 희망에 산다

    내가 처음 신학을 하게 된 동기는 그리 분명하지 않았다. 학부에서 부전공으로 종교학을 공부하던 중, '그리스도 신앙개론'이라는 과목을 맡았던 어느 신부님이 갑작스레 강의를 못 하시게 되었고 대타로 강의실에 들어오신 분이 정양모 신부님이었다. 뭐라고 할까? 구름이 잔뜩 낀 날 등산을 하다가 한숨 돌리며 저 아래 마을을 보는데 갑자기 구름이 틈을 내주면서 마을 한가운데로 햇빛을 보내는 장관을 목도했다고나 할까? 신앙의 아버지이자 학문의 아버지인 정 신부님과 만남은 그렇게 시작되었다. 그 뒤로 졸업을 할 때까지 종교학과목을 42학점이나 획득했다. 전공과목 이수 학점이 46학점이었던 데 비하면 대단한 일이었다.

    졸업을 할 때쯤 앞에 두 가지 가능성이 있었다. 하나는 취직을 해서 산업사회의 역군이 되는 것이었고, 다른 하나는 전공을 살려 미국으로 대학원 공부를 하러가는 것이었는데 일단 미국에 가는 쪽으로 방향을 잡았다. 유학준비를 하느라 4학년 1학기를 다 보낼 즈음 불현듯 우선 종교학 공부를 좀 해보고 나서 유학을 가도 괜찮으리라는 생각이 들었다. 방향을 급선회해 종교학과 대학원에 진학했고, 그렇게 정 신부님과 인연이 계속되었다. 대학원에서는 서인석 신부님, 장익 신부님, 김승혜 수녀님에게 수학했고 그때 학점교환으로 가톨릭대학에서 여러 과목을 들었는데, 박상래 신부님, 심상태 신부님, 오경환 신부님에게서 정말 많은 것을 배웠다. 특히, 박상래 신부님의 대학원 과목은 기억에 남는다. 영어, 불어, 독일어 텍스트를 동시에 펴놓고 강의하면서 수시로 헬라어, 히브리어, 라틴어 개념들을 설명하는데 혀를 휘휘 내두를 정도였다. 사실 그때 결정을 잘못했던 것 같다. 나도 언젠가 저렇게 될 수 있다는 허황된 꿈을 꾸게 되었으니 말이다. 정 신부님의 경우 소신학교 출신이라 라틴어로 시가지 쓸 수 있는 분인데 내가 팬스레 만용을 부린 것이었다.

석사를 마칠 무렵 정 신부님은 독일 유학을 권하셨고 구체적으로 튀빙겐의 P. 슈툴마허 교수와 괴팅겐의 G. 스트레커 교수를 지목하셨다. 일단 뮌스터로 갔다가 한 학기 지나 괴팅겐으로 전학했고, 8년간 그곳에서 공부했다. 신부님의 충고에 따라 멋도 모르고 간 학교이긴 했지만 나중엔 참으로 탁월한 선택이라는 생각이 들었다. 내가 공부하던 당시에 신약성서학 교수로는 지도교수인 스트레커는 물론, 로제, 스테게만, 휘브너, 뤼데만, 샬러가 포진해 있었고 성서학 세미나엔 가끔씩 콘젤만이 출동하곤 했다. 한때 괴팅겐 신학부엔 20세기 신약성서학계를 이끈 콘젤만과 케제만과 예레미아스가 동시에 있었고, 그 이전으로 올라가 20세기 초에 종교사학파(Religionsgeschichtliche Schule)가 처음 시작될 땐 부쎄, 하이트뮐러, 궁켈, 브레데, 트뢸취 등이 교수로 있었다. 얼떨결에 신학을 시작했다가 독일까지 흘러 들어온 나에겐 과분하기 짝이 없는 대학이었고 분에 넘친 학풍이었다. 고전 언어학과 역사비평 연구의 본산에서 세계 최고의 교수들에게 배울 수 있었으니까. 사실 박사학위를 취득할 때까진 행운의 연속이었다고 해도 과언이 아니다. 하지만 그 시절만 해도 내 인생에 후반전이 아직 남았다는 사실을 감도 잡지 못하고 있었다.

독일에서 학위를 취득할 때까지의 전반전이 그런 대로 순탄한 편이었다면 그 후로 지금까지의 후반전은 별로이다. 대학 취직과 해고, 신앙의 갈

등, 평신도 신학자의 어정쩡한 삶, 다들 한국성서학계를 심각하게 고민하는 판에 생계나 걱정하고 있는 한심한 처지. 그렇게 10년을 보내고 있던 참에 정 신부님은 다시 한 번 내 인생의 길잡이로 나서셨다. 성공회 사제가 되는 게 어떻겠느냐는 것이었다. 20대 후반에 가톨릭 사제가 되어보겠다고 찾아뵈었을 땐 "사람 사는 데는 다 똑같다"라며 말리셨던 분이 거꾸로 사제의 길을 권유하신 것이다. 이제 사람이 되었다는 뜻일까, 아니면 이렇게 해서라도 사람을 만들어보겠다는 뜻일까? 언젠가 여쭤보려고 벼르고 있는 중이다. 나의 처지에 극적인 변화가 없는 한 대학에 자리를 잡는 일은 요원해 보인다. 그저 해직교수, 18년째 시간강사, 늦깎이 사제 정도에 만족한다. 독일에서부터 갈고닦은 검약 생활엔 이미 이력이 난 상태고……

공부하고 글을 쓰는 방법은 석사논문을 썼을 때나 지금이나 여전하다. 일단 성서 텍스트를 선택한 뒤에 이제까지의 연구사를 살펴보고 난 후, 역사비평 방법론에 따라 한 절 한 절 치밀하게 주석한다. 그리고 주석을 바탕으로 주제 설명을 한 다음 해석학적인 반성을 내린다. 그러다 보니 자연스럽게 참고문헌도 많아지고 글이 길어지게 마련이다. 원고지 분량으로 150매를 넘기는 일이 다반사다. 나에겐 이 일이 제격이다. 재미도 있고, 우울할 때 시간보내기도 적절하다. 며칠 동안 두문불출 집중해서 책을 읽고 글을 쓰다 보면 내가 마치 저 유명한 독일 신학자들처럼 대단한 사람이 된 기분이 들곤 한다. 사실 박사과정 지도교수였던 스트레커는 별명이 '일요일에도 일하는 사람Sonntagsarbeiter'이었다. 주일날 저녁 시내에 들렀다 그분의 불 켜진 연구실을 보면 학문에 대한 심한 갈증이 느껴지곤 했다. 자기만족의 지혜를 아직 깨닫지 못한 나는 스승들 앞에서 여전히 갈증만 나는 처량한 신세다. 몇 년 전에 가톨릭 출판사 한 곳에서 본격적인

『마르코복음』 주석서를 집필해 달라는 부탁을 받았고 최근에 완성해 출판을 했다(2012년). 내심 독일의 권위 있는 EKK나 Herder 정도의 주석서를 꿈꾸었으나 여전히 부족한 수준이다.

다음으로 관심을 갖고 있는 분야는 그리스도교와 타 종교 사이에 학문적인 접근을 해보는 것이다. 마땅한 자리가 없다 보니 직책을 내걸고 타 종교인과 대화를 나누는 일은 불가능하고, 그저 예수의 가르침과 불교·유교·도교의 가르침과 공통점이 없을까? 하며 이리저리 눈을 굴리고 있는 처지다. 그러다가 몇 년 전에 한국의 사상가로 제소리를 내는 분을 만났다. 다석多夕 유영모! 놀라운 신앙과 사상을 가지셨던 분이다. 이제까지 예수와 다석의 사상을 비교하는 글을 두 편밖에 쓰지 못했지만("나는 있습니다-예수와 다석의 시간 이해", 『사람의 종교, 종교의 사람』, 서강종교연구회 편, 바오로출판사, 2008년, 307-328쪽; "바울로와 다석의 하느님 체험", 근간) 앞으로 계속 도전해볼 생각이다.

학교에서 해고당했을 때 막막했던 심정은 경험해본 사람 아니면 알지 못할 것이다. 결국 그때 발병한 이후 지금까지 골골하는 상태다. 집도 절도 없는 주제에 직장에서 쫓겨났고, 칼과 포크를 들고 앞에 놓인 접시에 소시지 좀 놓아달라고 애절한 눈빛을 보내는 자식과 사회부적응자에게 시집와서 이게 무슨 고생이냐며 회한의 눈길을 보내는 아내 앞에서 능력 없는 가장이 쪼그라드는 것은 당연한 이치다. 그래서 길을 찾기 시작했다. 마침 1992년에 에세이스트로 우리나라 문단에 등단한 전력이 있기에 영화평론을 해보기 시작했다. 영화평론집을 이제까지 세 권 냈다. 첫 영화평론집인 『영화는 세상의 암호』의 머리말을 옮겨보겠다.

이 책은 강의 교재를 염두에 두고 쓰였다. 나의 본업은 원래 신학이고 시간이 날 때마다 짬짬이 종교 관련 영화 평을 써왔다. 영화감독이 돼보고자 했던 대학 시절의 욕심이 그런 식으로 연결되었던 모양이다. 그런데 언제부터인가 영화 평을 부탁하는 잡지들이 하나 둘 늘기 시작하더니, 요즘은 도대체 본업이 무엇이고 부업이 무엇인지 모르는 신세가 되고 말았다. 나에게 영화 평을 실을 수 있는 기회를 준 『생활성서』, 『소년』, 『춤』, 『디다케』, 『서울스코프』, 『월간조선』 잡지사에 이 기회를 통해 감사드린다.

영화 평을 수년간 써오면서 신학·종교학 주제와 관계있는 영화를 강의시간에 실험적으로 상영해보았다. 물론 간단한 영화 평을 곁들여서 말이다. 그랬더니 의외로 반응이 좋아 욕심을 부려보기로 했다. 아예 〈영화로 본 종교〉라는 과목을 하나 개설하는 것이었다. 그 같은 나의 생각과 가톨릭대 종교학과의 의도가 맞아떨어져 2003년부터 같은 제목으로 강의를 시작했고, 2004년에는 서강대 종교학과에서도 '종교와 문화'라는 강의를 제안 받았다. 일이 잘 풀려가는 셈이다. 책이 나오기까지의 간단한 배경이다.

이 책은 작품들에 대한 간단한 소개서이다. 영화는 우리가 사는 세상을 직접 보여주기도 하고 넌지시 알려주기도 한다. 하지만 그렇게 머리에 모여진 세상 모습들은 우리 인생의 중요한 척도로 작용한다. 영화를 통한 간접 경험이 우리의 삶을 보다 풍요롭게 만들어준다는 뜻이다.

나는 오래전부터 영화를 통해 세상을 보아왔다. 세상 곳곳을 찾아다니며 돌아가는 모양새를 알기에는 세상이 너무 넓은 까닭이다. 그래서 책의 제목을 『영화는 세상의 암호』라 붙였고 소제목들도 책 제목을 보다 세분하는 것으로 만족했다. 영화를 좋아하는 분들에게 도움이 되기를 바란다.

앞으로 어떻게 살아야 그런 대로 잘 살았다는 말을 들을까? 생각해보니 난감한 질문이다. 신학 공부와 강의는 천직인 것 같고 사제로서 살아야 하는 삶은 꽤 긴장감이 넘치는 편이다. 성공회 재속 사제는 가톨릭 사제처럼 독신으로 살지 않고 수도회 사제처럼 청빈을 서약하지 않는다. 그러나 주교 앞에서 한 순명 서약은, 비록 대외적인 약속이긴 하지만 자신을 옥죄는 구실을 단단히 한다. 평신도로 비교적 자유롭게 살아왔던 이전의 인생과 비교할 때 이제야 임자를 만났다는 생각이 든다. 성공회는 이른바 중도中道via media를 지향한다. 가운데 길이라고 하지만 실은 극과 극을 모두 포용하겠다는 뜻이다. 그러니 어떤 신학적인 성향을 가졌다 한들 기댈 만한 넉넉한 공간이 성공회엔 있는 편이다. 내겐 참으로 다행스런 일이다.

나에게 주어진 평생의 과제는 예수 공부이다. 하지만 예수 그리스도에 대한 교리적 가르침에는 한계를 느낀 지 오래다. 일예로 삼위일체 강의를 한국과 독일에서 들은 바 있고, 니케아신경을 라틴어와 헬라어로 분석해보았고, 그에 관한 책도 여럿 읽어보았고, 강의 때 용감하게 언급도 해보지만 여전히 이해할 수 없다. 가톨릭에선 이런 때 '믿을 교리'라는 용어를 사용한다. 머리 복잡해지니까 여러 말 말고 그저 믿으라는 말일 것이다. 그런데 도대체 무슨 소린지 알아먹어야 믿지! 바울로 역시 "나는 영언으로 일만 마디를 하느니 다섯 마디라도 내 정신으로 말을 하고 싶습니다"(1고린 14:19)라 하지 않았던가? 그런 점에서 바울로는 나의 훌륭한 스승이다.

예수는 어떠한가? 그분 역시 우격다짐이 아니라 우리의 이성에 호소하여 하느님을 가르치신 분 아닌가? 같은 생각으로 쓴 『예수의 논쟁사화』에서 머리말을 옮겨보겠다.

'예수의 논쟁사화'는 오래전부터 나의 관심을 끌어왔다. 합리적이고 과학적인 설명을 들어야 만족하는 현대인에게 역사의 예수를 설명하기에 아주 적합하다는 느낌이 들었기 때문이다. 쉴 틈 없이 제기되는 치밀히 계산된 질문들과 이론의 여지가 없는 현명한 대답들……, 논쟁사화는 우리의 지적 호기심을 시원하게 만족시켜준다.

예수 주변에 몰려들었던 사람들 대부분은 정규 교육을 받지 못한 이들이었다. 그러니 예수에게 무슨 예리한 질문을 던질 수 있었겠는가? 세리, 병자, 창녀, 어부, 여자 등 죄인들의 처지가 다 그렇다는 말이다. 그런 상황에서 종교지도자들이 예수의 논쟁과 대화 상대가 되었음은 당연한 이치다. 물론 제도권 종교지도자들이 예수와 논쟁을 즐겼으니 그들이 예수를 동료로 여겼을 가능성도 얼마든지 있다. 하지만 예수는 그들과 달리 재야의 종교인이었다.

예수는 사제 집단인 사두가이파도 아니었고, 학자들을 주로 배출한 바리사이파와는 율법 해석에 거리에 두었으며, 종교적·사회적 지도층이었던 장로도 아니었다. 또한 동떨어진 곳에서 수도생활에 정진했던 에세네파처럼 그리 경건해 보이지도 않았다. 그저 자신을 따르는 제자들과 이리저리 떠돌면서 하느님을 전하던 유랑 선교사였을 뿐이다. 그러나 한 가지 분명한 점은 이스라엘 백성 사이에서 예수의 인기가 엄청나게 높았다는 사실이다.

예수에게 위기감을 느낀 종교지도자들은 힘을 모아 그분과 일행을 공격하기에 이른다. 그들에겐 넘어야 할 벽이 있었는데, 섣불리 물리력을 쓰다간 자칫 예수의 가르침과 행동을 제지하려는 것으로 비쳐 민중의 폭동을 유발시킬 수도 있는 노릇이었다. 실제로 당시 이스라엘에는 예수와 같은 재야 종교지도자들이 상당수 있었다. 알려진 인물로 세례자 요한과 유다와 튜다가 있는데 모두 제도권 종교

세력의 손에 제거되고 말았다(마르 6:17-29, 사도 5:33-37).

종교지도자들은 예수의 사이비 메시아 가면을 벗기기 위해 예수가 율법 규정에 걸려 넘어지게 만드는 방법을 택했다. 스스로 율법의 전문가로 여겼으니 이 방법을 쓰면 예수와 그 일행의 코를 납작하게 만들 수 있다고 여겼을 것이다. 종교지도자들은 논쟁을 벌이면서 종교적·정치적·사회적·문화적으로 까다롭고 민감한 질문을 제기했다. 그러나 예수는 넘치는 지혜와 막강한 화술로 무장된 선생이었기에 어떤 질문에도 거침없는 답변을 내 놓았다. '예수의 논쟁사화'가 갖는 최고의 매력이다.

예수는 이상적인 지도자였다. 현대인은 무릇 권력과 지위를 앞세우는 지도자엔 저항감을 느낀다. 그보다는 오히려 무엇이든 지도자의 언행을 이성적으로 수긍할 수 있어야 동기가 부여된다. 지금은 비록 고압적인 자세의 종교지도자들이 한국 교회에서 판을 치고 있으나, 한 계단 내려와 이성에 호소하는 설득이 힘을 얻는 날이 반드시 오고야 말 것이다. 우리는 그때를 미리 대비해야 한다.

강의를 들은 학생들 중에 종종 자신도 신학공부를 해보겠다는 경우가 있었다. 그때마다 적극 말렸다. 다행히 교단 배경이 있는 학생이라면 그나마 희망이 있지만, 총회장 아버지를 두지 못했거나, 화려한 정치력의 지도교수도 없는 주제에 물색없이 나서는 경우, 장래에 혹 나타날지도 모를 또 한 명의 '생계형 신학자'를 어떻게 하든 말려야 했다. 그런데 세상은 참 묘하다. 대부분 충고를 무시한 채 '저도 선생님처럼 되어보겠습니다'라는 괴상한 말을 남긴 채 제 갈 길로 가고 말았다. 하기는 그렇게 용감하게 막나가는 학생들이 있어야 장차 다채로운 신학이 가능할 것이다.

나는 그 희망에 산다.

참고문헌 및 주석

1) 18조 기도문의 내용은 구체적으로 성조, 부활, 성화, 이해, 회심, 용서, 구속, 치유, 축복, 귀환, 올바른 재판의 회복, 이단 배척, 개종자 축복, 예루살렘, 기도, 예배, 감사, 평화이다.

2) 『종교사입문』, G. 란츠콥스키 지음, 박태식 옮김, 왜관: 분도, 2003년, 51쪽.

3) 히브리어로 '베트'는 '집'이고 '레헴'은 '빵'이다. 둘을 합친 말인 베들레헴은 '빵집'이라는 뜻을 가진다.

4) 『한국 가톨릭교회 이대로 좋은가?』, 정양모·서공석 엮음, 분도, 1999년, 19쪽.

5) 헤로데 왕은 기원전 20/19년부터 성전 개축 공사를 시작했다.

6) R. 슈낙켄부르그, R.E. 브라운, 정양모

7) '장로들의 전승'(마르 7:5 참조)은 대대로 이어 내려오는 율법 해석을 담은 것으로 처음에는 구두 전승이었다가 세월이 지나면서 성문화되었다. 200년경의 『미슈나』, 3세기경의 『토세프타』, 7세기경의 『탈무드』로 발전했다.

8) 결의론이란 사회적 관습이나 교회, 성서의 율법에 비추어 도덕적인 문제를 해결하려는 윤리학 이론을 뜻한다.

9) 『포박자』에는 곡기를 끊거나 호흡에 집중하고 방사를 조절해 원기를 끌어내는 등 비법이 실려 있다. 이 도교가 민간신앙으로 바뀌어가면서 둔갑술, 축지법 등의 도술이 등장했고 그런 도술에 통달한 이들 두고 도사道師라 부른다.

10) 『느낌이 있는 이야기』, F. 미할릭 엮음, 성찬성 옮김, 열린, 2003년, 130쪽.

11) 『겨울부채』, 하네다 노부오 엮음, 이현주 옮김, 생활성서사, 2003년, 26-27쪽.

12) 보다 자세한 내용은 『증여론』, M. 모스 지음, 이상률 옮김, 한길사, 2002년을 참조하시오.

13) 『성서가 된 신화』, G. 그린버그 지음, 김한영 옮김, 씨앗을 뿌리는 사람들, 2001년, 113-114쪽.

14) 『메소포타미아와 히브리 신화』, 조철수 지음, 길, 2000년, 106-107쪽.

15) 같은 책, 117-119쪽.

16) 『종교사입문』, 152쪽.

17) 『창세기강해』 10.9. 교부들의 성서주해 구약성경 I, 한국교부학연구회 편, 분도출판사, 2008년, 92-93쪽.

18) 『창세기』, 국제성서주석 1, G. v 라드 주해, 한국신학연구소 번역실, 1983년, 62-63쪽.

19) 『세상과 인간을 위하시는 하느님』, 알퐁스 다이슬러 지음, 박상래 옮김, 분도, 1981년, 63쪽.

20) 구약성서 모세오경인 창세기, 출애굽기, 레위기, 민수기, 신명기는 전통적으로 말해온 대로 모세가 모두 집필한 책이 아니다. 이는 오랜 세월 이스라엘 역사를 통해 전달되어 내려온 다양한 전승들을 나름의 편집 원칙에 따라 모아놓은 책이다. 그 전승들을 크게 네 개의 전승군群으로 분류한다. 야휘스트계(J), 엘로히스트계(E), 사제계(P), 그리고 신명기계(D) 전승군群이다.

21) 『그리스도교 신앙입문』, 칼 라너 지음, 이봉우 옮김, 분도, 1994년, 157쪽.

22) 『창조』, K. 베스터만 지음, 황종렬 옮김, 분도, 1991년, 80-81쪽.

23) 『다석강의』, 다석학회 엮음, 현암사, 2006년, 346쪽.

24) 고대인들은 우주를 이끌어나가는 근본적인 질서가 있을 것이라 생각했고 그 질서를 설명하는 데 종교적으로 접근했다. 그렇지 않고서는 신비한 현상 세계를 이해하기 불가능했을 테니 말이다. 논리적인 설명을 바탕으로 하는 과학적인 우주이해가 등장하기 훨씬 전의 이야기다. 역사 이전에 인류 문화에 등장했던 '신성한 세계 질서'의 대표적인 예로는 이집트의 '마-트', 수메르인들의 '메', 인도의 '르타', 중국의 '도道', 그리고 플라톤과 스토아학파의 '세계정신' 등이 있다. 같은 관점에서 바울로도 하느님이 우주를 이끌어나가는 근본적인 질서를 상정했다고 볼 수 있다. 하지만 바울로는 거기까지다.

25) 불교 가르침에 나오는 인과응보 사상은 세상 돌아가는 이치를 잘 설명한다. 그러나 한 면으로는 현재의 '나'를 빼도 박도 못 하는 과거의 산물로 묶어버린다. 그런 의미에서 인과응보는 과학 법칙이자 결정론決定論의 다른 이름이다.

26) 지난 몇 십 년간 성서학계에서는 이른바 '초기 가톨릭주의'라는 주제로 연구가 활발하게 진행되었다. 연구의 목적은 신약성서에 나오는 교계제도를 파악하는 것으로, '1세기 교회를 아우르는 통일된 직제가 있었는가?'라는 질문이 제기되었다. 이 논의 뒤에 서 있는 전제로, 당시 교회지도자들이 어떻게 해서든지 분열을 막아보려 했다는 사실은 분명하다. 복음서작가 루가는 초기 가톨릭주의라는 시각에서 1세기 교회사를 정리했다. 사도행전을 보면 1-12장까지의 주인공은 베드로인 반면 13-28장의 주인공은 바울로다. 그리고 전도 범위가 베드로에서 바울로로 이어지는 상황을 아주 아름답게 그려놓았다. 베드로와 바울로 사이에 어떤 갈등도 없었다는 식이다. 수많은 분열의 위기를 넘기고 결국 교회는 하나가 되었다. 2세기 이후 나타난 가톨릭교회가 바로 그것이다.

27) 『일곱 편지』 스미르나서 8,1-2, 이냐시오스 지음, 박미경 역주, 분도, 2000년.

28) 『디다케』, 15.1-2, 정양모 역주, 분도, 1993년.

29) 『사도전승』 2.1, 히폴리투스 지음, 이형우 역주, 분도, 1994년.

30) 『세계교회사』, A. 프란 S. 지음, 최석우 옮김, 분도, 2001년, 126쪽.

31) 『스미르나 교회에 보낸 편지』, 박미경 옮김, 분도출판사, 2000년, 122쪽.

32) 『세계교회사』, A. 프란 S. 지음, 최석우 옮김, 분도, 2001년, 68쪽.

33) 『종교신학연구 3집』 '리마문서 성찬', 정양모 옮김, 서강대 종교신학연구소 1990년, 335-36쪽.

34) 『종교신학연구 3집』 '세례, 성찬, 직제에 대한 가톨릭의 응답', 정태현 옮김, 서강대 종교신학연구소, 1990년, 361-62쪽.

35) 『예수의 최후만찬과 초대교회의 성만찬』, 유충희 지음, 우리신학연구소, 1999년, 198-99쪽.

36) 『마르코복음서』, 정양모 역주, 분도출판사, 1981년, 158-59쪽.

37) 『신앙언어』, 서공석 지음, 서강대학교출판부, 2011년, 24쪽.

38) 〈위대한 침묵〉이 여기저기서 받은 상들만 둘러보아도 범상치 않은 작품임에 틀림없다. 독일바바리안영화제, 선댄스국제영화제, 유럽필름아카데미의 다큐멘터리영화제 등등 여

덮 개 영화제에서 수상했다는 소식은, 적어도 나에겐 세계 3대 영화제를 제외한 모든 영화제에서 수상한 느낌을 주었다.

39) 알제리가 프랑스의 지배에서 풀려난 것은 1962년의 일이다. 오랫동안 식민지 노릇을 하던 알제리에 사회주의 노선을 표방하는 이른바 알제리 민족 해방 전선(FNL)이 탄생하면서 1954년부터 독립전쟁이 시작되었고 기나긴 전쟁 끝에 자유가 찾아왔다. 이후로 대통령이 된 부벤디에 정권은 反프랑스 노선의 FNL 일당독재로 알제리를 이끌었다. 하지만 오랫동안 독재에 시달리던 국민들에게 이슬람 원리주의자들이 만든 이슬람 구국전선(ISF)이 대안으로 등장했고, 1991년 선거에서 ISF는 국회의원 80석을 차지한다. 민주화가 두려웠던 알제리 정부는 선거를 무효처리했고 1992년부터 내전 상황으로 돌입한다.

40) 〈신과 인간〉은 제63회 칸영화제에서 심사위원 대상을 받은 영화다. 또한 종교 간 화합에 기여한 결과로 칸영화제의 에큐메니컬 상을 수상했고, 2010 전미비평가협회 최우수 외국어영화상, 2011 세자르영화제 최우수작품상과 남우조연상, 2011 뤼미에르영화제 최우수작품상, 남우주연상, 2011 런던비평가협회상 최우수외국어영화상 등 세계 유수 영화제에서 총 10개 부문을 수상했다. 그리고 아카데미 최우수외국어영화상에 프랑스 대표로 출품된 작품이기도 하다.

41) 우리말 번역으로 『만들어진 신』(이한음 옮김, 김영사, 2007년)이 있다.

42) 『토마스 복음』의 자세한 내용을 원하는 분은 『숨겨진 성서 1,2,3권』(윌리엄 반스토운 엮음, 이동진 옮김, 문학수첩, 2005년)에서 읽어볼 수 있다.

43) 『떼이야르 드 샤르뎅의 신학사상-신과 세속』, R. L. 페리시 지음, 이홍근 옮김, 분도, 2001년.

44) 『2000년대의 희망과 현실』 '부활-우리의 근거이자 힘과 목표', J. 몰트만 지음, 들숨날숨 2000년, 75-76쪽.

45) 『간디, 그리스도교를 말하다』, R. 엘스버그 엮음, 조세종 옮김, 생활성서사, 2005년, 27쪽.

46) 『아홉 가지 슬픔에 관한 명상』, 칼릴 지브란 지음, 안정효 옮김, 소담, 2003년 30쪽.

47) 2010년 아카데미 시상식에서 최우수 외국어영화상을 받은 작품은 수잔 비에르 감독의 〈인 어 베러 월드In a better world〉(극영화, 덴마크, 2010년, 113분)이다. 매우 훌륭한 작품으로 아마 관객들은 영화를 보면서 세상을 바꿀 수 있는 비법을 깨달았을지 모른다. 그

런데 후문에 따르면 수상의 문턱에서 〈인 어 베러 월드〉 때문에 아깝게 외국어영화상을 놓친 작품이 바로 〈그을린 사랑〉이란다. 운이 없었던 셈이다.

48) 『탈무드』, 마빈 토케어 지음, 김제하 옮김, 소담, 2003년, 94쪽.

49) 『아홉 가지 슬픔에 관한 명상』, 칼릴 지브란 지음, 안정효 옮김, 소담, 2003년 32쪽.

50) 『아브라함의 제사』, G. 폰 라드 지음, 장익 옮김, 분도출판사, 1978년.

51) 바울로는 그리스 수사학에 능한 인물이었다. 그의 3대 수사학으로 불리는 유비론, 우화론, 예형론 외에도 대인논법(디아트리베, 로마 3:1-8), 수미쌍관법(인클루시오), 논리를 전개하다가 한 템포 쉬어가는 여담餘談기법(디그레시오, 1고린 12-14장), 윤리적인 명령에 종종 등장하는 직설법/명령법에도 능통했다.

52) 이렇게 주장하는 신학자로는 G. 뤼데만이 있다(『Die Auferstehung Jesu』, G. Lüdemann, Stuttgart 1994년).

53) 『예수 왜곡의 역사』, 바트 어만 지음, 강주헌 옮김, 청림출판, 2009년, 244-45쪽.

54) 이른바 예수가현假現설: 요한복음은 대략 1세기 말경 아시아 지방(에페소?)에서 쓰였으며, 헬레니즘 세계를 주변 환경으로 삼고 있었다. 당시 헬라 세계에는 신과 인간의 세계는 철저하게 분리되어 있다고 믿는 사상이 있었다. 그런데 어떻게 신적인 존재가 육적인 존재인 인간이 될 수 있으며, 또한 그가 한 번 죽었으면 죽었지 다시 육으로 부활할 수 있는가? 헬라 세계라는 문화 환경에서 충분히 제기될 수 있는 질문들이었다. 따라서 이런 사상에 영향을 받은 1세기의 어떤 그리스도인들은 지상에서 사셨던 예수는 그저 꼭두각시 환각 작용에 불과할 뿐이고 모든 일을 하느님 손수 이루어냈다는 주장을 내세웠다. 그러니 예수의 부활도 자연히 사실성보다는 그 의미에 초점을 맞추게 되었던 것이다. 적절한 비유가 될지는 모르나 요즘 식으로 말하자면, 예수는 하느님께서 시뮬레이션 기법으로 창조해낸 가상의 인물이라는 것이다.